匹克威克外传　上

〔英〕查尔斯·狄更斯　著
莫雅平　译

狄更斯文集
人民文学出版社

Charles Dickens
THE PICKWICK PAPERS

图书在版编目(CIP)数据

匹克威克外传:全2册/(英)查尔斯·狄更斯著;莫雅平译.—北京:人民文学出版社,2020(2023.10重印)
(狄更斯文集)
ISBN 978-7-02-011574-7

Ⅰ.①匹… Ⅱ.①查…②莫… Ⅲ.①长篇小说—英国—近代 Ⅳ.①I561.44

中国版本图书馆CIP数据核字(2016)第075416号

责任编辑 马爱农
装帧设计 陶 雷
责任印制 宋佳月

出版发行 人民文学出版社
社 址 北京市朝内大街166号
邮政编码 100705

印 刷 三河市鑫金马印装有限公司
经 销 全国新华书店等

字 数 725千字
开 本 880毫米×1230毫米 1/32
印 张 30.375 插页2
印 数 7001—9000
版 次 2002年11月北京第1版
印 次 2023年10月第3次印刷

书 号 978-7-02-011574-7
定 价 74.00元(全两册)

如有印装质量问题,请与本社图书销售中心调换。电话:010-65233595

《狄更斯文集》总序

英国乃至世界最伟大的小说家之一查尔斯·狄更斯于一八一二年二月七日出生于英格兰朴茨茅斯地区的兰德波特。其父约翰·狄更斯是海军军需处的职员，母亲伊丽莎白·巴罗是著名的乐器商之女，受过良好教育。查尔斯是长子，有一个比他大两岁的姐姐范妮。

查尔斯和范妮都有非凡的艺术天赋，从小能歌善舞。父亲有一次让他们站在米特尔饭店的大餐桌上表演，引起众多围观者喝彩，小姐弟俩出尽了风头。日后，范妮成为音乐家，而查尔斯终生热爱着舞台艺术。母亲教会了查尔斯读书写字，他很小年纪就读遍了父亲的藏书，不但熟识英国小说家斯摩莱特、约翰生、菲尔丁、哥尔德斯密斯和笛福的代表作，还熟读《堂吉诃德》《吉尔·布拉斯》《一千零一夜》等外国名著，打下了扎实的文学基础。他刚上两年小学，居然就写成一部悲剧《印度君主米斯纳尔》，可惜未能保存下来。

这位文学巨人的家庭原本出身低微，祖父、祖母长期在克鲁勋爵府当用人。祖母工作出色、忠诚可靠，后来被提升为管家。祖父早逝，留下的两个儿子在勋爵府邸养大。长子威廉勤劳俭朴，在伦敦经营一家小咖啡馆，安分度日。次子约翰性格活泼，人很聪明，口才也好，招人喜爱。由于成长于贵族府邸，约翰很羡慕那种奢华的生活习惯、丰富多彩的社交和游艺活动。尽管只是个普通职员，但成家以后他总想模仿主人家的生活方式。一八二二年，约翰·

狄更斯奉调回海军军需处伦敦总部工作时，已有五个儿女（后来又添了第六个），开销很大；然而他性喜挥霍，早已入不敷出、债台高筑。范妮很幸运，考入皇家音乐学院在校住宿，但查尔斯一到伦敦就失学了。他帮着家里做杂事，还负责照看弟妹们。他常被母亲差遣上当铺，把家里的东西一件一件当掉，换回赖以活命的面包，连他心爱的藏书都没能留下。母亲在门上挂出招牌"狄更斯夫人学校"，打算收几个学生挣些钱，但没有人来报名。

查尔斯刚过十二岁生日，就进了位于泰晤士河畔的华伦鞋油作坊当童工，挣得每月六至七先令工资贴补家用，但杯水车薪，无济于事，终于山穷水尽的那天到来了。一八二四年二月二十日，约翰·狄更斯因欠债不还被捕，被关进马夏尔西负债人监狱。不久，全家人都随他搬进监狱去住，查尔斯独自寄居在一户穷人家里。每天清晨，他步行到监狱与家人们共进早餐，接着匆匆赶去上工，午饭就吃随身带的一块面包。下工后，他再去监狱吃晚饭，与家人们一起待到监狱锁门的时候才赶回去睡觉。父亲以自己失败的人生为例，告诫他说："一个人年收入二十镑，如果用去十九镑十九先令六便士，他就快快活活；如果多花掉一先令，他就苦恼了。"二十五年后，这些话一字不差地被他用在小说《大卫·科波菲尔》里，成为米考伯先生入狱时赠给小朋友大卫的至理名言。十二岁的他必须独自面对严酷的人生，这段不寻常的经历使他早熟早慧。在监狱里，父母常把狱中各色小人物的悲欢离合讲给他听，为未来的作家提供了宝贵的生活素材，其中有些犯人就成为他小说人物的生活原型，包括他自己的父母在内。他深深同情这些不幸的人们，他的心始终在受苦受难的底层人民一边。

不久，祖母和伯父帮约翰还清了债，一家人终于出狱。不过此后，查尔斯还当了一段时间的童工才离开华伦鞋油作坊，进威灵顿学堂上了两年学。据同学回忆，他成绩优异、活泼聪明，常玩一些

“精致的恶作剧”。他还和一个叫包登的同学一起办了份手抄本小报，刊名为《我们的报纸》，主要刊登他编的故事。同学们都很爱看，但查尔斯不让白看，借阅是要付报酬的。孩子们没有钱，只能给他石笔和小孩儿玩的弹子。结果他成了拥有一大堆石笔和弹子的大富翁。这不仅显示他自小就有商业头脑，还预示着他与通俗报刊将结下不解之缘。好景不常，父亲再度负债，小查尔斯又因家贫失学了，而且这次永久失学了。他所接受的正规学校教育，加在一起只有断断续续的四年小学。一八二七年五月，他进了艾里斯与布莱克摩尔律师事务所当实习生，干些送信、抄文件之类枯燥乏味的杂事，但他照样干得有滋有味。每天上班一路走来，他对各色市井人物的音容笑貌烂熟于心，到事务所后，他就把路上那些摊贩、理发匠们的言谈举止，甚至街头痞子的调笑打闹，拿来表演给大家看，那地道的伦敦土腔再配上几个非常准确传神的动作，让同事们十分开心。一年半后他转入查尔斯·莫洛伊律师事务所，在此期间，他学会了据说其难无比的速记技术，不久就当上了国会下院的采访员。他的记录准确清晰，颇受好评。十七岁时，他被“伦敦民事律师公会”正式录用，担任审案速记员。这职业使他受益无穷，他从各类民事诉讼中深刻认识了社会矛盾和世态人情。第二年，他办了大英博物馆的借书证，拼命读书自学，以弥补所受正规教育的不足。一八三一年，他经常为《议会镜报》写通讯。翌年，他担任《真阳报》常驻议会的记者，他写的报道以观察精细、行文明快见长，不久，他就被公认为最优秀的速记员和通讯员了。

在紧张工作之余，他看了很多戏。他最崇拜演员查尔斯·马修斯。此人能迅速换装，在一场戏里扮演七八个性格截然不同的角色，这帮助了狄更斯后来将小说朗诵表演发展成为新型的群众性文艺活动。他还向著名演员罗伯特·基利系统地学习过表演艺术。他想正式干演员这一行，一八三二年春天，他申请参加科文特花园剧场的演员考试。不料面试那天，他患了重感冒，只得放弃。

命运对他另有安排：他怀着忐忑的心情投寄给《每月杂志》的短篇小说《白杨庄晚宴》，赫然刊登在该杂志一八三三年十二月号上，查尔斯·狄更斯找到了自己应有的位置，他无与伦比的才华终于在长期蓄积的丰厚生活资源中萌发了。一八三四年八月，狄更斯开始以“博兹”的笔名在多种杂志上发表自己的特写、随笔和短篇小说作品，描写的是他最熟悉的当时伦敦中下层社会的众生相，举凡集市、驿站、学校、剧场、监狱、法庭、当铺、教堂等等都上了他的画幅。他的作品经常被英美各家报刊杂志转载，“博兹”逐渐成为人们熟悉的名字。一八三六年二月，他把五十六篇作品集结出版，印成两卷，书名《博兹特写集》。

《博兹特写集》问世后才两天，独具慧眼的出版商威廉·霍尔就亲自来找他，请他为著名漫画家罗伯特·西摩的连环画写文字说明。原计划是讲一个体育俱乐部的滑稽故事，但年轻气盛的狄更斯却建议出版商完全放弃这类人们早就看腻了的老套内容，而由他自己创作全新的故事，画家根据他的文字配画。霍尔居然接受了他这个“喧宾夺主”的大胆倡议，于是就产生了世界文学史上的一部伟大小说《匹克威克外传》。狄更斯打破了英国长篇小说通常的发表方式，即皮面精装烫金、定价高昂的三卷本。他想要让广大中下层人民都买得起他的书。从这部书开始，他的作品都以分若干部分逐月出版的方式面世。每一期的篇幅为三十页左右，两幅插画，简装，只卖一先令。等小说全部出齐，再出单行本，而每一期都购买的读者们可以自己装订成书。

《匹克威克外传》于一八三六年三月三十一日出版第一期，全书二十个月出齐。狄更斯选择这种发表方式，产生了三个积极的结果。第一个是增强了小说的悬念，让读者迫不及待地等待“下回分解”。第二个意义更为重要，是直接造就了狄更斯在人物塑造上的划时代创新。一个月的阅读间隔容易使读者对人物淡忘，狄更斯必须研究透彻他笔下的人物，从他们身上提炼出最能体现其本质的性格特征，抓住只属于这个人的外貌、语言、动作，一再强调，反复出现。他用这个方法创造出无数成功的典型，许多人物甚至进入英语词典，成为人们日常应用的语言成分。列夫·托尔斯泰说，狄更斯笔下的人物，都像是自己亲身交往的熟人、朋友一般。第三个，是这种发表方式建立起作者与广大读者之间密切的互动关系，让读者得以参与小说的创作过程。他的第四部小说《老古玩店》就是一个生动的例子。女主人公——纯洁、善良的少女耐儿——深深地爱着她的唯一亲人，开一家老古玩店的外祖父。外祖父遭恶人欺凌破了产，祖孙俩一路流浪，外祖父又中了赌博团伙的圈套，小耐儿无力挽救，心急如焚，读者们的心也揪得紧紧的。当他们看到小耐儿饥饿困顿、心力交瘁、即将殒命时，便纷纷写信给作者，要求他不要让耐儿死去。狄更斯的决心动摇了，他考虑顺从读者的意见。但最终，在好友福斯特的坚持下，他还是写出耐儿离世的动人篇章，使大西洋两岸的读者痛哭失声。

《匹克威克外传》像《堂吉诃德》一样，是典型的“流浪汉小说”。这位年轻作者的生活积累实在丰富，无数人物和故事喷薄欲出。书中充满幽默情趣，每一个故事都精彩绝伦。书中对于英国监狱、地方选举、党派和媒体互相攻击的描绘，都细致入微，读来令人感同亲历。尤其成功的是人物塑造，狄更斯发展了英国文学传统中“类型化”的方法，留下众多不朽的典型：匹克威克是正义的化身；山姆·维勒是忠诚可靠、聪明机灵的仆人；金格尔狡诈机灵、厚颜无耻；副牧师史的金斯不择手段，骗吃骗喝；道森和福格利欲熏心、诡计多端；就连着墨不多的那个贪吃嗜睡却出人意料地告发了老小姐与特普曼有私情的胖小厮这样的次要人物都令人绝倒、百看不厌。

《匹克威克外传》刚出第一期，画家西摩突然自杀身亡。许多画家都来申请补上他的位置，其中有一个申请人比狄更斯小一岁，狄更斯对他交来的画作不满意，拒绝了他。但是，这位申请人日后在小说创作上取得巨大的成就，以《名利场》一书传世，成为与狄更斯齐名的大作家，他是威廉·梅克皮斯·萨克雷。狄更斯最终找到了年仅二十一岁的画家布朗，得到了与他珠联璧合的最好合作者。布朗干脆给自己起了个“菲兹”的笔名，与“博兹”配成对儿。他后来成为狄更斯的好友，为狄更斯大部分作品作了插画。

《匹克威克外传》在全英国引起了真正的轰动。积极乐观的道德信念和真正的喜剧精神感染了广大读者，取得了良好的社会效果。狄更斯将通俗的大众文学提高到了经典的地位。一名垂死病人表达他最大的愿望就是再活十天，好看到下一期的小说。等全书出齐，二十四岁的狄更斯已名震整个英语世界。众多出版社向他约稿，他充满自信，一律应允，第一部书还没写完，他就已经在写第二部，同时还在构思第三部、第四部小说。

纵观狄更斯的创作历程，我个人将狄更斯的小说创作分为早、中、晚三个时期。

早期创作从一八三六至一八四三年，包括《匹克威克外传》(1836)、《雾都孤儿》(1837)、《尼古拉斯·尼克尔贝》(1838—1839)、《老古玩店》(1840)、《巴纳比·鲁吉》(1841)、《马丁·瞿述伟》(1842—1844)六部长篇小说。此外还有《游美札记》(1842)和体现他博爱、仁慈、宽容的“圣诞精神”的中篇小说《圣诞颂歌》(1843)等。狄更斯早期写法可称为“即兴创作”，由于他才华出众，笔落纸上就像音乐神童莫扎特用指尖触摸琴键一样妙音天成。他运用切斯特顿所称的“线状结构”，把十分复杂的情节串联成一条线。像以下这些人物场景：贫民收容所里的孤儿奥立佛喝完一碗清水汤后可怜巴巴地要求再添一些，却遭到毒打；斯奎尔斯校长办的学堂里，别的学生伙食都极差，而校长的胖儿子则营养过剩，哭起来眼泪里都饱含脂肪；女律师萨丽·布拉斯冷酷无情，即便嘴唇抹了口红，别人看起来也像是一撮红色的胡须……都成为全世界文学爱好者们津津乐道的篇章。

中期创作从一八四四至一八五七年，包括《董贝父子》(1846—1848)、《大卫·科波菲尔》(1849—1850)、《荒凉山庄》(1852—1853)、《艰难时世》(1854)、《小杜丽》(1855—1857)这五部长篇小说。此外还有游记《意大利风光》(1846)、《儿童英国史》(1851)和每年一篇圣诞故事等。分期出版的小说必须按时交稿，狄更斯成名后社会活动又多，常常忙得不可开交，这样是会影响出精品的。随着他收入提高，经济条件大大改善，他可以歇一歇，不再拼命赶稿，而是定下心来研究小说的结构了。写《董贝父子》前，他拟定了详细的计划，全书分二十个单元发表，每个单元分几章，每章容纳多少内容，展开什么故事，写作前都已明确。他说，他的每一部作品都是他心灵的产儿，他无一不爱，尤其是以第一人称叙述的《大卫·科波菲尔》，带有很明显的自传性，更是他内心深处"最宠爱的孩子"。他把个人生活经历、文学积累和对现实的观察糅合起来，创造出新的故事。他把自己的这种方法归结为"经验想象，糅合为一"。《董贝父子》中的小董贝和小大卫一样，用天真无邪的幼儿视角观察世界，真切自然，更能抓住生活的本质。小董贝听父亲说"金钱是万能的"时说，"金钱不能留住我妈妈，也不能使我身体健壮。"这一时期，狄更斯在艺术上不断创新，大量运用比喻、象征手法。如《荒凉山庄》中的雨、雾和泥，象征着莎士比亚所说的"法律的迁延"，拖延数十年的法律诉讼像天罗地网一样，谁也别想挣脱。《艰难时世》的人物塑造夸张变形，从具象到抽象，葛擂硬四四方方的脑袋里装满生硬的"事实"，就连他的身体、衣服、用具都是方的。《小杜丽》则以监狱的意象笼罩着一切。

晚期创作从一八五八至一八七〇年作者逝世为止，包括《双城记》（1859）、《远大前程》（1860—1861）、《我们共同的朋友》（1864—1865）这三部完整的小说和一本未完成之作《德鲁德疑案》。《双城记》正面描写法国大革命，塑造了一位甘愿牺牲自己的生命以成全他人幸福的穷律师西德尼·卡尔顿，高扬利他主义精神。狄更斯在英国宪章运动风起云涌时曾写过一篇文章，提到法国大革命，他写道，这场革命是“人民群众为生存、为得到社会承认而进行的斗争……人民起来斗争，目的是要推翻这样一种压迫制度，它蔑视人的一切天性、尊严和天赋的权利，它有意使人堕落，它把人训练成恶魔，于是当人民群众起来永远摧毁这种制度时，他们的表现就像恶魔一样”。小说中那位苦大仇深的德伐什太太正是这样一类革命群众的典型。狄更斯虽然充分肯定革命的正义性，但他并没有忽视在残酷血腥的革命中，确实有许多无辜的人蒙受了不白之冤。小说结构严谨，行文庄重典雅，与早期作品的幽默情趣显然有别。《远大前程》可说是一部“非英雄化”的小说，以第一人称叙事，描写纯朴善良的穷孩子匹普意外发迹之后，竟变成一个忘恩负义之徒。后来，他好梦破灭，通过深刻的反省，才重新天良发现。全书描写逼真，譬如，为写“河上追捕”这一章，狄更斯要弄清潮水涨落的准确时间，曾亲自在泰晤士河上荡舟。《我们共同的朋友》是狄更斯构思时间最长的作品。当时的英国是资本主义经济最为发达的国家，主要工业品的产量占全球一半以上，科技、教育、社会组织都在蓬勃发展、进步。但狄更斯敏感地发觉，在金融市场、股票买卖活跃的时代，人性异化了。作者以垃圾承包商哈蒙家族拥有的那两堆垃圾，作为毒害人们灵魂的拜金主义的象征。他从多个角度抨击社会的腐败：上层阶级中充满虚伪和丑恶，处处散发出垃圾的臭气。小哈蒙在义仆鲍芬的帮助下，最终成功地把未婚妻从拜金主义的泥潭中挽救出来，这说明狄更斯早年

"善战胜恶"的人生理想,最终也没有放弃。《德鲁德疑案》又是狄更斯一次新的创作尝试:心理剖析。一八七〇年三月九日,狄更斯应邀赴白金汉宫朝觐,维多利亚女王与他谈起他的这部新作。他很有礼貌地说,如果女王陛下想知道下面的故事情节,她可以比她的臣民们提前得到满足。可惜女王没有享受这一特权,于是就留下了永久的秘密:埃德温是被贾斯泼谋杀的吗?因为,恰好三个月后,狄更斯在盖茨山庄突然病逝。五天以后,他的遗体被永久安放在威斯敏斯特大教堂南翼的"诗人角"。

狄更斯虽在世仅五十八年,但他的一生丰富多彩。他富于社会责任心,积极投身社会公益事业。一八四七年,他在银行家库兹小姐的资助下,创建了一所颇具规模的机构,叫作"无家妇女之家",专门收留那些被生活所迫沦落街头的妓女。他并不把她们看作是"罪人",而看作是与自己完全平等的"不幸的姐妹"。在为她们提供的这个真正的"家"里,她们学会了读书识字、家政服务,最后被送到澳大利亚、南非和新大陆,做自食其力的劳动者,开始崭新的人生。他还曾热心帮助工人作家约翰·奥弗斯出版自己的书,奥弗斯不幸病逝后,狄更斯还募集资金,供他留下的几个孤儿上学。狄更斯没有忘本,他的心是永远向着穷人的。马克思在《英国资产阶级》一文中写道,以狄更斯为首的那一流派的英国小说家"向世界揭示的政治和社会真理,比一切职业政客、政治家和道德家加在一起所揭示的还要多"。我国学术界历来也都把他定位为"批评现实主义的代表"。其实,狄更斯同时具有天生的浪漫主义气质,他瑰丽的想象时时形成强大的张力,力求突破对客观事物的忠实临摹。因此,我采用乔治·吉辛的意见,把他的创作界定为"浪漫的现实主义"。

人民文学出版社出版这套"狄更斯文集",包括他的八部最重要的长篇小说,涵盖了他创作的各个时期,我深愿与广大的年轻读者们共勉：大家一起多读书、读好书，争取做一个对世界优秀文化有较深理解的、有丰富思想内涵的人。

薛鸿时

二〇一六年于北京

目　录

《狄更斯文集》总序 …… 1
译本序…… 1

一八六九年版序言…… 1
第一章…… 1
匹克威克俱乐部诸君
第二章…… 6
第一天的旅行,第一晚的遭遇,及其结果
第三章 …… 38
一个新相识。江湖戏子的故事。一次讨厌的打扰和一场不快的遭遇
第四章 …… 51
野外活动与露营。更多的新朋友。下乡的邀请
第五章 …… 65
本章不长——除了别的事情,主要讲匹克威克先生如何驾车,温克尔先生如何骑马,以及他们俩做得如何
第六章 …… 77
旧式牌局。牧师的韵文。归囚的故事
第七章 …… 94
温克尔先生不是打鸽子而杀了乌鸦,而是打乌鸦

而伤了鸽子;丁格莱谷板球队大战全玛格尔顿队,全玛格尔顿队大吃丁格莱谷队;附带其他有趣又有益的事情

第八章……………………………………………………………… 111

本章有力地证明:真正的爱情道路不是铁轨

第九章……………………………………………………………… 127

发现与追逐

第十章……………………………………………………………… 138

对金格尔先生性格中的公正无私的所有疑问(假如它存在的话)被彻底扫光

第十一章…………………………………………………………… 155

另一趟旅行和一次考古学发现。说到匹克威克先生决定去参加一次选举;还包括一位老牧师的手稿

第十二章…………………………………………………………… 176

描写匹克威克先生本人的一个非常重要的举动;这既是他人生的一个新纪元,对这部传记也是如此

第十三章…………………………………………………………… 184

关于伊坦斯维尔;关于那里的政党情况;关于为这个古老、忠诚、爱国的市镇选一位国会议员的一次选举

第十四章…………………………………………………………… 206

包括对集合在孔雀旅馆的一伙人的简单描述,以及一个行脚商讲的故事

第十五章…………………………………………………………… 226

本章有两位杰出人物的忠实画像;还有对在他们府上举行的早餐联欢会的精确描写;早餐导致与

一位老相识相遇，于是开始了新的一章
第十六章 …… 244
奇遇太多，无法简述
第十七章 …… 267
说明在某些情况下风湿病的发作具有刺激创造才能的作用
第十八章 …… 277
简要说明两点——第一，歇斯底里的威力；第二，环境的力量
第十九章 …… 290
欢快的一天，以不快收场
第二十章 …… 307
从本章可以看出道森和福格是怎样的生意人，他们的办事员如何会寻欢作乐；以及威勒先生怎样和他失散已久的父亲有一场感人的相见；还可以看出“喜鹊与树桩”里聚集的是何等高贵的精灵，以及下一章将是何等的美妙
第二十一章 …… 327
老头子大谈他偏爱的话题，并讲了一个古怪的诉讼委托人的故事
第二十二章 …… 347
匹克威克先生旅行至伊普斯威奇，并与一位戴黄色卷发纸的中年女士有一段浪漫奇遇
第二十三章 …… 367
塞缪尔·威勒先生开始专心致力于他本人和特洛特尔先生之间的复仇斗争
第二十四章 …… 378

彼得·麦格纳斯先生妒火中烧,中年女士忧心忡忡,致使匹克威克分子们落入法网
第二十五章 ………………………………………………… 396
乐事众多,显示纳普金斯先生是多么威严而公正;说明威勒先生如何同样有力地和约伯·特洛特尔先生扯平了。还有一件事,读下去自见分晓
第二十六章 ………………………………………………… 419
关于巴德尔诉匹克威克案的进展的简要描述
第二十七章 ………………………………………………… 427
塞缪尔·威勒赴多尔金朝觐,见到了他的继母
第二十八章 ………………………………………………… 439
有关愉快的圣诞节的一章,记叙了一场婚礼和其他的娱乐;那些娱乐本身是一些甚至像结婚一样好的习俗,但在这堕落年代,它们却没有被同样虔诚地保存下来
第二十九章 ………………………………………………… 465
妖怪抓走教堂司事的故事
第三十章 ………………………………………………… 476
匹克威克同仁们如何结识了两位自由职业的好青年;他们如何在冰上自娱自乐;以及他们的第一次访问如何结束
第三十一章 ………………………………………………… 490
本章完全是有关法律的;各种精通法律的伟大权威亮相其中
第三十二章 ………………………………………………… 509

比历来的宫廷记者远为详尽地描写一次单身汉聚会——鲍勃·索耶在其位于鲍洛的寓所款待宾客
第三十三章……………………………………………………………… 525
老威勒先生对文章的做法提出一些批评意见,并且在儿子塞缪尔的协助下,把可敬的红鼻子绅士的旧账付了一点点
第三十四章……………………………………………………………… 544
本章完全用于详尽而忠实地报道巴德尔诉匹克威克案的值得铭记的审判
第三十五章……………………………………………………………… 573
匹克威克先生觉得还是到巴斯去的好;于是他就去了
第三十六章……………………………………………………………… 592
本章主要是关于布拉都德王子的传说的可靠记载,以及温克尔先生遭受的无妄之灾
第三十七章……………………………………………………………… 605
如实说明威勒先生不在场的原因,因而描写他应邀参加的晚会;并且叙述他受匹克威克先生之托去办的一件微妙而重要的差事
第三十八章……………………………………………………………… 621
温克尔先生怎样爬出油锅,而后又斯斯文文、舒舒服服地跳进火坑
第三十九章……………………………………………………………… 637
塞缪尔·威勒先生受托去完成爱情使命,开始履行,至于结果如何,下文自见分晓
第四十章……………………………………………………………… 655

把匹克威克先生引入人生的伟大戏剧中全新却并不乏味的一幕
第四十一章…… 670
匹克威克先生进入弗里特后遭遇了什么；他看见些什么犯人；以及他如何度过第一夜
第四十二章…… 685
本章像前章一样，说明了一句古谚：灾难使人结识共患难的陌生人；还包括匹克威克先生对塞缪尔·威勒先生的奇特而惊人的宣告
第四十三章…… 702
叙述塞缪尔·威勒先生如何自找麻烦
第四十四章…… 719
讲述弗里特监狱里发生的各种小事，以及温克尔先生的神秘行为；并说明那个可怜的高等法院囚犯如何最终获得解脱
第四十五章…… 736
描写塞缪尔·威勒先生和家人的感人会见。匹克威克先生在他所住的小世界巡游一番，并决定将来要尽量少和它混为一体
第四十六章…… 757
记叙微妙感情的动人的一幕，同时涉及道森和福格两位先生所做的趣事
第四十七章…… 770
主要是关于公务，以及道森和福格的暂时获利。温克尔先生在非同寻常的情形下重新出现。事实证明匹克威克先生的仁慈强于他的固执
第四十八章…… 784

叙述匹克威克先生如何在塞缪尔·威勒的帮助下试图软化本杰明·艾伦的心,并缓解罗伯特·索耶先生的愤怒
第四十九章 ………………………………………… 800
行脚商的伯父的故事
第五十章 ………………………………………… 819
匹克威克先生如何加速完成其使命,以及他如何一开头就得到一位极其意外的助手的增援
第五十一章 ………………………………………… 836
匹克威克先生与一个老相识不期而遇。主要是由于这次偶遇,读者才能有幸读到本章记载的有关两位有权势的大名人的激动人心的趣事
第五十二章 ………………………………………… 854
涉及威勒家的严重变故,以及红鼻子斯狄金斯先生过早的垮台
第五十三章 ………………………………………… 868
包括金格尔先生和约伯·特洛特尔的最后退场;还有一大早在格雷院广场所忙的正事;以佩克尔先生家门口的两声敲门结束本章
第五十四章 ………………………………………… 884
包括与敲门声有关的一些详细情况及其他一些事情,其中某些关于斯诺格拉斯和一位年轻女士的有趣的介绍绝不是与这部传记毫不相干的
第五十五章 ………………………………………… 903
所罗门·佩尔先生在一个马车夫特别委员会的协助下,安排老威勒先生的事务
第五十六章 ………………………………………… 918

匹克威克先生和塞缪尔·威勒之间进行了一次重要会谈,后者的父亲参与其中。一位穿鼻烟色衣服的老绅士意外地光临

第五十七章……………………………………………… 933

匹克威克俱乐部终于解散,诸事如愿且皆大欢喜

译本序

说到查尔斯·狄更斯(Charles Dickens,1812—1870),中国读者并不陌生,他是十九世纪英国杰出的小说家,也是举世闻名的幽默大师。早在一九〇八年,林纾和魏易同就用文言文把他的半自传体小说《大卫·科波菲尔》(当时译为《块肉余生述》)等译介到了中国,可以说他是最早为中国读者所了解的少数外国大作家之一。由于历史的原因,狄更斯作为"批判现实主义作家"在中国享有极高的地位。不过仅以"批判现实主义"来概括狄更斯是不够的。理由有三:首先,狄更斯的早期作品,如《匹克威克外传》,充满了对田园生活的向往,颇具浪漫情怀,因此,至少可以说早期的狄更斯是一个或半个浪漫主义者;其次,尽管从《匹克威克外传》(1837)到《董贝父子》(1848)、《荒凉山庄》(1853)再到《双城记》(1859)和《远大前程》(1861),狄更斯的风格越来越沉郁,但即使是在他后期的作品中,都不时可见幽默与机智的闪光,而幽默的心理基础恰好是喜剧精神与浪漫情怀。第三,狄更斯始终没有放弃宽恕与仁爱的基督教信念,坚信爱能感化人并消除仇恨,这说明他同时又是一个理想主义者或幻想主义者。

可见,在文艺领域赋予某种主义以独尊地位是失之偏颇的。同样,以既定概念去界定一个作家也是机械、狭窄的。再说,过分强调"批判现实主义",还有可能误导读者,让人误以为只有现实主义作家才具有批判性。其实,优秀的作家大多是直面现实人生并具有批判精神的,以《巴黎圣母院》和《悲惨世界》等闻名的法国浪漫主义雨果便是例证。在狄更斯的作品中,浪漫主义因素与现实主义因素是相互交融的,这无疑显示了文学风格的复杂性和多样性。

狄更斯出身于小职员家庭,父亲嗜酒成性且挥霍无度,结果负债累累,导致全家人被迫住进负债人监狱,当时狄更斯才十岁。狄更斯十一二岁便开始为家里的生计操劳了。他先后当过皮鞋油作坊学徒、打包工、律师事务所抄写员和报社见习记者等。尤其值得一提的是,在当学徒时他曾被雇主安排在橱窗里当众表演,作为广告任人围观,这种遭遇在他幼小的心灵里留下了永久的创伤,也对他日后的创作产生了巨大的影响。因此可以说,狄更斯在儿时是一个苦孩子。诚然世界上的苦孩子很多,狄更斯的不同凡响之处在于,他没有被苦难压倒,而是通过坚忍的努力战胜了它,把它化成了艺术素材并因此赢得了荣誉与财富。

《匹克威克外传》是狄更斯的第一部长篇小说,也是他的成名作。这部既富于浪漫奇想又紧贴社会现实的幽默与讽刺小说,主要讲述的是天真善良、不谙世事的有产者匹克威克带领其信徒们在英国各地漫游的奇趣经历与所见所闻。全书情节分为两条主线:一是匹克威克与骗子金格尔的一次又一次较量;二是巴德尔太太状告匹克威克毁弃婚约的诉讼。在这两条相互交织的主线之外,匹克威克信徒们的故事以及旅途听到的故事(即故事中的故事)则构成一条条副线。其中故事套故事的结构,显然受益于《天方夜谭》、《十日谈》、《堂吉诃德》和《坎特伯雷故事》。而通过漫游纪事对英国社会作全景式的透视,则无疑受了流浪汉小说的影响。事实上,《匹克威克外传》历来被视为英国流浪汉小说的代表作。

由于其与西班牙流浪汉小说经典《堂吉诃德》的种种相似,在某种意义上《匹克威克外传》可以说是英国版的《堂吉诃德》。光是粗略地比较一下两位主人公的特点，就可以发现此说不无道理。两人在人格实质上是一致的：纯洁善良、和蔼可亲、学问渊博、崇尚正义。两人都是颇具理想主义色彩同时又有点可笑的偏执狂：堂吉诃德痴迷于骑士伟业，做出了与风车大战的可笑之举；匹克威克则痴迷于知识，对各种荒诞不经的见闻孜孜以求；匹克威克把一块普通石碑视为至宝并对其进行苦心研究，这种荒唐之举与堂吉诃德把铜盆当成魔法师的头盔一样可笑；两个人都怀着美好的愿望去做自认为该做的事，可结果却常常是事与愿违，闹出一个又一个笑话。他们俩都是可笑的喜剧人物，然而另一方面却又都是嫉恶如仇、爱打抱不平和救苦济贫的精神可嘉的斗士：堂吉诃德误以为乘马车赶路的贵妇是被强盗劫持的公主，不分青红皂白就对随行的教士大打出手，并为自己救了"公主"而感到无比自豪，弄得别人哭笑不得；匹克威克呢，他每次发现金格尔都穷追不舍，有一次他怀着义不容辞的激情夜赴女子学校阻止金格尔拐骗少女，结果却是中了诡计，不仅使全校师生虚惊一场，而且自己还落了个风湿病复发。另外，在同情弱者、嘲讽社会丑恶等方面，《匹克威克外传》与《堂吉诃德》也有许多异曲同工之处。

《匹克威克外传》洋洋七十多万字，读来却并不让人感到厌烦，相反倒是经常让人忍俊不禁，甚至拍案称快。这主要是因为狄更斯挖掘了生活本身的喜剧性，为我们营造了一个又一个精彩的喜剧情节，如匹克威克不知道女房东巴德尔太太对他暗恋在心，一不小心让她误以为他要娶她，致使她因过度兴奋晕倒在他怀里，而且刚好又被人撞见，结果他莫名其妙地陷进了巴德尔太太诉他毁弃婚约的诉讼之中。又如匹克威克满腔热情地为一位正准备相亲的绅士提忠告，被那位绅士尊为良师益友，不料准新娘竟然是匹克威克深夜误入其卧室的那位女士，由此而生的惊讶与尴尬立即使一切都砸了锅……

人生在世，事与愿违的尴尬是常有的。在事物的本来面目与我们认为它们应该表现的模样之间，有时存在相当大的反差，而这种反差所蕴含的喜剧性，恰好是幽默赖以成长的沃土。世上可笑可乐之事可谓比比皆是，关键是我们是否有足够的敏感和灵性去发现。在狄更斯的生花妙笔下，匹克威克在众目睽睽之下追自己那顶被风吹走的帽子的情景，实在是有趣透顶：风像开玩笑似的吹吹停停，时大时小，匹克威克时追时停，气喘吁吁，尴尬之态可想而知——追扑得太急会把帽子弄坏，追得太慢则会永远失去它；除了足够体力之外，追帽子还需要大量的冷静和特别的判断力。当帽子在风中滚滚向前，匹克威克在后面手足失调地拼命追逐时，追帽子简直就成了一场痛苦的人生角逐。一个小小的细节居然折射如此含义，我们不能不佩服狄更斯的喜剧敏感、幽默心境和非凡笔力！我们读《匹克威克外传》，首先要感受的是狄更斯把人生当作一场趣味喜剧去细细观看和品评的喜剧心态。

《匹克威克外传》的很多章节，使我们在笑过之后常常会有所感悟，有时甚至会感到某种酸楚。由此可见，狄更斯的幽默与讽刺和肤浅的插科打诨是有所不同的，它是一种浓缩着人生体验与思考的有一定深度的幽默与讽刺。其深刻性最集中地体现在他的作品所蕴含的人生悲剧意识上。人生无疑是有悲剧性一面的。《匹克威克外传》在展示人生的悲剧性方面，的确有不少可圈可点之处。比如说，在那个浮华的化装早餐会上，贵妇人莱奥·亨特尔夫人为排遣无聊和满足虚荣心而大宴各路名流。她自命不凡地扮演智慧女神，可是在面对大骗子金格尔时，她不仅毫无鉴别力，相反还得意地把他引为贵宾。她把她那首无病呻吟的诗《奄奄一息之蛙》一连朗读了两遍，虽然博得了众多马屁精的赞扬，可是在行家眼里却不免有几分可笑。她不知道大家不再请她朗读第三遍的原因，更不知道她提供的早餐比她的歪诗更合来宾们的胃口。在亨特尔夫人那颇具喜剧色彩的自命不凡后面，的确隐藏着某种具有悲剧意味的东西。正是由于揭示了生活的喜剧性所掩盖的悲剧性，狄更斯的幽默作品才能在让读者发笑的同时，让他们感到某种幽幽的涩味。

正如前面所说的，优秀的幽默作品大多在某种程度上体现了喜剧精神与悲剧意识的交融，因此，真正优秀的幽默作家在骨子里是严肃的，有时甚至是沉痛的。狄更斯也不例外。比如说，在《匹克威克外传》中，那个哑剧演员因经常无角色可演而陷入贫困，生存的重压与酗酒的恶习使他早衰并病倒了。他在病床上被高烧弄得心智狂乱，呓语连篇，到死都不得安宁。回光返照之际，他从床上挣扎起来，抬起枯槁的四肢，用古怪的动作扭来扭去，还以为那是在戏台上演戏！一个临终之人站在病床上扭来扭去，以为自己正在演戏，那情景的确滑稽可笑，同时又非常令人心酸。这样的一幕无疑是熔喜剧性与悲剧性于一炉的，让人看了怎能不为之动容！

狄更斯的批判精神众所周知。在《匹克威克外传》中，他犀利的笔锋指向了当时英国社会的各个阶层，刻画了一幅英国社会的百丑图，如翻云覆雨的市长、卑鄙无耻的议员、虚伪贪婪的教士、虚荣肤浅的贵妇、惟利是图的律师、见利忘义的经纪人、睚眦必报的政治鼓动家、招摇撞骗的流浪汉、好发雌威的悍妇、愚昧轻信的信徒等等，不一而足。狄更斯的高明之处在于，他并不以直抒胸臆表达他对社会群丑的批判，而是把他的针砭隐含在生动的情节之中。不妨再举一个小例：股票经济人弗莱切尔老爷和西默瑞老爷得知曾请其享用大餐的鲍弗尔破产了，他们不但没有半点同情与关爱，相反还就鲍弗里是否会自杀以及会在何时以何种方式自杀打起赌来,两人都是一副其乐陶陶的模样。瞧,世态炎凉到了何等的地步!狄更斯描写这一切的语言是幽默而貌似轻松的,但他的鄙弃之情的确流溢于字里行间。

狄更斯的批判之笔所插入的社会生活领域很多。他对负债人监管制度的不公、司法制度的腐败、所谓的民主选举的虚假以及教会统治的黑暗等,都进行了有力的嘲讽与鞭挞。比如说,在狄更斯笔下,伊坦斯维尔的议员选举不过是一场闹剧和阴谋而已:为了拉选票,浅黄党以请酒收买男人,蓝党则以送阳伞收买女人,还企图通过她们控制她们的丈夫与兄弟。双方甚至还有人通过收买酒吧女招待往对方的选民的酒里放鸦片酊,以便使他们无法投票!除了这些阴招,双方还彼此公开谩骂,甚至公开大打出手,以拳头进行雄辩。如此选举,岂有公正可言!

在《匹克威克外传》中,与批判精神并行的,是狄更斯的仁爱理想。正如他本人在该书序言中所说,他揭批负债人监狱的黑暗和司法的腐败等,旨在匡扶正义,建立一个以仁爱统领人心的美好世界。狄更斯历来相信宽恕与爱能感化人和改造人,因此他主张阶级和解。这一点最突出地表现在匹克威克最后对金格尔的宽恕与救助上。匹克威克对金格尔本来恨之入骨,但当金格尔落魄不堪、嗷嗷待哺时,他却又发了善心,不仅宽恕了这个宿敌,而且还接济他的生活,花钱保释他出狱,替他找到了正经的工作。金格尔呢,在匹克威克的感化之下,居然下了决心改过自新,最后成了一个好人。在这里狄更斯宣扬了"爱你的仇敌"的基督教教义。在金格尔的浪子回头上,无疑寄托着狄更斯美好浪漫的仁爱理想(或幻想)。这种仁爱精神致使狄更斯主张阶级和解,这一点在我国曾经是被当作阶级和时代局限受到批判的。其实,我们没有必要以现在的认识标准去苛求古人。我们更应该看重的是这种宽恕所折射出来的仁爱理想。

狄更斯出身贫寒,自幼饱尝人世辛酸,这样一个平民子弟、一个富于人文精神的作家,他具有平民意识是顺理成章的。狄更斯的平民意识主要表现在三个方面:一是对权贵者尤其是为富不仁者的无情嘲讽与鞭笞,关于这一点前面已经论及,不再赘述。二是对弱小人物的同情,比如说他满怀同情地描写了负债人监狱中的囚徒们家破人亡的悲惨遭遇,表现了贫苦当事人在法律机器面前的无助,等等。即便是对金格尔那种以坑蒙拐骗为常业的流氓,狄更斯都不是绝对无情的,比如说在金格尔彻底落魄并入狱之后,狄更斯对他的描写不乏怜悯。三是对平民的优秀品质的赞扬。在以往的多数作品中,平民要么平庸愚昧,要么奸诈卑劣。而狄更斯突破窠臼,大胆地表现了优秀的平民身上常被人忽略的可贵品质,如朴实、忠诚、无私等,从而丰富了平民形象的内涵。

在《匹克威克外传》中,狄更斯的平民意识最成功地表现在对匹克威克的仆人——山姆这个平民青年的形象塑造上。山姆心地善良、风趣幽默、机智勇敢并且忠诚可靠,在小说中占据了前所未有的突出地位。比如说,在法庭上诙谐地让凶狠的布兹弗兹大律师陷入尴尬的那场戏中布兹弗兹大律师向山姆发起进攻,企图诱使山姆证明自己目睹了巴德尔太太晕倒在匹克威克怀里的情况,问山姆在他受雇的第一天发生了什么特别的事。山姆的回答在法庭引起哄堂大笑。法官却对镇定自若的山姆无可奈何。布兹弗兹也因无法诱使山姆按自己的诱导作证,而恼羞成怒。后来,山姆通过引述原告的话揭露了整个诉讼的阴谋实质,即道森和福格两个讼棍企图利用巴德尔太太从匹克威克身上榨出钱来。至此,布兹弗兹大律师尴尬万分,只好休战。

那场冤枉的诉讼使匹克威克颇有心力交瘁之感,幸亏有山姆、老华德尔、老威勒这些忠实朋友的帮助,他才开始了新的生活。在小说的末尾，历来是租房居住的匹克威克在伦敦郊外的林间买了房子定居下来，他的信徒温克尔和斯诺格拉斯都结了婚，山姆也和他心爱的女仆玛丽结了婚，生了儿子，可谓诸事如意，皆大欢喜。匹克威克在田园之中找到了最好的安身之地，这无疑也表达了狄更斯对田园生活的向往，足以说明这一点的是，小说中有关田园的各章节比涉及大都市的章节轻松明媚得多。而最意味深长的是，狄更斯让匹克威克与地位和财富都不如他的山姆最后成了生死不渝的知音。《匹克威克外传》以大团圆结局，这不能不说有点落俗套。不过，这样的结局倒是挺合平民百姓的口味——平民百姓在现实中难以获得生活的美满，能让他们在小说的幻觉中找到暂时的心灵归宿或寄托，也不失为一件仁慈的事。

关于狄更斯和《匹克威克外传》还有很多可谈，比如《匹克威克外传》结构有点松散，有些章节语言有点啰嗦冗长，但限于篇幅，在此就不再赘述了。英谚有道是："一百个人有一百个哈姆莱特。"本文所展示的仅仅是译者本人对狄更斯及其《匹克威克外传》的粗浅理解。相信读者朋友在亲自读完《匹克威克外传》这部熔浪漫情趣与现实关怀、喜剧精神与悲剧意识于一炉的巨著之后，会对本书及狄更斯有更深的理解，会对世事人生有更透彻的感悟。

莫雅平

二〇〇二年八月

一八六九年版序言

在初版前言里我已说过,《匹克威克外传》的创作旨在对一些趣人趣事做点介绍,并不企望有什么精巧的布局,甚至在当时笔者都不认为那是很可行的,因为本书原本就是以散漫的形式问世的。而"匹克威克俱乐部"这一组织,由于在小说的创作进程中发现难以处理,因此也就渐渐被弃之一旁了。虽然就某一点而言,经验和研究后来使我有了长进,而且现在我或许可以指望用一条总的线索把各章节更紧密地连成一体了,但是目前的各章节仍然还是保持原貌,体现原来的意图。

我见过各种有关《匹克威克外传》来历的文章,无论如何,对我来说,它们都是极富奇谈魅力的。既然探讨本书缘起的文章时有出现,我或许可以推断读者诸君对此事也有点儿兴趣,因此我想在此说一说来龙去脉。

在我还是一个二十二三岁的小伙儿的时候,查普曼和霍尔两位先生迷上了我当时在《记事晨报》上撰写的或是刚发表于《老月刊》杂志的某些文章(其中一些最近已分两卷结集出版,由乔治·克鲁克山克先生插图),跑来约我写点东西以"先令月刊"的形式出版。这种刊物当时对我来说——我相信对其他任何人也是如此——只不过是模糊记忆中连载某种冗长小说的小册子而已。当年小贩们带着它们到全国各地兜售,而我在做人生学徒期满之前,还曾为其中一些洒过不少的眼泪呢。

当我打开我在弗尼韦尔旅馆的房门接待那位代表出版公司的经理时,我发现他不是别人,两三年前我正是从他手里买下了那本赫然登有我的处女作的杂志,而在那之前或以后我再没见过他。那篇登载在《小品文》上的文章题为《明斯先生及其表兄》,我是在一天的黄昏诚惶诚恐、战战兢兢地把它偷偷投进弗里特大街一条漆黑弄堂里的一家漆黑邮局的漆黑信箱的。投寄完之后,我便向威斯敏斯特会堂走去,钻进里面待了半个小时之久,因为我实在已因欢乐与自豪而泪眼模糊了,既看不清街上的一切,也不宜让人在街上看见那副尊容。我把不期而遇的巧合告诉了客人,我们俩都欣然认为是一个好兆头,接着便开始言归正传。

客人提供我的一个主张是,那个月刊什么的应便于西摩先生插图;另外还有一个主意——不知是那位可敬的幽默艺术家的点子,还是我的客人自己的——那就是,最好是写一个"猎迷俱乐部"的活动来与插图匹配:该俱乐部的成员将四出渔猎,因缺乏娴熟技巧而频频陷入困境。我提出了异议,因为考虑到我本人虽然生于乡间并受过一部分乡村教养,但除了对各种运动略知一二之外,决不是什么渔猎行家;再说,渔猎题材也并不新颖,早已被写滥了,还不如顺其自然,根据作品需要去插图,那样将会好得多;我乐意自己去自由发挥,在更广的范围内描写英国的风土人情;而且,不管开头时我给自己规定了什么样的路子,到最后我恐怕还是要从心所欲的。我的想法被采纳了,于是我想到了匹克威克先生,写出了第一期的文章;西摩先生根据校样画了一幅"匹克威克俱乐部"图,还画了其创始人的欢快肖像,后者是依据爱德华·查普曼先生对他经常见到的一个真实人物的衣着和举止的描述画成的。鉴于公司最初的提议,我让匹克威克先生和一个俱乐部联系了起来,还特意加入了温克尔先生这一人物,以备西摩先生之用。我们以二十四页而不是三十二页开始了第一期,用了四幅而不是两幅插图。第二期尚未出版,西摩先生便不幸突然逝世了,这就使一直议而未决的问题立即有了一个了断:每期改为三十二页,只用两幅插图，这样一直出到底。

我的确是极不情愿地注意到，有那么一些语焉不详、东拉西扯的说法被提了出来——声称是为了西摩先生着想——断言他在本书或其中的任何东西的创作中占有一份。前面的段落对此没有进行详实的描述。鉴于对一位艺术同僚的缅怀与敬意，也出于我的自尊心考虑，我谨以自我克制的态度心平气和地把一些事实记录于此：

凡在本书中能找到的情节、短语或字词，没有任何一个是由西摩先生创作或提议的。在本书才刊印二十四页，而四十八页的确尚未写出之际，西摩先生就去世了。我相信我这辈子都没见过西摩先生的字迹。除了一次之外我再没有见过西摩先生，那仅有的一次是在他去世的前一天晚上，那次他当然没有提任何建议。我是在有另外两人在场的情况下见到他的，那两人还活着，对所有这些事实一清二楚，而且我还持有他们对这些事实的书面证明书。最后一点是，爱德华·查普曼先生（起初的查普曼-霍尔公司的尚在世的创始人），出于类似的保存真相的目的，以书面形式记录下了他本人所知的本书缘起的情况，以及有关的各种毫无根据的臆断，甚至还向我们表明那些臆断是毫无真实可言的——依所记录的细节来看，这一点不言自明。由于我已决定采取的自制态度，我在此不再引述爱德华·查普曼先生对他那位已过世的搭档曾在某个场合认可那些臆断的记录。

我在《记事晨报》和那本《老月刊》杂志上署名为“鲍兹”，它不仅署在本书的第一期的封面上，而且以后还沿用了很久。这一笔名其实出自我所宠爱的小弟弟的绰号——出于对《威克菲尔牧师传》的敬意，我把他叫做“摩西斯”①，将鼻音戏谑地变一下，“摩

① 狄更斯很推崇的前辈作家哥尔斯密斯（1728—1774）所著《威克菲尔牧师传》中的一个人物的名字。

西斯”的发音便成了“鲍西斯”，再缩短一点，则成了“鲍兹”。远在我成为一名作家之前，我对“鲍兹”已熟悉到如数家珍的地步，因此采用它做了笔名。

有人说，随着小说的进展，匹克威克先生的性格发生了确确实实的改变，他变得更善良更明智了。我认为读者诸君只要仔细想一想，就不会觉得这种改变是牵强和不自然的：在现实生活中，凡是有几分幻想气质的人，首先给我们留下深深印象的是他那些异乎常人的怪癖，常常非要等到和他更熟了，我们才开始透过表层特征而发现他更好的一面。

我惟恐好心的人们不能明察（正如《清教徒》①当初问世时好心人不能明察一样），弄不清宗教与宗教口头禅截然不同，虔诚与虔诚外衣截然不同，弄不清谦恭地敬奉《圣经》的伟大真理迥异于抹煞其精义，只是将其字句大胆地乱用在最鄙俗的纷争和最卑微的生活琐事上，致使愚昧无知者为之大惑不解；鉴于诸如此类顾虑，我希望人们能够理解，在本书中被讽刺的永远是后者，而不是前者。更进一步说，讽刺后者乃是讽刺它与前者无法谐调，不可能与前者融为一体（所有的经验足以说明这点），乃是讽刺它是社会存在的最邪恶、最有害的谬误之一——就当前而论，不管其大本营是设在艾克塞特尔大会堂，还是艾贝内泽小教堂，还是两处兼而有之。对如此显而易见的问题，似乎无需赘述了。但是，对那种亵玩神圣事物、嘴上头头是道、心里却不把它当回事的行径，或是那种把基督教与某种人混为一谈的做法，提出抗议是永远不过时的——用斯威夫特的话来说，这类人所理解的宗教只足以使他们相互怨恨，而不是彼此相爱。

在翻阅本书重印本的时候，令我感到奇特而有趣的是：从本书

---

① 《清教徒》是英国历史小说家司各特所著历史小说。

开笔之初至今，几乎是在不知不觉之中，一系列重要的社会进步已在我们周围发生。虽然律师的许可证问题有待解决；陪审团微妙而尴尬的处境有待改观，国会选举的运作方式（也许甚至国会本身）也仍然有待改善；但是法制的改良已斩断了道森和福格先生之流的爪子，在他们的办事员中，一种自我尊重、相互容忍、教育与合作的精神已广泛传播开来，旨在达到上述良好目的；巨大的隔阂已被消除，公众于是得以享受现有的方便与利益，而历来使公众独受其害的诸多无谓的嫉妒、盲目与偏见，无疑也适时地被废止了；有关欠债入狱的法律被修改了；弗利特监狱也已经被拆除！

谁知道呢？等到一系列改良达到其目的之日，我们将会发现，就连城乡的长官们都得学会每天同“常识”与“正义”握手；就连《济贫法》都会怜惜老弱和不幸者；而学校，在基督教的普遍原则之下，将成为遍及这个文明国度的最美的装饰；就连监狱的大门也不仅外面被牢牢地封住，里面也牢实稳妥地拴紧了门闩；维持体面、健康生活所必需的一般财富将被普遍地分享，不仅富有者及国家将因此获得安全，就连最贫困者也能享受这种权利；还有那些微不足道的董事会和团体——与在它们四周怒吼的人类的海洋相比，它们比小水滴还要渺小——它们也将不再永远放任“热病”和“肺痨”肆意摧残上帝创造的众生，或是无休无止地拉起小提琴为“死亡之舞”伴奏！

第一章　匹克威克俱乐部诸君

照彻幽暗，使不朽的匹克威克的显赫生涯的早期历史从晦暗中凸现并显露其夺目光辉的第一缕亮光，来自于研读匹克威克俱乐部的下列文献记录；编者把这些记录呈献给读者，感到莫大的快乐，因为这足以证明，他在钻研交托给他的浩繁文献时是多么专心致志、勤奋刻苦，而且还具有不凡的眼力。

"一八二七年五月十二日。匹克威克俱乐部终身副社长约瑟夫·史密格斯老爷主持。一致通过以下决议：

"本会聆听了俱乐部总主席塞缪尔·匹克威克老爷提交的论文的宣读，论文题为《关于汉普斯德诸池塘水源之臆断及有关刺鱼①理论之若干意见》；本会感到纯粹的满足，并完全赞同其高见；为此，谨在此特向总主席匹克威克老爷致以最诚挚的谢意。

"因本会成员深知，这一著述——亦即俱乐部总主席匹克威克老爷在霍赛、海格特、布里克斯顿及坎伯威尔诸地所做之不懈研究——必然对科学事业大有裨益，故而他们自然而然地相信，假如延长这位学者的旅程，拓展其观察的范围，从而使其学说涉及更广阔的领域，那对知识的提高和学术的传播必然会有不可估量的贡献。

"鉴于上述认识，本会认真考虑了由前面已说过的总主席塞缪尔·匹克威克老爷及下面就要提到名字的另外三位匹克威克同

① 刺鱼，原文为 tittlebat，该词是儿童对 stickleback（刺鱼）的叫法。

仁提出的议案，即成立匹克威克同仁会的一个新的分支，定名为‘匹克威克俱乐部通讯社’。

“上述提案得到了本会的赞同和批准。

“因此，‘匹克威克俱乐部通讯社’正式成立，俱乐部总主席塞缪尔·匹克威克老爷及俱乐部成员屈赛·图普曼老爷、奥古斯都·斯诺格拉斯老爷、纳撒尼尔·温克尔老爷等四位被提名并聘任为通讯社成员，他们的职责是如实记录其旅行和考察，把对风土人情的观察、一路的各种奇遇以及有关各地景色或社团的全部故事和文件一一记录在案，随时向设在伦敦的匹克威克俱乐部汇报。

“本会诚挚地认可通讯社成员的准则，即各人支付自己的旅费，在此条件之下，绝不反对该社成员随意延长旅行时间以从事其考察。

“在此，理所当然，本会还要告知该通讯社各成员，对他们提出的自付信件邮资和包裹运费的提议，本会已加以认真考虑。本会认为这样的提议与提出者的伟大心灵是相配的，故而本会表示完全同意。”

会议秘书还补充了以下使我们深受其惠的记述——对一个临时旁观者来说，在上述决议的宣读过程中，那个光秃的脑袋以及那副热切地转向他（秘书）的脸的圆眼镜，看上去或许毫无不同凡响之处，然而对那些知道匹克威克的伟大头脑正在那一额头下工作，知道匹克威克炯炯有神的双眼正在那副眼镜后闪烁的人们，那一场景的确是引人入胜的。那个穷究了汉普斯德诸池塘之源头，并以其刺鱼理论轰动科学界的非凡人物就坐在那儿，冷静、沉稳地坐着，既像汉普斯德霜冻天的一池深水，又像潜伏在陶罐最隐秘处的一条孤独的刺鱼。而当信徒们异口同声地欢呼“匹克威克”时，那位显赫人物大感振奋，慢慢爬上他所坐的温莎宫椅，站在上面开始对他亲手创建的俱乐部发表演说，当时的情景是何等地引人入胜啊！那一激动人心的场面为艺术家提供了一个多好的研究课题！口若悬河的匹克威克，一只手优雅地背着藏在燕尾服的燕尾里，另一只手在空中挥舞着，为他慷慨激昂的演说平添了几分雄辩的力量。由于站到了椅子上，他的紧身裤和绑腿显露出来，它们假如是穿在一个平常人身上，或许会被人们忽略过去，可它们是穿在匹克威克身上，这就激起了一种——我们或许可以这么说——一种不由自主的敬畏。簇拥在他四周的，是自告奋勇分享他的旅途艰辛、从而也注定要分享其发现的荣耀的人们。他右边是屈赛·图普曼先生——这位过于多情善感的图普曼，除了年长者的智慧和经验之外，在最有趣又最情有可原的人性弱点——爱情方面，还具有男孩子的那种激情与冲动。虽然年岁与食物把他那一度风流潇洒的身材扩大了——黑色的丝绸背心已越变越大，它下面的金表链已一英寸一英寸地退出他的视野，他宽阔的下巴也渐渐侵占了白色领带的边界——但是图普曼的灵魂却始终未变——对女性的崇拜仍然是他的精神支柱。在他的伟大领袖的左边，坐着富于诗意的斯诺格拉斯，再往左则是好运动的温克尔，前者富于诗意地裹在一件带有狗皮领的神秘的蓝外衣里，后者则使新的绿色猎装、方格呢围巾和褐色厚呢紧身裤焕然生辉。

匹克威克先生在这次会议上的演说，以及当场引发的辩论，一并记载在俱乐部的会议记录里。两者都与其他著名团体的辩论极其相似。由于在伟大人物的言行之间寻找相似总是一件趣味无穷的事情，因此我们不妨把有关记载抄录于此。

“匹克威克先生认为（秘书说），荣誉是每个人心中最宝贵的。诗名远扬是他的朋友斯诺格拉斯最看重的；征服异性的荣誉对他的朋友图普曼同样重要；而他的朋友温克尔，最大的雄心壮志则是从田野、空中和水域的游艺中赢得荣名。他（匹克威克）不否认，他也受着人类情欲和人类情感的影响（阵阵喝彩）——可能还受制于人性的弱点——(一连串‘不’的高呼);不过他要说,假如他的胸中曾蹿起妄自尊大的火苗,一种首先为人类福利着想的欲望已有效地扑灭了它。人类的赞美是令他心驰神往的‘韵律’;博爱是他的保险公司。(热烈的喝彩)他感到有点儿骄傲——他坦率地承认这点,让他的仇敌们对此大做文章好了——在他把他的刺鱼学说公之于世的时候,他感到有点儿骄傲;那一理论也许会出名,也许不会。(一声‘出名了’的高呼和热烈的喝彩)他不妨认可他刚听到的那位匹克威克同仁的宣告——是出名了,但是,即使那篇论文的声名已远播到已知世界的最偏僻的角落,他作为论文作者将感到的骄傲,与眼下他环顾四周时所感到的骄傲相比,也是不足挂齿的——此时此刻才是他有生以来最引以为自豪的。(阵阵喝彩)他是一个卑微的人。(不,不。)但他还是禁不住感到他们选他出来,是要担负一项极其光荣、也有点儿危险的任务。旅行是一件麻烦事,马车夫们的头脑不清不楚的。大家不妨去外面看看,仔细瞧瞧周围上演的一幕幕活剧。到处有马车翻车、马儿脱缰、船只倾覆、锅炉爆炸。(喝彩——一声‘不。’)不吗?(喝彩声)请那位如此大声说‘不’的可敬的匹克威克同仁出来说说到底是怎么个‘不’法,假如他能说出来的话。(喝彩声)是谁在说‘不’?(热烈的喝彩声)是不是某个失意落魄的人——他不愿用‘杂货贩子之流’——(大声喝彩)——因嫉妒他(匹克威克先生)的研究所赢得的——或许是受之有愧的——赞扬,同时为自己可怜的争雄企图受到成堆的斥责而倍感痛苦,因而生出这卑鄙和诽谤的:

“布洛顿先生(他来自艾德格特)站起来发言。那位‘可敬的匹克威克同仁’是不是影射他?(‘秩序’,‘主席’,‘是的’,‘不是’,‘说下去’,‘别说了’,诸如此类呼声不一而足)

“匹克威克先生是不会被喧嚷封住嘴巴的。他是影射了那位可敬的绅士。(非同寻常的群情激动)

“布洛顿先生接着说,他以最大的轻蔑拒斥这位可敬绅士的下流无礼和不正当的责难。(大喝彩)这位可敬的绅士是一个骗子。(极大的骚乱以及大喊‘主席’和‘秩序’的叫唤)

“奥·斯诺格拉斯先生站起来发言。他站到了椅子上。(听呀)他想知道是否该任由两位同仁之间的这场不体面的争执持续下去。(听呀,听呀)

“主席深信那位可敬的同仁会撤消他刚才所用的字眼。

“布洛顿先生虽对主席怀有一切可能的敬意,却深信自己不能撤消。

“主席感到他有不可推卸的责任质问这位可敬的绅士,他刚才脱口而出的那个字眼是否是在通常意义上使用的。

“布洛顿先生毫不犹豫地说不是——他是按匹克威克同仁的意义说的。他理所当然要承认,就个人而言,他对那位可敬的绅士怀有最崇高的敬意;他只是按匹克威克同仁的观点认为他是一个骗子。(听呀,听呀)

“匹克威克先生对他可敬的朋友这一公正、坦白而充分的解释非常满意。他恳请得到谅解,他本人所说的话只是想得到一种匹克威克同仁式的解释而已。(喝彩声)”

会议记录到此结束;我们深信不疑,既然达到了如此令人满意的、可以理解的地步,争执也就自然到此为止了。读者诸君将在下一章读到的事实没有正式的记载,是从信件和其他权威手稿中认真校勘整理的,其真实可信毋庸置疑,故而让它们汇集成连贯的形式出现也无妨。

第二章　第一天的旅行，第一晚的遭遇，及其结果

太阳，各行各业最守时的仆人，刚刚兴起，开始照亮一千八百二十七年五月十三日的早晨。这时，匹克威克先生也像另一轮太阳一样，从睡眠中醒来了，他推开卧室的窗户，开始俯视外面的世界。高斯维尔街就在他的脚下，在他的右手边——再放眼远望，高斯维尔街延伸到了他的左手边；高斯维尔街的另一面则隐在了道路那边。“这便是那些哲学家的狭隘视野啊，”匹克威克先生想，“他们满足于观察摆在他们眼前的东西，却忽略了隐藏在视界之外的真理。至于我嘛，恐怕也未能免俗，也会满足于永远盯着高斯维尔街，丝毫不努力让目光穿过街道，深入到环绕在四周的无边乡野去。”在发了如此一番妙想之后，匹克威克先生开始把自己的身子塞进衣服。又把一些衣服塞进皮箱。伟大人物在这方面是很少拘于小节的；刮胡子、穿衣服和喝咖啡很快就完成了；一个钟头之后，匹克威克先生手里提着旅行箱，大衣口袋里放着望远镜，背心里揣着随时准备记下值得一记的发现的笔记本，来到了位于圣马丁广场的驿马车停车场。

“马车！”匹克威克先生叫道。

“来啦，先生。”一个模样古怪的人叫道。他穿着粗麻布上衣，系着同样料子的围裙，脖子上挂着一个带号码的铜牌，仿佛他是一件被分类收藏的什么稀罕之物似的。这是一个饮马的人。“来啦，先生。瞧，有了，第一辆车！”那第一辆马车被饮马人从他刚才

抽这一天的第一袋烟的酒店里叫了过来，于是匹克威克和他的皮箱一股脑进了马车。

“去金十字。”匹克威克先生说。

“不过一个子儿的小买卖，汤米。”在马车开动的时候，马车夫悻悻然地叫道，是说给他的朋友——那个饮马人听的。

“这匹马有几岁了，朋友？”匹克威克先生问道，同时把他准备用来付车费的那个先令在鼻子上蹭来蹭去。

“四十二岁。”车夫一边回答，一边斜眼瞟了他一下。

“什么！”匹克威克先生脱口惊叫道，同时伸手去摸他的笔记本。车夫把他的答复重复了一遍。匹克威克先生紧盯着那个人的脸，可那是一副坚定不移的样子，于是他立即记下了车夫的话。

“你每一次让这马出来拉多长时间的车呢？”匹克威克先生问道，想了解更多的情况。

“两三个星期。”车夫回答说。

“几个星期！”匹克威克先生惊叫道——笔记本再次掏了出来。

“它要是回家，就是到它住的潘顿维尔去。”车夫冷冰冰地说道，“但我们很少拉它回去，因为它太虚弱了。”

“因为它太虚弱！”大惑不解的匹克威克先生重复道。

“把它从马车上解下来时，它总是跌倒在地上，”车夫继续说，“但只要把它套上车，我们就把它拴得牢牢的，拉得紧紧的，这样它就不大容易跌下去了。另外我们还有一对很大很大的轮子，只要它真的走动起来了，轮子就在后面赶着它，它就得往前跑——它不得不跑。”

匹克威克先生把听到的情况一字不差地记在了笔记本上，打算把它汇报给俱乐部，作为马儿在恶劣条件下倔强坚忍的一个非凡例证。记录刚好做完，他们已到达金十字。车夫跑下马车，匹克威克先生也钻出了座厢。一直在焦急地等待着他们的杰出领袖的图普曼先生、斯诺格拉斯先生和温克尔先生一齐拥上来接驾。

“给你车费。”匹克威克先生说，把那一先令递给车夫。

令这位饱学之士大感惊讶的是，那个莫名其妙的家伙居然把钱扔在人行道上，而且还暗示希望能有幸向他（匹克威克先生）讨教几招，谁决斗获胜，钱就归谁。

“你疯了吧。”斯诺格拉斯先生说。

“要不就是喝多了。”温克尔先生说。

“或者兼而有之。”图普曼先生说。

“来呀！”马车夫说着，挥开双拳，样子有如一座机械钟，“上呀——你们四个一齐上。”

“有好戏啦！”五六个马车夫喊道，“动手呀，山姆，”——他们怀着极大的兴致围住了较量的双方。

“吵什么呀，山姆？”一个戴黑色印花布袖套的绅士问道。

“吵什么！”马车夫回答说，“他要我的号码干什么？”

“我没要你的号码呀。”吃惊的匹克威克先生说。

“你记下我的号码干什么，嗯？”车夫问道。

“我没有记。”匹克威克先生愤慨地说。

“谁会相信呢？”车夫继续向围观的人申斥，“谁会相信呢？明明是一个告密者，坐上人家的车子，一路上不只记下人家的号码，还记下人家所说的一字一句。”（匹克威克先生脸上闪过一缕亮光——原来与笔记本有关。）

“他到底记了没有？”另一个车夫问道。

“记了，没错，”第一个车夫说，“在激怒我和他决斗之后，他又找来三个人替他作证。但我也豁出去了，哪怕蹲上六个月局子。上呀！”马车夫一点也不顾惜自己的私人财产，他把帽子往地上一扔，接着一拳打掉了匹克威克先生的眼镜，紧接着又朝匹克威克先生的鼻子打了一拳，第三拳打在斯诺格拉斯的一只眼睛上，第四拳则变了花样，击中的是图普曼先生的腰部，然后他蹦到马路上，接着又跳回人行道，最后把温克尔先生体内暂存的一点士气打了个烟消云散；所有这一切都是在五六秒钟之内完成的。

“警官在哪儿？”斯诺格拉斯先生问道。

“把他们弄到水龙头下浇一浇。”一个卖热饼的人提议说。

“你们会受罚的。”匹克威克先生气喘吁吁地说。

“告密的家伙！”围观的人们在大喊。

“来呀。”那个始终在舞拳弄脚的车夫叫道。

迄今为止，围观的群众还只是一些看热闹的被动看客，但随着匹克威克一干人是告密者的消息传开，众人已开始热烈地讨论把那个已来劲的卖饼人的提议付诸实施是否适当的问题了。若不是半路杀出一个人来调停，致使骚乱出人意外地告终的话，众人会造成什么样的人身侵害就难说了。

“什么好事？”一个个子很高、穿绿色外套的瘦瘦的年轻人开了腔，他从停车场突然冒出头来。

“是些告密的家伙！”群众再次喊道。

“我们不是。”匹克威克先生吼叫说，他那种语调在任何一个冷静的人听来都是令人信服的。

“不是，嗯——到底是不是？”年轻人看着匹克威克先生说，一边指挥若定似的用手肘支开围观者们的脸庞挤了进来。

那位饱学之士以匆匆数语说清了事实真相。

“那么跟我来，”那个穿绿上衣的人说，他用力拖着匹克威克先生跟在他身后，一边不停地往下说，“喂，九百二十四号，把车钱拿去，走你的路——可敬的绅士——我和他很熟——你们别胡扯——这边走，老爷——您的朋友们在哪儿？——纯属误会，我知道——别在意——意外是难免的——最有教养的家庭——不要丧气——倒霉呗——拉他起来——给他烟斗里塞点儿——喜欢那种味儿——那些该死的恶棍。”那个陌生人一边口若悬河似的说着诸如此类的一长串不连贯的短句，一边领着路向候车室走去，匹克威克先生及其信徒紧跟在后面。

“喂，招待！”陌生人叫道，一面使劲打铃，“每人来一杯——对水的白兰地，要热的，浓的，要甜，要满——先生，眼睛伤着了？招待，拿生牛排来给这位老爷治眼睛——治淤伤没有比生牛排更好的啦，先生；冰冷的路灯柱子固然也很好，只是怪不方便的——在空荡荡的街上站他半个小时，把眼睛贴在路灯柱子上。真是怪别扭的——啊——太好了——哈！哈！”紧接着，陌生人连气都没歇一口，就一口灌下了半品脱热气腾腾的对水白兰地，然后他一屁股坐进椅子惬意无比地靠着，好像没发生过任何不寻常的事儿似的。

在三位伙伴忙于向他们的新相识大致其谢的时候，匹克威克先生偷闲观察了一下那位新相识的外貌与打扮。

他大概是中等身材，但瘦削的身体和长长的双腿使他看上去比实际高度高得多。他那件绿上衣，在流行燕尾服的岁月是一件漂亮时髦的礼服，但在当时显然是由一个比陌生人矮得多的人穿的，因为那对已弄脏并褪色的衣袖几乎够不着他的手腕。他的衣服扣得紧紧的，一直扣到下巴，绷得那么紧，简直有马上从背后裂开的危险；领口处看不见衬衣领的踪影，只围着一条旧的宽领带。他窄小的黑裤子到处是磨得发亮的补丁，表明裤子很有些年月了；裤管紧扎在一双带补丁的鞋子上方，仿佛想拦住脏兮兮的白袜子，但袜子还是清楚地露出来。他的长发从皱巴巴的旧高顶帽两边蓬乱地逸出，有如浊浪！在手套口和衣袖口之间，还可以瞥见他光光的手腕。他脸庞瘦削，一脸沧桑，但却有某种难以言传的神气贯穿全身——生气勃勃的厚颜莽撞加不折不扣的泰然自若。

这就是匹克威克先生透过眼镜凝视的那个人（匹克威克先生

幸运地找回了他的眼镜),在他的朋友们倾尽了感激之辞之后,他接着又以精心选择的措辞对这个人刚才的援救表达最热忱的谢意。

“别在意,”陌生人说道,有点唐突地打断了匹克威克先生的话,“说够了——别再说了;那个车夫可真不赖,五拳打得真漂亮;可我要是你那位穿绿大衣的朋友——见鬼——捶他的脑袋瓜子好了——毫不客气——只要出一口气的工夫,——还有那个卖饼的——不是瞎吹的。”

这有条有理的讲话被开往罗彻斯特的马车的车夫突然打断了,车夫宣布说“海军司令号”马上就要开了。

“海军司令号!”陌生人说着跳了起来,“我的车——座位订好了——外面的位置——只好让你们付酒账——得有五块零钱——冒牌银子——假币——没用——不走吧——呃?”他极其世故地摇了摇头。

说来也巧,匹克威克先生和他的三个伙伴也决定把罗彻斯特作为他们的第一站。在向新相识说明了他们也要前往同一个城市之后,大家都同意坐马车背后的座位,这样就可以坐到一起了。

“上吧,”陌生人说着,毛手毛脚地帮助匹克威克登上车顶,动作是那么莽撞,大大损害了那位绅士的庄重举止。

“有行李吗,先生?”车夫问道。

“谁——我吗?就这个棕色纸包,没别的——其他行李走水路,——几个箱子,钉好的——像屋子那么大,很重,很重,重得要命。”陌生人回答道,一面把棕色纸包尽可能往口袋里塞,这足以让人疑心里面不过装了一件衬衫和一块手绢而已。

“脑袋,脑袋,当心脑袋。”在他们从低矮的拱门下经过时,那个喋喋不休的陌生人叫道。在那年月,停车场的入口便是那种小拱门。“可怕的地方——危险买卖——几天前——五个孩子——

母亲——高个儿的女人，在吃三明治——忘了拱门——咔嚓——撞击声——孩子们回头一看——妈妈的头没了——三明治还在她手里——只是没嘴可吃它了——一个家庭的脑袋没啦——吓人，吓死人啦！在看白厅吗，先生——好地方——小窗户——那儿另一个人的脑袋搬了家，是吗，先生？——他也不够留神儿——是吗，先生，呃？”

“我在沉思，”匹克威克先生说，“在想人间世事的变幻无常。”

“啊，我明白了——头一天从王宫的大门进去，第二天从窗户出来。你是哲学家吧，先生？”

“是人性的观察者，先生。”匹克威克先生说。

“噢，我也是。多数人在没啥可做也没啥可获时都是这样的。是诗人吗，先生？”

“我的朋友斯诺格拉斯先生倒是颇有诗才。”匹克威克先生说。

“我也有，”陌生人说，“史诗——一万行——七月革命——当场写成的——白天是马尔斯，晚上是阿波罗，①——野战炮轰响，七弦琴高唱。”

“你亲自参与了那个壮烈场面吗，先生？”斯诺格拉斯先生问道。

“亲临其境！那当然。② 拿着滑膛枪开火——心中也闪出火花——立即冲进酒馆——把灵感写下——再回去开火——嘶，砰——又有新的灵感——再回酒馆——笔呀墨呀——再回去——

---

① 马尔斯(Mars)是希腊神话中的战神。阿波罗(Apollo)是希腊神话中的太阳神，司音乐和诗歌等。陌生人以此两人自比，意思是他白天是战士，晚上是诗人。

② 这是金格尔先生的想象极具预言力的突出例证，因为这段对话发生在1827年，而那场革命发生在1930年。——原注

连杀带砍——高贵的时代，先生。是游猎家吗，先生？”他突兀地转头对温克尔先生。

“虚有其名，先生。”那位绅士回答说。

“好的消遣，先生——好消遣——养了狗吗，先生？”

“目前还没有。”温克尔先生说。

“噢！你该养几条狗——挺好的动物——伶俐极了——我从前有条狗——短毛猎狗——本能惊人——有一天围猎——进入围场——哨子吹响——狗立定不动——再吹——庞托——还是不动；木头似的僵立着——喊它——庞托，庞托——照样不动，一副惊呆样儿——狗盯着一块牌子——我抬头一看，见上面写有告示——‘猎场看守奉令行事，凡入本猎场之狗格杀勿论。’——去不得呀——多棒的狗——多可贵的狗——太可贵啦。”

“非同寻常的事儿，”匹克威克先生说，“能允许我把它记录下来吗？”

“当然，先生，当然——这同一动物的趣事还有百多件哩。——漂亮姑娘啊，先生。”这是对屈赛·图普曼先生说的，他正朝路边的一位年轻女士投去各种各样的非匹克威克做派的目光。

“非常漂亮。”图普曼先生说。

“英国姑娘不如西班牙姑娘漂亮——高贵的尤物——黑玉般的头发——乌黑的眸子——可爱的身段——甜蜜的可人儿——真漂亮。”

“你在西班牙住过吗，先生？”屈赛·图普曼先生说。

“住过——很长时间。”

“韵事不少吧，先生？”图普曼先生问道。

“韵事！数以千计。博拉诺·费茨基格老爷——大公爵——独生女儿——克里斯蒂娜小姐——绝色美人——爱我爱得神魂颠倒——嫉妒的父亲——灵魂高贵的小姐——英俊的英国男子——克里斯蒂娜小姐陷入绝望——喝了氢氰酸——我皮箱里有洗胃器——做了手术——老博拉诺神志恍惚——同意我们结合——握手言和,泪如泉涌——好浪漫的故事——太浪漫了。"

"那位女士现在在英国吗,先生?"图普曼先生问道,有关那位女士的魅力的描绘给他留下了深刻印象。

"死啦,先生——死啦,"陌生人说,一边掏出一块残缺不全的旧麻纱手绢擦拭右眼。"洗胃也没用,再没有康复——毁了体质——成了牺牲品。"

"她父亲呢?"充满诗意的斯诺格拉斯先生问道。

"后悔不迭,悲痛万分,"陌生人回答说。"他突然失踪——轰动了全城——到处找遍了——白费力——大广场的喷泉突然不喷了——九个星期过去——还是堵着——请来工人通管道——抽干水——发现了岳父,他的头塞在大水管里,右边的靴子里有一份完整的忏悔书——把他拉了出来,水管又喷水了,与往常一样。"

"允许我把这小小的浪漫事情记录下来吗,先生?"斯诺格拉斯先生说,他已深受感动。

"当然,先生,当然——你要是想听,还有五十多个哩——我的生活可奇啦——够奇的——不是说了不得,只是说少有。"

陌生人以这种口气侃了一路,只是在换马的时候来上一杯啤酒作插曲,等马车到达罗彻斯特桥时,匹克威克先生和斯诺格拉斯先生两个人的笔记本,都已记满了有关他的奇遇的精彩选段。

"多棒啊!"当罗彻斯特古堡进入视野的时候,奥古斯都·斯诺格拉斯先生带着他不同凡俗的盎然诗兴说道。

"考古学家的好课题!"匹克威克先生在把望远镜罩到眼睛上时这样说。

"啊! 多好的地方,"陌生人说,"荣耀——皱着眉头的墙壁——摇摇欲坠的拱门——幽黑的角落——崩溃的楼梯——还有古老的教堂——泥土气味——被香客们的脚磨损的台阶——撒克逊风格的小门——忏悔室像戏院的售票房——僧侣就是古怪的顾客——教皇们,财政大臣们,以及各种各样的老家伙们,红红的宽脸,残缺的鼻子,每天都来露面——还有软皮短上衣——火绳枪——雕花石棺——好地方啊——还有古老的传说——稀奇的故事,第一流的。"陌生人就这样不停地自言自语,直到马车到达高街,在公牛旅馆门前停下。

"你住这儿吗,先生?"纳撒尼尔·温克尔先生问道。

"这儿嘛——我不住——不过你们住这儿倒最好——房间不错——床铺挺棒——仅次于赖特旅馆,可贵啦——非常贵——光叫一叫招待就要你半克朗①——你要是在朋友家用餐而不在咖啡间,宰的钱还要多——全是些要命的家伙——真要命。"

温克尔先生转向匹克威克先生,嘟哝了几句;匹克威克先生又和斯诺格拉斯耳语,后者又和图普曼先生说悄悄话,然后大家相互点了点头。接着匹克威克先生对陌生人开了腔:

"今天早上你帮了我们一个大忙,先生,"他说,"为聊表谢意,我们恳请你与我们共进晚餐,能赏脸吗?"

"非常乐意——不敢冒昧点菜,不过烤鸡和香菇嘛——好极了!什么时候?"

"让我想想,"匹克威克先生一边回答,一边看了看手表,"现在差不多三点。五点钟怎么样?"

"正合我意。"陌生人说,"五点整吧——回头见——多保重。"陌生人把他那顶皱巴巴的高顶帽抬起几英寸,又把它随意地歪戴在头的一边,然后匆匆走出院子上了大街,他那个棕色纸包有半截

① 克朗,旧时英国货币单位,一克朗约值五先令。

露在口袋外面。

“显然是一个周游列国见过世面的人，对人类和世事观察入微。”匹克威克先生说。

“我真想读读他的诗。”斯诺格拉斯先生说。

“我要是能见到那条狗多好。”温克尔先生说。

图普曼先生没有吭声，但他念念难忘克里斯蒂娜小姐，那个洗胃器，还有那个喷泉；他的双眼盛满了泪水。

在订了一间专用的会客室、看了房间并点了晚餐之后，他们一行人走出旅馆，开始在市区和附近郊区散步观光。

细读匹克威克先生有关斯特劳德、罗彻斯特、查特姆和布朗顿这四个市镇的记载，我们发现他对它们的印象与其他到过这些地方的人的印象没有多大区别。他的概括性描述可以轻而易举地摘录如下。

“这些市镇的主要产品，”匹克威克先生说，“好像是士兵、水手、犹太人、白垩、虾米、官吏和船坞工人。在闹市出售的主要商品有船舶用品、杏仁糖、苹果、比目鱼和牡蛎。街上显出一派生气勃勃的景象，主要是军人们的饮酒欢宴所致。这些英勇的男儿在自身的火气与烈酒的作用下踉跄行走在街上，这在一个慈爱厚道的人看来实在是赏心悦目；追随他们、和他们打趣给男孩子们提供了廉价而无邪的娱乐，一想到这一点我们就尤其感到开心。无论什么（匹克威克先生补充说）都扫不了他们的兴。就在我们到达的前一天，他们中的一员在一个酒店受到了莫大的侮辱——酒吧女招待执意拒绝再给他添酒，为此，他掏出刺刀（仅仅为好玩儿）并扎伤了那个姑娘的肩膀。而第二天早上，这位好汉照常又去了那家酒店，而且是头一个到的，他表示他是不计前嫌的，已经忘记头晚发生的事儿。

“这些市镇的烟草消耗量（匹克威克先生补充说）一定非常之

巨，弥漫于大街小巷的那种烟味对极其好烟的人来说一定极其沁人心脾。这些市镇最令人注目的特点是尘土飞扬，这或许会令一个走马观花的游客感到讨厌，但在那些视它为交通繁忙、生意兴隆的人来说，那的确是妙不可言的。”

快到五点的时候陌生人来了，不久晚饭也来了。他已卸掉那个棕色纸包，但是衣服没换；另外，他的话比先前更多了——如果还有这种可能的话。

“那是什么？”当侍者揭开一道菜的盖子的时候，他问道。

“鲽鱼，先生。”

“鲽鱼——啊！——好鱼呀——可都是伦敦货啊——马车公司的股东们举行政治宴会——一车一车地装鲽鱼——篓子几十个——这些家伙够精的。来杯酒吧，先生？”

“乐意奉陪。”匹克威克先生说。于是陌生人喝起酒来，先是和匹克威克先生干杯，接着和斯诺格拉斯先生，然后和图普曼先生，再往后是和温克尔先生，最后是和大家。他喝酒的速度几乎和他说话的速度一样。

“楼梯间乱哄哄的，招待，”陌生人说，“人影上去——木匠下来——灯呀，玻璃杯呀，竖琴呀。准备干什么？”

“舞会，先生，”招待说。

“集会，呃？”

“不，先生，不是集会，先生。是为慈善目的举办的舞会，先生。”

“这个城市有很多漂亮女人，你知道吗，先生？”图普曼先生问道，表现了十足的兴趣。

“绝色——太棒了。肯特郡，先生——人人都知道肯特郡——苹果、樱桃、蛇麻和娘儿们。喝一杯吗，先生？”

“乐意奉陪。”图普曼先生回答说。陌生人倒满酒，一饮而尽。

“我很想参加，”图普曼再次回到舞台的话题，“非常想去。”

“票在吧台有售，先生，”招待插话说，“每位半个畿尼①，先生。”

图普曼先生再一次表示渴望参加，但由于从斯诺格拉斯先生暧昧的目光或匹克威克先生心不在焉的凝视中找不到回应，他只好把极大的兴趣倾注到红葡萄和刚上桌的餐末甜点心上。招待退下了，留下这群食客饱享餐后的惬意时光。

“劳驾，先生，”陌生人说，“酒瓶不动了——转一圈——太阳的线路——一口闷——别留尾巴。”他一口喝完了大约两分钟前才倒的酒，接着又倒了一杯，整个儿一副老于此道的派头。

酒喝完了，又上了一瓶新的。来客神侃，匹克威克们倾听。图普曼先生越来越渴望参加舞会了。匹克威克先生满脸闪耀着博爱的仁慈之光，而温克尔和斯诺格拉斯先生则不胜酒力沉睡过去了。

“他们在楼上开始了，”陌生人说，“你听听乐队——小提琴在调音——现在是竖琴——跳舞开始了。”传至楼下的各种声音宣告了第一轮四对舞的开始。

“我好想参加。”图普曼先生说。

“我也是，”陌生人说，“该死的行李——笨重的船——没有礼服参加——别扭，不是吗？”

广泛行善本是匹克威克信条的主要特征之一，而图普曼先生遵循这一高贵信条的热忱更是谁也无法攀比的。这位杰出人物指引施舍的对象去别的会友家弄旧衣服或救济金的例子，在通讯社的记事录中多得简直不可思议。

“我倒很乐意借一套衣服给你去参加舞会，”屈赛·图普曼先

① 畿尼，1663 年英国发行的一种金币，一畿尼相当于二十一先令，1813 年停止流通。

生说，“只可惜你那么瘦，而我——”

“太胖——长大的巴库斯——摘了叶冠——跌下酒桶，穿了粗衣①，呃？——不是蒸馏了两次，倒是稀释成了两倍——哈！哈！——递酒来。”

到底图普曼先生是为陌生人叫他递酒时所用的专横口气感到有些愤慨——陌生人喝酒够快的，还是作为匹克威克俱乐部要员被可耻地比作跌下宝座的巴库斯使他理所当然感到受了侮辱，其中的真相不能完全肯定。他把酒递过去，干咳两声，严厉地盯了陌生人几秒钟，但由于那位先生泰然无事，在他探究的目光下非常镇静，因此他也渐渐心平气和了，重回到舞会的话题上。

“我刚才想告诉你，先生，”他说，“虽然我的衣服太大了，不过我的朋友温克尔的衣服或许能合你的身。”

陌生人瞟了一眼温克尔先生的身材，脸上闪耀出满意的亮光，当即说“妙极了！”。

图普曼先生看了看周围，此前已在斯诺格拉斯先生和温克尔先生身上显示其催眠作用的酒，如今已在匹克威克先生的感官上悄然生效。这位先生已逐步经历了由饱餐而产生的昏睡的各个先期阶段，经历了那常见的沉浮——从欢乐的顶峰坠入不幸的深渊，再由不幸的深渊飞升到欢乐的顶峰。就像街边的一盏煤气灯，管子里冒着气，这会儿闪出一阵不自然的光辉，接着又暗下去了，弱得简直看不见，而过一会儿，又会再次照耀片刻，然后随着一阵摇晃不定的闪烁，最后以彻底熄灭告终——匹克威克先生的头垂在胸口，表明这位伟人的生命存在的惟一可听见的迹象，便是他那持续不断的鼾声以及偶尔夹杂其中的局部哽咽。

---

① 巴库斯，罗马神话中的酒神，相当于希腊神话中的狄俄尼索斯，头戴葡萄藤叶冠，以酒桶为宝座。此处谑称图普曼像失去尊位并发了胖的酒神。

参加舞会并一睹肯特郡美人们的芳容，这对图普曼先生是极具诱惑力的。而带陌生人一道去赴会也具有同样的诱惑力。他对这个地方及其居民完全不熟悉，而那个陌生人好像对这两者都了如指掌，仿佛他从小就在此地土生土长。温克尔先生在沉睡着，图普曼先生凭其丰富经验断定，一旦他醒过来，按很自然的规律，他会昏昏沉沉往床上一滚便蒙头睡去。他在犹豫不决。“你自个儿斟满，再把酒递过来。”那位不屈不挠的来客说。

图普曼先生照办了，追加的最后一杯兴奋剂使他下定了决心。

“温克尔的卧室在我的里间，”图普曼先生说，“我要是现在喊醒他，没法让他明白我需要什么。我知道他有一套礼服，放在一个毡呢旅行箱里，你要是穿着它去参加舞会，回来时再脱下来，我可以把它放回原处，根本不用麻烦他。”

“棒极了，”陌生人说，“妙计——该死的别扭处境——十四件上衣锁在那些箱子里，不得不穿另一个人的衣服——倒是一个好想法，是的——好极了。”

“我们得去买票。”图普曼先生说。

“犯不着把一个畿尼兑开，”陌生人说，“依我看，猜硬币决定谁做东好了。你旋——第一次——女人——女人——迷人的女人。”金币停了下来，“龙”在上（“龙”是对女人的恭维叫法）。

图普曼先生打了铃，买了票，还要了卧室的烛台。不出一刻钟，陌生人已用纳撒尼尔·温克尔的整套礼服全副武装起来了。

“崭新的衣服，”当陌生人在一面穿衣镜前洋洋自得地自我欣赏时，图普曼先生说，“是第一件钉上本会特制纽扣的衣服。”他叫他的伙伴注意那颗大大的镀金纽扣，扣子中央是匹克威克的半身像，两边都有“P. C. ”两个字母。

“P. C. ，”陌生人说，“古怪图案——老人头，还有 P. C. ——

P. C. 代表什么——特制上衣吗①,呃?”

图普曼先生带着越来越强的愤慨和很大的自豪对纽扣的神秘设计做了解释。

“腰身短了些,不是吗?”陌生人说着,旋了旋身子,以便从镜中瞥见腰带处的纽扣——它们在他后背的中间部位。“多像邮差服啊——那些邮差服怪模怪样的——承包制作的——根本不量尺寸——老天的安排真是神秘难测——所有的矮个子都穿着长衣服——所有的高个子都穿着短衣服。”就这样,图普曼先生的新伙伴一边不停地唠叨,一边调整好了他的衣服——或者不如说温克尔先生的衣服,然后在图普曼先生的陪同下走上了去舞厅的楼梯。

“尊姓大名,先生?”门口的仆人问道。屈赛·图普曼正准备上前亮出名号,陌生人突然阻止了他。

“无需通名报姓,”说完他便对图普曼先生耳语起来——“姓名报不得——不够出名——虽说名号挺不错,可毕竟不是大名鼎鼎——在小圈子里顶呱呱的名字,在公共集会却留不下什么印象——隐名埋姓倒还好些——就说伦敦来的绅士——尊贵的外宾——怎么说都行。”门被打开了,图普曼先生和陌生人进了舞厅。

那是一个长长的房间,摆着些带深红色椅套的长椅子,还吊着一盏点有蜡烛的枝形玻璃吊灯。乐师们安稳地集中在一个比舞池高的凹处。舞池里有两三对跳舞者在有板有眼地跳着四对舞。隔壁的牌室里有两个牌局,两对老太太和两对胖绅士在玩“惠斯特”牌戏。

舞曲的最后一节结束,舞客们在房间里散步,图普曼先生和他的伙伴待在一个角落里,好观察场上的人们。

---

① P. C. 是匹克威克俱乐部的英文简写,而“特制上衣”的英文缩写恰恰也是P. C. 。

"等一会儿,"陌生人说,"好戏待会儿才上场——贵人还没驾到哩——奇怪的地方——同是造船厂的人,地位高的不认识地位低的——造船厂地位低的人,又不认识一般的乡绅,一般乡绅又不认识生意人——地方长官则不认识任何人。"

"那个浅色头发、粉红眼睛、穿奇装异服的小男孩是谁?"图普曼先生问道。

"嘘,别出声——什么粉红眼睛——奇装异服——小男孩——胡说八道——是第九十七团旗手——威尔莫特·斯耐普大人——出身名门——斯耐普家族——非常——"

"托马斯·克拉伯爵士、克拉伯夫人、克拉伯小姐到!"守门的仆人以洪亮的声音叫道。一阵巨大的轰动传遍全场,因为进来了一位高大绅士,穿着钉有亮闪闪的扣子的蓝衣服,还有一位穿蓝缎子的块头可观的太太以及两位块头相似、穿同样颜色时髦服装的小姐。

"是长官大人——造船厂的头儿——大人物——了不得的大人物。"在慈善委员会把托马斯·克拉伯爵士及其家人引领到房间的首席时,陌生人凑在图普曼先生的耳边低声说道。威尔莫特·斯耐普大人和其他显贵们簇拥在克拉伯小姐们周围表示敬意,托马斯·克拉伯爵士则笔直地站立着,从他的黑领带上方威严地看着与会的众人。

"史密西先生、史密西夫人和史密西小姐们到。"这是第二项宣告。

"史密西先生是什么人?"屈赛·图普曼先生问道。

"造船厂的一个什么官。"陌生人回答。史密西先生谦恭地向托马斯·克拉伯爵士鞠躬致敬,托马斯·克拉伯爵士故作谦和地接受了敬意。克拉伯夫人通过望远镜对史密西太太和小姐打量了一番,而史密西太太则对另一位某某太太瞪眼盯了几眼,这位太太的丈夫根本不是造船厂的。

“布尔德上校、布尔德上校夫人和布尔德小姐到。”这是接下来的宣布。

“要塞驻军的头儿。”陌生人说，以回应图普曼先生询问的目光。

布尔德小姐受到了两位克拉伯小姐的热情欢迎；布尔德上校夫人和克拉伯夫人之间也互致了最亲切的问候；布尔德上校和克拉伯爵相互递了鼻烟壶，他们俩活像一对亚历山大·塞尔科克①——“他们所视察的一切的君王”。

当地的贵族——布尔德一家、克拉伯一家以及斯耐普一家——在房间的首席区域如此这般地维持他们的尊严的同时，其他阶层的人们也在房间的其他区域学着他们的样儿。九十七团那些相对不够尊贵的军官们在对造船厂那些不很重要的官吏们的家眷大献殷勤。律师们的妻子和酒贩的妻子领导着另一阶层（酿酒商的妻子拜访布尔德一家去了）；汤姆林森太太，邮局代办，看来是经双方同意被选作了生意人一行的领头人。

还有一位在他自己的圈子里颇受欢迎的人物，一个小胖子，他脑袋周围直竖着一圈黑发，中间是一大片光秃的平原——这就是斯拉默大夫，第九十七团的军医。这位大夫与每个人都共享鼻烟，跟每个人都交谈，他大笑呀，跳舞呀，说笑话呀，玩惠斯特牌戏呀，可谓无所不做，无处不在。这一切本来已花样够多的了，可是这位小个子医生还有一件比什么都更重要的事情——孜孜不倦地向一位矮小的老寡妇奉献他最坚决、最热烈的殷勤；这位寡妇的富丽衣着和堂皇饰物，表明她对有限的收入来说是一个极其中意的补助。

---

① 亚历山大·塞尔科克（1676—1721），苏格兰水手，曾在海难后漂流到一荒岛上，在那里生活了四年，后来获救。后来笛福以他的经历为原型写成了名著《鲁滨孙飘流记》。

图普曼先生和他的同伴都盯了医生和寡妇好一阵子，然后是陌生人打破了沉默。

“有的是钱——老姑娘——哗众取宠的医生——主意不错——不乐白不乐。”这些话清清楚楚从他嘴里说了出来。图普曼先生以探询的目光看着他的脸。

“我要和那个寡妇跳舞。”陌生人说。

“她是谁呀？”图普曼先生问道。

“不知道——这辈子从没见过——赶走医生——这就干。”于是陌生人走到房间的那一边，靠在壁炉台上，开始带着饱含敬意与忧郁的仰慕神情盯着那位小个子老妇人的胖脸。图普曼先生看在眼里，目瞪口呆。陌生人进展神速；小个子大夫在和另一位女士跳舞；寡妇把扇子跌落在地，陌生人把它捡起来并呈了上去——一个微笑——一个鞠躬——一个行礼——几句交谈。陌生人大胆地走向司仪，然后和他一起走了回来；几个介绍的手势之后，陌生人就和布吉尔太太进入了四组舞的行列。

如此的速战速决固然令图普曼先生大感惊讶，然而它与那位大夫的惊恐相比就不足挂齿了。陌生人年纪轻轻，寡妇颇感得意。大夫的所有殷勤都没被寡妇看在眼里，而他的满腔愤慨对他那位泰然自若的情敌来说整个儿是徒劳而已。斯拉默大夫呆若木鸡了。他，第九十七团的斯拉默军医，顷刻之间居然败在一个无名小辈手下，这个人不仅以前无人见过，而且到现在都还没人知道他姓甚名谁！斯拉默大夫——第九十七团的斯拉默大夫被遗弃了！不可能！怎么能这样！然而这是事实。他们正在那儿起舞。什么！还介绍给他的朋友！简直难以相信他的眼睛！他再次定睛细看，不得不痛苦地承认他的视觉的准确性；布吉尔太太正在和图普曼跳舞，这是千真万确的事实。那寡妇就在他面前，她蹦过来蹦过去，那股活泼劲儿非比寻常；而图普曼先生也在跳来跳去，他一脸的庄严肃穆（像很多跳舞的人一样），仿佛四组舞根本不是什么可笑可乐之事，而是一种对情感的严峻考验，非有不屈不挠的决心才能胜任。

大夫沉默而坚忍地忍受了这一切，以及随后所有的端饮料、斟酒、找饼干和献殷勤；但是当陌生人走出去送布吉尔太太上马车的时候，他等了几秒钟就迫不及待地冲出了房间，压抑至今的所有愤懑从他脸上的各个部位迸发出来，并且他还激动得浑身是汗。

陌生人正往回走，图普曼先生跟在他身旁，他在低声说话，而且有说有笑哩。小个子军医真想要他的命。他在得意呀。他胜利了。

"先生！"大夫以严厉的声音说道，一边递上一张名片并退到过道的一个角落里，"我叫斯拉默，斯拉默军医，先生——第九十七团——查特姆兵营——我的名片，先生，我的名片。"他本想再说些什么，可是愤懑哽住了他的喉咙。

"啊！"陌生人冷漠地答道，"斯拉默——多谢——承蒙关照——可我现在没病，斯拉默——等我什么时候有病了——再找你讨教①。"

"你——你是一个瞎搅和的家伙，先生！"气疯了的大夫气喘吁吁地说，"一个胆小鬼——一个懦夫——一个说谎的骗子——一个——一个——难道什么都不能使你把名片给我吗，先生？"

"噢！我明白了，"陌生人说道，侧目而视，"这儿的饮料太冲——慷慨的东家——真愚蠢——太蠢了——柠檬汁好得多——闷热的房间——上年纪的老夫子——明儿早上可有罪受——残酷——残酷。"他往前走了一两步。

---

① 原文为 Knock you up，有"敲门拜访你"之义，但也可解做"敲你一顿"，此语有弦外之音。

“你就住在这家店里，先生，”那个愤懑的矮个子说，“你现在喝多了，先生；明早等我的信好了，先生。我会把你找出来的，先生，我会把你找出来的。”

“你会发现我出门了，没在屋里呆着。①”

斯拉默大夫一脸难以名状的凶相，愤然地把帽子扣在头上。陌生人和图普曼先生一道上楼去后者的卧室，以便把借来的“羽毛”还给毫无所知的温克尔先生。

那位绅士睡得很沉，衣服很快就放回了原处。陌生人极其诙谐有趣；被葡萄酒、混合饮料、灯光和女人们弄得神魂颠倒的屈赛·图普曼先生觉得整个事件便是一个妙不可言的笑话。新朋友告辞之后，图普曼先生费了一番周折才找到睡帽的开口，他本想把脑袋套进去，却在折腾的过程中打翻了烛台。戴上睡帽之后，他又经历了一番繁复的手续才得以上床，过了不久便沉入了睡乡。

第二天清早七点的钟声刚落，便有响亮的敲门声响起，把匹克威克先生博大的心灵从睡眠使之陷入的无意识状态中唤醒了。

“谁呀？”匹克威克先生问，从床上惊坐起来。

“擦靴子的，先生。”

“你要干吗？”

“打搅了，先生，请问你们之中穿鲜艳蓝礼服、上面钉着 P. C. 字母的镀金纽扣的先生是哪一位呀？”

“想必是拿衣服去刷灰尘，”匹克威克先生心想，大概那人忘记是谁的衣服了——“是温克尔先生，”他叫道，“过去第二间，右边。”

“谢谢您，先生。”擦靴子的仆人说，然后走开了。

---

① “我会把你找出来”，原文为“I shall find you out”，此英文又可解做“我会发现你已出门”，医生用的是第一种意思，而陌生人用的是后一种意思，这是故意曲解医生的意思，其嘲弄意味不言自明，只可惜译成汉语无法曲尽其妙。

“什么事呀?”当响亮的敲门声把图普曼先生从他忘却一切的安眠中惊醒时,他大声喊道。

“我能和温克尔先生说几句话吗,先生?”擦靴子的仆人在门外说。

“温克尔——温克尔!”图普曼先生对里间卧房大叫道。

“哎!”一个从被窝里发出的微弱声音答道。

“有人找你——在门口。”在勉强说完这么多话之后,图普曼先生一翻身又再次沉睡过去。

“有人找!”温克尔先生说着,匆匆跳下床,胡乱穿上几件衣服,“有人找!在如此偏远之地——到底会有谁找我呢?”

“有位绅士在咖啡屋等你,先生,”温克尔打开门与仆人照面的时候,仆人说,“他说费不了你多少工夫,但是他非见你不可。”

“这就怪了!”温克尔先生说,“我马上就下楼。”

他赶紧用一条旅行围巾和一件晨衣把自己包裹起来,然后就下了楼。一个老妇和两位招待正在清扫咖啡室,一个穿军用便服的军官正在看着窗外。当温克尔先生进去的时候,他转过身来,动作僵硬地点了一下头。在吩咐仆人们离去,并很小心地把门关上之后,他开了腔:“我想,是温克尔先生吧?”

“你不会感到意外吧,先生,告诉你,我今早来拜访你是为了我的朋友,第九十七团的斯拉默大夫。”

“斯拉默大夫!”温克尔先生说。

“斯拉默大夫。他请我转达,你昨晚的行为远非任何绅士所能忍受,而且(他还说)也绝非任何绅士对另一位绅士的行为。”

温克尔先生的惊讶是如此真切,如此明显,逃不过斯拉默大夫的朋友的眼睛,因此他继续说:“我的朋友,斯拉默大夫,还要我告诉你,他深信你昨晚是喝过了头,可能没有意识到你对别人的侮辱到了何等地步。他托我转达,假如醉酒能成为替你的所作所为辩解的理由，那么他同意接受你的书面道歉，由我口授，你亲笔写下。”

“书面道歉！”温克尔先生重复道，语气是如此之重，足见惊讶到了极点。

“你当然知道另一种选择。”来客冷漠地说。

“你是受人之托把这一信息指名道姓传给我吗？”温克尔先生询问道，他的头脑已被这场莫名其妙的对话彻底弄糊涂了。

“我本人当时不在场，”来客回答说，“由于你坚决拒绝把你的名片给斯拉默先生，因此这位绅士请我找出那个穿着很不寻常的上衣的人——一件鲜蓝色礼服，上面钉着一颗带半身像的镀金纽扣，纽扣上还有 P. C. 字样。”

听到他本人的衣服被如此精确地描绘出来，温克尔先生的确惊讶到了张口结舌的地步。斯拉默大夫的朋友继续说：“根据我刚才在酒吧做的询问，我深信穿上述衣服的人是昨天下午和三位绅士一块儿入住这里的。我马上叫人去找那位据描述是这几人的头儿的人，而他马上就叫我找你。”

即使是罗彻斯特城堡的主塔突然离开其基脚，而到咖啡室的窗户前耸立着，它在温克尔心中引起的惊讶也根本无法与他听到这一席话时感到的惊愕相比。他的第一感觉是他的上衣被人偷了。“你能不能等我一会儿呢？”他说。

“当然。”那位不受欢迎的来客说。

温克尔先生急忙奔上楼去，用颤抖的手打开了旅行袋。那件衣服依然在老地方，但是仔细查看可发现，上面留有它头天晚上被穿过的明显痕迹。

“一定是这样，”温克尔先生说，任由衣服从他手中滑落在地。“我饭后喝酒太多了，很模糊地记得后来还抽着雪茄在街上乱走一气。事实是，我喝得太醉了——我一定换掉了衣服——去了某个地方——还侮辱了某一个人——毫无疑问；而送来的口信便是其可怕的后果。”温克尔先生说着这些话，转身向咖啡室方向走去。他抱定了阴郁可怕的决心，准备接受好斗的斯拉默大夫的挑战，并承受可能发生的最坏的后果。

温克尔先生做此决定是基于多种考虑。首先是他在俱乐部里的名声。在所有娱乐和竞技活动中——无论是进攻性的，还是防御性的，或是无伤大雅的——他历来都被视为至高权威；倘若在这第一个一决雌雄的场合临阵而逃，就在他的领袖的眼皮子底下退缩的话，那么他的名声和地位也就永远丧失了。再说，他记得常常听到一些在决斗方面其实是门外汉的人的猜测之辞，说由于副手们之间心照不宣的安排，手枪极少是真的上了子弹的。更何况他还想到了一点，假如他请斯诺格拉斯先生当他的副手，并以火爆之辞对危险渲染一番，这位绅士有可能把情况汇报给匹克威克先生，而后者准会立即向地方当局报告，从而阻止他的信徒被杀害或伤成残废。

他这样想着回到咖啡厅，表明了他愿意接受医生的挑战。

“你可以委托一位朋友来商量会面的时间和地点吗?”

“完全犯不着，”温克尔先生回答说，“你先把时间和地点告诉我，然后我找个朋友奉陪就是了。”

“我们可不可以定在——今天日落的时候?”那位军官以随意的语气问道。

“很好。”温克尔先生说。而在内心里，他却觉得糟透了。

“你知道皮特堡垒吗?”

“知道。我昨天见到了。”

“那就请你上那儿去，到达堡垒一角的时候就拐进沿战壕的田地，再走左边那条小路，一直往前走，直到找到我，我会把你带到一个隐秘的地方，在那里我们可以放心大胆地办事儿，不用担心被人打断。”

“担心被人打断！”温克尔在心里想。

“没有别的什么需要安排了，我想。”那位军官说。

“我想不起还有什么不妥。”温克尔先生回答。“早上好运。”

“早上好运。”军官大步离去的时候口中吹起了轻快的小曲。

那天早上的早餐吃得很沉闷，图普曼先生在经历了头天晚上不寻常的放纵之后显出一副老大不愿起床的样子；斯诺格拉斯看来也处在一种富于诗意的精神压抑之中；就连匹克威克先生都表现出一种异乎寻常的对沉默和苏打水的依恋。温克尔先生心情急切地等待着机会，不久它便来了。斯诺格拉斯先生提议去城堡一游，由于温克尔先生是大伙中惟一愿去散步的人，因此他们俩就结伴出行了。

“斯诺格拉斯，”当他们走出热闹的大街之后，温克尔先生说，“斯诺格拉斯，我亲爱的伙伴，你能够替我保守秘密吗？”说这话的时候，他极其热切而诚挚地希望对方不能够。

“能够，”斯诺格拉斯先生答道，“我可以发誓——”

“不，不用，”温克尔先生急忙打断，生怕他的朋友因一句无意间说出的誓言而真的保守秘密，“不用发誓，不用发誓，根本没有必要嘛。”

在声言要发誓的时候，斯诺格拉斯先生已诗意盎然地把一只手举向了云天，这会儿他把手放下来，摆出了倾听的架式。

“我需要你的帮助，我亲爱的朋友，事关本人的荣誉。”温克尔先生说。

“你放心吧。”斯诺格拉斯先生说着，紧握住朋友的手。

“是和一个医生——第九十七团的斯拉默军医。”温克尔先生说，一心想使事态尽可能显得严重，“跟一个军官决斗，他的副手也是一个军官,今天日落时分,在皮特堡垒那边的荒郊野地。”

“我愿陪你去。”斯诺格拉斯先生说。

他感到意外,但丝毫没有惊慌。在诸如此类的事情上,除了决斗者本人,任何别的人都会异常冷静的。温克尔先生忘了这一点,满以为他的朋友也像他一样惶恐。

“后果也许会很可怕。”温克尔先生说。

“但愿不会。”斯诺格拉斯先生说。

“我相信那个军医枪法很好。”温克尔先生说。

“军队里的人一般枪法都好。”斯诺格拉斯先生镇静地说,“不过你的也不错,不是吗?”

温克尔先生做了肯定的回答;由于发觉没有引起他的伙伴足够的警觉,他改变了策略。

“斯诺格拉斯,”他用因激动而颤抖的声音说,“假如我倒地身亡,你会在我准备交托给你的一个包里找到一封信,是留给我的——我的父亲的。”

这一招同样以失败告终。斯诺格拉斯先生受了感动,但是他欣然答应转交那封信的架势无异于一个普通邮差。

“要是我死了,”温克尔先生说,“或者那个医生死了,你,我亲爱的朋友,将会被当做同案犯受审。我岂不是要连累好友遭流放之灾——说不定还是终生流放哩!”

这话使斯诺格拉斯先生稍微畏怯了一点点。但是他的英雄主义精神是不可战胜的。“为了友谊的缘故,”他慷慨激昂地宣告说,“无论什么危险我都在所不辞。”

他们俩肩并肩默默无声地走了几分钟,各自在想自己的心事,此时温克尔内心里是多么憎恨他的同伴那忠诚的友谊啊!早晨的时光在逝去,他开始感到失望了。

“斯诺格拉斯,”他说,突然停住了脚步,“不要阻止我做这件事——不要去报告地方当局——不要叫治安官什么的来把我或斯拉默大夫——现驻扎在查特姆兵营的第九十七团的军医——扣留起来，从而阻止这场决斗——喂，可不要那样啊！"

斯诺格拉斯先生热烈地握住朋友的一只手，热情地说："无论如何都不会的！"

一阵震颤掠过温克尔先生全身，令他难以招架，因为他确信已无法指望让他的朋友害怕，而他注定要成为一个活靶子。

在对斯诺格拉斯正式说明了事态之后，他们又向罗彻斯特的一个制造商租借了一套中意的手枪，以及火药、子弹、火帽等中意的配件，然后两位朋友返回了旅馆。温克尔先生开始为将临的决斗做思想准备，斯诺格拉斯先生则在摆弄决斗用的武器，以便它们随时可用。

沉闷的黄昏时分，他们再次走出旅馆，去履行那倒霉的差事。温克尔先生用一件大大的披风裹着身子，以免被人认出，斯诺格拉斯先生也把那些杀人器械藏在他的披风下面。

"你什么都带齐了吗？"温克尔先生问道，声音很激动。

"带齐了。"斯诺格拉斯先生回答说，"有足够的火弹，万一碰到臭弹也没事儿；箱子里有四分之一磅火药，我口袋里还带了两张报纸，可以用来灌火药。"

这些可都是友谊的例证，任何人都会理所当然打心底里感激的。温克尔先生的感激大概是太强烈了，到了难以言传的地步，因此他什么也没说，只是继续往前走——走得相当慢。

"我们来的时机真好，"翻过第一片田地的篱笆时斯诺格拉斯先生说，"太阳刚好落下去。"温克尔先生抬头看着落日，悲苦地想到过不了多久他本人也有"落下去"的可能。

"军官就在那儿。"走了几分钟之后，温克尔叫道。

"在哪儿？"斯诺格拉斯先生说。

“那儿——那个穿蓝披风的绅士。”斯诺格拉斯先生朝他的朋友的食指所指的方向望去,看到一个如朋友所说裹着披风的人。那位军官微微招了招手,表示他看见他们了。军官转身向前走,那两位朋友隔着一小段距离跟在后面。

黄昏越来越暗,忧郁的风呼啸着掠过荒凉的田野,有如一个远处的巨人在吹口哨呼唤他的看门狗。景色的凄凉给温克尔先生的心绪抹上了阴郁的色彩。越过战壕拐角的时候他心寒胆战——那就像一个巨大的坟墓。

军官突然偏离小路,爬过一道栅栏,越过一道篱笆,进入一片隐秘的田地。有两位绅士正等在那儿:一个是个子很矮的胖子,长着黑头发;另一个——一个穿着紧身长外套的大个子——非常安然地坐在一个野营凳上。

“那就是对手,还是个外科医生吧,我想,”斯诺格拉斯先生说,“喝一口白兰地吧。”温克尔先生抓住他朋友递过来的有柳条花纹的酒瓶,把那兴奋饮料大大喝了一口。

“先生,这是我的朋友斯诺格拉斯先生,”那位军官走来时温克尔先生介绍说。斯拉默大夫的朋友鞠了一躬,亮出一个与斯诺格拉斯先生所带的相似的箱子。

“我想我们没什么多话要说了,先生,”他冷冰冰地论述道,一边打开了那只箱子,“抱歉已被坚决拒绝。”

“没什么要说的,先生。”斯诺格拉斯先生说,他开始感到很不自在。

“请你走过来好吗?”

“当然。”斯诺格拉斯先生答道。距离测量好了,所有准备都做好了。

“你会发现这些玩意儿比你自己的好。”对方的副手一边说,一边拿出两支手枪来。“你们看见我装弹药的。你反对用它们吗?”

“当然不。”斯诺格拉斯先生回答说。这一提议省去了他许多尴尬,因为他以前对装弹药只有一个非常模糊不清的概念。

“那么,我想,就让各自的人各就各位吧。”那位军官说。听他那漠然的口气,仿佛决斗双方不过是棋子,两位副手才是玩棋者似的。

“我想是可以了。”斯诺格拉斯先生回应道;他对任何提议都会同意的,因为他对决斗这种事一无所知。军官走向斯拉默军医,斯诺格拉斯先生则走向温克尔先生。

“全准备好了。”他说,一边把枪递给温克尔,“把你的披风给我。”

“小包就托付给你了,我亲爱的朋友。”可怜的温克尔说。

“没问题,”斯诺格拉斯先生说,“坚定一点,打败他。”

在温克尔先生听来,这很像旁观街头斗殴的人们对最小的男孩说的千篇一律的话——“上呀,打他个胜仗!”打胜仗固然值得称道,只是你得知道怎样取胜才行。不过,他还是默默地脱掉了披风——这件披风总是要花好长时间才能脱掉——并且接过了手枪。两位副手退到了一边,那位坐在野营凳上的绅士也一样,决斗的双方彼此走近。

温克尔先生向来以极其仁慈著称。据估计,他走到那个致命的地点时双眼紧闭,那是因为他不忍心故意伤害自己的同类;而且由于双眼紧闭,他没有看到斯拉默大夫那极其不同寻常而且不可思议的举动。那位绅士先是一惊,瞪大了眼睛,后退几步,揉揉眼睛,瞪大双眼细看,最后大叫起来:“停止,停止!”

“到底是怎么回事?”斯拉默大夫说,同时他的朋友和斯诺格拉斯先生跑了上去,“不是他!”

“不是他!”斯拉默大夫的副手说。

“不是他！”斯诺格拉斯先生说。

“不是他！”手拿野营凳的那位绅士说。

“当然不是。”小个子医生回答说，“这不是昨晚侮辱我的那个人。”

“太奇怪了！”军官叫道。“是奇怪。”拿野营凳的绅士说。“不管眼下这位绅士是否真的是昨天晚上侮辱我们的朋友斯拉默大夫的那个人，现在惟一的问题是，是否不该把这位绅士认定为那个人，即便是作为一种形式。”带着睿智而神秘的神气发表了这一高见之后，拿野营凳的人吸了一大撮鼻烟，高深莫测地环视四周，露出一副精于此道的权威的派头。

听到对手喊停止交手，温克尔先生睁开了双眼，也张开了耳朵；从对手后来说的话他觉察出一定有某种误会，于是他马上预见到，假如他把前来决斗的真正动机隐瞒起来，那他必定会获得更大的声誉，因此他勇敢地走上前去，说：

“那人不是我，我知道。”

“那么，这就是一种侮辱。”拿野营凳的人说，“是对斯拉默大夫的侮辱，光凭这一点就有足够的理由让决斗立即继续下去。”

“请别说了，佩恩，”军医的副手说。“你今天早上为什么不把这一事实告诉我呢，先生？”

“是呀——是呀。”拿野营凳的人愤慨地说。

“我请你别说话，佩恩。”另一个说，“要我把问题再重复一遍吗，先生？”

“因为，先生，”温克尔先生回答道，他已抓紧时间对他的答案进行了审慎的考虑，“因为，先生，您描述有一个有失绅士体统的醉汉穿了一件特别的衣服，而这种衣服，我本人不仅有幸穿用它，而且还创造了它——准备用来做伦敦的匹克威克俱乐部的会员服哩，先生。我觉得维护这一制服的荣誉乃是我义不容辞的责任，正因为如此,我问都不问便接受了您提出的挑战。”

“我亲爱的先生,”善良的小个子军医一边说,一边伸出手走上前来,“我敬慕您的豪侠精神,请允许我说一声,先生,我钦佩您的行为;而且,这么莫名其妙地麻烦您来这儿,我为此深感抱歉。”

“恳请您不要再提这件事了,先生。”温克尔先生说。

“要是能够与您交朋友,我会感到莫大的自豪,先生。”小个子军医说。

“与您相识我也是求之不得啊,先生。”温克尔先生回答说。于是军医和温克尔先生握手,接着温克尔先生和泰普尔顿中尉(军医的决斗副手)握手,然后是温克尔先生和那个拿野营凳的人也握手,最后是温克尔先生和斯诺格拉斯先生握手——最后提到的这位绅士对他的英勇的朋友的高贵行为佩服得简直五体投地。

“我想幸会可以告一段落了。”泰普尔顿中尉说。

“当然。”军医说。

“除非,”拿野营凳的人说,“除非温克尔先生仍然对挑战耿耿于怀;若是那样,我认为,他有权满足自己的心愿。”

温克尔先生以极大的克己精神表白说他已心满意足。

“或者,也有可能,”拿野营凳的人说,“这位绅士的副手为我先前说过的什么话感到受了侮辱,假如是这样,我很乐意马上让他得到满足。”

斯诺格拉斯先生连忙表白说,他对最后说话的绅士的慷慨提议深表感激,但是他只能谢绝了,因为他已对整个事态感到完全满意。两位副手整理好武器箱,大伙儿开始打道回府,神情比来时活泼得多。

“您在这儿逗留的时间长吗?”斯拉默大夫问温克尔先生,他们俩非常友善地走在一起。

“我想我们后天要离开这里。”温克尔先生回答道。

“我希望能请您和您这位朋友光临寒舍，在犯了令人如此尴尬的错误之后，我希望能有幸陪伴你们度过一个愉快的夜晚。”小个子医生说，“你们今晚没什么事吧？”

“我们还有些朋友在这里。”温克尔先生回答，“今晚我不想抛下他们，也许你和你的朋友可以到公牛旅馆来看我们。”

“太好了，”小个子医生说，“十点钟去拜访半个钟头，不算太晚吧？”

“噢，不晚。”温克尔先生说，“我非常高兴把您介绍给我的朋友们，匹克威克先生和图普曼先生。”

“那会带给我莫大的快慰，真的。”小个子医生说道，根本不去猜疑图普曼先生是谁。

“你们肯定会来吗？”斯诺格拉斯先生说。

“噢，当然。”

这时他们已到达大路，在相互热忱地道别之后，大家分了手。斯拉默大夫和他的朋友们奔营房而去，温克尔先生则在他的朋友斯诺格拉斯的陪伴下返回旅馆。

第三章　一个新相识。江湖戏子的故事。一次讨厌的打扰和一场不快的遭遇

两位朋友的不寻常的失踪使匹克威克先生产生了几分忧虑，他们俩整个早上的神秘行为无论如何只能使他的疑虑有增无减。因此，当他们再次走进门来的时候，匹克威克先生带着比平常大得多的欢欣起身去迎接他们，并且怀着远胜于平常的兴趣询问是什么事使他们逗留在外。针对他的询问，斯诺格拉斯先生正准备以史家笔法对刚发生的事做一番描述，但是他突然打住了，因为他发现除了图普曼先生和头一天与他们共乘马车的那个人之外，还有一个外貌同样古怪的人在场。这位男子看上去形容憔悴，蜡黄的脸色和深陷的眼窝本已是天生的惊人相，再加上那乱七八糟耷拉到脸蛋上的直长头发，就更令人惊异了。他的双眼明亮和锐利到了简直不自然的地步，颧骨高高地凸出来，下巴又瘦又长，要不是半开的嘴和不动的表情表明那是他通常的脸相的话，别人会认为他暂时缩紧了肌肉，把脸颊上的肉吸了进去。一条绿色围巾绕着他的脖子，围巾宽大的两端贴胸乱塞在胸口，不时从他的旧背心的破纽扣孔下面显露出来。他的上衣是一件长长的黑色紧身服；下面穿着一条宽大的土黄色裤子，还有一双快要散架的大靴子。

温克尔先生的目光盯住的正是这位古怪人物，匹克威克先生也正是一边指着他，一边做了以下说明：“这是我们的朋友的朋友。我们今早才发现我们的朋友与这儿的戏院有关，尽管他不太

愿意大家知道这一点，而这位绅士正好是干这一行的。在你们进来的时候，他正准备给我们讲一段有关这一行业的小轶事哩。”

“轶事多的是。”头一天的那个穿绿上衣的陌生人走向温克尔先生，以推心置腹的口气低声说，“古怪人——干的全是苦差——不是演员——怪人儿——什么苦都尝过——我们圈子里称他做‘忧郁的杰米’。”温克尔先生和图普曼先生对这位被优雅地指称为“忧郁的杰米”的绅士彬彬有礼地表示了欢迎，还叫了对水白兰地，像其他人一样在桌子边坐了下来。

“好了，先生，”匹克威克先生说，“劳驾您把刚才正准备说的故事告诉我们，好吗？”

那个忧郁的人从口袋里掏出一卷脏兮兮的纸，转向刚拿出笔记本的斯诺格拉斯先生，用与他的外貌完全匹配的沉重声音问道：“你就是那位诗人吗？”

“我——我和诗歌沾点儿边。”斯诺格拉斯先生说，他被发问的突兀弄得有点儿措手不及。

“啊！诗歌对于人生就像灯光和音乐对于舞台——假使剥去前者的虚假装饰以及后者的虚幻隐喻，那么，两者还有什么东西是真的，值得人为它活下去或在意它呢？”

“对极了，先生。”斯诺格拉斯先生说。

“站在脚灯之前，”忧郁的人继续说，“就像坐在宫廷里看堂皇的演出，有俗艳之众的绫罗绸缎让人观赏不尽——而在脚灯后面，却是那些缝制这些艳服的人，没有人关心也没人知道，是沉是浮，是死是活，全然听天由命。”

“没错。”斯诺格拉斯先生说，由于忧郁的人的深陷的眼睛盯在他身上，他觉得有必要说点什么。

“继续说吧，杰米，”那个西班牙旅行家说，“像黑眼睛的苏珊那样——全都在荡里①——别哀哀怨怨的——说吧——打起精神来。”

---

① 此处是引用英国诗人约翰·盖依（1685—1732）的诗《黑眼睛的苏珊》的第一句。

“在开始之前您要再来一杯吗，先生？”匹克威克先生说。

忧郁的人接受了这一提示，他拿起一杯对水白兰地，慢慢地吞下一半，然后打开那卷纸，以半念半讲的方式叙述了下面的故事，我们发现它被记载在俱乐部纪事录里，题为《江湖戏子讲的故事》。

江湖戏子的故事

“我要讲的故事没什么了不起的，”忧郁的人说，“说不上有什么不平常。贫困与疾病原本是人生中再平常不过的事情，除了被视为极为普通的人事盛衰，不足以引起更多的注意。我把这些个记录汇集起来，是因为所涉及的人是我多年来的老相识。我一步接一步地追踪他往下的发展，直到他逐步陷入极端的贫困，从此一蹶不振。

“我要讲的人是一个末流的哑剧演员。像他那个阶层的很多人一样，他嗜酒如命。在他情况还算较好的那些日子，在他还没有因放纵而衰弱、因疾病而憔悴之前，他的薪水还不错，假如他小心谨慎点儿的话——这薪水他还可以拿上几个年头——不是很多年；因为这些人不是死得早，就是因为不自然地滥用体能而未老先衰，过早地失去他们惟一能赖以生存的体魄。由于那无法摆脱的罪孽对他的戕害太深太快，致使他在其实对戏院还有用的情况下就不可能被聘用了。酒馆对他有一种无法抗拒的魔力。假如他死脑筋走老路，那么，他的命运除了放任不医的疾病和无望摆脱的贫困，也就只有死路一条了；而他竟然真的死不改悔，结果是猜想得到的。他找不到任何工作，他没有面包。

“每一个熟悉演戏这一行当的人都知道，堂皇的戏台四周总是有一大群衣衫破烂、贫困不堪的人在围着转——不是正式被雇用的演员，而是些凑数伴舞的，跑龙套的，翻跟斗的，等等，他们在演一出大哑剧或是复活节大戏时被录用，完了又全被解雇，要等到下一次再演什么大戏时才有他们的活路。这个人就是被迫走上这样一条谋生之路的，另外他还天天晚上到某个下等戏院去任主持，每个星期能够多赚几个先令，从而使他得以过过他的老瘾。可是不久，就连这一活路也断了；他的行为太不检点，以致使他连这么微薄的薪水都难以挣到了。实际上他落入了快要饿死的境地，只能靠偶尔向某个老伙计借几个小钱活命，或是偶尔在某个最普通的小戏院凑几个角儿挣几个子儿；而无论弄到什么，他总是按老习惯把它花个一干二净。

“他在谁也不知道他怎么个活法的状态下过了一年多。那时我和萨里岸那边的一家戏院签了个短期合同，我在那里见到了他。我已有好久没见过他了，因为我一直在各个郡四处旅行，而他则藏匿在伦敦的大街小巷。当时我穿好衣服准备离开戏院，正当我穿过舞台走出去时，他突然在我的肩膀上拍了一下。我永远也忘不了回头时看到的那副恶心相。他穿着演哑剧的戏装，是荒唐透顶的小丑服。死亡之舞中的鬼怪角色，最能干的画家在画布上描绘的最可怕的形象，也决不会有那一半的恐惧。他那浮肿的身体和萎缩的双腿——它们的畸形被那古怪的服装增强了一百倍——呆滞的眼睛，以及与之形成可怕对比的涂在脸上的厚白粉，因麻痹症而颤抖的装饰得古怪花哨的脑袋，以及涂抹了白粉的瘦骨嶙峋的长手——所有这一切使他显出一副丑恶可憎的不自然的模样，不仅语言难以恰如其分地描绘它，而且直到如今我只要想到它就会打寒颤哩。他把我拉到一边，以不成句的话语罗列了一大通疾病和贫困，声音空洞而发抖，最后他照旧迫切要求借一小笔钱。我把几个先令放入他手中，转身走开的时候，我听到了他踉踉跄跄走上舞台时招来的哄堂大笑。

“几夜之后，一个童仆交给我一张脏兮兮的纸片，上面乱涂着一些铅笔字，说那人已病危，乞请我在演出结束后去某街他的住处看他——现在我已忘记街名——那里离戏院不远。我答应一有空就马上去。幕落之后，我如约赶去办了那桩忧郁的差事。

“当时已经很晚了，因为我演的是最后一个节目，而且由于那天是义演，所以特别延长了表演时间。那是一个又黑又冷的夜晚，潮湿的寒风乱吹，把雨点重重地打在窗户和屋檐上。狭窄冷清的街上积着一汪又一汪的水，稀稀落落的油灯有很多已被狂风吹灭，因此走在路上不仅不舒坦，而且觉得很没有把握。不过我幸好还走对了路，在费了一点儿周折之后总算找到要我去的地方——一个煤屋，它上面有一层楼，我要找的人就躺在楼上的后房里。

“一个模样可怜的妇人，那个人的妻子，在楼梯上迎接我，一边告诉我他刚刚昏睡过去，一边领着我轻手轻脚地走进去，还搬了一把椅子让我在床边坐下。病人脸冲墙躺着，由于他没有注意到我的到来，我才有空闲观察置身其中的那个地方。

“他躺在一张旧床上，那在白天是要翻起来的。一块破烂的格子布帘被拉在床头挡风，然而风却从门上的无数条缝里吹进冷冷清清的房里，把帘子吹得荡来荡去。一个可移动的锈炉子里燃着微弱的煤渣火，它的前面放着一张有污斑的旧三角桌子，上面放着一些药瓶、一个破杯子和几件其他的家用物品。一个很小的孩子睡在地板上的临时地铺上，那个女人坐在旁边的一张椅子里。墙上有两块搁板，上面放着几个盘子、杯子和碟子，在它们的下方则挂着一双戏鞋和两把道具剑。除了乱丢在房间的各个角落的几小堆破布和包裹之外，这些便是房间里仅有的东西。

“我有足够的时间看清房间一五一十的摆设，并注意到病人沉重的呼吸以及高烧之下的惊悸不安，然后他注意到我来了。在不安地想把头枕得舒服点的过程中，他把手胡乱伸出床外，他的手碰着了我的手。他吃惊地撑起身子，热切地盯着我的脸。

"'是哈特利先生，约翰，'他妻子说，'哈特利先生，你今晚请他来的，你知道。'

"'啊！'病人说，用手摸了摸额头，'哈特利——哈特利——让我想想。'他好像竭力思索了几秒钟，然后紧紧地抓住我的手腕，说，'不要离开我——不要离开我，老朋友。她要谋杀我；我知道她会的。'

"'他这样已有很久了吗？'我问他那在啜泣的妻子说。

"'昨夜开始的。'她回答说，'约翰，约翰，你不认识我了吗？'

"'别让她靠近我。'她向他俯下身子的时候，他颤抖着说，'把她赶走；我受不了她靠近我。'他狂怒地盯着她，面带极度的恐惧，然后他凑到我耳边低声说，'我打了她，杰姆，我昨天打了她，以前还打过很多次。我饿她，还有孩子，现在我虚弱了，无可奈何了，杰姆，她会为此谋杀我的，我知道她会的。假如你像我一样见过她哭，你就会明白。别让她靠近。'说完他松开了手，精疲力竭地倒在枕头上。

"我很清楚这一切意味着什么。如果说有那么一个片刻我还有点儿怀疑的话，看一眼那个女人苍白的脸和消瘦的身体就足以明白事态真相了。'你最好是站开些，'我对那个可怜的女人说，'你什么也帮不了他。要是看不见你，他也许还会平静一些。'她退到了她男人看不到的地方。过了一会儿，他睁开眼睛，焦急地向四周张望。

"'她走了吗？'他迫切地问道。

"'是啊——是啊，'我说，'她不会伤害你的。'

"'我告诉你吧，杰姆，'那人低声说，'她真的想伤害我。她眼中有某种东西能在我心中唤起可怕的恐惧，逼得我简直要发疯。昨天一整个晚上，她那瞪得大大的眼睛和苍白的脸就凑在我面前；

我转向哪里，它们就跟向哪里；无论我何时从睡眠中惊醒过来，她都坐在床边看着我。’他把我拉得更近，用深沉的、惊恐的耳语说——‘杰姆，她一定是邪恶的精灵——一个恶魔！嘘！我知道她是。假如她是一个妇人，她早就死掉了。没有哪个女人能承受她所承受的那些东西。’

“一定是长期的虐待和忽略给这个男人留下了这样的印象，一想到这点我就感到厌恶。我说不出任何话来作答，因我眼前这个可怜人，谁都无法给他提供希望或安慰。

“我在那儿坐了两个多小时，他一直在床上折腾着，喃喃地发出痛苦和焦躁的叫喊，不安地把双臂到处乱舞，不断地翻过来滚过去。最后他陷入了部分失去知觉的状态，心灵从一个场景到另一个场景，从一个地方到另一个地方不安地流浪着，失去了理性的控制，但依然无法摆脱那种对眼下的痛苦的难以言传的感觉。从他不连贯的胡言乱语看出他的病情就是如此，而且也知道这一热病不大可能马上恶化，于是我离开了他，答应他那不幸的妻子我第二天晚上还会再来，而且，如果有必要，可以整夜守护病人。

“我信守了我的诺言。接下来的二十四小时出现了可怕的病情变化。病人的双眼，虽然已深深凹陷而且沉重呆滞，但它们却闪耀着一种看上去可怕的亮光。嘴唇是焦干的，很多地方裂开了——干枯发硬的皮肤烧得滚烫；他的脸则显露出一种几乎是非人间的焦躁欲狂的神情，更有力地表明疾病对他的进一步危险。热病正处在高峰期。

“我在头天晚上坐过的位置上坐了下来，在那里坐了好几个小时，听着足以深深打动人类中最铁石心肠的人的那些声音——一个临死之人的可怕妄语。根据我听到的医务人员的看法，我知道他没救了；我正坐在那儿替他送终啊。我看见他枯槁的四肢在燃烧一般的高热的折磨下扭动——不久之前，它们还在扮着鬼脸取悦嘻嘻哈哈的观众哩——我听到了小丑的尖声怪笑，它与临终之人的低声呻吟混杂在一起。

“看到一个人的心灵回归于健康时正常地工作和追求，而其身体却病弱无助地躺在你面前，那场面是非常感人的。但如果那些工作和追求与我们认为严肃或庄严的任何东西都是水火不容的，那么造成的印象就更是无限强烈了。戏院和酒是这个可怜人的胡言乱语的主要话题。他幻想是在一个晚上；当晚他有角色要演；时间不早了，他必须马上出门。他们为什么拉住他，不让他去呢？——他会失去那笔钱的——他必须去。不！他们不让他去。他把脸埋在滚烫的手中，无力地悲叹着自己的虚弱和迫害者的残酷。暂歇片刻之后，他唱出几句拙劣的韵文——这是他最后学到的东西了。他从床上爬起，抬起他枯槁的四肢，做着各种古怪的动作扭来滚去；他是在演戏——他是在戏台上。几分钟的沉寂，然后他不堪重负地喃喃唱起一首原本应是很高亢喧闹的歌。他终于到了那家他老去的酒馆——馆子里可真热。他刚生完病，病得很厉害，但现在他好了，而且挺快活。把杯子斟满。是谁干的好事，竟把酒杯从他唇边打掉？原来是一直在跟着他的那同一个迫害者。他倒回到枕头上，大声地呻吟。一段短暂的遗忘，然后他又钻进了一个由无数间带低矮拱门的房间构成的没有尽头的迷宫——那些拱门是那么低，有时他必须手脚并用地爬行才能通过；通道又窄又黑，无论他转向哪里，都有某个障碍物挡住他的去路。里面还有虫子，那些用眼睛瞪着他的可恶爬虫，四周的空中到处都是它们的眼睛，在迷宫的漆黑中闪着可怕的亮光。墙壁和天花板上爬满了爬虫——天顶扩张得巨大无比——可怕的人影在飞来飞去——还有他熟悉的人从这些东西之中探出脸来，他们嘲笑和做鬼脸的样子真可怕；他们用烧红的烙铁烫，用绳子绞他的头，直到流出血来；而他则在为生命疯狂地挣扎。

"他发作了一次又一次，在一次发作接近尾声时，我费了很大的劲才把他按到床上，他陷入一种好像是睡眠的状态。我因守候和用力累坏了，把眼睛闭了几分钟，可是突然我感到一边肩膀被猛烈地抓住了。我立即惊醒过来。他已经爬起来，想坐在床上——他的脸出现了可怕的变化，但是神志已经清醒，因为他显然认得我。那个一直被他的呓语搅得不得安宁的小孩，从小床上爬了起来，惊恐地尖叫着向父亲奔去——那位母亲连忙把孩子搂进怀里，生怕病人在精神错乱的狂暴中伤害孩子；母子俩被病人的脸相变化吓坏了，愣愣地在床边站着。他痉挛地抓住我的肩膀，用另一只手捶着胸部，绝望地挣扎着要说话。但那是徒劳——他向那对母子伸出手，再次挣扎着想说出话来。喉咙咕噜响了一下——眼睛瞪了一下——一声短促的窒息的呻吟——然后他倒回床上——死了！"

假如能记录下匹克威克先生对上述轶事的看法，那一定会让我们感到最大的满足。要不是发生了一件极其不幸的事的话，我们无疑是能够把它奉献给我们的读者的。

在故事说到最后几句的时候，匹克威克先生把端在手中的杯子放到了桌上，刚好已打定主意开口说话——的确，据斯诺格拉斯先生的笔记本的权威记载，他其实已经把口张开了——这时招待突然走了进来，说：

"有客人，先生。"

匹克威克先生正准备发表一番高见，却在节骨眼上被如此这般地打断了。据猜测，他的高见本来是会给全世界带来启迪的，假如不是启发泰晤士河的话。他严肃地盯着招待的脸，然后又环视了一下在座的各位，好像是在看是否与新来的客人有关。

"噢！"温克尔先生站起来说，"是我的几位朋友——请他们进来吧。都是些使人愉快的人，”招待退下后温克尔先生补充说，“第九十七联队的几位军官，我今天早上很奇怪地结识了他们。你们会很喜欢他们的。”

匹克威克先生立即恢复了镇静。招待又回来了，把三位绅士领进了房里。

“这是泰普尔顿中尉，”温克尔先生说，“泰普尔顿中尉，匹克威克先生——潘恩大夫，匹克威克先生——斯诺格拉斯先生，你们已见过了，这是我的朋友图普曼先生，潘恩先生——斯拉默大夫，匹克威克先生——图普曼先生，斯拉默医——”

说到这儿温克尔先生突然打住了，因为从图普曼先生和大夫两个人的脸上都可看出激烈的情绪。

“我以前见过这位绅士。”医生以明显的强调语气说。

“是嘛！”温克尔先生说。

“还有——还有那个人，如果我没搞错的话，”那个医生说，一边仔细打量了一下穿绿衣的陌生人。“我记得我昨天向那个人发出一项迫切的邀请，而他却认为应该拒绝。”说这话时大夫冲着陌生人大度地皱了一下眉头，然后就对他的朋友泰普尔顿中尉耳语起来。

“不会吧。”在耳语结束的时候那位绅士说。

“是的，千真万确。”斯拉默大夫回答说，“你应该当场踢他一顿。”野营凳的所有者神气十足地咕哝着。

“请别说话，潘恩，”中尉插话说，“请允许我问你一下，先生。”他对匹克威克先生说，后者已被这一很不礼貌的插曲弄得大惑不解，“请允许我问一下，那个人是不是你们一伙的？”

“不是，先生，”匹克威克先生回答说，“他是我们的客人。”

“他是你们俱乐部的一员，还是我弄错了呢？”中尉刨根问底地说。

“当然不是。”匹克威克先生回答说。

“从没穿过带贵社社徽的扣子的衣服吗?”中尉说。

“没有——从来没有。”匹克威克先生吃惊地说。

泰普尔顿转向他的朋友斯拉默大夫,令人难以察觉地耸了耸肩,仿佛对后者的记忆的准确性表示怀疑。小个子医生气不打一处来,但又有点不知所措;潘恩先生则恶狠狠地盯着不明就里的匹克威克先生那张容光焕发的脸。

“先生,”医生对图普曼先生说,那语调使后者明显地惊跳了一下,仿佛有一根针被偷偷扎进他的小腿似的,“昨晚的舞会你在场!”

图普曼像在喘气一样低声地做了肯定的回答,并且眼睛一直牢牢注视着匹克威克先生。

“那个人和你一起去的舞场。”医生说,用手指着那个仍然不动声色的陌生人。

图普曼先生承认那是事实。

“好了,先生,”医生对陌生人说,“当着这些绅士的面,我再一次问你,你是选择把你的名片给我并接受一个绅士的待遇呢,还是硬要我当场惩罚你一顿?”

“且慢,先生,”匹克威克先生说,“假如不把事情解释清楚,我真的不能让事态发展下去。图普曼,说说到底是怎么回事。”

严令当头,图普曼先生三言两语叙说了事情的原委。轻描淡写地提了一下借上衣的事,一再说明那是在“饭后”做出来的,然后就让陌生人尽可能地做自我辩护了。

他显然想那么做。这时,一直在很好奇地打量他的泰普尔顿中尉极轻蔑地说:“我不是在戏院见过你吗,先生?”

“没错。”脸无愧色的陌生人说。

“他是一个走江湖的戏子。”中尉轻蔑地说;然后他转向斯拉默大夫:“他将在第五十二团明晚在罗彻斯特主办的节目里担任角色。这事你不能进行下去了——斯拉默——不可能的。”

“完全不可能。”一脸尊严的潘恩说。

“很抱歉使您处于如此令人不快的境地。”泰普尔顿中尉对匹克威克先生说,“允许我提个建议,避免以后再发生这种事的最好办法,就是在选择朋友的时候更加慎重一些。晚安,先生!”说完,中尉便蹦出了房间。

“也允许我说一句,先生。”急躁易怒的潘恩医生说,“假如我是泰普尔顿,或是斯拉默,我就要揪你的鼻子,先生,还有这伙人里每个人的鼻子。我肯定揪,先生,每一个人。我叫潘恩,先生——第四十三团的潘恩军医。晚安,先生。”如此结束了他的讲话,并且用很高的声调说完最后一句之后,他跟在他的朋友后面威风凛凛地高视阔步而去,紧跟其后的是斯拉默医生——他一句话也没说,只是向那伙人投去了使他们羞愧难当的一瞥。

在受到上述挑战的过程中,勃然的怒气和极端的狼狈使匹克威克先生高贵的胸膛膨胀起来,几乎要把他的背心胀破了。他木然地站在原地,凝视的眼神里一片茫然。房门关上的声音使他回过神来。他猛地向前冲去,脸上带着狂怒,眼中冒着怒火。他的一只手已抓住门锁;要不是斯诺格拉斯先生抓住他尊敬的领袖的燕尾服的燕尾并把他拉回来的话,那只手马上就要掐住第四十三团的潘恩军医的喉咙了。

“拦住他,”斯诺格拉斯先生大叫道,“温克尔、图普曼——他犯不着用他卓越的生命,去为这点事儿冒险。”

“放开我。”匹克威克先生说。

“抓紧他。”斯诺格拉斯先生高喊道。由于大家的一致努力,匹克威克先生被迫坐进了一张椅子里。

“让他自个儿歇会儿。”穿绿衣的陌生人说,“对水白兰地——

令人高兴的老绅士——胆量不小——把这个喝下去——啊！——好东西。”陌生人把那个忧郁的人调出来的酒先尝了一口检验其效力，然后把杯子凑到了匹克威克先生唇边；杯子里剩下的酒很快就消失了。

短暂的停顿。对水白兰地起作用了，匹克威克先生那张和蔼的脸很快又恢复了惯常的表情。

“他们不值得您介意。”忧郁的人说。

“你说得对，先生。”匹克威克先生回答说，“不值得。我很惭愧居然动了如此火气。把你的椅子拉到桌边来吧，先生。”

忧郁的人欣然照办了。桌边再次围成了一个圆圈，和谐再一次弥漫于整个房间。只是温克尔先生的胸中好像还有一丝不快萦绕不去，也许是由他的外衣被暂时借用造成的——虽然几乎难以设想，如此一点小事竟能在一个匹克威克信徒的胸中激起暂时的愤怒。除了这一例外，他们大伙儿的兴致完全恢复了；这一夜以开始时的欢快而告终。

第四章　野外活动与露营。更多的新朋友。下乡的邀请

很多作家都不愿承认他们获得的很多宝贵材料的来源，这不仅是愚蠢的，而且也的确不诚实。我们可不是这样。我们只是正直地去努力履行我们作为编辑的应尽职责。就算在其他情况下我们可能会有什么野心，想声称自己是某些故事的作者，但是对真理的尊崇使我们不敢贪他人之功为己有，而只是说我们的功劳仅在于对素材的明智处理和不偏不倚的叙述。匹克威克通讯社的文件是我们的新河水源，而我们则可以比做新河自来水公司。他人的劳动已为我们建起一个重要素材的大水库。我们只是以这些章节为载体，把素材变成清亮的涓涓水流，输送给渴望匹克威克同仁们的学问的世界。

本着这一精神，为毅然贯彻我们的决定，公开承认在获得素材方面受惠于哪些权威人士，我们坦白地说，本章和下一章所记载的详情细节，均得益于斯诺格拉斯先生的笔记本——而既然我们已卸掉良心上的负担，那么现在我们就把这些情节细细道来，而不再进一步注明了。

第二天大清早，罗彻斯特和附近一些市镇的全体居民便已起床，一个个匆匆忙忙而且兴奋异常。操场上将举行大阅兵。有六个团队要进行演习，接受目光如鹰的总司令大人的检阅；临时炮台已经竖起，堡垒将受到进攻并被占领，还有一个地雷要爆炸。

匹克威克先生对军队是情有独钟的，读者诸君或许可以从前

面摘录的匹克威克先生对查特姆的描写猜出这点来。没有什么比演习更令他感到欢快的了,也没有什么更能契合他的每一个同伴各自不同的情感。因此,他们很快就朝阅兵地点走去,无数的人正从四面八方涌向那里。

阅兵场的一切都表明即将举行的仪式是无比壮观和隆重的。哨兵们站在岗上替部队守场子,仆人们在炮台上为女眷们安排座位,中士们腋下夹着皮封面的书跑来跑去,布尔德上校则全副武装骑在马背上,一会儿跑到这里,一会儿又跑到那里,不是在人群中勒住马,就是信马由缰而行,又蹦又跳的,还以极其惊人的样子大声叫喊,弄得自己嗓子哑,面容红,如此劳神费劲其实也找不出确切的原因或理由。军官们前前后后跑来跑去,先是和布尔德上校交谈,然后是向中士们发号施令,再后来就全部跑开了。就连那些列兵都在他们那亮闪闪的枪托后面显出一种神秘的庄严神情,充分说明这一场合是何等的不同寻常。

匹克威克先生和他的三位伙伴站在观众的最前面一排,在耐心地等待演习的开始。围观的人越来越多;在接下来的两个钟头里,他们不得不耗费全副精力维持他们业已获得的好位置。有一次后面的人突然挤压过来,匹克威克被猛然撞出去好几码远,那种速度与弹性与他惯常的庄重风度极不协调;而另一次是前面传来"退后"的命令,紧接着枪托子落到匹克威克先生的脚趾上,以提醒他执行命令,或是戳在他的胸口上,以保证命令得到服从。然后是左边的几位诙谐的绅士合伙胡推乱挤过来,把斯诺格拉斯先生挤到了人类惨境的极致,而他们还在说"他到底要往哪儿钻";温克尔先生目睹这种无端的攻击,刚刚表示出极度的愤慨,后面便有一个什么人把他的帽子往下按得罩住了眼睛,说是劳驾他把脑袋塞进口袋。所有这一切,以及其他的俏皮调侃,再加上图普曼先生莫名其妙的下落不明(他突然失踪了,哪儿都找不到),使他们的处境总的来说与其说是愉快或惬意的,不如说是不舒服。

终于,一阵由很多声音组成的低沉哄闹声从观众中传出,这种声音通常都表明他们在盼望的什么东西来临了。所有的眼睛都朝堡垒的出击口方向望去。在望眼欲穿地等待了一会儿之后,便看见彩旗在空中欢快地飘扬,武器在阳光下闪闪发亮,一队接一队的士兵涌进了检阅场。队伍停下来并整好了队形;号令传遍队列,随着一声整齐的咔拉声,所有的士兵都举枪行礼;总司令在布德尔上校和很多军官的陪同下,骑着马缓缓来到队伍前面。军乐队全体演奏起来,所有的马都立起双腿,慢慢后退,还把它们的尾巴扫来扫去;狗在吠叫,观众在尖声呼喊,军队举枪致意完毕,恢复了常态;这时,目光所及之处,无论哪一边都看不见别的,只有由近而远由红衣服和白裤子组成的一派壮观景象,一动不动地固定在那里。

匹克威克先生一直一门心思地在忙于闪避,从马的双腿之间奇迹般地脱险,因此他没有足够的闲暇来观赏眼前的壮观场面,直到它变成我们刚才描述的模样。当他最后能站稳脚跟的时候,他真是感到无限的满足和欢快。

"还有什么比这更美妙、更欢快呢?"他问温克尔先生。

"没有了。"那绅士回答说,此前有一个矮小的男人踩在他的两只脚上站了一刻钟之久。

"真是一派高贵而壮丽的景象。"斯诺格拉斯先生说,他的胸中有一团诗意之火在快速迸发,"瞧这些保卫祖国的英勇儿郎,在爱和平的市民们面前摆出的阵容多么堂皇;他们的脸容光焕发——不是带着好战的凶猛,而是表现出文明的温文尔雅,他们的眼睛炯炯有神——不是带着劫掠或报复的粗野之火,而是闪耀着人道与智慧的温柔之光。"

匹克威克先生完全认同这一颂扬的精神,但他没法再很好地回应它的字句了。因为随着一声"向前看"的命令,战士们眼中那柔和的智慧之光已暗淡，在场观众看见的只是几千双直视前方的眼睛，没有任何表情。

“我们现在的位置好极了。”匹克威克先生说，同时看了看四周。他们附近的观众已渐渐散开，差不多就剩他们几个在那儿了。

“好极了！”斯诺格拉斯先生和温克尔先生回应道。

“他们在干什么？”匹克威克先生问道，一边调整了一下眼镜。

“我——我——我看，”温克尔先生说，渐渐变了脸色，“我看他们马上要开枪了。”

“胡说！”匹克威克先生慌忙否认。

“我——我——我看是真的。”斯诺格拉斯先生急迫地说，有点儿惊慌了。

“不可能的。”匹克威克先生回答说。他的话差不多还没有说完，半打团队的所有士兵都已端平了枪，好像他们只有一个共同的目标，而这个目标正是匹克威克一伙；紧接着，威力无比、极其可怕的射击开始了，它足以把大地震得心都发抖，也足以使一位上年纪的绅士的心抖出来。

面对这样的考验场面，暴露在演习空弹令人恼火的火力之下，还受着部队演习的困扰——已有一队新的人马在对面布阵，匹克威克先生表现出伟大人物必不可少的充分的冷静与镇定。他抓住温克尔的胳膊，置身在这位绅士和斯诺格拉斯先生之间，热切地请求他们记住，除了被隆隆炮声震聋的可能性外，对射击没有什么迫在眉睫的危险可以担忧。

“但是——但是——假如某士兵恰巧错用了实弹，”温克尔先生争辩说，他被自己想到的假设吓得脸都变了色，“我刚刚听到有什么东西呼啸着从空中飞过——声音清清楚楚，就从我耳边擦了过去。”

“我们最好是趴下，好吗？”斯诺格拉斯先生说。

“不,不用——马上就结束了。”匹克威克先生说。他的嘴唇或许会发抖,他的脸颊或许会苍白,但那个不朽的人的嘴里永远不会吐露出畏惧或忧虑的字句来。

匹克威克先生是对的:射击停止了。但是他几乎还来不及庆贺自己的判断的准确性,士兵队伍已明显地迅速运动起来,一声沙哑的命令沿队伍传开,匹克威克一行还没有任何人能猜出这一新的行动的意义是什么,六个团的士兵已端起上好刺刀的枪,快速地朝匹克威克先生和他的朋友们站立的地点冲过来了。

人毕竟是血肉之躯,人类的勇气也是有一定限度的。匹克威克先生透过眼镜对那直冲过来的士兵凝视了一会儿,然后便老老实实地掉转身子并且——我们不是说逃跑,一是因为这个字眼不体面,二是因为匹克威克先生的身材根本不适应那种方式的撤退——而是以他的双腿所能运载他的最高速度小跑步跑开了。的确跑得够快的,以致他没有充分觉察出自己的处境是多么不雅观,而等到他觉察到时却已太晚。

对面的部队,也就是几秒钟以前以其溃散使匹克威克先生大惑不解的队伍,现在已摆开阵势准备迎击佯装攻城的军队。结果是,匹克威克先生和他的两位伙伴发现自己突然陷入了两大队人马的包围之中,其中一队人马在急速向前推进,另一队人马则摆开敌对的阵势坚定地等待着冲击的来临。

“嗬!”发起冲锋的队伍中有几位军官喊道。

“我们往哪儿跑呀?”匹克威克分子们尖叫道。

“嗬——嗬——嗬!”是惟一的回答。一瞬间的极度狼狈,一阵沉重的践踏,一阵猛烈的冲撞,一声憋住的大笑!六个团队已过去五百码远了,匹克威克先生的鞋底朝了天。

斯诺格拉斯先生和温克尔先生两个人都以不同寻常的敏捷演了一场迫不得已的翻跟斗杂技,当后者坐在地上,用一块黄手绢止住鼻子流出的生命之流时，他第一眼看见的便是他可敬的领袖正在不远处追自己的帽子，而那帽子，像恶作剧似的在滚跳着，由近而远。

在人的一生中，难得有几个难堪时刻能和追自己的帽子的时刻相比，在追自己的帽子时，你经历的荒谬可笑的尴尬是那么多，而得到的仁慈的怜悯却少得可怜。大量的冷静，还有特别的判断力，是抓帽子时必不可少的。你不能太急躁莽撞，不然就踩着它了，也不能走另一个极端，否则你就彻底失去它了。最佳办法是文雅地跟踪你的目标，小心而谨慎，随时等待机会，渐渐走到它前面，然后迅速扑上去，一把抓住帽顶，把它牢牢扣在头上，并且始终要面带微笑，就好像你也跟别人一样把这视为一件逗趣的事儿。

当时正刮着不大不小的风，匹克威克先生的帽子开玩笑似的被风吹着滚动。风一阵接一阵地吹，匹克威克先生也一口接一口地喘大气，而那顶帽子则欢快地滚滚向前，犹如急流中一条活跃的小海豚；它本来是会永远滚下去，令匹克威先生望帽兴叹的，有幸的是，就在这位绅士准备把它托付给命运的时候，它的去路被阻挡住了。

说真的，匹克威克先生已筋疲力尽，正打算放弃追逐，谁知那顶帽子却突然被猛地吹到一辆马车的轮子上，原来他追过去的那个地方停着六七辆马车。匹克威克先生发现了可乘之机，便敏捷地冲过去，保全了他的财产，把它扣在头上，然后停下来喘粗气。他站定还不到半分钟，便听见一个声音在热切地喊他的名字，他立即听出那是图普曼先生的声音，于是抬头张望，看到的情景令他又惊又喜。

在一辆敞篷四轮马车里——为更好地适应拥挤的场面，马匹已被卸下——站着一位壮实的老绅士，他穿着蓝色上衣，纽扣亮锃锃的，还穿着灯心绒裤子和高筒靴；旁边站着两个戴着披巾和羽饰的女士、一位显然倾心于其中一位戴披巾和羽饰的年轻女士的年轻绅士、一位也许是两位女士的姑妈的年龄难说的女士；还有图普曼先生，瞧他那自在逍遥的模样，就好像他从一出生就属于那个家庭似的。马车的后部拴着一个特大的带盖篮子——就是那种永远让一个爱沉思的人想到冷鸡、舌头和酒的篮子——车子前的驾驶座上则坐着一个昏昏欲睡的红脸胖男仆，任何一个善于推断的人都可以看出，一旦到了消受篮中美味的时候，他就是正式的膳食大员。

匹克威克先生刚刚对这些有趣的东西匆匆瞟了一眼，他那位忠实的信徒又招呼他了。

“匹克威克——匹克威克，”图普曼先生说，“上这儿来吧，快点。”

“来吧，先生，请上车，”那位胖绅士说，“乔！——该死的孩子，他又睡着了。——乔，放下踏板。”那个胖男仆慢慢吞吞地翻下驾驶座，放下脚踏板，客气地打开了车门。斯诺格拉斯先生和温克尔先生走了过来。

“你们全有地方，绅士们。”那个胖子说，“两个在里面，一个在外面好了。乔，让一位绅士坐到驾驶座上。喂，先生，上来吧。”胖绅士伸出手臂，用力先把匹克威克先生拉进了马车，然后是斯诺格拉斯先生。温克尔先生爬上了驾驶座，胖男仆也笨手笨脚爬了上去并立即又沉睡过去了。

“噢，先生们，”那胖子说，“真高兴见到你们。我对你们挺熟悉，先生们，虽然你们也许记不起我了。我去年冬天在你们的俱乐部呆过几个晚上——今天早上在这儿碰上我的朋友图普曼先生，真高兴。噢，先生，你好吗？你看上去气色好极了，真的。”

匹克威克先生接受了这一番恭维，并和那位穿高统靴的胖绅士热忱地握了手。

“那么，你呢，先生？”胖绅士以父兄般的关切问斯诺格拉斯先生，“挺迷人吧，呃？噢，不错——不错。你怎么样啊，先生？（对温克尔先生说）好，听你说好，我真高兴；非常高兴，真的。我的女儿，先生们——这是我的两个女儿；那是我的妹妹，拉切尔·华德尔小姐。她是一位小姐，是的；但她又不是小姐了①——呃，先生，呃？"胖绅士戏谑地用手肘戳了戳匹克威克先生的肋骨，很开心地大笑起来。

"哟，哥哥！"华德尔小姐说，面带嗔怪的微笑。

"没错呀，没错呀。"胖绅士说，"谁也不能否认啊。先生们，劳驾听我说，这位是我的朋友特伦德尔先生。现在反正大家都认识了，那就让我们舒舒服服、快快乐乐地看下面有些什么好戏吧。就这么着。"于是胖绅士戴上了眼镜，匹克威克先生也掏出了自己的眼镜，大家都在马车上站了起来，越过别人的肩膀观看别人的演习。

真是震撼人心的演习啊，一队人马朝另一队人马的头上方开枪，开完就跑；另一队人马又朝第三排人马的头上方开枪，放完也跑开了；然后是排成的许多方阵，军官们处在中央位置；再往后的表演是用云梯从一边爬下壕沟，又用同样的手段从另一边爬上去；士兵们还突破了由篮子筑成的工事，最大限度地表现出了英雄气概。然后炮台上的大炮被用放大的拖把似的器械牢牢实实地塞满了火药；开炮之前的准备工作做得那么认真，开炮的时候发出的轰隆声实在是吓人，以致空中回荡起了女士们的尖叫声。两位年轻的华德尔小姐被吓得够呛，致使特伦德尔先生不得不抱住其中的一位使她能在车中站稳，而斯诺格拉斯先生则扶住另一位；华尔德先生的妹妹同样受到了可怕惊吓，致使图普曼先生发现他完全有必要搂住她的腰才能使她站稳脚跟。所有的人都激动万分，除了

① 按西方人习惯，凡未婚女子都可称小姐，无论年龄大小。此句打趣之语是说拉切尔年纪不小了，称老小姐还差不多。

那个胖男仆——他睡得那么沉,仿佛那隆隆炮声不过是他平常的催眠小曲似的。

"乔,乔,"堡垒被占领之后,当攻城者和守城者都坐下来吃饭的时候,胖绅士说,"该死的家伙,他又睡着了。请您行个好拧他一下,先生——在腿上,劳驾,除此之外是弄不醒他的——谢谢你。把篮子解开,乔。"

胖孩子被有效地唤醒,因为他的腿的一部分被温克尔先生用大拇指和食指捏了一下。他再一次翻下驾驶座,开始解那个大篮子,速度比根据他先前的恹恹惰怠预料的要快一点。

"对了,我们得坐拢一点。"胖绅士说。先是一大堆关于扎紧女士们的衣袖的笑话,接着是使女士们脸红的、让她们坐到绅士们膝盖上的诙谐提议,然后大伙儿在马车里挤着坐了下来。胖绅士开始从胖男仆(他已特地爬到车后面)手里接吃的东西进来。

"现在,乔,把刀和叉子拿来。"餐刀和餐叉被递进了马车,于是车里的女士们和先生们,以及坐在驾驶座上的温克尔先生,每个人都装备好了这些有用的工具。

"盘子,乔,盘子。"这种陶器也用相似的方式分发了。

"好了,乔,拿鸡来。该死的家伙,他又睡着了。乔!乔!"(一根手杖在胖小子头上敲了几下,他勉强从昏睡中醒了过来。)"快点,把吃的东西递进来。"

"吃的东西"这几个字眼里有某种东西使那个油腻的孩子振作了一点儿。他跳起来,从篮子里拿出食物,那双原本疲乏无神的眼睛,如今在他那山包一样的两颊后面眨巴起来,贪婪得可怕地瞅着那些食物。

"快点儿,"华德尔先生说道,因为胖孩子恋恋不舍地拿着一只阉鸡,好像根本不能和它分离似的。胖孩子深深地叹了一口气,热切地凝视了一下鸡的肥硕,然后老大不情愿地把它递给了主人。

“这就对了——打起精神来。现在拿舌子来——再拿鸽肉馅饼。当心小牛肉和火腿,——小心龙虾——把色拉从布里拿出来——把佐料给我。”华德尔先生嘴里发着这一连串急促的命令,一边把所说的食物一盘接一盘地递到每个人手里,放到每一个人膝上,一道一道的没完没了。

“不是挺棒的吗?”当大扫荡开始的时候,那个欢快的人说。

“真棒!”坐在驾驶座上切鸡肉的温克尔先生说。

“来杯酒吗?”

“再好不过了。”

“你最好是单独拿一瓶在上面喝,好不好?”

“太感谢了。”

“乔!”

“哎,先生。”(这回他没有睡,他刚刚愉快地扣下一块小牛肉馅饼。)

“给驾驶座上的绅士拿瓶葡萄酒。为幸会喝一杯吧,先生。”

“多谢。”温克尔先生干了杯,把杯子放在身边。

“能赏光和我干一杯吗,先生?”特伦德尔先生对温克尔先生说。

“乐意奉陪。”温克尔先生回答特伦德尔先生。于是两位绅士喝了葡萄酒,紧接着他们又和其他几位轮流干了杯,包括女士们在内。

“瞧,亲爱的艾米莉在向那位陌生绅士挤眉弄眼哩!”那位老处女姑妈带着地道的老处女的妒忌对哥哥华德尔先生说。

“噢!我不知道。”那个欢快的老绅士说,“这非常自然,我敢说——没什么不寻常的。匹克威克先生,来点葡萄酒吗?”正在探究鸽肉馅的内部奥秘的匹克威克先生欣然同意了。

“艾米莉,亲爱的,”老处女姑妈以监护人的口气说,“说话别那么大声，宝贝。”

“哎呀，姑妈！”

“我想呀，姑妈和那个矮个子绅士只想他们自己说话。”伊莎贝拉·华德尔小姐低声对她姊妹艾米莉说。两位年轻女士很开心地大笑起来，上年纪的那位女士努力装出一副和蔼可亲的样子，可是却装不好。

“年轻女孩就是这么活蹦乱跳的。”华德尔小姐对图普曼先生说，脸上带着温柔的怜悯神情，仿佛勃勃生机是一种违禁品，未经许可而拥有它是一桩莫大的罪过。

“噢，她们是那样的。”图普曼先生回答道，与对方的期待相去甚远，“蛮讨人喜欢的。”

“哼！”华德尔小姐很暧昧地说。

“允许我吗？”图普曼先生以最殷勤的口气说，用一只手抚摸着迷人的拉切尔的手腕，用另一只手文雅地举起了酒瓶，“允许我吗？”

“噢，先生！”拉切尔说。图普曼先生的神情是极其感人的；而拉切尔则表示，她担心等一会儿还会放炮，在那种情形之下，她当然还需要有人搀扶。

“你觉得我亲爱的侄女们漂亮吗？”那位慈爱的姑妈贴着图普曼先生的耳边说。

“假如她们的姑妈不在场的话，我觉得是的。”那位早已有准备的匹克威克俱乐部成员回答道，热切地瞟了她一眼。

“噢，你这个顽皮的家伙——不过说真话，假如她们的长相稍微好一丁点儿，你不觉得她们还算是漂漂亮亮的女孩子吗——在烛光下看起来？”

“是的，我想是的。”图普曼先生说，露出一丝冷漠的神情。

“噢，你这个刻薄鬼——我知道你想要说什么。”

“什么?”图普曼先生问道,他显然根本没打算说什么。

“你想说,伊莎贝拉背有点驼——我知道你想说——你们男人就是这样眼尖的。没错,她是驼背,这没法否认;而且的确是,假如有什么缺陷比任何东西都更能使一个女孩子难看,那就是驼背。我经常对她说,等她更大点的时候,她那样子会很吓人的。噢,你真是个刻薄鬼。”

图普曼先生对如此便宜得到的名声并不反对,因此他显出一副完全心知肚明的样子,而且还神秘地微笑一下。

“好一个讽刺的微笑,”佩服的拉切尔说,“我承认我很怕你。”

“怕我!”

“噢,你什么也瞒不了我——我很清楚那微笑是什么意思,我清楚得很。”

“是什么呢?”图普曼先生说,连他自己都根本不清楚。

“你的意思是,”那位和蔼的姑妈把声音放得更低了,“你的意思是,你并不觉得伊莎贝拉的驼背有艾米莉的厚脸皮那么坏。可不,她是厚脸皮!你想不出有时候它把我弄得多么可怜。我敢说我为这种事足可哭上好几个小时哩——我的哥哥太好了,太少猜疑了,所以他根本就看不出来。要是看出来的话,我敢肯定那会叫他心碎的。我但愿我能认定那只是一种姿态——我希望我能认定那只是一种姿态——我希望那是——”(说到这里,这位满怀挚爱的亲戚深深地叹了一口气,沮丧地摇了摇头。)

“我相信姑妈正在说我们,”艾米莉·华德尔小姐对她的姊妹说,“我敢肯定是的——她那样子够恶毒的。”

“是吗?”伊莎贝拉回答说,“哼!姑妈,亲爱的!”

“哎,我亲爱的宝贝!”

“我真担心你着凉啊,姑妈——拿块丝手帕把你那上了年纪的头围一围吧,你可真得自己保重啊——想想你的年纪吧!”

受这番报复的人或许是咎有应得,不过这样的以牙还牙也的确是复仇心切了点儿。要不是华德尔先生大声地叫唤乔,从而无意中岔开了话题的话,那位姑妈的气愤会以什么形式发泄出来就谁也说不准了。

"该死的小子,"老绅士说,"他又睡着了。"

"真是个与众不同的孩子。"匹克威克先生说,"他是不是总是这样睡呢?"

"睡!"老绅士说,"他没有哪一刻不在睡。做事的时候他会马上睡去,叫他侍候用餐他就在那儿打鼾。"

"太古怪了!"匹克威克先生说。

"啊,真是古怪啊,"老绅士回答说,"有这么个男仆,我得意得很哪——无论如何我都不愿辞掉他——他可是天然奇物! 喂,乔——乔,把这些东西收拾掉,再开一瓶酒——听见没有?"

胖孩子爬起来,睁开眼睛,咽下他睡去之前还在嚼着的一大块馅饼,慢慢开始执行主人的命令——他没精打采地垂涎于那些残食,一边把盘子收拾起来放进篮子。又拿来一瓶酒,瓶子很快就空了;篮子重新被拴到了老地方——胖孩子再一次爬上了驾驶座——眼镜和袖珍镜重新被戴上。部队的演习又开始了。枪炮的嗞嗞声和轰隆声猛烈地响了一番,女士们也大大地惊恐了一番——然后是一颗地雷爆炸,令所有的人都感到满意——在地雷轰炸之后,军队和观众也效仿着一哄而散了。

"好了,记住,"老绅士说——他和匹克威克先生在演习结束的时候断断续续地谈了谈话,现在是最后握手告别了,"明天请你们全都去。"

"一定,一定。"匹克威克先生回答说。

"地址记下来了吗?"

"迈诺庄园,丁格莱谷地。"匹克威克先生说,同时查了查笔记本。

“没错,”老绅士说,“不到一个星期我是不会放你们走的。担保你们看到所有值得一看的东西。你们若是想体验一下乡下生活,找我没错,我会让你们大饱眼福。乔——该死的家伙,他又睡过去了——乔,帮汤姆把马套上。”

那些马被套上了——车夫爬了上去——胖孩子爬到了他旁边——互相说再见——然后马车就吱吱嘎嘎开动了。当匹克威克一行回头朝马车投去最后一瞥的时候,落日把灿烂的光芒投射在他的款待者们的脸上,也照在那个胖孩子的身上——他的脑袋耷拉在胸口上,又睡过去了。

第五章　本章不长——除了别的事情，主要讲匹克威克先生如何驾车，温克尔先生如何骑马，以及他们俩做得如何

天空晴朗，空气芬芳，周围的一切都显得美丽无比，匹克威克先生倚着罗彻斯特桥的栏杆，正在冥想大自然并等待早餐。如此迷人的景致，即使对一个悟性比眼下这位逊色得多的人，都是极具诱惑力的。

这位观察者的左边是城墙的残垣断壁，很多地方已经坍塌，另一些地方则还有粗糙而沉重的残壁巍然俯临狭窄的河岸。纠缠在一起的大团大团的海草挂在嶙峋参差的石头上，在一阵接一阵的风里抖动；绿色的常春藤悲哀地攀缘在颓败的黑色雉堞上。雉堞后面耸立着古堡，它所有的塔都没有了顶，厚墙也坍塌了，但它仍然在自豪地向我们讲述它昔日的威风与力量——七百年以前，里面响彻的不是武器的铿锵声，就是宴饮狂欢的喧闹。两边，麦德威河的两岸，是一望无际的麦田和牧场，上面点缀着一架又一架的风车，或是一个遥远的教堂；稀薄的半定形的云朵在朝阳的光辉下掠过，它们在大地上投下的变幻莫测的云影快速地拂过，使这一派丰富多彩的风景更加美丽迷人。河水静静地流淌，映照着天空的湛蓝，还闪耀着太阳的光芒；渔夫们的桨划着河水，发出清脆的声音，沉重却美丽如画的船只顺流缓缓而下。

匹克威克先生被眼前的美景迷住了，陷入了美丽的遐想，突

然，一声深深的叹息和肩膀上的触碰使他回过神来。他回头一看，发现那个忧郁的人站在他身旁。

"在对景出神呀？"忧郁的人问道。

"是的。"匹克威克先生说。

"庆祝自己起了这么个大早？"匹克威克先生点头表示同意。

"啊！人应该早起，好看看辉煌无比的太阳，因为它的光辉是持续不了一整天的。一日之晨和人生之晨是多么相似啊。"

"你说得对，先生。"匹克威克先生说。

"常言说得好啊，"忧郁的人继续说，"'良辰美景难再。'这话用来形容我们每天的生活是多么恰当。天啦，要是能够恢复儿时的好时光，或是把它们永远忘掉，我有什么代价不能付出！"

"你饱尝人间苦辛吧，先生。"匹克威克先生语带同情地说。

"是呀，"忧郁的人急匆匆地说，"是呀。多得让现在见到我的人认为是不可能的。"他停顿了一会儿，然后又突兀地说：

"你是否曾想到过，在如此美丽的一个早晨，在水里淹死会是一种幸福与安宁？"

"天啦，没有！"匹克威克先生说，同时离开栏杆远了一点儿，因为他不由自主地担心忧郁的人有可能把他推下水去验证一下。

"我可是想过的，常常这样想，"忧郁的人说，他没有注意到匹克威克的动作，"宁静清凉的河水好像在对我喃喃细语，邀请我去那里安息。纵身一跳，水花一溅，短暂的挣扎；片刻之中会有一个漩涡，它渐渐会平息成涟漪；水把你的头淹没了，世界也就永远淹没了你的悲苦与不幸。"在说这些话的时候，忧郁的人沉陷的眼睛闪耀着亮光，但这短暂的兴奋很快就消失了；他平静地转过脸去，说：

"哎——够了。我愿和你谈别的话题。前天晚上你请我读那篇故事，你听得挺用心的。"

“我是用心，”匹克威克先生回答说，“我当然觉得——”

“我没有问你的意见，”忧郁的人打断说，“我不需任何意见。你旅行是为了获得快乐和教益。假如我给你一份奇特的手稿——注意，说它奇特，不是因为它胡说八道或异想天开，而是因为它是真实的人生戏剧的一页。你会把它拿到你常常说起的那个俱乐部去汇报吗？”

“当然会。”匹克威克先生回答说，“只要你愿意，它还会被记载在俱乐部的记事录里。”

“那就给你吧，”忧郁的人回答说，“告诉我投寄的地址！”匹克威克先生说明了他们可能采纳的旅行线路，忧郁的人小心地把这记在一本油腻腻的记事本上，但是他谢绝了匹克威克先生请他共进早餐的恳切邀请，在旅馆门口离开了这位绅士并慢吞吞地走开了。

匹克威克先生发现他的三位伙伴已经起床，正在等着他吃早餐，而早餐已经诱人地摆在了桌上。他们坐下来开吃，烤火腿、鸡蛋、茶和咖啡，等等，很快就无影无踪了，那种速度立即证明食物是多么精美，食客们的食欲是多么旺盛。

“那么，说说去迈诺庄园的事吧，”匹克威克先生说，“我们怎么去呢？”

“也许我们最好是问问招待。”图普曼先生说，于是招待马上被叫来了。

“丁格莱谷地，绅士们——有十五英里远，绅士们——有岔路——叫驿马车吗，先生？”

“驿马车只能坐两个人。”匹克威克先生说。

“没错，先生——对不起，先生。——呱呱叫的四轮马车，先生——后面有双人座——前面坐一位绅士赶车——噢，对不起，先生——还是只能坐三个人。”

“那怎么办呢?”斯诺格拉斯先生说。

“也许有哪位绅士乐于骑马吧,先生?”招待提议道,一边看着匹克威克先生,“非常好的鞴有鞍子的马,先生——可以让华德尔先生的任何一个仆人来罗彻斯特的时候带回来,先生。”

“只好这样了,”匹克威克先生说,“温克尔,你骑马去好吗?”

温克尔先生对自己的骑马技术,在内心深处是颇有几分忧虑的,但是他无论如何不愿别人对这一点有任何怀疑,于是就立刻硬着头皮答应了:“当然。那是我再乐意不过的了。”

温克尔先生只好听天由命了,毫无办法。“让他们十一点的时候在门口等着好了。”匹克威克先生说。

“很好,先生。”招待说。

招待退下,早餐结束。旅行者们上楼回到各自的房间,为即将进行的远行准备要带的换洗衣服。

匹克威克先生做完了基本的安排,正从咖啡间的百叶窗上方看着街上的行人的时候,招待进来了,说马车已经准备好——马车本身证实了这一点,它已出现在上面所说的咖啡间的百叶窗前面。

那是一个安装在四个轮子上的奇怪的绿色小车厢,后面有像酒箱一样的低矮的两人座位,前面有一个抬高的单人座,拉车的是一匹高大的褐色马,它粗大的骨架对称地显露出来。一个马夫站在旁边,正抓着另一匹大马的缰绳——这匹马显然是拉车的那匹的近亲——它已配好鞍子等着温克尔先生去骑。

“天啦!”匹克威克先生说这话时他们已站在人行道上,换洗衣服正被放进车内,“天啦! 谁来驾车呢? 我可从没想到这一点。”

“噢! 当然是你啰。”图普曼先生说。

“当然嘛。”斯诺格拉斯先生说。

“我!”匹克威克先生叫道。

“一点儿也不用怕，先生，”马夫插话说，“保证它乖乖的，先生；抱在怀里的娃娃都能赶得了它。”

“它不会受惊吧，不会吧？”匹克威克先生问道。

“受惊，先生？——就算是遇上一大车子烧掉尾巴的猴子，它也不会受惊的。”

最后这句美言是不可辩驳的。图普曼先生和斯诺格拉斯先生进了车厢；匹克威克先生上了驾驶台，把脚放在座位下面的蒙了布的踏板上。

“好了，发光的威廉，”马夫对助手说，“把缰绳交给先生。”“发光的威廉”——这一雅号也许要归因于他那光滑的头发和油光发亮的脸——把缰绳放在匹克威克先生的左手里，马车夫则把一根鞭子塞进他的右手。

“喔——喔！”匹克威克先生叫道，因为那头高大的四脚兽坚决表示要退进咖啡间的窗子里去。

“喔——喔！”图普曼先生和斯诺格拉斯先生也在车厢里呼应着。

“它只是闹着玩的，先生，”马车夫鼓气说，“抓住它，威廉。”助手制住了马的烈性，马车夫跑去帮助温克尔先生上马。

“那一边，先生，请从那边上。”

“要是那位先生没上错边的话，我情愿挨一顿揍。”一个露齿笑的邮差对那个乐得无法形容的招待耳语说。

温克尔经过一番指点，总算爬上了鞍子，艰难得简直就像是爬上一艘超级军舰一样。

“一切都准备好了吧？”匹克威克先生问道，可他心里却预感到一切都糟透了。

“好了。”温克尔先生怯生生地回答说。

“让他们走吧，”马夫叫道，——“拉住它一点，先生。”于是，马车和马都出发了。匹克威克先生坐在马车的驾驶座上，温克尔先生坐在马背上，令整个院子的人看了既快活又满意。

“它怎么斜着走呀？”车厢里的斯诺格拉斯先生对马鞍上的温克尔先生说。

“我怎么知道，”温克尔先生回答说。他的马以极其神秘的姿态在街上晃荡——先是斜着身子，把头对着街的一边，尾巴则对着另一边。

匹克威克先生根本没有闲工夫观察这一情况或其他任何情况，他的全副精力已倾注到对付那头套在车上的牲口上去了，它要出了各种各样的古怪招数，那在一个旁观者看来十分有趣，可是对坐在它后面的人来说却绝不是好玩的。除了以非常令人不快和不舒服的方式把头高高昂起，并且把缰绳绷得令匹克威克先生要费很大的劲才能拉得住，它还显示出一种古怪的嗜好，那就是，时不时地向路边冲去，接着又突然停住，然后又向前猛冲一会儿，速度快得压根儿没法控制。

“它这到底是什么意思？”在马儿第二十次玩这种花招的时候，斯诺格拉斯先生说。

“不知道，”图普曼先生说，“它真像是受惊了，不是吗？”斯诺格拉斯先生正准备回答，突然被匹克威克先生的一声叫喊打断了。

“喔！”那位绅士说，“我的鞭子掉了。”

“温克尔。”斯诺格拉斯先生叫道，这位骑师正骑在那匹高头大马上小跑过来，他的帽子罩住了两只耳朵，浑身上下都在颤抖，好像剧烈的颠簸要叫他骨头散架似的。“把鞭子拾起来，好样的。”温克尔先生使劲拉高头大马的缰绳，自己的脸都绷青了，终于使马停了下来。他跳下马，把鞭子递给匹克威克先生，然后又抓紧缰绳，准备重新上马。

现在那匹高头大马，到底是出于其爱嬉闹的天性，想和温克尔先生来点天真无邪的小消遣，还是突然想到，与其让一位骑手驾驭着旅行，还不如自个儿漫游来得惬意，关于这一点我们当然找不出确定而明白的答案。不管那畜生是受什么动机驱使，总之事实是，温克尔先生一触到缰绳，它就让缰绳从头上滑开，并且猛然后退，把缰绳拉到最长限度。

“可怜的家伙，”温克尔先生抚慰地说，“可怜的家伙——多好的老马。”可那个“可怜的家伙”却对恭维毫不买账，温克尔先生越是努力接近它，它就越是闪避到一边去；各种各样的哄骗和劝诱全然是徒劳，温克尔先生和那匹马彼此兜圈子达十分钟之久，可到最后彼此的距离还是和开头一样远——这种情形在任何场合都是令人不满意的，而在一条无处求助的偏僻的街上尤其如此。

“该怎么办呢?”在这场躲避延长了相当长的时间之后，温克尔先生叫了起来，“怎么办呢? 我骑不上去。”

“你最好是牵着它走，等到了某个收过路费的卡子再说。”匹克威克先生从马车上回答说。

“可是它不肯走!”温克尔先生吼叫似的说，“来呀，来抓住它。”

匹克威克先生是仁慈与博爱的化身；他把缰绳丢在马背上，从驾驶座上跳下，小心地把马车拉进篱笆里面，生怕有什么东西要路过，然后走回去帮助他那个遇到麻烦的伙伴，把图普曼先生和斯诺格拉斯先生留在车厢里。

那匹马一看见匹克威克先生拿着赶马车的皮鞭朝它走去，便立即一改它先前迷恋的旋圈运动，而代之以毅然决然的疾速后退，把仍旧抓着缰绳那一头的温克尔先生拖着就朝他们刚刚来的方向跑，速度比快步走还要快。匹克威克先生跑上去帮忙，但匹克威克先生往前跑得越快，马就往后退得越疾。响起一大阵脚步声，扬起一大片飞尘，最后，双臂差点儿被拉脱了臼的温克尔先生彻底松开了手。那匹马停住了，瞪着眼睛，摇摇头，掉转身子，静静地小跑着朝罗彻斯特走去，留下温克尔先生和匹克威克先生面面相觑，惊魂甫定。不远处的一阵吱嘎声引起了他们的注意，他们抬头望去。

“天啦!”痛苦的匹克威克先生叫道，“另外那匹马也跑了!”

这是再真实不过的。那匹马受到了喧闹声的惊吓，而缰绳又是在它背上。后果是可想而知的：它拉着后面的四轮马车直往前冲，车厢里坐着图普曼先生和斯诺格拉斯先生。狂奔持续的时间不长。图普曼先生跳进了树篱之中，斯诺格拉斯先生也学了他的样，那匹马则把四轮马车撞在一座木桥上，使轮子和车身分了家，使车厢和驾驶座脱了节，最后它静静地站在那儿，愣愣地注视着它造成的一团糟。

那两位没有翻车的朋友的第一要务，是把他们的不幸伙伴从树丛里解救出来——这一过程令他们感到说不尽的满意，因为发现脱险的两位没有受伤，只是衣服被荆棘挂烂一些地方，身上被划破了点皮。接下来要做的是，把马卸下来。在做完这项繁琐的工作之后，大家又慢慢往前走，把马儿牵在身边，而丢下破车听天由命去了。

经过一个小时的步行，旅行者们到达一个路边酒店；酒店前面有两棵榆树、一个马槽和一个路牌；酒店后面有一两个已变形的干草堆；旁边还有一个菜园子，园子周围则是一些乱七八糟混杂在一起的已腐烂发霉的小偏屋。一个红头发的男子正在菜园子里干活儿，匹克威克先生朝他大声地叫唤：“哈啰!”

红发男子直起身子，把一只手罩在眼睛上方，对着匹克威克先生及其伙伴们漠然地看了好长一会儿。

“哈啰!”匹克威克先生重复道。

“哈啰!”红发男人回答说。

“到丁格莱谷地还有多远?”

"七英里多吧。"

"路好走吗?"

"不好走。"做了这一简单的回答,红发男子对他们打量了一番之后,又干自己的活儿去了。

"我们想把马寄放在这里,"匹克威克先生说,"我想可以吧,是吗?"

"要把马放在这儿,是吗?"红发男子重复了对方的话,倚在铲子上。

"当然是的。"匹克威克先生回答说,这时他已牵着马走到园子的栅栏前面。

"太太,"红发男子吼叫似的喊道,说着走出园子,对那匹马死死地盯着看:"太太!"

一个瘦骨嶙峋的女人应声而来——从上到下笔直的,没有一点曲线,穿着一件粗蓝布上衣,衣服的腰身吊在腋下一两英寸的地方。

"我们可以把这匹马寄放在这儿吗,好心的女士?"图普曼先生走上前去,以他最富于诱惑性的语调说。那个女人对他们大家仔仔细细地审视了一番。红发男子对她耳语了几句。

"不行,"那个女人在稍加考虑之后回答说,"我怕这种事情。"

"怕!"匹克威克先生叫道,"她怕什么呢?"

"上次这种事已叫我们吃过苦头了,"那个女人说,转身就朝屋里走,"我不想再和他们啰嗦。"

"这辈子都没碰到过这么离谱的事。"感到吃惊的匹克威克先生说。

"我——我——我真相信,"温克尔先生低声说,他的朋友朝他围拢过来,"他们以为我们这匹马是以不诚实的方式弄来的。"

"什么!"匹克威克先生叫道,愤慨不已。温克尔先生谨慎地重复了一遍他的看法。

“喂，你这家伙！”愤怒的匹克威克先生说，“你认为这马是咱们偷来的吗？”

“我担保是的。”红发男人一边说，咧嘴一笑，他的脸从这边耳朵到那边耳朵都搐动起来。他一说完话就转身进了屋，砰的一声关上了门。

“真像一场梦，”匹克威克先生脱口说道，“可怕的梦。想想看，一个人一整天都在走路，还牵着一匹怎么也丢不开的马！”沮丧的匹克威克同仁们郁郁不乐地走开了，那头令他们大家都感到无比厌恶的高大的畜生慢慢地跟在他们身后。

当四位朋友和他们的四足伙伴走上通往迈诺庄园的小路时，天色已晚，黄昏将近；虽然他们离目的地已如此之近，可是一想到自己的古怪模样和荒唐处境，他们那本来应该很高的兴致大大地打了折扣。撕烂的衣服，划破的脸，满是尘土的鞋子，精疲力竭的模样，尤其糟糕的还有那匹马。噢，匹克威克先生多么恨那匹马啊。他时不时地对那头高贵的动物盯上一眼，脸上充满仇恨与复仇的表情；不止三次，他在心里盘算割断那畜生的喉管会使他破费多少钱；而现在，把它干掉或丢开它让它自生自灭的想法，更是以十倍的冲劲在他心头翻腾。小路拐弯处突然出现两个人影，这使匹克威克先生从他那可怕的想入非非中回过神来。那是华德尔先生和他的忠实仆人，那个胖孩子。

“嘿，你们都上哪儿去了，”那位好客的老绅士说，“我等你们一整天了。瞧，你可真累坏了。什么！破了皮！但愿没受伤——呃？好，听这么说我就高兴了——非常高兴。就是说你们翻了车，呃？不要介意。在这一带是常有的事。乔——他又睡过去了！——乔，替这位先生把马牵走，牵到马房去。”

胖孩子牵着马跟在他们后面昏昏沉沉地晃荡着，老绅士拉家常似的抚慰着宾客们——他们把一天的遭遇改头换面说了一番——领着大家朝厨房走去。

三四个丰满的女仆迅速分头去找各种所要求的东西，同时两个大头圆脸的男子从火炉所在角落的座位上站了起来（虽然这是五月的黄昏，他们对柴火的依恋却是那么热烈，仿佛现在是圣诞时节似的），钻进一个什么黑暗角落，然后很快拿来一瓶黑鞋油和半打刷子。

"赶快！"老绅士再一次说，不过这一告诫是多余的，因为女仆之一倒出了白兰地，另一个拿来了毛巾，男仆之一突然抓住匹克威克先生的腿——险些使他失去了平衡——在他的靴子上猛擦起来，直到他脚上的鸡眼火烧火燎的。另一个男仆则拿着一把沉重的衣刷在刷温克尔先生，从始至终都在自得其乐地发出嘶嘶声，就像马夫们在刷马的时候常常发出的一样。

斯诺格拉斯先生在洗涤完毕之后，对房间观察了一番，然后背对火炉站在那里，心满意足地啜饮着樱桃白兰地酒。根据他的描写，那是一间很大的房间，地上铺着红砖，有一个大烟囱；天花板上装饰着火腿、大块的熏肉和一串一串的葱头。墙上装饰着几根猎鞭、两个马笼头、一副马鞍和一把生锈的旧的大口径枪，枪下面的说明文字说枪是"上了弹药的"——根据斯诺格拉斯先生的记载，弹药是至少半个世纪以前就装好了的。一座一次能走八天的仪态庄严安详的旧钟在一个角落沉稳地嘀嗒作响；一只同样古老的银表垂挂在装饰着餐橱的很多钩子中的一个下面。

"准备好了吗？"在客人们洗好、补好、刷好和喝好之后，老绅士问道。

"全好了。"匹克威克先生回答说。

"那就跟我来。"于是，大伙儿穿过几条黑魆魆的走廊来到客厅门前，逗留在后面的图普曼先生也跟了上来——他在后面偷吻了爱玛一下，因而被理所应当地回敬了推搡和抓挠。

“欢迎，”他们的好客的主人推开大门，迈上前去宣告他们的到来，“欢迎，绅士们，欢迎光临迈诺庄园。”

第六章　旧式牌局。牧师的韵文。归囚的故事

聚集在古老客厅里的几位宾客,都站起来迎接匹克威克先生和他的朋友们;在履行那一大套繁文缛节的介绍手续的过程中,匹克威克先生偷闲观察了他周围那些人的外貌,还对他们的性格和职业揣摩了一番——这是他和很多伟人所共有的一种嗜好。

一位年纪很大、戴着高帽子、穿着褪色的丝绸袍的老太太——她不是别人,正是华德尔先生的老母——坐在壁炉右角的上座;表明她年轻时接受、年老时仍拥有的教养的各种证明书都装饰在墙上,那就是古老的刺绣花样、同样古老的丝绒风景画和比较新式的深红色丝质茶壶套。姑母、两位年轻的小姐和华德尔先生,竞相热烈而不间断地向老太太表示孝心,挤在她的安乐椅周围,一个拿着她的听筒,另一个拿着一个橘子,第三个拿着一个香气瓶,第四个则在忙着拍打给她靠的几个枕头。她的对面坐着一位秃头老绅士,他长着一张和蔼善良的脸——他是丁格莱谷地的牧师。坐在他旁边的是他的妻子,一个肥胖而且精力充沛的老太太,看样子她不仅精通酿造使别人大为满意的家酿美酒的技术和秘方,而且还善于不时自得其乐地大量品尝它们。在一个角落里,一个利伯斯顿苹果脸的精明的小个子男人正在和一位肥胖的老绅士交谈。还有两三个年纪更大的老绅士和两三个年纪更大的老太太,他们一动不动笔直地坐在各自的椅子上,目光直直地盯着匹克威克先生和他的朋友们。

“是匹克威克先生，妈妈。”华德尔先生以他最高的嗓音说道。

“啊！”老太太说，摇着头，“我听不见。”

“是匹克威克先生，奶奶！”两位小姐一起尖声说道。

“啊！”老太太喊道，“罢了！没什么关系。他不会在意我这么个老太婆的，我敢说。”

“放心吧，老夫人。”匹克威克先生抓住老太太的手大声地说。为提高声音他把他那仁慈的脸都涨红了，“我告诉您，老夫人，看见您这样年岁的老人家领导着这么好的一个家庭，而且看上去那么年轻健康，没有比这更让我快乐的了。”

“啊！”老太太说，停顿了一下，“非常好，我敢说；可是我听不见。”

“奶奶现在有点摸不着头脑，”伊莎贝拉·华德尔小姐低声说，“不过她很快会和你谈话的。”

匹克威克先生点头表示他乐意迁就老年人的弱点，然后就和在座的大伙儿闲谈起来。

“这儿环境挺好的。”匹克威克先生说。

“挺好！”斯诺格拉斯、图普曼和温克尔三位先生呼应道。

“可不，我觉得也是。”华德尔先生说。

“肯特郡没有比这更好的地方了，先生，”长苹果脸的精明男子说，“真的没有，先生——我敢肯定没有，先生。”精明男子洋洋自得地看看四周，那神气好像是有人和他争辩，结果却被他驳倒了似的。

“整个肯特郡没有比这儿更好的地方了。”精明男子停顿了一会儿后再一次说。

“除了穆林牧场。”那个胖胖的人庄严地发表了自己的看法。

“穆林牧场！”精明男子脱口而出，一副极其不屑的样子。

“哎，穆林牧场。”胖子重复说。

“那真是个好地方。”另一个胖子插话说。

“是这样,没错儿。”第三个胖子说。

“那是众所周知的好地方。”肥胖的主人说。

精明男子暧昧地看看四周,发现自己是少数,于是也就摆出一副怜悯他人的神气不再多说了。

“他们在谈些什么呀?”老太太用很高的声音问她的一个孙女,像很多聋子一样,她好像从来没考虑过别人会听到她的话的可能性。

“谈这块土地,奶奶。”

“这块土地怎么啦?没什么问题吧,是吗?”

“没有,没有,米勒先生说我们这块地比穆林牧场要好。”

“他怎么知道的?”老太太愤慨地说,“米勒是一个自以为是的花花公子,你告诉他这是我说的。”老太太根本没意识到自己的声音比耳语高很多,而且她一说完就撑直身子站了起来,恶狠狠地盯着那个精明的罪人。

“来来,”在忙于张罗的主人说道,自然而然地带着想马上改变话题的焦急神情,“你觉得打牌怎么样,匹克威克先生?”

“我再喜欢不过了,”那位绅士回答说,“但是请不要因我之故而开牌局。”

“噢,跟你说吧,我母亲是非常喜欢打牌的,”华德尔先生说,“不是吗,妈妈?”

老太太对这个话题比对别的话题耳灵得多,她做了肯定的答复。

“乔,乔!”老绅士说,“乔——该死的——噢,他在呀;把牌桌摆好。”

那个害昏睡症的年轻人居然不用进一步督促就摆好了两张牌桌;一张用来玩“琼教皇”,另一张用来玩“惠斯特”。玩“惠斯特”

的对家是:匹克威克先生和老太太,米勒先生和胖绅士。圆圈牌戏则囊括了其他所有在场的人。

对家牌戏玩得举止庄重、神情肃穆,称之为"惠斯特"的确是实至名归①——那简直是一种庄严仪式,在我们看来,称之为"玩牌"根本就是一种亵渎和污蔑。而另一方面,围成一圈的那一桌则玩得如此喧闹和欢快,以致实质上打断了米勒先生的深思熟虑,使他没法保持应有的专心,存心犯下了各种罪大恶极的过错,惹得胖绅士大为光火,却相应地使老太太大为开心。

"瞧!"在一局的末了抓到决定胜负的一手好牌时,罪行累累的米勒得意洋洋地说,"打得再好不过了,我不妨自吹一下,再也不可能比这更好的了。"

"米勒应该用王牌压那张方块的,是不是,先生?"老太太说。

匹克威克先生点头表示同意。

"我该压,是吗?"那个不幸的人说,疑惑地希望得到对家的支持。

"你应该压,先生。"胖绅士严厉地说。

"真对不起。"垂头丧气的米勒说。

"说有什么用!"胖绅士怒吼道。

"我们两张大牌得八分,赢了。"匹克威克先生说。

另外一局。"你能叫一副吗?"老太太问道。

"能,"匹克威克先生回答说,"双,单,清一色。"

"从没见过这么好的运气。"米勒先生说。

"从没见过这样的牌。"胖绅士说。

一阵庄严的寂静:匹克威克先生幽默,老太太严肃。胖绅士吹毛求疵,米勒先生畏畏怯怯。

---

① 惠斯特,原文为 whist,该词除去牌戏的解释外,另外还有"肃穆"的意思。

“又一个对子。”老太太说，她得意洋洋地把一枚六便士和一枚凹凸不平的半便士硬币压在烛台下面作为记号。

“一对，先生。”匹克威克先生说。

“知道了，知道了，先生。”胖绅士尖刻地说。

在以相似的结果告终的另外一局中，不幸的米勒先生有牌不跟，胖绅士因此大为光火，一直到牌打完还气不打一处来。牌局结束后米勒先生缩进一个角落，在那里一声不吭地呆了一个小时又二十分钟，然后才从掩蔽处出来，递给匹克威克先生一小撮鼻烟，脸上带着决心以基督徒精神宽恕所受伤害的神情。那位老太太的听力无疑已大大增强，而不幸的米勒先生则有如一条困在岗亭中的海豚一般浑身不自在。

与此同时，圆圈牌戏却进行得快乐无比。伊莎贝拉·华德尔小姐和特伦德尔先生“配了对”；艾米莉·华德尔和斯诺格拉斯先生也一样；就连图普曼先生和老处女姑妈都合伙经营起了筹码和谄媚股份公司。老华德尔先生快乐得无以复加；他坐庄时是那么滑稽有趣。老太太们对进贴算得那么精明，因此全桌始终沉浸在快乐与欢笑的喧嚷之中。有一位老太太总是有半打的牌要付账，使大伙儿大为开心，每局都是如此。有一次她为不得不付账显得不高兴起来，大伙儿的笑声比先前更大了，于是她的脸色又渐渐开朗起来，直至最后她笑得比谁的声音都大。接下来，当老处女姑妈摸到“结婚”牌时，两位小姐又笑了起来，老处女姑妈露出马上要冒火的表情；但由于感觉到图普曼先生在桌子下面捏她的手，她马上又高兴起来，露出心中十分有数的神情，好像在实际生活中婚姻离她并不如人们想象的那么渺远。这一切使大伙再次开怀大笑，华德尔先生笑得尤其开心，他对玩笑的喜好丝毫不亚于最年轻的人。至于斯诺格拉斯先生嘛，他一个劲儿地凑在他的搭档耳边低声诉说他的诗意情怀，致使一位老绅士以戏谑的狡黠提起了牌桌搭档和人生搭档的问题,进而促使华德尔先生也就此发了一番高论,同时还挤眉弄眼并咯咯直笑,逗得大伙儿非常开心,尤其是那位老绅士的太太。温克尔先生讲了几个为城里人熟知而在乡下却谁也不知道的笑话。大家听了笑得心花怒放,说它们棒极了,因此温克尔先生感到莫大的快乐与光荣。仁慈的牧师欣慰地目睹着这一切;因为围坐在桌边的人们的笑脸使这位好心的老人也感觉到了快乐。虽然这种欢快相当喧闹,但它是发自内心的而不是出自口头:无论如何这都是实至名归的欢乐。

夜晚在这些欢快的娱乐中很快地溜了过去。吃完尽管家常却丰盛的晚餐,大家围着炉火形成了一个小小的社交圈,这时匹克威克先生感到他一辈子从没有如此幸福过,从没有如此热切地想要好好珍惜和享用这稍纵即逝的好时光。

"诸位,"好客的主人说——他此刻庄严地坐在老太太的安乐椅旁边,紧紧地握住她的一只手——"这正是我所喜欢的——我这辈子最快乐的时光便是在这个古老的火炉边度过的。我对这个炉子实在太依恋了,因此我每天晚上都要在这里生起旺旺的火,直到它热得叫人受不了才罢休。嗨,我可怜的老母,在她还是个小女孩的时候,就经常搬那张小凳子坐在这炉火边,是不是,母亲?"

突然回想起往日岁月和多年前的幸福,老太太带着忧郁的微笑点了点头,夺眶而出的泪水悄悄地从她脸颊上流了下来。

"您得谅解我谈论这个老地方,匹克威克先生,"主人在停歇了短暂的一会儿后继续说,"我太爱它了,没法不谈它——这些个老房子和田地,对我来说就像是活着的朋友;我们那座爬满常春藤的小教堂也是如此——不妨顺便一说,关于常春藤,我们坐在那边的那位朋友还曾经写过一首诗。嘿,当时他可是初来乍到。斯诺格拉斯先生,你杯子里还有喝的吗?"

"满满的,谢谢。"那位绅士回答说,他那诗意的好奇心已被主人的最后一句话大大激发起来。“对不起,你刚才说到关于常春藤的诗。”

“这你可得问我们对面那位朋友。”主人说着,会意地朝那位牧师点了点头。

“很想洗耳恭听您朗诵大作,可以赏脸吗,先生?”斯诺格拉斯先生说。

“实在不敢当,”牧师回答说,“区区小诗,真是微不足道。当年斗胆胡诌一气,惟一可找的借口便是,那时候我还年轻。不过,尽管如此,您若是真的想听,我念一念倒也无妨。”

回答当然是一阵好奇的喃喃声。于是老绅士便开始借助于他妻子的提示背诵那些诗句。“我的诗题为《绿绿的常春藤》,”他说着朗诵道:

绿绿的常春藤

噢,绿绿的常春藤是多美的植物,
他爬行在古老的废墟之上!
他吃的想的是精心选出的食物,
尽管他的住所是那么寒冷又凄凉。
墙壁必须坍塌,石头该化为腐土,
这才能娱悦他美丽的奇情与异想:
时光造出的霉烂的尘土,
正好是他赏心可口的食粮。
　　它爬行的地方没有生命驻足,
　　绿绿的常春藤真是稀有的老植物。

他迅速地悄悄前行,虽然没有翅膀,
却有一颗古老而坚强的心。

他缠得多么严，绕得多么紧，
与他的朋友大橡树贴得那么近！
他还悄悄地爬行在地上，
一边把叶子轻轻地摇晃，
一边四处蔓生并欢快地拥抱
死者们那土壤肥沃的坟包。
　　它爬行的地方有狰狞的死亡驻足，
　　绿绿的常春藤真是稀有的老植物。

一个个世纪飞逝，它们的业绩已经覆灭，
一个个国家也四分五裂；
而健壮的老常春藤却永不衰亡，
它的绿色永葆着强健旺盛的模样。
在孤寂的日子，这古老的植物
从过去获得滋养而壮实：
因为人类所能建的最宏伟的建筑
最终是常春藤的养料。
　　继续爬行呀，那里有时间驻足，
　　绿绿的常春藤真是稀有的老植物。

在老绅士把这些诗重念第二遍，以便斯诺格拉斯先生把它们记录下来的时候，匹克威克先生带着极感兴趣的神情对他的脸部轮廓观察了一番。老绅士背诵完毕，斯诺格拉斯先生已把笔记本放回了口袋，匹克威克先生说：

"初次见面就要加以臆断，对不起，先生；不过我认为，像你这样一位绅士，在担任福音传道士的经历中，不可能没有观察过很多值得记载的场面和事件。"

"我当然目睹过一些，"老绅士回答说，"不过那些事件和人物都相当平凡，因为我的活动范围十分狭窄。”

“关于约翰·爱德蒙的事，我想你一定做了些笔记，不是吗？”华德尔先生问道，看样子他很想打开朋友的话匣子，以便给他新来的客人带来些启迪。

老绅士微微点了点头表示同意。在他正准备转换话题的当儿，匹克威克先生突然说：

“对不起，先生，我想冒昧问一下，约翰·爱德蒙是谁呢？”

“我也正想问这个问题。”斯诺格拉斯先生迫不及待地说。

“你逃不脱啦，”那位欢快的主人说，“或迟或早，你必须满足这些绅士的好奇心；因此你最好是利用现在这个大好机会，马上说给大伙儿听听。”

老绅士一边和蔼地微笑，一边把椅子向前移，其他人也把椅子拉得更近了，尤其是图普曼先生和老处女姑妈，他们的耳朵可能都不太灵吧。老太太的助听器被恰到好处地调整好了，米勒先生也被训诫的一掐唤醒了（他在听诗朗诵的时候睡过去了）。他的前搭档，即那位胖绅士从桌子底下掐了他一下。于是老绅士也不来什么开场白，便直截了当地说出了以下故事——我们自作主张给故事加了个标题：

归　囚

“我初到这个村子定居的时候，”老绅士说，“那是二十五年以前，当时教民中有一个最臭名昭著的人，叫做爱德蒙，他在离这儿不远的地方租了一小块田地。他是一个脾气糟糕、心肠野蛮的恶人：他有懒惰和放荡的恶习，性情残酷而又凶猛。除了那几个与他一道在田野里浪荡或是酒馆里滥饮的懒惰而又鲁莽的流浪汉外，他简直连一个朋友或熟人都没有；没有人乐意和这个让多人害怕、使人人厌恶的人说话——所有人都躲避着爱德蒙。

“这个人有一个妻子和一个儿子，儿子在我初到此地时大概十二岁左右。对于那个女人遭受的痛苦的剧烈程度，以及她忍受它们时的温顺而坚忍的态度，还有她抚养那个孩子时操心忧虑的苦楚，没有人能确切地想象出来。愿上天饶恕我的猜测——假如那是一种不仁慈的猜测的话——但是我的确坚信而且是打心底里相信，那个男人多年来是有步骤地千方百计想使她心碎；但她却看在孩子的分上忍受了那一切，而且也是看在孩子的父亲的分上——虽然这或许让很多人感到奇怪；因为尽管他是一个畜生，尽管他待她很残酷，但她毕竟一度爱过他；回忆他曾经是她的什么人，在她胸中唤起了以忍耐和温顺去承受磨难的感情——这种感情，除了女人之外，对于上帝创造的所有生物都是陌生的。

“他们很穷——在那个男人那样过日子的情况下，他们不可能不穷。但是那个女人起早摸黑，从早上到中午再到晚上，始终不停地、不知疲倦地操劳，从而使他们得以勉强度日。但她的操劳只得到恶意的回报。夜里经过此地的人们——有时已经是深夜——反映说，他们听到一个女人悲痛的呻吟和哭泣，还听到殴打的声音；不止一次，在午夜过后，那个男孩跑去轻轻地敲邻居的门，是他母亲叫他去那里躲避他那位反常的父亲酒醉后的暴行。

“在这样的日子里，这个可怜的女人始终是我们的小教堂的常客，来做礼拜时身上往往还带着她没法完全掩饰的虐待与暴行的痕迹。每逢礼拜日早上和上午，她总是有规律地来做礼拜，坐在固定的座位上，身边带着她的儿子。尽管他俩穿着寒伧——比许多地位不如他们的邻居还要寒碜——不过他们的衣着总是整齐而干净的。每个人都会对‘可怜的爱德蒙太太’点点头并友善地招呼一声；有时候，她在做完礼拜后停下来和某个邻居在通往教堂大门的一小排榆树下交谈几句，或是怀着母亲的自豪与慈爱在一旁看着她那健康的儿子和一些小朋友做游戏，这时候她那憔悴的面孔会由于发自内心的感恩之情而开朗起来；这时她的样子假如说不上欢快和幸福，至少也是平静和满足的。

“过了五六年，那个男孩已长成一个发育健全的强壮的小伙子。把他纤弱的躯干和四肢改造为男子汉的强壮体魄的光阴，同时也使他的母亲不仅背驼了，而且脚步也不稳健了；但那本来应该搀扶她的手臂如今却不再搀扶她了，那张本来该使她高兴的脸也不再望着她的脸了。她还是坐在以前的老座位上，但她身边的座位已空。《圣经》仍然像以前一样被好好保存着，该读的地方仍然像从前一样被找出来并折好；可是再没有人和她一起读它了；泪水密而快地掉落在书页上，字句在她的泪眼下模糊成了一团。邻居们仍然一如既往地对她友善相待，但她却扭头躲避他们的招呼。如今她再也不在榆树下逗留了——那里不再有令人欢快的幸福期待。这个孤苦可怜的女人拉低软帽罩住脸，离开得匆匆忙忙。

“还用得着我告诉你们吗？那个年轻人，回顾一下从他童提时代有记忆和意识的最早日子，直到他长大成人的那个时候，他就会发现，他没有哪件事不是以某种方式与他母亲长期自愿做出的诸多牺牲相关联的；看在他的分上她受尽了虐待、侮辱和暴行，一切都是为了他；可是他，还用得着我来说吗？可是他却悍然不顾她那颗快要破碎的心，愠怒而且故意地忘记了她为他而做而忍受的一切，与一些堕落放荡的男人厮混在一起，发疯似地干起了必然置他于死地同时使她蒙羞的冒险勾当。唉，可悲的人性！估计你们要预料到了。

“那个苦命女子的悲惨与不幸眼看就要达到极限。邻近一带发生了一桩又一桩罪案；案犯们一直没有被发现，于是他们就更加肆无忌惮了。一桩大胆恶劣的抢劫案引起出乎意料的警戒追究和严密搜捕。小爱德华和三个伙伴受到了怀疑。他被捕了——入了监——受了审——判了罪——死刑。

“在严正的判决宣读出来的当儿，一个女人的撕心裂肺的惨烈尖叫传遍法庭，那声音直到此时都还在我耳朵里回响。那声尖叫在那个死刑犯的心头激起了恐惧，而这是审判、判决甚至即将来临的死亡本身都没有唤起的。始终顽固而阴郁地紧闭着的双唇颤抖起来，而且不由自主地张开了；脸色变成灰白，每个毛孔都冒起了冷汗；那个重罪犯强壮的四肢打起抖来，他在被告席上摇摇晃晃站不住了。

“在内心惨痛造成的最初的神智恍惚之下，那个受苦受难的母亲猛地跪倒在我的脚边，热切地祈求那位迄今为止一直在支持着她度过厄运的全能的神，祈求他让她从这个充斥悲哀与苦难的世界获得解脱，并祈求饶她的独生子一命。紧接着是一阵剧烈发作的悲痛和猛烈的挣扎，那种情景我但愿永远不再看见第二回。我知道她的心自那一刻起就碎了；但是我从没有听见从她嘴里滑出半句怨天尤人的话。

“看见那个女人日复一日地到监狱的院子，迫切而热烈地企图用温情和哀求去感化她那个执迷不悟的儿子的铁石心肠，那情景真是凄惨。但是白费。他仍然是那么易怒、固执并且无动于衷。就连把他改判为十四年流放的意外的减刑，都没能使他阴郁执拗的态度软化片刻。

“但是，支撑了她如此之久的那种听天由命和忍耐的精神，却抵挡不住她肉体上的衰弱。她病倒了。她从床上爬起来，硬拖着摇晃的双腿要再次去探望儿子，但是力不从心，她无力地倒在了地上。

“现在，那个年轻人的值得自夸的冷酷与漠然真的受到了考验；报应沉重地落在他的身上，几乎把他逼疯了。一天过去了，他的母亲没有来；又一天逝去，她还是没有来；第三天夜幕降临时，他仍然没有见到母亲；再过二十四小时他就要被迫和她分别了——也许就是永别。噢！已被遗忘很久的往事一股脑涌向他心头，他在狭窄的院子里来回、急忙地窜来窜去——仿佛他一着急就能快点得到母亲的消息似的——而当他知道真相的时候，袭向他的那种无可奈何的孤独寂寞的感觉又是何等揪心！他的母亲，双亲中他惟一熟知的人，在离他一英里的地方病倒了——也许快要死了。假如他是自由的，没有戴镣铐，他只要几分钟就可以赶到她身边。他冲到门口，绝望地用力抓住铁栅栏，把它摇得直响；还用身体猛地去撞墙，仿佛想在石头中撞出一条通道；但是那牢固的建筑嘲笑他微弱的努力，他把双手绞在一起哭得像个孩子一样。

“我把那位母亲的宽恕和祝福带给她那个在狱中的儿子，也把他悔过的庄严誓言和请求宽恕的热烈恳求带到了她的病床前。我怀着怜悯和同情听那个悔过的人谈了他准备刑满归来时如何安慰和赡养她的无数计划；但是我知道，在他到达流放地之前几个月，他母亲就不会再在人世了。

“他是夜里被押走的。几个星期之后，那个可怜女人的灵魂便飞离了她的躯壳，我满有把握地希望并庄严地相信，它飞到了永恒的幸福与安宁之地。我为她的遗体举行了安葬仪式。她葬在我们的教堂小墓地。她的坟头没有墓碑。她的悲哀人人皆知；她的德行有上帝明鉴。

“根据在犯人上路之前的约定，他一得到许可就给母亲写信，信由我转交。他父亲自他被捕之后就坚决拒绝再见他了；儿子是死是活，父亲丝毫不放在心上。他一去便音信全无。多年过去了，到他的刑期过半的时候，我还没接到他任何音信，因此我断定他死了，而且我的确几乎希望他如此。

“而其实呢，在到达流放地之后，爱德蒙被派到了相当偏远的地方，也许还是由于这一原因，虽然他寄了好几封信，可是没有一封到达我的手里。他在同一个地方整整待了十四年。在刑期结束之后，他坚持以前的决定和对母亲的誓言，克服千辛万苦回到英格兰，并且徒步走回家乡。

“八月里一个晴朗的星期天傍晚，约翰·爱德蒙踏进了十七年前他蒙着耻辱离开的那个村庄。他走的最近的路是穿过教堂墓地的那一条。穿过篱笆门的时候，他的心开始膨胀。高大的老榆树还在，落日从它们的枝叶间照射下来，树荫下的小径上到处都是斑驳的光斑，这一切唤起他对童年时光的记忆。他回想着自己儿时的模样——紧拉着母亲的手，跟着她平静地走进教堂。他还记得他那时常常仰望她苍白的脸；还记得有时候她凝视他的脸时双眼盛满了泪水——当她俯身吻他的时候，这些泪水热辣辣地滴在他的额头上，使得他也哭泣起来，尽管那时他一点也不懂她的泪水里含有多少辛酸。他回想着当年他如何经常和一些孩子气的伙伴在那条小路上欢快地奔跑，一边跑一边不时地回头，瞥一眼他母亲的微笑，或是听一听她温和的声音；于是好像一层薄纱从他的记忆上被揭开了，没有得到回报的好言好语、被藐视的告诫以及被毁弃的承诺，一齐涌上他的心头，直到使他的心痛苦万分，再也无法承受。

“他走进了教堂。晚祷的礼拜仪式已经结束，教友们已经离去，不过教堂还没有关门。他的脚步在那低矮的屋子里发着空洞的回响，而周围是那么寂静，他几乎为孤单感到害怕起来。他环顾四周。什么也没有改变。那个地方看上去比过去小了些，但那些个古老的石碑还在，当年他曾怀着孩子气的敬畏无数次地凝视它们；垫子褪了色的布道坛也在；还有那张圣餐桌，当年他曾经常在它前面背诵《十诫》——他还是孩子时对圣诫充满敬意，长大后却把它们忘了。他走近以前他常呆的那个老位子，它显得冷清而凄凉。坐垫已被拿掉，那本《圣经》也不在了。也许他母亲现在坐到了更寒碜的席位上,也许她因年老体衰不能单独来教堂了。他不敢去想他害怕的事情。他感到一阵寒意袭上身来,走开的时候他浑身颤抖得很厉害。

“他刚走到门口,有一个老人走了进来。爱德蒙吃惊地后退了一步,因为他很熟悉这个人;当年他有好多次在教堂墓地里观看他挖墓穴。他会对这个归来的罪人说什么呢?

“那个老人抬起眼睛瞟了瞟陌生人的脸,对他说了一声‘晚上好’,说着又往前走。他已经忘了他。

“他沿山冈往下走,从村子中间穿过。天气很暖和,人们或是坐在门口,或是在自家的小园子里漫步,在享受黄昏的宁静或劳动后的休息。当他走过时,很多人扭头看他,而他也向两边一次又一次投去怀疑的目光,看是否有人认得他或躲避他。差不多每个屋子都有些陌生的脸;他在一些陌生人中认出了他的一个老同学的高大身材——他最后看到他的时候还是一个孩子——那人被一群欢快的孩子围着。在另一群陌生人中,他看见一个年老体弱的老人坐在小屋门口的一张安乐椅里,他只记得当年此人是一个身强力壮的劳动者;但是他们所有的人都忘记了他,他走过时没有任何人记起他来。

“落日最后的柔光落在大地上,为一捆捆的黄色玉米抹上了辉煌的光泽,也拉长了果园里树木的影子,这时他站在自家老屋的门前——这是他儿时的家呀——在囚禁与悲苦的漫长乏味的岁月里,他那颗满怀无法形容的强烈思恋的心企盼的就是这个家。栅栏很低,虽然他清楚地记得以前在他看来它像一堵高高的墙;他从栅栏上方往老园子里面看去,里面的果实和花朵比以前多得多,但那些老树还在——以前当他在阳光下玩累了的时候,正是躺在这些树下并感觉到幸福童年的温柔睡意轻柔地降临到他的身上。屋子里有声音,他侧耳倾听,但听起来很陌生;他不熟悉它们。那同样是些欢快的声音;而他很清楚他可怜的母亲是不可能欢快的,于是他开始走开。门开了,一群小孩子跳出来,又是叫又是蹦的。那位怀里抱着个很小的孩子的父亲出现在门口,他们围在他周围,一边拍着小手,一边把他往外面拖,要他加入他们的欢快游戏。归囚回想起当年在这同一个地方,他不知有多少次躲避过自己的父亲。他记得他经常把发抖的头埋在被子里,同时听到粗暴的辱骂、凶狠的鞭打和他母亲的哀号;虽然那个男人在离开这个地方时因内心的剧痛在大声抽泣,但是在暴烈可怕的情绪之下,他的拳头是紧握的,牙齿是紧咬的。

“这就是多年来令他望眼欲穿的回家,这就是他历尽千辛万苦实现的回家!没有欢迎的脸庞,没有宽恕的目光,没有容身的房子,也没有援助的手——而且还是在他老家的村庄。他在荒无人烟的密密林莽中经历的孤单,与这相比算得了什么!

“他觉得他在那遥远的流放与耻辱之地思念的,是他离开时的那个家乡,而不是归来时的这副模样。悲惨的现实无情地打击着他的心,他的精神消沉了。他没有勇气去询问,也没有勇气向惟一的那个看来会以友善和同情接待他的人道明自己的身份。他慢慢地走开了,在路边躲躲闪闪的,好像是一个犯罪的人。他转到一块他还记得很清楚的草地,用双手捂住脸,仆倒在了地上。

“他没有注意到有一个人躺在他旁边的河岸上。那人转过身来偷看新来者时衣服发出沙沙的声音。爱德蒙抬起了头。

“那个男人改成了坐的姿势。他的身体很驼了,他的脸一片蜡黄并且布满了皱纹。他的衣着表明他是济贫院的居民:他的样子已经很衰老,不过看上去更像是放荡或疾病所致,而不是由于年龄的缘故。他牢牢地盯着陌生人,尽管他的双眼在开头呆滞而又没有光泽,但在盯了爱德蒙一会儿以后,它们竟闪出一副不自然和惊慌的表情,好像它们要从眼窝里爆出来似的。爱德蒙渐渐起身跪在了地上，越来越热切地看着那个老人的脸。他们默默地相互凝视着。

“那个老人的脸色呈一片可怕的死白。他颤抖了一下，踉踉跄跄站了起来。爱德蒙纵身站起。他后退了一两步。爱德蒙向前走去。

“‘让我听听你说话。’归囚用变了调的沉重声音说。

“‘站开！’那个老人喊道，发出一声可怕的咒骂。归囚更进一步朝他走去。

“‘站开！’老人尖叫道。因恐惧而暴怒的他举起拐杖，狠狠地打在爱德蒙的脸上。

“‘父亲——魔鬼！’犯人咬着牙齿喃喃地说。他发狂似的冲过去，掐住了老人的喉咙——可那是他的父亲啊；他的手无力地垂了下来。

“老人发出一声大喊，那声音像从死寂的原野掠过的恶魔的咆哮。他的脸色发青：血从他的嘴巴和鼻孔涌了出来；他踉跄着倒在地上，血把下面的草地染成了深深的暗红色。他爆了一根血管，他的儿子还没来得及扶起他他就已经死了。”

“在教堂墓地的那个角落，”沉默了几分钟之后老绅士说，“在我先前说过的那个教堂墓地的一个角落里，埋葬着一个男子，他在上述事情发生之后受雇于我三年：他是真正悔罪的、谦卑的，不亚于任何最虔诚的人。在他去世之前，除了我谁也不知道他是谁，或来自哪里：他就是约翰·爱德蒙，那个归来的囚犯。”

第七章 温克尔先生不是打鸽子而杀了乌鸦，而是打乌鸦而伤了鸽子；丁格莱谷板球队大战全玛格尔顿队，全玛格尔顿队大吃丁格莱谷队；附带其他有趣又有益的事情

白天令人疲惫的惊险经历，或是牧师的故事所具有的催眠作用，使匹克威克先生产生了强烈的睡意，因此被领进舒适的卧室还不到五分钟，他便陷入了没有梦搅扰的深睡眠，一直到第二天早上，太阳谴责似的把明亮的光柱射进房间的时候，他才被太阳唤醒。匹克威克先生可绝对不是懒汉，他像一个战士似的从他的帐篷——床架中跳了出来。

"赏心悦目，赏心悦目的乡村，"这位热情洋溢的绅士推开格子窗，一边叹息说，"领略过如此美景的人，谁还能忍受天天盯着砖头和石板呢？若是没有活生生的母牛，只有烟囱顶上的母牛造型；若是没有任何东西具有牧神的芬芳之气，有的只是波形瓦①的整齐划一；若是没有生机勃勃的五谷，而只有石雕中的五谷图形，谁还能继续在那种地方生存呢？住在那种地方苟且偷生，谁人能够忍受呢？我想问问谁能够忍受呢？"在独自以最完满的方式如此这般地进行了好一会儿的自我诘问之后，匹克威克先生把头伸

---

① 狄更斯由牧神的原文(Pan)联想到Pan-tile，信手拈来，却涉笔成趣。

出格子窗并朝四周张望起来。

一个个干草堆的浓郁香气一直飘向他卧室的窗户；楼下小花园里的无数鲜花的芳香弥漫在四周的空气里；绿叶在和煦的空气里摇曳生姿，每一片叶子上都有朝露在闪亮，使深绿的草地熠熠生辉；鸟儿们在放声歌唱，仿佛每一颗晶莹的露珠都是它们的灵感的源泉。匹克威克先生陷入美妙迷人的想入非非之中。

“哈啰！”一个声音唤醒了他。

他朝右边看去，没有见到任何人；他的目光转向左边，望窗外那一大片风景；他凝视天空，但那里同样无人需要他；然后他做了一件心智一般的人马上会做的事——朝花园里望去，结果在那里看见了华德尔先生。

“你好吗？”那个乐呵呵的人说道，因愉快的期待兴奋得有点喘气了。“良辰美景啊，不是吗？看见你起得这么早我真高兴。赶快下来，出来吧。我在这里等你。”

匹克威克先生不需要第二次邀请。十分钟已足够他洗漱了，到十分钟的末了他已来到那位老绅士的身旁。

“哈啰！”轮到匹克威克先生打招呼了。他看见他的朋友拿着一支枪，还有另一支躺在草地上。“你要去干什么？”

“噢，”主人答道，“你的朋友和我准备在用早餐之前去打白嘴鸦。他是一位好射手，是吗？”

“我听他说过他的枪法挺好的，”匹克威克先生说，“但是我从来没见他打过任何东西。”

“是吗，”主人说，“我希望他能来。乔——乔！”

那个胖孩子从屋子里走了出来，在清晨的激励下，他的睡意最多不过三分多一点儿。

“上楼去，叫那位绅士，告诉他我和匹克威克先生在有白嘴鸦的树那儿等他。你领他去那儿；听到没有？”

那孩子执行他的任务去了;主人则像第二个鲁滨孙·克鲁索似的拿着两支枪,带路走出了花园。

"就是这个地方,"老绅士说,他们在走了几分钟之后在一条林阴道的入口打住了脚步。这一说明其实没有必要,因为还毫无所觉的白嘴鸦们噪聒不停的叫声已经充分说明他们到了哪里。

老绅士把一支枪放到地上,为另一支枪装上了火药。

"他们来了。"匹克威克先生说,他说这话的时候,图普曼先生、斯诺格拉斯先生和温克尔先生的身影在远处出现了。那个胖男孩,由于不太清楚他奉命去喊的到底是哪一位绅士,为了避免任何出错的可能性,便以其特有的精明把他们所有的人都请了过来。

"来吧,"老绅士冲着温克尔先生大喊道,"像你这样热心打猎的人早就应该来了,虽说这玩意儿不算个什么。"

温克尔先生报以勉强的微笑,脸带异样的表情拿起了剩下的那支枪——假如有某只有先见之明的白嘴鸦预感到自己即将暴死的话,它或许会显露出来的也是这样一种表情。那大概是热衷此道的表现吧,但是它却明显地显得惨兮兮的。

老绅士点了点头,在婴儿蓝伯特①的指挥下依次赶来的两个衣衫褴褛的男孩开始爬两棵树。

"这两个孩子在干什么?"匹克威克先生突兀地问道。他显得相当惊慌;因为虽说他不太有把握,但他常常听说农业收成不好,他担心这会逼使那些靠土地为生的孩子去为生计铤而走险,把自己当做没有经验的猎手的靶子。

"只是为了把鸟惊起来。"华德尔先生回答说,笑了起来。

"什么?"匹克威克先生问道。

"呃,说白了就是吓一吓白嘴鸦。"

---

① 蓝伯特,英国有名的胖子,所谓"婴儿蓝伯特",指的是胖孩子乔。

“噢！就为这个吗？”

“你放心了吗？”

“放心了。”

“很好。我先来？”

“请。”温克尔先生说，任何拖延都令他高兴。

“那好，站开一点儿。现在开始。”

一个男孩开始大叫，并摇晃上面有一个鸟窝的树枝。半打正在热烈交谈的小白嘴鸦飞出来，问到底是怎么回事。老绅士以开枪作答。一只鸟儿掉了下来，其余的飞走了。

“捡起来，乔。”老绅士说。

那个年轻人脸带微笑走上前去。

鸦肉馅饼的模糊影子浮现在他的想象中。他拿着那只鸟歇下来时笑了起来——这可是很肥的一只呀。

“好了，温克尔先生，”主人说，一边给自己的枪重新装弹药。“开火吧。”

温克尔先生走上前去，端平了枪。匹克威克先生和他的朋友们不由自主地后退了几步，免得被重重地跌下来的大批白嘴鸦砸伤，因为他们确信，一旦他们的朋友开上毁灭性的一枪，这是必定要发生的。一阵庄严的停顿——一阵叫喊——一阵羽翼拍击的声音——一声轻微的“咔嗒”。

“哈啰！”老绅士说。

“不行吗？”匹克威克先生询问。

“不响。”温克尔先生说，脸色非常苍白，也许是失望的缘故。

“怪事，”老绅士说，拿起了那支枪，“以前从没见过有哪一支打不响。嗨，怎么不见火帽呀？”

“哎呀呀，”温克尔先生说。“我声明我忘记了火帽。”

这一小小的疏忽被纠正了。匹克威克先生又蹲了下去。温克尔先生带着毅然决然的神情走上前去。图普曼先生躲在一棵树后面探出头来张望。那个男孩大声叫喊;四只白嘴鸦飞了出来。温克尔先生开了枪。一声痛苦的尖叫——不是白嘴鸦的,倒像是一个承受着肉体剧痛的人的声音。图普曼先生的左臂接受了一部分子弹从而挽救了无数无辜的鸟儿的性命。

描述接下来的混乱是不可能的。匹克威克先生如何在最初的感情爆发中骂温克尔先生"混蛋!";图普曼先生如何仆倒在地;温克尔先生如何惊恐万状地跪在他身旁。图普曼先生如何神志恍惚地叫某个女人的教名,然后先睁开一只眼睛,接着睁开另一只,最后倒回去并把两只眼睛全闭上。要详细描绘这一切是极其困难的;同样,那个不幸的人如何渐渐恢复神志;他的手臂如何被用手绢包扎起来;他的焦虑的朋友们如何扶着他慢慢回去。要详细叙述这一切同样让人感到力不从心。

他们离屋子不远了。女士们站在花园门口,在等他们回去吃早饭。老处女姑妈出现了;她脸带微笑,招呼他们走快一点。显而易见,她对灾难一无所知。可怜的人儿!有时候无知真是一种福分啊!

他们离得更近了。

"嘿,那个小个子老绅士怎么了?"伊莎贝拉·华德尔说。老处女姑妈没有介意这句话;她认为是说匹克威克先生。在她眼里屈赛·图普曼先生是一个青年,她是通过缩小镜看他的年龄的。

"别害怕。"上年纪的主人高声叫道,他生怕吓着了他的女儿们。出猎的那一小伙人严严实实地围住了图普曼先生,因此她们一时还看不清真相。

"别害怕。"主人说。

"怎么回事?"女士们尖声问。

"图普曼先生出了点小事故,就这样。"

老处女姑妈发出一声撕心裂肺的尖叫，歇斯底里地大笑了一声，然后往后一仰倒在了两位侄女的怀里。

“给她洗点冷水。”老绅士说。

“不用，不用，”老处女姑妈喃喃地说，“我现在好一些了。贝拉，艾米莉——叫外科大夫！他受伤了吗？他死了吗？他——哈，哈，哈！”老处女姑妈再一次歇斯底里地叫喊起来，夹杂其中的是一声声尖叫。

“镇静一些，”图普曼先生说，被用这种形式表现出来的对他的痛苦的深切同情感动得几乎要流泪了，“亲爱的，亲爱的女士，镇静点儿。”

“是他的声音！”老处女姑妈高喊道；第三阵剧烈发作的迹象又在酝酿之中了。

“不要难过，我求你了，亲爱的女士，”图普曼先生抚慰地说，“我伤得很轻，你相信好了。”

“这么说你没有死！”那位歇斯底里的女士叫道，“噢，跟我说你没有死！”

“别傻了，拉切尔，”华德尔先生打断说，他的做法未免有点粗鲁，与眼前的诗意场面极不相称，“让他说他没有死有什么用呢？”

“没有，没有，我没有死，”图普曼先生说，“除了你的帮助我啥都不需要。就让我靠在你的手臂上吧。”接着他用耳语补充说，“噢，拉切尔小姐！”那位激动的女子凑上前去，伸出了手臂。他们俩进了早餐室。屈赛·图普曼先生温柔地吻了吻她的手，然后重重地倒在了沙发上。

“你头昏吗？”焦急的拉切尔问道。

“没有，”图普曼先生说，“没什么。我很快就会好的。”他闭上了双眼。

“他睡了，”老处女姑妈喃喃地说，（他的视觉器官关闭了将近二十秒钟)"亲爱的——亲爱的——图普曼先生!"

图普曼先生跳了起来:"噢,把那些话再说一遍!"他高声说道。

那位女士吃了一惊。"你当然没听到!"她羞答答地说。

"噢,不,我听到了!"图普曼先生回答说,"再说一遍,假如你想要我好起来,那就再说一遍。"

"嘘!"那位女士说,"我哥哥来了。"

屈赛·图普曼先生又恢复了先前的姿势。华德尔先生陪着一个外科大夫走进了房间。

手臂接受了检查,伤口包扎好了,大夫说伤势轻微。于是大伙儿放了心,开始满足他们的食欲,脸上重新又恢复了愉快的神情。只有匹克威克先生一人一声不吭而且若有所思。他的脸上流露着怀疑和不信任的神情。早上发生的事已使他对温克尔先生的信心发生了动摇——大大地动摇了。

"你是板球家吗?"华德尔先生问那个神枪手。

要是在别的时候,温克尔先生准会做肯定的答复。但是此刻他感到处境微妙,于是谦逊地回答说:"不是。"

"你呢,先生?"斯诺格拉斯先生说。

"曾经是,"主人回答说,"但现在我不玩了。我在俱乐部挂了个号,但是我不玩了。"

"今天有板球大赛吧,我想。"匹克威克先生说。

"没错,"主人回答说,"你一定很想去看看吧。"

"我嘛,先生,"匹克威克先生回答说,"我喜欢看任何有益无害的运动,只要拙劣的生手的无能不会危及人的性命就行。"匹克威克先生停顿了一下,直盯着温克尔先生。后者在领袖审视的目光下缩头缩脑的。过了一会儿那位伟人把目光移开,补充说:"把我们受伤的朋友托付给女士们照应,好不好?"

“没有比把我托付给她们更好的了。”图普曼先生回答说。

“的确是再好不过了。”斯诺格拉斯先生说。

于是就做了安排，图普曼先生留在家里由女士们照看，其他来客则由华德尔先生带着去竞技场——即将举行的比赛已把整个玛格尔顿从呆滞的沉闷中唤醒，也为丁格莱谷地注入了狂热般的兴奋。

他们步行了不超过两英里，一路上走的都是林阴道和幽僻小路。就在他们把谈话转向四周环绕着他们的令人赏心悦目的风景时，匹克威克先生发现自己已置身于玛格尔顿镇的主街，此时他几乎为赶路赶得太急而后悔起来。

任何一个天生对风土地志学有嗜好的人都很清楚，玛格尔顿是一个自治城市，有市长、议员和公民；任何人只要考查过市长对公民的讲话，或公民对市长的讲话，或两者对自治机构的讲话，或这三者对议会的讲话，就会知道一个他们早就该知道的情况，那就是：玛格尔顿是一个历史悠久、忠于王室的自治镇，既热心提倡基督教教义，又衷心爱戴各种商业权利，其明证是，市长、议员和其他居民曾在不同的时候不下一千四百二十次呈文，反对国外继续实行黑奴制度，还以同样多的次数呈文反对国内干涉工厂制度；六十八次反对在教会内出卖教职，八十六次主张废除礼拜日的街头贸易。

匹克威克先生站在这个赫赫有名的镇子的主街上，带着好奇的神情——当然也不乏雅兴——注视着周围的事物。有一个做集市用的广场；广场中央是一家门前有块大招牌的大旅馆，招牌上有个艺术中常见而在自然界却罕见的形象——那就是，一头蓝色的狮子。它三条弯曲的腿悬在空中，用第四条腿上中间那个爪子的尖儿平衡着身体。视野范围之内，还有一家拍卖行、一家火灾保险公司、一家粮行、一家亚麻布店、一家马具店、一家酒坊、一家杂货店和一家鞋店——这最后一家店还附带销售礼帽、女帽、衣服、布伞和其他有用的东西。还有一座红砖房子，前面有一个铺了石头的小院子，也许任何一个人都知道那是律师的房产；另外还有一座安有威尼斯式百叶窗的红砖屋子，门上有一块很大的铜板，明白宣告那属于外科大夫。几个小伙子正朝板球场方向走去。还有两三个店主站在自家的店门口，看样子也极想去同一个地点，要不是怕会因此错过若干顾客，他们恐怕早就去了。匹克威克先生暂停下来做了这些观察，准备在将来某个更方便的时候记载下来，然后赶紧追上他的朋友们。他们此刻已拐出主街，可以看到那个战场了。

三柱门已经竖好，供竞赛团体休息的两个大帐篷也已准备就绪。比赛还没有开始。两三个丁格莱谷队的队员和全玛格尔顿队的队员在自玩自乐，威风凛凛地随意把球传来传去。几位穿着和他们相同的绅士分散在帐篷周围——头戴草帽，身穿法兰绒上衣和白裤子，这样的装束使他们十分像业余石匠。华德尔先生带领大家朝其中一位绅士走去。

几声"你好吗?"对老绅士表示了欢迎；在他介绍了他的客人们之后，所有的草帽都举了起来，法兰绒上衣一一向前鞠躬；他介绍说，这些伦敦来的绅士极其渴望目睹今天的盛事，而且他深信他们一定会大饱眼福。

"我想你们最好进大帐篷去，先生。"一个非常胖的绅士说，他的身体和双腿看上去就像半截硕大无比的法兰绒卷，竖在两个胀大的枕头套上。

"你会发现里面舒服得多，先生。"另一位绅士敦促说，他看上去极像前面说的那卷法兰绒的另外半截。

"你们真好。"匹克威克先生说。

"这边请，"第一个绅士说，"他们在这里记分——这是全场最好的地方。"这位板球员说，一边喘着粗气赶到前面，领大伙儿进帐篷去了。

“多棒的比赛——呱呱叫的游戏——多好的运动——好极了!”这些便是匹克威克先生进帐篷时进入他耳朵里的话;而他的眼睛首先看到的东西,就是在罗彻斯特的马车上结识的那位绿衣朋友,他正在口若悬河地神侃,使全玛格尔顿队的一群精英分子获得莫大的快乐与启发。他的穿着略有改进,还穿上了靴子;但毫无疑问那就是他。

那个陌生人立即认出了他的朋友们,他冲过来抓住匹克威克先生的手,以他惯有的鲁莽把他拉到一个座位上,同时一刻不停地说着话,好像赛事的整个安排是在他的特别保护和指导下做出的。

“这边——这边——有趣极了——有的是啤酒——几大桶;牛腿子肉——小公牛;芥末——几大车;多好的天气——坐下来吧——别客气——见到你真高兴——太高兴了。”

匹克威克先生遵照吩咐坐了下来,温克尔先生和斯诺格拉斯先生也遵从了他们的神秘朋友的指示。华德尔先生在一旁默默地看着,惊奇不已。

“这是华德尔先生——我的一位朋友。”匹克威克先生说。

“你的朋友!我亲爱的先生,你好吗?——我的朋友的朋友——握个手吧,先生。”陌生人以一种多年未见的老友式的热情劲儿握住了华德尔先生的手,接着又后退一两步,仿佛要好好看看他的脸和身材似的,然后再一次和他握手,热乎劲儿甚至胜过第一次——假如还有可能的话。

“好了,那么你怎么上这儿来了呢?”匹克威克先生说,脸上带着仁慈与惊惶相角逐的微笑。

“来了,”陌生人回答说,“歇在王冠饭店——玛格尔顿的王冠——遇到一伙人——法兰绒上衣——白裤子——鳀鱼三明治——香辣腰子——一帮出色的家伙——棒极了。”

匹克威克先生对陌生人的那套速记法已相当精通，完全可以从这一急速而不连贯的讲话中推断出，陌生人不知是以什么方式与全玛格尔顿队的人相识了，而且还以他特有的手腕使相识变成了很好的交情，于是他也就轻而易举受到了邀请。好奇心得到满足之后，匹克威克先生戴上了眼镜，准备观看即将开始的比赛。

全玛格尔顿队首先担任攻方；当这个最杰出的球队里最出名的两位队员，达姆金斯先生和普多尔先生，拿着球棒走向各自的三柱门时，场上的兴致顿时剧增。路菲先生，丁格莱谷的顶尖的荣誉之星，被选出来对抗可畏的达姆金斯先生，斯特拉格尔先生则被选出来力敌迄今从未败过的普多尔先生。几个选手都已就位，在球场的不同区域"警戒"起来，他们深深地弯着腰，把双手支在两个膝盖上，摆出了开始的架势，很像孩子们玩跳蛙游戏时弓着腰准备让人从背上跳过去的样子。所有一流的球员都是这么做的——的确，大家公认，用其他任何姿势都不可能警戒好。

裁判员们站到了三柱门后面；记分员们做好了计分准备；接着是一阵屏息的寂静。路菲先生在采取守势的普多尔的三柱门后面后退了几步，把球举在右眼前瞄了几秒钟。达姆金斯先生胸有成竹地等待球的来袭，双眼紧紧地盯着路菲的一举一动。

"来了！"投球手突然大叫道。球从他手中笔直而疾速地飞向三柱门中间那根柱子。警觉的达姆金斯在防守着；球撞在球棒的头上，远远地弹了出去，从刚好蹲下来让球飞过的外场守场员们的头顶飞掠过去。

"跑呀——跑呀——再跑呀——好啦，把球甩过来——甩——站住——再来一个——不——对——不——甩掉，甩掉！"——这些便是击球之后响起的叫唤。这次交锋的结果是全玛格尔顿队得了两分。普多尔在为自己和全玛格尔顿争荣誉方面也毫不落后。他挡住危险的球，放过坏的，逮住好的，把球打得满场飞。外场守场员们被搞得又热又累；投球手们换了又换，投得手臂都发酸了。而达姆金斯和普多尔仍然岿然不败。有一个年长的绅士企图阻止球的前进，可它却从他的两腿间滚了过去，或是从他的手指间一滑而过。有一个瘦绅士想接住它，可它却砸在他的鼻子上，并且以双倍的力量欢快地弹了出去，致使瘦绅士两眼泪汪汪的，身体痛苦得直扭动。假如球是朝三柱门直投而来的，达姆金斯总是比球先一步到达。简而言之，等到达姆金斯失利，普多尔出局的时候，全玛格尔顿队已经得了五十四分，而丁格莱谷队的分数却和队员们的脸一般一片空白。失利局面实在太难挽回了。反击心切的路菲和激情澎湃的斯特拉格尔使出全身解数，还是不能挽回丁格莱谷队的损失——根本就是徒劳。在这场激动人心的比赛还没有结束的时候，丁格莱谷队就认输了，承认全玛格尔顿队技高一筹。

与此同时，那个陌生人一直在不停地吃着，喝着和说着。每逢打出一个好球，他都以屈尊降贵的抬举的姿态表示自己对那个队员的满意与赞许，从而使有关的人们大为感激；而每逢接球失误，或是没有挡住球，他就会把他个人的不满一股脑发泄在那个注定遭殃的人身上，大骂“啊，啊，蠢货！”——“瞧，油手①！”——“傻瓜！”——“骗子！”等等，诸如此类的叫骂似乎使周围的人觉得他精通板球这一高贵游戏的所有技艺与奥秘，是这方面无可争议的最出色的评论家。

“挺棒的游戏——打得不错——有几个真妙。”赛事结束后双方队员进入帐篷的时候，陌生人说。

“你也玩过板球吗，先生？”觉得他的饶舌很有趣的华德尔先生问道。

---

① 油手，喻指抓球不稳，仿佛手上有滑溜溜的油一般。

"玩过！没说的——几千次——不在这儿——西印度群岛——激动人心的玩意儿——热火的活动——热火极了。"

"在那样的气候下玩倒是挺温和哟。"匹克威克先生说。

"温和——滚热——火烧一样——冒火。有一次玩——一个三柱门——跟朋友陆军上校——托马斯·布拉佐爵士——看谁得分最多。拈阄得胜——我先攻——上午七点——六个土人警戒——开始，一直玩——紧张得要命——土人们全晕倒了——抬走——又叫来六个——又晕倒了——布拉佐投球——由两个土人扶着——打不败我——也晕倒了——抬走了上校——不服——忠实的仆从上场——昆柯·桑巴——最后剩下的一个——太阳火辣辣的，球棒起了泡，球都发了焦——打到五百七十分——相当累了——昆柯鼓起最后一把劲——我败下阵——洗了个澡，然后才去吃中饭。"

"那位名字叫什么的人后来怎么了，先生。"一位老绅士问道。

"布拉佐吗？"

"不是——另外一位。"

"昆柯·桑巴吗？"

"是的，先生。"

"可怜的昆柯——再没有恢复过来——他拼命地玩，是因为我的缘故——把命玩完了，要怪他自己——他死了，先生。"说到这里，陌生人把脸埋进一个棕色大杯子，至于是为了遮掩他的情感，还是在喝杯中的东西，我们难以确知。我们只知道他突然打住了，又深又长地吸了一口气，满怀渴望地望着走过来和匹克威克先生说话的两位丁格莱谷队的主要成员。

"我们准备去蓝狮俱乐部吃一顿便饭，先生。我们希望你和你的朋友能够参加。"

"当然，"华德尔先生说，"我们的朋友还包括这一位——"说着把目光转向陌生人。

“金格尔先生。”那个八面玲珑的人说，他立即领悟了别人的暗示，“金格尔——阿尔弗雷德·金格尔老爷，来自乌有乡无名府。”

“我感到不胜高兴，真的。”匹克威克先生说。

“我也是。”阿尔弗雷德·金格尔说，他用一只手挽起匹克威克先生的手臂，用另一只手挽起华德尔先生的手臂，一边以推心置腹的口吻对前一位绅士耳语：

“菜好得要命——冷的，但棒极了——今早上朝里面窥望了一下——有鸡鸭和馅饼之类——这些家伙好相处——也很大方——非常大方。”

由于没有什么基本事项需要安排，大家也就三三两两地向镇上走去。不出十五分钟，大家已经在玛格尔顿的蓝狮饭店的大厅里坐好了——达姆金斯先生担任主席，路菲先生担任副主席。

谈话声、刀叉的碰撞声以及碟子的磕碰声响成一片，热闹非凡。三个笨重的侍者跑来跑去忙个不停，桌上的食物很快地消失——在消灭每一道菜的纷乱之中，诙谐的金格尔先生的本领至少抵得上六个平常人。在每一个人都尽可能地吃饱之后，桌布被卷走了，瓶子、杯子和餐后甜点摆上了桌。侍者退下去“清理”了，换句话说，就是偷偷消受能弄到手的各种剩余的食物和饮料去了。

在接下来的那一片欢笑与交谈的嘈杂声中，有一位个子矮小的人露出一副“别跟我说话”或“我跟你没完”的赌气表情，一直保持着沉默；在谈话声减弱些的时候，他偶尔会朝周围看上几眼，仿佛他有非常重要的话要说；他还不时发出一声高贵得无法形容的短促的咳嗽。终于，在一个相对较安静的时刻，小个子男人用洪亮而又庄严的声音叫唤道：

“路菲先生！”

每个人都缄默不语，在那深深的静穆之中，那个被唤的人回答说：

“先生！”

“我想对你说几句话，先生，劳驾你请各位绅士把杯子斟满。”

金格尔先生以保护者的口吻说了两声“好呀，好呀！”；其余的人都响应了。杯子斟满了，副主席摆出一副全神贯注的充满智慧的神气，说：

“斯泰普先生。”

“先生，”小个子站起来说，“我希望说几句我不得不对你说的话，而不是对我们的可敬的主席，因为我们的可敬的主席与我要说的话有一点儿——可以说是有很大关系——我所要说的，或是我所要——要——”

“发表的。”金格尔先生提示说。

“是的，发表的，”小个子说，“为了这一提示，我谢谢这位可敬的朋友，假如他允许我这样称他的话（四声“好呀”表示喝彩，其中一声便来自金格尔先生）。先生，我是一个谷人——一个丁格莱谷人（欢呼声）。我不能享有作为玛格尔顿居民一分子的那份荣耀；而我也不，先生，我坦白地承认，我也不贪图那份荣誉；我要告诉你这是为什么，先生——（好哇）；我要欣然地把玛格尔顿理应享有的所有荣誉和名声赋予她——它们不仅是不胜枚举，而且已经是众所周知，因此，根本无需我在此摇唇鼓舌。但是，先生，在我们记住玛格尔顿诞生过一个达姆金斯和一个普多尔的同时，我们也决不能忘记丁格莱谷也可以为有一个路菲和一个斯特拉格尔而自豪。（喧闹的欢呼声）请不要以为我这是在贬低前面所说的两位绅士的价值。先生，我羡慕他们在此时此刻所享有的丰富情感。（欢呼声）听我说话的在座的诸位，也许都熟悉有一个人做过的回答，那是一个——用通常的说法吧——一个‘住在’木桶里的人对亚历山大皇帝说的:'假如我不是狄奥根尼①,'他说,'我就要做亚历山大。'我完全可以想象这些绅士们会说:'假如我不是达姆金斯,我愿做路菲;假如我不是普多尔,我愿做斯特拉格尔。'(热情高涨)但是,玛格尔顿的先生们,难道贵同乡仅仅在板球方面出色吗?难道你们没听说过达姆金斯以果敢著称吗?难道没有人告诉你们把普多尔和财富联系在一起吗?(大喝彩)难道在为你们的权利、你们的自由和你们的特权而斗争的时候,你们就没遭遇过忧虑和失望,哪怕是一瞬间都没有吗?在这样的沮丧处境下,难道不是达姆金斯这个名字使你胸中刚熄灭的火得以重新燃烧起来;难道不是这个人的一句话使它燃得像从没熄灭过那样明亮吗?(大欢呼)先生们,我请求你们用热烈的欢呼为'达姆金斯-普多尔'这个复合名字配上灿烂的光环。"

说到这儿小个子便打住了。大伙于是开始大叫和拍桌子,这在这天晚上余下的时间内几乎就没有停止过。又是一次接一次的干杯。路菲先生和斯特拉格尔先生,匹克威克先生和金格尔先生,都先后成为溢美之词的颂扬对象,并且各自在恰当的时机做了答谢。

既然我们对自己所献身的高贵事业是如此热忱,假如我们能把这些演讲词的模糊大意呈献于我们的热心读者之前,我们一定会感到一种难以言传的自豪,也会意识到自己所做的事情理应是不朽的——我们早已被剥夺了这种不朽。斯诺格拉斯先生像往常一样做了大量的笔记,假若不是由于那些雄辩的字句过于炽烈,或是酒的冲劲过于猛烈,使这位绅士的手抖动得极其厉害,从而使他的字迹几乎无法辨认,使他的行文难以理解的话,他那些笔记无疑是可以为我们提供极其有用、极有价值的信息的。经过耐心的调

① 狄奥根尼,古希腊犬儒主义哲学家。

查，我们找出了某些字句符合发言者的姓名；我们还看出一首歌的记录（据猜测是金格尔先生唱的），歌中每隔不久就重复一下“投球”、“闪光”、“红宝石”、“明亮”、“葡萄酒”这些字眼。我们好像还可以在记录的末尾看出“红烧排骨”的模糊的字样，随后出现的是“冷了”和“不用了”；但由于根据它们所发的任何假说想必只是纯粹的猜测，我们并不想沉湎于由它们引起的任何臆想。

因此我们要回过头去讲图普曼先生了；只是还有一点要补充说明一下，那就是：在那天晚上快到十二点的时候，人们听到丁格莱谷和玛格尔顿的名流们在用美丽而伤感的国歌曲调放声高唱，感情丰富而且顿挫有致：

> 我们不到早上不回家，
> 我们不到早上不回家，
> 我们不到早上不回家，
> 　　直到太阳高高照。

第八章　本章有力地证明：真正的爱情道路不是铁轨

丁格莱谷静谧的幽僻，那么多女性的陪伴，以及她们为他表现出的关怀与忧虑，非常有利于自然深植于屈赛·图普曼先生胸中那种更温柔的情感的发展与成长；现在这一情感像是注定了一般集中到一个可爱的对象身上。两个年轻小姐固然漂亮，她们的举止迷人，她们的性情无可挑剔；但是老处女姑妈更卓尔不群，她的神情中有一种尊严的意味，步态中有一种不可侵犯的风采，眼睛里有一种高贵的神韵，而这是小姐们目前无法企及的，也使她比图普曼先生以前注视过的任何女性都更为出色。他们俩气质上有某种相似，心灵上有某种契合，胸中有某种神秘的共鸣，这是显而易见的。图普曼先生负伤倒地时嘴中吐出的第一个名字就是她的名字；他被搀扶回来时第一个钻进他耳朵的声音是她那歇斯底里的笑声。但是她的那种激动，到底是出自一种在任何场合都难以抑制的好心女性的敏感，还是由一种在所有男人中惟有他能唤起的更加热烈和真挚的感情引起的呢？这便是他直挺挺地倒在沙发上时令他绞尽脑汁的疑问，也正是他决心立即并且永远加以解决的疑问。

傍晚到了。伊莎贝拉和艾米莉与特伦德尔先生外出散步了；那个耳聋的老太太在椅子上睡着了，胖男孩的低沉而单调的鼾声从老远的厨房传过来；那几个丰满的女仆正在侧门边闲晃，一边享受黄昏的欢快，一边凭本能行事，挑逗农庄的一些呆笨的牲口；那有趣的一对儿坐在屋里,没有谁注意他们,他们也不去注意谁,只梦想着他们自己;简而言之,他们坐在那儿,像一双小心叠好的羔皮手套——被难分难解地捆在一起。

“我忘记我的花了。”老处女姑妈说。

“现在去浇水吧。”图普曼先生以劝告的腔调说。

“这种傍晚的时候你会着凉的。”老处女姑妈恳切地说,含情脉脉的。

“不,不会。”图普曼先生说着站了起来,“那会对我有好处。让我陪你去吧。”

那位女士停下来把托住那个青年的左臂的吊带整理了一下,然后挽起他的右臂带他到花园里去了。

花园的那一头有一个小亭子,长着忍冬、素馨和藤蔓——这是仁慈的人们为了蜘蛛的便利而修建的甜蜜的幽僻处所之一。

老处女姑妈拿起放在一个角落的一个大喷水壶,正准备离开亭子。图普曼先生留住了她,拉她坐在他旁边的座位上。

“华德尔小姐!”他说。

老处女姑妈颤抖起来,致使一些偶然进入大喷水壶的小石子抖得沙沙直响,仿佛那是一个孩子的玩具一般。

“华德尔小姐,”图普曼先生说,“你是一位天使。”

“图普曼先生!”拉切尔叫道,脸红得像那个喷水壶一样。

“可不,”那位好口才的匹克威克分子说,“我再清楚不过了。”

“所有女人都是天使,人们这样说的。”那位女士喃喃地说,像在闹着玩儿。

“那么你会是什么呢?或者说,我能把你比做什么而又没有唐突之嫌呢?”图普曼先生回答说,“世上有哪个女人能和你相像呢?哪里还能找到像你这样绝无仅有的集出色与美丽于一身的可人儿呢?还能在哪里找到——啊!”说到这里图普曼先生停顿下来,握住了抓着那个幸福的喷水壶的把手的那只手。

那位女士把头转到了一边。“男人们是些大骗子。”她轻柔地低语道。

“是的,是的,”图普曼先生脱口说道,“但并不是所有男人都如此。世上至少有一个人永远不会变心——这个人愿为你的幸福献出他的整个生命——他只是在你的眼睛里才活着——他只是在你的微笑中才有呼吸——他忍受生命本身的重负只是为了你。”

“难道能找到这样一个人?”那位女士说。

“能找到,”热情的图普曼先生打断说,“已经找到了。他就在眼前,华德尔小姐。”那位女士还来不及弄清他的意图,图普曼先生已经双膝落地跪在她跟前了。

“图普曼先生,起来。”拉切尔说。

“决不!”这是他勇敢的回答。“噢,拉切尔!”他抓住了她那并不抗拒的手。当他把它托到嘴边亲吻的时候,那个喷水壶掉到了地上:“噢,拉切尔! 说吧,说你爱我。”

“图普曼先生,”老处女姑妈说,把头转了过去,“我很难说出这些字眼;可是——可是——你在我心目中并不是无足轻重。”

图普曼先生一听到这一表白,立即开始做他的满腔激情驱使他去做的事情;这种事情,就我们所知(我们对这类事情所知无几),是任何处在这种境地的人都会做的。他跳了起来,用一条手臂抱住老处女姑妈的脖子,在她的嘴唇上大肆亲吻起来;在表示了一番适度的挣扎和拒绝之后,她也就乖乖地接受了他的亲吻,若不是节外生枝的话,图普曼接下去还要吻多少次还真是难说——可那位女士一点不做作地惊跳了一下,并以惊慌的声音叫了起来:

“图普曼先生,我们被人看见了! ——我们被人看见了!”

图普曼先生朝四周张望。那个胖孩子一动不动站在那里,睁着大大的圆眼看着亭子里面,但是脸上毫无表情,连最有本领的相面专家都没法在上面找到可以称为惊讶、好奇或任何其他已知的激荡人类胸怀的情感来。图普曼先生注视着胖孩子,胖孩子也盯着他;图普曼先生对胖孩子脸上完全茫然呆滞的神情看得越久,他就越相信胖孩子对刚才发生的事要么是不知道,要么是一窍不通。在这种印象之下,他下了巨大决心才说出话来:

“你在这里干什么,先生?”

“晚餐好了,先生。”对方迅速回答说。

“你刚来这儿吗,先生?”图普曼先生问道,用锐利的目光盯了他一眼。

“刚来。”胖孩子回答说。

图普曼先生再一次狠狠地盯了他一眼;但是胖孩子的眼睛连眨都没有眨一下,他的脸也没有搐动一下。

图普曼先生挽起老处女姑妈的手臂向屋子走去;胖孩子跟在他们后面。

“他对发生的事情一点儿也不知道。”他低声说道。

“一点儿也不知道。”老处女姑妈说。

他们的身后传来一种声音,像是没有完全压抑住的咯咯笑声。图普曼先生猛地回过头去。不是;不可能是那个胖孩子;他的脸上一丝笑意都没有,或者说,除了贪吃相什么也没有。

“他当时一定睡得很香。”图普曼先生说。

“我丝毫不怀疑这一点。”老处女姑妈回答说。

他们俩开心地笑了起来。

图普曼先生失算了。胖孩子这一次可没有睡着。他醒着哩——清醒得很——对发生的事情看得一清二楚。

晚餐吃过了,大家都没有坐下来聊一聊的企图。老太太上床休息去了;伊莎贝拉·华德尔把一门心思放在了特伦德尔先生身上;老处女姑妈只关心图普曼先生;艾米莉则好像全神贯注于一个遥远的对象——很可能是不在场的斯诺格拉斯先生。

十一点——十二点——一点钟都敲过了，而那些绅士还没有回来。每一个人脸上都蒙上了惊慌之色。他们会不会遭到伏击抢劫呢？要不要派人打着灯笼到他们回家时有可能走的每一条路上去接呢？或者该不该——听！他们回来了。是什么事使他们回来得这么晚呢？还有一个陌生的声音！那会是谁的声音呢？她们奔往那群游荡的家伙已经踏进的厨房，立即看清了到底是怎么回事。

匹克威克先生双手插在口袋里，帽子完全斜扣在左眼上，身子靠在餐橱上，头朝左右两边摇来晃去，脸上不断地露出最和蔼、最仁慈的微笑，但谁也不知道是什么原因所致；老华德尔先生一脸慷慨激昂的表情，正紧握着一个陌生人的手，信誓旦旦地声称要保持永久的友谊；温克尔先生靠在那座八日钟上，在有气无力地赌咒，说谁要是说他应该去睡觉，他就诅咒谁该死；斯诺格拉斯先生瘫倒在一把椅子里，他那富于表情的脸上的每一个特征都显露出人类的头脑所能想象的最不幸和最无望的悲苦神情。

“是不是出什么事了？”那三位女士问道。

“没什么事，”匹克威克先生回答说，“我们——我们——挺好的——喂，华德尔，我们挺好的，不是吗？”

“我想是这样。”兴高采烈的主人回答说，“我亲爱的，这是我的朋友，金格尔先生——匹克威克先生的朋友，金格尔先生，他来——来看看我们。”

“斯诺格拉斯先生没事吧，先生？”艾米莉非常焦急地问道。

“没什么，小姐，”陌生人答道，“板球宴会——棒极了的聚会——妙极了的歌——陈酿紫葡萄酒——红葡萄酒——真好——好极了——酒，小姐——是酒。”

“不是酒的缘故，”斯诺格拉斯喃喃地说，声音断断续续的，“是鲑鱼。”（不管怎么样，在这种情况下决不关酒的事儿。）

“是不是最好让他们上床去睡呢,小姐?”爱玛问道,“可以叫两个男仆来抬先生们上楼。”

“我不上床。”温克尔先生坚决地说。

“我不要任何人抬。”匹克威克先生断然地说——并且继续像先前一样微笑着。

“好啊!”温克尔先生微弱地喘息着说。

“好啊!”匹克威克先生呼应道,一边把帽子摘下来丢在地上,还发疯似的把眼镜丢到了厨房中央。——他还为这一滑稽表演哈哈大笑起来。

“我们——再——喝——一瓶。”温克尔先生叫道,他的声音开始时很洪亮,结束时很微弱。他的脑袋耷拉到了胸口;他一边咕哝着表达他那不上床睡觉的雷打不动的决心,以及为早上“没有干掉老图普曼”而感到的嗜血的懊悔,一边很快就沉睡过去了;他在沉睡中被由胖男孩亲自指挥的两个年轻巨人抬到了他的卧室。过了不久,斯诺格拉斯先生也把自己交托给了胖男孩,得到了他的悉心照料。匹克威克先生接受了图普曼先生奉献的手臂,一声不吭地走开了,同时微笑也比先前更来劲了;而华德尔先生,他先是像马上将被押赴刑场处死似的与家人进行了一番生离死别,然后才赏光让特伦德尔先生送他上楼去休息,其间他始终在竭力装出令人难忘的庄严而又高贵的神情,但完全是徒劳。

“多惊人的场面!”老处女姑妈说。

“讨——厌!”两位小姐脱口说道。

“可怕——可怕!”金格尔先生说,显出很严肃的样子,他的酒量比他的所有伙伴都大约要大一瓶半。“骇人的场面——骇人极了!”

“多好的一个人啊。”老处女姑妈对图普曼先生耳语道。

“还挺英俊的!”艾米莉·华德尔说。

“噢,确实如此。”老处女姑妈说。

图普曼先生想起了罗彻斯特的寡妇:他的心绪乱了。接下来的半个小时的谈话并不足以使他紊乱的心情平静下来。新客人非常健谈,他的故事之多恐怕只有他的客套可以超过。图普曼先生感到,随着金格尔越来越出风头,自己(图普曼)渐渐退进了阴影里。他的笑是勉强的——他的欢快是假装出来的,当他终于把发痛的太阳穴安置在床上的时候,他恨不得把金格尔的脑袋压在床垫底下,这一想法让他感到出了一口恶气。

那个毫不疲倦的陌生人第二天早上很早就起床了,在他的伙伴仍然被头天晚上的放纵制服在床上的时候,他已经在为增添餐桌边的欢乐施展广大神通了。他的努力是那么成功,就连那个耳聋的老太太都坚持要他把他最好的一两个笑话通过助听器转播给她;而且就连她都屈尊对老处女姑妈说“他(指金格尔)是一个厚脸皮的小伙子”,对这一看法,她那些当时在场的所有亲戚都完全同意。

老太太有一个习惯,那就是,在晴朗的夏日之晨到图普曼先生曾在其中倾诉衷情的那个亭子里去,去的方法和形式如下:先是胖孩子从老太太卧室门后的木钉上取下一个很紧的黑缎子软帽、一条温暖的棉围巾和一根有大大的把手的粗手杖;老太太悠然自得地戴好软帽和围巾之后,会一手拄着拐杖,一手攀着胖男孩的肩膀,慢慢悠悠地走到亭子那儿;胖男孩会把她单独留在那儿享受新鲜空气半小时,到钟点之后他会再回来把她领进屋子。

老太太是个精确、严格的人;由于以上仪式已经连续进行了三个夏天,从来没有偏离过常轨,因此在这一天早晨,当她看见胖男孩没有离开亭子,而是走出亭子几步,小心地向四周东张西望,然后带着极其神秘的神气偷偷摸摸返回她身边时,她的惊奇确实是非同小可。

老太太胆子很小——多数老太太都是如此——她的第一印象是那个肿胀的孩子即将给她造成某种痛苦的身体伤害以便侵占她的零钱。她本来是想大声求援的，但高龄和疾病很久以前就已经剥夺了她尖声叫喊的能力；因此，她满怀强烈的恐惧注意他的一举一动，当他走近她，用激动的、在她听来是威胁的语调在她耳边叫喊时，她的恐怖有增无减：

"太太。"

这时候金格尔先生恰巧在园子里散步，离亭子很近。他也听到了"太太"的喊声，于是停住脚步想听到更多。他这样做有三点理由。首先，他无所事事而且好奇；其次，他是一点儿也不拘小节的；第三，有开花的灌木丛替他打掩护，别人看不见他。因此他站在那儿，在那儿偷听。

"太太。"胖孩子大喊道。

"噢，乔，"发抖的老太太说，"我相信我对你是一个好的女主人，乔。我历来对你很好。你从来不用做太多的事情，你从来都想吃多少就有多少。"

最后一句话旨在诉诸胖男孩最敏感的感觉。他好像被感动了，用强调的语气回答说：

"我知道的。"

"那么你现在想干什么呢？"老太太说，恢复了一点勇气。

"我想叫你目瞪口呆。"男孩回答说。

这听起来像一种非常残忍的报恩方式；由于老太太不太清楚叫她目瞪口呆到底将如何实现，她先前的所有恐惧又回来了。

"你知道昨天晚上我在这个亭子里看到了什么吗？"男孩问道。

"天啦！什么？"老太太叫道，胖男孩的严肃表情使她警觉起来。

“那个客人——手臂受伤的那一位——抱着和吻着——”

“谁呀,乔?但愿不是女仆中的一个。”

“比那更糟。”胖孩子冲着老太太的耳朵吼叫。

“不是我的孙女中的一个吧?”

“还要糟。”

“还要糟糕,乔!”老太太说,在她看来那已经是人间恶行的极限了,“是谁呀,乔?你一定得告诉我。”

胖孩子小心翼翼地看看四周,在考察完毕之后,冲着老太太的耳朵大喊道:

“拉切尔小姐。”

“什么!”老太太用尖利的声音说,“大声点儿。”

“拉切尔小姐。”胖男孩吼叫道。

“我女儿!”

胖孩子连连点头表示同意,致使肥胖的两颊像牛奶冻一样抖动起来。

“她竟然容许他!”老太太大叫道。

胖男孩偷偷咧嘴一笑,说道:

“我看见她再一次吻他。”

假如金格尔先生从藏身处能看见老太太听到这一情况时的脸部表情,他很可能会突然大笑起来,从而暴露他就躲在亭子附近。他用心地听着。断断续续的气话传进了他的耳朵,如“不征得我的许可”——“像她那把年纪”——“像我这么可怜的老太婆”——“应该等到我死”,等等;随后听到胖孩子的靴子踏在沙石上的叽嘎声,他把老太太留在亭子里,自己独自走开了。

也许是不寻常的巧合,但无论如何,事实是,金格尔先生头天晚上到达迈诺庄园还不到五分钟,便已暗自打定主意要毫不耽误地向老处女姑妈发起进攻。他经过足够的观察看出,他那不拘小节的做派无论如何都不会令他准备进攻的可爱对象反感；他感到——不仅仅是强有力的猜测——在所有必备的条件中，她最令他心动的是她有一笔小小的独立的财产。他脑海中立即闪过一个念头，那就是，必须使点手段把他的对手驱逐出局；他决定立即采取措施达到这一目的，一刻也不延误。菲尔丁[①]告诉我们说，男人是烈火，女人是干柴，黑暗王子[②]让它们一点就燃。金格尔先生深知，年轻小伙儿对老处女们来说就像点燃的煤气对炸药一样，他决定尽快试验一下爆炸的效力。

他满脑子琢磨着这一重要决定，从藏身之处爬出来，在前面说过的灌木丛的掩护下接近屋子。命运好像已决定要助他一臂之力。图普曼先生和其他绅士从侧门走出花园，恰好被他一眼看见；他知道年轻的小姐刚吃完早饭就自个儿出去散步了。真是好时机。

早餐室的门半开着。他往里面窥探。老处女姑妈正在里面做针线活儿。他咳嗽了一声。她抬起头来看看，微微一笑。优柔寡断和阿尔弗雷德·金格尔的性格是无缘的。他神秘兮兮地一个手指按在嘴唇上，走进房里，关上了房门。

"华德尔小姐，"金格尔先生说，装出一副真诚的样子，"原谅打扰——相识不久——没有工夫客气了——全被发现了。"

"先生！"老处女姑妈说，对金格尔的意外降临大感惊讶，同时有点儿怀疑他是否神志清醒。

"喔，别出声，"金格尔先生用舞台悄悄话那样大小的声音说，"大孩子——汤圆般的脸——圆鼓鼓的眼睛——流氓！"说到这里他开始意味无穷地摇头。老处女姑妈因激动颤抖了一下。

① 菲尔丁（1707—1754），英国小说家。

② 黑暗王子，指魔鬼撒旦。

“我想你指的是约瑟夫吧，先生。”那位女士说，极力显出镇定的神情。

“是的，小姐——该死的乔——背叛的狗，乔——向老太太告发了——老太太气坏了——气得不得了——气疯了——亭子——图普曼——亲吻和拥抱——诸如此类——呃，小姐——呃？”

“金格尔先生，”老处女姑妈说，“你跑到这儿来，先生，如果是想羞辱我——”

“根本不是——完全不是，”厚颜无耻的金格尔先生说，“无意中听到这个故事——来提醒你当心——表示我的一点好意——免得满城风雨。别在意——认为是羞辱——我出去好了——”说着就掉转身子，好像要把威胁付诸行动。

“我该怎么办呢？”可怜的老处女说，泪水夺眶而出，“我哥哥会气疯的。”

“他当然会，”金格尔先生说，停住了脚步，“大为光火。”

“噢，金格尔先生，我能怎么说呢？”老处女叫道，又是一阵绝望的洪流。

“就说是他做梦。”金格尔先生冷冰冰地回答说。

得到这一指点，老处女姑妈的心头掠过一缕安慰之光。金格尔先生觉察出了这一点，便开始乘胜前进。

“呸，呸！——再容易不过了——无赖小子——可爱的女子——胖孩子挨一顿马鞭——你得到信任——就此了事——万事大吉。”

到底是能够逃避不合时宜的露馅的后果的可能性使老处女感到了高兴，还是听到自己被描绘成“可爱的女子”使她的剧烈痛苦得到了缓解，关于这一点我们无从知晓。她微微地红了脸，向金格尔先生投去感激的目光。

那位善于献殷勤的绅士深深地叹了一口气，目光盯着老处女姑妈的脸达两分钟之久，演戏一般夸张地震了一下，然后突然收回了目光。

“你好像不快活，金格尔先生。”那位女士的声音里有几分哀婉，“为表达我对你的帮助的感激之情，我可以问一问原因吗，以便——假如有可能的话——为你解忧？”

“哈！”金格尔先生叫道，又震了一下，“解忧！为我解忧，而你的爱却给了一个身在福中不知福的人——他现在甚至还在挖空心思想博得你的侄女的欢心，而你却——噢不说了；他是我的朋友；我不愿揭露的邪恶。华德尔小姐——再见！”说完了这一番话——这是别人听到他说过的最连贯的话——金格尔先生开始用前面提到过的那块手绢的破片擦眼睛，并且转身朝门走去。

“别走，金格尔先生！”老处女姑妈用强调的语气说，“你刚才隐隐约约提到图普曼先生——你解释一下。”

“决不！”金格尔先生以颇具职业性的（也就是演戏式的）神气说，“决不！”而且为了显示他不愿受到进一步盘问，他拉了一把椅子靠近老处女姑妈坐了下来。

“金格尔先生，”老处女姑妈说，“我请你——我求你，假如有什么有关图普曼先生的可怕内幕，请你说出来。”

“我怎能忍心，”金格尔先生说，眼睛盯着老处女姑妈的脸，“我怎能忍心看着——可爱的人儿——牺牲在神龛上——没心肝的贪婪啊！”他好像在与内心的各种矛盾的情感搏斗了几秒钟，然后用低沉的声音说：

“图普曼只想要你的钱。”

“混蛋！”老处女叫道，非常地气愤。（金格尔先生的疑问有答案了。她是有钱。）

“何止如此，”金格尔说，“还爱着另一个。”

“另一个！”老处女失声喊道，“谁？”

"矮个子女孩——黑眼睛——侄女艾米莉。"

一阵停顿。

此时此刻,假如全世界有一个人令老处女姑妈心怀刻骨的嫉妒,那就是这个侄女了。血色冲上了她的脸和脖子,她带着难以形容的轻蔑的神气一声不吭地昂起了头。最后,她咬着薄薄的嘴唇,气冲冲地昂着头,说:

"不可能。我不信。"

"你注意他们好了。"金格尔说。

"我会的。"那位姑妈说。

"注意他的神色。"

"我会的。"

"他的悄悄话。"

"会的。"

"他吃饭时会挨着她坐的。"

"随他坐吧。"

"他会讨好她。"

"随他。"

"他会千方百计关心她。"

"随他。"

"他会不理你。"

"不理我!"老处女姑妈尖叫道,"他不理我!——他会吗?"她因极度气愤和失望颤抖起来。

"你会明白过来吗?"金格尔说。

"会的。"

"你会显示你的骨气吗?"

"会的。"

"你往后不再要他了?"

“决不!”

“你会接受别的人吗?”

“是的。”

“你应该接受。”

金格尔先生双膝跪了下去,跪在那里达五分钟之久;他站起来时已经是一个附带着条件被老处女姑妈接受的情人——那条件便是,图普曼先生的罪状得到清清楚楚的证实。

求证的重担落在了阿尔弗雷德·金格尔先生身上,他就在当天吃中饭的时候拿出了证据。老处女姑妈简直不相信自己的眼睛。屈赛·图普曼先生坐在艾米莉旁边,冲着她送秋波,又是悄悄话,又是微笑,在与斯诺格拉斯先生竞争哩。而对头天晚上还是他的心灵的骄傲的人,他却连一句话、一个眼色甚至一瞥都没有赐予过。

“那个孩子真该死!”华德尔老先生在心里想。——他已经从母亲那里听到那个故事。“那孩子真该死!他一定是睡着了。纯粹是凭空想象。”

“叛徒!”老处女姑妈想,“亲爱的金格尔先生没有骗我。呸!我真恨那个混蛋!”

下面的谈话或许可以向我们的读者解释图普曼先生的行为的显然令人费解的改变。

时间是黄昏,背景是花园。有两个人走在小路上:一个相当矮胖,一个相当瘦高。他们是图普曼先生和金格尔先生。矮胖的那个先开口。

“我做得怎么样?”他问道。

“很好——棒极了——我自己做也不会更出色——明天你还应该重演一下——每天晚上都是如此,除非另有通知。”

“拉切尔是不是仍然希望我这样做呢?”

“当然——她不喜欢这样——但非做不可——避免怀疑——怕她哥哥——说是毫无办法——只要再过几天——老家伙们被蒙蔽后——你就大有福享了。”

“她有口信吗?”

“爱——至高的爱——最亲切的问候——坚贞不渝的爱。要我给你捎什么口信吗?”

“我亲爱的朋友,”毫不猜忌的图普曼先生回答说,热烈地握着他的“朋友”的手,“转达我最衷心的爱吧——告诉她我感到掩饰真情太难了——任何柔情的话都可以说;但另外要告诉她,对她今天早上通过你向我转达的提议,我完全理解其必要性。告诉她我称赞她的聪明,佩服她的谨慎。”

“我会的。还有别的吗?”

“没有了;只是再请你转告她,我多么盼望那个时刻到来,到那时我可以说她属于我,一切掩饰都成为不必要的。”

“当然,当然。还有别的吗?”

“噢,我的朋友,”可怜的图普曼先生说,再一次握住他的伙伴的手,“请接受我对你的无私帮助的最诚挚的谢意。假如我曾经哪怕只是在心里冤枉了你,猜疑你可能会妨碍我,那么请你原谅我。我亲爱的朋友,我怎样才能报答你呢?”

“别这么说吧。”金格尔先生回答。他突兀地停住了脚步,好像突然想起了什么事,然后他说:“顺便问一句——能匀出十镑钱来吗?——有特别的用场——三天以后还你。”

“我想没问题,”图普曼先生回答,满腔的热情,“三天,是吗?”

“只需三天——三天就了事了——再也没有困难了。”

图普曼先生把钱数到他的伙伴手中,后者把它们一一放进了口袋,同时他们一起向屋子走去。

“小心一点儿,”金格尔先生说,“一眼都不要看。”

“一个眼色都不使。”图普曼先生说。

“一个字也不要说。”

“连悄悄话都不说一句。”

“全神贯注在侄女身上——对姑妈要粗鲁点，这比什么都好——蒙骗老家伙们的惟一办法。”

“我会当心的。”图普曼先生大声说。

“我也会小心的。”金格尔先生在心里说，于是他们就走进了屋子。

下午的情景在当天晚上又重复了一次，并且随后三天的下午和晚上也是如此。第四天，主人的兴致极高，因为他认为对图普曼先生的指控是毫无根据的，他为此感到非常满意。图普曼先生也是如此，因为金格尔先生告诉他他的韵事很快就要达到紧要关头了。匹克威克先生也很高兴，因为他是难得不高兴的。只有斯诺格拉斯先生例外，因为他渐渐对图普曼先生产生了妒意。老太太是高兴的，因为她玩惠斯特牌一直是赢家。更高兴的还有金格尔先生和华德尔小姐，为的是一些在这部变故众多的传记里非常重要的原因；欲知原因为何，且听下回分解。

第九章　发现与追逐

晚餐准备好了，椅子围绕餐桌摆好了，瓶子、罐子和杯子都放上了餐橱，这一切表明整个二十四小时中最欢快的时期要到了。

“拉切尔在哪儿？”华德尔先生问。

“呃，金格尔呢？”匹克威克先生补充道。

“哎呀，”主人说，“我想我以前从没有丢过他呀。嗨，我想我至少有两个钟头没听见他的声音了。艾米莉，亲爱的，打铃。”

铃打响了，胖孩子出现了。

“拉切尔小姐在哪儿？”

他说不出来。

“那么金格尔先生呢？”

他也不知道。

每个人都显出惊讶的神情。时间很晚了——十一点多了。图普曼却在暗自窃笑。他们正在某个地方散步，正在谈论他呀。哈哈！哈哈！真是一个妙主意——有趣极了。

“别在意，”华德尔先生说，停顿了一会儿，“他们很快就会露面的，我想。我吃晚饭是从不等任何人的。”

“挺好的规矩，”匹克威克先生说，“可敬可佩。”

“请，请上座。”主人说。

“好的。”匹克威克先生说，于是他们坐了下来。

桌上有一块硕大的冷牛肉，匹克威克先生分到了很大一部分。他把叉子举到唇边，正准备张开嘴巴接受一片牛肉，突然从厨房方向传来鼎沸的人声。他停下来,放下了叉子。华德尔先生也停下来,不知不觉地松开了手中的餐刀,它还插在牛肉里哩。他看了看匹克威克先生;匹克威克先生看了看他。

过道里传来沉重的脚步声;客厅的门突然打开了;匹克威克先生初来乍到时替他擦过鞋子的那个男仆冲进了房间,跟在他后面的是那个胖男孩,还有所有的仆人。

"见鬼,这到底是什么意思?"主人喊道。

"厨房的烟囱没有着火吧,爱玛?"老太太问道。

"哎呀,奶奶! 不是的。"两位小姐同时尖叫道。

"是怎么回事?"屋子的主人吼道。

那个人直喘粗气,无力地说道:

"他们跑了,老爷——彻底开溜了,老爷!"(此时此刻,只见图普曼先生放下了餐刀和叉子,脸色死白。)

"谁跑了?"华德尔先生说,声色俱厉。

"金格尔先生和拉切尔小姐,乘邮车,从玛格尔顿的蓝狮旅馆。我在那儿,但挡不住他们,所以跑回来报信。"

"我替他出了路费!"图普曼先生说着,发疯似的跳了起来,"他拿了我十镑钱! ——抓住他! ——他骗了我! ——我无法容忍! ——我要讨回公道,匹克威克! ——我不能就此了事!"这位不幸的绅士一边不断地说着诸如此类的不连贯的话,一边在疯狂的意乱神迷之下在屋子里兜圈子。

"上帝保佑我们吧!"匹克威克先生失声叫道,一边惊恐万状地看着他的朋友的狂乱举止,"他疯了! 我们该怎么办?"

"办!"肥胖的老主人说,他只注意到那句话的最后一个字,"把小马车套上。我到蓝狮旅馆再弄一辆马车,马上去追。在哪儿?"——那个男仆去执行任务的时候,他大喊道:"乔那个恶棍在哪儿?"

“在这儿;可我不是恶棍。”一个声音回答说。那是胖男孩的声音。

“让我揍他,匹克威克,”他一边叫喊,一边冲向那个倒霉的年轻人,“他被金格尔那个恶棍收买了,胡诌什么我妹妹和你的朋友图普曼先生之间有事儿,使我大大上了当!”(至此图普曼先生瘫坐进一张椅子。)“让我去揍他!”

“拦住他!”所有女子都尖叫道,而盖过这些叫唤的是胖孩子清晰可闻的哭泣声。

“不要拉住我,”老头子叫道,“温克尔先生,放开手。匹克威克先生,松手,先生!”

那场面可真有看头呀,瞧匹克威克先生,在那一个骚乱喧嚣的时刻,他的脸上显露出的是平静而富于哲学意味的表情——虽然由于用力而涨得有点儿发红——他站在那儿,用双臂紧紧地抱住了他们的胖主人的粗腰,从而抑制了他的愤怒的猛烈性;与此同时,聚集在房里的所有女性连抓带拖又带推地把他弄出了房间。匹克威克先生刚松开手,那个男仆就跑进来报告说轻便小马车已准备好了。

“别让他一个人去!”女人们尖叫道,“他会杀人的!”

“我陪他去。”匹克威克先生说。

“你真是好样儿的,匹克威克,”主人说着,握了他的手,“爱玛,拿块围巾给匹克威克先生围住脖子——快点儿。照顾好奶奶,女儿们;她晕过去了。喂,你准备好了吗?”

匹克威克先生的嘴和下巴已被匆匆裹进一条很大的围巾里,他的帽子戴上了头,他的大衣已搭在了肩臂上,因此他做了肯定的回答。

他们跳进了小马车。“松开马缰,汤姆。”主人喊道;于是他们沿着狭窄的小路出发了,马车在车辙的里外颠来簸去,还不时碰着路两边的树篱，看那架势，他们随时有可能粉身碎骨。

"他们走多久了？"到达蓝狮旅馆门口时华德尔先生叫道，虽然时候已经不早了，但那里却聚着一群人。

"不超过三刻钟。"所有人都这么回答。

"要驷马车！——马上赶出来！小马车待会儿再拉走。"

"喂，伙计们，"店主喊道，"把驷马车赶出来——赶快——麻利点儿！"

所有的马夫和男仆都跑去张罗了；人们跑来跑去，灯笼一闪一闪的；马蹄在铺得凹凸不平的院子的地面上踩得嗒嗒响；马车被从车房里拖了出来，辚辚作响；到处是一片喧闹与忙碌。

"喂！——马车今天晚上弄得出来吗？"

"拉进院子了，先生。"马夫说。

马车出来了——马套进去了——车夫们①纵身上马——乘客们坐了进去。

"注意——一站七英里必须在不到半个小时内赶到。"华德尔先生喊道。

"上路！"

车夫们利用马鞭和马刺催马向前，侍者们叫嚷，马夫们喝彩，车子直往前冲，又快又猛。

"好事儿，"有时间回想一下的时候，匹克威克先生心里这样想，"匹克威克俱乐部总主席遇上大好事了。湿漉漉的马车——陌生的马匹——一小时十五英里——而且在深夜十二点！"

在开头三四英里的行程中，两位绅士谁都没有说一句话，各人都深深地沉浸在各自的思虑中，顾不上和同伴说一句话。不过，当他们赶了三四英里路，而马也因彻底热了身子而进入了极佳的工

---

① 驷马车一般由两人赶。

作状态时，匹克威克先生被快速的运动弄得极其兴奋，再也无法保持充分的沉默了。

“肯定能抓到他们，我想。”他说。

“但愿如此。”他的伙伴回答。

“夜色多好啊。”匹克威克先生说，一边抬头仰望当空高照的明月。

“所以就更糟，”华德尔先生说，“因为他们正好利用月光把我们远远抛在后头，而我们却追不上。再过一个钟头月亮会落下去的。”

“在黑暗中以这种速度跑可是挺讨厌的，不是吗？”

“我想是的。”他的朋友干巴巴地回答说。

匹克威克先生的暂时的兴奋消退了一点儿，因为他想到了他不假思索就加入了的这场远征的不便与危险。骑领头马的车夫的高声叫喊把他从思虑中唤醒过来。

“唷——唷——唷——唷！”第一个车夫叫道。

“唷——唷——唷！”第二个车夫叫道。

“唷——唷——唷！”老华德尔也中气十足地呼应着，把脑袋和半个身子伸到了车窗外。

“唷——唷——唷！”匹克威克先生也担负起了叫唤的重担，虽然他一点儿也不明白叫唤的意义或目的。在全体四个人的“唷——唷”声中，马车停了下来。

“怎么回事？”匹克威克先生问道。

“这里有一个关卡，”老华德尔回答说，“我们可以问问逃跑者们的消息。”

经过不断的敲门和叫喊，五分钟之后，一个穿着衬衫和长裤的老头儿从征收过路税的关卡探出头来，打开了门。

“多久之前有一辆邮车从这里经过呀？”

“多久?”

“哎!”

“嘿,我可说不大准。不是很久,但也不是不久——介于两者之间吧,也许。”

“到底有没有邮车经过呀?”

“噢,是的,有一辆马车经过。”

“多久以前呀,我的朋友,”匹克威克先生插话说,“一个钟头吗?”

“啊,我想差不多吧。”那人回答说。

“或者两个钟头!”骑在后面的马上的车夫问道。

“呃,假如是两个钟头我也不觉得奇怪。”那个老头儿疑惑地回答说。

“开车吧,伙计们!”急躁易怒的老绅士说,“别再跟这个老傻瓜浪费时间!”

“老傻瓜!”那个老人喊道,咧嘴一笑,他站在马路中间,让门半开着,目送马车迅速地离去,在远方越来越小。“不——一点儿也不傻,你们在这里已经耗了十分钟,走的时候跟来时一样莫名其妙;假如一路上的每一个人都能得到一个畿尼①,就算只赚半个,你们就别想在米迦勒节之前赶上这部车子了,老矮胖子啊。”老头又持久地咧嘴怪笑了一阵,然后关门进了屋子,随着闩上了门。

与此同时,马车毫不减速地朝驿站的终点前进。正如华德尔先生所预言的那样,月亮很快就要落下去了;早已渐渐布满天空的乌云,此时已在头顶聚成漆黑的一团;大大的雨点不时打在马车的窗子上,仿佛在警告乘客们暴雨之夜迫在眉睫;还有风直冲着他们袭来,它一阵接一阵地沿狭路疯狂地横扫过来,哀号着穿过路边的

---

① 畿尼,见第18页注①。从上下文可见守卡人被金格尔收买了。

树木。匹克威克先生裹紧大衣,把身子更舒适地缩进马车的角落,沉沉地睡了过去,直到马车停下来,他才被马夫的铃声和一声“立即换马”的高喊唤醒。

但在这里又出现了延误。仆人睡得出奇的熟,每一个人都要费五分钟才能叫醒。马夫不知怎的把马厩的钥匙不知放到哪儿去了,而好不容易找到之后,两个昏昏沉沉的助手又把马具套错了马,致使套车的全过程又得重新来过。假如匹克威克先生是独自一人的话,这些节外生枝的阻碍无疑会使他马上停止追击,但华德尔先生可不是这么容易被吓倒的;他带着他那么好的心肠四处打杀,给这个一耳光,推那个一把,在这里扣一条皮带,在那里套一个铁环,很快地把车子打理好了,所费的时间比在如此困难重重的情况下所能合理期望的短得多。

他们重新又上了路;当然,他们的前途无论怎么说都不可乐观。下一站有十五英里远,天很黑,风很狂,还下着倾盆大雨。有这些阻碍的联合作用,要走得很快是不可能的:已经艰难地走了一个钟头;差不多又耗费了两个钟头才到终点。幸好,在这一个站上有了新发现,它重新燃起了他们的希望,重新鼓起了他们那越来越消沉的勇气。

“这辆车是什么时候到站的?”老华德尔叫道,他跳出自己坐的马车,指着停在院子里的另一辆满是泥泞的车子。

“不到一刻钟以前,先生。”被问的马车夫回答说。

“坐着一个女士和一位先生吗?”华德尔问道,急得几乎透不过气了。

“是的,先生。”

“高高的绅士——长礼服——长长的腿——瘦瘦的身子?”

“是的,先生。”

“上年纪的女士——瘦瘦的脸——简直皮包骨头——呃?”

“是的,先生。”

“天啦,一定是他们,匹克威克。”老绅士高喊道。

“本来早就该到这儿的,”马车夫说,“可他们断了一条挽绳。”

“没错,”华德尔说,“就是他们,天啦! 赶快备一辆驷马车! 在他们到达下一站之前,我们就可以追上他们了。每人一个畿尼,伙计们——振作点儿——加紧干——这才是好样的。”

老绅士一边说着这些敦促的话,一边在院子里走来走去,忙上忙下,他这种风风火火的劲头甚至还感染了匹克威克先生;在这种影响之下,匹克威克先生把自己和马缰难分难解地纠缠到了一起,或是在马匹和车轮之间钻上钻下,极尽令人惊心动魄之能事,而且坚信这样折腾大大促进了重新上路的准备工作。

“跳进去,跳进去!”老华德尔喊着,爬上了马车,拉起踏板,砰地关上了车门,“来吧! 快点儿!”匹克威克还没弄清自己的方位,就发现自己已经在老绅士的一拉和马车夫的一推之下进了马车;他们再一次上路了。

“啊,我又开路了。”老绅士欢天喜地地说。他们的确又开路了,匹克威克先生足以证明这一点,因为他在不断地与车厢的硬板和他的伙伴的身体撞来撞去。

“抓稳!”肥胖的华德尔老先生说,因为匹克威克一头撞在他宽大的背心上。

“我有生以来从没经历过这样的颠簸。”匹克威克先生说。

“没关系,”他的伙伴说,“很快就没事了。挺住点儿,挺住。”

匹克威克先生尽可能稳当地缩在他自己的角落里。马车比先前跑得更快了。

他们这样走了大约三英里路,已经把头伸出窗外看了两三分钟的华德尔先生突然把溅满泥水的脸缩了回来,迫切得透不过气来,说:

"他们在那儿!"

匹克威克先生把头伸出他那边的窗户。是的,前面不远处有一辆驷马车,正在全速往前冲。

"赶上去,赶上去,"老绅士几乎是在尖叫了,"每人两个畿尼,伙计们——不要让他们占上风——追上去——追上去。"

第一辆车的四匹马在以最快的速度奔驰;华德尔先生的马在后面疯狂地追赶。

"我看见他的头了,"性急的老头子叫道,"该死的,我看见他的头了。"

"我也看见了,"匹克威克先生说,"那是他。"

匹克威克先生没有弄错。金格尔先生那张溅满由车轮扬起的泥土的脸在车窗边清晰可见;他的手臂在朝车夫猛烈地挥舞,表明他在鼓励他们加油。

场面真是紧张。他们实在太快了,田地、树木和树篱以狂风般迅猛的速度掠向他们身后。他们离第一辆车很近了。金格尔的声音可以听得一清二楚了——尽管车轮的叽嘎声很响——他正在催促他的车夫。老华德尔先生因愤怒和激动热汗腾腾。他大骂了好几十声"流氓"和"恶棍",握紧了拳头狠狠地朝他所愤恨的对象晃动;金格尔先生只报以轻蔑的微笑,并且以一声胜利的欢呼回答对他的威胁;而他的马呢,为响应马鞭和马刺的进一步催促,以更快的速度飞驰向前,把追赶者们抛在了身后。

匹克威克先生刚刚把头缩回来,而华德尔先生因叫喊累了也这么做的时候,一阵特别的颠簸把他们猛地朝前一抛,撞在车厢的前壁上。一阵突然的碰撞——一声巨大的断裂声——一个轮子飞离车身,车子翻了。

出现了好几秒钟的惶惑与混乱,其间只听见马匹挣扎和玻璃破碎的声音,接着匹克威克先生感到自己被猛地从车的残骸堆里拖了出来；他刚刚站稳，从罩在他头上并彻底妨碍他眼镜的功能的大衣下摆中探出头来，整个的灾难场景就展现在了他的眼前。

老华德尔先生站在他旁边，帽子没了，衣服撕破了好几个地方；而马车的破片则散布在他们的脚边。车夫们好不容易割断了挽绳，站到了马头旁边，已经被淤泥弄得不成人形，被辛苦的奔驰弄得头晕脑涨。前方大约一百码的地方停着另一辆马车，是听到翻车的声音后刹住的。那两个车夫龇牙咧嘴地坐在鞍子上看着那些倒霉者的惨状，笑得脸都扭歪了；金格尔先生也从车窗口注视着翻车场面，露出显然很满意的神情。天刚刚发亮，灰色的晨光把整个场面照得一清二楚。

"哈啰！"无耻的金格尔叫道，"有人受伤吗？——上年纪的绅士——重量可不轻呀——危险买卖——太危险了。"

"你这个流氓！"华德尔吼道。

"哈！哈！"金格尔回答；接着，他狡猾地眨了眨眼睛，跷起大拇指朝车内一指，补充说，"喂——她很好——要我代为问好——请你们别劳心费神了——顺致对图皮的爱——你们跟不上吗？——赶车吧，伙计们。"

车夫们恢复了驾车姿势，马车叽叽嘎嘎地滚动了，金格尔先生嘲弄地在车窗边挥舞着一条白手绢。

在这整个历险中，甚至包括车在内，没有任何东西能够扰乱匹克威克心平气和的心境。然而，先向他的忠实信徒借钱、接着将其名字戏称为"图皮"的下流行径，却使他再也无法耐心地隐忍下去。他呼吸急促起来，脸红到了眼镜腿最末端，缓慢而有力地说：

"我假如再碰到这家伙，我要——"

"是的，是的，"华德尔先生打断说，"这些话完全对，但假如我们老是在这里站着说话，他们就会拿到许可证，在伦敦结婚。"

匹克威克先生停了下来，把他的报复情绪吞进肚里，强压了下去。

“到下一站还有多远?”华德尔先生问车夫中的一个。

“六英里吧,对不对,汤姆?”

“还多一点点。”

“六英里多一点点,先生。”

“没有办法。”华德尔说,“我们得走着去,匹克威克。”

“是没有办法。”那个名副其实的伟人回答说。

于是,车夫之一被打发骑马前去弄一辆新车和马匹来,留下另一个在后面照看破车和马,匹克威克先生和华德尔先生男子汉气十足地开始徒步前进;他们把围巾紧紧地围在脖子上,把帽子的边缘翻下来,尽可能地抵挡那停歇了一小会儿后再次倾盆而下的暴雨。

第十章　对金格尔先生性格中的公正无私的所有疑问(假如它存在的话)被彻底扫光

伦敦有几家古老的旅馆，在马车扮演的角色比现在大为重要和尊贵的岁月里，它们曾经是大名鼎鼎的驿马车的总部；但是现在，它们已经沦为乡下来的货运马车的停歇点和售票处。读者若是想在已大为改观的伦敦的街道上，从门面堂皇的“金十字”和“公牛与嘴巴”等酒店之间找出这些古老的旅馆，那是徒劳无功的。要找到这些古老的处所，必须去城中更偏僻的地段，在某些幽僻的角落会找到那么几个；它们仍然阴沉而牢固地立在那里，处在现代建筑的包围之中。

特别是在鲍洛自治城区，还有大约半打这样的旧旅馆，保持着原来的外貌，既没有受到改善公共设置的狂潮的侵袭，也没有受到私人投机生意的蚕食。它们巨大、零乱、古怪，有阳台、走廊和楼梯，其宽阔与古旧足以容纳一百个鬼怪故事的素材——假如我们真的沦落到了非要创造鬼怪故事不可的可悲地步，假如世界能够长久地存在下去，足以穷尽有关古老的伦敦桥及其附近的萨里郡河岸地带的无数真实传说的话。

正是在这些古老旅馆中的一个——也就是“白牡鹿旅馆”的院子里，有一个人正在忙着擦一双靴子上的尘土，时间是前一章讲述的事情发生后的第二天的大清晨。他穿着粗条纹背心，戴着黑袖套，衣服上有蓝色的玻璃纽扣；下身是土褐色的裤子和绑腿。一条鲜红色的领巾松松垮垮、马马虎虎地绕着他的脖子，一顶白色的旧帽子随随便便地歪戴在脑袋上。他跟前摆着两排靴子，一排是擦好的，另一排是脏的，每一次往擦好的那一排增加一只的时候，他都要停顿一会儿，带着明显的满意神情打量一番自己的成果。

院子里丝毫没有作为大驿车旅馆的那种常见的忙碌与活跃。三四辆笨重的货车隐身在搭在院子那一头的很高的棚子下面，每一辆的宽大顶篷下面都有一堆大约有普通房屋的二楼窗户那么高的货物；另外有一辆货车被拉到了空地上，它也许那天早上就要上路。在这个零乱的区域的两边，围着上下两排客房走廊，走廊的栏杆古旧而笨拙；两条走廊里各装有一排用于传呼的铃铛，就装在通往酒吧间和咖啡室的门口的上方，上面有小飞檐为它们遮挡日晒雨淋。还有一些轻便马车被三三两两地拉到了不同的小棚和屋檐下；院子较远的那一头不时传来马匹沉重的践踏声或铁链的丁当声，使注意这种事的人一听就知道马厩就在那边。要是再补充一点，说还有沉重的货包、羊毛包及其他物件零乱放在干草堆上，有几个穿着工作罩衫的伙计躺在货包上面睡大觉，那么我们对鲍洛区大街上的白牡鹿旅馆这天早上的景象，可以说已经做了相当充分的描述了。

那些铃铛中的一个响亮地响了一阵，紧接着，一个漂亮的女仆出现在上层客房的走廊里。她在一扇房门上敲了敲，接受了里面提出的要求，然后冲着栏杆外面叫唤：

“山姆！”

“哈啰！”那个戴白帽的男人答道。

“二十二号要他的靴子。”

“问一问二十二号，看他是现在要，还是等轮到他再说。”

“好了，别傻了，山姆，”女仆以好言相劝的口气说，“那位先生马上就要靴子。”

“噢，你可真是个好女郎，说得真好听，参加音乐会倒不错，真是的，”擦靴的人说，“瞧瞧这堆靴子——十一双呀；外加六号的一只鞋子，装木腿的那个人。这十一双靴子八点半钟要，这只九点钟要。二十二号是谁，凭什么抢在其他所有人前头？不，不行；按顺序轮流来，杰克·凯奇[①]绑人的时候说得好。对不起，先生，您等会儿吧；不过我马上会侍候您的。”

说着，戴白帽子的擦鞋人用快速起劲地擦起一只高统靴来。

又是一阵铃响，白牡鹿旅馆的忙碌的老板娘出现在对面的走廊里。

“山姆，”老板娘大叫道，“那个游手好闲的懒汉在哪儿？——嗨，山姆——你在那儿呀；为什么不答应啊？”

“您还没说完我就答话了，那可没礼貌。”山姆粗声粗气地回答。

“喂，马上为十七号把这双鞋子擦出来，再把它们送到二楼五号的私人起居室。”

老板娘把一双女鞋扔进院子里，又匆匆忙忙地走开了。

“五号房，”山姆说，一边拿起那双鞋子，从口袋里掏出一截粉笔，把房号写在鞋底上备忘——“女士鞋和私人起居间！我想她不是坐货车来的。”

“她是今天大清早到的，”仍然倚在栏杆上的那个女仆说，“是和一位绅士坐出租马车来的，要鞋子的正是这位先生，你最好还是赶快做，就这样。”

“你为什么不早说，”山姆很气愤地说，从他面前的鞋堆里挑出了那双鞋子，“我原以为他是一个十足的小角色。私人起居室！还带着个女士！假如他真是一个绅士，一天花一个先令不在话下，这点儿事不算什么。”

---

① 杰克·凯奇，英国十七世纪有名的绞刑吏。

在这个令人兴奋的想法的激励之下，塞缪尔先生心情畅快地使劲擦了起来；几分钟之后，靴子和鞋子就到了五号房的门口，亮锃锃的，足以让和善的华伦先生[①]打心底里嫉妒（因为白牡鹿旅馆用的是"戴和马丁"牌鞋油）。

"进来。"一个男人的声音回答山姆的敲门。

山姆最恭敬地鞠了一躬，走到正坐着吃早饭的一个女士和一个绅士面前。他异常殷勤地把靴子分放在绅士的左右两边，把鞋子放在女士的左右两边，然后后退到门口准备离开。

"擦鞋的。"绅士说。

"先生。"山姆说，关上门，手还留在锁的旋钮上。

"你知道吗——叫什么来着——民法博士会[②]？"

"知道的，先生。"

"在哪儿？"

"保罗教堂的墓地那边，先生；有一道矮矮的拱门，在马路旁边，一边角落有一家书店，另一边角落是一家旅馆，中间有两个看门的，是招揽办证生意的。"

"招揽办证生意！"绅士说。

"是招揽办证生意，"山姆回答说，"两个系着白围裙的家伙——你走进去时向你敬个礼——'办证，先生，办证吗？'古怪的家伙，是的，他们的主人也是，先生——伦敦中央刑事法庭的代理人——没错的。"

"他们做些什么？"绅士问道。

"做什么！冲你来，先生。这还不是最坏的哩。他们甚至让老绅士们想做一些他们以前做梦都没想过的事情。我爹是一个车

---

① 华伦先生想必是一个鞋油制造商。

② 民法博士会，十八世纪以前英国的一种民法服务机关，专门处理遗嘱、结婚、离婚等法律事务。

夫，先生。他是一个鳏夫，要多胖有多胖——胖得不得了，真的。他死了伴儿，她留给他四百镑钱。他到‘博士会’去找律师并领钱——打扮得漂漂亮亮——穿了高统靴——衣襟的纽扣孔里插着一支花儿——戴着宽边高顶礼帽——绿色围脖——像个绅士。进了拱门，在想着把钱怎么个投资法——一个招揽生意的家伙走出来，抬帽敬个礼——‘办证，先生，办证吗？’——‘什么？’我爹说。‘办证，先生。’他说。——‘什么证？’我爹说。‘结婚证。’那个招揽员说。——‘见鬼，’我爹说，‘我从没想过那种事哩。’——‘我想你是想办一个的，先生。’那个招揽员说。我爹站住了，想了一会儿——‘不，’他说，‘见鬼，我太老了，再说我也太胖了。’他说。——‘那一点儿关系都没有，先生。’招揽员说。——‘你觉得没关系？’我爹说。——‘我真的觉得没关系，’他说，‘上个礼拜一我们为一个比你块头大一倍的绅士办了结婚证。’——‘是嘛！’我爹说。——‘是的，一点儿没错，’招揽员说，‘跟他的块头比你就像个娃娃——这边请，先生——这边请！’还真是的，我爹就跟着他走了，像一只驯化了的猴子听从口琴的召唤似的，进了在后面的一间小办公室，那里有一个小伙子坐在一堆脏兮兮的纸和铁皮箱之间，装着一副忙兮兮的样子。‘先请坐，让我把这些公文整理一下。’那个律师说。‘谢谢，先生。’我爹说，他坐了下来，张着嘴巴，睁大着眼睛盯着铁皮箱上的一个个名字。‘你叫什么名字，先生，’律师说。——‘托尼·威勒，’我爹说。——‘什么教区？’律师说。——‘贝勒-塞维奇，’我爹说；他赶车来时是歇在那个地方，他对教区是什么毫无所知，他是不知道。——‘那位女士叫什么名字？’律师说。我爹被弄得糊涂成了一团。‘我要是知道就好啰。’他说。——‘不知道！’律师说。——‘和你一样不知道，’我爹说，‘我可不可以以后再填上去呢？’——‘不可能！’律师说。‘那好吧。’我爹想了一会儿之后说，‘就写上克拉克夫人吧。’——

'什么克拉克呢?'律师说,把笔插进墨水瓶蘸了蘸墨水。——'苏珊·克拉克,来自多尔金①的格兰比的女侯爵,'我爹说,'她会嫁我的,假如我提出来,我敢说——我从没跟她说过什么,但她会嫁给我,我知道。'结婚证开出了,而她真的跟了他,甚至她现在都还迷着他哩;那四百镑我从来没得到过半个子儿,真是倒霉。对不起,先生,"说到末了的时候,山姆说,"不过,经历了这一痛苦之后,我反倒轻松了,像一辆新的手推车轮子上了油似的。"山姆说完这些话,停顿了片刻,看有没有什么吩咐,然后就离开了房间。

"九点半了——正是时候——马上就去。"那位绅士说,不用说,这就是金格尔先生。

"是时候——干什么呀?"老处女姑妈说,一副卖弄风情的模样。

"办证去,天使中的天使——通知教堂——说你是我的,明天。"——金格尔先生说,捏了一下老处女姑妈的手。

"办证!"拉切尔说,脸红了起来。

"办证!"金格尔先生重复说:

"赶时间,快手快脚办证去,
赶时间,丁丁当当我回来。"

"瞧你,赛跑似的。"拉切尔说。

"赛跑似的——比起结婚后的小时、昼夜、星期、月和年,这不算什么——赛跑——它们会飞——闪电——下雨——蒸汽机——一千匹马力——相比之下不算什么。"

"我们不能——不能在明天早上之前结婚吗?"拉切尔问道。

"不可能——办不到——要通知教堂——今天送证去——明天举行仪式。"

---

① 多尔金,英国一地名,在英格兰的萨里郡。

“我好担心我哥哥会找到我们！”拉切尔说。

“找到——废话——翻车已够他受了——再说——极端小心——放弃那辆马车——步行——叫一辆出租马车——到达鲍洛——他找遍全世界才会找到这儿——哈！哈！——极妙的主意——太妙了。”

“别去太久。”老处女含情脉脉地说，金格尔先生已经把那顶捏皱的帽子扣在头上。

“久久地离开——你这残酷的，迷人精。”金格尔先生闹着玩似的蹦到老处女姑妈面前，在她的双唇上印下贞洁的一吻，然后跳着舞步出了房门。

“多可爱的男子！”门关上时老处女说。

“多蹩脚的老女人。”走下过道的时候金格尔先生说。

思考人类的背信弃义行为是令人痛苦的；因此，我们不想去追索金格尔先生在去民法博士会的路上想了些什么。我们只需把他接下来做的事简单说一说就够了：他逃过了守在那个魔域的门口的两个系着白围裙的怪物设下的陷阱，安全到达了总代理人的办公室，拿到了一篇写在羊皮纸上的极尽恭维之能事的话语，即坎特伯雷大主教对他的“忠实的和挚爱的阿尔弗雷德·金格尔及拉切尔·华德尔的问候”，他把那份神秘的文件小心地放进口袋，然后胜利地打道返回鲍洛。

他还在返回白牡鹿旅馆的途中，这时已有两位胖绅士和一个瘦绅士走进旅馆的院子，正在四面查看着想找到一个合适的人问一点儿情况。塞缪尔·威勒先生此刻恰巧正在擦一双高统漆皮靴子，这是一个农夫的个人财产，此公在鲍洛的市场上操劳了一番之后，现在正在小餐一顿补养身子——要了两三磅冷牛肉和一两壶紫色葡萄酒；瘦个子绅士看见了山姆，径直朝他走了过去——

“朋友。”瘦绅士说。

“你不过是想免费使唤我，”山姆心想，“不然你不会一眼就看中我。”但是他只说了声——“噢，先生。”

“朋友，”瘦绅士说，表示友善地发出一声喉音，“现在你们这儿歇宿的人多吧？很忙吧，呃？”

山姆偷偷瞟了问询者一眼。他是一个瘦小干枯的汉子，一张皱巴巴的黑脸，一双不安的小眼睛在他那好打探的小鼻子两边不停地眨巴着，仿佛在跟鼻子玩永久的捉迷藏游戏似的。他穿一身黑色的衣服，靴子亮得像他的眼睛，低垂的领巾是白的，干净的衬衫上有一道褶边。一条金表链连带图章，垂挂在他的表袋外面。他把黑色羔羊皮手套拿在手里，而不是戴在手上；说话的时候，他把手插在燕尾服的燕尾下面，那样子就像一个惯于向人出难题的人。

“很忙吧，呃？”小个子问道。

“噢，过得去，先生，”山姆答道，“我们不会破产，也发不了财。我们吃羊肉时没有白花菜照样过，吃牛肉时没有萝卜也不在乎。”

“啊，”小个子说，“你爱说俏皮话，不是吗？”

“我的大哥也常常被人这么抱怨，”山姆说，“或许是传染的吧——我以前总和他睡在一起。”

“你们这座房子可真是一幢古怪老屋子啊。”小个子说，朝四周看了看。

“您要是捎个信说您要来，我们早就把它修一修了。”泰然自若的山姆回答说。

小个子被这顿闭门羹弄得有点不知如何是好，于是他和那两位绅士进行了短时间的商量。商量结束后，小个子从一个长椭圆形银盒里抓了一小撮鼻烟塞进鼻孔，并且显然想重续与山姆的谈话。这时，胖绅士中的一位，也就是脸部表情仁慈、戴一副眼镜、还裹着黑绑腿的那一位，插话了——

“事实是这样的，”仁慈的绅士说，“我的这位朋友（指着另一位胖绅士)愿意给你半个畿尼,假如你能回答一两个——"

"喂,我亲爱的先生——我亲爱的先生,"小个子说,"请听我说——我亲爱的先生,处理这种事首先要遵守的原则是:假如你把一件事托付给一个专业人士,那么在进行中你绝不应该插手;你应该绝对地信任他。真的,这位——(他转向另一位胖绅士,说)——我忘记你这位朋友的名字了。"

"匹克威克。"华德尔先生说,因为不是别人,正是这位快乐的老先生。

"啊,匹克威克——匹克威克先生,真的,请原谅——我很乐意接受你作为'法官顾问'所提的任何个人建议,但你必须看到,你做笼络人心之论,许诺给半个畿尼什么的,用这种方式干涉我的办案行动,这是不太妥当的。真的,我亲爱的先生,真的。"小个子为增强自己的雄辩力量而吸了一小撮鼻烟,然后显出一副非常深奥的样子。

"我惟一的愿望,先生,"匹克威克先生说,"是使这件很不愉快的事尽可能快地有一个了断。"

"很好——很对。"小个子说。

"我那么提议,"匹克威克先生说,"不过是运用了我的人生经验教给我的在任何情况下都最可能奏效的办法而已。"

"嗯,嗯,"小个子说,"很好,很好,真的;但你应该向我提出来。我亲爱的先生,我确信你不可能不知道对一个专业人士的信任该到什么程度。关于这一点假如有必要证明的话,我想请您想一想班尼维尔的著名案子——"

"不要管什么乔治·班尼维尔①,"山姆插话说,他一直在好奇

① 乔治·班尼维尔是十七世纪英国作家乔治·李洛的《伦敦商人》的主角,他为一下流女子所诱,为了她而偷窃、抢劫甚至杀人,但钱用完后他又被她抛弃了,最后两人相互告发,结果两人都上了绞架。

地听着那简短的对话，“所有人都知道他的案子是怎么回事，告诉你们吧，我向来认为那个女人比他更应该处绞刑。不过，犯不着节外生枝。你们想给我半个畿尼。很好，我赞同：我敢说再公平不过了，不是吗，先生？（匹克威克先生报以微笑。）那么接下来的问题是，你们到底想要我干什么，见鬼的人往往都这么问。”

“我们想知道——”华德尔先生说。

“喂，我亲爱的先生——我亲爱的先生，”那个忙碌的小个子打断说。

华德尔先生耸了耸双肩，沉默下来。

“我们想知道，”小个子严肃地说，“我们想问问你，为了避免引起里面的人的不安——我们要问你，你们这屋里现在都住了些什么人呀？”

“屋里住了些什么人！”山姆说，在他看来，住客们的身份总是由他们送交他直接打理的那一特殊物件代表的。“六号有一条木腿；十三号有一双黑森林雇佣兵靴子；商人房里有两双半统靴；这里的一双漆皮高统是酒吧间的；还有五双高统是咖啡间的。”

“没有了？”小个子说。

“等一等，”山姆回答说，突然想到了什么。“对了，有一双很破旧的威灵顿，还有一对女鞋，在五号。”

“什么女鞋？”华德尔先生连忙问道，他和匹克威克先生，已被上述奇特旅客表弄糊涂了。

“乡下货。”山姆回答。

“有厂家名字吗？”

“布朗。”

“什么地方的？”

“玛格尔顿。”

“是他们，”华德尔先生先喊道，“天啦，我们找着他们了。”

“嘘，”山姆说，“威灵顿已经上民法博士会去了。”

“不会的。”小个子说。

“没错，办证去了。”

“我们来得正是时候，”华德尔先生叫道，“带我们去那间房；一刻也不要耽搁。”

“对不起，我亲爱的先生——对不起，”小个子说，“小心点儿，小心点儿。”他从口袋里掏出一个红色的丝质钱包，一边从里面拿出一个金镑，一边紧紧地盯着山姆。

“马上带我们去那间客房，不要通报，”小个子说，“完了钱就归你了。”

山姆把漆皮高统靴丢在一个角落，领着他们穿过一条黑魆魆的走廊，走上一段宽敞的楼梯。他在第二条过道的尽头停下，伸出手来。

“拿去吧。”那位律师低声说着，把钱放到了他们这位向导的手中。

山姆向前走了几步，后面跟着那两位朋友和他们的法律顾问。他走到一个门口停了下来。

“是这间吗？”小个子绅士喃喃地说。

山姆点了点头。

老华德尔推开了门；三个人走了进去，这时，刚刚回来的金格尔先生正好把结婚证拿出来给老处女姑妈看。

老处女高声尖叫了一声，倒在一张椅子里，用双手捂住了脸。金格尔先生把证书捏成一团，塞进了他的上衣口袋。不受欢迎的客人们走到了房间的中央。

“你——你是一个十足的流氓，不是吗？”华德尔喊道，因激动而有点接不上气来。

“我亲爱的先生，我亲爱的先生，”小个子男人说，一边把帽子放到桌上,“请你,请你想一想。诋毁人格,那是要受到赔偿起诉的。冷静点儿,我亲爱的先生,请你——”

“你竟敢从我家里拐走我的妹妹!”老先生说。

“是呀——是呀——很好,”小个子绅士说,“你可以这样问。你怎么敢这样,先生?——呃,先生?”

“你是什么东西?”金格尔先生问道,他的语调是那么凶狠,使小个子绅士不由自主地后退了一两步。

“问他是谁,你这个恶棍,”华德尔先生插话说,“他是我的律师,佩克尔先生,格雷院的。佩克尔,我要起诉这个家伙——告他——我要——我要——我要叫他完蛋。你呢,”华德尔先生继续往下说,他突然转向他的妹妹,“你,拉切尔,这么大年纪也该懂事了,你怎么竟然跟一个流氓私奔,不但辱没门楣,也害了自己!把帽子戴上,回家去。去叫一辆马车,马上去,把这位女士的账单也拿来,听到没有——听到没有?”

“听到了,先生。”山姆答道,他听到华德尔猛烈的摇铃声,早已进屋来听候吩咐,速度之快令不明就里的人大感惊奇;其实在整个过程中他一直在门外把眼睛贴在钥匙孔上往里面偷看。

“戴上你的帽子。”华德尔重复道。

“没那回事儿,”金格尔说,“出去,先生——这儿没你们的事——女士有行动自主的自由——超过二十一岁了。”

“超过二十一岁!”华德尔轻蔑地脱口说道,“超过四十一了!”

“我没有。”老处女姑妈说道,她的气愤的势头压倒了她昏厥的决心。

“没错,”华德尔回答说,“你不折不扣五十岁了!”

听到这里,老处女姑妈发出一声尖叫,然后失去了知觉。

“拿一杯水来。”心肠慈善的匹克威克先生说,开始叫唤老板娘。

"拿一杯水来!"气急了的华德尔说,"该拿一桶来,全浇到她身上,对她大有好处,她也是活该。"

"呸,你这牲畜!"好心的老板娘脱口骂道。"可怜的宝贝。"老板娘脱口说出一连串抚慰的话,诸如"好啦,这才是好宝贝——喝一点儿——有好处的——别这么丧气——好乖乖",等等,一边在一个女仆的协助之下用醋涂额头,拍打手掌,搔鼻孔,解开老处女姑妈的紧身胸衣,凡此种种,都是富于同情心的女性对那些竭力要歇斯底里地发作一通的女士们采取的最常用的疗法。"马车准备好了,先生。"山姆出现在门口,说道。

"来吧,"华德尔说,"我抱她下楼去。"

在这一提议之下,歇斯底里的发作加倍猛烈起来。

老板娘正准备对这一举动提出强烈抗议,而且已经气愤地诘问华德尔先生是否认为自己是造物主,这时金格尔先生插话了——

"擦鞋的,"他说,"替我找个警官来。"

"慢着,慢着,"小个子的佩克尔先生说,"考虑考虑,先生,再考虑考虑。"

"我不用考虑,"金格尔答道,"她是自己的主人——看谁敢把她抬走——除非她自己愿意。"

"我不愿被抬走,"老处女姑妈喃喃地说,"我不愿。"(说到这里又是一阵可怕的发作。)

"我亲爱的先生,"小个子低声说,把华德尔先生和匹克威克先生拉到一边,"我亲爱的先生,我们现在的处境很尴尬。这是个棘手的案子——非常棘手;我还从没碰到过比这更棘手的;但是真的,我亲爱的先生,我们真的没有权力限制这位女士的行动。在来之前我就警告过你们,我亲爱的先生,我们除了相互妥协别无他法。"

短时间的停顿。

“你主张哪一种妥协呢?”匹克威克先生问道。

“嗨,我亲爱的先生,我们的朋友陷入了不愉快的处境——很不愉快。我们不得不蒙受一些经济上的损失了。”

“任何损失都可以,只要不这样丢脸,不让她一辈子受苦,尽管她是自己干蠢事。”华德尔说。

“我看这事儿能办成,”忙碌碌的小个子说,“金格尔先生,你能跟我们到隔壁房里谈一会儿吗?”

金格尔先生同意了,于是四个人走进了一套空房里。

“好了,先生,”小个子说,一边小心地关了房门,“这件事难道就没有通融的方法了吗?——到这边来一会儿,先生——到窗户这儿来,我俩可以单独谈谈——喂,先生,喂,请坐吧,先生。好了,我亲爱的先生,只在你我之间谈谈,我们俩都很清楚,我亲爱的先生,你和这位女士私奔不过是为了她的钱。别皱眉头,先生,别皱眉头;我说呀,只在你我之间谈谈,我们都很清楚。我们都是见过世面的人,而我们很清楚我们的这两位朋友不是——呃?”

金格尔先生的脸渐渐开朗起来了;某种有点儿类似于眨眼的东西在他的左眼里颤抖了片刻。

“很好,很好。”小个子说道,他注意到了他的话给对方的印象,“现在的事实是,那位女士眼下除了一两百镑,手头什么钱也没有,一切都得等到老太太去世之后——那位老太太可健康啦,我亲爱的先生。”

“老了。”金格尔先生说,简短却有力。

“嗨,没错,”那位律师说,轻轻地咳嗽了一下,“你说得对,我亲爱的先生,她是相当老了。可她来自一个老家族,我亲爱的先生;要多老有多老。那个家族的缔造者到肯特郡来的时候,正是裘力斯·恺撒侵略不列颠的时候,——家族有史以来只有一个人没有活到八十五岁，而他还是因被亨利国王砍头才死的。老太太今年还不到七十三岁哩，我亲爱的先生。"小个子停顿了一下，吸了一撮鼻烟。

"喔！"金格尔先生叫道。

"那么。我亲爱的先生——你不吸鼻烟！——啊，这倒好——破费很大的习惯呀——好了，我亲爱的先生，你是一个年轻有为的人，见过大世面的人——能够大捞世界，假如你有资本的话，对不？"

"喔。"金格尔先生再一次说。

"你懂我的意思吗？"

"不太懂。"

"难道你不觉得吗——我亲爱的先生，我让你自己判断，难道你不觉得——五十镑和自由，胜过华德尔小姐和久久的期待吗？"

"不行——一半都不够！"金格尔先生说着站了起来。

"不，不，我亲爱的先生，"小个子律师规劝道，拉住了他的纽扣，"数目不小了——像你这样的人会马上把它变成三倍的——五十镑可以做成很多大事儿了，我亲爱的先生。"

"一百五十镑用处更大。"金格尔先生冷冷地说。

"好了，我亲爱的先生，我们不要浪费时间斤斤计较了，"小个子重新展开了攻势，"喂——喂——七十吧。"

"不行。"金格尔说。

"别走呀，我亲爱的先生——请你别急，"小个子说。"八十；得了；我马上开支票给你。"

"不行。"金格尔说。

"好了，我亲爱的先生，好了，"小个子说，仍旧拉住他，"你说要多少才行吧。"

"花费可大啦，"金格尔先生说，"已经掏包的——车马费，九镑；办证，三镑——这就有十二镑了——赔偿费，一百镑——总共一百一十二镑——坏了名声——还丢了女人——”

“是的，我亲爱的先生，是的，”小个子说，显出善解人意的样子，“别再提最后两项了。那是一百一十二镑——就算一百镑吧——得了。”

“再加二十。”金格尔说。

“我亲爱的先生呀。”小个子劝诫地说。

“给他吧，”华德尔先生插话说，“让他走路。”

小个子开出了支票，金格尔先生把它揣进了兜里。

“听着，马上离开这里！”华德尔先生说，跳了起来。

“我亲爱的先生。”小个子催促说。

“不用说了，佩克尔，”华德尔继续说，“出去，先生。”

“马上就走！”恬不知耻的金格尔说，“再见，匹克威克。”

假如有某个冷静的旁观者观察了这位杰出人物——他的名字在本书的书名中占主导地位——看见了他在这场对话进行到后半场时的脸部表情，会禁不住大感惊奇，因为他的双眼中喷射出的怒火居然没有熔掉他的眼镜镜片——他的愤怒是那么高贵。当他听到那个恶棍叫他的名字的时候，他的鼻孔张大了，拳头也不自觉地捏紧了。但是他再一次克制了自己——没有捣碎他。

“拿去，”那个铁石心肠的背信弃义者说着，把那个证书丢在匹克威克先生脚边，“把名字改掉——带那女人回去——给图皮好了。”

匹克威克先生是一个哲学家，而哲学家不过是穿着盔甲的人而已。投枪射中了他，刺穿了他的哲学甲胄，正中他的心。他在狂怒之下操起墨水瓶疯狂地直砸过去，他自己也跟着扑了上去。但金格尔先生已溜之大吉，他发现自己被抱在山姆的双臂间。

“哈啰，”那位古怪的职员说，“你们乡下东西便宜吧，先生；这可是自动墨水;它把你的印记写在墙上了,老绅士。不要动,先生。去追那家伙有什么用呢?算他幸运,他已走到鲍洛的那一头了!”

匹克威克先生的头脑是明理的,像所有真正伟大的人物的头脑一样。他是一个敏捷有力的推理家;片刻的思索已足以让他明白他的愤怒是无能为力的。它很快就消退下去了,就像它喷发时一样。他喘着粗气,仁慈地朝前后左右看看他的朋友。

我们还要不要说说华德尔小姐得知自己被背信弃义的金格尔抛弃时的悲痛呢?要不要引用匹克威克先生对那揪心的场面的高明的描述呢?他那本被仁慈的同情之泪模糊了字句的笔记本就摊开在我们面前;简而言之,它落到了印刷者手中。但是,不!我们要毅然割爱!我们不愿用对这种痛苦的描写来折磨公众的心!

第二天,两位朋友和那位被抛弃的女士坐上玛格尔顿的沉重马车,缓慢而伤心地回去了。当他们又回到丁格莱谷地,站在迈诺庄园的门口时,夏夜幽暗的阴影已经迷蒙蒙、黑魆魆地笼罩住周围的一切。

第十一章　另一趟旅行和一次考古学发现。说到匹克威克先生决定去参加一次选举；还包括一位老牧师的手稿

在丁格莱谷深沉的寂静中休息了一个晚上，第二天早上又呼吸了一个小时的新鲜而芬芳的空气，匹克威克先生从头一天的身体疲倦和心神焦虑中完全恢复过来了。这位杰出人物和他的朋友兼信徒们分开已达两天之久；当他早上散步回来遇上温克尔先生和斯诺格拉斯先生的时候，他走上前去和他们打招呼时的欣喜与欢快，决不是普通的想象力所能恰如其分地想象出来的。那种欢快是双方面的；因为谁能看着匹克威克先生容光焕发的脸而不感到欢快呢？但是，好像仍然有一团乌云笼罩着他的伙伴们，这位伟大人物对此不可能没有觉察到，但却完全摸不着头脑。他们俩都带着一种神秘的神情，它既不同寻常又令人警觉。

"怎么样，"匹克威克先生握住他的信徒们的手，互致了热情的问候之后，说，"图普曼好吗？"

问题主要是向温克尔先生提出的，他没有回答。他把头扭向一边，显出陷入了沉思的忧郁的样子。

"斯诺格拉斯，"匹克威克先生诚挚地说，"我们的朋友怎么样——他没有病吧？"

"没有，"斯诺格拉斯先生说，一颗泪珠在他感伤的眼皮边上颤动，有如窗框上的一滴雨水，"不，他没有病。"

匹克威克先生停住了脚步，轮流对他的朋友们盯来盯去。

“温克尔——斯诺格拉斯，”匹克威克先生说，“这是什么意思？我们的朋友在哪儿？发生了什么事？说呀——我求你们，请你们——不，命令你们，说呀。”

匹克威克的仪态中有一种庄严——一种威严，那是不可抗拒的。

“他走了。”斯诺格拉斯先生说。

“走了！”匹克威克先生喊道，“走了！”

“走了。”斯诺格拉斯先生重复说。

“哪里！”匹克威克先生脱口大叫。

“我们只能从信件去猜测。”斯诺格拉斯先生一边回答，一边从口袋里拿出一封信，把它放进他的朋友手里，“昨天早上，接到华德尔先生的信，得知你们和他妹妹将于晚上回到家的时候，头一天一直笼罩着我们的朋友的那种忧郁，看上去是变本加厉了。他过后不久就失踪了，一整天都不见踪影，直到晚上，接到了由玛格尔顿皇冠州的马夫送来的这封信。信是早上交到马夫手里的，但有严格限令，一定要晚上才能送过来。”

匹克威克先生打开信。那是他的朋友的字迹，内容如下：

我亲爱的匹克威克，

你，我亲爱的朋友，远远超越了人类的很多弱点与缺陷，而这些却是普通人不能克服的。被一个可爱迷人的人儿抛弃，同时又成为一个戴着友谊的面具却笑里藏刀的恶棍的诡计的牺牲品，个中滋味你是不知道的。我希望你永远不知道啊。

若有什么信给我，可以寄往肯特郡柯布汉姆村的皮瓶子——假如我还活着的话。我匆匆逃离了这个世界的视线，它对我已面目可憎。我应该与它彻底了断，可怜啊——原谅我吧。生命，我亲爱的匹克威克，已令我不堪重负。在我体内燃烧着的那种精神，就像脚夫肩上的瘤块，上面压着尘世的忧虑与烦恼的重担；当这种精神弃我们而去，重担重得无法承受时，我们就被它压倒了。你不妨把这些告诉拉切尔——噢，这个名字！——

屈赛·图普曼。

"我们应该离开这个地方，立即动身。"匹克威克先生一边说，一边把信重新折好，"既然发生了这种事，无论如何，我们再留在这里是不妥的；现在，我们必须去寻找我们的朋友。"说着，他便带头朝屋子走去。

他的心愿很快就表达出来了。虽然留客的恳求很坚决，但匹克威克先生不改初衷。他说，有要事需要他马上去照料。

那位老牧师也在场。

"你真的要走吗？"他把匹克威克先生拉到一旁，说道。

匹克威克先生重申了他先前的决定。

"那么，"那位老绅士说，"这里有一份小小的手稿，我本来是希望能有幸亲自读给你听的。我在一位朋友去世时得到它——他是一位大夫，曾任职于我们的州立精神病院——我从一堆由我鉴别并决定保留或销毁的文件中找到了它。我简直不相信这份文稿是真的，尽管它肯定不是我的朋友的作品。反正，不管它是真的出自一个疯子之手，还是根据某个不幸的人的胡言乱语写成的（我认为这种可能性更大），请你读一读，自己去判断吧。"

匹克威克先生接受了手稿，说了很多表示善意和尊敬的话，然后就和那位仁慈的老绅士告别了。

和迈诺庄园的人们告别要困难得多，因为他们从这些人那里接受了那么多的热情款待。匹克威克先生吻了吻两位小姐——我们本来是想说，他像吻自己的女儿似的吻了吻她们，只是由于他或许在这一礼仪之中稍微多倾注了一点热情,这个比方恐怕不是太恰当。他用子女的孝顺一般的真挚拥抱了老太太;他还以十足的长者风范拍了拍女仆们玫瑰色的脸蛋,并在她们每个人手里塞了一些能表达他的赞许的实质性的东西。跟他们的好心的老主人及特伦德尔先生的依依惜别,甚至更加热烈而持久。斯诺格拉斯先生被催促了好几次,才终于从一条幽暗的过道里走了出来——艾米莉紧接着追了过来(她的眼睛明显地显得异乎寻常的阴暗),直到这时,三位朋友才得以从他们的友好的款待者那里脱开身。慢慢地离去的路上,他们朝庄园回望了很多次;斯诺格拉斯先生向空中飞吻了很多次,以答谢在楼上的窗口挥舞的像女士的手绢的东西,直到巷子的拐角遮住了庄园才罢休。

在玛格尔顿他们弄了一辆车子前往罗彻斯特。到达那里之后他们的难过已大幅度减弱,致使他们能够提前吃一顿非常丰盛的午餐;下午,在打听了一番有关道路的必要信息之后,三位朋友又徒步向科布汉姆进发了。

那是一次愉快的步行;因为那是六月的一个愉快的下午,而他们的路又是穿行在树荫重重的幽深的林子中,既有使浓密的树叶窸窣作响的微风为他们送来凉意,又有栖息在树枝上的群鸟的歌唱为他们助兴。常春藤和苔藓团团簇簇地爬在古树上,柔软的绿草如丝质地毯一般铺在地上。他们来到一个敞开的公园,里面有一座古老的大厦,是伊丽莎白时代的精巧如画的建筑。四面都有长排长排的庄严的橡树和榆树;大群大群的鹿正在吃鲜嫩的青草;偶尔有一只受惊的野兔在地上窜过,快得像夏天的微风一般掠过的轻云在阳光普照的大地上投下的云影。

"假如,"匹克威克先生说,看了看四周,"假如受着我们的朋友那样的痛苦熬煎的人来到这么一个地方,我想他们以前对这个世界的留恋很快又会恢复的。"

“我觉得也是这样。”温克尔先生说。

“真的，”步行半个小时到达那个村庄时，匹克威克先生又补充说，“真的，对一个厌世者来说，这里是我所见过的最美丽、最称心的定居之地。”

对于这一看法，温克尔先生和斯诺格拉斯先生两人都表示了赞同。经过别人的指点，他们一行三人找到了“皮瓶子”，一家洁净而又宽敞的乡村酒店。他们一踏进店门，便开始打听是否有一个名叫图普曼的绅士住在那里。

“请先生们到客厅里去，汤姆。”老板娘说。

一个壮实的乡下小伙子打开了走廊尽头的一道门，于是三位朋友进了一个长长的、天花板低矮的房间，里面摆着很多带皮革垫子的形状古怪的高背椅子，还装饰着很多古旧的画像和一些着色粗劣的印刷古画。房间靠里的一端摆着一张铺着白色台布的桌子，上面摆满了烤鸡、熏肉、啤酒，等等；桌边坐着图普曼先生，看上去根本不像一个弃世的人。

他的朋友们一进门，这位绅士便放下了餐刀和餐叉，带着哀伤的神情走上去迎接他们。

“我真想不到会在这里见到你们。”他说，一边握住匹克威克先生的手，“你们待我真好。”

“啊！”匹克威克先生说，一边坐下来，一边抹掉额头上因跋涉而冒出的汗水，“先把饭吃完，再跟我出去走走。我想单独和你谈几句。”

图普曼先生遵旨行事；匹克威克先生喝了大量的啤酒提神，然后坐在一旁等他的朋友。饭很快吃完了，于是他们一起走了出去。

有半个小时之久，可以看见他们的身影在教堂墓地踱来踱去，其间匹克威克先生一直在与他朋友的弃世决定做斗争。对他的论点做任何重复都是无用的；因为有什么语言能传达他们的伟大领袖的一举一动所蕴含的活力与力量呢？到底是图普曼先生厌倦了隐退，还是他完全无法抗拒对他做的雄辩请求，这两者都无关紧要，反正他最后不再抗拒了。

“他无论在哪里了却残生，”他说，“对他来说都已无关紧要；但既然朋友们如此看重他这个卑微之人的陪伴，他愿意和他们患难与共。”

匹克威克先生微笑起来。他们握了握手，然后重新回到了伙伴们身边。

正是在这个时刻匹克威克先生完成了他的不朽发现，它不仅是他的朋友们的骄傲与荣耀，也使本国和外国的每一个考古学家妒忌万分。他们走过了所住旅馆的门口，在村子里已走了一小段路，这时他们才想起旅馆的确切位置。在往回走的路上，匹克威克先生的目光落在一块小小的断石上，它有半截埋在地里，在一座农舍的门前。他停了下来。

“这真是奇怪啊。”匹克威克先生说。

“什么东西奇怪呀？”图普曼先生问道，一边急切地察看他周围的所有东西，却偏偏没有去看该看的那一件。“天啦，怎么回事呀？”

这最后一句脱口而出的叫唤出自无法抑制的惊讶，因为他看见匹克威克先生双膝着地跪在那块小石头前，带着发现的喜悦与激情，开始用手绢擦掉蒙在石头上的灰尘。

“上面刻有铭文哩。”匹克威克先生说。

“可能吗？”图普曼先生说。

“我能辨认出来。”匹克威克先生继续说，一边用力擦拭，一边通过眼镜凝神辨认。

“我能看清一个十字架，一个字母 B，然后是一个 T。这很重要，”匹克威克先生说着，跳了起来。“这是很古老的碑文。也许比这里古老的救济院还要古老。可不能让它被埋没啊。”

他敲了敲农舍的门。一个农夫走了出来。

“你知道这块石头的来历吗,我的朋友?”慈爱的匹克威克先生问道。

“不,不知道,先生,”那人有礼貌地回答说,“在我出生之前它就在那儿了,也许在我们所有人出生之前。”

匹克威克先生得意地瞟了一眼他的伙伴,“你——你——并不特别喜爱它吧,我想,”匹克威克先生说,因焦急而有点颤抖。“你不在意把它卖掉吧,呃?”

“啊! 可谁愿买呢?”那人回答说,脸上露出一副也许是想显示他很老到的神情。

“我愿出十先令,马上付钱,”匹克威克先生说,“只要你愿帮我挖出来。”

匹克威克先生费了九牛二虎之力,亲自把石头抱回了旅馆(小石头被铁锹一掘就挖了出来),然后小心翼翼地把它洗干净并放在桌子上,这时全村人的惊讶是不难想象的。

匹克威克同仁们的欢欣无以复加,因为他们的耐心与勤勉,他们的清洗和擦拭换来了成功的无上荣光。那块石头凹凸不平而且破烂了,上面的铭文既零乱又不规则,但是以下的部分铭文却清晰可辨:

+

B I L S T

U M

P S H I

S. M.

A R K

匹克威克先生坐在那里凝视他所发现的宝物,眼中迸发着欢快的火花。他最大的雄心壮志之一已经实现。在一个因古董丰富而闻名的国家，在一个仍然有往昔遗物的村庄，他——他，匹克威克俱乐部的主席——发现了一块无疑是古董的刻有奇怪而引人入胜的铭文的古碑，它是在他之前的很多饱学之士完全没有注意到的。他简直有点不相信自己的感官了。

"这——这个，"他说，"使我打定了主意。我们明天回伦敦。"

"明天！"对他不胜钦佩的信徒们叫道。

"明天，"匹克威克先生说，"这个宝物必须马上存放在它能得到彻底研究和充分理解的地方。我的这一步骤还有另一个理由。过几天，伊坦斯维尔自治城将举行一次选举，在这次选举中，佩克尔先生，我最近结识的一位绅士，担任其中一位候选人的代理人。我们将去看看，仔细看看这一足以吸引每一个英国人的盛事。"

"我们去看看。"三个激昂的声音呼应道。

匹克威克先生环顾四周。信徒们的爱戴和热情在他胸中燃起了一把火。他是他们的领袖，而且他感觉到了这一点。

"让我们来畅饮一杯庆祝这次幸福的聚会吧。"他说。这一提议，像其他提议一样，得到了异口同声的赞同。在亲自把那块重要的石头放进特意向老板娘买来的松木板箱子之后，他在餐桌首席的一张安乐椅中坐了下来，于是这一夜便献给了欢宴与谈心。

过了十一点以后——对科布汉姆这个小村来说这是很晚的了——匹克威克先生才到为他准备的卧室里去歇息。他推开格子窗，把蜡烛放在桌上，然后开始回想过来的两天里接二连三地发生的事情。

时间和地点都有利于沉思；教堂中的钟敲了十二点，把匹克威克先生从沉思中唤醒过来。第一声敲击庄严地进入他的耳朵，但钟声停止时的那种寂静好像不堪忍受；——他几乎感到好像失去了一位伴侣。他感到既紧张又兴奋；他匆匆忙忙脱掉衣服，把蜡烛放到壁炉台上,然后就上了床。

身体困倦却怎么也睡不着,那种徒劳无功的无奈是谁都经历过的。匹克威克先生此刻的处境也是如此:他先是翻向这边,然后又滚向那边;他坚忍地闭上双眼,像在哄自己睡觉。一点用也没有。不知是他刻意睡觉所做的努力导致物极必反,还是由于太热,也不知是对水白兰地在作怪,还是由于那张陌生的床的缘故——反正,不管是由于什么,他老是很不自在地不断回想起楼下那些不祥画片,以及晚上他们因那些画片而说起的古老的故事。在辗转反侧半个小时之后,他得出一个沮丧的结论:刻意入睡是没用的;于是他坐了起来,穿上了一部分衣服。他觉得,无论怎样都比躺在那里胡思乱想各种可怕事情要好。他看了看窗外——外面很黑。他在屋子里走来走去——孤单极了。

他从门走到窗,又从窗走到门,走了几个来回,这时他第一次想到了牧师给他的那份手稿。这个想法不错。假如手稿不能吸引他,那么它可能使他入睡。他把它从上衣口袋里掏了出来,把一张小桌子拉到床边,弄亮烛光,戴上眼镜,然后静下心来开始阅读。字迹非常古怪,而且手稿已污损不堪。题目也叫他猛地吃了一惊;他禁不住忧虑重重地环顾了一下房间。然而想到自己受制于这种疑神疑鬼的情感,他感到实在是荒唐,于是他调了调烛芯,开始读以下内容。

疯子的手稿

“不错!——一个疯子的!‘疯子’这个词假如在多年以前是多么令我心慌啊!以前它准会引起我时常感到的那种恐惧;让血液在我血管里嘶叫着滚荡,直到我的皮肤上冒出大滴大滴的冷汗,我的两个膝吓得互相打架!可是我现在却喜欢它了。这是一个多好的名字。请问有哪一个君王的蹙眉怒视能像疯子瞪眼那么让人害怕——哪一个君王的绞索和斧头能有疯子紧抓的拳头一半坚实有力！哈！哈！变成疯子多棒啊！——被人们窥视，像铁笼子里的一头勇猛的狮子——整个漫长寂静的夜晚都在咬牙切齿地嚎叫，应和着沉重铁链的欢快的丁当声——在干草里面打滚和乱扭，沉醉在那么勇敢的音乐之中。疯人院万岁！噢，那是一个多么难得的地方！

“我至今还记得我害怕变疯的那些日子；那时候我常常从睡眠中惊醒，跪在地上祈求上帝让我免遭我们人类的那种灾难；那时候我逃离欢快与幸福的场面，独自躲进一个偏僻的地方，靠注意正在烧干我的脑汁的高热的进展来耗掉烦人的时光。我知道疯狂混在我的血液里，我的骨髓里也渗透了它；我知道上一代没有出现这种恶疫，而我是第一个供它在其中死灰复燃的人。我知道它非出现不可：它从来就是如此，而且永远会是如此；当我缩在一个挤满人的房间的阴暗角落时，看到人们在说悄悄话，指指点点，把目光投向我，我就知道他们在议论一个注定要发疯的人；于是我再一次溜走了，躲进了孤独的郁闷之中。

“我这样做了很多年；那是多么漫长又漫长的岁月啊。这里的夜晚有时很长——非常长；但与我那时候经历的那些不眠之夜和可怕的噩梦相比，压根儿不算什么。一回想起它们，我现在还透心凉哩。那些又黑又大的影子，带着阴险的嘲笑的怪脸，缩在房间的各个角落，一到夜里就俯在我的床边，引诱我发疯。他们用极低的声音告诉我，我父亲的父亲死去的那座老屋的地板上沾有他自己的血，那是他在极度疯狂中自己弄出来的。我把手指塞进耳朵，可他们在我的脑袋里尖叫，使整个房间回响起他们的声音，说是在他的上一代疯狂没有发作，但是他的爷爷却双手被锁在地上好几年，为的是防止他把自己撕成碎片。我知道他们说的是真话——

我太了解真相了。我几年前就弄清了真相,尽管他们千方百计瞒着我。哈!哈!我比他们狡猾多了,虽然他们认为我是疯子。

“最后,疯狂落到了我身上,我奇怪我以前怎么居然会害怕它。现在我可以走进世界,能够和他们之中最优秀的人一起大笑和大叫了。我知道我疯了,但是他们甚至根本没有怀疑。以前在我还没有疯,只是担心自己某一天会疯的时候,他们对我指指点点并挤眉弄眼,而现在我真的疯了,他们却一无所知;一想到我巧妙地捉弄了他们,我就乐不可支。独自一人的时候,想到我是如此成功地保住了我的秘密,想到我那些好心的朋友若是知道真相会马上弃我而去,我总是会快活得大笑起来。每一次与某个乐呵呵的家伙单独吃饭,我都会遐想一番——假如他知道坐在他身边的一个疯子,正在磨一把亮闪闪的刀子,完全有能力也有点想把它插进他的心脏,那么,他的脸会变成怎样的死白,他为活命会逃得多么的快啊——这番遐想使我快活得简直要尖叫起来。噢,这是多么愉快的生活啊!

“财富落到了我头上,财富向我滚滚涌来,我纵情在欢乐之中,而这些欢乐又因我知道自己很好地守住了秘密而增加了一千倍。我继承了一笔遗产。法律——明察秋毫的法律本身——受骗上当了,把一笔有争议的巨额财产交给了一个疯子。心智健全的明眼人们的聪明都到哪儿去了?热衷于找漏洞的律师们的机敏都到哪儿去了?疯子的狡猾胜过了他们所有的人。

“我有了钱。拍我马屁的人何等的多呀!我大手大脚地花钱。奉承我的人何等的多呀!那三个不可一世的兄弟在我面前是多么谦卑!那个白胡子的父亲也不例外——何等的顺从——何等的尊敬——何等忠诚的友谊——他崇拜我呀!那老头有一个女儿,也就是说那三兄弟有一个妹妹;他们一家五口都很穷。可我有钱!当我和那个姑娘结婚的时候,我看到了她那几个贫穷的家人脸上露出得意的微笑,因为他们想到他们的周全诡计和捞到的横财了。应该是我微笑才对。微笑!我要公然地大笑并拽我的头发,要在地上开心地尖叫着打滚。他们根本就没想到把她嫁给了一个疯子。

"且慢。假如他们知道真相,他们会救她回去吗?一个姊妹的幸福是靠她丈夫的黄金陪衬出来的。我吹入空中的最轻的羽毛,也靠装饰我的身体的华美的链子来衬托。

"虽然我很狡猾,可在一件事情上我还是受了骗。要是我没有疯的话——虽然我们疯子够聪明的,但有时也糊涂一时——我就会知道,那个女孩宁愿僵硬而冰冷地被装进一口阴森笨重的棺材,也不愿作为令人羡慕的新娘被抬进我那富丽堂皇的家门。我早就应该知道,她的心给了那个黑眼睛的小伙子,我曾听见她在不安稳的睡眠中说过他的名字;我早就该知道,她嫁给我是在做牺牲,为的是缓解那个白发老头和那三个傲慢的兄弟的穷困。

"我现在已记不清身材和脸相了,但我知道那个女孩是很漂亮的。我*知道*那时候她很漂亮;因为在月光明亮的夜晚,当我从睡眠中惊醒时,四周一片静寂,我看见一个纤弱消瘦的人影一动不动地站在这间小牢房的一个角落里,长长的黑发从她的背上披散下来,在非人间的风中摇曳着;而她的眼睛则盯着我,绝不眨一下或闭上。嘘!写到这里时我的血液发冷——那个身影是*她*的;那张脸很苍白,那双眼睛玻璃一般明亮;我对它们太熟悉了。那个身影绝不移动;它绝不皱眉头或张嘴,与那些有时在这里出没的其他人影大不一样;但是它更令我害怕,甚至超过了多年以前诱惑我的那些幽灵——它是刚出坟墓的;它太像死神了。

"那时候差不多有一年时间,我看见那张脸越变越白;差不多有一年时间,我看见泪水从那哀伤的脸颊上偷偷滚下,却始终不知道原因何在。后来我终于找出了原因。他们没法长期瞒过我。她从来没有喜欢过我，我从不认为她喜欢过我；她看不起我的财富，并且憎恨她所过的豪华生活；——这大出我的意料之外。她爱的是另一个人。这是我从没有想到的。奇怪的感觉向我涌来，各种想法受某种秘密力量的驱动，在我的脑海不断地旋转和翻腾。我不恨她，虽然我恨那个她仍然在为他哭泣的小伙子。我怜悯——是的，我怜悯她被她那些冷酷自私的家人弄到了如此悲苦的境地。我知道她活不久了，但是一想到在死去之前她可能会生下一个不幸的生命，而他注定要把疯狂传给子孙后代，我就下了狠心。我决定杀死她。

“有几个星期我想用毒药毒死她，后来想到淹死她，再后来又想到了纵火烧死她。大大的院子火光冲天，疯子的妻子在火中化为灰烬，那可真好看呀。想想看，那对他们所期盼的巨大奖赏会是一个多好的嘲弄；想想看，若一个没有疯的人为自己从未干过的事在绞架上随风晃动，而这一切全是由一个疯子的狡猾造成的！我经常想到这一点，可最终我还是放弃了。噢！一天又一天地磨剃刀，抚摸它锋利的刀口，想着那又薄又亮的刀口一下子能割出多大的裂口，那是何等的快乐啊！

“最后，那些以前经常伴随我的幽灵，凑在我耳朵边悄悄告诉我时机到了，他们把那把打开的剃刀塞进我手里。我紧紧地握住它，轻轻地从床上爬了起来，俯身在我睡着的妻子身边。她的脸埋在双手下面。我轻轻地拿开她的手，它们无力地落在她的胸口上。她在此之前一直在哭泣；因为她的脸颊仍然泪痕未干。她的脸宁静而安详；甚至在我看着它的时候，那张苍白的脸还露出平静的微笑。我把手轻轻放在她肩上。她惊了一下——那只是一个转瞬即逝的梦。我再次俯身向前。她尖叫一声，醒了过来。

“我的手只需动一下，她就再也发不出叫喊或声音了。但是我惊慌起来，缩了回去。她的双眼盯着我。我不知道是怎么回事，但它们使我畏缩和惊慌;我在她的目光下畏缩了。她从床上爬起来,同时仍然死死地紧盯着我。我颤抖起来;那把剃刀还在我手里,但是我动不了。她朝门口走去。走到门边时,她转过身来,把目光从我脸上移开。魔法被打破了,我跳上前去,抓住了她的胳膊。她一声接一声地尖叫起来,倒在了地上。

“现在我用不着搏斗便可以杀了她;但是整个屋子的人都被惊动了。我听到了楼梯上的脚步声。我把剃刀放进原来常放的抽屉,打开了门,高声地叫人来帮忙。

“他们来了,把她抬起来,放到了床上。她毫无生气地躺了好几个小时;等到生命、眼神和言语恢复过来的时候,她的理性已经丧失,胡话连天,完全狂乱了。

“医生们被请来了——都是些乘好马好车、有衣着华丽的仆人侍候的大人物。他们在她床边转了好几个星期。他们还在另一间房里做了一次大会诊,用低沉而严肃的声音商量了半天。医生中的一位,他们之中最聪明、最有名的那一位,把我叫到旁边,叫我做好最坏的打算。他告诉我——我,这个疯子——说我妻子疯了。他靠着我站在一个敞开的窗户边,双眼盯着我的脸,把一只手搭在我的肩膀上。我只要猛地用一把劲,就可以把他丢到下面的街上去。假如这样做了,那该是多难得的好玩的事啊;可是那样做我的秘密就危险了,于是我放过了他。过了几天,他们告诉我必须把她好好看管起来。我必须替她找个看守。我!我走到没有人能看见我的旷野上,在那里放声大笑,直到我的声音在空气中四处回荡。

“她第二天就死了。那个白发老头送她去了墓地,那几位傲慢的兄弟对她那毫无知觉的尸体洒了几滴眼泪——而在她活着的时候,他们是以铁石心肠对待她的痛苦的。所有这一切都为我秘密的欢笑提供了食粮,乘车回家的时候,我用白手绢捂着脸窃笑得双眼充满了泪水。

“但是，尽管我达到了目的，杀死了她，我内心却感到不安和烦恼，我觉得过不了多久我的秘密就要泄露出来了。我没法隐藏那种狂野的喜悦与欢乐，它们在我体内沸腾着，当我独自在家的时候，它们驱使我又是跳跃又是拍手，在屋子里一圈又一圈地跳舞，还大声地吼叫。走出家门的时候，看见人们在街上匆匆忙忙地来往；或者，去戏院的时候，听到音乐的声音，听见人们在跳舞，我就感到无比狂喜，恨不得冲到他们中间，把他们一个个撕成碎片，并且疯狂地大声嚎叫。但我只是咬牙切齿，用脚在地上直跺，把尖利的指甲扎进自己的手里。我忍下去了；还没有一个人知道我是疯子呀！

“我记得——虽然这是我能记起的最后几件事之一：因为我现在已经把现实与我的梦幻混到了一起，而且由于有那么多事要做，总是那么忙碌，因此根本没有工夫去区分两者，没法把它们从它们所陷进的奇怪的混乱中分解出来——我记得我最后是怎么把秘密泄露出去的。哈！哈！我想我现在都还能看见他们惊恐的脸色，还能感受到我当时是多么轻松地把他们推开，用紧握的拳头擂他们的脸，然后像风一样地溜掉，留下他们在后面大声哀叫和哭号。每次一想到这些，巨人的力量就上了我的身。瞧——瞧这根铁条在我的狂扭之下弯曲得多厉害呀，我能把它像小树枝一样折断，只是这里有一条又一条有很多门的长走廊——我想我走在里面恐怕找不到出口；而且即使我不迷路，我知道楼下还有一道又一道上了锁加了闩的铁门。他们知道我这个疯子是多么聪明，他们很得意能把我关在这里，供人们参观。

“让我想一想；——是的，我出去过。我到家的时候夜已很深，发现那三兄弟中最傲的那一位在等着见我——他说是很急的事，我记得很清楚；我恨这个人，以疯子的全部憎恨恨他。不知有多少次，我的手指渴望把他撕成碎片。他们告诉我他在那里。我迅速跑上楼。他有一句话要对我说。我把仆人打发走。夜已很深，我们又是单独在一起——第一次单独在一起。

“开头我小心地把眼睛避开他，因为我知道——而且还因此而得意——我知道他一点儿也没有想到我的眼睛里闪烁着像火一样的疯狂的光。我们一声不吭地坐了几分钟。他终于说话了。我最近的放荡行为，以及奇怪的言语，出现在他妹妹刚去世不久的时候，从怀念她的意义上讲是一种侮辱。联想到许多他当初没有注意到的事实，他认为我没有好好待她。他希望弄清楚，假如他说我有意羞辱已故的她并对她的家庭有不敬，他的看法是否正确。他要求我给个说法，那是因为他穿着一身制服。

“这个人在军队里担任一个官职——拿我的钱和他妹妹的痛苦换来的官职！他就是那个最积极地用诡计陷害我并夺取我的财产的人。他就是那个在强迫他妹妹嫁给我的过程中充当主使的人；他很清楚她的心早就给了那个娃娃似的男孩。由于他的制服！那不过是他下流无耻的标志！我目光转向他——我忍不住——但我没有说话。

“我看见他在我的盯视之下突然变了模样。他曾经是一个勇敢的人，但是血色从他脸上消失了，他把椅子后退了一些。我把我的椅子朝他挪近；当我大笑的时候——那个时刻我多开心呀——我看见他在发抖。我感觉到疯狂正在我体内升腾。他害怕我了。

“‘你妹妹活着的时候你是很疼她的，’——我说——‘疼极了。’

“他不安地四周张望。我看见他的手紧抓着椅子的靠背，但是他没有说话。”

“‘你这个恶棍，’我说，‘我看透你了，我看透了；是你用邪恶的诡计害我；我知道在你强迫她嫁给我之前她的心已给了别人。我知道——我知道。’

“他突然从椅子上跳起来,把它举在头顶挥舞着,并且叫我退后——因为我一边说话一边在小心地向他逼近。

“我与其说是在说话,不如说是在嘶叫,因为我感觉到骚乱的激情在我血管里回旋,而且那些古老的幽灵也在对我耳语,激励我把他的心掏出来。

“‘去死吧,’我说着纵身一跳,向他冲了过去,‘我杀了她。我是个疯子。你去死吧。血,血!我要它!’

“我一拳把他在惊恐中投过来的椅子拨开,向他扑了过去;随着轰隆一声,我们俩一起滚到了地上。

“可真是一场好斗啊;他是一个高大强壮的人,在为自己的生命奋斗;而我哩,是一个强有力的疯子,渴望着把他毁灭掉。我知道我的力气是无人能敌的,我的想法很对。我又对了,尽管我是一个疯子!他的挣扎越来越弱了。我用膝盖压着他的胸膛,双手有力地掐着他强壮的咽喉。他的脸变成了紫色;他的眼睛从头骨里突了出来;他的舌头吐得长长的,好像是在嘲笑我。

“大门在巨大的嘈杂声中被突然撞开,一群人冲了进来,相互嚷嚷着要抓住疯子。

“我的秘密暴露了;现在我惟一的斗争就是为自由而挣扎了。在还没有任何一只手抓住我的时候,我就纵身跳了起来,我冲进那些来进攻我的人中间,用强壮的手臂扫出一条出路,就好像我手里拿着一把短斧头,把他们一一砍倒似的。我冲到门口,跳过栏杆,片刻之间就到了街上。

“我一直朝前面快跑,没有任何人敢来阻挡我。我听见了后面的脚步声,于是我的速度翻了一倍。脚步声越变越弱,最后完全消失了;但是我仍然跳跃着穿过沼泽和小河,跨过篱笆和围墙,同时大声狂呼,围在我周围的怪物们又接过我的声音,使它壮大起来,直至它变成破空巨响。我被妖魔鬼怪们抱在怀里,它们驭风扫过大地，越过重重障碍，把我一圈接一圈地旋转，那沙沙作响的高速旋转令我头晕目眩，直到最后它们猛地把我抛开，我重重地落回到地上。我醒来的时候发现自己到了这里——到了这灰暗的牢房，这里很少有阳光光顾，月光偷偷进来时，也只不过是照出我周围的黑影，以及那个老是待在同一个角落的沉默的人影。当我醒着躺在这里的时候，有时我能听见从这幢大房子的老远的地方传来奇怪的尖叫和呼号。它们是什么声音，我不知道；但它们不是那个灰白的人影发出的，而它也对它们毫不搭理。从黄昏最早的暗影出现，到凌晨的第一缕亮光照过来，它始终一动不动地站在同一个地方，在听我的铁链的乐音，在看着我在我的干草铺上狂呼雀跃。”

在手稿的尾末，另一种笔迹写下了这样的注文：

［以上所记，是一个不幸者的妄语。早年的滥用精力和持续的放纵无度，导致了最终无可救药的心身伤害，他是一个可悲可叹的实例。他年轻时代轻率的胡闹、放荡与堕落行为，引起了狂热与谵妄。这后者所导致的最初的后果便是他的奇怪的妄想，以为有一种世代相传的疯狂潜伏在他的家族中，所依据是一种被一些人强烈拥护、同时又被另一些人同样强烈地反对的著名的医学理论。这种妄想导致了深切的忧郁，而它随着时间的推移又演变成了病态的精神错乱，最后以狂暴的疯狂告终。完全有理由相信他所详述的那些事情真的发生过，尽管他的描述是被病态的想象扭曲了的。对那些熟悉他早年的邪恶生活的人来说，他的激情在失去理性的控制的情况下居然没有使他做出一些更可怕的事情，这倒是够奇怪的。］

匹克威克先生刚读完牧师的手稿，烛台里的蜡烛就熄灭了；事先没有任何作为警示的闪烁，它突然就熄掉了，给他激动的心身造成了巨大的惊恐。他匆匆脱掉先前睡不着时起身穿上的衣服，用畏惧的目光扫了四周一眼，慌忙地再一次钻进被窝，不久就沉沉地睡了过去。

当他醒过来的时候，明亮的阳光已照进他的卧室，早晨已前进很远了。头天晚上压抑他的那种阴郁，已经随裹着大地的黑暗一道消失；他的思想和情感又像清晨本身一样轻松而愉快了。用完丰盛的早餐之后，四位绅士开始步行去格拉夫桑德，后面跟着那个人，扛着装有那块石头的松木板箱子。他们大约在一点钟的时候到达那个镇子(他们的行李已经托人从罗彻斯特运往伦敦)，而且够幸运地弄到了马车外面的座位，当天下午他们就健康而愉快地到达了伦敦城。

接下来的三四天是为去伊坦斯维尔的旅行做必要的准备工作。这一极其重要的举动必须另辟专章加以描叙，因此我们不妨利用本章末尾的少量篇幅来说一说那项考古发现的故事，当然是非常简要的。

从俱乐部会议录看来，就在他们回到伦敦的那天，匹克威克先生在当晚举行的全体会员大会上关于那一考古发现发表了演说，对铭文的含义进行了种种天才而博学的推断。而且根据会议录记载，有一位技艺精湛的艺术家对那刻在石碑上的古铭文做了忠实的描摹，并把复制好的铭文寄给了皇家考古学会和其他学术团体——针对这一课题的各种敌对的看法应运而生，争论导致了无数的憎恨与嫉妒——而且匹克威克先生本人写了一本九十六页厚的小册子，排的是小号字，里面阐释了对铭文的二十七种读法。有三位老绅士以仅给一先令遗产的办法实际上剥夺了他们的长子的财产继承权，就因为这些孩子竟然胆敢对那块残碑是古董表示怀疑——还有一位热心人士提早结束了自己的生命,就因为没法弄懂铭文的高深含义而陷入了绝望。由于这一发现,匹克威克先生被选为国内和国外的十七个学会的名誉会员;十七个学会中没有任何一个能对铭文做出任何解释;但十七个学会一致认为铭文是极其不同寻常的。

布洛顿先生,没错——这个名字注定受到从事神秘而崇高的事业的人们的永久蔑视——布洛顿先生,岂有此理,他抱着庸俗之辈特有的怀疑与吹毛求疵,居然胆敢对这一课题大放厥词,既下流又可笑。布洛顿先生,他心怀歹意,想有损匹克威克先生的不朽荣名的光芒,真的亲自去柯布汉姆村跑了一趟,回来之后,他在俱乐部的会议上发表演说,嘲讽地声称他亲自见了那个卖出石头的人,说那人说那块石头是古物,但同时庄严地否认铭文是古代的——因为他说那是他本人在闲来无事的时候随便刻上去的,而且那些字母表示的不是别的,而只不过是"比尔·斯坦普斯,他的记号"而已;布洛顿先生还说,斯坦普斯先生不太熟悉文字的原有结构,更习惯于按读音而不是严格的拼写规则行事,于是就把他的教名BILL(比尔)中的第二个"L"丢掉了。

匹克威克俱乐部对这一看法报以它所应得的轻蔑,并且开除了胆大妄为且不怀好心的布洛顿(对如此见多识广的学社来说,这种做法是意料之中的事儿),同时通过表决送给了匹克威克先生一副金边眼镜,作为他们的信任和嘉许的象征;作为答谢,匹克威克先生请人给他自己画了一幅肖像,把它挂在了俱乐部里。

布洛顿先生虽然受到了排挤,但是没有被征服。他也写了一本小册子,是写给国内外的十七个学会的,其中重复了他已经发表的看法,还不怎么隐晦地暗示他认为十七个学会是一大帮"骗子"。于是,无论国内和国外,十七个学会的名正言顺的愤怒被激发起来,几个新的小册子应时而生;外国的学会与本国的学会同仇敌忾，并肩战斗；本国的学会把外国学会的小册子译成了英文；外国的学会则把本国学会的小册子译成各种语言；于是一场无人不晓的科学论战开始了，这就是所谓“匹克威克论战”。

但是中伤匹克威克先生的卑鄙企图没有奏效，恶意诽谤的始作俑者倒是遭到了报应。十七个学会一致表决通过，认定那个胆大妄为的布洛顿是一个瞎搅和的无知之徒，因此开始就此撰写更多的论文。时至今日，那块石头仍然在那里，既是标志匹克威克先生的伟大的高深莫测的纪念碑，又是揭示他的敌人的渺小的永传后世的战利品。

第十二章　描写匹克威克先生本人的一个非常重要的举动；这既是他人生的一个新纪元，对这部传记也是如此

匹克威克先生在高斯维尔街的住所虽然不宽敞，然而它不仅非常整洁和舒适，而且还特别适合具有他这种天才和观察力的人居住。他的起居室在一楼的前房，卧室在二楼的前房；因此，无论他是坐在客厅的桌边，还是站在寝室的穿衣镜前，他都有同等的机会观察在那条人丁兴旺而名声更旺的通衢大道上显示出来的人性的无数方面。他的女房东，巴德尔太太——一个已故关税官员的遗孀兼惟一的遗嘱执行人——是一个相貌可人、处事麻利的可爱妇人；她具有烹饪的天赋，而这点经过钻研与实践，已进一步发展成一手精湛的绝活儿。这里没有成群的孩子、成群的仆人，也没有家禽之类。住在这里的其他人员只有一个大男人和一个小男孩；前者是房客，后者是巴德尔太太的产物。大男人总是在晚上十点钟准时回来，一回来就循规蹈矩地把自己缩进后客厅的一张矮小的法国式小床；而巴德尔少爷的小儿游戏和体育运动，则是绝对被限制在附近的人行道和阴沟一带的。整洁和宁静统治着全家；而匹克威克先生的意志则是这里的法律。

任何熟悉这座屋子里的这些家政特点的人，任何熟悉匹克威克先生的头脑那令人钦佩的有条不紊的人，要是看到他在去伊坦斯维尔旅行的前一天早上的外貌和举止，都会觉得极其神秘并且

不可思议。他匆匆忙忙地在房间里走过来走过去,每隔大约三分钟就把头探出窗外,还不断地看手表,表现出种种对他来说很不寻常的焦躁的迹象。显然有什么极其重大的事情正在运筹之中,但至于到底是什么事,就连巴德尔太太本人都没法弄清。

"巴德尔太太。"匹克威克先生终于开口说话了,这时这位和善的女子快要结束那被拖长的打扫房间的工作了。

"先生。"巴德尔太太说。

"你的孩子出去好长时间了。"

"嗨,到鲍洛去的路够远的,先生。"巴德尔太太申辩说。

"啊,"匹克威克先生说,"的确,是这样。"

匹克威克先生再次陷入沉默,巴德尔太太又继续打扫。

"巴德尔太太。"过了几分钟匹克威克先生说。

"先生。"巴德尔太太答应说。

"你觉得养两个人比养一个人花钱多得多吗?"

"哎呀,匹克威克先生。"巴德尔太太说,脸红到了帽子边缘,因为她自以为看到她的房客的眼神中闪过一缕有关男女婚恋的亮光,"哎呀,匹克威克先生,问的什么问题呀!"

"好了,你**觉得**怎样?"匹克威克先生问道。

"那要看——"巴德尔太太说,一边把拂尘伸到匹克威克先生支在桌上的手肘边,"那关键要看是什么人,你知道吧,匹克威克先生;要看是不是一个节俭和细心的人,先生。"

"这话一点儿都不假,"匹克威克先生说,"但是我看中的那个人(这时他紧盯着巴德尔太太),我认为拥有这些品质;另外,还见多识广,精明能干极了,巴德尔太太;这些对我是很有用的。"

"哎呀,匹克威克先生。"巴德尔太太说,脸再一次红到了帽子边缘。

"我是这样看的,"匹克威克先生说,情绪高昂起来,说到感兴趣的话题时他的习惯就是这样，“我是这样看的，真的；实话告诉你，巴德尔太太，我已下定决心。”

“哎呀，先生。”巴德尔太太叫道。

“你觉得很奇怪吧，”和蔼的匹克威克先生说，向他的同伙投去兴高采烈的一瞥，“因为我从没有和你商量过这种事，甚至提都没提过一下，直到我今天早上把你的小男孩打发出去才跟你说——呃？”

巴德尔太太只能以眼神作答。很长时间以来她都是隔着一段距离崇拜着匹克威克先生，而现在，在片刻之间，她却被抬举到了绝顶——这是她最狂妄和最过分的希望都永远不敢企及的。匹克威克先生马上就要求婚了——还做了周密的计划——把她的孩子打发去了鲍洛，以免他碍事——何等的深思熟虑——何等的考虑周到啊！

“那么，”匹克威克先生说，“你觉得怎么样呢？”

“噢，匹克威克先生，”巴德尔太太说，因激动而颤抖起来，“你真好，先生。”

“那会为你省去许多麻烦，不是吗？”匹克威克先生说。

“噢，我从不觉得什么麻烦不麻烦，先生，”巴德尔太太说，“当然啰，只要能讨你喜欢，以后有再多的麻烦我都心甘情愿；你人真好，匹克威克先生，为我的孤单想到那么多。”

“啊，真的，”匹克威克先生说，“我可从没这么想。只要我在城里，就总是有人和你做伴了。说实在的，是这样。”

“我相信我应该是一个非常幸福的女人了。”巴德尔太太说。

“而你的小男孩——”匹克威克先生说。

“上帝保佑吧！”巴德尔太太带着母性的呜咽插话说。

“他，也将有一个伙伴，”匹克威克先生继续说，“一个活泼的伙伴，他可以教他很多本领，让他一个星期学到的比一年还多，这我敢担保。”匹克威克先生平静地微笑了。

“噢,你这可爱的人——”巴德尔太太说。

匹克威克先生一惊。

“噢,你这仁慈的、好心的、好玩的、可爱的人啊。”巴德尔太太说;接着她二话没说,从椅子上站了起来,双臂一抱搂住了匹克威克先生的脖子,同时是泪如雨下和此起彼伏的呜咽。

“哎呀,”大吃一惊的匹克威克先生叫道,“巴德尔太太,我的好心人——哎呀,多尴尬呀——请你想一想。——巴德尔太太,别这样——要是有人来了——”

“噢,让他们来好了,”巴德尔太太叫道,发了疯似的,“我永远不离开你,——亲爱的、仁慈的好人。”她一边说,一边搂得更紧了。

“可怜可怜我吧,”匹克威克先生说,一边猛烈地挣扎,“我听见有人上楼来了。别这样,别这样,好人儿,别这样。”但是恳求和抗议同样的没有用:因为巴德尔太太已经在匹克威克先生怀里晕过去了;他还来不及把她放进椅子,巴德尔少爷进来了,随他来的还有图普曼先生、温克尔先生和斯诺格拉斯先生。

匹克威克先生呆若木鸡,一动不动,一声不吭。他怀里抱着他那可爱的负担站在那里,茫然不知所措地盯着他的朋友们的脸,既不想招呼他们,也不想做什么解释。反过来,他们也凝视着他;而巴德尔少爷,则眼鼓鼓地瞪着他们每一个人。

匹克威克信徒们惊讶万分;匹克威克先生也僵在了无限的困惑之中,假如不是那位太太的小儿子表达出了他那极其美丽感人的孝顺之情的话,他们一定会把原有的相对位置和姿势一直保持下去,直到那个一时不省人事的女士苏醒过来。那个穿着缀有又亮又大的铜纽扣的灯芯绒紧身服的孩子,起初是吃惊而又犹豫不决地站在门口;但渐渐的,他那已得到部分成长的心智产生了一种印象，认为他母亲一定受到了某种人身伤害，而匹克威克先生正是作恶者，于是他发出一声令人毛骨悚然的几乎非人间所有的哀号，同时一头冲撞过去，开始对那位不朽绅士的背部和腿部发起进攻，竭尽自己的全力又打又掐，使他的愤激之情得到了最狂暴的发泄。

“把这个小恶棍拉开，”吃尽苦头的匹克威克先生说，“他疯了。”

“这到底是怎么回事？”那三个张口结舌的匹克威克信徒说。

“我不知道，”匹克威克先生愠怒地说，“把这孩子拉开，”——温克尔先生于是把那个又是尖叫又是挣扎的有趣的孩子抱到了房间的另一头——“现在帮助我把这个女人弄到楼下去。”

“噢，我现在好点了。”巴德尔太太有气无力地说。

“让我扶你下楼吧。”永远是那么豪气的图普曼先生说。

“谢谢你，先生——谢谢你。”巴德尔太太歇斯底里地说。于是她被扶下了楼，爱她心切的儿子跟了下去。

“我简直想象不出——”图普曼回来后匹克威克先生说，“我简直想象不出那个女人是怎么回事。我只是告诉她我想雇一个男仆，可她却突然发作了你们所见到的这种古怪病。真是太古怪了。”

“是很怪。”他的三位朋友说。

“使我落得如此尴尬。”匹克威克先生说。

“够尴尬的。”他的信徒们答道，他们一面轻轻咳嗽，一面怀疑地相互对视。

这一举动逃不过匹克威克先生的眼睛。他注意到了他们的怀疑。他们显然怀疑他。

“过道里来了一个人。”图普曼先生说。

“就是我对你们说的那个人，”匹克威克先生说，“我今早让人去鲍洛把他叫来的。请把他叫上来，斯诺格拉斯。”

斯诺格拉斯先生照吩咐做了；塞缪尔·威勒先生于是就出现了。

“噢——你还记得我吧，我想？”匹克威克先生说。

“那还用说，”山姆回答说，神气十足地眨了一下眼睛，“也真是奇怪呀，他一个人就令你们这么多人吃不消，可不是吗？大滑头呀，他又干了偷偷摸摸的事了——呃？”

“那件事就别提了，”匹克威克先生赶忙说，“我想和你谈点别的事。坐下吧。”

“谢谢，先生。”山姆说。他先把他那顶白色的旧帽子放在门外的地板上，然后不等再邀请就坐了下来。“它看上去不怎么好，但戴起来还是挺棒的；只要是帽檐没有坏，总是一顶响当当的礼帽啊。反正没有它总是觉得轻浮了点儿，这是第一点，上面的孔洞还便于透气哩，这是第二点——我把它叫作透气筒。”威勒先生谈着这些感想，一边对聚在一起的匹克威克同仁们友善地微笑。

“现在来谈谈我在这些绅士们的赞许之下把你叫来谈的事。”匹克威克先生说。

“言归正传，先生，”山姆插话说，“就像儿子吞了铜板之后，父亲对他说：吐出来吧。”

“首先，我们想知道，”匹克威克先生说，“你是否对目前干的行当有什么不满意。”

“在回答问题之前，先生们，”威勒先生回答说，“我倒想先问一句，你们是不是有更好的活儿让我干？”

匹克威克先生脸上泛起安详仁慈的光芒，他说：“我已经打定一半的主意要雇用你。”

“是吗，啊？”山姆说。

匹克威克先生肯定地点了点头。

“工钱呢？”山姆问道。

“十二磅一年。”匹克威克先生答道。

“衣服呢?”

“两套?”

“活儿呢?”

“侍候我;跟着我及这些先生去旅行。”

“立个约吧,”山姆强调说,“我同意这些条件,租给一个单身绅士。”

“你接受这个职位了!”匹克威克先生问道。

“当然,”山姆回答说,“假如衣服有这个地方一半合我的意,那就够条件了。”

“你当然能交一份品行推荐书吧?”匹克威克先生说。

“问问白牡鹿旅馆的老板就是了,先生。”山姆回答。

“你能今天晚上就来吗?”

“我现在就想把衣服穿上,假如有现成的。”山姆欢天喜地地说。

“今晚八点钟来吧,”匹克威克先生说,“假如打听到的情况令人满意,衣服是现成的。”

除了惟有的一桩可爱的轻率举动——那还是同一个助理女仆一起干的,威勒先生的品行可以说是毫无历史污点,因此匹克威克先生觉得完全可以当晚就把雇用的事办清。无论在公共事务上,还是处理私事,敏捷和利索都是这位非凡人物的性格特点;他马上就带领他的仆人去了那些便利市场中的一个,也就是出售绅士们的全新或二手衣服的市场,在这里可以免除量尺寸等各种麻烦和繁琐手续;因此,天还没黑下来,威勒先生已经打扮好了:一件钉有匹社特制纽扣的灰色上衣,一顶有徽章的黑帽子,一件有粉红条纹的背心,浅色的短裤和裹腿,以及其他各种必需品,名目繁多,不胜枚举。

“就这么着吧，”第二天早上坐在去伊坦斯维尔的马车外面的座位上时，这个突然间已改头换面的家伙说，“不知道我到底是一个跟班，还是一个马夫，是一个猎场看守，还是一个农夫。我倒是像这些的混合物。不管了；反正能换换空气，见见世面，活儿也不多；这倒挺合我的胃口；所以我说，匹克威克们万岁！”

第十三章　关于伊坦斯维尔；关于那里的政党情况；关于为这个古老、忠诚、爱国的市镇选一位国会议员的一次选举

我们坦白地承认，在我们埋头钻研匹克威克俱乐部的卷帙浩繁的文件之前，我们从没听说过伊坦斯维尔；我们还要以同样的坦诚承认，我们曾经查考过的这样一个地方现在到底是在哪里，但是没有结果。我们知道匹克威克先生的每一段札记和陈述都是深受信赖的，不敢凭自己的记忆来反对这一伟人记录在案的言论，因此我们查阅了可供参考的所有涉及这一课题的权威资料。我们查遍了甲种本和乙种本两种地名录，都没有找到伊坦斯维尔；我们还在我们的杰出出版家们为社会之便出版的《本郡袖珍地图》的每一个角落都仔细地看过了，可查寻的结果还是一无所获。因此我们相信，匹克威克先生为了避免得罪任何人，也是出于熟悉他的人所共知的他所特有的那些细腻情感，故意虚构了一个假地名，用以代替他所观察的那个地方的真实名称。有一件小事使我们对此确信无疑，这件事本身显然是微不足道的，但假如从这一立场看，却并非不值得注意。在匹克威克的笔记本上，我们可以找到这样一条记载的痕迹，即他和他的信徒们的座位是在诺威奇马车公司订到的；但是这一记载后来又被划掉了，好像是有意要把那个市镇的方向隐瞒起来似的。因此，我们对这一课题也就不再妄加猜测了，还是马上开始叙述下面的故事，满足于把他的记载作为我们的

素材吧。

看上去呀，伊坦斯维尔的市民，就像很多其他小市镇的人一样，都觉得自己是非常非常重要的；而伊坦斯维尔的每一个男人，由于意识到自己作为一个典范的重要性，觉得自己义不容辞要与把市民划成两派的两大政党——“蓝党”和“浅黄党”中的任何一个联合起来。蓝党利用一切机会反对浅黄党，而浅黄党也不放过任何攻击蓝党的机会；结果，无论是在公共集会上，还是在市政厅，或是在市场上，只要蓝党成员和浅黄党成员碰到一起，彼此就会争论吵闹起来。既然有如此的纷争，说在伊坦斯维尔每一件事都是党派问题简直就是说废话。假如浅黄党提议在市场上开个天窗，蓝党马上会召开群众大会痛斥这一提议；假如蓝党提议在大街上额外造一个抽水泵，浅黄党会如临大敌般地一致站出来声讨这一罪恶。商店分为蓝党商店和浅黄党商店，旅馆也分蓝党旅馆和浅黄党旅馆；——连教堂里都有蓝党过道和浅黄党过道之分。

两个强大的党派都各有各的机构和代表，这当然是极其重要和绝对必要的，因此市里有两份报纸——《伊坦斯维尔新闻报》和《伊坦斯维尔独立报》；前者拥护蓝党的主义，后者无疑是以浅黄党的立场为办报宗旨。它们都是好报纸。如此的社论，如此激烈的攻讦！——《〈新闻报〉，我们的毫无价值的同行》——《〈独立报〉，那份懦弱的丢脸报纸》——《虚伪下流的印刷物——〈独立报〉》——《那个卑鄙、造谣的诽谤者——〈新闻报〉》——这些，以其他煽动性的公开指责，大量充斥于这两家报纸的每一期的各栏，在市民们的心中激起了最强烈的愉快和愤慨。

匹克威克先生凭其一贯的先见之明和睿智，选择了这个特别中意的时机来到这个市镇。像这样的竞选是前所未有的。斯拉姆基府的可敬的塞缪尔·斯拉姆基先生是蓝党的候选人；来自伊坦斯维尔附近的菲兹金邸宅的霍拉修·菲兹金老爷，则在他的朋友们的敦促下站出来维护浅黄党的利益。《新闻报》告诫伊坦斯维尔的选民们，说不仅所有英格兰人的眼睛，而且整个文明世界的眼睛都在注视他们；《独立报》则迫切地想知道，伊坦斯维尔的全体选民到底是如他们一向自认为的那样是好样的，还是仅仅是卑贱奴性的工具，既不配被称为英国人，也不配享有自由的祝福。像这样使全城激动起来的风潮是史无前例的。

当匹克威克先生和他的伙伴们在山姆的帮助下从伊坦斯维尔的马车上爬下来的时候，天色已经晚了。蓝色的丝质大旗飘荡在武器旅社的一个个窗口，每一个窗框上都贴了标语，它们以巨大的字母宣告可敬的塞缪尔·斯拉姆基的竞选班子每天都驻扎在那里。一群无所事事的人聚集在街上，在看着阳台上的一个嗓音沙哑的人，他说话说得脸红耳赤的，显然是在为斯拉姆基先生大做宣传；但是他的演说的要点及其确切意义却不免受到了在街角上不停地敲着的四只大鼓的损害，那是菲兹金先生的竞选委员会放在那里的。在演说者的身边还站着一个忙碌着的小个子男人，他不时地脱下帽子示意听众们欢呼，而大家的确也有规律地那么做了，热情极其之高；那个脸红耳赤的男人继续演讲，直讲到脸比先前红得多了，好像这样就达到了他的目的，好像这样就有人听见了他的话似的。

匹克威克先生刚刚下车，就被一群诚实而有独立性的群众围住了，他们发出三声震耳欲聋的欢呼，欢呼又得到群众的主体的响应（因为群众一点儿也不用知道他们在欢呼什么），壮大成一声胜利的巨吼，甚至阻止了站在阳台上的红脸男子的演说。

“万岁！”群众最后这样高喊道。

“再来一下。”阳台上的那位小个子领导者尖叫道；群众又高呼了一声，好像他们的肺是铁做的，里面有钢的结构。

“永远支持斯拉姆基！”诚实而有独立性的人们高呼道。

“永远支持斯拉姆基！”匹克威克先生响应道，一边脱下了他的帽子。

“不要菲兹金!”群众又高呼道。

“当然不要!”匹克威克先生叫道。

“万岁!”接着又是一阵吼叫,就像大象吃了生肉后大声嚎叫,引得整个动物园吼声震天一样。

“谁是斯拉姆基?”图普曼先生低声说。

“我不知道。”匹克威克先生以同样的低声回答,“嘘。不要问任何问题。在这种情况下最好是群众怎样做就怎样做。”

“但假如群众有两派呢?”斯诺格拉斯先生提出意见。

“跟着大多数人喊。”匹克威克先生说。

这一句话抵得上雄文万卷。

他们走进屋子,群众左右分开让他们通过,同时喧闹地欢呼着。首先要考虑的是找个地方过夜。

“我们在这里能找到床位吗?”匹克威克先生把侍者叫来问。

“不知道,先生,”那人回答说,“我们恐怕客满了,先生——我去问问,先生。”他为这一目的离开了,不久又返回了,问绅士们是不是“蓝党”。

无论匹克威克先生,还是他的伙伴们,都没有哪一位对两位候选人的事业特别热心,因此这是一个挺难回答的问题。在这一进退两难的窘境之下,匹克威克想到了他的新朋友佩克尔先生。

“你知道一位姓佩克尔的绅士吗?”匹克威克先生问道。

“当然,先生;尊敬的塞缪尔·斯拉姆基先生的代理人。”

“他是蓝党吧,我想?”

“是啊,先生。”

“那么我们就是蓝党。”匹克威克先生说;但由于注意到那人对这一迎合性的宣布很怀疑,他把自己的名片给了那个侍者,要他把它交给佩克尔先生,假如后者恰巧在屋子里的话。那个侍者离开了;他几乎是马上又回来了,请匹克威克先生跟他去。他把匹克威克先生带到第一层楼的一间大房子里,坐在房里的一张上面堆满书和文件的长桌子边的人,正是佩克尔先生。

“啊——啊,我亲爱的先生,”那个矮个子说着,走上前来迎接他,“真高兴见到你,先生,真高兴。请坐吧。这么说你把你的心愿付诸实践了。你是来看选举的吧——呃?”

匹克威克先生做了肯定的回答。

“激烈的竞争啊,我亲爱的先生。”那个小个子说。

“我听了真高兴,”匹克威克先生说,搓了搓手,“我喜欢看到坚定的爱国主义激情,不管是表现在哪一方;——这么说是一场激烈竞争啰?”

“是呀,”小个子说,“的确十分激烈。这里的所有酒馆都是我们开的,留给我们的对手的就只有啤酒店了——这是很高明的策略吧,我亲爱的先生,呃?”——小个子得意地微笑起来,同时吸了大大的一撮鼻烟。

“这场竞争的结果可能怎么样呢?”匹克威克先生问道。

“唉,还难说呀,我亲爱的先生,还是个大问号哩。”小个子回答说,“菲兹金的人在白牡鹿锁着的车库里有三十三个选民。”

“在车库里!”匹克威克先生说,为这第一种策略大感惊讶。

“他们把他们锁在车库里,直到用得着的时候才放他们出来,”小个子继续说,“这样做的用意,你知道吧,就是要防止我们找到他们;就算是我们找到了,也是白搭的,因为他们早已故意把他们灌得烂醉。菲兹金的代理人可精啦——非常精的家伙。”

匹克威克先生瞪大了眼睛,但什么也没说。

“尽管如此,我们还是信心十足的,”佩克尔先生说,把声音放低到了耳语的程度,“我们在这里有一个小茶馆,昨天晚上——四十五个女人,我亲爱的先生——临走的时候我们给她们每人送了一把绿阳伞。”

“一把阳伞!”匹克威克先生说。

“真的,我亲爱的先生,真的。四十五把绿色阳伞,每把值七先令六便士。凡是女人都喜欢装饰品,——那些阳伞的作用是不同寻常的。稳住了她们所有的丈夫的一半的兄弟——远胜过袜子、法兰绒及所有诸如此类的东西。我的主意,我亲爱的先生,完全是我的。无论是下冰雹、下雨还是晴天,你在街上走就免不了会碰上半打绿阳伞。”

说到这里,小个子尽情地笑了起来,直到有第三者进屋才止住了笑。

来者是一个又高又瘦的人,浅茶色的头已有点秃,脸上带着庄严的自傲与高深莫测的神气相夹杂的表情。他穿着褐色的紧身长外衣、黑色的背心和土褐色的裤子。他背心上挂着一副双镜片眼镜,头上戴着一顶低顶宽边帽。来者被介绍给了匹克威克先生,是波特先生,《伊坦斯维尔新闻报》的编辑。几句开场白之后,波特先生转向匹克威克先生,庄严地说:

“这次竞选在首都引起了强烈兴趣,先生。”

“我相信是这样。”匹克威克先生说。

“关于这一点,”波特先生说,把目光转向佩克尔先生,希望得到他的证实,“关于这一点,我有理由相信我上个星期六的论文是有一点功劳的。”

“毫无疑问。”小个子说。

“报纸是一台强有力的发动机啊,先生。”波特先生说。

匹克威克先生对这一看法表示了完全的同意。

“但是我相信,先生,”波特说,“我从没有滥用过所掌握的这一巨大权力。我相信,先生,我从没有把交托到我手中的高贵武器用来瞄准私生活的神圣胸怀,或是个人名誉的柔嫩胸膛;我相信,先生，我把全副精力奉献出来——我的那些努力——它们可能是卑微的，我知道它们是卑微的——却是逐步传播那些原则——它们是——”

说到这里，《伊坦斯维尔新闻报》的编辑好像有点儿漫无头绪，匹克威克先生替他解了围，他说：

“那当然。”

“那么，先生，”——波特说，“那么，请问您，先生，您是一个不偏不倚的人，关于我与《独立报》的较量，伦敦方面的舆论怎样看呢？”

“大为激动呀，那是无疑的。”佩克尔先生插嘴说，露出大概出于偶然的狡黠神情。

“这场较量，”波特说，“要延续下去，只要我还拥有健康和精力，以及老天爷赋予我的那份才智。这场较量，先生，尽管它可能叫人心烦意乱，叫人情绪激动，使人难以从事日常生活的例行工作，但我决不会从中退出；我决不会，先生，决不会退却，直到我把《伊坦斯维尔独立报》踩在脚下为止。我希望伦敦的人民，希望全国的人民知道，他们是可以信赖我的；知道我不会背弃他们，知道我已下定决心站在他们身边，先生，会支持他们到最后一刻。”

“您的行为非常高尚，先生。”匹克威克先生说；他握住了心灵高尚的波特的手。

“您是一个，先生，一个明智而有才干的人。”波特先生说，几乎因慷慨激昂的爱国表白激动得透不过气来，“我非常高兴，先生，能结识您这样的人。”

“我呢，”匹克威克先生说，“对您的这一看法深感荣幸。请允许我，先生，把您介绍给我的旅伴们，他们也是我自己创立并引以为荣的俱乐部的成员。”

“不胜荣幸。”波特先生说。

匹克威克先生退了出去，回来时带来了他的朋友们，把他们正式介绍给了《伊坦斯维尔新闻报》的编辑。

“喂，我亲爱的波特，”小个子佩克尔说，“问题是，我们怎样安排我们的朋友们的住宿呢？”

“我们能在这家旅馆歇宿吧，我想。”匹克威克先生说。

“这里连一个空铺都没有了，我亲爱的先生——一个都没有了。”

“真糟糕。”匹克威克先生说。

“太糟糕了。”他的旅伴们说。

“我倒是有个主意，”波特先生说，“我想也许完全行得通。孔雀旅馆还剩两个床位，另外我冒昧替波特夫人说一句，她会欣然款待匹克威克先生和他的任何一位朋友，假如另外两位绅士和他们的仆人不反对搬去孔雀旅馆的话，这是没有办法的办法。”

波特先生再三发出盛情邀请，匹克威克先生再三辩驳说不能打扰和麻烦他友善的妻子，然后他们达成了共识，认定那是惟一可行的安排。于是就这么定了；在武器旅馆共进了晚餐之后，朋友们分开了，图普曼先生和斯诺格拉斯先生去孔雀旅馆歇宿，匹克威克先生和温克尔先生则去波特先生的宅邸；根据事先的约定，他们第二天早上要在武器旅馆会合，一起陪伴可敬的塞缪尔·斯拉姆基的游行队伍去选举的地方。

波特先生家的成员有限，只有他本人和他妻子。大凡凭杰出才能在世上出人头地的人，通常都具有一些小小的弱点，它们与他们的一般性格对照起来尤其引人注目。假如说波特先生有什么弱点的话，那也许就是，他太顺从他妻子的那种有点儿傲慢的控制和支配了。不过，我们觉得没有足够的理由特别强调这一点，因为眼下波特太太的所有极其迷人的本领都已用在招待两位绅士上了。

“亲爱的，”波特先生说，“这是匹克威克先生——伦敦来的匹克威克先生。”

波特太太带着迷人的甜蜜神情接受了匹克威克先生父亲般的握手;而温克尔先生,由于还根本没有被介绍,鞠了一躬后便闪退到一个角落,被晾在了那里。

“波,我亲爱的——”波特太太说。

“我的宝贝。”波特先生说。

“请介绍一下另一位绅士呀。”

“万分对不起,”波特先生说,“请让我来介绍一下,这位是波特太太,这位是——”

“温克尔先生。”匹克威克先生说。

“温克尔先生。”波特先生应和了一句;于是介绍的礼仪就算完成了。

“我们感到非常抱歉,夫人,”匹克威克先生说,“这么突然地跑来府上打扰。”

“请不要这么说,先生,”波特太太活泼地回答说,“实话跟你说吧,能看到新面孔真是令我太高兴了;像我这样一天又一天、一周又一周地生活在这个沉闷的地方,什么人也见不着。”

“什么人也见不着,我亲爱的!”

“除了你以外。”波特太太驳斥道,声音里有几分刻薄。

“你知道吧,匹克威克先生,”东道主说,开始解释他妻子的哀怨,“干这一行使我们在一定的程度上被剥夺了很多本来是可以参加的娱乐活动。我作为《伊坦斯维尔新闻报》编辑的社会地位,这份报纸在国内的地位,我经常投身在政治漩涡之中——”

“波,我亲爱的——”波特太太插话说。

“我的宝贝——”编辑说。

“我希望,亲爱的,你能找一个能引起这些绅士们的适当兴趣的话题。”

“可是，亲爱的，”波特先生非常卑恭地说，“匹克威克先生的确对这些有兴趣。”

“他假若能感兴趣，那倒也好，”波特太太用强调的语气说，“我可是讨厌死了；你的政治、与独立党的争吵以及那些胡说八道。波呀，你这么到处做荒唐事，我真是感到吃惊。”

“可是我亲爱的——”波特先生说。

“噢，废话，不要跟我说那些，”波特太太说，“你玩爱卡特①吗，先生？”

“我很乐意在你的指教下学一学。”温克尔先生说。

“那好，把那张小桌子拉到窗户这里来，免得我们再听乏味的政治。”

“简，”波特先生对那个拿蜡烛进来的女仆说，“到楼下的办公室去，把一八二八年的《新闻报》的合订本拿来；我来给你读一读——”波特先生转向匹克威克先生，补充说，“给你读一读我那时候写的几篇社论，是关于浅黄党要派一个新的通行税收税员到卡子那儿的花招的；我想它们会让你感到有趣的。”

“我很想听一听，真的。”匹克威克先生说。

合订本拿上来了，那位编辑坐了下来，匹克威克先生坐在他旁边。

我们翻遍了匹克威克先生的笔记本，想找到那些美丽文章的摘要，但是一无所获。我们完全有理由相信他完全为那些文章的气势和风格的新颖陶醉了；的确有温克尔先生所记录的事实为证，他本人在他们阅读的全过程中双眼一直闭着，一副喜悦过度的模样。

晚餐准备好了的通报，使爱卡特游戏停了下来，也使对《伊坦

---

① 爱卡特，一种两个人玩的牌戏。

斯维尔新闻报》的美文摘要告了一个段落。波特太太兴致极高,脾气极好。温克尔先生已经大大地获得了她的好感,她毫不犹豫地把他引为知音,告诉他说匹克威克先生是"一个令人开心的老宝贝"。这些字眼蕴含着亲昵和随便的意味,这是那些与这位心智伟大的人过从甚密的人们不敢妄自表露的。然而我们还是保留了这些字眼,因为它们既动人又可信地证明了他受到社会各阶层何等的尊敬,以及他是多么轻松地赢得了他们的心灵和感情。

夜很深了——图普曼先生和斯诺格拉斯先生早已在孔雀旅馆最幽深的地方睡去——这时两个朋友才上床休息。睡意很快降临到温克尔先生的感官上,但他的感情已被激动起来,他的崇拜心也被唤醒了;睡眠使他对世俗之物失去了知觉,但是在此后的很多个钟头里,可爱的波特太太的面容和身影却一次又一次地显现在他漫游的想象里。

早晨所引来的嘈杂与忙碌,足以使最有浪漫情怀的人打消各种念头,除了直接与马上要开始的竞选相关的那些联想。敲鼓的声音、吹号角和喇叭的声音、男人们的叫喊以及马蹄声,从大清早起就响开了,在大街小巷里回荡;两党的散兵游勇之间的小冲突时有发生,立即使竞选的准备工作变得活泼起来,也为它们平添了许多可爱的特色。

"喂,山姆,"匹克威克先生说,这时他的男仆出现在他的卧室门口,而他刚好装束完毕,"今天够热闹吧,我想?"

"好玩极了,先生,"威勒先生回答说,"我们的人聚集在武器旅馆那儿,他们把嗓子都喊哑了。"

"啊,"匹克威克先生说,"他们看上去是不是很忠于他们的党呢,山姆?"

"我这辈子还从没见过比他们更忠心的哩,先生。"

"很卖劲吧,呃?"匹克威克先生说。

“非同寻常，”山姆回答说，“我以前还从没见过这么能吃能喝的人哩。我不知道他们怎么就不怕把肚子胀破。”

“这里的绅士们的好意被用得不是地方啊。”匹克威克先生说。

“八成是这样。”山姆简要地回答说。

“看上去他们都是些很好的家伙，有生气又很忠心。”匹克威克先生瞟了一眼窗外，说道。

“有生气极了，”山姆回答说，“我和孔雀旅馆的两个招待，今早上一块儿把独立的投票人拉到水龙头下面冲水哩，他们昨天晚上是在那里吃的晚饭。”

“用水龙头冲独立投票人！”匹克威克先生叫道。

“是的，”他的仆人说，“每个人都是在哪里倒下，就在哪里睡过去了；今天早上，我们把他们拖了出去，一个接一个，放在水龙头下面冲，现在他们都好好的了。每冲完一个人，委员会就付一先令的劳务费。”

“竟有这样的事情！”匹克威克先生惊叫道。

“上帝保佑你，先生，”山姆说，“不就是一次小小的浸洗礼吗，你觉得奇怪？——那没什么，没什么的。”

“没什么？”匹克威克先生说。

“根本没什么，先生，”他的仆人回答说，“在上一次选举的头一天晚上，敌党收买了武器旅馆的酒吧女招待，在对水白兰地酒中掺了麻醉药，给住在那里的十四个还没有投票的选民喝了下去。”

“你说在对水白兰地中‘掺了麻醉药’是什么意思？”匹克威克先生问道。

“在里面掺了鸦片酊，”山姆回答说，“真是该死，她使他们全部沉睡过去，直到选举过去十二个小时以后才醒过来。他们把其中一个弄上了手推车，还睡得死死的哩，带他到投票棚去试一试，但是一点用也没有——别人不让他投票；于是他们又把他送了回来，再放回了床上。”

“这样的招数，真是邪门呀。”匹克威克先生说，一半对自己，一半对山姆。

“与发生在我自己的老爹身上邪门的事相比就差远了，也是一次选举，也是在这个地方，先生。”山姆说。

“那是怎么回事？”匹克威克先生问道。

“有一次他驾车来到这里，”山姆说，“当时还要搞选举，有一个党雇用他去伦敦把选民拉过来。在他出发的前一天晚上，另一党的委员会悄悄地来请他，他跟着来请的人去了，那人请他进去；——一间大屋子——很多绅士——成堆的文件、钢笔、墨水，等等。‘啊，威勒先生，’那位主事的绅士说，‘见到你很高兴，先生；你怎么样呀？’——‘很好，谢谢，先生，’我老爹说；‘我希望你过得还凑合，’他说。——‘很好，谢谢，先生，’那位绅士说；‘坐吧，威勒先生——请坐，先生。’于是我爹坐了下来，他和那位绅士相互紧盯着。‘你不记得我了？’那位绅士说——‘记不得了。’我爹说。——‘噢，我可认识你，’那个绅士说，‘在你还是一个孩子的时候就认识你了。’他说。——‘可是，我不认识你。’我爹说。——‘这就怪了。’那位绅士说。——‘很怪。’我爹说。——‘你一定记性很差，威勒先生。’那位绅士说。——‘可不，挺差的。’我爹说。‘我想是这样。’那位绅士说。接下来他们给他倒了一杯葡萄酒，跟他瞎扯起他赶车的事儿，使他高兴极了，最后他们往他手里塞了一张二十镑的大钞。‘这里到伦敦的路糟透了，’那位绅士说。‘到处的路都不好走啊。’我爹说。‘尤其是靠近运河一带，我想。’那位绅士说。‘是有点儿讨厌。’我爹说。——‘那么，威勒先生，’那位绅士说，‘你是一个棒极了的马车夫，想让马儿怎么样就怎么样，我们知道的。我们大伙儿都喜欢你，威勒先生，所以，把那些选民从伦敦接过来的时候，你要是出了什么事故，你要是把他们翻到运河里，但又不伤着他们，那这钱就归你了。'他说。——'先生，你真好。'我爹说，'我要再喝一杯祝你健康。'他说；他就喝完酒，收好了钱，鞠了一躬后就出去了。你不会相信的，先生，"山姆继续说，脸上带着一种难以言传的对主人的鲁莽，"就在他运那些选民下来的那一天，他的马车真的在那个地点翻了，车上的每一个人都翻到了运河里。"

"又都爬上岸了吗？"匹克威克先生急忙地询问。

"嗨，"山姆慢悠悠地回答说，"我想是有一个老先生失踪了；我知道他的帽子找到了，但是我拿不准他的头是不是在帽子里面。我所看重的是，天下竟有这么稀奇古怪的巧事儿，在那位先生那么说了之后，我老爹的车刚好就在那个地点、在那一天翻了。"

"这真是一件稀奇古怪的事情，毫无疑问的。"匹克威克先生说，"帮我把帽子刷一下，山姆，因为我听见温克尔先生在喊我去吃早饭了。"

说完这些话，匹克威克先生就下楼向客厅走去，他发现早餐已经摆好了，那家人已经聚在那里。早餐很快就吃完了；每一位绅士的帽子上都装饰着一个大大的蓝色标志，那都是波特亲自用巧手制作的；由于温克尔先生担负起了陪伴那位女士到竞选演讲台附近的一个屋顶上去的重任，匹克威克先生和波特先生就一起另行去了武器旅馆；在那个旅馆的一个后窗里，斯拉姆基先生的竞选委员会的一个成员正在对六个小男孩和一个女孩发表演说，他每说完一句话，就对他们以"伊坦斯维尔的男子汉们"的美名相称，引得六个小男孩连连大声喝彩。

马厩广场上到处都是展示伊坦斯维尔蓝党的荣耀与力量的明白无疑的迹象。那里有一排整齐的蓝色旗帜，有的是单柄的，有的是双柄的，旗帜上有四英尺高四英尺宽的金字图案。有一个包括喇叭、低声管和鼓的大乐队，排成四人一排的队伍，演奏得十分卖劲，很对得起他们的工钱，尤其是那些鼓手，强壮有力极了。还有几队拿蓝色警棍的警察、二十个戴蓝领巾的委员会成员以及一大群戴蓝色帽徽的选民。选民们有的骑马来，有的是步行来的。有一辆敞篷的驷马车，是给可敬的斯拉姆基先生坐的；还有四辆双马马车，是他的朋友们和支持者们坐的；旗帜在沙沙飘扬，乐队在演奏，警察在赌咒，二十名委员会成员在争吵，群众在高呼，马儿在倒退，马夫们在冒汗；此时此刻集合在那里的所有人和所有东西，都是专门为斯拉姆基府的可敬的塞缪尔·斯拉姆基先生的，为他的利益、荣誉和名声；他是代表伊坦斯维尔竞选联合国王下议院议员的两位候选人之一。

当波特先生那浅茶色的头出现在一个窗口，被下面的群众看见的时候，响亮而持久的欢呼声爆发出来，一面写着“新闻界的自由”字样的蓝色大旗有力地挥舞着；而当可敬的塞缪尔·斯拉姆基本人出现的时候，群众的热情喝彩是空前高涨，他穿着高统靴，系着蓝领巾，走过去握住波特先生的手，向群众摆出通俗剧中那种夸张而感人的姿势，表明他对《伊坦斯维尔新闻报》的不可磨灭的感谢之情。

“一切都准备好了吗？”可敬的塞缪尔·斯拉姆基先生对佩克尔先生说。

“万事俱备，我亲爱的先生。”那位小个子回答说。

“没有什么疏漏吧，我希望？”可敬的塞缪尔·斯拉姆基先生说。

“没有什么还没做好的，我亲爱的先生——无论什么都没有。在当街的门口有二十个冲洗过的人等着您去和他们握手；还有六个抱在怀里的孩子等着您去拍拍他们的头并问问他们的岁数；对那些孩子您要表示特别的关心，我亲爱的先生——这种做法从来都是大有效果的。”

“我注意就是了。”可敬的塞缪尔·斯拉姆基先生说。

“而且，也许呀，我亲爱的先生——”办事谨慎的小个子说，“也许你能够——我不是说非那样不可——但假如您能够吻他们其中的一个的话，那会给群众留下极佳的印象。”

“假如提名的人或附议的人这样做，会不会有同样好的效果呢？”可敬的塞缪尔·斯拉姆基先生说。

“唉，我想不会有，”那位代理人说，“假如是您本人这么做，我亲爱的先生，我想那会使您大得人心。”

“很好，”可敬的塞缪尔·斯拉姆基先生说，脸带服从的神情，“那就一定那么做。就这么定了。”

“排好游行队伍。”二十名委员会成员叫喊道。

在聚集着的人群的欢呼声中，乐队、警察、委员会成员、选民、骑马的人和马车各就各位——每一辆双马马车里都挤满了绅士；大家笔直地站在车里，能挤得多紧就挤得多紧；指定由佩克尔先生负责的那辆车，装着匹克威克先生、图普曼先生、斯诺格拉斯先生以及半打委员会成员。

游行队伍在等待可敬的塞缪尔·斯拉姆基先生踏进他的马车，全场有一个片刻庄严的停顿。突然人群中爆发出一阵热烈的欢呼。

“他出来了。”小个子的佩克尔先生说道，异常地激动；由于从他们所处的位置看不到正在发生的事情，他的激动是有增无减。

又是一阵欢呼，声音更大了。

“他与那些人握手了。”小个子代理人叫道。

又是一阵欢呼，声音尤为猛烈。

“他已拍了拍那些孩子的头。”佩克尔先生说，因焦急而颤抖起来。

一阵喝彩声响彻云霄。

“他亲吻了其中一个孩子。”激动的小个子大喊道。

第二阵喝彩在轰鸣。

“他又吻了一个。”激动的代理人喘着粗气说。

第三次喝彩。

“他把他们全吻啦!”充满激情的小个子绅士尖叫道。在芸芸大众发出的震耳欲聋的欢呼声中,游行队伍开始前进了。

至于这一游行队伍是如何或以什么方式与另一游行队伍混在一起的,以至它后来又是如何从由此产生的混乱中挣脱出来的,我们无法把它描述清楚,因为游行刚刚开始不久,匹克威克先生的帽子就遭到了浅黄党的一根旗杆的袭击,被打歪了罩在他的眼睛、鼻子和嘴巴上。他描述说,当他能够对当时的情景瞥上一眼的时候,他发现自己陷身在重重包围之中,四面八方全是愤怒的和凶猛的面孔、四处飞扬的灰尘和密密麻麻的格斗者。他说他被一种看不见的力量驱逐出了马车,还亲自参加了一场斗拳的遭遇战;而至于是和谁对阵、怎么个斗法或为什么打起来,他却完全说不出来。然后他感到被后面的人推上了什么木头梯子;把帽子从眼睛上挪开之后,他发现自己是在朋友们的簇拥之下,站到了演讲台左手边的最前排。演讲台右边是留给浅黄党的位置,中间的位置属于市长和他的官员们;其中的一名官员——伊坦斯维尔的胖司仪——正在摇一个极大的铃,要大家安静;而霍拉修·菲兹金先生和可敬的塞缪尔·斯拉姆基先生则都把手按在胸口上,极其和蔼地对泛滥在面前的开阔空间里的骚动不安的人头之海鞠躬;从那里升起一阵呻吟、叫喊、喧嚷和抱怨的风暴,那种声势足以为一场地震锦上添花。

“温克尔在那里。”图普曼先生说,拉了拉他朋友的衣袖。

“在哪儿?”匹克威克先生说,一边戴上了眼镜——幸好他一直把它放在口袋里。

“在那里，”图普曼先生说，“那座屋子的顶上。”

的确，在一个瓦屋顶的铅黑色檐槽里，温克尔先生和波特太太舒舒服服地坐在两把椅子上，正在挥舞手绢向他们打招呼——匹克威克向那位太太行了一个飞吻礼。

程序还没有开始；由于闲着没事的群众一般都喜欢玩笑，而这种无甚妨碍的举动此刻恰好可以唤醒他们的诙谐情怀。

“噢，你这个坏心眼的老流氓，”一个声音叫道，“想和女孩子们吊膀子，是吗？”

“噢，你这个年高望重的罪人。”另一个声音叫道。

“居然戴上眼镜去看一个结了婚的女人。”第三个人说。

“我见他朝她眨眼睛呢，老色眼呀。”第四个说。

“看管好你老婆呀，波特。”第五个人叫道；——接着是一阵哄然大笑。

与这些嘲弄夹杂在一起的，是把匹克威克先生比做老公羊的令人气愤的比喻以及诸如此类的俏皮话；而且，由于他们还企图影射一位无辜者的荣誉，匹克威克先生的义愤简直无以复加；但由于此刻恰好台上在大呼肃静，他也就只好向那些人投去痛斥的目光，并表示可怜他们的心术不正，而他们见了都比先前笑得更厉害了。

“肃静！”市长的跟班们吼叫道。

“威芬，叫大家肃静。”市长说，带一种与他的尊贵地位相称的威风凛凛的神气。司仪奉命又用铃铛演奏了另一支协奏曲；于是人群中有一位绅士高喊了一声“马芬”①，又引起一阵大笑。

---

① 马芬，原文为 muffin，意为松饼，与司仪之名威芬 Whiffin 尾音一样，正是这种谐音之趣产生了戏谑效果，导致了听众的大笑。

“先生们，”市长以尽可能高的声音喊道，“先生们。伊坦斯维尔的选民兄弟们。今天我们在这里聚会，目的是选出一位议员接替我们已故的——”

说到这里，市长的话被人群中的一个声音打断了。

“祝市长成——功！”那个声音喊道，“愿他永不放弃钉子和锅子的生意，因为他是靠这个来赚钱的。”

这句影射那位演说者的职业的话引起一阵暴风雨般的欢笑，这阵欢笑在铃声的伴奏下使得他的演说的下文根本就听不清了，除了最后一句话——他说他感谢与会的人耐心地从头到尾听完了他的讲话——这句表示感谢的话又引起一阵持续了大约一刻钟的爆笑。

接着是一个戴着硬硬的白领巾的又高又瘦的绅士上台，在被群众一再要求“打发个仆人回家，去问问他是不是把声音丢在了枕头上”之后，他要求提名一位合格又恰当的人代表大家进入议会。当他说那个人就是菲兹金邸宅的霍拉修·菲兹金老爷时，菲兹金派大喝其彩，斯拉姆基派则怨声四起，喧闹既持久又响亮，以至于假如他和那个附和的人以乱唱滑稽歌曲来代替演说，听众也不会有任何人觉察出来。

霍拉修·菲兹金老爷的盟友们完成了第一轮攻势，接着是一个有点儿性急的、粉红色脸庞的小个子站出来，提议另一个合格又恰当的人代表伊坦斯维尔的选民们进入议会；假如不是过于急躁，一觉察出群众在逗乐就按捺不住的话，这位粉红脸的绅士本来是可以很顺利地把演说进行下去的。在几句文辞华丽的雄辩之后，红脸绅士因斥责人群中打断他的讲话的人而和台上的绅士们对骂起来；于是轩然大波掠过全场，喧哗迫使他不得不只能靠严厉的手势来表达他的感情，表达完之后他便把讲台留给了响应他的提议的人，后者发表了一篇事先写好的演说，它持续了半个小时之久——它是无法阻止的,因为他早已把它全文送往《伊坦斯维尔新闻报》,而且该报已把它一字不差地全部登了出来。

然后是伊坦斯维尔附近的菲兹金邸宅的霍拉修·菲兹金老爷本人登台,准备对选民们发表演说;他刚刚开始讲话,由可敬的塞缪尔·斯拉姆基雇来的乐队便开始大肆演奏起来,与此时的劲头相比他们早上的劲头简直微不足道;为了报复,浅黄党群众开始使劲打蓝党分子的脑袋和肩膀;蓝党群众则竭力从自己身边驱逐那些讨厌的邻居——浅黄党分子;于是全场出现了一派挣扎、推挤和斗殴的场面,这些我们和市长一样没法公平地处理,虽然他向十二位警察下了强制性命令,要他们逮捕暴乱的罪魁祸首,而这些罪魁祸首大约有二百五十人之多。对所有这些冲突,菲兹金邸宅的霍拉修·菲兹金老爷和他的朋友们气得简直要发疯了;最后菲兹金邸宅的霍拉修·菲兹金老爷质问他的对手——斯拉姆基府的可敬的塞缪尔·斯拉姆基,问他那乐队是不是在他的授意下演奏的;由于可敬的塞缪尔·斯拉姆基拒绝回答这一问题,菲兹金邸宅的霍拉修·菲兹金老爷便在斯拉姆基府的可敬的塞缪尔·斯拉姆基的脸前挥舞起拳头来;因此,可敬的塞缪尔·斯拉姆基的血液沸腾了,他向霍拉修·菲兹金老爷挑战,要与他拼个你死我活。面对这种违背众所周知的所有准则的史无前例的冒犯行为,市长下令摇铃再演奏了一次幻想曲,并且宣布说他要把菲兹金老爷邸宅的霍拉修·菲兹金老爷和斯拉姆基府的可敬的塞缪尔·斯拉姆基两个人都带到他面前,勒令他们俩保证不再妨碍治安。听到这一可怕的恐吓,两位候选人的支持者都出来干涉了,于是两党的朋友们一对一地争执起来;吵了三刻钟之后,霍拉修·菲兹金老爷对可敬的塞缪尔·斯拉姆基脱帽致敬;可敬的塞缪尔·斯拉姆基也对霍拉修·菲兹金老爷脱帽致敬;乐队的演奏被制止了;群众部分地安静了;霍拉修·菲兹金老爷得到了继续演说的许可。

两位候选人的演说在其他各方面都不相同，但它们都一致以动听的言辞大力赞美伊坦斯维尔的选民们的崇高功德与巨大价值。两人都说，世界上再没有比那些答应投他一票的人更具独立性、更思想开明、更有公益心、更心灵高贵、更大公无私的了；两人都隐约地暗示说，他们怀疑那些支持对方的选民都具有某些卑鄙、昏聩的缺点，根本不配履行请他们履行的重要义务。菲兹金表示他随时准备去做大家要他去做的任何事情；而斯拉姆基，则表示了他决不有求必应的决心。两人都说，伊坦斯维尔的贸易、制造业、商业的繁荣昌盛，在他们心目中比世界上的任何东西都更宝贵；而且两人都以极大的自信宣告说自己最终必定会当选为议员。

举手表决开始了；市长裁决斯拉姆基府的可敬的塞缪尔·斯拉姆基获胜。菲兹金邸宅的霍拉修·菲兹金老爷要求进行投票，于是又相应地决定了投票表决。市长获得了一张感谢票，那是感谢他担任主席有方；市长做了答谢，诚心诚意地说他希望能有一个“席位”让他施展才干（因为在整个过程中他一直没有坐一坐）。游行队伍重新排好了，马车从人群中慢慢地滚过，人们跟在后面，任由他们的感情或反复无常的驱使，一路大呼小叫地喧嚷。

在投票的全部时间里，全镇始终处在狂热的兴奋状态中。一切都是以最自由最欢快的方式进行的。所有酒店的应纳税用品都特别便宜；弹簧轻便马车穿梭在大街小巷中，为的是满足那些突然暂时感到头晕的选民的需要——这是一种在竞选时盛行于选民中的流行病——其流行程度令人吃惊，常常可见选民们在它的影响下躺在人行道上，完全不省人事。有一小群选民到选举的最后一天都还没有投票。他们是一些精于盘算、深思熟虑的人，到现在都没有被任何一个党的观点说服，虽然他们经常参加两个党派召开的会议。在投票结束之前一小时，佩克尔先生请求私下拜见这些贤明、高贵、爱国的人士。他有幸蒙受了召见。他的论点很简要，但是令人满意。他们一块儿去了投票地点；当他们返回的时候，斯拉姆基府的可敬的塞缪尔·斯拉姆基已经当选了。

第十四章 包括对集合在孔雀旅馆的一伙人的简单描述，以及一个行脚商讲的故事

从观察政治生活的倾轧和骚乱，转向对安宁祥和的私生活的关注，是一件令人愉快的事。虽然在现实中匹克威克先生并不是两党中任何一方的热情支持者，但他还是被波特先生的热忱激发起来了，把他所有的时间和注意力投入到了上一章所描述的事情上——那些描述是根据他本人的备忘录编撰而成的。在他如此忙碌的同时，温克尔先生也没有闲着，他把所有的时间都献给了与波特太太一起进行的愉快的散步和短途郊游——她只要有机会，就从不放弃用来排解她经常抱怨的那种讨厌的单调。就这样，两位绅士在编辑家里已完全如鱼得水，因此图普曼先生和斯诺格拉斯先生多半只好自谋出路了。由于对公共事务没什么兴趣，他们主要靠孔雀旅馆所能提供的娱乐来打发时光，但这也只不过是在旅馆的一楼玩玩弹子游戏，或是在后院的幽僻处玩玩九柱球而已。这两种娱乐所蕴含的科学道理与奥妙，远比一般人所设想的深奥，他们俩在精于此道的威勒先生的指教下渐渐入了门。因此，尽管他们大大地丧失了与匹克威克先生相处的舒畅与教益，却也还能够打发时光，免得它压得他们浑身不自在。

然而，一到晚上，孔雀旅馆便显示出了其巨大魅力，它竟然使这两位朋友拒绝了那位乏味却不乏才智的波特的邀请。入晚之后，商务室里便聚集起了一群社交人物，他们的性格和风度是图普

曼先生乐于观察的;他们的言语和行为又是斯诺格拉斯先生惯于记录的。

多数人都知道商务室通常是一种什么样的地方。孔雀旅馆的商务室与一般的商务室没有任何实质性的区别;就是说,那是一间看上去没什么摆设的大房间,里面的家具在较新的时候无疑更好些;它的中间摆着一张宽大的桌子,角落里有一些较小的桌子;还有各种式样各异的椅子,以及一块旧的土耳其地毯,它和地板之间的比例就同一块女人的手绢和岗哨的地板的比例一样。墙上装饰着一两幅大大的地图;几件饱经风雨的粗劣的大衣服,连同上面复杂的披肩,垂挂在一个角落的一长排木钉上。壁炉架上装饰着一个木制的笔墨台,里面有一截断笔、半片胶纸,还有一本道路指南、一本缺封面的州志以及一条放在玻璃棺材里的鳟鱼的尸体。空气中弥漫着刺鼻的烟味,烟雾使整个房间蒙上了一层肮脏而昏暗的色泽,对那些遮住窗户的积满尘埃的红窗帘尤其如此。餐具架上杂陈着很多零零碎碎的东西,其中最显眼的是几个灰蒙蒙的鱼酱调味瓶、两个马车轮轴箱、两三根马鞭、两三条旅行披肩、一托盘餐刀、餐叉,还有芥末。

在选举结束后的那天晚上,图普曼先生和斯诺格拉斯先生就是坐在这个房间里,同在这个旅馆暂住的几位客人一起既抽烟又喝酒。

"喂,先生们,"一个大约四十岁的强壮结实的人说;他只有一只眼睛,但那是一只非常明亮的黑眼睛,闪烁着诙谐而快乐的流氓似的表情,"先生们,我们高贵的诸公。我总是爱提议为大伙的健康干杯,也为我能讨玛丽喜欢干杯。呃,玛丽!"

"去你的,你这卑鄙家伙。"那个女仆说,不过她显然对那一恭维并非不高兴。

"别走呀,玛丽。"黑眼男人说。

“让我自个儿呆着，冒失鬼。”那个女郎说。

“没关系，”独眼男人对着走出房间的女仆的背影说，“我过一会就出来，玛丽。打起精神来吧，宝贝。”说到这里，他用独眼朝在坐的诸公来了个挤眉弄眼，完成得并不困难，这使得一位脸庞肮脏、嘴叼泥烟斗的上了年纪的人大感高兴。

“女人真是难侍候啊。”过了一会儿，那个脏脸男人说。

“啊！一点儿没错。”一个正在抽雪茄的红脸男人说。

在说了这么点儿哲理之后，暂停了一下。

“世上比女人更麻烦的事儿可多啦，你们可得注意。”黑眼睛男人说，一边慢吞吞地装一个斗非常大的荷兰大烟斗。

“你结婚了吗?”脏脸男人问道。

“不能说结了。”

“我想也没有。”脏脸男人为自己的这句俏皮话得意地大笑起来，有一个声调殷勤、脸色平和的人在附和他，这人总是对任何人都随声附和的。

“女人们，无论怎么说吧，先生们，”热情洋溢的斯诺格拉斯先生说，“是我们人生的伟大支柱和安慰。”

“是呀。”脸色平和的那位绅士说。

“那是在她们高兴的时候。”脏脸男人插话说。

“这倒千真万确。”脸色平和的那位说。

“我否认这种限定，”斯诺格拉斯先生说，他的思绪很快回到了艾米莉·华德尔身上，“我以鄙视——以愤慨的态度否认。我倒要看看谁胆敢攻击女人，仅仅因为她们是女人就攻击她们，我敢说这种人根本就不是男人。”斯诺格拉斯先生把雪茄从嘴中拿开，用捏紧的拳头猛烈地捶了一下桌子。

“这话可是响当当的。”脸色平和的男人说。

“其中有一点是我否认的。”脏脸男人插话说。

“当然你所说的话里也有很多真理，先生。”脸色平和的绅士说。

“祝你健康，先生。”那位独眼的行脚商说，对斯诺格拉斯先生赞许地点了点头。

斯诺格拉斯先生领了他的情。

“我总是爱听好的辩论，”行脚商继续说，“喜欢听精辟的论断，如他的；这是很有好处的；这场关于女人的小小的争论，倒是使我想起了我的一位老伯父对我讲过的一个故事，刚才想到了它，所以我说有时候我们会遇到比女人难应付得多的东西。”

“我想听听那个故事。”抽雪茄的红脸男人说。

“想听？”这是那个行脚商惟一的答复，他继续猛烈地抽烟。

“我也想听听。”图普曼先生说，这是他第一次开口。他从来都是渴望增加自己的阅历的。

“你想听？那么，好吧，我就讲吧。不行，我不讲了。我知道你们不会相信的。”那个目光中有流氓表情的人说，他那只独眼比先前流氓气更足了。

“假如你说的是真事，我当然会相信。”图普曼先生说。

“那好，基于这样一种理解，我就讲吧，”那个大行脚商说，“你们曾听说过比尔逊-斯拉姆大商号吗？不过，你们听没听过也没什么关系，因为他们早就不干生意这一行了。那是八十年以前，故事发生在那个大商号的一个行脚商身上，他是我叔叔的好朋友；故事是我叔叔告诉我的。故事的题目挺怪的；而他以前总是把它叫做

行脚商的故事，

而且他总是以下面这种方式讲述：

“一个冬天的傍晚,大约五点钟的时候,天色刚好要转黑,可以看到在穿过玛尔鲍洛草原到布里斯托尔去的路上,有一个坐小马车的人正在赶着疲惫的马前进。我说可以看到,而且我确信,任何经过那条路的人只要不是瞎子,是一定能够看到的。当时的气候是那么糟,夜是那么寒冷潮湿,路上除了雨水别无他物,因此那个旅人在马路中间摇摇晃晃地前行,真是够孤单和凄凉的。假如那一天有任何一个行脚商看见那辆冒险前行的小马车,看见它那泥土色的车身和红轮子,以及那匹在快速奔跑的像泼妇一般的、坏脾气的棕色母马——它就像是屠户的马和邮局的一钱不值的马生下的杂种,那么他就会马上认出这个旅行者不是别人,正是汤姆·斯玛特,伦敦卡提顿街的比尔逊-斯拉姆大商号的行脚商。但是没有任何行脚商看到,没有任何人知道这回事;因此,汤姆·斯玛特和他的带红轮子的土色马车,以及那匹步履飞快的泼妇般的棕色母马,一块儿快速前进,相互间保守着秘密:没有任何人对它知道一星半点。

“即使在这个凄凉的世界上,比暴风雨中的玛尔鲍洛草原舒服得多的地方,也还是有很多的;假如你在一个阴郁的冬天的傍晚,踏上一条泥泞不堪的烂路,顶着倾盆大雨前进,亲身体会一下那种滋味,那你就会相信这一说法一点也不假了。

“风在刮着——不是顺着路迎风刮来或从后面刮来——尽管这也够糟的——而是横着刮过马路,把雨吹成了斜斜的,就像人们为便于小学生写好斜体字而在抄写本上画的斜线一样。有时候它会停一阵子,致使那个旅行者自欺地以为风已因先前的疯狂耗尽了力气,现在已静静地躺下来休息了,然而,突然之间,‘呼!’他又听见它在远方咆哮狂号了;它越过山岗,扫过平原,一路吹刮过来,一路积聚声音和力量,直至一股脑地扑到马和人身上,把刺人的雨刮进他们的耳朵,把它又冷又湿的气息刮进他们的骨头;然后它从他们身边刮向远方，越刮越远，一路上都发出使人发晕的咆哮，仿佛在嘲笑他们的虚弱，并为自己的力量与威风得意。

"那匹棕色母马踩着泥泞和雨水前行，双耳耷拉着；她时不时地甩头，仿佛在对暴风雨的很没有绅士风度的行为表示厌恶，但尽管如此，她还是保持着快步，直到有一阵比先前疯狂得多的风猛地袭来，使她突然停住并把四只脚牢牢地扎在地上，以免风把她刮倒。她这样做倒是特别仁慈之举，因为假如她真被刮倒了，那么，由于这泼妇似的母马是那么轻，小马车是那么轻，而汤姆·斯玛特更是轻，三者必定会一起不停地翻滚下去，一直滚到地球的边缘，或者一直滚到风停下来；无论是出现哪种情况，不管是那泼妇似的小马，还是那带红轮子的土色马车，或是汤姆·斯玛特，三者谁都不能再被派上用场了。

"'唉，该死的劳什子，'汤姆·斯玛特说（有时候汤姆有胡乱咒骂的令人不快的习惯），'该死的劳什子，'汤姆说，'假如这不是件痛快事儿，就把我吹个痛快吧！"

"你们很可能会问我，汤姆·斯玛特已经够倒霉的了，他为什么还说情愿再受同样的折磨呢？我可说不出道理——我只知道汤姆是这么说的——或者，至少他从来都是告诉我伯父他是这么说的，反正都是一回事。

"把我吹个痛快吧。"汤姆说；那匹母马先出一声长啸，仿佛她也完全是抱这一态度似的。

"'振作一点，老妇。'汤姆说，用鞭梢轻轻拍了拍棕色母马的脖子，'在这样的夜晚，硬往前赶路是不行的；一碰到有人家，我们就歇下来过夜；因此你走得越早，就能早一点了事儿。唷，老妇——慢慢来，慢慢来！'

"究竟是因为那匹泼妇似的棕色母马从她很熟悉的汤姆·斯玛特的语调听懂了他的意思，还是因为她觉得站着不动比跑起来冷得多，这我当然说不上来。不过我知道汤姆刚刚把话说完，她就竖起耳朵，开始跑了起来，速度之快令土色马车吱嘎狂响，让你觉得那每一根红辐条都会散架并飞撒在玛尔鲍洛草原的草地上；就连汤姆这样的赶车好手，都无法止住或约束她的速度，直到她自己做主，把车拉到路右边的一家小客店门口停了下来，那里离草原的尽头大约还有八分之一英里远。

“汤姆把缰绳丢给旅馆的马夫，把鞭子插在驾驶座边，同时匆匆瞟了瞟那座房子的楼上部分。那是一座奇怪的老房子，上面盖着一种木瓦，里面大约嵌着交错的梁，山形墙上的那些窗子突出来悬在小路上方，有一道低矮的门通向一条黑幽幽的门廊，门里边有几级很陡的台阶，走下去便进屋了，这与由五六级往上的浅浅的台阶通到屋里的现代式样是不同的。不过看上去这倒是一个舒适的地方，因为酒吧间的窗户里有一盏耀眼的令人振奋的灯，它把明亮的光线横洒在整个路面上，甚至照亮了路对面的篱笆；对面的那个窗子透出一团晃动的红光，它先是隐约可见，接着又透过拉好的窗帘发出强烈的亮光，这表明里面有一个火被拨得熊熊燃烧起来。汤姆凭一个有经验的旅行者的眼光注意到了这些细微的迹象，他挪动几乎已冻僵的四肢，尽可能敏捷地下了车，然后就进了屋。

“不出五分钟，汤姆就在酒吧对面的那间房里安顿下来了——也就是他想象有一个火在熊熊燃烧的那间房——他的面前是一炉实实在在、不折不扣的熊熊烈火，里面有不到一蒲式耳①的煤，还有抵得上半打醋栗树丛那么多的柴，柴堆得有半截烟囱那么高，火噼噼啪啪、轰轰烈烈地响着，光是那声音本身就足以使任何一个明事理的人心里感到热乎。这是很舒心的，但还不止这些哩，因为有一个穿着整齐、眼睛很亮而且脚踝很美的女仆正在把一块

① 蒲式耳，容量单位，一蒲式耳约等于三十六升。

很干净的白台布摊到桌子上；当汤姆把穿了拖鞋的双脚搁到炉档上，背对着敞开的门坐好的时候，他看到了由壁炉台上方的玻璃反射出的酒吧间的一派迷人景色，一排排令人欣喜的绿瓶子和金标签、一罐又一罐的腌菜和蜜饯、奶酪和煮熟的火腿以及大块的牛腿肉都放在食物架上，极其诱人发馋地排列着。可不，这也是很舒心的；然而这还不是全部——因为在酒吧间里，在一个燃得最明亮不过的小炉火边，在一张最精美不过的小茶几边，坐着一个年纪大约在四十八岁左右、脸蛋像酒吧一样叫人舒服的丰满的寡妇，她显然是这家旅店的老板娘，是眼前这一切可爱财物的最高统治者。这整个美丽的画面只有一点美中不足，那就是一个高个子男人——一个很高的男人——他穿着一件缀有篮状纽扣的棕色大衣，长着黑色的络腮胡子和波浪形的黑头发，他正坐在那里和寡妇一起喝茶，不用多少眼力就可以看出，他正在正经八百地劝她不要再做寡妇，同时赐与他从今往后直到老死都能坐在这间酒吧里的特权。

“汤姆·斯玛特无论如何都不是一个容易发脾气或好嫉妒的人，但不知为什么，那个穿着缀有篮形纽扣的棕色大衣的高个子却的确唤醒了他性情中少有的怨恨情怀，的确使他感到了极端的愤慨；从座位前方的玻璃里，时不时地可以看见那个高个子和寡妇之间有一些非常亲密随便的小动作，这尤其使他感到气愤，因为那足以表明他在寡妇心目中的地位之高和他的身材一样。汤姆是爱喝热热的多味果汁酒的——我不妨斗胆说他非常热衷于滚热的多味果汁酒——在看到那匹泼妇似的母马被喂饱了，马厩里铺好了草，而他自己也把寡妇亲手为他烧的热乎乎的精美饭菜吃了个精光之后，他叫了那么一大杯多味果汁酒，算是尝一尝吧。对了，假如那位寡妇在所有的家务技艺中有一样是最拿手的，那便是制作这种多味酒；汤姆·斯玛特喝第一杯觉得味道好极了，于是他又赶忙叫了第二杯，一点儿工夫也不耽搁。热乎乎的多味果汁酒可是好东西啊，绅士们——在任何情况下都是一种好极了的东西——尤其是在外面刮着大风，把老屋子的每一根木头刮得吱嘎作响的时候，自己却能坐在舒适的老客厅里，烤着呼呼作响的旺火，汤姆·斯玛特就更是觉得它美妙得没话说了。他叫了第三杯，然后又叫了一杯——我拿不准他后来是不是还叫了一杯——但他越是喝那滚热的多味果汁酒，就越是想到那个高个子。

"'该死的厚脸皮！'汤姆在心里暗暗地说，'那个舒服的酒吧和他有什么相干？这样一个丑八怪恶棍！'汤姆说，'假如寡妇有点品位的话，她准会找一个比他要好的人。'说到这里，汤姆的目光从壁炉台上方的玻璃转移到了桌子上的玻璃上；他感到自己渐渐变得感伤起来，就喝掉了第四杯多味酒，又叫了第五杯。

"汤姆·斯玛特向来对经营酒店旅馆的行当是很感兴趣的，先生们。穿着绿色上衣、灯心绒短裤和高统靴，站在属于自己的酒吧里，这是他多年以来的雄心壮志。他对在盛大欢宴上当主家怀有巨大抱负，他经常想到他在自己的屋子里能把谈话的气氛搞得多么融洽，还能够在喝酒方面给他的顾客们树立一个多么好的榜样。坐在熊熊炉火边喝热乎乎的多味酒的时候，以上各种想法快速地掠过汤姆的心头；一想到那个高个子要名正言顺地来开这么好的一个酒店，而他——汤姆·斯玛特——却始终与它不沾边，他就更觉得自己完全有正当理由愤慨了。因此，在喝最后两杯酒的过程中，他一直在琢磨自己是否有正当的权利去和那个讨得丰满寡妇的欢心的高个子吵上一架，但最后汤姆·斯玛特得了一个自我安慰的结论：既然自己是一个向来受尽委屈的被虐待的人，还是上床睡觉为好。

"那个穿戴整齐的女仆领着汤姆走上一段宽大而古老的楼梯；在那么一座拐来拐去的老屋里，无孔不入的风是随处可以找到地方游戏的，因此女仆用手护着蜡烛，免得它被风吹熄，可是风却的确把它吹熄了。这就给了汤姆的敌手们一个机会,说是他而不是风把蜡烛给吹熄了,还说他在假装把蜡烛重新吹亮的时候,其实是偷吻了那个女仆。就算是那么回事也无妨,反正蜡烛又重新点亮了,汤姆被领着穿过由很多房间和过道组成的迷魂阵,进了安排给他歇宿的房间,那女仆向他道了晚安之后,就丢下他独自呆着了。

"那是一间很大的房子,有几个火壁柜,还有一张大床,它简直可以睡下整整一个寄宿学校的人,更不用说那两个橡木柜子了,它们大得足以装下一小支军队的行李;但是最能使汤姆浮想联翩的是一把模样奇怪而又阴森的高靠背椅子,它雕有极其古怪的图案,上面放着一个深蔷薇色的花图案缎垫,四只椅脚下面的圆疙瘩用红布小心地包着,仿佛它的脚趾害有痛风病似的。要是别的任何古怪椅子,汤姆只会觉得不过是张古怪椅子而已,那样也就完事了;可这张特别的椅子里有某种东西,但他又说不出是什么,反正它是那么古怪离奇,与他见过的任何家具都不同,他觉得它在蛊惑着他。他坐在炉火前面,盯着那把古旧的椅子看了半个小时;——真是见鬼,这件古旧物就是那么奇怪,叫他的眼睛无法离开它。

"唉,"汤姆叹道,一边慢慢地脱衣服,一边不断地盯着那把旧椅子,它带着神秘的神气立在床边,"我有生以来还从没见过这么怪的东西。好怪呀,"汤姆说,他好像因喝了多味酒而富于睿智了。"真是怪啊。"汤姆带着深沉睿智的神气摇了摇头,再一次看了看那张椅子。可是他对它一点儿也摸不着头脑,因此他就上了床,暖暖和和地盖上被子,然后就沉睡过去了。

"大约过了半个钟头,汤姆从高个子男人和多味酒混杂的梦中惊醒过来,出现在他清醒的想象中的第一件东西便是那张古怪的椅子。

"我再也不看它了。"汤姆在心里说,他把眼皮紧紧地闭在一起,竭力想让自己再睡过去。没有用;眼前仍然满是那些古怪的椅子,它们在他面前跳舞,把腿踢得高高的,相互从彼此的背上跳过去,在玩着各种滑稽的把戏。

"'与其看两三套虚假的椅子,还不如看一张真的哩。'汤姆说,把脑袋从被子下面伸了出来。它还在哪里,借助炉火的光可以看得一清二楚,还是和先前一样令人冒火。

"汤姆盯着那张椅子;他看着看着,突然之间,它好像发生了极不寻常的变化。椅背上的雕花图案渐渐显露出一个老人满是皱纹的脸部的轮廓和表情;那个花缎垫子变成了一件古式的有边饰的背心;圆疙瘩则变成了一双脚,穿着红布拖鞋;那整张旧椅子看上去像上个世纪的一个奇丑无比的老头,双手叉在腰间。汤姆在床上坐了起来,揉揉眼睛想驱散那种幻觉。办不到。那张椅子是一个丑陋的老绅士;更要命的是,他还在对汤姆·斯玛特使眼色哩。

"汤姆天生是一个轻率、鲁莽的人,加之又喝下了五大杯滚热的多味酒,因此,虽然他开头有点儿吃惊,但当他看见那老头死皮赖脸地朝他使眼色时,他就变得相当生气了。最后他下定决心不再忍受了;由于那个老脸皮的人还在不断地使眼色,汤姆用很生气的语调说:

"'你到底为什么要朝我眨眼睛?'

"'因为我喜欢,汤姆·斯玛特。'那把椅子或那个绅士说,随你怎么叫他。可是在汤姆说话的时候,他就不眨眼睛了,而像一只老朽的猴子一般开始龇牙咧嘴地笑起来。

"'你怎么知道我的名字,干瘪的老脸!'汤姆·斯玛特问道,相当吃惊——尽管装出一副若无其事的样子。

"'好了,好了,汤姆,'那位老绅士说,'这可不是对结实的西班牙桃花心木说话的方式。该死的,我要是修饰得好一些,你就不会对我这么不尊重。’绅士说这话的时候是那么凶，使汤姆开始有点儿害怕了。

“‘我并不是要对你有什么不尊重啊，先生。’汤姆说，语气比开头谦卑得多。

“‘好了，好了，’老头子说，‘也许不是——也许不是。汤姆——’

“‘汤姆——’

“‘我知道你的一切，汤姆。一切。你非常穷，汤姆。’

“‘我当然是穷，’汤姆·斯玛特说，‘可你是怎么知道的呢？’

“‘这你不用管，’老绅士说，‘你太贪恋多味酒了，汤姆。’

“汤姆正准备申辩说他自上次生日以来没沾过半滴酒，但当他的目光与老绅士的目光碰到一起，看着老头儿是那么心中有数的时候，汤姆脸红了，沉默了。

“‘汤姆，’那位老绅士说，‘那寡妇是一个漂亮女人——非常漂亮的女人——是吗，汤姆？’说到这里，老家伙挤眉弄眼的，还把一条衰弱的腿翘了起来，显出一副令人讨厌的好色的样子，致使汤姆对他的轻浮行为大感厌恶；——他那么一大把年龄了，竟然还这样！

“‘我是她的保护人，汤姆。’那位老绅士说。

“‘是吗？’汤姆·斯玛特问道。

“‘我认得她的母亲，汤姆，’老家伙说，‘还有她的祖母。她非常喜欢我——给我做了这件背心，汤姆。’

“‘是吗？’汤姆·斯玛特说。

“‘还有这些鞋子，’老家伙说，同时把红布包抬了起来，‘还是不提它吧，汤姆。我不愿让人知道她是多么爱慕我。那会在这个家闹出什么不愉快的事儿来。’那个老流氓说这些话的时候，显出一副极其鲁莽无礼的样子，照汤姆·斯玛特后来的说法，他当时真想一屁股坐到他身上,绝不会有丝毫后悔。

"'在我那个时代,我可是妇人们中的大宠儿呀,汤姆,'那个放荡的老浪子说;'曾经有好几百个漂亮女人在我膝盖上一坐就是好几个钟头。你觉得那怎么样呀,你这条小狗,呃?'老绅士正准备继续说他年轻时候的其他风流事,可是突然一阵猛烈的吱嘎声攫住了他,使他没法说下去了。

"'活该,老家伙。'汤姆·斯玛特心想;但他什么也没说。

"'啊!'老家伙说,'现在这个毛病可使我受够罪了。我老了,汤姆,我的栏杆差不多全掉了。而且我还动过一次手术——我的背上塞进了一块东西——我觉得那真是一场严峻考验哪,汤姆。'

"'我敢说你是受够了,先生。'汤姆·斯玛特说。

"'不过嘛,'那位绅士说,'这不是我的要点,汤姆!我想要你娶那个寡妇。'

"'我吗,先生!'汤姆说。

"'是你。'老绅士说。

"'上帝保佑你可敬的头发,'汤姆说(他还残留着一些稀疏的马鬃),'上帝保佑你可敬的头发,可她不愿要我呀。'汤姆想到了那个酒吧,情不自禁地叹了一口气。

"'她不愿吗?'老绅士说,一副很有把握的样子。

"'是呀,是呀,'汤姆说,'另外有个人正在打她的主意。一个高个子——一个高得要命的男人——长着黑黑的络腮胡子。'

"'汤姆,'老绅士说,'她决不会嫁给他的。'

"'决不会吗?'汤姆,'你要是站在酒吧里,老先生,你就不会这样说了。'

"'呸,呸,'老绅士说,'那档子事儿我全都一清二楚。'

"'什么事?'汤姆说。

"'在门背后接吻之类的事呀,汤姆。'老绅士说。说到这里他又露出厚颜无耻的表情，令汤姆非常生气，因为你们知道，先生们，那么一大把年纪的人了，本该更守规矩的，却听到他在说这样一些话，那是非常令人讨厌的——没有比这更讨厌的了。

“‘那些我全都知道，汤姆，’老绅士说，‘当年我经常看到很多人干那种事，汤姆，多得叫我真不想对你说；但那无论如何不会有任何结果的。’

“‘你一定见过很多稀奇事吧？’汤姆说，带着询问的神情。

“‘可以这么说吧，’老家伙说，非常微妙地眨了眨眼睛，‘我是我的家族中最后剩下的一个，汤姆。’老绅士说着，感伤地叹了一口气。

“‘是一个大家族吗？’汤姆·斯玛特问道。

“‘我们共有十二个，汤姆，’老绅士说，‘都是好样儿的，腰杆挺直的，要多英俊有多英俊。与你们现代的那些畸形儿全然不同——大家都有手臂，全都上了点儿漆，虽然我说犯不着，但看上去让你心里觉得舒服。’

“‘其他的都怎么样了，先生？’汤姆·斯玛特问道。

“老绅士用手肘擦了擦眼睛，回答说：‘去世了，汤姆，去世了。我们的工作很辛苦，汤姆，而他们没有我壮实。他们的腿和手臂都得了风湿病，进了厨房或别的什么医院；其中一个，由于长时间的操劳和过度使用，竟然失去了理智——他疯得那么厉害，不得不把他烧死。那是件可怕的事，汤姆。’

“‘可怕！’汤姆说。

“老绅士停顿了几分钟，显然在与自己的感情做斗争，然后他说：

“‘不过，汤姆，我的话已经扯远了。这个高个子是一个流氓式的冒险家。他只要一和寡妇结婚，就会卖掉所有的家具开溜的。那会有什么后果呢？她会被抛弃，会被毁灭，而我也是在某个旧货

店里冻死的下场。'

"'是呀,可是——'

"'不要打断我的话,'老绅士说,'而你呢,汤姆,我对你的看法完全不同;因为我很清楚,一旦你在一个酒店里安下身来,你就永远不会离开它,只要里面有喝的就行了。'

"'很感激你对我有这么好的看法,先生。'汤姆·斯玛特说。

"'所以,'老绅士用专断的口气说,'你应该娶他,而他不能。'

"'怎么阻止他呢?'汤姆·斯玛特迫不及待地说。

"'揭发他,'老绅士回答说,'他是有妇之夫。'

"'我怎么能证明这点呢?'汤姆说,半个身子探出了床外。

"老绅士把插在腰间的手臂伸出来,朝橡木柜之一指了一下,然后立即把手臂又放回了原处。

"'他没有想到,'老绅士说,'在他放在那个柜子里的一条裤子的右边口袋里,有他的一封信,信上要求他回去照料他那位孤苦的妻子,还有六个——注意啰,汤姆——六个孩子,全都是年幼的。'

"老绅士严肃地说出这些话的时候,他的五官渐渐模糊了,他的身形越来越暗谈了。一层薄膜蒙住了汤姆·斯玛特的双眼。那位老绅士好像渐渐地融进了椅子,那花缎子背心化成了坐垫,那双红拖鞋则缩成了小小的红布袋子。炉火渐渐地熄灭了,汤姆·斯玛特倒回到枕头上,然后就睡了过去。

"早晨把汤姆从那老头一消失他就陷入其中的昏昏沉沉的睡眠中唤醒了。他坐在床上,努力回想头天晚上发生的事情,却茫无头绪。但是突然间它们涌上了他的心头。他看着那张椅子;那是一件式样古怪、看上去有点阴森的家具,要看出它和一个老头之间的相似,还非得有异想天开的非凡想象力不可。

"'你怎么样呀,老夫子。'汤姆说。他在白天里胆子大多了——大多数人都是这样的。

"椅子一动不动,一声不吭。

"'多凄凉的早晨啊。'汤姆说。白搭。椅子不会被拖入交谈之中。

"'你指的是哪个柜子呀?——你跟我说。是哪个——'汤姆说。那张椅子屁都不放一个,先生们。

"'反正把它打开也不费劲。'汤姆说,于是他不慌不忙地下了床。他走到那两个柜子边。钥匙就插在锁里头;他把钥匙一拧,就开了柜子门。的确有一条裤子在里面。他把手伸进右边的口袋,掏出了老绅士描述过的那封信!

"'这真是件怪事啊。'汤姆·斯玛特说;他先是看了看椅子,然后看看柜子,接着又看看信,最后又看着椅子。'太奇怪了。'汤姆说。可是,既然怎么感叹都无法把那种奇怪感消除半分,他觉得最好还是马上穿好衣服,去把那个高个子的事儿解决掉——省得自己活受罪。

"在走下楼去的途中,汤姆一路上都以店主的目光察看路边的每一个房间;他心里在想,过不了多久它们和其中的东西将成为他的财产,这不是不可能的。那个高个子正站在舒适的酒吧里,双手背在后面,一副怡然自得的样子。他漠然地对汤姆龇牙咧嘴一笑。在一个偶然在场的旁观者看来,他那样做只不过是想显露一下他的白牙齿;但是汤姆却觉得有一种自鸣得意正掠过高个子的心头——假如他有心的话。汤姆冲着他发出一声嘲弄的笑;然后他叫来了老板娘。

"'早上好,夫人。'汤姆·斯玛特说,在寡妇进入小客厅之后,他把门关了起来。

"'早上好,先生,'寡妇说,'早饭想吃点什么,先生?'

"汤姆正在考虑怎样进入主题,因此他没有作答。

“‘有一块棒极了的火腿，’寡妇说，‘还有一只好极了的塞了肉馅儿的冷鸡。我叫人送来好吗，先生？’

“这些话把汤姆从沉思中唤醒了。寡妇说话的时候，他对她的倾慕增加了。多周到的人儿！多舒心的侍候者啊！

“‘酒吧里那个绅士是谁呀，夫人？’汤姆问道。

“‘他姓金劲斯，先生。’寡妇说，有一点儿脸红。

“‘他个子挺高的。’汤姆说。

“‘他是一个很好的人，先生，’寡妇回答说，‘一个很好的绅士。’

“‘啊！’汤姆说。

“‘你还要吃东西吗？先生？’寡妇问道，有点儿为汤姆的神态感到莫名其妙。

“‘嗨，要的，’汤姆说，‘我亲爱的夫人，劳驾你坐一会儿好吗？’

“寡妇显出吃惊的样子，但她坐了下来，汤姆也坐了下来，坐得离她很近。我不知道事情是怎么发生的，先生们——的确，我伯父都常对我说，连汤姆·斯玛特都说他自己都不知道那是怎么搞的——但不管怎样，汤姆的手掌放到了寡妇的手背上，而且他说话的过程中手一直放在那里。

“‘我亲爱的夫人，’汤姆·斯玛特说——他总是喜欢表现和蔼可亲的样子——‘我亲爱的夫人，你理应有一个极其出色的人做丈夫；——真是这样啊。’

“‘天啦，先生。’寡妇说——这是情理之中的事：汤姆以这样的方式提出话头，即使不说是吓人，至少也是极不寻常的；因为在昨天晚上之前他还从来没有见过她呀。‘天啦，先生。’

“‘我是不屑于拍马屁的，我亲爱的夫人，’汤姆·斯玛特说，‘你理应配一个非常令人羡慕的丈夫，无论是谁做你丈夫，他都是一个非常幸运的人。'说这些话的时候,汤姆的目光不由自主地从寡妇的脸上游离到了周围令人舒适的一切上面。

"寡妇比先前更加摸不着头脑了,她站起来。汤姆轻轻地按了一下她的手,好像是要留住她,于是她也就留在了座位上。正如我伯父常常说的,先生们,寡妇们可是不大害羞的。

"'我真的非常感激你,先生。对我有这么高的评价,'那个丰满的老板娘说,差不多笑起来了,'我要是再结婚的话——'

"'要是,'汤姆·斯玛特说,目光锐利地从左眼的右边眼角看着他,'要是——'

"'可不,'寡妇说,这一次大笑出来了,'我要是再结婚的话,我希望我能嫁一个像你描述的那么好的丈夫。'

"'比如说金劲斯吧。'汤姆说。

"'天啦,先生!'寡妇叫道。

"'噢,你不用介绍,'汤姆说,'我认得他。'

"'我知道凡是认识他的人,都对他没什么坏话可说,'寡妇说,对汤姆说话时的那种诡秘神情不屑一顾。

"'哼!'汤姆说。

"寡妇觉得该哭的时候到了,因此她掏出手绢来并问汤姆是不是想羞辱她;是不是他觉得在背地里破坏一个绅士的名声是大丈夫的行为;他假如真有什么可说的,为什么他不像一个男子汉那样当着那个人的面说,却这样来吓唬一个可怜的弱女子;等等。

"'我马上会对他说的,'汤姆说,'只是我想要你先听听。'

"'听什么?'寡妇问道,紧盯着汤姆的脸。

"'我会叫你大吃一惊的。'汤姆说着,把手伸进了口袋。

"'假如是说他没有钱,'寡妇说,'那我早已知道,你不必费神了。'

"'呸,废话,那算什么,'汤姆·斯玛特说,'我也没钱。可那

不是要害所在。’

“‘噢，天啦，那是什么呢？’可怜的寡妇叫道。

“‘不要害怕哟。’汤姆·斯玛特说。他慢慢地把信拿出来，打开了。‘你不会尖叫吧。’汤姆怀疑地说。

“‘不，不会的，’寡妇说，‘让我看一眼吧。’

“‘也不要冲出去给他一顿臭骂，’汤姆说，‘因为我会替你那么做；你最好不要自己受那个累。’

“‘好的，好的，’寡妇说，‘让我看看信吧。’

“‘我会让你看的。’汤姆回答，说着就把信放进了寡妇手里。

“先生们，我听我伯父告诉我，汤姆说那个寡妇得知被揭露出来的真相的时候，她的悲伤简直可以叫铁石心肠的人心碎。汤姆当然是一个软心肠的人，但她的悲伤同样刺穿了他，刺进了他的心坎里。寡妇来回地晃动着身子，双手绞来拧去。

“‘噢，男人的欺诈和下流啊。’寡妇说。

“‘太可怕了，我亲爱的夫人；可是你要冷静一点。’汤姆·斯玛特说。

“‘噢，我没法冷静，’寡妇尖叫道，‘我再也找不到一个我能这么爱的人了！’

“‘噢，不，你会找到的，我亲爱的人儿。’汤姆说，为寡妇的不幸，他掉了一大阵最大颗的眼泪。汤姆在同情心的驱使下搂住了寡妇的腰；寡妇呢，也在痛苦的折磨下握住了汤姆的手。她抬起头来看着汤姆的脸，含着眼泪对他微笑。汤姆低下头看着她的脸，也泪眼汪汪地微笑起来。

“我永远弄不清汤姆在那个特定的时刻是不是吻了那个寡妇，先生们。他总是对我伯父说他没有吻，但我对这点有怀疑。我们之间不妨实话实说，先生们，我倒是认为他吻了她。

“无论如何，半个小时之后汤姆把那个很高的男人从前门踢了出去，而且一个月之后他和那个寡妇结了婚。他常常赶着那匹泼妇似的快腿母马，乘着他那红轮子的土色马车，在乡间四处奔走，直到很多年后他放弃了做买卖，和他妻子去了法国；然后那座老屋子就被拆掉了。”

“请允许我问一句，”那个爱刨根问底的老绅士说，“那把椅子怎么样了？”

“嗨，”独眼的行脚商回答说，“据说在结婚的那一天它吱吱嘎嘎响得很厉害；但汤姆·斯玛特拿不准那到底是由于快乐还是身体方面的毛病。不过，他觉得很可能是后者，因为它以后再也没说过话。

“所有的人都相信这个故事，是吗？”脏脸男人说，一边再次往烟斗里装烟。

“除了汤姆的仇家，”行脚商回答说，“他们有些人说那完全是汤姆瞎编出来的；另一些人说他喝醉了，胡思乱想，在上床睡觉之前拿错了别人的裤子。但是谁也不在乎他们怎么说。”

“汤姆说全是真的吗？”

“句句是真。”

“你伯父怎么说？”

“字字是真。”

“他们一定是挺棒的人，两个都是。”脏脸男人说。

“是呀，他们是的，”行脚商说，“的确是两个呱呱叫的人。”

第十五章　本章有两位杰出人物的忠实画像；还有对在他们府上举行的早餐联欢会的精确描写；早餐导致与一位老相识相遇，于是开始了新的一章

匹克威克先生良心上有点儿自我责备，因为最近他忽略了他那些住在孔雀旅馆的朋友；选举结束之后的第三天早晨，他正要走出去寻找他们，这时他的忠实仆人把一张名片递到了他手里，上面印着以下文字：

莱奥·亨特尔夫人

伊坦斯维尔洞府

“人在等着。”山姆说，有如在说警句。

“是找我吗，山姆?”匹克威克先生说。

“专门等您啊；别人都不行，就像魔鬼的私人秘书所说，当他把浮士德博士带走的时候。”威勒先生回答说。

“他。是一位绅士吗?”匹克威克先生说。

“即使不是，也是装得很像的。”威勒先生回答说。

“可这是一位女士的名片呀。”匹克威克先生说。

“不过给我名片的是一位绅士，”山姆回答说，“他正在起居室里等着哩——他说宁可等一天，也要见到您。”

听说来客有如此决心，匹克威克先生下楼去了起居室，那里坐

着一位严肃的男子，一见他进来就站了起来，以深怀敬意的姿态说：

“是匹克威克先生吧，我想？”

“正是。”

“请赏个脸，先生，让我和您握个手吧。请允许我，先生，握个手吧。”那个严肃的男子说。

“当然啰。”匹克威克先生说。

陌生人握了握伸给他的手，然后继续往下说。

“我的妻子，先生——莱奥·亨特尔夫人以能够结识所有因自己的工作和才能而闻名的人为荣。请允许我，先生，允许我在名单的显著位置放上匹克威克的名字，以及以他的名字命名的俱乐部的几位同仁的名字。”

“能结识这样一位女士，我感到无比荣幸，先生。”匹克威克先生说。

“您会结识她的，先生，”严肃男子说，“明天早上，先生，我们将举行一个招待各界名流的早餐联欢会——一个田园宴会①，招待一大批因他们的工作和才能获得荣名的人物。请您接受莱奥·亨特尔夫人的邀请，同意光临洞府。”

“不胜荣幸。”匹克威克先生回答说。

“莱奥·亨特尔夫人已举办过很多次这样的早餐会，先生，”新相识继续说，“有人在宴会上写了一首十四行诗献给莱奥·亨特尔夫人，激情洋溢，独树一帜地称之为‘理性的盛宴，灵魂的奔腾’。”

“这一位是不是因自己的工作和才智而闻名呢？”匹克威克先生问道。

① 原文为法文。

"是的,先生,"严肃男子答道,"莱奥·亨特尔夫人结交的所有人都是;她的抱负是,先生,非这样的人决不结交。"

"这一抱负非常高贵。"匹克威克先生说。

"假如我告诉她这话是从您嘴里说出来的,她一定会感到骄傲的。"严肃的人说,"我想,您的随员中有一位绅士写过一些漂亮的小诗,先生。"

"我的朋友斯诺格拉斯先生对诗歌很喜好。"匹克威克先生回答说。

"莱奥·亨特尔夫人也是如此,先生。她溺爱诗歌,先生。她崇拜它;我或许可以说她的整个灵魂和心都是和诗歌缠绕在一起的。她本人也写过一些令人赏心悦目的诗篇,先生。您或许读到过她的《奄奄一息之蛙》吧,先生。"

"我恐怕没有。"匹克威克先生说。

"您这话让我吃惊,先生,"莱奥·亨特尔先生说,"它曾经轰动一时呀,署名是一个'L'和八颗星星,最早是发表在《女士杂志》上。它是这样开头的:

我怎能不伤心叹息,
看见你用肚皮躺着喘粗气;
我怎能无动于衷地看着你,
　　在一块木头上死去,
　　奄奄一息的蛙呀!"

"漂亮。"匹克威克先生说。

"不错,"莱奥·亨特尔先生说,"那么简洁。"

"非常简洁。"匹克威克先生说。

"下面一节还要感人。要不要我背诵一下?"

"请吧。"匹克威克先生说。

“下面的诗句是这样的。”严肃男子说，神情比先前更庄严了。

“唉，化身为孩子的魔鬼，
发出狂暴的吼叫，带着兽性的恶意，
唆使一条狗来追击你，迫使你
　　远离了欢乐的沼地，
　　奄奄一息的蛙呀！”

“表达得多好啊。”匹克威克先生说。

“的确是，先生，”莱奥·亨特尔先生说，“但你得听听莱奥·亨特尔夫人自己朗诵它。她能把它表现得淋漓尽致。明天早上，先生，她将扮一个角色来朗诵它。”

“扮一个角色！”

“扮演密涅瓦[1]。我居然忘记说了——明早举行的是一个化装早餐会。”

“天哪，”匹克威克先生说，瞥了一眼自己的身体，“我恐怕不行——”

“不行，先生；不行！”莱奥·亨特尔叫道，“所罗门·卢卡斯，大街上开店的犹太人，他有数以千计的奇装异服。考虑一下吧，先生，看有多少角色可供您挑选。柏拉图、芝诺、伊壁鸠鲁、毕达哥拉斯——都是学派的创始人啊。”

“我知道，”匹克威克先生说，“可是，既然我没法与那些伟人匹敌，我就不敢斗胆穿上他们的衣服。”

严肃的男子深深地考虑了一会儿，然后说：

“根据我的考虑，先生，假如莱奥·亨特尔夫人让她的客人们看见您这样一位名人穿着自己的服装出席，而不是穿着别人的服装扮演角色，说不定那会让她更快乐哩。我冒昧地答应您作为例

---

① 密涅瓦，罗马神话中司学问与工艺的女神，相当于希腊神话中的雅典娜。

外出席，先生——是的，我敢肯定，为莱奥·亨特尔夫人着想，我可以冒昧地这样和你约定。”

“要是这样，”匹克威克先生说，“我是非常乐于前往的。”

“但是我浪费您的时间了，先生。”严肃的男人说，好像他突然想到了这一点似的，“我知道你的时间宝贵，先生。不多耽误您了。那么，我可以告诉莱奥·亨特尔夫人，她可以放心恭候您和您的杰出朋友们的大驾了？早上好，先生，见到您这么杰出的人物，我深以为荣——请留步，先生；不用客气。”不容匹克威克先生有片刻工夫表示异议或否定，莱奥·亨特尔先生已庄严地昂首阔步而去了。

匹克威克先生拿起帽子，走到了孔雀旅馆。但是温克尔先生已经在他之前把化装早餐会的消息传到那里去了。

“波特太太要去的。”这是他和他的领袖打招呼的第一句话。

“是吗？”匹克威克先生说。

“扮演阿波罗，”温克尔先生说，“只是波特反对她那身紧身衣。”

“他是对的。他非常对。”匹克威克先生强调地说。

“是呀；因此她要穿一件白缎子做的袍子，上面缀有金光闪闪的饰物。”

“他们恐怕看不出她想扮演什么吧，是吗？”斯诺格拉斯先生问道。

“他们当然看得出来，”温克尔先生愤愤不平地说，“他们会看出她的七弦琴，不是吗？”

“那倒是；我忘记这一点了。”斯诺格拉斯先生说。

“我要装扮成匪徒去。”图普曼先生插话说。

“什么！”匹克威克先生说道，突然怔了一下。

“扮成一个匪徒。”图普曼先生温和地重复了一遍。

“你不是说，”匹克威克先生一边说，一边极其严厉地盯着他的朋友，“你不是说，你打算穿一身绿色的天鹅绒外套，拖一条两英寸长的尾巴吧？”

“我的打算是这样，先生，”图普曼先生热情地回答说，“为什么不呢，先生？”

“因为，先生，”匹克威克十分激动地说，“因为你太老了，先生。”

“太老了。”图普曼先生叫道。

“假如还需要其他的反对理由的话，”匹克威克先生继续说，“那就是，你太胖了，先生。”

“先生，”图普曼先生说道，他的脸涨得通红，“这是一种侮辱！”

“先生，”匹克威克先生以同样的语调说，“要说侮辱，比起你在我面前穿着一件拖着两英寸长尾巴的绿色天鹅绒外套对我的侮辱来，这连一半都够不上哩！”

“先生，”图普曼先生说，“你是一个庸才。”

“先生，”匹克威克先生说，“彼此彼此！”

图普曼先生走上前一两步，狠狠地盯着匹克威克先生。匹克威克先生也通过眼镜聚焦而反目相对，并且无畏地嘘了一口气表示轻蔑。斯诺格拉斯先生和温克尔先生在一旁看到这样的两个人物之间出现了这样的场面，吓得目瞪口呆。

“先生，”停顿了一会儿之后，图普曼先生以低沉的声音说，“你刚才说我太老了。”

“是说过。”匹克威克先生说。

“还说我太胖。”

“我还要说一遍。”

“你是个庸才。”

"你也是!"

一阵可怕的停顿。

"先生,"图普曼先生用激动得发抖的声音说,同时卷起了袖口,"我对你的仰慕之情是很深的——非常之深——但是我立即对你进行报复。"

"来呀,先生。"匹克威克回答说。在这种对话的火爆性的刺激下,这位英雄人物真的摆出了麻痹症似的姿态,那位旁观者深信这是一种防御姿势。

"什么!"斯诺格拉斯先生大喊了一声,他突然恢复了先前被极度的惊讶剥夺的说话能力,冒着两边太阳穴各挨一拳的危险冲到了两人中间,"什么！匹克威克先生,全世界的眼睛都在看着你呀！图普曼先生！你和我们一样都沾了他的不朽名字的光呀！丢脸呀,先生们;丢脸。"

暂时的激怒使匹克威克先生那光洁开阔的眉头上出现的那些难得一见的皱纹,在他的年轻朋友说上面那些话的时候渐渐化解开了,就像黑色的铅笔印在印度橡皮的擦拭下消失一样。朋友的话还没有说完,他的脸上已经恢复了平时那种和蔼可亲的表情。

"我真冒失,"匹克威克说,"太冒失。图普曼;握握手。"

图普曼先生热情地握住了他的朋友的手,脸上的阴影也随之消失了。

"我也同样冒失。"他说。

"不,不,"匹克威克先生打断他说,"是我的错。你还穿绿色天鹅绒外套吗?"

"不,不穿了。"图普曼先生回答说。

"给我点面子,穿吧。"匹克威克先生说。

"好吧,好吧,我穿。"图普曼先生说。

于是就做出了决定,图普曼先生、温克尔先生和斯诺格拉斯先生，将全部穿上奇异的舞会装。这样，匹克威克先生的热心肠使他同意了他的理智所不赞同的做法——要找出一个更能说明他的随和可亲的感人实例，简直是不可能的，即使这里所记载的事件纯属想象。

莱奥·亨特尔先生没有夸大所罗门·卢卡斯先生的财富。他店里的衣服藏量不菲——非常丰富——也许严格地说称不上一流，也不是很新，而且其中没有任何一件衣服是严格按照任何一个时代的式样制作的，但是每一件都或多或少有亮闪闪的装饰物，还有什么比亮闪闪的装饰更美的呢？或许有人会提出异议，说它们不合适在白天穿，但所有人都知道，只要有灯光它们就会闪闪发亮；假如人们是在白天里举行化装舞会，那些衣服不会像在夜里那么表现出色，但那只是在白天里举行化装舞会的人的错，闪光饰物丝毫没有可以责难之处，其道理是再明白不过的。这便是所罗门·卢卡斯先生的令人信服的高论。在如此高见的影响下，图普曼先生、温克尔先生和斯诺格拉斯先生接受了卢卡斯先生的推荐，用他凭他的品位和经验认为的最合适的衣服武装了起来。

从武器旅馆租来了一辆马车，是给匹克威克一行坐的，还从同一个地方租来一辆战车似的轻便马车，供波特先生和夫人乘坐去参加莱奥·亨特尔夫人府上的盛会；为了巧妙地表示受到了邀请，波特先生已经在《伊坦斯维尔新闻报》上撰文，颇为自信地对早餐会的盛况做了预言："那场面一定会展现各种各样的迷人魅力——将是一次令人眼花缭乱的美与才智的闪光——一次奢华而阔绰的热情款待——尤其是那为最雅致的品位所柔化的富丽堂皇，以及那因完美的和谐与最高雅的谐调更显精美的装饰——与它们相比，即使是虚构的东方乐土本身的富丽华美也会黯然失色，就像性情乖张、毫无大丈夫雅量的人的心灵为阴影笼罩一样——这种人竟敢用其嫉妒的毒汁玷污这位极其杰出、富于贤德的夫人所筹办的盛会，而我要把这篇卑微的颂辞奉献在她的圣座之前。”这最后几句是对《独立报》的辛辣讽刺，该报根本没有受到邀请，因此就连续四期发表文章装腔作势地嘲笑这件事，文章全部用最大的字号排出，而且所有的形容词都用了大写字母。

早晨到了；看上去真有意思，图普曼整个儿是一副土匪打扮，背上和双肩上裹着一件非常紧的外衣，看上去有如插针用的针垫，两条腿的上半部装在天鹅绒短裤里，下半部则裹着错综复杂的绑腿——这是所有的土匪所偏爱的东西。同样有趣的是，他那张开朗而率真的脸配上了假的八字胡，还涂成了黑色，从敞开的衬衫衣领上伸出；还有一顶宝塔糖式的高顶帽，上面装饰着五颜六色的丝带，他被迫把这顶帽子放在膝盖上带着，因为没有任何马车的顶篷足以让他戴着这么高的帽子坐车。斯诺格拉斯先生的打扮也同样幽默而令人喜爱，他穿着蓝色缎子做的短裤和披风、白色的丝质紧身上衣和鞋子，还戴着一顶希腊式的头盔：众所周知（假如他们不知道的话，至少所罗门·卢卡斯先生是知道的），这是游吟诗人的确凿有据的日常装束，从他们在地球上最早出现到最后消失，从来都是这样的。所有这一切都赏心悦目，但是比起芸芸大众看到马车从街上开过来时发出的欢呼，就算不了什么了；他们的马车跟在即将供波特先生乘坐的轻便马车后面，一起开到了波特先生府上。门开了，伟大的波特出现在门口，他装扮成了一个俄罗斯司法官，手里拿着一根巨大的鞭子——它极其雅致地象征着《伊坦斯维尔新闻报》那严厉而强大的威力以及它赏给社会公敌的可怕鞭笞。

“好！”看见这个活象征，图普曼先生和斯诺格拉斯先生从过道里大叫道。

“好！”又听见匹克威克先生在过道里叫道。

“嗬——波特！”大家大叫道。在这一片欢呼声中，波特先生微笑着踏进了马车，脸上带着可人的尊严，它充分证明他感觉到自己的威力并且知道如何运用它。

随后从屋里出来的是波特太太，她要是没有穿长袍的话，本来是很像太阳神阿波罗的；伴着她出来的是温克尔先生，他穿着浅红色外衣，假如他不是与普通邮差很相像的话，很可能别人会认为他是个运动员。最后出来的是匹克威克，他受到男孩们尤其热烈的欢迎，这也许是因为他们觉得他的紧身衣和绑腿是黑暗时代的遗物吧。然后两辆马车开始向莱奥·亨特尔夫人的邸宅驶去。威勒先生上了他主人坐的那辆车的驾驶座（他是去帮助侍候的）。

当匹克威克先生一手挽着那个土匪、另一手挽着那个游吟诗人庄严地走到邸宅门口时，聚在那里看来宾们的奇装异服的男女老少，没有一个不发出欣喜若狂的尖叫。图普曼先生为了有模有样地进入园子，努力把那顶宝塔糖高帽子戴到头上，这一做法引起的欢呼尤其厉害，简直是闻所未闻。

准备工作极其令人赏心悦目，不仅完全使富于先见之明的波特关于东方乐土的富丽堂皇的预言成了现实，而且立刻强有力地驳斥了卑鄙的《独立报》的恶语中伤。园子只有一又四分之一英亩多一点，到处是人！从没见过如此的美好、时髦和文学的光芒。有一个年轻的女士，是在《伊坦斯维尔新闻报》"做"诗的，她穿着回教国的王后或公主的服装，倚在一位年轻绅士的臂膀上，后者是在报社"做"评论专栏的，他擅自穿上了陆军元帅的制服——除了靴子之外。诸如此类的天才人物比比皆是，任何明事理的人见到他们都会感到不胜荣幸。但除了这些人之外，更有半打伦敦来的狮子——作家们，真正的作家，写过整本整本的书，而且后来把它们印了出来——他们像普通人一样走来走去，微笑着，闲谈着——是的，同样在胡诌一些无聊至极的话题，无疑这样做是出于一片好意，以便周围的普通人能够了解他们。另外还有一个戴着纸板帽的乐队，有四位有点儿来头的穿着他们本国服装的歌手，还有半打雇来的穿着他们本国服装的侍者——而且衣服也很脏。最后，尤其引人注目的是扮成密涅瓦的莱奥·亨特尔夫人，她正在迎接宾客，由于想到她能把这么多杰出人物邀集到一起，她的脸上洋溢着自豪与得意的神情。

“这是匹克威克先生，夫人。”一个仆人说。这时那位绅士正朝主持盛会的女神走过去，他一只手里拿着帽子，两条胳膊分别挽着那个土匪和那位游吟诗人。

“什么！在哪里！”莱奥·亨特尔夫人装出喜不自禁的样子，叫唤着跳了起来。

“这里。”匹克威克先生说。

“我真是荣幸地见到匹克威克先生本人了，是嘛！”莱奥·亨特尔夫人叫道。

“正是在下，夫人。”匹克威克先生答道，深深地鞠了一个躬。“请允许我把我的朋友们——图普曼先生——温克尔先生——斯诺格拉斯先生——介绍给《奄奄一息之蛙》的女作者。”

穿着绿色天鹅绒短裤、紧身上衣并且戴着高帽子，或是穿着蓝色缎子紧身短裤和白色的丝质上衣，或是穿着决不是为本人做的丝毫不管尺寸合不合身的短裤和高统靴子，这样来鞠躬是极其困难的，除非亲自去试过，否则是很少有人知道个中滋味的。图普曼先生竭力想显得安然而又优雅一些，因此他的身体极端地扭曲着，令人大开眼界——他的穿着奇装异服的朋友们所摆出的天才姿势也是亘古未见的。

“匹克威克先生，”莱奥·亨特尔夫人说，“我一定要您答应我这一整天都不离开我。这里有好几百人，我一定要把您介绍给他们。”

“您真是太好了，夫人。”匹克威克先生说。

“首先，这是我的小女儿们；我几乎把她们给忘了。”密涅瓦说,随手指了指两个已完全长大成人的女郎,她们一个大约已有二十岁,另一个大一两岁,两个都是一副少女装束——至于到底是为了使她们显得年轻,还是为了让她们的妈妈显得更年轻一些,匹克威克先生没有明确地告诉我们。

"她们很漂亮。"匹克威克先生说,两位少女被介绍过后走开了。

"她们非常像她们的妈妈,先生。"波特先生庄严地说。

"噢,你这顽皮鬼。"莱奥·亨特尔夫人叫道,闹着玩似的用扇子拍了一下编辑大人的胳膊。(密涅瓦带着一把扇子!)

"可不是嘛,我亲爱的亨特尔夫人,"波特先生说,他是洞府的常务吹鼓手,"您知道的呀,在去年皇家学院的展览会上,每一个看到您的画像的人都问,那画的到底是您还是您最小的女儿;因为您俩长得是那么相像,简直看不出任何区别来。"

"好了,就算他们那么说过,你又何必在客人面前说呢?"莱奥·亨特尔夫人说着,又拍了《伊坦斯维尔新闻报》的睡狮一下。

"伯爵,伯爵。"莱奥·亨特尔夫人以尖利的声音叫唤一个穿外国制服的长着络腮胡须的人,这人正从他们旁边走过。

"啊,你叫我?"伯爵说,转过身来。

"我想介绍两个非常聪明的人彼此认识一下,"莱奥·亨特尔夫人说,"匹克威克先生,我很荣幸地给您介绍斯莫尔托克伯爵。"她匆匆地以耳语对匹克威克先生补充说,"一个有名的外国人——正在为他那本有关英国的大作搜集素材——哼!——这是斯莫尔托克伯爵,这是匹克威克先生。"

匹克威克先生以这样一位伟人理应享受的敬意对伯爵行了礼,伯爵拿出一本纸簿来。

"你说什么来着,亨特夫人?"伯爵问道,同时谦和有礼地对兴高采烈的莱奥·亨特尔夫人微笑着,"匹格——威格,还是比格·

威格①——你是什么来着——大律师——呃?我知道了——是这样。比格·威格。"于是那位伯爵便把匹克威克先生当成了一位穿长袍、因自己的职业而闻名的绅士,并准备在记事簿上记录下来,这时莱奥·亨特尔夫人打断了他的话。

"不是,不是,伯爵,"那位夫人说,"是匹克—威克。"

"啊呀,我知道了,"伯爵回答道,"皮克——是教名,维克斯——是姓;好,很好。皮克·维克斯。你好吗?"

"很好,谢谢您,"匹克威克先生以他惯有的殷勤态度回答说。"您到英国来很久了吗?"

"久——很久了——两个星期——多一点儿。"

"还准备在这儿待多久呢?"

"一个星期吧。"

"那您可做的事就够多啰,"匹克威克先生说,"在这段时间里,可以搜集你所需的所有材料。"

"噢,全收集好了。"伯爵说。

"是嘛!"匹克威克先生说。

"就在这儿,"伯爵补充说,意味深长地拍了拍额头,"大书在家里——有很多注释——音乐、美术、科学、诗歌、政治,应有尽有。"

"说到政治,先生,"匹克威克先生说,"它本身可包括不少深奥难懂的大学问呀。"

"啊!"伯爵说着再次把记事簿拿了出来,"很好——这句话用做一章的开头很好。第四十七章。政治。政治这个字眼把作者本人吓了一跳——"于是匹克威克先生的话就进了斯莫尔托克伯爵

① 比格·威格,原文为 Big Vig,是伯爵对匹克威克(Pickwick)的误读,而 Big Vig 又是伯爵以外国口音读出的 Big Wig——这两个词直译为"大假发",可以转指"大律师"(英国的律师在法庭是戴假发的),故后面有大律师和"长袍"(律师袍)之说。

的记事簿，不过伯爵丰富的想象力或他的不够丰富的英语知识对它们做了各种各样的篡改和补充。

“伯爵。”莱奥·亨特尔夫人说。

“亨特尔夫人。”伯爵答道。

“这位是斯诺格拉斯先生，匹克威克先生的一位朋友，而且是一位诗人。”

“慢着。”伯爵叫道，再一次拿出了记事簿，“题目，诗歌——章节，文友——名字，雪诺格拉斯；很好。结识了雪诺格拉斯先生——大诗人，皮克·维克斯的朋友——亨特夫人介绍，她也做甜蜜的诗——什么题目来着？——雾——出汗的雾①——很好——真是好极了。”于是伯爵收好了记事簿，打躬作揖之后就走开了，心中十分满意，因为他已经对他的素材库做了最重要和最有价值的充实。

“奇人啊，斯莫尔托克伯爵。”莱奥·亨特尔夫人说。

“呱呱叫的哲学家。”波特先生说。

“一个头脑清醒、意志坚强的人。”斯诺格拉斯先生补充说。

旁观者们有如合唱队一般大声赞颂起斯莫尔托克伯爵来，他们贤明地摇头晃脑，异口同声地大呼：“了不起！”

赞美斯莫尔托克伯爵的那股热情空前高涨，要不是那四位有点儿来头的歌手登场的话，对他的赞颂之歌恐怕要唱到宴会结束。为了显得美丽如画，他们在一棵小苹果树前面摆开了架势，开始演唱他们本国的歌曲，这看上去根本不是什么难事，因为其主要诀窍在于：这些有点儿来头的歌手中的三位应该低沉地哼，第四位嚎叫就是了。这一有趣的表演在全场的喝彩声中结束之后，一个孩子

---

① 亨特尔夫人的诗题为《奄奄一息之蛙》，原文是 Expiring Frog，伯爵英语听力不行，把它听成了 Perspiring Fog(正在出汗的雾)。

登场表演，他和椅子的横档纠缠不休，一会儿从椅子上方跳过去，一会儿又从椅子底下钻过去，还和椅子一起跌倒，除了坐到椅子上，各种花样应有尽有；然后他把双腿像蝴蝶结一样盘在一起，把它们架在脖子上，接着又表演显示一个人是多么容易就可以做出看上去像放大的蛤蟆的样子——这一绝活儿给全场的观众带来了极大的欢快与满足。接下来听到波特太太那叽叽喳喳的微弱声音，人们恭维说那是在歌唱，唱的是极其经典的歌曲，而且丝毫不差地符合所扮演的角色，因为阿波罗本人是一个作曲家，而作曲家是很少能唱自己的和别人的乐曲的。在这之后是莱奥·亨特尔夫人背诵她那篇闻名遐迩的颂歌《奄奄一息之蛙》，她应听众之请背诵了第二遍，假如不是大部分宾客说利用莱奥·亨特尔夫人的好性情是可耻的，那么很可能还会来上第三遍；其实大家是觉得该吃点什么东西了。因此，尽管莱奥·亨特尔夫人表示乐意再把颂歌朗诵一遍，但她的那些善良而又体贴的朋友无论如何也不愿听下去了。于是，餐室的门打开了，所有以前去过那里的人都争先恐后地挤了进去；莱奥·亨特尔夫人通常的做法是：给一百个人发请帖，招待五十个人吃早餐，换而言之就是，她只喂那些非常特殊的狮子们，而让那些较小的动物去自食其力。

“波特先生在哪儿？”莱奥·亨特尔夫人说，她已把上面所说的狮子召到了她的周围。

“我在这儿。”编辑先生从餐室最远的一头答道；在那里他是无望得到任何食物的，除非女主人特意关照。

“你不到这边来吗？”

“噢，请别管他，”波特太太说，声音极其谦恭，“您给自己找了很多不必要的麻烦，亨特尔夫人。你在那儿挺好，是不是——亲爱的？”

“当然是——宝贝。”不幸的波特回答说，苦笑了一下。呜呼，大鞭子！以那么巨大的威力对社会人士挥舞大鞭子的那条强悍有力的手臂,在波特夫人专横的一瞥之下麻痹了。

莱奥·亨特尔夫人得意洋洋地环顾四周。斯莫尔托克伯爵正在忙于记录菜的内容;图普曼先生正在向几位母狮敬龙虾色拉,那种彬彬有礼是以前的任何土匪都没有表现过的;斯诺格拉斯先生在排挤掉那位替《伊坦斯维尔新闻报》向书籍开刀的年轻绅士之后,正和那位主管诗歌的小姐在热烈地辩论;匹克威克先生则在使自己受到普通的欢迎。看上去一切都完美无缺,无需任何东西锦上添花了,然而,莱奥·亨特尔先生——在这类场合之下,他的职责是站在门口和那些不太重要的人说说话——他突然叫了起来:

"我亲爱的;查尔斯·菲兹-马歇尔先生到。"

"天啦,"莱奥·亨特尔夫人说,"我盼他盼得好焦急啊。请让一让,让菲兹-马歇尔先生过来。告诉菲兹-马歇尔先生,我亲爱的,叫他直接来我这儿,来得这么晚,我要骂他一顿才是。"

"来了,我亲爱的夫人,"一个声音叫道,"我可是尽最快速度赶来的——人太多了——挤了一屋子——寸步难行啊——非常难。"

匹克威克先生的餐刀和叉子从他手上落了下来。他盯着桌子对面的图普曼先生,后者也放下了他的刀叉,而且看样子好像马上就要瘫倒在地似的。

"啊!"那个声音叫道,声音的主人在他和桌子之间的最后二十五个土耳其人、军官、骑士和查尔斯二世中间挤着,"顶呱呱的轧布机——贝克尔的专利——这么挤下来,衣服上没有一点皱——来的时候本想'穿上我的亚麻布衬衫'——哈!哈!那主意不坏——可是衣服穿在身上经这么一轧,不知成啥玩意了——叫人难过的过程——非常难过。"

说着这些断断续续的话,一个装扮成海军军官的年轻人挤向桌子，在惊讶的匹克威克分子们面前露出了嘴脸，从身材和嘴脸上一看便知，他正是艾尔弗雷德·金格尔先生。

这个罪人刚刚握住莱奥·亨特尔夫人伸给他的手，他的目光就与匹克威克先生冒火的眼睛遭遇了。

"哈啰！"金格尔说，"我真没记性——忘了关照马夫——马上去一下——一会儿就回来。"

"马上叫仆人或亨特尔先生去就是了，菲兹-马歇尔先生。"莱奥·亨特尔夫人说。

"不，不——我得自己去——不用多久——马上就回来。"金格尔回答说；说着他就在人群中消失了。

"对不起，夫人，请允许我问一声，"激动的匹克威克先生说，从座位上站了起来，"那个年轻人是谁？他住在哪儿？"

"是一位很有钱的绅士，匹克威克先生，"莱奥·亨特尔夫人说，"我很想把他介绍给你哩。伯爵见了他会很高兴的。"

"是呀，是呀，"匹克威克先生匆匆地说，"他住在——"

"目前住在坟堆子的天使旅馆。"

"坟堆子？"

"圣爱德蒙坟堆子，离这儿没有多少里地。但是哎呀，匹克威克先生，你不是要走吧？是呀，匹克威克先生，你不能这么快就走呀。"

但是，莱奥·亨特尔夫人的话远远没有说完，匹克威克先生早已钻进了人堆，走到了园子里，紧跟着他离开的图普曼先生就在那里和他会合了。

"没有用，"图普曼先生说，"他已经走了。"

"我知道，"匹克威克先生说，"我要去追他。"

"追他！上哪儿？"图普曼先生问道。

"去坟堆子的天使旅馆，"匹克威克先生回答，说得很快，"我们怎么知道他又在那里骗谁呢？他曾欺骗过一个可敬的人，而我们是无辜的起因。不能让他再故伎重演，只要我能够办到；我要揭发他！我的仆人在哪儿？"

"在这儿呢，先生，"威勒先生答道，从一个隐蔽的地方钻了出来，他已经在那里把他一两个小时之前从餐桌上弄到的一瓶葡萄酒和别的仆人一起品评过了，"您的仆人在此，先生。就像活骷髅在别人要他亮相时说的，对这一称号深感自豪。"

"马上跟我走，"匹克威克先生说，"图普曼，假如我留在坟堆子，在我写信来的时候，你可以去那儿找。到那时再见，祝你好运。"

劝阻是徒劳的。匹克威克先生已经激动起来，他已横下一条心。图普曼先生回到了他的伙伴们身边；一个小时之后，对艾尔弗雷德·金格尔先生或查尔斯·菲兹-马歇尔先生的回忆已被淹没在令人心醉意乱的一段四组舞和一瓶香槟酒之中。与此同时，匹克威克先生和山姆·威勒坐在一辆驿车外面的座位上，每时每刻都在缩短他们和圣爱德蒙坟堆这一古老市镇之间的距离。

第十六章　奇遇太多，无法简述

在一年的所有月份之中，大自然显示其最美不过的景象的月份是八月。春天有许多迷人之处，五月是清新可人的花季，但这一时节的魅力是靠与冬天的肃杀形成的反差衬托出来的。八月没有这种有利条件。它来的时候，我们记得只有晴朗的天空、绿色的原野和芬芳四溢的花朵——这时候对雪、冰和寒风的记忆已从我们的心头彻底消失，就像它们从大地上消失了一样——它是一个多么欢快的时节。果园和谷地回荡着劳动的忙碌声；树木被一丛又一丛丰硕的果子压弯了腰，连树枝都垂到了地面；谷物一捆一捆优雅地堆在一起，或者在不时掠过的微风下荡漾起伏，仿佛在向镰刀暗送秋波，并且给原野的风景染上一片金黄；好像有一种丰饶的柔美笼罩在整个大地上。而这种时节的影响似乎也感染了那辆大车，它横穿收割过的田野的缓慢移动，只有眼睛能够察觉出来，而耳朵却听不到任何刺耳的声音。

当马车快速驶过路两边的田地和果园的时候，那些正在把水果垒进筛子、或者正在拾散落的谷穗的成群的妇女和孩子暂时停下手中的活计，用被晒得更黑的手把被晒黑的脸遮住，并以好奇的目光注视那些过客。还有一个因太小不能工作、又因太调皮不能放在家里的胖乎乎的婴儿，他攀爬在为安全起见把他放在其中的篮子的边缘，高兴得又踢又叫。割禾的男子停下手中的活计，抱着胳膊站在那里看着马车疾驰而过；而那些拉大车的笨马则对拉驿车的骏马投去睡眼惺忪的一瞥，仿佛是在尽马的眼神之所能清清楚楚地这样说:"看上去倒是蛮神气,不过无论怎么说,在沉沉的田野里慢慢地走,总比在尘土飞扬的路上猛跑要好些。"到达马路拐弯的地方时,你再回头看,便会发现,女人们和孩子们又重新开始干活儿;割禾人也弯下腰去重新忙碌;拉大车的马也已迈步挪动:一切又再次活动起来了。

像这样的景象,对匹克威克先生那条理分明的心智不可能不产生影响。他一心一意要实现自己已做出的决定,即揭穿作恶多端的金格尔的真面目,无论那家伙是在哪里行使欺诈伎俩。因此他开头是坐在车上一声不吭地苦思冥想,琢磨着通过哪些手段才能最好地达到目的。但是渐渐地,他的注意力越来越强地被周围的事物吸引住了;最后,他从这趟旅行中感受到了最大的乐趣,好像他是在为世界上最欢快的事情奔波似的。

"多么赏心悦目的风景啊,山姆。"匹克威克先生说。

"比烟囱顶漂亮多了,先生。"威勒先生回答说,触了触帽檐致礼。

"我想你一辈子除了烟囱顶、砖头和灰泥,大概没见过别的东西了吧,山姆。"匹克威克先生微笑着说。

"我可不是一直做擦鞋匠,先生,"威勒先生说着摇了摇头,"我曾经替一个货车夫打过下手。"

"什么时候呀?"匹克威克先生问道。

"当我不管天高地厚闯入社会的时候,当我与它的麻烦玩'跳背'游戏的时候,"山姆回答说,"我先是做一个搬运夫的徒弟,然后是做一个货车夫的徒弟,然后是他的助手,再后来是当擦鞋匠。现在我是一位绅士的仆人。说不定哪一天我自己也能成为一个绅士,嘴里叼着烟斗,后园子里有一个凉亭。谁知道呢?真要是这样,我一点儿也不会吃惊。"

"你简直是个哲学家呀,山姆。"匹克威克先生说。

"我相信这是我们家家传的,先生,"威勒先生说,"我老爹在这方面可在行啦。我的后娘骂他,他以吹口哨回报。她大动肝火,折断他的烟袋;他就走出去,再买一个回来。然后她大声尖叫,歇斯底里地发作,他就舒舒服服地自个儿抽烟,直到她慢慢地又平静下来。这可是哲学啊,先生,不是吗?"

"无论如何也是哲学的非常好的代用品。"匹克威克先生答道,笑了起来,"在你的漫游生活中,这一定对你大有用处吧,山姆?"

"用处吗,先生?"山姆叫道,"可以那么说。我从搬运夫那里跑掉之后,还没有到货车夫手下当差之前,我在没有床铺之类的寓所住了两个星期。"

"没有床铺的寓所?"匹克威克先生说。

"是呀——滑铁卢桥下面干燥的拱道。顶呱呱的睡觉的地方——无论离哪个公共事务办公室都不到十分钟的路程——假如说有什么可非议之处的话,那就是那里的风太大了一点儿。在那里我见过不少古怪的事啊。"

"啊,我想你是见过的。"匹克威克先生说,显出一副颇有兴趣的样子。

"那些个事呀,先生,"威勒先生继续说,"恐怕会把你仁慈的心戳出个对穿的洞眼来。在那里你见不着正正规规的流浪者;你放心好了,他们可没那么傻。还没有出道的小叫花子们,男的女的都有,有时候会跑去那里歇宿;但是通常都是那些精疲力竭的、饿着肚子的、无家可归的可怜虫蜷缩在那些凄凉的地方的黑暗角落里——那些可怜的家伙连两便士的绳子都睡不起呀。"

"喂,山姆,请问什么是两便士的绳子呀?"匹克威克先生问道。

"两便士的绳子嘛,先生,"威勒先生回答说,"只不过是一种廉价旅馆，床铺费是一晚两便士。"

"那他们为什么把床铺叫做绳子呢？"匹克威克先生说。

"也难怪你不懂，先生，"山姆回答说，"那位老板娘和老板最初开店的时候把床铺摊在地上；但是这样做挣不了几个钱，因为房客们并不是睡上值两个便士的觉就开路，而是在那里一躺就是大半天。因此现在他们把两根绳子横拉在房间里，两根绳子相隔六英尺远，离地面三英尺高；然后把用粗布袋做成的床垫子搁在上面就成床铺了。"

"是这样呀？"匹克威克先生说。

"可不，"威勒先生说，"这种做法的好处是显而易见的。每天早上六点钟他们就把绳子的一端解开，睡在上面的所有人都会滚下来。结果是，他们完全醒过来了，没法再睡，只好乖乖地爬起来，一声不吭地离开。对不起，先生，"山姆突然中止了他那滔滔不绝的叙述，说，"这儿是圣爱德蒙坟堆吗？"

"是呀。"匹克威克先生说。

驿车吱吱嘎嘎地穿过一个繁荣而整洁的美丽小镇的石子铺得很好的街道，在一家大旅馆的门口停了下来，旅馆坐落在一条宽敞开阔的大街上，差不多正对着一家古老的修道院。

"就在这儿，"匹克威克说，抬头仰望，"这儿就是天使旅馆！我们就在这儿下车。但是得小心一点儿。开一个私人包间，不要提我的名字。你明白的吧。"

"十拿九稳，先生。"威勒先生说着，会心地眨了眨眼睛；他把匹克威克先生的那口旅行箱从行李箱里拖了出来，那是他们在伊坦斯维尔搭车时匆匆塞进去的；然后他就执行任务去了。私人包间很快就开好了，匹克威克先生被毫不耽搁地请了进去。

"好了，山姆，"匹克威克先生说，"首先要做的事儿是——"

"叫饭来，先生，"威勒先生插话说，"不早了，先生。"

“啊,是的,”匹克威克先生说,看了看他的手表,“你说得对,山姆。”

“依我的愚见呀,先生,”威勒先生补充说,“我们不妨先好好地睡上一觉,明天早上再打听那个阴险家伙的情况。正如那个女仆在喝下那一小杯鸦片酊时说的,先生,提神莫过于睡眠。”

“我想你是对的,山姆,”匹克威克先生说,“但是我得先确定他是住在这个店里,而且不会溜掉。”

“那由我来办好了,先生,”山姆说,“让我替你叫一份精致、可口的饭,趁着备饭的时候我好在下面打听打听;我只要五分钟就可以把擦鞋人心里的所有秘密都探出来的,先生。”

“就这么办。”匹克威克先生说;于是威勒先生马上就离开了房间。

半个钟头以后,匹克威克先生已在桌边吃一顿非常令人满意的晚餐;三刻钟之后威勒先生回来了,打探到的情报是,查尔斯·菲兹·马歇尔先生吩咐把他的私人房间留着,等通知不要的时候再取消。他今晚在邻近的某个私宅里玩,要擦鞋子的熬夜等他回来,他还把他的仆人也一起带去了。

“那么,先生,”威勒先生在做完汇报之后提议说,“假如我明早上和那个仆人聊上几句,他会把他主人的事情全抖给我的。”

“你怎么知道呢?”匹克威克先生插话说。

“哎呀,你也真是的,先生,仆人们历来这样。”威勒先生答道。

“啊,我倒是忘了这一点,”匹克威克先生说,“好吧。”

“然后你可以布置一个最好的计策,先生,我们依计行事就是了。”

由于这看上去是最好的安排了,因此最后也就达成了共识。在主人的许可之下,威勒先生随心所欲地消磨这一夜去了;他不久便被聚集在酒吧里的人一致推举为主席。他在这一可敬职位上的表现令那些酒客们大为满意，因此他们的哄堂大笑与喝彩声竟然透进了匹克威克先生的卧室，使他的睡眠时间比正常情况至少缩短了三个钟头。

第二天大清早，威勒先生便在用半便士的淋浴驱除头天晚上的狂饮残留下的酒意了（他把那半便士给了马厩的一个年轻的仆人，请他用水龙头冲他的头和脸，直到他完全清醒过来），这时他注意到一个穿桑葚色仆人制服的年轻人，那人坐在院子里的一条板凳上，正在极其专心地读一本像是赞美诗的书，但是却时不时地朝水龙头下面的人偷看一眼，好像对他的行为有点儿兴趣似的。

"你这家伙看上去真古怪，怪胎！"目光第一次与那个穿桑葚色制服的陌生人的目光相遇时，威勒先生心里就是这么想的。那家伙真是怪模怪样：一张又大又丑的病恹恹的脸，深陷下去的眼睛，一颗大而无当的脑袋，脑袋上长着一大把又直又长的黑头发。"你这怪胎！"威勒先生想；他一边这样想着，一边继续冲水，再也不去理会那个人了。

那个人还是不停地把目光从赞美诗集移到山姆身上，又从山姆身上移到诗集上，好像是他想和山姆交谈似的。因此到最后，山姆给了他一个机会，亲切地点了点头说：

"你好吗，老兄？"

"托你的福，我很好，先生，"那人说，一副很谨慎的样子，同时把书掩上，"希望你也很好，先生，是吗？"

"嘿，我假如不这么像一个会走路的白兰地酒杯，我今早上完全不会这么脚跟不稳了，"山姆回答说，"你是住在这个酒店吗，老伙计？"

那个穿桑葚色衣服的人做了肯定的回答。

"那怎么你昨天晚上没有和我们一起喝酒呢？"山姆问道，一边用毛巾擦脸，"你看样子是个乐天派——像亚麻篮子里活蹦乱跳的鳟鱼一样快活。"威勒先生低声补充说。

"我昨天晚上出去了,跟主人一起。"陌生人回答说。

"他姓什么?"威勒先生问道,由于突然的兴奋和毛巾的擦洗,脸都红了。

"菲兹-马歇尔。"桑葚色男子回答说。

"握个手吧,"威勒先生说,走上前去,"我想和你交个朋友。我喜欢你的长相,老伙计。"

"哟,这倒是怪稀奇的。"桑葚色男子说,一副毫无城府的样子,"我也非常喜欢你的样子,所以我第一眼看到你在水龙头下冲水,就想和你说话了。"

"真的吗?"

"千真万确。喂,这不是很奇怪吗?"

"非比寻常,"山姆说,在心里为陌生人的温和暗自庆幸,"你叫什么名字呀,我的老兄?"

"约伯。"

"挺棒的名字——据我所知,这是惟一一个没有绰号的名字。姓呢?"

"特洛特尔,"陌生人说,"你姓什么?"

山姆记得主人要他小心的嘱咐,就答道:

"我姓沃克尔;我的主人姓威尔金斯。今早上想喝点儿什么吗? 特洛特尔先生?"

特洛特尔先生默许了这一可爱的提议,他把书放进上衣口袋,陪伴威勒先生去了酒吧,不久就在那里品尝起装在白镴壶里的用不列颠杜松子酒和丁香精调成的混合饮料来。

"你们住的房间怎么样呀?"山姆问道,一边第二次给同伴斟酒。

"糟,"约伯说,咂了咂嘴唇,"糟极了。"

“你不是当真吧?”山姆说。

“我说真的,没错。更糟的是,我的主人要结婚了。”

“不会吧。”

“真的;更糟的是,他要和一个非常有钱的女继承人从寄宿学校私奔了。”

“好家伙,够恶的!”山姆说,一边替同伴把酒斟满,“我想是镇上的寄宿学校吧,对吗?”

尽管这一问题是以极其漫不经心的口气提出来的,但是约伯·特洛特尔的几个手势明明白白地表明,他已觉察出他的新朋友急于引出他的答案。他喝干了杯里的酒,诡秘地看着他的伙伴,轮流眨了眨两只小小的眼睛,最后用手臂做了一个动作,好像他是在压想象中的一个压水机的把手似的,以此表明他(特洛特尔)觉得自己正受着塞缪尔·威勒先生的压榨。

“不行,不行,”特洛特尔先生最后说,“这可不是对谁都能说的。这是秘密呀——天大的秘密,先生。”

桑葚色男子这样说着,把杯子底朝天放在桌上,这是在提醒他的同伴他没有东西解渴了。山姆观察到了这一暗示并感觉到了那种难于启齿的微妙心理,于是又叫把酒壶装满,桑葚色男子的小眼睛当即发亮了。

“这么说是个秘密啰?”山姆说。

“我怀疑是这样。”桑葚色男子说,啜饮着他的酒,一脸得意的神情。

“我想你的主人很有钱吧?”山姆说。

特洛特尔先生微笑起来,用左手端着酒杯,用右手在他那不可名状的桑葚色衣服的口袋上清清楚楚地拍了四下,仿佛在表示假如他的主人也这么拍拍口袋,同样不会有钱币的叮当声引人注意。

“啊,”山姆说,“是这么回事呀,是吗?”

桑葚色男子意味深长地点了点头。

“喂,老兄,假如你让你的主人欺骗这个小姑娘,你不觉得自己是一个大恶棍吗?”

“我知道,”约伯·特洛特尔先生说,以一副深感痛悔的脸相面对他的同伴,同时轻轻地叹了一口气,“我知道,而且那正是难过的地方。可是我怎么办才好呢?”

“怎么办!”山姆说,“给寄宿学校的女校长报个信,抛开你的主人。”

“谁会相信我呢?”约伯·特洛特尔回答道,“那位女士被人们视为天真与谨慎的化身。她会否认,我的主人也会。谁会相信我呢?我会失去这份工作,还会被起诉犯有同谋罪,或类似的罪;我只要有什么动作就会遭这些罪。”

“这倒是有点儿道理,”山姆说,沉思着,“是有点儿道理。”

“假如我知道有某个可敬的绅士愿管这事儿,”特洛特尔先生继续说,“或许还有阻止私奔的一线希望;但同样的难处还是存在的,沃克尔先生,完全一样。我在这个陌生的地方不认识任何绅士,就算认识,十个之中恐怕也难得有一个会相信我说的话哩。”

“跟我来,”山姆说,他突然跳了起来,抓起了桑葚色男子的手臂,“我的主人正好是你要找的那种人,我很清楚。”在约伯·特洛特尔先生稍事拒绝之后,山姆便把这位新结识的朋友带到了匹克威克先生的房间,把来客介绍了一下,然后又把上述对话简述了一遍。

“背叛我的主人令我感到非常难受,先生。”约伯·特洛特尔先生说,一边用一块六英寸见方的粉红色格子布手绢擦眼。

“这种感情会带给你巨大的荣誉,”匹克威克先生回答说,“但无论如何,那是你的责任啊。”

“我知道是我的责任,先生,”约伯说,情绪很激动,“我们都应该努力尽自己的责任,先生;我也是谦卑地努力尽责的,先生;但是背叛主人是一件很为难的事啊,先生;就算他是一个恶棍,毕竟我穿的是他给的衣服,吃的是他给的面包啊,先生。"

"你是一个很好的人,"匹克威克先生说,非常感动,"是个很忠实的人。"

"好了,好了,"山姆插话说,他看见特洛特尔先生流泪很不耐烦了,"洒水车之类玩意儿就免了吧。它没有任何好处,毫无好处。"

"山姆,"匹克威克先生责备地说,"我难过,你对这个年轻人的感情这么不尊重。"

"他的感情是挺好的,先生,"威勒先生回答说,"而且由于它是那么好,失掉是很可惜的,我觉得他最好是把它藏在心里,不让它在热水里蒸发掉,尤其是因为那毫无好处。眼泪从来就开动不了钟表,也开不动蒸气发动机。下回和伙伴们一起抽烟的时候,年轻人,不妨把我这句话一块儿装进烟斗,好好把它品味一下;而眼下你还是把那块柳条布塞进口袋吧。你把它那么挥来挥去可不太雅观,好像你是一个走高索的人似的。"

"我仆人的话是对的,"匹克威克先生对约伯劝慰道,"尽管他表述的方式有点儿差劲,而且偶尔还不好理解。"

"他是对的,先生,很对,"特洛特尔先生说,"我再也不这样感情用事了。"

"很好,"匹克威克先生说,"那么,那个寄宿学校在哪儿呢?"

"那是一座很大的红砖老房子,就在镇子外面,先生,"约伯·特洛特尔回答道。

"时间呢?"匹克威克先生说,"这个邪恶的计划什么时候实施——私奔什么时候进行呢?"

"今晚上,先生。"约伯回答道。

“今晚！”匹克威克先生叫道。

“就在今晚上，先生，”约伯·特洛特尔回答说，“所以我才这么惊慌哩。”

“必须立即采取措施，”匹克威克先生说，“我要马上去见主管寄宿学校的那位女士。”

“请原谅，先生，”约伯说，“那样做是绝对行不通的。”

“为什么？”匹克威克先生问。

“先生，我的主人是很有手段的人啊。”

“我知道他滑头。”匹克威克先生说。

“他已经把那个老太太糊弄到家了，”约伯继续说，“说他什么坏话她都不会听的，就算你跪在地上发誓也不行；尤其是你没有证据，只是凭一个仆人的话，而她会认定这个仆人一定是做错什么事要被辞退了，于是无中生有来打击报复（我的主人一定会这么说的）。”

“那么，怎么办更好些呢？”匹克威克先生说。

“只有在私奔时把他当场抓住，这样那个老太太才会相信，先生。”约伯答道。

“老猫是不撞石头不回头的呀。”威勒先生插话说。

“可是要在私奔时当场抓住他，恐怕是一件很难办到的事。”匹克威克先生说。

“我不知道，先生，”特洛特尔先生沉思了一会儿后说，“我想也许很容易办到。”

“怎么办？”匹克威克先生问道。

“嗨，”特洛特尔先生答道，“由于买通了那两个仆人，我主人和我在十点钟的时候将被偷偷放进厨房。等整屋的人全都睡着了，我们就从厨房里走出来，那位小姐从卧室出来。有一辆邮车等在外面，我们上车就走。”

“噢?”

“是的,先生,我一直在想,假如你能在后花园守候,一个人等在那儿——”

“一个人,”匹克威克先生说,“为什么是一个人呢?”

“我想这是很自然的,”约伯回答说,“老太太是当然不乐意这种丑事张扬出去的,知道的人越少越好。那位小姐也是,先生,设身处地为她想想吧。”

“你说得很对,”匹克威克先生说,“这种顾虑表明你是一个感情细腻的人。说下去;你说得很对。”

“好的,先生,我一直在想呀,假如你单独一人在后花园等着,我就开门放你进屋,那门刚好通到园子,门里是一条过道;十一点半准时行动,那你就可以及时赶去帮助我挫败那个坏蛋的计划了,这家伙可把我害苦了。”说到这里特洛特尔先生深深地叹了一口气。

“不要难过,”匹克威克先生说,“虽然你的地位卑微,可是假如他有那么一丁点儿你这样高贵的细腻情感,那我倒是对他还怀有一丝希望。”

约伯·特洛特尔深深地鞠了一躬;而且也不管威勒先生先前的劝诫,两眼又泪水汪汪的了。

“我从没见过这样的人,”山姆说,“我想他脑袋里一定有一根永远开着的水管,不然我就该死。”

“山姆,”匹克威克先生极其严厉地说,“闭嘴。”

“很好,先生。”威勒先生答道。

“我不喜欢这个计划,”匹克威克先生深思熟虑之后说,“我为什么不能和那位小姐的朋友们通通气呢?”

“因为他们住在一百英里以外,先生。”约伯·特洛特尔回答说。

"那就没话说了。"威勒先生说。

"还有那个园子，"匹克威克先生继续说，"我怎么进得去呢？"

"墙是很低的。先生，你的仆人可以抱住你的腿扶你上去呀。"

"我的仆人可以扶我一把，"匹克威克先生机械地重复说，"你肯定会在你说过的那扇门那儿吗？"

"不会弄错的，先生，那是进园子的惟一的门。听到敲钟的声音的时候在门上轻轻敲一下，我马上就开门。"

"我不喜欢这个计划，"匹克威克先生说，"但既然没有别的办法，而且这事关一个小姐的终生幸福，我也就只好接受它了。我一定去那儿。"

于是，匹克威克内在的美好情怀第二次使他卷入了冒险之中，这种冒险他本来是愿意远离的。

"那座房子叫什么？"匹克威克先生问道。

"西门大厦，先生。走到镇子尽头后往右稍拐一拐就到了；它是独门独户，离大路没多远，门上的一个铜牌上刻着大厦的名称。"

"我知道的，"匹克威克先生说，"我以前在镇上的时候曾见过它一次。你放心好了。"

特洛特尔先生又鞠了一躬，然后转身准备离开，这时匹克威克先生把一个金币塞进了他手里。

"你是一个好人，"匹克威克先生说，"我钦佩你的心地善良。不用说什么谢谢。记住——十一点钟。"

"不用担心，我不会忘的，先生。"约伯·特洛特尔答道。说完这些话他便离开了房间，山姆紧随其后。

"喂，"后者说，"这么一把眼泪一把鼻涕的倒是一个不坏的主意。这么好的条件，我也愿哭得像大雨天的水管子。你是怎么做出来的?”

“是发自内心,沃克尔先生,”约伯严肃地回答说,“早安,先生。”

“你是一个蠢东西,是的;怎么说我们也把你的话全给掏出来了。”约伯走开的时候威勒先生这么想。

我们没法说出特洛特尔先生心里到底在想些什么,因为我们不知道。

那一天熬了过去,夜晚来了,快到十点的时候,山姆·威勒报告说金格尔先生和约伯一起出去了,他们的行李已打点好,而且他们已叫了一辆马车。阴谋显然是正在进行中,正如特洛特尔先前所说。

十点半钟到了,匹克威克先生去执行他那需要小心行事的艰难任务的时辰到了。他拒绝了山姆要他穿上大衣的提议,以免爬墙时碍手碍脚;他出发了,他的仆人紧紧跟着。

天上有一轮明月,可它躲在云朵后面。这是一个晴朗干燥的夜晚,不过特别黑。小路、篱笆、田地、房屋和树木都笼罩在浓浓的黑影里。空气又热又闷,夏季的闪电在天际微弱地颤抖,是惟一使包裹万物的阴沉黑暗有所改变的景观;没有什么声音,除了远方某条看家狗的吠叫。

他们找到了那幢屋子,读了那块铜牌,绕围墙走过去,到了园子后头的墙外。

“帮助我翻过墙之后,山姆,你就回旅馆去吧。”匹克威克先生说。

“很好,先生。”

“你不要睡,一直要等到我回来。”

“当然,先生。”

“抱住我的腿;我说‘上’,你就轻轻地把我往上抬。”

“没问题，先生。”

在做了这些基本安排之后，匹克威克先生抓住了墙头，说了一声“上”，这一号令被不折不扣地执行了。不知是他的身体像他的心灵那样很有几分弹性，还是威勒先生心目中的轻轻一推比匹克威克所想的更加粗鲁，反正山姆帮忙的结果是一下就把那个不朽的人推过了墙，使他四肢朝天落到了下面的花圃里，在落下去的过程中压坏了三棵醋栗和一棵玫瑰。

“但愿你没有伤着自己，先生？”山姆见他的主人神秘地到了墙的那一边，惊魂稍定之际他便用可以听得见的悄悄话问道。

“我当然没有自己伤着自己，山姆，当然，”匹克威克先生从墙的那一边回答说，“不过我倒是觉得你伤着我了。”

“我希望不至于，先生。”

“没关系，”匹克威克先生说，站了起来，“没什么，只是挂破点皮。走开吧，不然别人就听见了。”

“再见，先生。”

“再见。”

山姆·威勒蹑手蹑脚地走了，把匹克威克先生独自留在了园子里。

灯光不时从房子的不同窗户透出，或是在楼梯闪亮，像是说明里面的人正在上床睡觉。在约定的时刻到来之前，匹克威克不想太靠近那扇门，便蹲在一个墙角里等待。

眼下的情形很可能令很多人精神沮丧。然而，匹克威克先生既没有沮丧，也没有忧虑。他知道总体上说他的意图是好的，而且他对心灵高贵的约伯是绝对信任的。很沉闷，这是无疑的；虽然说不上凄凉；但是一个爱思考的人总是能够以沉思打发时光的。匹克威克先生沉思着进入了瞌睡状态，突然他被邻近教堂的钟声惊醒，它发出和谐的声音——十一点半到了。

“时间到了。”匹克威克心想，小心翼翼地站了起来。他抬头看了看屋子。所有的灯都熄了，百叶窗也关好了——无疑，所有人都上床了。他踮着脚走到了那扇门前，轻轻地敲了一下。两三分钟过去了，没有任何反应，他稍微重一点敲了第二下，后来又更重地敲了一下。

终于听到楼梯上有脚步声传来，然后看到从门的钥匙孔透出的蜡烛光。在解铁链、拔门闩的一番折腾之后，门慢慢地打开了。

门是朝外面开的，随着门越开越大，匹克威克先生往门背后越退越远。为谨慎起见，他探头朝外面窥视，看开门的是谁，令他目瞪口呆的是，开门的不是约伯·特洛特尔，而是一个端着蜡烛的女仆！匹克威克先生赶紧把头缩了回去，其神速与令人钦佩的通俗剧演员潘奇①躺下来等待拿白铁皮乐器箱的扁头喜剧演员时的神速不相上下。

“一定是猫，莎拉，”那个女仆对屋子里面的一个什么人说，“呼，呼，呼——喵，喵，喵。”

但这些诱哄没有引出任何动物来，于是女仆慢慢地关上了门，把它牢牢闩好了；丢下匹克威克先生笔挺挺地贴在墙壁上。

“这真是奇怪啊，”匹克威克先生心想，“我想，也许她们今晚比通常睡得晚些吧。他们真是不幸啊，偏偏选中今晚来做这种事情——太不幸了。”匹克威克先生这样想着，小心翼翼地回到了他先前躲藏过的那个墙角，等着他认为安全的时刻到来时再去发信号。

他在角落里等了还不到五分钟，便看见一道耀眼的闪电闪过，随即是一阵巨大的响雷，它咔啦一声炸开并带着可怕的轰隆声向远方滚去——然后是第二道闪电，比第一道更加明亮，紧接着是第

① 潘奇，英国木偶剧《潘奇和朱迪》的男主角。

二声霹雳，比第一声响亮得多；然后是大雨铺天盖地而来，又疯狂又猛烈，仿佛要把所碰到的一切一扫而光似的。

匹克威克先生很清楚在雷雨中与树为邻是很危险的。他右边有一棵树，左边有一棵树，前面有第三棵，后面有第四棵。假如他呆在原来的地方，弄不好会成为雷击事故的牺牲品；而假如他在园子中央露面的话，也许人家会把他交给警察；有一两次他试图翻出墙去，可是除了老天爷给他的两条腿之外再没有别的腿帮忙，因此惟一的结果是，除了膝盖和胫骨处添了很多非常令人不快的擦伤以外，他还落了个大汗淋漓。

“多么可怕的处境啊。”匹克威克先生说，在费尽折腾之后歇下来擦额上的汗水。他抬头看看屋子——全是一片漆黑。她们现在一定全睡着了。他要再试一试暗号。

他踮着脚走过湿漉的石子路，在门上敲了敲。他屏住呼吸，把耳朵贴在钥匙孔上听了听。没有回音：好怪呀。再敲一下。他再次倾听。里面有一声低沉的耳语，然后一个声音喊道：

“谁呀？”

“这不是约伯，”匹克威克先生想，连忙把身子紧贴在墙上，“是个女人。”

他刚刚得出这一结论，楼上的一扇窗子就被推开了，三四个女性的声音重复问道：“谁呀？”

匹克威克先生不敢挪动手脚。显然整个学校的人都被惊醒了。他决心留在原处，等待惊扰平静下去，然后以超自然的努力翻过墙去，或者在翻墙的过程中摔死。

像匹克威克先生的所有决定一样，这个决定是在这种情况之下再好不过的；但不幸的是，这是建立在她们不敢再把门打开的假设基础上的。当他听到解铁链和拨门闩的声音，看到门慢慢打开，越开越大的时候，他是何等的狼狈和失望啊！他一步接一步地退进门背后的角落；但是不管他怎么努力，他自己的身体塞在门后，妨碍了门开到最大限度。

“谁呀？”里面的楼梯间冲出一阵由很多最高音合成的合唱般的发问，其中包括学校的老处女校长、三个女教员、五个女仆、三十个女寄宿生，所有的人都没有穿戴整齐，头上是丛林般的卷发纸。

当然匹克威克先生没有说是谁；然后合唱的叠句变成了：“天哪！吓死我了。”

“厨师，”那位修女院住持说，她谨慎地站在楼梯的最上面，在那群人的最后面，“厨师你为什么不稍微走几步进园子里看看呢？”

“对不起，夫人，我不喜欢。”女厨子说。

“天哪，这厨娘真是笨！”那三十个女寄宿生说。

“厨师，”女住持非常威严地说，“请你不要回嘴。我一定要你马上到园子里去看看。”

这时女厨师开始哭了，那个女仆说强人所难真是“丢脸”。为这句偏袒的话她当场受到留职查看一个月的惩罚。

“你听到没有，厨师。”女住持说，不耐烦地跺起脚来。

“你有没有听到女主人的话呀，厨子？”三位女教员说。

“厨师的脸可真是厚啊！”三十个寄宿生说。

那个不幸的厨娘在硬逼之下向前走了一两步，把蜡烛举在偏偏使她什么也看不到的地方，然后她说什么也没有，一定是风在作怪。刚好在门快要被关上的时候，一个从门缝里窥探的好奇的寄宿生发出一声可怕的尖叫，它把厨师、女仆和所有胆子较大的人全部叫了回来。

“史密索特小姐怎么了？”女住持问道，因为这位史密索特小姐发起足有四位小姐的力气那么大的歇斯底里来。

“天哪，史密索特小姐，好宝贝。”其他二十九位寄宿生说。

“噢，男人——那个男人——在门后头！”史密索特小姐尖叫道。

女住持一听到这可怕的叫喊，马上退回了她自己的卧室，把门加上双重锁，然后舒舒服服地晕了过去。寄宿生们、老师们和仆人们退到楼梯上，倒成了一堆；从没见过这样的尖叫、昏迷和挣扎。在这一片混乱之中，匹克威克先生从藏身处走了出来，出现在她们之间。

“女士们，亲爱的女士们。”匹克威克先生说。

“噢，他说我们是亲爱的，”最老最丑的那个教师说，“噢，这个坏蛋！”

“女士们，”匹克威克先生大吼道，危险的处境已使他只好孤注一掷了，“听我说。我不是强盗。我要找这里的女主人。”

“噢，多么凶暴的恶棍！”另一位教师尖叫道，“他要找汤姆金斯小姐。”

全体顿时尖叫起来。

“来人呀，拉警铃！”一打声音叫道。

“别拉——别拉，”匹克威克先生叫道，“看看我吧，我像个强盗吗？我亲爱的女士们——你们可以把我的手脚捆起来，或者把我锁进密室里，随你们的便。只是你们要听听我必须说的话——只要听我说说。”

“你怎么到我们园子里来的？”女仆结结巴巴地说。

“把这里的女主人叫来，就会告诉她一切的——一切！”匹克威克先生说，把肺部利用到了最大限度，“叫她来——只是你们要安静些，叫她来，你们就知道一切了。”

也许是由于匹克威克先生的外表，也许是由于他的举止，也许是由于想了解包藏在神秘之中的某种东西——那对女性的心灵是具有不可抗拒的诱惑力的——寄宿学校里比较有理性的那一部分人（有四个人）相对平静了一些。她们提议说，为了验证匹克威克先生的诚挚，他应该马上受一点儿人身约束；那位绅士同意了她们的提议，立即自愿地走进了走读生们挂帽子和三明治袋的壁柜里，被牢牢地锁在了里面，准备隔着壁柜门和汤姆金斯小姐谈谈。这一做法使其他女性全都复活过来了；汤姆金斯小姐被叫来之后，交谈就开始了。

“你在我园子里干什么，你这男人？”汤姆金斯小姐说道，声音很微弱。

“我来向你报警，你的年轻女士中有一位今天晚上要私奔。”匹克威克先生从壁柜里面回答说。

“私奔！”汤姆金斯小姐、三位教师、三十个寄宿生和五个女仆同声大叫道，“和谁？”

“你的朋友，查尔斯·菲兹-马歇尔先生。”

“我的朋友！我可不认得这样一个人。”

“哦，那么就是金格尔先生。”

“我这辈子都没听说过这个名字。”

“要是这样，那就是我受骗了，上当了，”匹克威克先生说，“我成了一个阴谋的牺牲品——卑鄙下流的阴谋。派人去天使旅馆问问吧，我亲爱的女士，假如你不相信我的话。派人去天使旅馆找匹克威克先生的男仆吧，我求你了，夫人。”

“他准是个有身份的人——他还雇有男仆哩。”汤姆金斯小姐对那个教习字和算术的女教员说。

“我的看法是，汤姆金斯小姐，”那位教习字和算术的教员说，“他的男仆是监管他的。我认为他是一个疯子，汤姆金斯小姐，那个人是看管他的。”

“我觉得你的话很对，格温小姐，”汤姆金斯小姐答道，“叫两个佣人到天使旅馆去，其他的留在这儿，保护我们。”

于是两个女仆被派往天使旅馆，其他三个留下来保护汤姆金斯小姐、三位女教员和三十个寄宿生。匹克威克先生在壁柜里的三明治口袋的丛林下面坐了下来，靠着他能拿出的全部哲学道理和坚忍精神在里面静候佳音。

一个半钟头过去了，她们还没有回来，而当他们确实回来了的时候，匹克威克先生除了听出塞缪尔·威勒先生的声音，还听到另外两个音调很耳熟的声音；至于另外两个声音是谁的，他却怎么也想不起来。

接下来是一段很简短的对话。门被打开了，匹克威克先生走出壁柜，发现站在自己面前的是西门大厦的全体人员、塞缪尔·威勒先生，还有——老华德尔和他未来的女婿特伦德尔先生。

"我亲爱的朋友，"匹克威克先生说，一边奔过去握住华德尔的手，"我亲爱的朋友，看在老天爷分上，请你向这位女士解释一下我被置于多么不幸而又可怕的困境。你一定从我的仆人那里听说过了；说吧，我亲爱的朋友，无论如何，我既不是强盗，也不是疯子。"

"我已经说过了，我亲爱的朋友。我已经这么说过了。"华德尔先生回答说，一边握着他朋友的右手摇晃，特伦德尔先生则握着左手。

"那种话不管是谁说的，不管谁说过，"威勒先生插话说，走上前去，"都是胡扯，和真相差远了，恰恰相反，完全不是那么回事。假如这座屋子里有些个爷儿们说过那样的话，我很乐意马上向他们证明一下他们错了，让他们口服心服，就在这间屋子里，假如这些可敬的女士能赏脸回避一下的话，叫他们上来好了，一次一个。"在这么口若悬河地发表了这一挑战辞之后，威勒先生用握紧的拳头用力捶了一下他那只张开的手的手掌，并且兴致勃勃地向汤姆金斯小姐眨了眨眼睛；而她呢，听见他说西门女子学校的校舍里可能有什么男人，惊恐得简直无法形容。

匹克威克先生的解释很快就结束了，因为其中一部分早就说过了。但无论是在和朋友们一起回去的时候，还是回去后坐在熊熊炉火边吃他极其需要的夜宵的时候，从他嘴里始终引不出一句话来。他好像惊魂未定，心绪迷乱。有一次，也仅仅一次，他扭过头去看看华德尔先生，说：

“你怎么到这里来了？”

“特伦德尔和我上这儿来，第一桩事便是想在这里痛痛快快地打一场猎，”华德尔回答说，“我们是今晚到的，听到你的仆人说你也在这里，吃了一惊；但我很高兴你在这里。”老头子说着，拍了拍他的背。“我很高兴。首先我们可以好好在这里欢聚一下，而且我们还可以再给温克尔一次机会哩——呃，老伙计。”

匹克威克先生没有答话；他甚至没有问候他那些在丁格莱谷地的朋友们，而且紧接着就要去睡觉了，关照山姆在他打铃的时候去端蜡烛。

到了一定的时候铃果然响了，威勒先生走去拿蜡烛。

“山姆。”匹克威克先生说，从被子下面探出头来。

“先生。”威勒先生说。

匹克威克先生停顿片刻，威勒先生剪了剪烛芯。

“山姆。”匹克威克先生再一次说，好像在拼命努力似的。

“先生。”威勒先生又说。

“那个特洛特尔在哪儿？”

“约伯吗，先生？”

“是的。”

“走了，先生。”

“和他的主人吗，我想？”

“朋友或主人，不管是什么关系，反正他和他走了。”威勒先生回答,“他们是一对啊,先生。”

“金格尔猜到了我的计划,就编了个故事,叫那个家伙来诱你上钩,我想是这样吧?”匹克威克先生说,有点儿哽咽。

“正是这样,先生。”威勒先生答道。

“那当然是一派谎话,对吗?”

“全是,先生。”威勒先生答道,“干得高明,先生;老滑头啊。”

“我想下一次他决不会这么轻易就从我们手里溜掉,是吗,山姆?”匹克威克先生说。

“我想他办不到,先生。”

“我无论什么时候再见到那个金格尔,不管是在哪里,”匹克威克先生说着,从床上坐了起来,猛的一拳在枕头上擂出一个凹痕,“我除了给他以咎有应得的揭露,还要好好揍他一顿。我会的,不然我就不姓匹克威克。”

“无论什么时候我抓住那个黑头发的病恹恹的小子,”山姆说,“我要是不叫他的眼睛真的淌出点水来的话,我就不姓威勒。晚安,先生!”

第十七章　说明在某些情况下风湿病的发作具有刺激创造才能的作用

匹克威克先生的体魄虽然能够承受大量的辛劳和疲惫，却抵挡不住上一章所说的他在那个难忘的夜晚所经历的多重打击。黑夜里在露天洗了个大雨水澡，又在壁柜里晾干，这不仅稀奇离谱，而且也是危险的。结果是匹克威克先生害了风湿病躺卧在床。

不过，尽管这位伟人的体能因此受到了损害，他的心智却仍然保持着以往的勃勃生机。他的精神是富于弹性的；他的好心情又恢复过来了。就连最近的遭遇所带来的烦恼，也已经从他心中消失；在一涉及那件事华德尔先生就开怀大笑的时候，他也能够既不气恼也不尴尬地同笑同乐了，而且还不仅仅如此呢。在匹克威克先生卧病在床的那两天里，山姆始终侍候左右。第一天，他千方百计用掌故和谈话让主人开心。第二天，匹克威克先生要了书桌和笔墨，埋头苦干地写了一整天。第三天，由于能够在卧室里坐起来了，他派他的男仆去给华德尔先生和特伦德尔先生送了信，说假如他们能到他那里喝酒，他将非常感激。这一邀请被很乐意地接受了；当他们坐下来一起喝酒的时候，匹克威克先生羞红着脸很不好意思地向大家出示了下面的小故事，说是自己最近卧病期间根据对威勒先生率真的叙述的札记"编辑"而成的。

教区的书记员

——真情实爱的故事

“从前，在一个离伦敦很远的很小的村镇里，有一个名叫纳撒尼尔·匹普金的小个子男人，他是那个小镇子的教区书记员，住在那条小小的主街上的一座小屋子里，那里离教堂有十分钟的路程；每天上午九点到下午四点，都可以看到他在向男孩们传授一些小学问。纳撒尼尔·匹普金先生是一个与世无涉、于人无害的老好先生，向上翻的鼻子，向里弯的腿，眼睛有点斜视，脚步有点儿跛；他的时间全部花费在教堂和学校两个地方，他很相信在地球上，再没有比副牧师更聪明的了，再没有比法器室更堂皇的了，再没有比他的学校更井然有序的了。在他的一生中有一次，也仅仅一次，纳撒尼尔·匹普金见到了一位主教——一位真正的主教，手臂上是薄麻布衣袖，头上戴着假发。在一次坚信礼上，他见过主教走路，听过他说话；在那个极其重要的场合，纳撒尼尔·匹普金是那么敬畏，当那位主教把手放在他头上的时候，他竟然彻底晕了过去，并被教堂的差役抱出了教堂。

“后来发生了一件重大事情，惟一的一件扰乱了他那静如止水的平淡生活的事情，它是纳撒尼尔·匹普金人生的一个重要纪元。事情发生在一个晴朗的下午，他正在出一个复杂加法的大难题给一个犯错误的顽童解答，在心神恍惚之下，他的目光从写字板上不知不觉地游离开了，突然落到了玛丽亚·洛布斯的如花一般的脸上，她是街对面的大马具店老板老洛布斯的独生女。本来嘛，匹普金先生的目光以前也曾多次落在玛丽亚·洛布斯的脸上，无论在教堂还是别的地方；但是玛丽亚·洛布斯的眼睛从来没有像在这一特殊的场合那么明亮,她的脸颊也从来没有这一次那么红润。难怪纳撒尼尔·匹普金先生没法把目光从洛布斯小姐的脸上移开;难怪布洛斯小姐一发现自己被一个青年小伙子盯着,便从她探出头来张望的窗户把头缩了回去,关上了窗户并拉下了窗帘;难怪纳撒尼尔·匹普金先生随即便扑向了那个先前犯了过错的顽童,把他左一拳头右一巴掌地打了一顿才觉得畅快。这一切都是非常自然的,没有任何可以大惊小怪的地方。

"然而,像纳撒尼尔·匹普金先生这么羞怯、神经质而且尤其是收入微薄的人,居然从此以后胆敢妄想博取凶恶的老洛布斯的独生女的芳心并娶她为妻,这可真是一件大怪事啊!这个老洛布斯,他可是大马具店的老板啊,他只要大笔一挥就可以把整个村子买下,压根儿不把这点小钱当回事——这个洛布斯呀,谁都知道他的钱多得不得了,成堆成堆地放在附近的市镇的银行里——这个洛布斯呀,据说他有数不清用不完的金银财宝囤积在一个钥匙孔很大的小小的铁保险箱里,就放在后房里的壁炉台上——这个洛布斯呀,谁都知道,每逢举行宴会,他都要用纯银的茶壶、奶油罐和糖缸来装饰桌面,而且他还常常得意地吹嘘说一旦他女儿找到了心上人,他就要把这些给女儿做嫁妆。我再说一遍,假如纳撒尼尔·匹普金先生竟然鲁莽到如此地步,竟敢斜眼朝这个方向看,那可真是一件令人惊讶和咋舌的事情啊。但是爱情是盲目的,而纳撒尼尔的眼睛又有点儿斜视:也许是这两者的共同作用,使他没法正确地看待这档子情事。

"嘿,假如老洛布斯对纳撒尼尔的私情察觉到哪怕只一丝一毫,他准会把那所学校的校舍夷为平地,或是把学校的主持从地球表面抹掉,或是做出别的什么同样凶暴野蛮的歹毒事来;因为一旦自尊受到伤害,或是火气上来的时候,洛布斯可是一个可怕的老恶魔。天哪!有时候他痛骂那个瘦腿子的皮包骨头的学徒偷懒,那一连串的诅咒如轰隆隆的雷声一般滚到街对面来，纳撒尼尔·匹普金会被吓得两腿直打哆嗦，而那些小学生更是会被吓得头发倒竖起来。

“唉！一天又一天，每当学校放学，学生们走了的时候，纳撒尼尔·匹普金就独自坐在靠街的窗边，一边假装在读书，一边斜着眼睛在街对面寻找玛丽亚·洛布斯明亮的眼睛；他在那里坐了没多少天，那双明亮的眼睛就在楼上的一个窗户里出现了，显然也在专心致志地看书。这令纳撒尼尔·匹普金打心底里感到欢欣鼓舞。两个人那样坐着可真是不同寻常啊，在那双眼睛往下看书的时候，看着那张秀美的脸真是太好了；而当玛丽亚·洛布斯开始把眼睛抬起来不看书，而向纳撒尼尔·匹普金的方向投来一瞥时，他的欢乐和倾慕之情简直是无边无际。最后，有一天，得知老洛布斯不在家，纳撒尼尔·匹普金便冒冒失失地向玛丽亚·洛布斯送去了一个飞吻；而玛丽亚·洛布斯呢，不但没有关上窗子和拉上百叶窗，相反还向他回报了一个飞吻，并且微微一笑。见此情景，纳撒尼尔·匹普金下定了决心，不管会发生什么事，他都要发展自己的感情，一点儿也不耽搁。

“比老马具店老板的女儿玛丽亚·洛布斯更美的步态、更欢快的心灵、更笑靥可人的脸蛋和更漂亮的身材，在这个因它们而生色的世界上是从未有过的。她那双亮闪闪的眼睛里有一种淘气的光芒，即使是远不如纳撒尼尔·匹普金那么多愁善感的人，都要被它弄得神魂颠倒；她欢快的笑声里有一种欢欣的乐音，即使是最严厉的厌世者，听了它都会露出微笑。甚至连老洛布斯本人，哪怕是在他暴戾发作的时候，都抵挡不住漂亮女儿的哄骗；在她和她的表妹凯特——一个狡猾、大胆、迷人的小家伙——死缠着向老头子索要什么的时候——说实话，她们是经常这么做的——他什么都不会拒绝，即使她们索要的是那锁在铁保险箱里的见不着阳光的无穷无尽的财宝的一部分，他都会欣然给予。

“一个夏日的黄昏，纳撒尼尔·匹普金在田野上看见了这一对可人儿，她们就在他前面几百码的地方，这时候他的心跳得多厉害呀——正是在这片田野上，他不知有多少次一边散步，一边思慕玛丽亚·洛布斯的美丽，一直到天黑了才回去。虽然他常常想，他只要有机会遇见她，他就会无比欢快地走到玛丽亚·洛布斯跟前并向她表白自己的爱情，但是此时此刻，她意外地出现在他面前，他感到自己体内所有的血液都涌到了脸上，这显然使他的腿深受其害，它们被剥夺了平常的功能，抖个不停。当她们停下来采篱笆上的花儿或听鸟叫的时候，纳撒尼尔·匹普金也会停下来，装出一副在全神贯注沉思的样子，而他也确实是心事重重啊；因为他正在考虑，当她们往回走和他面对面相遇的时候，他到底该做些什么——到时候她们是必定要往回走的呀。尽管他不敢走近她们，但是他受不了看不见她们。所以，她们加快步伐时他也加快步伐，她们徘徊时他也徘徊，她们停下来他也停下来；这样下去，若不是凯特偷偷地回头看看，鼓励地招呼纳撒尼尔走上前去，他们简直会一直走到天黑。凯特的态度中有某种无法抗拒的东西，因此纳撒尼尔·匹普金接受了邀请；在他这方面红了一大阵脸，那个恶作剧的小表妹纵情地大笑了一阵之后，纳撒尼尔·匹普金在有露水的草地上跪了下来，信誓旦旦地说他决心永远跪在那里，除非答应让他做玛丽亚·洛布斯的心上人。听到这话，玛丽亚·洛布斯那欢快的笑声在傍晚宁静的空气中回荡起来——不过却没有扰乱它；那是多么悦耳的声音啊——那个调皮的表妹笑得比先前更放肆了，纳撒尼尔·匹普金的脸比先前更红了。最后，被那个饱受相思之苦的小个子逼得没办法了，玛丽亚·洛布斯扭过头去，低声叫她表妹替她表态，或者根本就是凯特自作主张说的，说她听了匹普金先生的话感到很荣幸；至于她的婚事和芳心嘛，那是由她父亲做主的;还说谁也不会对匹普金先生的价值视而不见的。由于这些话是极其庄严地说出来的,加之纳撒尼尔·匹普金陪着玛丽亚·洛布斯走回家,在分手时还硬是吻了她一下,因此上床睡觉时他觉得自己是一个幸福的人,而且整夜都在做美梦,梦见自己打动了老洛布斯,打开了坚固的保险箱,还娶到了玛丽亚。

"第二天,纳撒尼尔·匹普金看见老洛布斯骑着他常骑的那匹灰色小马出去了,那个调皮的小表妹在窗口打了很多暗号,那意思是什么他丝毫不懂;然后,那个皮包骨头的瘦腿学徒跑来通知说,他的主人整晚都不回来,两位小姐请匹普金先生去吃茶点,时间是六点整。这一天的功课到底是怎么教完的,无论匹普金先生还是那些小学生,都和我们一样不清不楚;但是功课总归是上完了,学生们一走,纳撒尼尔·匹普金便开始打扮起来,一直打扮到六点钟才算是满意了。倒不是说他花了这么长时间选择该穿什么衣服,因为他根本就没有衣服可供挑三拣四;只是要把衣服穿得得体,而且事先还要把它们补好,这可绝不是一件不太困难或者不太重要的事情啊。

"那里有一小伙儿非常赏心悦目的人,包括玛丽亚·洛布斯和她的表妹凯特,还有三四个嘻嘻哈哈、兴高采烈、脸色如玫瑰的姑娘。纳撒尼尔·匹普金亲眼看见的一切,证明了关于老洛布斯的财富的传闻是毫不夸张的。桌子上真的摆着结结实实的纯银的茶壶、奶油罐和糖缸,还有用来搅茶的真银调羹,喝茶用的真瓷杯子,以及用来装糕点和烤面包的碟子,也是真瓷的。那整座屋子里惟一刺眼的是玛丽亚·洛布斯的另一位表亲,以及凯特的哥哥,玛丽亚称他叫"亨利",这家伙好像想独占玛丽亚·洛布斯似的,把她护在桌子的一角。目睹亲戚们之间的浓浓亲情本是件开心的事儿,可是眼下的情景或许也过分了点儿,使得纳撒尼尔禁不住做如是想:假如玛丽亚·洛布斯对所有别的亲戚都像对这个表哥这么关心,那她一定是一个特别喜欢亲戚的人。喝完茶之后的情况也是如此。喝完茶之后,那个调皮的小表妹提议做瞎子抓人的游戏,不知是怎么的,当瞎子的差不多总是纳撒尼尔·匹普金,而且每次他抓住那个表哥,他肯定会发现玛丽亚·洛布斯离表哥不远。尽管那个调皮的小表妹和其他女孩掐他,扯他的头发,把椅子推到他前面拦他,或玩各种其他的恶作剧,但是玛丽亚·洛布斯好像从来没有靠近过他;有一次——只一次——纳撒尼尔·匹普金可以发誓,他听到了接吻的声音,接着是玛丽亚·洛布斯轻微的抗议声,以及她的女友们的没有完全压抑住的笑声。所有这一切都是离谱的——非常离谱——假如纳撒尼尔的心思不是突然转到了新轨道的话,还真说不定他会干出什么来哩。

“使他的心思转上新轨道的,是大门口发出的响亮的敲门声,大声敲门的不是别人,正是老洛布斯本人,他出人意料地回来了,正在像个棺材匠似的拼命地捶门:因为他想吃晚饭了。那个皮包骨头的瘦腿学徒刚刚跑来报完警,女孩子们就连忙蹑手蹑脚地躲进了玛丽亚·洛布斯的卧室,那位表哥和纳撒尼尔·匹普金则被塞进了起居间的两个壁橱里,因为没有更好的藏身之处;在玛丽亚和那个调皮的表妹把他们藏好,把房间收拾好之后,她们俩为老洛布斯开了门,他自从一开始敲门就没有停过。

“倒霉的是,饿坏了的老洛布斯脾气坏得像个恶魔。纳撒尼尔·匹普金可以听见他像条喉咙痛的恶狗似的在吼来吼去;每次那个瘦腿子的不幸学徒进来,老洛布斯总要像个异教徒似的以穷凶极恶的口气咒骂他一顿,尽管他显然没有别的什么目的,只不过是想把一些过剩的咒骂一吐为快而已。最后,已热好的晚饭被摆到了桌上,接着老洛布斯正正经经地大吃起来;他很快就把饭菜全扫光了,在吻了吻女儿之后,他叫把烟斗拿来。

“老天爷把纳撒尼尔·匹普金的两个膝盖放得本来还挺紧凑

的，但是当匹普金听到老洛布斯说要烟斗的时候，它们就相互打起架来，仿佛各自想把对方捣成粉末似的；因为就在他站在其中的那个壁橱里，有一根棕色杆子银斗子的烟枪就挂在两个钩子上，五年来的每一个下午和傍晚，他都亲眼看见它被老洛布斯叼在嘴里。两个女孩先到楼下找烟斗，又跑上楼去找，所有地方都找遍了，除了她们知道烟斗所在的那个地方；与此同时，老洛布斯大为光火，暴躁得简直吓死人。最后他想到了壁橱，并向它走了过去。在老洛布斯那么强壮的一个人在往外面拉时，像纳撒尼尔·匹普金那么弱小的一个人往里面拉是丝毫用处都没有的。老洛布斯使劲一拉就把门拉开了，发现纳撒尼尔·匹普金笔直地站在里面，吓得从头到脚直打哆嗦。天哪！当老洛布斯揪住匹普金的衣领把他拖出来，伸直手臂押着他的时候，老头子那凶狠的目光多么令他心寒胆战啊！

"'嘿，你这该死的在这里干什么？'老洛布斯说，声音可怕极了。

"纳撒尼尔·匹普金答不上话来，因此老洛布斯就把他前前后后摇了两三分钟，以便替他理清思路。

"'你在这里想干什么？'洛布斯吼道，'我想你是来追我女儿的吧，啊？'

"老洛布斯说这话其实不过是作为一种讥笑，因为他不相信纳撒尼尔·匹普金会如此胆大包天。难怪当他听到那个可怜的人做以下回答时，他简直是火冒三丈——

"'是的，我是的，洛布斯先生。我是来追你的女儿的。我爱她，洛布斯先生。'

"'嘿，你这个流鼻涕、歪嘴脸、弱不禁风的恶棍。'老洛布斯喘着粗气说，被那恶劣的自白弄得呆住了，'你那是什么意思？再对我说一遍！该死的，我掐死你！'

“要不是一个出其不意地出现的人拦住他的手臂的话，盛怒之下的老洛布斯说不定真的会把这一威胁付诸实施；半路杀出的是那位表哥，他从那个橱柜里跨出来，走到老洛布斯面前，说：

“‘这个无甚妨碍的人，先生，是被邀请来的，邀请他来不过是女孩们在闹着玩，我不能容许他以非常高贵的姿态来担当我应该承担而且也正准备坦白的过错（如果它是过错的话）。我爱你的女儿，先生；我来这里的目的就是来会她。’

“老洛布斯听到这话后睁大了眼睛，但是再怎么大也没法和纳撒尼尔·匹普金相比。

“‘是吗？’洛布斯说，他终于缓过气来可以说话了。

“‘是的。’

“‘我早就禁止你进我家门的。’

“‘是的，要不然我也不会今天晚上偷偷上这儿来。’

“老洛布斯的事说起来真叫人难过，假如不是他那位明亮的双眼像在泪水中游泳似的漂亮女儿抱住他的手臂求情的话，他恐怕早就开始揍那位表哥了。

“‘别阻止他，玛丽亚。’那个年轻人说，‘他若是有心揍我，就让他揍好了。无论如何，我都不会伤他的白头上的一根头发的。’

“老头子听到这句谴责的话垂下了目光，它与他女儿的目光碰到了一起。我先前已暗示过一两次，那双眼睛是非常明亮的，即便现在是泪水盈盈，它们的感染力也丝毫没有减少半分。老洛布斯把头扭开，仿佛避免被它们说服似的。这时候，简直是命中注定，他又碰上了那个调皮的小表妹的脸，她一半是为哥哥担心，一半是在笑纳撒尼尔·匹普金，脸上显露出一副迷人的表情，其中还带有一丝羞涩，这种神情是任何男人看了都中意的，无论年轻还是年老。她把手臂抚慰似的挽住老头子的手臂，凑在他的耳朵边悄悄说了点儿什么；不管老洛布斯怎么样，反正他禁不住露出了微笑，同时有一滴眼泪偷偷滚下了脸颊。

“五分钟之后，女孩子们被从卧室里请了下来，一个个格格地笑着，羞羞答答的；在年轻人们乐得热火朝天的时候，老洛布斯取下烟斗，抽了起来；这一斗烟可真是非比寻常呀，因为它是他所抽过的烟中最舒畅、最欢快的一斗。

“纳撒尼尔·匹普金觉得最好还是保守住自己的秘密，因此也就渐渐地获得了老洛布斯巨大的欢心，后来老头子教会了他抽烟。自那以后的很多年，他们俩经常在晴朗的晚上一起坐在园子里，纵情地又抽烟又喝酒。不久他便从爱情的熬煎之中恢复过来了，因为我们在教区的登记册上发现他的名字，是作为玛丽亚·洛布斯和她表哥的婚礼的证婚人；查阅其他的文件还可看到另一件事情，那就是，在举行婚礼的那天晚上他被关进了村里的禁闭室，因为他在烂醉的状况下在街上干了很多越轨的事，那全是在那个皮包骨头的瘦腿学徒的怂恿和帮助之下做出来的。”

第十八章　简要说明两点——第一，歇斯底里的威力；第二，环境的力量

在亨特尔夫人举行早餐会之后的两天里，匹克威克的信徒们呆在伊坦斯维尔，在焦急地等待他们的可敬领袖的消息。图普曼先生和斯诺格拉斯先生再次落入了只好自寻其乐的境地；因为温克尔先生接受了盛情难却的邀请，继续住在波特先生府上，把所有的时间都献出来陪伴和蔼可亲的女主人了。不过并不缺少波特先生偶尔的参与，来使他们的欢乐臻于完美。由于深深地沉浸在苦思冥想之中，一心想的是为公众谋福利和摧毁《独立报》，这位伟大人物向来不习惯于走下他精神的塔尖，降格到普通心灵的卑微水平上。不过这一次不同，仿佛为表现对匹克威克先生的任何信徒的特别的敬意似的，他变得随和起来了，从他的圣坛上走了下来，走到了地面上：大发慈悲地使他的言论适应了群氓的理解力，而且在外在形式——假如不是在精神上——成了他们中的一员。

由于这位著名的公众人物是如此善待温克尔先生，因此，当以下的事情发生时，后面这位绅士脸上露出极其惊讶之色是可想而知的；当时他独自一人坐在早餐室里，门突然被匆匆撞开，同时又匆促地被关上，波特先生冲了进来，威风凛凛地走到他面前，把他伸出的手推开，一边咬牙切齿，仿佛要把他要说的话磨得更锐利似的，一边以拉锯似的声音叫道：

“毒蛇！”

“先生！”温克尔先生叫道，从椅子上惊跳起来。

“毒蛇，先生，”波特先生高声重复了一遍，接着又压低了声音，“我说了，毒蛇，先生——把好事干尽吧。”

你和一个人凌晨两点时分手，分别时彼此极尽难分难舍之能事，而到了九点半钟，当再见到你的时候，他却把你叫做毒蛇，这时候你猜想必定出了岔子，这是情理之中的事。温克尔先生当时便是这样想的。他回报了波特先生的冷酷盯视，并且按那位绅士的要求尽量显出“蛇”的本色。但是，这所谓“尽量”根本不算什么；因此在几分钟的紧张的沉默之后，他说道：

“毒蛇，先生！毒蛇，波特先生！你这是什么意思，先生？——开玩笑吧。”

“开玩笑，先生！”波特先生叫道，手猛地一挥，表明他真想把那只不列颠合金茶壶砸到他的客人头上，“开玩笑，先生！——不，我要冷静；我要冷静，先生。”为了证明他的冷静，波特先生一屁股坐进一张椅子，气得嘴吐白沫。

“我亲爱的先生。”温克尔先生插话说。

“亲爱的先生！”波特答道，“你怎么敢称我为‘亲爱的先生’呢，先生？你怎么敢正视我的脸并对我这样称呼呢，先生？”

“那好，先生，既然你这么说话，”温克尔先生反唇相讥道，“你怎么敢正视我，称我是毒蛇呢，先生？”

“因为你是毒蛇。”波特先生答道。

“拿出证据来，先生，”温克尔先生情绪激愤地说，“拿出证据来。”

编辑深沉的脸上掠过一丝恶毒的怒容，从口袋里掏出了那天早上的《独立报》；他用手指点了点其中特别的一段，把报纸从桌子上方丢给了温克尔先生。

那位绅士拿起报纸来一看，上面写道：

“我们的卑微而污秽的同行，在其有关本镇最近的选举的令人厌恶的言论中，竟然胆敢侵犯私生活的神圣，公然以一种绝对误会不了的姿态影射我们以前的候选人的个人生活——唉，尽管他，菲兹金先生，被卑鄙地击败了，但我们还要说他是我们未来的候选人。我们那位怯懦的同行这么做是何居心呢？假如我们也像他一样把社交的礼节毫不放在眼里，而去揭开那侥幸地掩盖了他的私生活、使他得以免遭众人的嘲笑——纵然不是咒骂——的帷幕的话，那么这个恶棍会怎么个说法呢？假如我们把那些众所周知的、除了我们那位鼠目寸光的同行之外人人看在眼里的事实，一一指出来并加以评述的话，那又会怎样呢？——假如我们把我们在动手写这篇文章时收到的、出自本镇的一位天才镇民兼本报通讯员之手的流露真情的诗篇刊印出来，那又怎么样！

咏 铜 壶①

噢，波特！婚礼之钟在敲，
　假如你当初就知道
她会变成虚情假意的堂客儿，
你准会当时就一了而百了，
　我敢说为避免现在受煎熬，
你准会把她送给那温××。”

“你说呀，”波特先生严厉地说，“哪几个字可以和‘堂客儿’押韵，你这恶棍？”

“什么可以和‘堂客儿’押韵？”波特太太刚好此时进来了，她

① 铜壶，原文为 brass pot，其中 pot（壶）与 Pott（波特）谐音，另外 brass，除有“黄铜”之义，还有“厚颜无耻”之义，因此，诗题一语双关，可解为“厚颜无耻的波特”。

抢先做了回答，“什么可以和‘堂客儿’押韵？嘿，我想呀，应该是温克尔。”她一边说，一边朝那位心烦意乱的匹克威克信徒甜蜜地微微一笑，并且把手伸给他。假如不是波特愤慨地插话阻止的话，那个意乱神迷的年轻人恐怕会糊里糊涂地握住那只手哩。

“回去，太太——回去！”编辑说，“当着我的面和他握手！”

“波先生”他那惊讶的太太说。

“可怜的女人，你看看，”那位丈夫大叫道，“你看看，太太——《咏铜壶》。‘铜壶’，——那就是我呀，太太。‘她会变成虚情假意的堂客儿’，——说的就是你呀，太太——你。”他狂怒地发作了这么一阵子，与此相伴的是看到妻子的脸色而产生的像是颤抖的动作，然后波特先生把那份最新出版的《伊坦斯维尔独立报》扔在她的脚边。

“想不到你会这样，先生。”惊讶的波特太太说，俯身捡起那张报纸，“想不到你会这样，先生！”

波特先生在他妻子蔑视的目光下畏缩了。他为鼓足勇气做着绝望的挣扎，可是很快又泄气了。

“想不到你会这样，先生。”这么一句简简短短的话，读起来倒也没有什么大不了；但是说这句话时的那种语气，以及与之相随的那种神情，两者好像都表示将有什么报复落到波特先生头上似的，这对他充分产生了作用。即使最差劲的观察者都可以从他那诚惶诚恐的脸部表情看出，他随时都愿把那双威灵顿靴子奉献出来，让给任何一个在此时此刻愿意穿它们的有能耐的替身啊！

波特太太读了那段文字，发出一声响亮的尖叫，然后便笔直地躺在了壁炉边的地毯上，一边嘶叫，一边用鞋跟跺地毯，那神态表明她在那一场合的感情宣泄完全是正当的。

“我亲爱的，”吓呆了的波特说，“我并没有说我相信呀；——我——”但这个不幸男子的声音被他的配偶的尖叫声淹没了。

“波特太太，我求你了，我亲爱的夫人，请你冷静些。”温克尔先生说；但是尖叫声和跺脚声更大了，而且频率也更快了。

“我亲爱的，”波特先生说，“对不起。假如你不为自己的身体考虑，那就为我想想吧，我亲爱的。我们会把一大群人引来看热闹的。”但是，波特先生越是费劲地恳求，嘶叫声就越是来得猛烈。

不过，非常幸运的是，波特太太有一个贴身随从，一位年轻女士，雇请她来的目的显然是替波特太太梳妆打扮，但是她使自己在很多方面都发挥作用，尤其是教唆和帮助主妇在每一个心愿和爱好方面都同不幸的波特唱对台戏。尖叫声随即传进了这位年轻女士的耳朵，引得她风风火火地直奔过去，匆忙之中使她那整得十分精致的帽子和鬈发遭遇了被弄得乱七八糟的危险。

“噢，我亲爱的，亲爱的夫人！”那位侍卫叫道，一边发疯似的跪在躺在地上的波特太太旁边，“噢，我亲爱的夫人，发生什么事啦？”

“你的主人——你那畜生一般的主人。”病人喃喃地说。

波特明显地在退缩。

“丢脸啊。”女侍卫责备地说，“我就知道他会送你的命的，夫人，可怜的宝贝啊！”

他进一步退缩。对方进一步发起攻击。

“噢，别离开我呀——别离开我，葛德文，”波特太太喃喃地说，一边在歇斯底里的痉挛之下抓住了那个叫葛德文的女子的手腕，“你是惟一对我好的人，葛德文。”

听到这一感人的请求，葛德文又开始表演她那自导自演的小小的家庭悲剧，流了不少的眼泪。

“绝不会的，夫人——绝不会的。”葛德文说，“噢，先生，你应该怜香惜玉一点——你真该这样；你不知道你会对夫人造成多大的伤害；你总有一天会后悔的，我知道——我向来是这么说的。”

不幸的波特怯生生地在一旁看着，但什么也没有说。

“葛德文。”波特太太用柔和的声音说。

“夫人。”葛德文说。

“但愿你明白我曾经是多么爱那个人啊——”

“不要去想它了，夫人。”那位侍卫说。

波特显得非常恐慌。彻底打垮他的时机到了。

“可是现在，”波特夫人抽泣着说，“现在，到头来竟受到这样的对待；当着第三者的面责备和羞辱我，而这个第三者差不多还是一个陌生人。但是我不会就这么咽下这口气！葛德文，”波特太太在她的侍从怀抱里撑起身子，继续说，“我的哥哥，那个中尉，他会过问这事儿的。我要分居，葛德文！”

“那当然是他活该，夫人。”葛德文说。

至于分居的威胁在波特先生心里唤起了一些什么想法，他忍住了没有说出来，而只是极其谦卑地说了这样一句：

“我亲爱的，你愿听我说一句吗？”

惟一的回答是一连串新的呜咽，与此同时，波特太太变得更歇斯底里了，她一边哭泣，一边要人家告诉她为什么她要投生到这个世界上，另外还问了很多诸如此类的问题。

“我亲爱的，”波特先生规劝说，“不要说这些感伤的话。我从来没有相信过那段话有任何根据，我亲爱的——不可能。我只是生气而已，我亲爱的——我或许可以说是暴跳如雷——对那些《独立报》的人竟敢登这种文章气不过；仅此而已。”波特先生朝那个无辜的所谓肇事者投去恳求的目光，仿佛在请他不要再提毒蛇的事。

“那么，先生，你想采取什么措施来补救呢？”温克尔先生问道，见波特在丧失勇气，他的胆子又大起来了。

“噢，葛德文，”波特太太说，“他是不是想用马鞭子把《独立报》的编辑抽一顿呢——是不是呀,葛德文?”

“嘘,别说话,夫人;请你安静地歇一会儿,”那位侍卫说,“我敢说他会的,假如你乐意的话,夫人。”

“当然会,”波特说,因为他太太又显露出毛病快发作的明显征兆了,“我当然会的。”

“什么时候,葛德文——你什么时候呀?”波特太太说,还没有决定是不是要发作。

“马上办,当然,”波特先生说,“不超过今天。”

“噢,葛德文,”波特太太继续说,“那是对付诽谤和恢复我的名誉的惟一办法。”

“那是肯定的,夫人,”葛德文回答说,“凡是男子汉,夫人,都不会拒绝去做的。”

由于歇斯底里的阴云还在萦绕,因此波特先生再一次说他会去做的;但是波特太太一想到自己居然受到怀疑就受不了,因此她有好几次差一点又要发作起来,要不是勤勉的葛德文在做不屈不挠的努力,要不是已被征服的波特再三请求宽恕,她肯定早就发作起来了;最后,在那个不幸的人被威吓和斥责贬回到他通常的处境的时候,波特太太才恢复了常态,然后他们就去吃早饭了。

“你不会让这份下流报纸的诽谤缩短你在这里逗留的时间吧,温克尔先生?”波特太太说,泪痕满面地微笑着。

“我希望不会。”波特先生说,同时被一种心愿激动起来,那就是,他巴不得他的客人被刚好举到嘴边的那块烤面包噎死:这样就可以有效地结束他在这里的逗留了。

“我希望不会。”

“你真好,”温克尔先生说,“但是匹克威克先生来了一封信——我是从图普曼先生那里得知的,今天早上有他的一个便条被送到了我的卧室门口——匹克威克先生在信里要求我们今天在坟堆子那儿与他会合;我们中午就要乘马车走了。”

“可你还会再回来的吧?”波特太太说。

“噢,当然会的。”温克尔先生答道。

“你肯定吗?”波特太太说,偷偷地向客人温情地瞟了一眼。

“肯定。”温克尔先生答道。

早餐在沉寂之中吃完了,因为每个人都在为自己的苦衷费神。波特太太在为失去一个仰慕者而懊恼;波特先生在想他答应鞭打《独立报》编辑的轻率誓言;温克尔先生为自己无辜地陷入如此尴尬的处境而苦恼;中午到了,再三道别并许诺再来之后,他才从波特府上脱身。

“他要是再回来,我要毒死他。”波特先生这样想着,回到了他那位于屋子后部的小小办公室,他常常在那里准备他的雷霆般的大作。

“假如我真的回来,要是我再和这些人搅和在一起,”温克尔在去孔雀旅馆的路上这样想,“那我就活该挨一顿马鞭子——就这样。”

他的朋友们准备好了,马车也差不多了;不出半个小时他们已经动身,上了匹克威克先生和山姆最近才走过的那条路,由于我们对一路上的风土人情已经做过一些描述,因此我们觉得没有必要再摘录斯诺格拉斯的诗意而美丽的描写了。

威勒先生正站在天使旅馆的门口,准备迎接他们,他把他们带到了匹克威克先生的房间,在那里他们见到了老华德尔和特伦德尔,这使温克尔先生和斯诺格拉斯先生吃惊不小,也使图普曼先生大为尴尬。

“你好吗?”老头子说,握住了图普曼先生的手,“不要退退缩缩的,也不要为过去了的事感伤;那是没有办法的事,老伙计。为她着想,我希望你娶了她;为你着想,我倒是为你没娶她而高兴。

像你这么年纪轻轻的,哪一天准找个更好的——呃?”说着这些宽心的话,华德尔轻轻地拍了拍图普曼的背,开心地大笑起来。

“喂,你们好吗,我的好小伙子们?”老先生说道,同时与温克尔先生和斯诺格拉斯先生握起手来,“我刚才还在跟匹克威克说哩,我们一定要请你们大伙去过圣诞节。我们即将举行一个婚礼——这回可是一个真正的婚礼啊。”

“婚礼!”斯诺格拉斯先生叫道,脸色变得很苍白。

“是的,婚礼。但是别害怕,”那个开心的老头说,“只不过是特伦德尔和贝拉结婚。”

“噢,是吗!”斯诺格拉斯先生说,从那已沉甸甸地压在他心头的痛苦疑虑中解脱了出来,“恭喜恭喜,先生。乔怎么样啦?”

“很好,”老绅士答道,“还是那么贪睡。”

“你母亲、那个牧师和其他所有人呢?”

“都挺好。”

“那么,”图普曼先生说,有一点儿吃力——“那么——她呢,先生?”说着把头扭向了一边,用手遮住了眼睛。

“她!”老绅士说,会心地点了一下头,“你是说我那位独身的亲人吗——呃?”

图普曼先生点了一下头,表明他问的正是那个失望的拉切尔。

“噢,她走了。”老绅士说,“现在住在一个亲戚家里,离得挺远的。她看到女孩子就不顺眼,因此我让她走了。但是来吧!晚饭准备好了。你们坐完车一定饿了吧。连我都饿了,虽然没坐车;所以让我们动手吃吧。”

大家放开胃口饱餐了一顿,饭后当他们围坐在桌子边的时候,匹克威克先生讲述了他的遭遇以及穷凶极恶的金格尔是如何诡计得逞的,令他的信徒们听完后惊骇和愤慨到了极点。

“我在那个园子里还感染了风湿病,”匹克威克先生下结论说,“那使得我到现在都还瘸着哩。”

“我也有一段小小的历险。”温克尔先生微笑着说;在匹克威克先生的请求下,他详述了《伊坦斯维尔独立报》的恶语诽谤,以及接下来他们的朋友——那位编辑的大动肝火。

在叙述的过程中,匹克威克先生锁紧了眉头。他的朋友们注意到了这一点,在温克尔先生讲完之后,大家陷入了深深的沉默之中。匹克威克先生用捏紧的拳头重重地捶了一下桌子,然后说了下面这些话:

“这难道不是一件天大的怪事,”匹克威克先生说,“好像我们是注定了不管进到哪一个人家里,都不可避免地要给他带来些麻烦?我想知道,这是不是表明我的信徒们举止轻浮,或者更糟一些,心地阴险——我要这么说!——以至于不论他们在哪个的屋檐下歇脚,他们都会扰乱某个轻信的女性的宁静而幸福的心境呢?是不是,我说——”

要不是山姆这时候拿着一封信进来,打断了他滔滔不绝的雄辩的话,匹克威克先生是很可能要再讲上一阵子的。他用手绢擦了擦额头,摘下眼镜,把镜片擦了擦,然后又把它戴上;接着他又恢复了平常的温和语调,说道:

“什么事呀,山姆?”

“刚才我去了邮局,发现了这封信,已经放在那儿两天了,”威勒先生答道,“是用封缄纸封好的,字迹是圆体字。”

“我不认得这个人的笔迹,”匹克威克先生说,打开了那封信,“天哪!这是怎么回事?一定是开玩笑;这——这——不会是真的。”

“怎么回事?”大伙齐声问道。

“没有谁去世吧,是吗?”华德尔说,对匹克威克先生脸上的惊恐表情警觉起来。

匹克威克先生没有回答，而是把信推到桌子对面，叫图普曼先生把它大声念出来，他自己则倒回了椅子里，脸上带着看了令人发怵的茫然的惊恐之色。

图普曼先生用颤抖的声音念起信来，内容如下：

巴德尔诉匹克威克案

先生：

兹受玛莎·巴德尔夫人委托，对你提出毁弃婚约的控诉，原告要求赔偿损失一千五百镑；“民事诉讼法庭”业已受理本案并发出令状，特此奉告；并请复函告知贵方在伦敦的律师姓名，以便履行有关程序。

我们是，先生，
你的忠实的奴仆
道森和福格

此致
匹克威克先生尊鉴

康希尔，弗里曼巷
一八三〇年八月二十八日

每个人都带着无言的惊讶看看左右的人，然后大家又看看匹克威克先生；那种惊讶的神情里好像有某种非常感人的东西，使得大家都怕说话。最后是图普曼先生打破了沉默。

“道森和福格。”他机械地重复道。

“巴德尔和匹克威克先生。”斯诺格拉斯先生说，在琢磨着。

“轻信的女性的宁静而幸福的心境……”温克尔先生喃喃地说，显出一副神魂出窍的神情。

“这是合谋陷害，”匹克威克先生说，他终于恢复说话的能力，“这是那两个贪婪的律师搞的卑鄙阴谋，道森和福格。巴德尔太

太是绝不会这么做的;——她没有做这种事的狠心;——她没有理由这样做。可笑——真可笑。”

“关于她的心,”华德尔微笑着说,“你当然是最清楚不过的。我并不想给你泼冷水,但是我可得提醒你,关于她起诉的理由,依我看呀,道森和福格比我们中的任何人都在行得多。”

“是想黑心地敲竹杠。”匹克威克先生说。

“但愿如此。”华德尔说,短促地干咳了一声。

“谁听见我对她说过什么过分的话——除了一个房客对老板娘该说的?”匹克威克先生继续说,气不打一处来,“谁见过我和她单独在一块儿? 就连我的这些朋友都没有啊——”

“只有一次除外。”图普曼先生说。

匹克威克先生的脸色变了。

“啊,”华德尔先生说,“那么,那是要害所在。那大概也没有什么可疑的地方吧,我想?”

图普曼先生怯生生地瞟了他的领袖一眼。“嘿,”他说,“倒也没有什么可怀疑的;可是——我不知道那是怎么发生的,是呀——她的确是倚在他的怀抱里。”

“哎呀,天哪!”匹克威克先生脱口喊道,因为对那一场景的回忆强有力地袭上了他的心头,“多么可怕的例证啊,它证明环境的力量是多么强大! 没错——她是倚在我的怀里——是这样。”

“而且我们的朋友正在抚慰她的悲伤哩。”温克尔先生说,带有几分恶意。

“是这样的,”匹克威克先生说,“我不否认。是这样。”

“喂,”华德尔说,“既然没什么可怀疑的,那么这事儿就有点儿古怪了——呃,匹克威克? 啊,狡猾的狼——狡猾的狼!”接着他放声大笑起来,把碗橱上的玻璃都震得再次响了起来。

“多么可怕的表面现象的巧合啊!”匹克威克先生叫道,用双手托着下巴，“温克尔——图普曼——我请求你们原谅我刚才说的话。我们都是环境的牺牲品，而我受害最大。”在这样道歉之后，匹克威克先生把头埋在掌心里沉思起来；与此同时，华德尔打量了其他的人一番，饶有兴味地又是眨眼又是点头。

“可是我要去说个明白，”匹克威克先生说，他抬起头来，捶了一下桌子，“我要去见这个道森和福格！我明天就去伦敦。”

“明天不行，”华德尔说，“你瘸得太厉害。”

“那就后天吧。”

“后天是九月一号，你已经答应过无论如何都要和我们一起坐车到乔弗里·曼宁爵士的庄园去，即使你不能参加游猎活动，也一定和我们一块儿吃中饭。”

“那么，好吧，那就大后天，”匹克威克先生说，“星期四，——山姆！”

“先生。”威勒先生答道。

“订两个去伦敦的外面的座位，星期四早上动身，你和我两人去。”

“好的，先生。”

威勒先生离开了房间，慢吞吞地走去办他的差事去了，他双手插在口袋里，双眼盯着地面。

“真是个古怪的家伙，我的这位皇帝。”威勒先生慢悠悠地走上大街的时候这样说道，“居然想到去吊那个巴德尔太太的膀子——而且她还有个孩子哩！老家伙们尽玩些这样的把戏，尽管看上去规规矩矩的。不过我觉得他不会干这种事——我相信他不会！”威勒先生一边做着这一连串道德评述，一边向订票房走去。

第十九章　欢快的一天，以不快收场

鸟儿们因自己的平和心境和个人安乐而快乐无比，对九月一日这一天人们为惊吓它们而做的各种准备一无所知；它们其乐陶陶地欢唱着，无疑是把这个早晨当做这个季节最欢快的早晨之一来欢迎的。很多小鹧鸪趾高气扬地在残茬之间昂首阔步，显出一副年轻花花公子过分讲究的浮华气派；而那些老鹧鸪，则带着富于智慧和经验的老鸟的轻蔑神情，用圆圆的小眼睛看着小鸟的轻浮举动；无论老还是小，它们全都没有意识到它们即将大难临头，全都兴高采烈地在早晨清新的空气中晒太阳取暖，而过上一两个钟头它们将全部被打死在地上。瞧，我们变得感伤起来了，还是让我们慢慢道来吧。

老老实实、平平淡淡地说吧，这是一个晴朗的早晨——它是那么晴朗，使你简直不相信英格兰夏季的几个月飞逝而去。树篱、田野、树林、山和沼地，呈现着它们那始终在变幻的浓浓的绿意；几乎没有一片落叶，几乎没有半点闪烁的枯黄混杂在夏季的色泽里，告诫你秋天已经来临。天空明净无云，太阳明亮而温暖地照射着；空气中飘荡着鸟儿的歌声和无数夏虫的嗡鸣；农舍边的园子里挤满了各种色彩美丽妖娆的鲜花，它们带着浓重的露水闪闪发亮，有如缀满了熠熠生辉的珠宝的花床。一切都带着夏天的印记，它的富丽色彩丝毫没有褪去。

就是在这样的早晨，一辆敞篷马车开到了马路边的一个围猎场的门口，车子里面坐的是三位匹克威克同仁（斯诺格拉斯先生自愿留在家里)、华德尔先生和特伦德尔先生,山姆则挨着车夫坐在驾驶座上;围猎场的大门口站着一个又高又瘦的猎场看守,还有一个穿着半统靴、打着皮绑腿的孩子,他们两人各背着一个极大的袋子,陪伴他们的是一对短毛猎狗。

"喂,"当那个人放下踏板的时候,温克尔先生对华德尔说,"他们不会想到我们打到的野味足以装满那些袋子,是吗?"

"装满!"老华德尔叫道,"天啦,是呀!你装满一个,我装满另一个;两个袋子装满之后,我们的猎装口袋还可以装同样多哩。"

温克尔对这句话没有作答就下了车;但是他在心里想,假如大伙站在旷野里等着他把袋子装满,他们是很可能着凉的。

"嘿,朱诺,小姑娘——嘿,老太婆;躺下,达夫,躺下,"华德尔说,一边抚摸那两条狗,"乔弗里爵士想必还在苏格兰吧,马丁?"

高个子猎场看守人做了肯定的回答,并有些惊讶地看了看温克尔先生,瞧他那拿枪架势,就好像是他希望他的上衣口袋为他免去扣扳机的麻烦似的;然后又看了看图普曼先生,瞧他那拿枪的架势,就好像他害怕它似的——他的确是害怕,这毫无疑问。

"我的朋友们对这一套还不太在行,马丁,"华德尔说,他已注意到马丁的惊讶,"活到老学到老嘛,你是知道的。他们总有一天会成为好枪手的。不过我要请我的朋友温克尔原谅我这么说;他在这方面是有过一些经验的。"

温克尔先生那张在蓝色围巾上方的脸露出怯弱的微笑,用以表示感谢恭维,并且在谦卑的不知所措之中神不知鬼不觉地使自己和枪纠缠到了一起,假如枪上了弹药的话,他准会不可避免地当场打死自己。

"待会儿枪里上了弹药时,你可千万不能这样拿枪啊,先生,"高个子的猎场看守人用沙哑的嗓音说,"不然的话,你不把我们中的哪一个变成冷盘才见鬼哩。"

温克尔先生受到这样的告诫，突兀地改变拿枪姿势，不料在这样做的时候，又重重地使枪管和威勒先生的脑袋相当重地碰了一下。

“喂！”山姆说，一边捡起被撞落在地的帽子，一边揉着太阳穴，“喂，先生！你要是这样做的话，你只要一枪就可以装满一个袋子，还装不完哩。”

那个打皮绑腿的孩子听了这话开怀大笑起来，然后见温克尔先生威严地皱着眉头，他又竭力装出他是在笑别的什么人。

“你叫这孩子给我们把小吃送到哪里呢，马丁？”华德尔问道。

“独树岗的山坡，十二点钟，先生。”

“那不是乔弗里爵士的领土，对吧？”

“不是，先生；不过紧挨着它。那是鲍德威格上尉的土地；但不会有任何人来打扰我们的，那里的草地可棒啦。”

“很好，”老华德尔说，“我们去得越早越好。那么，你十二点钟和我们会合好吗，匹克威克？”

匹克威克先生特别想看看打猎场面，尤其是他对温克尔先生的生命和四肢非常担心。再说，在如此诱人的一个早晨，让朋友们去寻乐，而自己却老老实实呆着，那的确是一件令人心里痒痒的难受的事。因此，他带着懊丧的神情回答说：

“唉，我看我只好这样啰。”

“这位绅士不会打猎吗，先生？”高个子猎场看守问道。

“不会，”华德尔答道，“再说，他的腿还瘸着哩。”

“我倒是非常想去，”匹克威克先生说，“非常想去。”

一阵怜恤的短暂停顿。

“篱笆的那一边有一辆手推车，”那个孩子说，“假如这位绅士愿意推着他沿小路走的话，他就可以跟在我们附近，过篱笆什么的我们可以抬他过去。”

“太好了，”威勒先生说，他对这一提议很有兴趣，因为他也很热切地盼望着看看他们打猎。“太好了。好主意，小家伙；我这就去把车子推过来。”

但是此时困难出现了。那个高个子的猎场看守人坚决反对让一位坐手推车的绅士加入到打猎队里，因为这是大大有悖于所有的成规和先例的。

这是一项强有力的反对意见，但它并不是不可克服的。猎场看守在受了劝诱，得了小费，尤其是在朝那个最初提议用那个工具的富于创造性的孩子的头上“打了一拳”之后，也就没什么了。于是匹克威克先生被放进了手推车，打猎队就出发了；华德尔和那个高个子看守在前面带路，山姆用手推车推着匹克威克先生殿后。

“停下来，山姆。”当他们在第一片田野走完一半的时候，匹克威克先生说。

“怎么回事呀？”华德尔说。

“我决不能让这部车子再往前推一步了，”匹克威克先生坚决地说，“除非温克尔换一个姿势拿枪。”

“我要怎么拿呢？”可怜巴巴的温克尔说。

“要枪口朝地拿着。”匹克威克先生答道。

“那太没有打猎人的样儿了。”温克尔申辩道。

“我可不管有没有打猎人的样儿，”匹克威克先生答道，“我不愿为体面的缘故在小车里挨上一枪，叫什么人高兴高兴。”

“我知道这位绅士迟早会叫谁挨上一枪的。”高个子看守吼叫道。

“好了，好了——我无所谓，”可怜的温克尔说，换成了枪托朝上枪口朝下的姿势——“好了吧！”

“这就稳妥了。”威勒先生说；他们又继续前进。

“停！”他们刚走出几码远，匹克威克先生又说。

“又怎么啦?”华德尔说。

“图普曼的枪不安全,我知道它不安全。”匹克威克先生说。

“呃? 什么! 不安全?”图普曼先生用非常吃惊的语调说。

“用你那种拿法不安全,”匹克威克先生说,“我很抱歉又提出异议,但我不能同意再往前走,除非你也像温克尔那样拿枪。”

“我看你最好是那样做,先生,”高个子看守人说,“不然你很可能打着自己或别的什么东西。”

图普曼先生以从善如流的态度连忙照办,按要求改变了拿枪姿势,于是大家又继续前进;两位业余游猎家倒拿着枪,有如皇家葬礼上的两个列兵。

那两条狗突然停住了,一动不动的,大家蹑手蹑脚地向前走了一步,也停了下来。

“那两条狗的腿怎么啦?”温克尔先生悄悄地说,“它们站着的样子好古怪呀。”

“嘘,别出声好吗?”华德尔轻声答道,“你没看见它们正在‘指点’吗?”

“指点!”温克尔先生说,瞪着眼睛四周张望,仿佛他希望发现那两只聪明的畜生请他们特别注意的某处特别美的风景似的,“指点! 它们指点什么呀?”

“留心看着,”华德尔说,处在兴奋之中而没有在意那一发问,“好啦。”

一阵刺耳的扑腾声,温克尔先生因受惊而后退,好像是他本人中了枪似的。砰,砰,两支枪开了火;——硝烟迅速在田野上掠过,缭绕着升到了天空。

“鸟儿在哪儿?”温克尔先生说,处在极度兴奋之中,朝四面八方张望着,“鸟儿在哪儿? 开枪的时候告诉我一声。它们在哪儿——在哪儿呀?”

“它们在哪儿?”华德尔说,一边捡起猎狗衔到他脚边的两只鸟儿,“噢,在这儿呀。”

“不是,不是,我是说其他的鸟儿。”狼狈的温克尔说。

“这时候呀,早就飞远啰。”华德尔答道,一边冷静地重新给枪装弹药。

“过上五分钟,我们很可能又会遇到一群的,”那个高个子猎场看守说,“要是这位绅士现在开始放枪的话,也许鸟儿飞起来的时候他刚好把弹药射出枪管哩。”

“哈! 哈! 哈!”威勒先生笑得震天响。

“山姆。”匹克威克先生喝道,他很同情他的信徒的迷惘与尴尬。

“先生。”

“不要笑。”

“当然不笑,先生。”于是,为了表示补偿,威勒先生在手推车后面强忍着不笑,把脸都扭歪了,只有那个打皮绑腿的孩子看见他的怪相,被逗得禁不住轰然爆笑起来,结果马上被那个高个子猎场看守掴了一个耳光,后者刚好需要找个借口转过身来,以掩盖自己的欢笑哩。

“棒极了,老兄!”华德尔对图普曼先生说,“无论如何,你这回总算开枪了。”

“噢,是的,”图普曼先生答道,有点儿自得,“我开了枪。”

“干得好。下一次你会打到东西的,只要你眼明手快。很容易,不是吗?”

“是的,很容易,”图普曼先生答道,“不过嘛,肩膀撞得挺疼的。它几乎把我冲退了。我压根儿没想到这么小小的火器居然有那么大的后坐力。”

“啊,”老绅士说,微笑着,“你到时候会习惯的。好了——一切就绪——你们的小车子还好吗?”

“好着哩,先生。”威勒先生答道。

“跟上来吧。”

“抓稳点儿,先生。”山姆说,抬起了车子。

“好的,好的。”匹克威克先生答道;他们继续前进,要多快有多快。

小车被抬过翻越篱笆的台阶,进了另一片田野,匹克威克先生再次被放进车里。这时华德尔叫道:“车子在后面停下来。”

“好的,先生。”威勒先生答道,停了下来。

“喂,温克尔,”老绅士说,“轻轻地跟在我旁边,这回不要太迟了。”

“放心好了,”温克尔说,“它们又在指点了吗?”

“没有,没有;现在还没有。现在镇静点儿,安静点儿,”他们蹑手蹑脚地走着,假如不是温克尔先生节外生枝的话,他们本来是可以静悄悄地前进的,谁料到在极其紧要的关头,他不知怎么的却和他的枪纠缠不清,致使枪走了火,子弹刚好从那个孩子的头顶射了过去,假如是高个子站在那儿的话,子弹就刚好打中他的脑袋。

“嘿,你这到底是在干什么?”老华德尔说道,眼看着鸟儿安然地飞走了。

“我这辈子从没见过这样的枪,”可怜的温克尔先生说,一边看看枪机,好像那有什么用似的,“它自己自动开火的。它自己要这样啊。”

“自己要这样!”华德尔学着他的说法,态度里有几分恼火,“我看它还要自己杀个人什么的哩。”

“它很快就会这样做的,先生。”高个子以低沉的预言家般的语调说。

“你这话是什么意思,先生?”温克尔先生气愤地问道。

"别在意,先生,别在意,"高个子猎场看守人答道,"我是没有家室的,先生;这个孩子的母亲倒是可以从乔弗里爵士那里得到一笔相当可观的款子,假如孩子是在他的土地上被打死的话。再装上弹药吧,先生,再装上吧。"

"把他的枪拿掉,"匹克威克先生在手推车里大叫道,高个子的不祥暗示使他感到毛骨悚然,"拿掉他的枪,你们听见吗,有人听到吗?"

但是,谁也不愿自告奋勇站出来执行命令;温克尔向匹克威克先生投去忤逆的一瞥,然后重新装上弹药,继续和其他人一道前进。

我们应该声明一下,根据匹克威克先生的权威说法,图普曼先生打猎的样子比起温克尔先生来表现得谨慎和周到得多。但是,这丝毫都无损于后一位绅士在所有游猎活动中的伟大权威;因为,正如匹克威克先生曾精辟论述的那样,不知是为什么,古往今来的很多最优秀、最能干的哲学家,他们在理论方面具有十全十美的科学慧眼,但要把理论付诸实践却做不到。

图普曼先生的办法,正如我们的许多极其崇高的发现一样,是极其简单的。他凭着一个天才人物的敏捷和洞察力,立即注意到应该学会的两大要旨是——第一,开枪的时候不要伤着自己;第二,同时也不要伤到旁边的人;——显然,在完全克服了开枪的困难之后,最好的办法便是紧紧地闭上眼睛,朝天上开枪。

有一次,在完成了这样的技巧表演后,图普曼先生睁开眼睛,看见一只肥大的鹧鸪受伤落地。他正准备祝贺华德尔先生百发百中的成功,不料那位绅士却向他走过来,热烈地握住了他的手。

"图普曼,"那位老绅士说,"你特意瞄准了那只鸟吧!"

"不,"图普曼先生说,"没有。"

"没错,"华德尔说,"我看到你瞄的——我看到你选了这一只——你端起枪来瞄准的时候，我注意到了；我可以说，即使世界上最好的枪手都不可能干得比这一枪更漂亮。你在这方面比我设想的老练得多，图普曼；你以前打过猎的。”

图普曼带着自我克制的微笑否认自己是什么老手，但是否认也没有用。那种微笑被视为反证；于是从那一刻起，他的名声也就树立起来了，轻而易举获得的名声不止这一种，而且这样的幸运事儿也不只限于打鹧鸪啊。

与此同时，温克尔先生也在放枪，弄得枪火四射，硝烟弥漫，但却没有产生任何值得记录的具体效果；有时他的弹药耗在半空中，有时它们紧贴着地面一掠而过，以致使那两条狗陷入了性命难保的相当危险的境地。作为任意射击来说，它是变幻莫测、奇特无比的；但作为有确切目标的射击，那么，总的来说它或许是一场失败。有一条既定公理是这样说的：“每一颗子弹都有其归宿。”假如把它搬过来比照眼下的打猎，那么，温克尔先生的那些子弹便是些不幸的孤儿，它们被剥夺了天然的权利，被随心所欲地抛到了世界上，根本没有归宿。

“喂，”华德尔说，他走到小车旁边，一边擦他那张欢快的红脸上的滚滚汗水，“热得冒烟的天气呀，不是吗？”

“的确是，”匹克威克先生答道，“太阳真是烈得要命，连我都受不了。不知道你们是什么滋味。”

“唉，”老绅士答道，“太热了。不过已经过了十二点啦。你看见那边绿绿的山岗了吗？”

“当然。”

“那就是我们吃中饭的地方；天哪，那个孩子已提着篮子到那儿去了，像钟表一样准时！”

“是呀，”匹克威克先生说，振奋起来了，“真是个好孩子。我要给他一个先令，马上就给。好了，山姆，推车上那边去。”

“抓好啰,先生。”威勒先生说,他一听有吃的就来劲儿了,“让开点儿,小皮腿子。假如你觉得我的命值钱就别让我翻车,正如坐车去泰本的绅士对车夫所说。”威勒先生加快了步伐,敏捷地把他的主人推到绿色山岗那儿,把他灵巧地从车里倒了出来——刚好落在食物篮子旁边,然后以极快的速度打开了篮子。

“小牛肉馅饼,”威勒先生一边把食品摆在草地上,一边喃喃自语,“小牛肉馅饼可真是一样好东西呀,假如你认得做馅饼的女人,而且确实知道不是用小猫肉做的;不过说白了,那又有什么关系呢,反正它们那么像牛肉,连卖馅饼的人自己都不知道有什么区别。”

“他们都不知道吗,山姆?”匹克威克先生说。

“他们不知道,先生,”威勒先生答道,触触帽檐行了一个礼,“我曾经和一个卖馅饼的师傅住在一块儿,先生,他是一个很好的人——也是一个非常聪明的家伙——任何东西,他都可以用来做馅饼,‘你养了不少的猫呀,布鲁克斯先生。’我在和他混熟了的时候说道。‘啊,’他说,‘是的——养了很多。’‘你一定非常喜欢猫吧。’我说。‘是别人喜欢,’他说,同时朝我使了个眼色;‘不过它们时令未到,要等冬天才能上市。’‘时令未到!’我说。‘没到,’他说,‘现在是水果正当时令,猫还没有。’‘嘿,你这话怎么讲?’‘怎么讲?’他说,‘就是说我决不会参加屠夫的联合会以抬高物价。’他说。‘威勒先生,’他说,紧紧地握住我的手,凑在我耳边低语道:‘往后别再提这个——不过这事儿与作料有关。馅全都是用这些高贵动物的肉做的,’说着,他指了指一只非常可爱的小花猫,‘我把它们烧成牛排、小牛肉或者腰子,视需要而定。还不仅仅如此哩,’他说,‘我能把小牛肉做成牛排,或者把牛排做成腰子,或者把其中任何一样做成羊肉,完全是根据市场和口味的变化行事,马上就可以办到。’”

“那他一定是一个非常能干的年轻人，山姆。”匹克威克先生说，轻微地打了个抖。

“正是这样，先生，”威勒先生答道，继续把篮子里的东西拿出来，“馅饼可漂亮。舌头，这可是个好东西呀，假如它不是女人的。面包——火腿肘子，棒极了——冷牛肉片，太好了。石头罐里是什么呀，你这毛手毛脚的小家伙？”

“这罐是啤酒，”那个孩子答道，把用皮条扎在一起的两个大大的石罐从肩膀上卸了下来，“那一罐是凉的多味酒。”

“总而言之，吃这样一顿饭是个好主意。”威勒先生说，一边很得意地打量自己摆好的食物，“好了，先生们，‘动手吧，’就像英格兰人装上刺刀后对法兰西人说的。”

要大家公正对待这顿大餐是不需要第二次邀请的；同样也用不着催促，威勒先生、高个子猎场看守和那两个孩子在离开一点点的草地上坐下，把他们那可观的一份大吃了起来。一棵古橡树为大伙撒下令人惬意的浓阴，一片广袤的田地与草场展现在他们脚下，上面点缀着葱郁的树篱和茂密的树林。

“愉快呀——真愉快！”匹克威克先生说，由于太阳晒，他那富于表情的脸很快就开始脱皮了。

“正是，正是，老兄，”华德尔说，“来吧，喝一杯多味酒。”

“乐意奉陪。”匹克威克先生说；他喝完酒之后脸上露出的满意神情足以证明他的回答是真诚的。

“好，”匹克威克先生说，一边咂着嘴唇，“好，非常好。我要再喝一杯。清凉；非常清凉。来吧，绅士们，”匹克威克先生继续说，手仍然抓着罐子，“干一杯。为我们丁格莱谷的朋友们干一杯。”

大家高声欢呼着干了一杯。

“我要告诉你们我准备怎样提高我的射击水平，”温克尔先生说，他正在用小刀吃面包和火腿，“我要把一只鹧鸪的标本放在一根木桩的顶端，瞄准它进行练习，以近距离开始，渐渐地增加距离。我知道这是一项挺棒的练习。”

“我认识一位绅士，先生，”威勒先生说，“他就是那样做的，开头是离开两码远；但是他再也没有继续下去；因为他第一枪就把鸟儿轰得不知去向了，从那以后谁都没见他身上沾过一根羽毛。”

“山姆。”匹克威克先生说。

“先生。”威勒先生答道。

“劳驾你把你那些故事留着，要你说的时候再说好吧。”

“当然啰，先生。”

这时威勒先生眨了眨他举到唇边的啤酒杯没有遮住的那只眼睛，动作是那么微妙，使得那两个孩子自然而然地大笑起来，就连高个子都屈尊微笑了。

“噢，这清凉的多味酒实在是棒极了，”匹克威克先生说，热切地看着那个石罐，“这天气真是热到极点了——图普曼，我亲爱的朋友，来一杯多味酒吧？”

“非常乐意奉陪。”图普曼先生答道。喝了那一杯之后，匹克威克先生又要了一杯，这只是为了弄清多味酒里面是不是放了橘皮，因为橘皮总是不合他的胃口；在发现里面没有橘皮之后，匹克威克先生又为他们的不在场的朋友的健康干了一杯，然后他又觉得自己义不容辞地应提议为那位不知名的做多味酒的人干一杯。

这样一杯接一杯喝下去的酒在匹克威克先生身上产生了巨大作用；他脸上洋溢着极其明媚的微笑表情，嘴中发出一声接一声的大笑，眼中则闪烁着快意无比的光芒。渐渐的那令人兴奋的液体的威力压倒了他，而天热更是使他失去了自主，他竭力想记起他儿时听过的一首歌，但是以失败告终；于是他想再喝几杯来刺激他的记忆，但结果却适得其反；因为，起先他还只是记不起歌词，可到后来他竟然无论什么字眼都说不出来了；最后，他站起来准备向他的同伴们发表一篇雄辩的演说，不想却跌进了小车里，当即睡着了。

篮子被重新装好了，大家发现要把匹克威克先生从麻痹状态唤醒是完全不可能的；于是大伙儿讨论了一番，看到底是叫威勒先生把他的主人推回去好呢，还是把他留在原地，等大家返回的时候再来叫他。最后大家决定采纳后一种做法；由于后面的打猎时间不会超过一个小时，加之威勒先生强烈要求参加打猎，因此就决定了把匹克威克先生留在手推车里睡大觉，回来的时候再来叫他。于是他们就走了，丢下匹克威克先生极其酣畅地在树荫底下打鼾。

匹克威克先生本来是会在树荫下打鼾，一直打到他的朋友们回来的，或者，假如他们不回来的话，他会一直打到黄昏的阴影笼罩大地的时候，这看来是丝毫没有理由怀疑的；大家始终以为他可以平平安安地呆在那里。但是他却**没法**平平安安地呆着。是下面的事情妨碍了他。

鲍德威格上尉是一个很凶的小个子，经常打一个硬硬的黑领结，穿一件蓝色紧身长外套；屈尊在他的领地上散步的时候，他总是拿着一根包着铜头的粗大藤杖，带着一个园丁和一个园丁替手，这两人都表情驯顺；鲍德威格上尉对他们（园丁们，不是手杖）发号施令的时候，那可真是威严与凶狠应有尽有；因为鲍德威格上尉的妹妹嫁了一个侯爵，上尉的住宅是一幢别墅，他的领地是一大片"园囿"，这一切都是非常崇高、威严而又伟大的。

匹克威克先生睡了还不到半个小时，小个子的鲍德威格上尉就在两个园丁的跟随下走了过来，前进的速度与他的身材和身份完全相配；走近那棵橡树的时候，鲍德威格上尉停顿下来，深深地吸了一口气，气度不凡地看着那片风景，仿佛他觉得风景应该为他在注意它而万分感激似的；然后，他用手杖用力敲了敲地面，叫唤他的园丁头儿。

"亨特。"鲍德威格上尉说。

“哎,先生。”那个园丁说。

“明天早上把这个地方辗一辗——听到没有,亨特?”

“好的,先生。”

“注意替我把这个地方弄得像样点儿——听到没有,亨特?”

“是,先生。”

“还要提醒我弄禁止进入的告示牌,还有弹簧枪和诸如此类的东西,总之是禁止平头百姓进来。你听到没有,亨特,听到没有?”

“我不会忘记的,先生。”

“请原谅,先生。”另外那个仆人走过来说,同时行了个触帽礼。

“噢,威尔金斯,你有什么事?”鲍德威格上尉说。

“请原谅,先生——但我想今天这里就已经有擅自越界的人了。”

“啊!”上尉说,怒目环顾四周。

“是的,先生——我想,他们在这里吃过饭,先生。”

“唉,这些该死的胆大妄为的家伙,他们真是在这里吃过饭了。”鲍德威格上尉说,因为他看到了那些撒在地上的面包屑和食物渣。“他们真的曾在这里狼吞虎咽了一顿。我真希望那些流氓还在这儿!”上尉说着,握紧了那根粗大的藤杖。

“我真希望那些流氓还在这儿!”上尉怒气冲冲地说。

“请原谅,先生,”威尔金斯说,“不过——”

“不过什么?呃?”上尉吼道;他随着威尔金斯怯生生的目光望过去,看见了那辆手推车和匹克威克先生。

“你是谁,你这个恶棍?”上尉说,用那根粗粗的藤杖在匹克威克先生身上戳了几下,“你叫什么名字?”

“凉多味酒。”匹克威克先生喃喃地说,然后又沉睡过去了。

“什么?”鲍德威格上尉问道。

没有回答。

“他说他的名字叫什么?”上尉问。

“多味酒吧,我想,先生。”威尔金斯答道。

“他这是厚颜无耻,该死的厚颜无耻。”鲍德威格上尉说,“现在他只是假装睡着了,”上尉说,大为光火,“他喝醉了;他是一个喝醉了的草民。把他推走,威尔金斯,马上把他推走。”

“我推他去哪儿呢,先生?”威尔金斯怯生生地问道。

“把他推去见魔鬼。”鲍德威格上尉说。

“好吧,先生。”威尔金斯说。

“且慢。”上尉说。

威尔金斯遵旨站住。

“把他,”上尉说,“把他推到关无主牲畜的牲畜栏里去;让我们看看他清醒之后是不是还自称为‘多味酒’。他别想欺负我,别想欺负我。把他推走。”

匹克威克先生就在这一专横命令之下被推走了;伟大的鲍德威格上尉呢,气鼓鼓地继续散他的步去了。

那个小小的打猎队回来时的惊讶实在是无法形容;他们发现匹克威克先生失踪了,而且还带走了手推车。这真是一件最神秘、最不可思议的闻所未闻的事。一个瘸着腿的人突然之间站立起来走掉了,这本来已不同寻常,而他为了作乐,竟然还推走了一辆沉重的手推车,这简直就像奇迹一样了。他们一起和分头找遍了所有偏僻的角落,叫唤,打唿哨,大笑,大喊——可结果还是一样:找不到匹克威克先生。在徒劳无功地找了几个小时之后,他们得出一个不能令人满意的结果,那就是,他们只好丢下他回家去了。

与此同时,匹克威克被推到了牲畜栏那儿,并被好好地放进了里面,仍然在手推车里睡得死死的;不仅村子里所有的小孩,而且还有四分之三的村民都兴高采烈地跑来看热闹了;大家都在等着他醒来。假如说看见他被推进牲畜栏已经带给他们莫大的快慰的话,那么当他含混不清地喊了几声"山姆!",在手推车里坐起来,带着难以描述的惊讶盯着周围那些面容时,他们的快乐更是猛增了好几百倍。

一声同声的叫喊在围观者之中响起,这当然是他已经醒过来的信号;他不由自主地问了一声:"怎么回事?"这又引起了一阵大喊,比第一次更加响亮——假如还有这种可能的话。

"看把戏呀!"芸芸观众吼叫说。

"我这是在哪儿?"匹克威克先生高声说。

"在公共牲畜栏里。"群众回答说。

"我怎么在这里? 我做了些什么? 从哪里把我送来这儿的?"

"鲍德威格! 鲍德威格上尉!"这是惟一的回答。

"放我出去,"匹克威克先生叫道,"我的仆人在哪儿? 我的朋友们在哪儿?"

"你根本没有朋友,好哇!"然后投来一个萝卜,接着是一个马铃薯,再后是一个蛋,以及其他一些显示群众爱开玩笑的天性的小东西。

这样的场面到底会维持多久,匹克威克先生所吃的苦头到底何时到尽头,这是谁也说不准的;幸好这时一辆疾驶过来的马车突然停住了,从上面走下了老华德尔和山姆·威勒。老华德尔用比我们写下这些文字——假如不是读出它们——快得多的速度冲到了匹克威克先生身边,然后把他抱进了马车,而山姆则刚好完成了与镇上的差役一对一格斗的第三个也是最后一个回合。

"去找法官!"成打的声音嚷道。

"啊,去吧,"威勒先生说着,跳上了驾驶座,"代我问法官好——代威勒先生向法官问好,告诉他我打扁了他的差役,而且,假如他再派一个来的话,我明天再来打。赶车吧,老兄。”

“我一到伦敦,就叫人控告这个鲍德威格上尉,告他非法拘禁。”马车一开出镇子匹克威克先生就说。

“看样子,是我们私闯他人领地。”华德尔说。

“我才不管哩,”匹克威克先生说,“我要起诉。”

“不,你不能起诉。”华德尔说。

“我就要,凭着——”但由于华德尔脸上有一种幽默的表情,匹克威克先生便控制住了自己,说,“为什么不呢?”

“因为,”老华德尔说,一副忍俊不禁的模样,“因为他们反过来会告我们中的某一个,说我们喝了太多的凉多味酒。”

不管怎样,匹克威克先生的脸上还是浮现出了微笑;然后微笑扩大成了大笑;大笑变成了哄笑;哄笑感染了大家。因此,为保持好心情,他们在碰到的第一家路边小店歇宿下来,每人喝了一杯对水白兰地酒,山姆·威勒先生喝了最浓烈的一大杯。

第二十章　从本章可以看出道森和福格是怎样的生意人，他们的办事员如何会寻欢作乐；以及威勒先生怎样和他失散已久的父亲有一场感人的相见；还可以看出“喜鹊与树桩”里聚集的是何等高贵的精灵，以及下一章将是何等的美妙

在康希尔的弗里曼巷的尽头，一座阴暗肮脏的房子的底层的前间，坐着道森和福格律师事务所的四名办事员，道森和福格两位先生是威斯敏斯特的高等民事法庭的辩护士和高等法院的律师；上述办事员仍在日常工作过程中，仿佛被放在相当深的井底似的，难得瞥见一眼天上的光和天上的太阳；由于是在白天工作，他们也没有机会看到星星，在这点上他们甚至不如住在井里哩。

道森和福格律师事务所的办公室是一间黑暗、发霉并有土味的房间，有一道高高的隔板把办事员们隔离在世俗之辈的视野之外，房间里有两把旧的木椅、一个滴答声很响的钟、一本日历、一个雨伞架、一排帽钉、几个搁物架——每个架子上都放着几捆分了类的肮脏文件、几个贴了标签的旧松木箱子，以及形状和大小各异的很多石制墨水瓶。有一扇玻璃门通往作为巷子的入口的过道；在上一章已如实叙述的事情发生之后的那个星期五的早上，匹克威克先生在那道玻璃门的外面出现了，紧随其后的是山姆·威勒。

“进来,进来呀!”一个声音从隔板后面叫道,作为对匹克威克先生轻轻的敲门声的回应。于是匹克威克先生和山姆就进了房间。

“道森先生或福格先生在家吗,先生?”匹克威克先生问道,一边彬彬有礼地走近隔板,手里拿着帽子。

“道森先生不在家,福格先生还在忙着。”那个声音回答说;与此同时,这个声音所属的脑袋——耳朵后面夹着一支笔——从隔板上方朝匹克威克先生看过来。

那是一颗不够整洁的脑袋,土黄色的头发被小心地分在一边,用发油粘得平平的,卷成一条条半圆形小辫并围住一张平板的脸,这张脸上有一对小小的眼睛,下面配衬着一条很脏的衬衫领子,还有一条褪了色的黑色宽领带。

“道森先生不在家,福格先生正忙着。”那颗脑袋所属的那个人说。

“道森先生什么时候回来呢,先生?”匹克威克先生问道。

“说不准。”

“福格先生要过多久才有空呢,先生?”

“不知道。”

说到这里,那人开始非常认真地修理他的钢笔,同时另一个躲在写字台盖板下调制缓泻散的办事员则以大笑表示赞同。

“我想我还是等一等吧。”匹克威克先生说。没有人答话;于是匹克威克先生就自动坐了下来,静听着钟的洪亮的滴答声和办事员们喃喃的交谈声。

“很有趣,不是吗?”其中一位办事员以听不清的低音讲完了他头天晚上的历险之后说,他穿着缀有铜纽扣的棕色上衣、沾有墨水斑的淡褐色厚呢裤子和布柳彻式的半统靴。

“好得要命——好得要命。”调缓泻散的男人说。

“汤姆·卡明斯当主席，”褐衣男人说，“我到达索默斯镇的时候已经是四点半了，后来我醉得一塌糊涂，连大门的钥匙孔都找不到了，只好敲门把那个老女人叫醒。哎，要是老福格知道，还不知他会说什么哩。没准儿我会被解雇，也许吧——呃？”

听了这一幽默的说法，所有的办事员都大笑起来。

“今天早上，福格在这里玩了一场把戏。”褐衣男人说，“当时杰克正在楼上整理文件，你们两个都去邮局了。福格在这楼下，正在拆信，这时候，我们送传票去控告的那个在坎伯维尔的家伙，你们知道的，他走了进来——他叫什么名字来着？”

“兰塞。”那个和匹克威克先生说过话的办事员说。

“啊，兰塞——一个样子寒碜极了的当事人。‘唔，先生，’老福格说，非常凶恶地盯着他——你们知道那种眼色的——‘唔，先生，你是来了结事情的吗？’‘是的，先生，’兰塞说，一边把手伸进口袋，掏出钱来，‘欠款是两镑十先令，费用是三镑五先令，都在这儿，先生。’拿出那用一张吸墨纸包着的钱时，他深深地再三叹气。老福格先看看钱，再看看他，然后用他特有的古怪方式咳嗽了一声，于是我知道花招要来了。‘我想你不知道已经递了诉状了吧，那可要增加不少费用的，知道吗？’福格说。‘你不是当真的吧，先生，’兰塞说，吃惊地往后一缩，‘昨天晚上才到期呀，先生。’‘我是当真的，’福格说，‘我的办事员刚刚去送了诉状。杰克逊先生不是送巴尔曼诉兰塞一案的状子去了吗，威克斯先生？’我当然回答是的，于是福格又咳嗽了一声，看着兰塞。‘我的上帝啊！’兰塞说，‘我差不多把自己逼疯了才凑够这点儿钱，结果却一点用都没有。’‘毫无用处，’福格冷漠地说，‘因此你最好是回去再弄些钱来，然后赶紧送过来。’‘我弄不到了，老天作证！’兰塞说，用拳头捶了一下桌子。‘不要吓唬我，先生。’福格说，故意发起脾气来。’‘我不是在吓唬你，先生。’兰塞说。‘是的，’福格说，‘出去，先生；

从这间办公室出去，先生，等你知道怎样检点行为的时候再来。’唉，兰塞试图说话，但福格不让他说，因此兰塞把钱放回口袋，一声不吭地出了门。门刚刚关上，老福格就朝我转过身来，脸上带着甜蜜的微笑，并把那份诉状从口袋里抽了出来。‘喂，威克斯，’福格说，‘叫一辆出租车，尽快到法院去把状子呈上。费用是十拿九稳的，因为他是一个有一大家子的老实人，每星期的薪水是二十五先令，假使他委托我们代理的话——他终究会这样的——我知道他的东家会想法帮他付钱的；因此我们要尽量多地敲他一笔，威克斯先生；这样做是一种基督徒的行为，因为他有一大家子人，而收入微薄，给他一个教训，叫他以后再也不敢借债，对他是大有益处的，——是不是，威克斯先生，是不是呀？’——他微笑着走开了，笑得那么和蔼可亲，叫人看了真舒服。他是一个顶呱呱的生意人，”威克斯以无限崇敬的语调说，“顶呱呱，不是吗？”

其他三位热情地对这一看法表示了赞同，这个小故事给他们带来了无限的满足。

“这些人蛮不错的，先生，”威勒先生对他的主人耳语道，“他们真会找乐子呀，先生。”

匹克威克先生点头表示同意，并且咳嗽了一声以引起隔板后面那些年轻绅士的注意，他们在通过一番小小的交谈散了散心之后，开始屈尊稍微留意一下陌生人了。

“不知道福格现在有空了没有？”杰克逊说。

“我去看看，”威克斯说，悠然自得地爬上了凳子，“我该向福格先生通告什么姓名呢？”

“匹克威克。”这些回忆录所涉及的那位杰出人物答道。

杰克逊先生上楼查看去了，他很快就回来了，回告说福格先生五分钟之内就可以见匹克威克先生；通报完之后他又回到了自己的桌子边。

“他说他的名字叫什么来着?”威克斯低声说。

“匹克威克,”杰克逊说,“巴德尔诉匹克威克一案的被告。”

隔板后面突然传来一阵脚擦地板走路的声音,以及夹杂在其中的强忍着的笑声。

“他们在偷偷看你哩,先生。”威勒先生低声说。

“偷看我,山姆!”匹克威克先生答道,“你说偷看我是什么意思呢?”

威勒先生把大拇指从肩膀上方向后指了指,作为回答,匹克威克先生仰头一看,才发现这样一个有趣的事实:那四个办事员全都把头伸在木头隔板的上方,脸上带着饶有兴味的表情,正在仔仔细细地打量他这位据说是专门戏弄女性的心并扰乱女性的幸福的人的身材和长相。他仰头看的时候,那一排脑袋突然就不见了,马上听到笔在纸上使劲书写的声音。

挂在办公室里的一个铃突然响了,它传呼杰克逊到福格先生的房里去,杰克逊回来的时候说他(福格)已准备好会见匹克威克先生,假如后者愿意上楼去的话。

因此匹克威克先生上了楼,把山姆·威勒留在了下面。转过一段楼梯后的那间房子的门上清清楚楚地写着堂堂皇皇的几个字:“福格先生”;敲了敲门,听到里面叫进去,于是杰克逊就把匹克威克先生领进了门。

“道森先生在屋里吗?”福格先生问。

“刚回来,先生。”杰克逊答道。

“请他上这儿来。”

“好的,先生。”杰克逊说完就出去了。

“请坐,先生,”福格说,“这里有报纸,先生;我的搭档马上就来,我们可以一起谈谈这件事,先生。”

匹克威克先生坐了下来,拿起报纸,但他没有看报,而是从报纸上方窥视那个生意人的尊容：他是一个上了年纪的人，一脸的粉刺，像个素食主义者，穿着黑色上衣、深暗的混色裤子和黑鞋子；瞧他那副模样，仿佛他是他伏在上面写字的桌子不可或缺的一部分，而且具有的思想和情感也和那桌子一样多。

几分钟的沉寂之后，道森先生——一个肥胖硕大、表情严厉、嗓门很大的人——出现了；于是谈话开始了。

“这位是匹克威克先生。”福格说。

“啊！你就是巴德尔诉匹克威克一案的被告吧，先生？”

“是的，先生。”匹克威克先生答道。

“好了，先生，”道森说，“你有何打算呢？”

“啊！”福格说，把双手插进了裤子的口袋，一边坐回到了椅子里，“你有何打算呢，匹克威克先生？”

“嘘，福格，”道森说，“让我听听匹克威克先生有何高见。”

“此次登门拜访，绅士们，”匹克威克先生说，平静地注视着那对搭档，“此次登门拜访，先生们，是想表达我接到你们那天的来信时感到的惊讶，并且想问一问你们凭什么理由起诉我。”

“理由嘛——”福格刚脱口说话就被道森打断了。

“福格先生，”道森说，“我有话要说。”

“请原谅，道森先生。”福格说。

“至于起诉的理由嘛，先生，”道森继续说，一副道貌岸然的神气，“那你得问问自己的良心和感情。而我们，先生，我们不过是完全按当事人的申诉办事而已。那一申诉，先生，可能是真的，也可能是假的；也许可信，也许不可信；但假如它是真的，假如它可信，那我要毫不犹豫地说，先生，我们提出起诉的理由是强有力的，先生，不可动摇的，你或许是一个不幸的人，先生，或许是一个有心计的人；但假如要我宣誓作为陪审团成员发表看法，先生，那么我要毫不犹豫地告诉你，对你的行为我只有一种看法。”说到这里，道森挺直了身子，一副打抱不平的义愤表情，朝福格看了看，后者把双手更深地插进口袋，一边一本正经地点头，一边以完全赞同的语调说："那是毫无疑问的。"

"唉，先生，"匹克威克先生说，显出非常痛苦的样子，"请你相信我，就本案来说，我真是极其不幸的。"

"希望是这样，先生，"道森答道，"我相信也许是的，先生。假如你真是无辜的，的确没有干所指控的事情，那你真是比谁都要不幸了。你怎么看呢，福格先生？"

"我的看法和你的完全相同。"福格答道，脸带狐疑的微笑。

"作为诉讼的开端，先生，"道森继续说，"传票是通过正式手续发出的。福格先生，摘要簿在哪里？"

"在这儿。"福格说，递过一本方形的书，封皮是羊皮纸的。

"记录在这里，"道森继续说，"'米德尔塞克斯，传票，玛莎·巴德尔寡妇诉塞缪尔·匹克威克。损失赔偿金，一千五百镑。道森和福格任原告律师，一八三〇年八月二十八日。'一切手续完备，先生；完完全全合手续。"道森咳嗽一声并看了一眼福格，后者也说了一句"完全合乎手续"。然后他们俩都看着匹克威克先生。

"那么，"匹克威克先生说，"就是说你们真的打算把官司打下去啰？"

"打下去，先生？那是不用说的。"道森回答说，脸上露出类似微笑的纡尊降贵的表情。

"所要求的赔偿金真的是一千五百镑吗？"匹克威克先生说。

"关于这一点，我老实跟你说吧，假如我们给当事人烧一把火的话，数目会翻成三倍哩，先生。"道森答道。

"不过我听到巴德尔太太特别说到了一点，"福格说着，朝道森使了个眼色，"说是她决不让步，少一个铜子儿都不答应。"

"毫无疑问。"道森说，神情严肃。由于诉讼刚刚才开始，即使匹克威克先生想达成妥协,这时候也是不行的。

"既然你没提任何条件,先生,"道森说,一边展示一份拿在右手里的写在羊皮纸上的文件,一边热心地把一份纸抄复本塞给匹克威克先生,"我最好是把这张传票的复本给你,先生。这里是原本,先生。"

"很好,绅士们,很好,"匹克威克先生说,不仅站起身来,而且火气也同时上升了,"你们等我的律师来函好了,绅士们。"

"乐意恭候。"福格说,一边搓双手。

"非常乐意。"道森说,打开了门。

"在我走之前,绅士们,"情绪激动的匹克威克先生在楼梯间转过身来,说道,"请允许我说一句,在所有最无耻和最下流的诉讼之中——"

"且慢,先生,且慢,"道森非常有礼貌地打断了他的话,"杰克逊先生!威克斯先生!"

"哎,先生。"两位办事员说,出现在楼梯脚。

"我只是想让你们听听这位绅士在说些什么,"道森回答说,"请说下去吧,先生——最无耻和最下流的诉讼,我想你是这样说的吧?"

"是这样说的,"匹克威克先生说,他彻底地冒火了,"我是说了,先生,在所有最无耻和最下流的诉讼中,这一桩是最无耻和最下流的。我再说一遍,先生。"

"你们听见了吧,威克斯先生?"道森说。

"你们不会忘记这些话吧,杰克逊先生?"福格说。

"也许你乐意把我们叫做骗子吧,先生,"道森说,"请便吧,先生,想叫就叫好了;现在就叫好了,先生。"

"我就叫,"匹克威克先生说,"你们是骗子。"

"很好,"道森说,"我想你们在下面都听到了吧,威克斯先生？”

“噢，是的，先生。”威克斯说。

“你们要是听不到的话，最好是走上来一两步，”福格先生补充说，“往下说呀，先生；往下说吧。你最好是把我们叫做贼，先生；或许，你还想揍我们中的哪一位哩。那就揍好了，先生，只要你高兴；我们丝毫都不会反抗的。请动手吧，先生。”

由于福格把自己的身体非常诱人地放在匹克威克先生紧握的拳头够得着的范围之内，要不是山姆跑来干预的话，这位绅士无疑是会顺应那家伙的热切请求的；山姆听到争吵的声音，冲出办公室，上了楼梯，并且抓住了他主人的手臂。

“你还是走吧，”威勒先生说，“假如你不是毽子球而那两个律师不是球拍的话，打毽子还是挺好玩的，不然就兴奋得过火，没法快活了。走吧，先生。假如你想揍某个人出一口恶气，那就到院子里揍我一顿好了；但若是在这里干，那付出的代价就太昂贵了。”

威勒先生丝毫顾不上礼节了，他硬拖着主人下了楼梯，拖到了院子里，一直等到把主人安全地拖到康希尔大街之后，他才退到主人背后，准备跟着他去他想去的任何地方。

匹克威克先生心不在焉地向前走，在市政大厦对面穿过大街，走上了奇普赛德大道。山姆开始纳闷他们到底要去哪儿，他的主人转过头来说：

“山姆，我要马上去佩克尔先生那儿。”

“这是你昨天晚上就该去的地方，先生。”威勒先生答道。

“我想是的，山姆。”匹克威克先生说。

“我知道是的。”威勒先生说。

“好了，好了，山姆，”匹克威克先生答道，“我们马上去那儿，不过，在此之前由于我现在心里有点烦，我想喝一杯对温水的白兰地来提提神，山姆。能在哪儿弄到它呢，山姆。”

威勒先生对于伦敦的了解是广泛而独到的。他不加丝毫思索地答道：

“右手边第二条巷子——右手边最后第二家店子——挑第一个壁炉旁边的雅座，因为那里的桌子中间没有腿，而别的桌子却都有，怪不方便的。”

匹克威克先生完全按照仆人的指点，叫山姆跟着他往前走，两人不久便进了山姆所说的那家酒馆；滚热的对水白兰地酒很快就摆到了匹克威克先生面前；威勒先生呢，也得到了一品脱黑啤酒的款待，虽然他和主人坐的是同一张桌子，但他还是恭恭敬敬地保持了一点距离。

那是一间非常简陋的酒馆，显然是特别受马车夫们青睐的，因为有几个看上去完全是属于那一博学行业的绅士正在其他的好几个雅座里喝酒和抽烟。在这些人当中有一个上了年纪的肥胖的红脸男人，他坐在对面的雅座里，特别引匹克威克先生注目。那个胖子正在猛烈地抽烟，他每抽五六口，就把烟斗从嘴里拿下来歇一下，先看看威勒先生，接着又看看匹克威克先生。随后他把脸尽可能地埋进一个容量为一夸脱的大酒杯里，喝了一点酒之后又看看山姆和匹克威克先生。完了他又带着沉思的神情再抽五六口烟，再看看他们。最后，肥胖的人把腿往座位上一搁，背部往后面的墙上一靠，开始一刻也不间断地抽起烟来，并且透过浓浓的烟雾死死地盯着两个新来的人，仿佛他已下定决心要把他们看透似的。

开头，胖子的这些举动没有引起威勒先生的注意，但是渐渐地，他看见匹克威克先生的目光时不时地转向胖子那边，于是他也开始朝相同的方向看过去，用手罩在眼睛上方定睛凝视，好像他有点儿认识他眼前那个人似的，因此希望完全弄个明白。他的怀疑很快就被打消了;因为胖子在从烟斗里喷了一股浓烟之后,从那捂住他的喉头和胸部的宽大围巾下面发出一种粗哑的声音,仿佛在玩腹语术的古怪花招似的慢吞吞地说出了这些字眼——“嘿,山米①!”

“那是谁呀,山姆?”匹克威克先生问道。

“哎,我简直没法相信,先生,”威勒先生答道,眼神中充满了惊讶,“是老头子呀。”

“老头子,”匹克威克先生说,“什么老头子?”

“是我爹,先生,”威勒先生答道,“你好吗,老爹?”威勒先生一边说着这句亲情洋溢的动听的话,一边在自己的座位边挪出空间来让胖子坐,后者走过来和他打招呼,嘴叼着烟斗,手里拿着大酒杯。

“嘿,山米!”那位父亲说,“两年多没见你了。”

“没错儿,老头子,”儿子回答,“后妈怎么样啦?”

“嘿,我告诉你吧,山米,”威勒老先生说,神情十分庄严,“世界上再没有哪个寡妇比我第二次碰到的这个更好的了——那时候她真是可爱极了,山米;至于现在嘛,关于她我只能这么说,她当初真是一个不同寻常的快乐寡妇,她决定改嫁是一件非常可惜的事啊。她不合适做一个妻子,山米。”

“不合适吗?”小威勒先生问道。

老威勒先生摇了摇头,叹着气回答道:“我可真是受够了,山米;我真是受够了啊。以你的老爹为戒吧,我的孩子,你这一辈子都要当心寡妇呀,尤其是那些开酒馆的,山米。”在非常凄凉地给了为人父者的忠告之后,老威勒先生从他揣在口袋里的白铁皮烟盒里抓出些烟丝,重新装满了烟斗,用上一斗烟的余火点燃了新的

---

① 山米,“山姆”的昵称。

一斗，然后开始大口大口地猛抽起来。

“对不起，先生，”停顿了好一阵子之后，他又旧话重提，对匹克威克先生说，“但愿没有侵犯隐私，先生；我倒是希望你没有娶个寡妇，先生。”

“我可没有。”匹克威克先生答道，大笑起来；在匹克威克先生大笑的过程中，山姆·威勒对他父亲说了几句悄悄话，说明了自己和那位绅士之间的关系。

“对不起，先生，”老威勒先生说着，摘下了帽子，“你还没有在山米身上发现什么毛病吧，先生？”

“一点儿都没有。”匹克威克先生说。

“听你这么说我很高兴，先生，”老头子答道，“为了教育他我可费了不少的苦心啊，先生；在他很小的时候，我就让他去街上跑来跑去，自己餬口了。这是使孩子变得机灵的惟一办法呀，先生。”

“恐怕有点儿危险，依我看。”匹克威克先生微笑着说。

“而且也不太靠得住，”威勒先生补充说，“几天以前我就上了大当。”

“不会吧！”他父亲说。

“真的。”儿子说；接着他以尽可能简洁的语言叙述了他是多么轻易就落入了约伯·特洛特尔的圈套。

老威勒先生极其用心地听儿子的故事，听完之后说：

“是不是那两个小子中有一个又高又瘦，头发长长的，嚼舌头的功夫好得不得了呢？”

匹克威克先生对最后一项描述不太明白，但是听清了第一项，于是贸然答了一声“是的”。

“另一个是不是一个穿桑葚色制服的黑头发的家伙，脑袋大大的呀？”

"是的,是的,正是他。"匹克威克先生和山姆急切地答道。

"那我知道他们在哪儿,是这么回事,"威勒先生说,"他们在伊普斯威奇,乐哉悠哉,他们俩。"

"不会吧!"匹克威克先生说。

"没错,"威勒先生说,"我来告诉你我是怎么知道的。我时不时地替我的一位朋友赶伊普斯威奇的马车。你得上风湿病的那天晚上过后的第二天我刚好出车,在杰姆斯福德的黑小子饭店——他们就住在那儿——我让他们上了车,一直开往伊普斯威奇,那个男仆——穿桑葚色衣服的那个人——告诉我他们要在那儿住上一阵子。"

"我要去追他,"匹克威克先生说,"无论是去伊普斯威奇还是去别的地方。我要去追他。"

"你拿得准是他们吗,家长大人?"小威勒先生说。

"拿得准,山姆,错不了,"他父亲回答说,"因为他们的长相很特别;而且,我还纳闷过一位绅士怎么和他的仆人打得那么火热;还有呀,他们坐在车子前面紧靠在驾驶座后面的地方,我听见他们在大笑,说他们怎么让老鞭炮栽了。"

"老什么了?"匹克威克先生说。

"老鞭炮,先生;我确信无疑,那指的就是你呀,先生。"

"老鞭炮"这一称谓本来也没有什么极其恶劣可憎之处,但无论如何它也不是什么尊敬或恭维的称呼。在威勒先生开始说的时候,匹克威克先生的脑子里便挤满了对他在金格尔手里吃过的所有苦头的回忆:只需加一根羽毛天平就会失去平衡,而"老鞭炮"恰好是这样一根羽毛。

"我要去追他。"匹克威克先生说,在桌子上重重地捶了一下。

"后天我就要开车去伊普斯威奇,先生,"老威勒先生说,"从白教堂镇的公牛旅馆动身;假如你真的想去,最好和我一块儿去。”

“最好是这样，”匹克威克先生说，“真的；我可以写信去坟堆子，叫他们在伊普斯威奇找我。我们要和你一起去。但是你不要急着走呀，威勒先生；你不再喝一点儿吗？”

“你真好，先生，”威勒先生答道，赶紧停住了脚步，“也许喝一小杯白兰地祝你健康，也祝山米成功，倒也不错，先生。”

“当然不错嘛，”匹克威克先生答道，“来一杯白兰地！”白兰地端上来了；威勒先生触了触自己的头发对匹克威克先生致意，并且向山姆点了点头，然后就把酒猛地倒进了他的大嗓子，仿佛那只是一丁点儿似的。

“好酒量，老爸，”山姆说，“不过要当心点，老夫子，不然你又会患痛风的老毛病的。”

“我已经找到治这种毛病的妙药了，山米。”威勒先生说，放下了酒杯。

“治痛风的妙药，”匹克威克先生说，连忙掏出了记事本，“是什么呀？”

“痛风病，先生，”威勒先生答道，“痛风病是一种因生活太安逸太舒服而得的富贵病。你要是得了痛风病，先生，只要去娶一个大嗓门的寡妇，一个很会用她的大嗓门的寡妇，那你以后就再也不会痛风病发作了。这是一个棒极了的药方啊，先生。我真的用过，而且我可以保证，它能治好任何一种因太快活生出的富贵病。”在传授了这一宝贵秘方之后，威勒先生又喝干了他杯里的酒，勉为其难地使了一个逗趣的眼色，深深地叹了一口气，然后就慢吞吞地走开了。

“喂，你觉得你爸爸说的话怎么样呢，山姆？”匹克威克先生微笑着问道。

“怎么样，先生！”威勒先生回答说，“嘿，我觉得他是婚姻的牺牲品，就像蓝胡子①的私人牧师在含着同情之泪埋葬他时所说的一样。”

对这一非常恰切的结论是无话可答的，因此，匹克威克先生在结了账之后，就继续朝格雷院②走去。可是，他刚刚走到它那偏僻的小树丛那儿，八点钟已经敲响了，只见许多穿着满是泥泞的有带的皮靴、戴着污秽的白帽子、穿着褪了色的衣服的绅士汇成源源不断的人流，涌向通往各条街的出口，这一切告诉他，多数的办公室已经下班了。

在爬了两段又陡又脏的楼梯之后，他发现他的预料变成了现实。佩克尔先生的“大门”关上了；威勒先生在上面踢了好几下，结果是死寂无声，无人应答，这表明办事员们都已收工回家过夜了。

“这下子可就好玩了，山姆，”匹克威克先生说，“我一定要找到他，一个钟头都不能耽误；我知道的，我只有把这件事托付给了一个专业人士，才会感到心满意足，否则我今晚就别想合一下眼了。”

“有一个老婆子上楼来了，先生，”威勒先生答道，“也许她知道我们在哪儿可以找到人。你好，老人家，佩克尔先生的手下都在哪儿？”

“佩克尔先生的手下呀，”那个瘦削的苦命相的老妇说道，她因上楼梯而气喘吁吁的，这会儿正停下来歇一口气，“佩克尔先生的手下都走了，我是来收拾办公室的。”

“你是佩克尔先生的佣人吗？”匹克威克先生问道。

“我是佩克尔先生的洗衣妇。”老妇人答道。

---

① 蓝胡子，法国童话《蓝胡子》的主人公，是一个杀妻魔王，他前后杀死过好几任妻子，最后被他最后一任妻子的哥哥们杀死。

② 格雷院，伦敦的四个法学院之一，分别为内院、中院、林肯院和格雷院。

"啊,"匹克威克先生说,身子侧对着山姆,"真是奇怪啊,山姆,在这些法学院里,他们管老太太叫洗衣妇。我搞不懂这是为什么。"

"我想是因为她们死都不情愿洗什么东西吧,先生。"威勒先生答道。

"一点儿没错,"匹克威克先生说,看了看那个老妇,她的那副模样,以及她此时已打开门的办公室状况,均表明了一种对使用肥皂和水的根深蒂固的憎恶,"你知道我在哪儿能找到佩克尔先生吗,好心的老人家?"

"不,我不知道,"老太婆粗声粗气地答道,"他现在不在伦敦。"

"倒霉,"匹克威克先生说,"他的办事员在哪儿?你知道吗?"

"是的,我知道他在哪儿,不过他可不会因为我告诉你而感谢我。"洗衣妇说。

"我有非常要紧的事要找他谈。"匹克威克先生说。

"明天早上不行吗?"老妇说。

"那不太好。"匹克威克先生说。

"也罢,"老妇人说,"假如是非常要紧的事,那我就告诉你他在哪儿吧,估计我说了也没什么大不了的。你们只要到'喜鹊和树桩'旅馆去,在吧台那里问一问劳顿先生,他们就会带你们去见他的,他是佩克尔先生的办事员。"

除了以上指点,她还告诉他们那家旅馆坐落在一条巷子里,具有既毗邻克莱尔市场又紧靠新旅馆的双重便利;获得这些信息之后,匹克威克先生和山姆安然无恙地下了那摇摇晃晃的楼梯,前去寻找"喜鹊和树桩"旅馆了。

那家供劳顿先生及其伙伴们开怀夜饮的颇受青睐的酒馆,是一个一般人称之为酒楼的地方。老板是一个生财有道的人,关于这一点，他把搭在酒吧间窗户外面的形状和大小像轿子的隔间分租给一个补鞋匠的事实，便足以充分说明问题；而且他还是一个心地仁慈的人，关于这一点，只需看看他对一个面饼师傅的保护就不言自明了——面饼师傅居然不怕别人干涉，公然就在酒楼大门口的台阶上卖他的那些美味食品。在下面那些装饰着橘黄色窗帘的窗户那儿，悬挂着两三张印刷卡片，上面宣传的是德文郡的苹果酒和丹吉克的枞叶酒；另外还有一块大大的黑板，上面写了白色的字，向开明公众宣告酒馆的地窖里藏有五十万桶浓度翻了倍的浓性黑啤，让人心里不无快意地产生疑虑，拿不准这个巨大无比的地窖到底要延伸到地心内部的什么地方。我们要是再补充一点，那么关于酒馆的外貌我们该说的也就全说完了：酒馆外有一块饱经风吹雨打的招牌，上面有一只已经被侵蚀一半的喜鹊，它正全神贯注地盯着一块歪斜的棕色色斑，这就是街坊邻里从小就在大人的教导下把它视为"树桩"的东西。

匹克威克先生一走到吧台边，一个上了年纪的女人就从里面的一扇屏风后面钻出来，出现在他的面前。

"劳顿先生在这儿吗，夫人？"匹克威克先生问道。

"是的，先生，他在这儿。"那位老板娘答道。"喂，查理，带这位绅士去找劳顿先生。"

"这位先生现在还不能去，"一个踉踉跄跄走过来的红头发的侍者说，"因为劳顿先生正在唱一首滑稽歌曲，他会大为恼火的。他马上就唱完了，先生。"

红头发的侍者话音刚落，就听见传来一阵极其一致的敲桌子和碰酒杯的声音，宣告歌曲刚好在此刻唱完了；匹克威克先生叫山姆在酒吧间自己找乐子，他自己则由侍者领着去见劳顿先生。

在听到"有一位绅士想跟你说话，先生"的通报之后，一个坐在桌子首席的椅子里的胖脸青年有点儿惊讶地朝发出声音的方向看过去，当他的目光落在一位他从未见过的人身上时，他的惊讶似乎丝毫也没有减少。

“对不起，先生，”匹克威克先生说，“很抱歉还打扰了别的绅士们，但是我有非常要紧的事情；假如你能赏脸跟我到房间的这一头说五分钟的话，我将不胜感激。”

胖脸青年站起来，拉了一张椅子靠近匹克威克先生在房间里一个阴暗的角落坐了下来，开始专心地听他的不幸故事。

“啊，”听匹克威克先生说完之后，年轻人说，“道森和福格——他们宰人可厉害啦——真是一流的生意人，道森和福格他们，先生。”

匹克威克先生承认道森和福格是手段厉害，于是劳顿又继续往下说。

“佩克尔不在伦敦，而且在下个星期结束之前不会回来；但假如你需要我们辩护，并乐意把文件留给我，那么我可以办妥在他回来之前有必要办的一切事情。”

“我来正是为了这个，”匹克威克先生说着，把文件递给了他，“假如有什么要紧事，先生，你可以给我写信，寄到伊普斯威奇的邮局就行了。”

“那很好，”佩克尔先生的办事员答道，后来，见匹克威克先生的目光好奇地在酒桌边游来游去，他又补充道，“你乐意加入我们的行列，一起坐上半个钟头吗？今晚聚在这里的人可都是顶呱呱的呀，有萨姆金和格林的管家，有史密瑟尔和普莱拉的大法官法庭成员，有平普金和托马斯的外勤——他歌唱得可好啦——还有杰克·班伯，以及其他很多人。我想，你是从乡下来的吧。你乐意参加吗？”

匹克威克先生没法抵挡如此诱人的一个研究人性的机会的诱惑。他让自己被领到了桌子边，在经过正式的介绍之后，他被安排在挨着主席的一个座位上坐了下来,并且叫了一杯他最爱喝的饮料。

接下来是一阵深深的沉默,与匹克威克先生的预期大相径庭。

“你不觉得抽这玩意儿讨厌吧,先生?”他右边的邻居说,这是一位穿格子布衬衫、衣服上缀有马赛克纽扣、嘴里叼着雪茄的绅士。

“一点儿也不,”匹克威克先生答道,“我非常喜欢它,尽管我本人并不抽烟。”

“我可不能说我不抽,”桌子对面的一位绅士说,“抽烟对我来说就像吃饭和睡觉一样。”

匹克威克先生瞟了说话的人一眼,心想假如洗漱对他也同样重要的话,那就好多了。

又是一阵默然。匹克威克先生是外人,他的到来显然扫了大伙儿的兴。

“格兰迪先生想为大伙唱一首歌。”主席说。

“不,他不干。”格兰迪先生说。

“为什么不呢?”主席说。

“因为他不会唱。”格兰迪先生说。

“还不如说他不肯唱哩。”主席答道。

“那好,他不肯唱,得了吧。”格兰迪先生回嘴说。格兰迪先生断然拒绝满足大家,这又造成了另一阵沉默。

“有谁乐意为大伙儿助助兴吗?”主席沮丧地问道。

“为什么你自己不为大伙儿助助兴呢,主席?”一个长着络腮胡和斜视眼、敞开着(脏脏的)衬衫领的青年从桌子尽头说道。

“听呀!听呀!”那个衣服上缀有马赛克纽扣的抽烟的绅士说。

“因为我只会一首歌,已经唱过了,一个晚上把同一首歌唱两遍，那是要罚酒的，‘满堂包干’呀。”

这是一个无可辩驳的回答，于是沉默再次笼罩全场。

“今天晚上，先生们，”匹克威克先生说，他希望提一个大伙儿都能参与讨论的话题，“今天晚上我去过一个地方，这个地方无疑诸位是很熟悉的，但是我已经有好多年没去过了，而且现在对它所知无几；我说的是格雷院，绅士们，在伦敦这样的大地方，那些个古老的法学院可真是些奇怪的僻静小角落啊。”

“天啦，”主席隔着桌子对匹克威克先生低声说，“你想到的这么个话题，我们至少有一个人是会永远不厌其烦地谈论的。你可要打开老杰克·班伯的话匣子啰；除了那些法学院，从没听见他谈论过别的，他一直独自住在那里，住得都快发疯了。”

劳顿所指的人是一个黄脸色、耸双肩的小个子，由于他在沉默的时候有把脸垂在前面的习惯，因此匹克威克先生先前没有看见他。当那个老人抬起皱巴巴的脸，用灰眼睛向他投来锐利的探究目光时，匹克威克先生感到惊讶，想不到如此引人注目的面孔居然有一会儿逃脱了他的注意。那人的脸上有一种持久不变的固定的狞笑；他把下巴托在一只手上，那只手长长的，枯瘦如柴，指甲长得出奇；当他把头歪向一边，目光从凌乱的白眉毛下向外面锐利地扫视时，他的睨视里有一种古怪而狂暴的狡黠，看了让人非常讨厌。

正是这个人现在挺直了身子，开始滔滔不绝地大发宏论。不过，由于这一章已经够长的了，加之这位老先生又是一个出色的人物，因此我们还是让他到下一章再说吧，这样不仅更能表示对他的尊敬，对我们也更方便一些。

第二十一章　老头子大谈他偏爱的话题，并讲了一个古怪的诉讼委托人的故事

"啊哈!"那个老人说道，关于他的长相举止在上一章已做了简单描述。"啊哈！是谁在谈论法学院呀?"

"是我，先生，"匹克威克先生答道，"我说它们是一些古老而又古怪的地方。"

"你!"老头儿轻蔑地说，"你对过去的事情知道什么？那时候青年人把自己关在那些寂寞的房间里读书，一个钟头接一钟头，一夜接一夜，读了又读，一直读到因半夜的苦读而神志不清；一直读到他们的心力全部耗尽；一直读到晨光不再带给他们清新和健康；由于把自己生机勃勃的青春献给了枯燥乏味的老书，他们在这种违反自然的刻苦奉献之下累垮了。再说后来的岁月，完全不同的日子吧，也正是在这些房间里，人们经历了由于'生活'与放荡而导致的巨大劫难，不是因肺痨病而渐渐地垮下去，就是因热病而迅速地耗尽生命——关于这些你又知道多少呢？你知道有多少徒然乞怜的律师曾忧伤地离开律师事务所，而到泰晤士河寻找安息之地，或是到监狱里去寻找避难所吗？那些房子，可不是一般的房子啊。那些古老壁板如今一块板都没有了，但是假如它被赋予了说话和记忆的能力，能够从墙壁里跳出来讲它的恐怖故事，那你会怎么说呢？——人生的浪漫故事，先生，人生的浪漫故事啊！现在它们看上去可能是平淡无奇的，可是我告诉你，它们是一些奇怪的古

老的地方,我宁愿听很多题目吓人的虚构传说,也不愿听那些房屋中任何一间的真实的历史。”

在那位老人突然爆发的激情以及唤起这种激情的那个话题之中,有某种东西是那么古怪,致使匹克威克先生一时答不上话来;老人抑制了一下自己的激昂情绪,恢复了在刚才的兴奋中已消失的睥视的神态,说道:

“换一个角度来看,它们又是最平淡最不浪漫的。它们是多好的慢性折磨的场所啊!想一想吧,为了谋求这么个职业,贫穷者花光了自己所有的钱,使自己成为乞丐,还从朋友那里偷东偷西,而那个职业却决不会给他挣来一口面包。等待——希望——失望——恐惧——痛苦——贫穷——希望的枯萎,以及出路的断绝——也许自杀,或成为邋遢懒散的酒鬼。我对他们的描述不错吧?”老头儿一边搓双手,一边斜眼看看大伙儿,仿佛很高兴找到了另一种观点来讲述他所偏爱的话题。

匹克威克先怀着莫大的好奇看着老头儿,在座的其他人微笑着,一声不吭地旁观。

“谈什么你们的德国大学,”小个子老头儿说,“呸,呸!本国的浪漫故事多的是,不用走半里路就能找到——只是人们从没有想到这点。”

“我以前从没有想到过这一方面的浪漫故事,真的。”匹克威克先生笑着说。

“你肯定没有,”小个子老人说,“当然没有嘛。就像我的一位朋友,他过去常常跟我说:‘这些房间有什么了不得?’‘是些奇特的老房子啊。’我说。‘根本不是。’他说。‘怪孤寂的。’我说。‘一点儿也不。’他说。有一天早上他正要去开外面的门,不想却中风病突然发作,死掉了。他一头栽在他的信箱里,就那样倒在那里,一靠就是十八个月。所有的人都以为他离开伦敦去外地了。”

“他最后是怎么被发现的呢?”匹克威克先生问道。

“法学院的资深成员们决定撞开他的房门,因为他已有两年没交房租了。他们就那么做了。强行破开了锁;一具穿蓝色上衣、黑短裤和丝拖鞋的满是灰尘的骷髅倒在那个开门的工友身上。离奇吧,这事儿。也许有几分古怪吧?”小个子老人把头歪得更厉害了,并且怀着无法形容的快乐搓着双手。

“我还知道另外一桩怪事。”小个子老头儿又说,这时他的咯咯笑多少已平息一点了,“事情发生在克里福德院。顶楼的房客——坏蛋——把自己关在卧室的壁橱里,吃下一些砒霜。管事还以为他赖账逃掉了哩;开了门,贴了出租启事。另一个人来了,租了那套房子,买了点家具,住了下来。不知怎么他就是睡不着觉——总是不安心和不舒服。‘古怪呀,’他说,‘我要用另一间房做卧室,把这一间用做起居室。’他做了更换,晚上睡得挺好,但是突然发现,不知怎么晚上却读不进书;于是他变得神经紧张而且不舒服起来,老是去剪蜡烛芯并且疑神疑鬼地朝周围东张西望。‘我真是闹不明白,’一天晚上他去看了一场戏回来,一边喝冷酒一边说道,他把背靠在墙上,以免自己幻想有人躲在背后——‘我真是闹不明白。’他说;紧接着他的目光便落到了那个一直锁着的小壁橱上,一阵颤抖从头到脚掠过他的全身。‘我以前就有过这种感觉了,’他说,‘我总是禁不住要疑心那个壁橱有问题。’他尽了巨大努力,鼓足了勇气,用火钳两三下就打碎了门上的锁,开了壁橱门,呀,真的,笔直地站在角落里的正是先前那位房客,手里还紧紧地抓着一个小瓶子哩,而他的脸呢——算了,不说了!”老头子一说完,就环视了一下惊奇的听众紧张的脸孔,脸上带着狞厉的快乐的微笑。

“你讲给我们听的事情是多么奇怪啊,先生。”匹克威克先生说,一边借助眼镜细细地审视那个老头的脸。

“奇怪!”小老头儿说,“胡扯! 你觉得它们奇怪,是因为你对它们毫无所知。它们挺有趣,但是没有什么不寻常的。”

“有趣!”匹克威克情不自禁地叫道。

“是的,有趣,不是吗?”小老头儿答道,恶毒地斜视了一下;然后,也不等人回答,他又继续说道:

“我还认得一个人——让我想想看——离现在有四十年了——他在这些最古老的学院中租了一套破旧、潮湿、腐朽的房子,那里已经锁了很多年没人住了。关于这个地方老太太们有很多的故事,它当然远不是一个令人欢快的地方;但是他穷,而房子便宜,这理由对他来说完全足够了,即使房间的状况比实际糟糕十倍,他也会因便宜而租下它的。他不得不买下留在房间里的一些日趋破败的设置,其中有一样是一个粗大笨重的装文件的木头柜子,它上面安有玻璃门,里面有一块绿色的帘子;这对他来说完全是一件毫无用处的东西,因为他没有文件需要存放;至于说他的衣服,他都带在身上,反正这一点儿也不辛苦。好了,他把他所有的家当都搬了进去——还不够装一车哩——把它们分散地摆在房间里,以便使那四把椅子尽可能看上去多得像是一打椅子;晚上他在炉火边,一边喝他赊账买来的两加仑威士忌酒中的第一杯,一边琢磨他以后是不是付得起所欠酒账,假如付得起又需要多少年时间,这时他的目光落到了木柜子的玻璃门上。‘哈,’他说,‘假如我不是迫不得已按那个老旧货商的价钱买了这个丑东西,那么我也许就用那笔钱买了某个称心如意的东西。我告诉你吧,老家伙,’他大声地对那个柜子说,因为没有别的说话对象,‘假如不是打碎你的老尸骨会枉费力气,得不偿失的话,我真想马上拿你来当柴火烧。’他的话刚刚说完,就依稀听到一个像是微弱呻吟的声音,它好像是从柜子里面传出来的。他先是吃了一惊,但是经过片刻思索,他想一定是隔壁的一个什么年轻人出去吃饭回来了,于是他把脚搁到火炉架上，拿起火钳拨起火来。这时候那个声音又响了起来：玻璃门之一慢慢地打开了，显露出一个面色苍白憔悴的穿着肮脏破旧的衣服的人形，直挺挺地站在柜子里面。人形又高又瘦，脸上充满了忧愁和焦虑；但是那人的肤色怪怪的，整个身体显出一副形销骨立的非人世的模样，那是世上的任何活人都不会有的。'你是谁？"新房客说道，脸马上变白了，同时举起火钳，瞄准了那个人形的脸。'你是谁？''不要用火钳刺我，'那个人形回答说，'假如你瞄得那么准地猛投过来，那么它一定会把我戳穿，毫无阻碍地刺进我背后的木头里。我是一个鬼。''那么，请问，你在这里做什么？'房客结结巴巴地说。'在这间房子里，'鬼魂回答说，'我的肉体曾经操劳过，结果是我和我的孩子们都变成了乞丐。这个柜子是用来放那一长溜一长溜的文件的，它们是我费了好多年积累起来的。在这间房子里，当我由于痛苦和迟迟不能实现的希望而死去的时候，两个阴险的贪心汉瓜分了我在不幸的一生中苦苦挣来的财富，到头来一个铜子都没有留给我的不幸的子孙。我把那两个家伙从这里吓跑了，从那以后我每天晚上——晚上是我惟一能重返人间的时间——我都到我长期受苦受难的这个地方来游荡。这套房子是我的：应该把它留给我。''假如你坚持要在这里显形的话，'房客说道，在鬼魂啰啰嗦嗦地讲话的过程中他已经回过神来，变得镇定一些了，'我很乐意放弃这个地方；但是我想问你一个问题，假如你允许的话。''说吧。'鬼魂严厉地说。'那好，'房客说，'我的话不是专门针对你而说的，因为它同样也适合我听说过的大多数的鬼；在我看来真是有点矛盾，你们本来有机会去世界上最美好的地方——因为我想空间对你们来说根本不算什么——可你们却偏偏总是要回到曾经使你们最为不幸的地方。''天啦，这倒是真的；我以前从没想到过这点。'鬼说。'你知道，先生，'房客继续说，'这间房子是极其不舒服的。从那个柜子的样子看,我想它不可能完全没有臭虫;我真的觉得你能够找到很多舒服得多的地方;更何况伦敦的天气这么糟,简直是讨厌极了。'‘你说得很对,先生,'鬼魂有礼貌地说,‘以前我从没想到过这一点;我要马上找个地方换换空气才是。'事实上,在他说话的时候他就开始消失了:真的,他的腿马上就完全不见了。‘还有,先生,'房客追着鬼魂说,‘假如你乐意行行好,能给正在其他古老的空房子里出没的其他女士们和绅士们提点建议,告诉他们到别的地方去会舒服得多,那你就使社会受惠不浅了。'‘我会的,'鬼魂答道;‘我们一定是一些笨蛋,笨极了,真的;我真想象不出我们居然笨到如此地步。'说完这些话鬼魂就消失了;而更不同寻常的是,"老头子补充说,用锐利的目光扫视了一下全桌的人,"鬼魂从此以后再也没有回来过。"

"这个故事倒不赖,假如它是真的。"那个有马赛克纽扣的男子说道,一边点起一支新的雪茄。

"假如!"那个老头儿大叫道,显出极度轻蔑的样子,"我想呀,"他转向劳顿,补充说,"接下来他会说,我在律师事务所时碰到的那个古怪的诉讼委托人的故事也不是真的——我知道他会说的。"

"我不会冒昧地说任何话,因为我从没听过那个故事。"马赛克装饰扣的主人说。

"我希望你能把那个故事再说一遍。"匹克威克先生说。

"噢,说吧,"劳顿说,"除了我谁都没听过,而且我也差不多忘了。"

老头儿环视桌子周围,睥视得比先前更厉害了,仿佛在为每个人脸上表露出的关注而得意洋洋。他一边用手搓下巴,一边仰望着天花板,像是在回想故事情节似的,然后便开始了以下故事:

老头子讲的古怪的诉讼委托人的故事

“我是在哪里听到或者怎样听到这个故事的，”老头说，“这无关紧要。假如我要按照我碰到这事儿的顺序讲述，那我就应该从中间讲起，讲到末尾的时候再回到头上去。我只需说明其中有些事是我亲眼看见，这就够了，其余的事我知道是发生过的，而且有些对它们记得很清楚的人现在还活着哩。

“在鲍洛区的大街上，靠近圣乔治教堂，而且就在同一边街，坐落着一所最小的负债人监狱——玛夏尔希监狱，这是大多数人都知道的，尽管后来它已大大改观，跟从前污秽肮脏的状况大不相同了，但即使是改良之后，它也没法对要求较高的人有什么诱惑力，或是给得过且过的人提供什么安慰，新门监狱[①]里已被判刑的重罪犯，也像玛夏尔希监狱的无力还债的负债人一样，拥有一个可用来透透空气和运动的好院子。[②]

“也许是由于我的胡思乱想，也许是因为没法摆脱与这个地方有关的那些陈年旧事，总之伦敦的这个地方叫我受不了。那条街道是挺宽的，街边的铺子也宽敞，车辆来来去去的声音、人潮川流不息的脚步声——所有熙来攘往的喧哗，在这里从清早闹到半夜，但是它周围的其他街道却恶劣而又狭窄；贫穷和淫荡正在拥挤的小巷里溃烂；困乏和不幸被关闭在逼仄的牢房里；至少在我看来，有一种阴郁又凄凉的空气笼罩在这里，给它蒙上了一层肮脏、病态的色泽。

“有很多眼睛——如今它们已在坟墓里闭上很久了——在当

---

① 新门监狱（New gate），伦敦一著名监狱，始建于十五世纪，毁于十九世纪初。

② 甚至更要好一些。但这是在过去——更好的年代，现在这监狱不存在了。——原注

初第一次进入古老的玛夏尔希监狱的时候，它们曾相当轻松地看过上述的景象：因为绝望不会随着不幸的第一次沉重打击而降临。一个人对没有经过检验的朋友抱信任态度，他记得他的酒肉朋友们在他并不需要帮助的时候曾多么慷慨地许诺要为他服务；他抱着希望——没有经验的幸福者的希望——无论他怎么被不幸的打击压倒，那希望都会在他胸中冒出来，并在那里暂时茁壮成长，直到最后在挫折和轻蔑的伤害下枯萎。等到负债者们在狱中饱受煎熬，既没有获释的希望，也没有自由的前途，落到了说'他们在狱中腐烂'不再是一种修辞说法的悲惨处境的时候，那些眼睛又是多么迅速地深深陷进头颅，从那些因饥饿而消瘦、因囚禁而失色的脸孔朝外面怒视啊！如今极端的残暴行为已不复存在，但它的余孽却留了下来，足以引发很多使心脏流血的事情。

"二十年以前，那条人行道简直被一个母亲和一个孩子的脚步踏穿了，一日复一日，他们像必定来临的早晨一样，每天清早都会出现在的监狱的门口；常常是经历了一夜难眠的凄苦和焦急的愁思之后，他们在那里匆匆地待上一个钟头，然后那位年轻的母亲会柔顺地走开，带着那个孩子走到那座古老的桥上，把他抱起来让他看那闪闪发亮的河水——河水被早上的阳光抹上了一层金辉，随着大清早河里正在为生意和娱乐而做的忙碌的准备而动荡着——她希望孩子能对眼前的景象感兴趣。但是她很快会把孩子放到地上，自己把脸埋进围巾，让那使她的眼睛简直要瞎了的眼泪滚滚涌出眼眶；因为没有一丝兴趣或感到欢快的表情使孩子那瘦削、病态的脸容开朗起来。孩子的记忆极为有限，但它们全属于同一类型：全都与他的双亲的贫困与不幸有关。他曾一个钟头接一个钟头地坐在他母亲的膝上，怀着孩子气的同情看着泪水偷偷流下她的脸颊，然后静静地爬到某个黑暗的角落，呜咽着昏睡过去。人间的残酷现实，以及它的很多最糟的不幸——饥渴、寒冷和贫困——从他的理性萌芽的时候起,他就对它们有了切身的感受:虽然具有儿童的形体,可是他却没有轻松的心境、欢快的大笑和闪亮的眼神。

"父亲和母亲对这一点看在眼里痛在心里,他们俩相互看着对方,谁都不敢把内心的痛苦说出来。这个健康、强壮的男人,本来是可以胜任几乎无论哪一种劳作的辛苦的,可是他却正在严密的囚禁和监狱不健康的空气中消耗生命,日见憔悴。那个纤弱的女人在肉体和精神的双重磨难之下垮下去了。那个孩子的幼小的心灵碎了。

"冬天来临,随之而来的是几个礼拜的寒冷和暴雨。那个可怜的女子搬到了离丈夫坐牢的地方较近的一间陋室;尽管搬家是迫于日益加重的贫困,但是现在她倒感到更幸福了,因为她离丈夫更近了。有两个月,她和她的小伴侣照常来等着开门。后来有一天她没有来,这还是第一次。第二天早上,她独自一人来了。那个孩子死了。

"那些冷漠地谈论穷人的丧亲之痛的人根本一窍不通,他们说什么那对死者是脱离苦海的幸福的解脱,对生者是减轻负担的仁慈的解救——我觉得他们根本就不懂这种丧亲之痛是何等惨重。在所有其他的眼睛冰冷地避开你的时候,有一双饱含温情与关切的眼睛在注视你——在所有其他的人抛弃我们的时候,我们知道我们还拥有一个人的同情和挚爱——这对处在最深重的苦难中的人,是一种寄托、一种支持、一种安慰啊,它既不能用财富换取,也不是权力所能赐予的。那个孩子曾经在双亲的膝上一坐就是好几个小时,他的小手耐心地握在一起,他消瘦苍白的脸仰起来对着他们。他们曾经看见他一天接一天地消瘦下去;虽然他短暂的一生毫无快乐可言,而现在他总算获得了他在生时即使作为孩子也没有在这个世界上享有过的安宁和休息,但他们是他的父母啊，失去他使他们何等心痛！

“凡是见过那位母亲的已改变的脸容的人，都清楚死亡肯定会很快结束她受煎熬的苦难景象。她丈夫的狱友们不敢询问他的痛苦与不幸，但把他先前和两个同伴合住的一间小囚室留给了他一个人。那位母亲和他一起住在那里：没有痛苦，但也没有希望，她的生命在拖延着，慢慢地走向衰亡。

“一天晚上她在丈夫怀里昏了过去，丈夫把她抱到敞开的窗边，好让新鲜空气使她苏醒过来；当时月光照在她的脸上，丈夫看出她的脸容已经改变，这顿时使他浑身乏力，因不堪她的重量而踉踉跄跄，俨然一个无能为力的婴儿。

“‘放我下来，乔治。’她气息奄奄地说。他照做了，并且在她旁边坐下，用双手捂住脸，痛哭起来。

“‘真舍不得离开你呀，乔治，’她说，‘但这是上帝的旨意，你要看在我的分上承受它。噢！我多么感谢他带走了我们的儿子啊！他是幸福的，到了天堂里。假如他是在人世而没有母亲，那该怎么办！’

“‘你不能死，玛丽，你不能死！’那位丈夫说，惊跳起来。他急促地走来走去，用捏紧的拳头捶自己的头；然后他重新在她旁边坐了下来，把她抱在怀里，稍微镇静一些地说：‘振作起来，我亲爱的人儿。请你振作起来。你还会活下去的。’

“‘再也不会了，乔治，再也不会了，’临终的女人说，‘让他们把我埋在我可怜的儿子旁边吧，但你要答应我，假如有朝一日你能离开这个可怕的地方，假如某一天你有了钱，你要把我们迁到某个宁静的乡村墓地去，一个很远很远的地方——远远地离开这里——在那里我们才能得到安息。亲爱的乔治，答应我你会照我说的去做。’

“‘我答应，我答应，’她男人说着，深情地在她面前跪了下来，

‘跟我说话,玛丽,再说一句;看我一眼——只要一眼!’

“他停止了说话,因为抱住他的脖子的那条手臂变硬变沉了。一声深深的叹息从他面前那个已消瘦不堪的身体里发出;嘴唇动了一下,一丝微笑浮现在脸上;但那嘴唇没有血色,那一丝微笑渐渐退去,变成了僵硬的而又可怕的凝视。从此他是一个人孤单地活在这个世界上了。

“那天晚上,在他那间悲惨的牢房的死寂和凄凉之中,那个不幸的人在他妻子的遗体边跪了下来,祈求上帝作证,发了一个可怕的誓:从那一刻以后,他要为他妻子和儿子的死复仇;从那一刻起到他生命的最后一刻,他要把全部精力全部奉献给这惟一的目标;他的复仇将是长期而又恐怖的;他的仇恨将永不消亡、永不停息;即使找遍全世界他也要把那个复仇的对象找到。

“最深切的失望和几乎非人的激情,在那一夜之间便在他的脸上和身上留下了那么暴虐的伤痕,使他那些处在不幸之中的同伴见他走过时都吓得退缩到旁边去。他的双眼布满血丝且神情滞重,他的脸一片死白,身体则像上了年纪似的弯曲着。在剧烈的精神痛苦之下,他几乎把下嘴唇咬穿了,那从伤口处流出的血顺着下巴滴下,已弄脏他的衬衫和围巾。没有眼泪,没有怨言,但他那狂躁不安的眼神,以及在院子里走来走去的狂乱焦躁的模样,都表明他体内有一种高热在灼烧。

“应该立即把他妻子的遗体从监狱里搬出去,这是很有必要的。他非常镇静地接受了通知,并且默认那样做是适当的。监狱里几乎所有的人都围拢来观看搬迁;当那位鳏夫出现的时候,他们全都闪向两边;他匆匆地往前走,在靠近监狱大门的一小块有护栏的地方停了下来,独自站在那里,人们出于本能的体贴之情从那里让开了。那副简陋的棺材由男人们扛着缓缓前进。死一般的寂静笼罩着全场,只有妇女们清晰可闻的悲叹声和抬棺者们在石板路上曳脚前进的脚步声打破寂静。他们到达那个丧妻的丈夫站立的地方，停了下来。他把手放在棺材上，机械地调整了一下盖住棺材的柩衣，然后示意他们继续往前走。棺材经过门厅的时候，监狱的看守们全都脱帽致意，紧接着那沉重的大门就在后面关上了。他茫然地看了看送葬的群众，沉重地倒在了地上。

“虽然在接下来的几个星期里，他一直在受高烧的折磨，日夜由人看护着，但即使是在胡话连天的神志昏迷状态，他都一刻也没有忘记他的丧妻丧子之痛以及他所发的誓。在神志迷乱的状态下，他眼前的幻象在不断变化，一个地方接着一个地方，一件事跟着另一件事；但这一切都与他心中的伟大目标有着某种联系。他正在无边无际的大海上航行，头顶是血红的天空，下面是汹涌的海水，怒涛在四面八方沸腾着，回旋着。他们前面有另一艘船，正在怒号的风暴中苦苦地挣扎和搏斗；它的帆被撕成了一条一条的，在桅杆上狂舞，甲板上挤满了被抽打到船边的人，巨浪时时刻刻狂掀过来，把一些注定献祭于大海的人卷进泡沫飞溅的海中。巨浪在呼啸的汪洋大水中滚滚前进，具有任何东西都无法抵挡的速度和力量；它们终于击中了前面那艘船的船尾，把船打了个稀烂。船下沉时使水面形成一个巨大的漩涡，一阵极其响亮和刺耳的尖叫从大漩涡中升起——成百个临死者的死亡哀号，汇成一声撕心裂肺的呼喊——远远地盖过了风暴的呐喊，回荡再回荡，直到它仿佛要刺穿空气、天空和海洋。但那是什么呢？——一个白发老头从水面冒出头来，脸带痛苦不堪的表情，尖叫着狂喊救命，在波涛中搏斗！他只看了一眼，便从船边跳入水中，奋力地朝那人游去。他游到那里了，靠近了那个人。那是*他的*脸。那个老头见他游过去，徒劳地挣扎着想躲开他。但是他紧紧地抓住了老头，把他拖到了水面以下。往下，和他往下，一直到五十英寻以下；老头的挣扎越变越弱，终于完全停止了。他死了；他杀死了他，实现了他的誓言。

“他这会儿正走在大沙漠的灼人黄沙里，光着脚，孤零零一人。沙土令他呼吸困难，看不清东西；它的细小的颗粒钻进了他的毛孔，使他难受得简直要发疯。大团大团被风卷着滚动的沙，被熊熊燃烧的太阳照得透亮，有如一根根在远方肆虐的火柱。一根根骨头撒在他的脚边，那是那些死在这凄凉的荒漠里的人们的遗骨；一种可怕的光笼罩着周围的一切；目光所及之处，除了恐怖别无他物。他挣扎着想发出恐怖的叫喊，但那是徒劳，他的舌头粘在口里，他疯狂地往前面冲。在超自然的力量的支持下，他硬撑着穿越黄沙，又累又渴，精疲力竭，最后倒在地上失去了知觉。是什么沁人心脾的凉爽使他清醒过来；那潺潺作响的声音是什么？水！的确是一股泉水；那条清亮新鲜的水溪就在他脚边流淌。他饱饱地喝了一顿，把作痛的四肢在岸边展开，陷入了惬意的恍惚状态。渐渐走近的脚步声惊醒了他。一个白头发的老头踉踉跄跄地走来解他的如焚之渴。又是他！他抱住那个老人的身体，把他往后面拉。老头挣扎着，尖叫着要喝水，只要一滴水救命！但他死死地抱住那个老头，用贪婪的目光看着他的痛苦；当那失去生命的脑袋在胸口耷拉下来的时候，他就用脚把那具尸体踢到了一边。

“高烧退去，神志恢复，他醒来时发现自己富有并且自由了：他听说父亲已经死在鸭绒床上，正是这位父亲宁愿让他死在狱中——何止是宁愿！他已经让那些对他来说比他自己的生命宝贵得多的人因贫困和无药可治的心病而死去了。他一心一意要让儿子穷得像个乞丐，但由于对自己的健康和精力过于自负，他一拖再拖，结果还来不及采取措施，自己已一命呜呼，现在他在另一个世界肯定在咬牙切齿，悔恨自己因疏忽而把财产留给了儿子。他醒来时发现了这一点，还发现了其他很多东西。他回想起了他活下去的目的，记起了他的仇敌是他妻子的亲生父亲——那个使他坐牢的人，那个在女儿带着孩子在他脚边乞求怜悯时把他们娘儿俩踢出门外的人。噢，他对自己身体的虚弱诅咒得多厉害呀——因为它阻止了他马上振作起来，积极开始实行他的复仇计划！

“他叫人把他从他历尽丧亲的悲痛与不幸的地方移开，移居到海边一个清静的住处；这并不是希望能恢复内心的宁静和幸福，因为这两者均已永远地逝去了；而是为了使他衰弱的体能得到恢复，并深思熟虑他宝贵的复仇计划。在这里，某一个恶魔给了他一个进行极其可怕的首次复仇的机会。

“那是夏季；他满脑子是忧郁的想法，常常在将近黄昏时离开他孤独的住处，沿绝壁下的小径信步漫游，走到一个他在漫游中心仪已久的地方，在某块从绝壁坠落下来的石头上坐下，把脸埋进双手里，一坐就是好几个小时。有时候一直坐到夜幕完全降临，他头顶那些狰狞的巉岩用长长的影子为他周围的一切抹上一层浓浓的黑暗。

“一个平静的黄昏，他坐在这里，还是老地方，他时不时地抬起头来看看飞翔的海鸥，或是放眼远望海中那条辉煌的深红色道路——它从海洋的中央开始，好像一直延伸到海的边缘那太阳落下的地方。正在这时，一声洪亮的求救声打破了海滨深沉的寂静；他仔细倾听，怀疑自己是不是听错了，这时求救声再次响起，比先前更猛烈了；他猛地站了起来，匆匆朝求救声传来的方向冲去。

“事情马上就一目了然了：海滩上有些散乱的衣物；一个人的脑袋在离海滩不远的波浪中隐约可见；一个老人在海滩上跑来跑去，一边痛苦地拧着双手，一边嘶声地求救。现在体力已充分恢复的病人脱掉了衣服，朝海冲了过去，正准备扑入水中，去把那个即将被淹死的人救上岸来。

“‘快点，先生，看在上帝的分上；救命，救命，先生，为了上天的爱。他是我的儿子，先生，我惟一的儿子呀！’老人一边疯狂地说着，一边跑上去迎接他，‘我惟一的儿子，先生，他就要在他父亲

的眼前死掉了！’

“一听到那个老人说的第一句话，他就马上停住了救人行动，并且把双手交叠在胸前，一动不动地站住了。

“‘天啦！’那个老人大叫道，同时往后退缩，‘海林！’

“这位陌生人微微一笑，一声不吭。

“‘海林！’老人说道，发狂似的，‘我的孩子，海林，我亲爱的孩子，你看，你看！’那位可怜的父亲一边喘粗气，一边指着那个年轻人在为活命挣扎的地方。

“‘你听。’老人说，‘他又喊了一声。他还活着呀。海林，救救他，救救他吧！’

“这位陌生人再一次微笑，仍然像一尊雕像似的一动不动。

“‘我亏待了你，’老人嘶声叫道，跪到了地上，合掌向他乞求，‘你报复吧；拿走我的一切，包括我的生命；把我丢进你脚下的海水里吧，假如人的天性能抑制住挣扎的话，我会连手脚都不动一下就去死。把我丢下去，海林，丢下去，但你要救救我的儿子，他年纪还很小，海林，不能这么小就死掉！’

“‘你听着，’陌生人说道，狠狠地紧抓着老人的手腕，‘我要一命抵一命，而这是一条命。我的儿子死了，他就死在他父亲的眼前，比现在要死的这个诽谤他的姊妹的小崽子死得要悲惨得多，痛苦得多。那时候你大笑，当着你女儿的面——现在死神早已抓走那张面孔——那时你嘲笑我们的痛苦。现在你是怎么想的？你看看那里，你看呀！’

“陌生人一边说，一边指着大海。一声微弱的叫喊从海面消失了；那个垂死者的最后一次强有力的挣扎使涌动的波涛激荡了一下；他沉下去早早地进入坟墓的地方和周围的水混成了一片，再也分辨不清了。

“三年过后的一天，一位绅士在伦敦一位律师的事务所门口走下私家马车，说有非常重要的生意要和律师密谈：这位律师当时以受理业务不太苛刻而著称。虽然那位绅士显然未过壮年，但他的脸苍白、憔悴而又沮丧；以律师敏锐的观察力，只需一眼就可以看出，疾病和苦难对他的容颜的摧残，远远超过纯粹的时间之手在双倍的时间里所完成的。

"'我想请你替我办一点法律方面的事务。'陌生人说。

"律师巴结地鞠躬，并且瞟了瞟那位绅士手里拿的大包裹。他的客人注意到了这一眼神，便继续往下说。

"'这可不是一般的业务，'他说，'这些文件也不是轻易到我手里的，为它们我付出了长期的辛苦和昂贵的代价。'

"律师朝那包东西投去更迫切的目光，于是他的客人解开包扎的绳子，露出很多的期票，还附带有不少契据和其他文件。

"'这些文件上写着名字的那个人，'委托律师办事的当事人说，'你看得出来，他凭着这些东西在过去的几年间借了大量的钱。他和这些借据的原持有者们达成了一种默契，那就是，在一定的期限之内，这些借款随时可以延期。而我花了相当于票面价值三四倍的价钱，把它们从原债主那里一份接一份全买了过来。那种默契在任何一个地方都没有写明。最近那个人蒙受了很多损失；假如这些债务同时一股脑儿压到他身上的话，那他马上就要完蛋。'

"'总共有好几千镑呀。'律师说道，浏览着那些文件。

"'是的。'委托人说。

"'我们打算做些什么呢？'律师问道。

"'做什么！'委托人答道，突然情绪激昂起来，'开动所有的法律机器，动用才智所能设计和卑鄙所能执行的所有阴谋；正当的手段加不正当的；法律的公开逼迫，加上最精明的律师的所有伎俩。我要让他慢慢地受煎熬，慢慢地去死。毁了他，夺走他所有的田地

和财产，把他赶出家门，让他无处安身，让他在老年成为乞丐，让他在普通的牢房里咽气。'

"'可是办案的费用，先生，所有这一切的费用，'从瞬间的惊讶中回过神来之后，律师以商讨的口气说，'假如被告是一个破了产的人，谁来支付诉讼费呢，先生？'

"'随你说个数吧。'陌生人说，他的手因激动抖得很厉害，以至于他简直握不稳他说话时拿起的笔了，'随便多少，马上开给你。不要不敢开口，伙计。只要你能帮我达到目的，我不会嫌数额大的。'

"律师冒险说了一个大数目，作为他所要求的把吃亏的可能性都计算在内的预付款；但这与其说是按委托人的要求大胆开价，还不如说是他想试探一下委托人到底认真到什么程度。陌生人如数开了一张支票，然后就离开了他。

"支票如数兑现了，律师见他那位奇怪的委托人是可以信赖的，便热心地工作起来。此后的两年多时间里，海林先生常常在事务所整天整天地坐着，凝神研读他们已积累起来的那些文件，他的双眼闪烁着快乐的亮光，一遍又一遍地看那些申辩的信、要求稍微延期的请求书以及对方必定陷入破产的证明材料，这些都是一笔债款接一笔债款、一项诉讼接一项诉讼地打官司之后源源不断地涌来的。对所有要求稍微宽限些时日的请求，只有一个答复——必须马上付款。随着一个个强制性执行令的发出，田地，房屋和家具一一被夺了过来；那个老头子要不是逃过警察的耳目逃掉了的话，他本人恐怕也被关进监狱了。

"海林的难以平息的仇恨并没有由于他的迫害获得成功而得到满足，相反倒是因他所造成的毁灭而成百倍地增加了。一听说那个老头跑掉了，他气愤到了无以复加的地步。他在狂怒中咬牙切齿，自己扯自己的头发，还恶毒地咒骂那些负责去逮捕老头的人。他们一再向他保证肯定能发现那个逃亡的人,这才使他恢复了相对的平静。密探们被派往四面八方打听情况;能想到的一切旨在找出逃亡者的藏身处的办法都派上了用场;但所有这一切都徒劳无功。半年过去了,可是那老头仍然不知去向。

“最后,有一天深夜,已经有好几个星期没有露面的海林,出现在他的代理律师的私人住宅门口,传话说有一位绅士想马上见他。律师在楼上听出了他的声音,还来不及叫仆人去请他,他已经冲上楼梯,脸色苍白、呼吸急促地进了客厅。他关上了门,为了避免被人听见,然后倒进一把椅子里,低声说:

“‘嘘! 我终于找到他了。’

“‘真的!’律师说,‘干得真棒,我亲爱的先生,干得真棒。’

“‘他躲在堪登镇的一个条件恶劣的住处,’海林说,‘我们完全见不着他,也许倒是件好事儿,因为他一直孤孤单单地住在那里,过得苦不堪言,他穷了——穷极了。’

“‘很好,’律师说,‘当然,你明天就要去逮捕他啰?’

“‘是的。’海林答道,‘且慢! 不行! 要再过一天。你一定对我想推迟一天感到惊奇吧?’他补充道,露出可怕的微笑,‘我先前忘记了。后天是他一生中的一个纪念日:就在这一天干吧。’

“‘很好,’律师说,‘你要不要写个通知给警官呢?’

“‘不用;叫他在这里等我,晚上八点,我要亲自陪他去。’

“他们在约定的那天晚上碰了头,叫了一辆出租马车,叫车夫在古老的潘克拉斯大道的那个拐角停了车,也就是在教区贫民收容所那儿。在他们到达那里之前,天色已经很黑;经过家畜医院前面那堵没有窗户的墙之后,他们进了一条小街,这条街叫做——或者那时候叫做——小学院街,那个地方呀,无论现在是否热闹,在当时可是非常荒凉的,周围除了田野和水沟以外几乎什么都没有。

“海林把旅行帽拉下来遮住半边脸,用披风紧紧裹住身体,在街上最简陋的那座房子前面停住，轻轻地敲了敲门。马上有一个妇女来开了门，她行了一个屈膝礼表示招呼，海林用耳语叫警官留在下面，自己轻轻地爬上楼，开了前房的门，马上进去了。

“他所追捕的那个他恨之入骨的仇敌，如今已是一个衰老不堪的老人，他坐在一张空空荡荡的桌子边，桌上只可怜巴巴地放着一根蜡烛。海林进房的时候他吃了一惊，无力地站了起来。

“‘又是什么？又是什么？’老头说道，‘又是什么新的不幸？你来这里干什么？’

“‘和你说说话。’海林答道。说着，他在桌子的另一头坐了下来，一边脱下披风并摘下帽子，露出自己的本来面目。

“那个老头好像马上被剥夺了说话的能力。他倒在椅子里，两只手绞在一起，带着憎恶与恐惧交集的神情凝视着眼前那个幽灵。

“‘六年前的今天，’海林说，‘我发誓要你偿还我的孩子的性命。在你的女儿的尸体边，老家伙，我发了誓要用一生来复仇。我从没有一刻背离过我的目标；即使我有过片刻背离，只要一想到她慢慢死去时那种毫无怨言的痛苦神情，或是我们的无辜孩子的饥饿脸色，我又有了巨大的勇气去完成我的任务；我的第一项报复你还记得很清楚吧；现在是我的最后一项。’

“老头子颤抖起来，双手无力地垂到了两边。

“‘我明天就离开英格兰。’海林停顿了一会儿之后说，‘今晚，就像你曾经让她受够了罪一样，我要让你也尝一尝生不如死的滋味——进毫无希望的监狱去吧——’

“他抬起眼睛看了看老头的面孔，停住不说了。他举起蜡烛来照照那张脸，然后轻轻放下，离开了房间。

“‘你最好是去看看那个老头，’一边打开大门并示意警官跟着他走的时候，他对那个女人说，‘我想他是病了。’那个女人关上门，匆匆跑上楼去，发现老头已经没气了。

“肯特郡最安宁、最僻静的教堂墓地之一，里面野花和青草混杂着，周围柔美的风景构成了英格兰花园里最美的景象；在这墓地里的一块朴素的墓碑之下，埋葬着那位年轻母亲和她温顺的孩子的遗骨。但那位父亲的骸骨没有和母子俩的合葬在一起；而且自从那天晚上以后，代理律师再也没有得到过有关他的古怪当事人以后的事迹的丝毫消息。”

老头儿说完故事之后，走到屋角的一个木挂钩前，取下他的帽子和衣服，小心翼翼地穿戴好；然后，他二话没说就慢慢地离开了。由于缀有马赛克纽扣的绅士已经睡着了，而在座的大部分人都在专心地做着把熔化的蜡烛油滴进自己的对水白兰地杯子的趣味游戏，所以匹克威克先生没有引起注意就走掉了；付过自己和威勒先生的酒账之后，他在威勒先生的陪同下走出了“喜鹊和树桩”酒馆的大门。

第二十二章　匹克威克先生旅行至伊普斯威奇，并与一位戴黄色卷发纸的中年女士有一段浪漫奇遇

"那是你主人的行李吗，山姆？"老威勒先生看见他的爱子走进白教堂镇的公牛旅馆的院子，提着一个旅行包和一个小皮箱，就这样问道。

"你猜得没错呀，老头子，"小威勒先生答道，把手中的负担放在院子里，然后往上面一坐，"东家本人马上就下来。"

"我想，他是坐小马车来的吧？"做父亲的问道。

"是的，他冒的是走两英里路要花八便士的危险呀，"儿子回答说，"今早后妈还好吗？"

"古怪，山米，古怪呀，"老威勒先生带着令人难忘的严肃神情说，"她最近颇有点美以美派①信徒的派头了，山米；她的虔诚非同寻常，真的。对我来说她是太好了，山米；我觉得我配不上她。"

"啊，"塞缪尔先生说，"你也太低估自己了。"

"是很低。"他父亲答道，叹了一口气，"她掌握了一种可以使成年人再出生一次的发明，山米；新生，我想他们是这样称呼它的。我倒是很想看一看那新生是怎么个生法。我倒是很想看看你后妈再出生一次。我一定把她送去请人喂奶！"

① 美以美派（Methodism），基督教的一个教派。

“你猜她们那些娘儿们那天做了些什么?”威勒先生停顿了一会儿之后继续说,在停顿的过程中用食指在鼻子的侧面意味深长地敲了大约五六下,“你猜她们那天干了些什么?”

“不知道,”山米答道,“什么呀?”

“为一个她们叫做她们的牧羊人的家伙开了一个大茶会,”威勒先生说,“我站在隔壁的画店那儿朝我们家里面张望,看见了一张小招贴:‘票价每张半个银币。可向委员会申请。秘书,威勒太太。’我回到家的时候,委员会正坐在我家的后客厅里——有十四个女人;我倒希望你能够听听她们说的那些话,山米。她们在那儿,又是通过决议,又是搞费用表决,花样多的是。唉,一方面是你后妈老唠叨要我去参加,另一方面我也想去看看到底有没有什么好看的,因此我也就报名买了一张票;星期五晚上六点钟的时候,我打扮得漂漂亮亮的,和那老妈子一起去了;我们上了二楼,那里摆有供三十个人用的茶具,一大群娘儿们开始吱吱咕咕耳语,还对我看来看去,好像她们以前从没见过这么胖的五十八岁的绅士似的。不久,楼下传来一阵嘈杂声,一个红鼻子白领带的瘦高个子冲上楼来,用唱歌似的声音叫道:‘牧羊人来看他忠实的羊群了。’接着一个穿黑衣服、长着一张大白脸的胖家伙进来了,他微笑着像一个自鸣钟似的兜了一圈。就是那么个德性,山米!‘和平之吻。’那个牧师说;然后他把那些娘儿们全吻了一遍,他吻完之后,那个红鼻子男人又开始吻了。我正在考虑我是不是也要去吻一吻——尤其是因为正好有位很可爱的女士坐在我旁边——刚好这时茶送上来,而且你的后妈,她在楼下烧茶,也跟着上来了。于是他们就大吃起来,张牙舞爪的。调茶时的那种喧闹声呀,简直和漂亮的唱赞诗一样;何等的优雅,何等的吃呀喝呀!我真希望你能看到那个牧师一头扎进火腿肉和松饼的样子。我还从来没见过那么会吃会喝的人哩;从来没有。那红鼻子男人无论如何不是你乐意给他按合同包餐的人，但与牧师比起来他就不算什么了。唔，在吃完茶点之后，他们又唱了一首赞美诗，然后牧羊人开始讲道——考虑到已有那么多沉甸甸的松饼撑着他的胸口，他能讲成那样已相当不错了。接着，他突然打住，大声喊道：‘罪人在哪里；可怜的罪人在哪里？’听到这话，所有的娘儿们都看着我，并且像要死似的开始呻吟。我觉得有点古怪，但我还是什么也没说。不一会儿他又打住了，死死地盯着我，说：‘罪人在哪里；可怜的罪人在哪里？’所有的娘儿们再次呻吟，比先前声音大十倍。这让我大为恼火，我走上前一两步，说：‘我的朋友，’我说，‘你那句话是针对我说的吗？’当时无论哪位绅士都会对我说声对不起的，可是他不但没有，相反比先前更放肆了——他居然管我叫家伙——遭到天谴责的家伙——还有其他不好听的称呼。于是我大大冒火了，先是给了他两三下，然后又给了红鼻子两三下，打完就走。我真希望你能听到那些娘儿们是怎么尖叫的，山米，她们一边尖叫一边把那个牧羊人从桌子下面拖了出来——哈啰，东家来了，一点儿没错。”

威勒先生正说着，匹克威克先生就从一辆小马车上走了下来，进了院子。

“早上的天气不错呀，先生。”老威勒先生说。

“的确棒。”匹克威克先生答道。

“的确棒。”一个红头发的男子附和道，在匹克威克先生走下马车的同时，他从一辆小马车上走了下来，他戴着眼镜，长着一个让人觉得他爱管闲事的尖鼻子①。“到伊普斯威奇去吗，先生？”

“是的。”匹克威克先生答道。

“真是巧得很哪。我也是。”

---

① 英语里有“put one's nose into another's bussiness”，直译为把鼻子伸进别人的事务中”，意译为“爱管闲事”。

匹克威克先生鞠躬致意。

“坐外面的位子吗?”红发男子说。

匹克威克先生再次鞠躬。

“天啦,真不寻常啊,我也是外面的座儿。”红发男人说,他是一个鼻子很尖、看上去自尊自大、说话时神秘兮兮的人;他有一种像鸟儿似的习惯,无论说什么话都要把头扭一下;他兴高采烈地微笑着,仿佛他有了一个对人类的智慧而言最奇怪的发现似的。

“能够和你做伴我深感荣幸,先生。”匹克威克先生说。

“啊,”新来的人说,“这对彼此都很好,不是吗?有伴儿,你知道的——有伴儿是——是——是和孤单大不一样的呀——可不是吗?”

“那是不可否认的,”小威勒先生说,他带着殷勤的微笑加入了谈话,“那就是我所谓不言自明的事情,正如使女说靠剩饭剩菜度日的人不是绅士时那人所回答的那样。”

“啊,”那个红发男人说,一边以傲慢的眼光把威勒先生从头到脚打量了一下,“你的朋友吗,先生?”

“确切点不能说是朋友。”匹克威克先生低声回答,“事实是,他是我的仆人,但是我允许他随便一点;因为,不瞒你说,我自认为他是一个奇人,而且我颇有点为他感到骄傲。”

“啊,”红发男人说,“这个嘛,你知道,只是一个趣味的问题。我对任何奇东西都不喜欢;就是不爱;看不出有什么必要。你叫什么名字呀,先生?”

“这是我的名片,先生。”匹克威克先生答道,问题的突兀和陌生人的独特态度令他感到非常有趣。

“啊,”红发男人说,把名片夹进他的袖珍手册里,“匹克威克;很好。我乐意知道别人的名字,这可以免除很多麻烦。这是我的名片,先生;麦格纳斯,看到了吧,先生——麦格纳斯是我的姓。我想，这个姓还不错吧，先生？”

“一个非常好的姓，的确是。”匹克威克先生说，完全忍不住微微一笑。

“是的，我想是的。”麦格纳斯继续说，“还有一个好名字哩，你一看就清楚了。对不起，先生——假如你把名片稍微斜着点拿，这样拿，你就可以看见向上的那一划上面的亮光了。瞧——彼得·麦格纳斯——听起来不错吧，我想，先生？”

“很不错。”匹克威克先生说。

“这个缩写可有趣啦，先生，”麦格纳斯先生说，“你瞧——P. M. ——午后①。有时给亲密的朋友留便条，我就干脆署名为‘下午’。这使我的朋友们觉得非常有趣，匹克威克先生。”

“我想那准能给他们提供最大的惬意了。”匹克威克先生说，对用来款待麦格纳斯先生的朋友的那份快活颇为羡慕。

“喂，先生们，”马夫说，“马车准备好了，请上车吧。”

“我所有的行李都在车上吗？”麦格纳斯先生问道。

“都在哩，先生。”

“红包在吗？”

“在的，先生。”

“条纹包呢？”

“在前面的行李箱里，先生。”

“褐色纸包呢？”

“在座位下面，先生。”

“皮帽盒呢？”

“全都在车上，先生。”

---

① 彼得·麦格纳斯（Peter Magnus）的字母缩写是 P. M. ，这与英文“午后”（post meridian）的缩写一样。

“好了，可以上车了吧？”匹克威克先生说。

“对不起。”麦格纳斯先生答道，站在车轮上。

“对不起，匹克威克先生。在拿不准的情况下，我是不会同意上车的。从那人的态度看，我相信皮帽盒子肯定还没有放进车里。”

车夫郑重其事的申辩毫无用处，于是不得不把皮帽盒子从行李箱的最底层搜出来，以便让他放心它是放得好好的；在拿准了这一项之后，他又有了严重的不祥预感，首先是觉得红包没有放好，其次是条纹包被偷了，然后是褐色纸包“松开了”。

最后眼见为实，证明他的每一项怀疑都是毫无根据的，这时他才同意爬上马车顶，说现在他才完全放心，觉得非常惬意而快乐。

“你有点儿神经过敏，不是吗，先生？”老威勒先生问道，他一边斜眼瞅了瞅陌生人，一边爬上了驾驶座。

“是的；对这些个小事，我是有一点儿，”陌生人说，“但现在我好了——很好了。”

“好，那真是福气，”老威勒先生说，“山米，扶你的主人到驾驶台上来；那条腿，先生，对啦；把手伸给我，先生。上来吧。儿时你没这么重吧，先生。”

“你说的一点儿没错，威勒先生。”气喘吁吁的匹克威克先生兴高采烈地说，在驾驶台上挨着他坐了下来。

“从前面跳上来，山米，”威勒先生说，“好了，威廉，发车。当心拱门，绅士们。‘头啊。’像馅饼师傅说的。行了，威廉。放手让它们跑吧。”于是马车朝白教堂方向开去，令这个人口稠密的小地方的全体居民羡慕不已。

“这地方可不怎么样啊，先生。”山姆说，触触帽子行了个礼——他在和主人说话之前总是这样的。

“是不怎么样，山姆。”匹克威克先生答道，一边打量他们通过的那条拥挤、污秽的街道。

“真是奇怪,先生,”山姆说,“好像贫穷和牡蛎总是结伴而行的。”

“我不明白你的话,山姆。”匹克威克先生说。

“我的意思是,先生,”山姆说,“一个地方越穷,对牡蛎的需求好像就越大。你瞧,先生。每隔五六家就有一个牡蛎摊子。街上排满了。我真是相信,一个人越没有钱,就越会冲出屋子去吃牡蛎,反正豁出去了。”

“确实是,”老威勒先生说,“腌鲑鱼的情况也完全一样!”

“这两件事非常不同寻常,以前我居然全然没有想到,”匹克威克先生说,“车子在前面一站一停下来,我就要把它记录下来。”

这时候他们已到达迈尔·恩德通行税卡;一阵深深的沉默,直到往前走了两三英里之后,老威勒先生突然转向匹克威克先生,说道:

“守卡人的生活够古怪的,先生。”

“什么人?”匹克威克先生说。

“守卡人。”

“守卡人是什么意思?”彼得·麦格纳斯问道。

“老头子说的是通行税卡的看守人,先生们。”威勒先生解释说。

“啊,”匹克威克先生说,“我明白了。是的;非常奇怪的生活。也是很不舒服的。”

“他们都是些在生活中不得志不顺心的人。”

“噢,噢?”匹克威克先生说。

“是的。正是由于这一缘故,他们与世隔绝,把自己关在卡子里。他们收买路钱,一方面是为图个清静,另一方面也是为了报复人类。”

“天哪，”匹克威克先生说，“我以前根本不知道这点。”

“事实是这样，先生，”威勒先生说，“假如他们是绅士，你可以称他们为厌世者，而事实上他们也只喜欢守卡子。”

通过诸如此类的谈话，威勒先生以极具魅力的手段融娱乐与教益于一体，帮助大家克服了旅途的沉闷乏味，就这样打发了这一天的大部分时光。谈话的话题是绝不缺乏的，因为即使威勒先生的侃侃而谈暂时停歇下来，也会有麦格纳斯源源不断的发问来填补空白——他不仅想了解他的旅伴们的整个个人历史，而且每到一个站都要焦躁不安地大声嚷嚷，表明他极度关心他的两个提包、皮帽盒子和褐色纸包的安全和康乐。

在伊普斯威奇的大街的左手边，经过镇政府大厦前的空地后再走一小段距离，便是远近驰名的“大白马”旅馆，旅馆因正门上方的一尊狂暴的动物石雕而尤其引人注目，那石兽扬着鬃毛和马尾，远远看去像一匹发狂的拉车马。大白马在附近一带大出风头，与一头得奖的公牛、或一个被本郡报纸的年度纪事记录在案的萝卜、或一头硕大笨拙的猪齐名——因为它是一个庞然大物。再没有哪个地方像伊普斯威奇的大白马旅馆那样，一个屋顶之下居然有那么多迷宫般的没铺地毯的过道，那么多簇拥在一起的光线昏暗并发了霉的房间，那么多供人在里面吃和睡的小洞窟。

伦敦来的驿马车在每天傍晚的同一时间停车的地方，正是这家过分臃肿的酒店的门口；匹克威克先生、山姆·威勒和彼得·麦格纳斯先生在本章所说的那天傍晚，也正是从这种伦敦驿马车上走了下来。

“你在这儿歇宿吗，先生？”彼得·麦格纳斯先生问道，这时条纹包、红提包、褐色纸包和皮帽盒都被放进了过道，“你在这里歇宿吗，先生？”

“是的。”匹克威克先生说。

“天哪，”麦格纳斯先生说，“再没见过比这更巧的事了。哎，我也是在这里歇宿。希望我们能一起吃晚饭。”

“非常荣幸，”匹克威克先生答道，“不过我拿不太准我是不是有朋友在这里。是不是有一位图普曼先生住在这儿呢，招待？”

一个肥胖的仆人，手臂下夹着一块已用了两个星期的餐巾，腿上穿着与它一样历史悠久的长统袜，他听到匹克威克先生向他问话，便慢慢地停止了凝视街道的贵干；在把那位绅士的外表从帽子顶到绑腿下面的纽扣仔细地打量了一番之后，他用强调的语气说：“没有。”

“也没有一位斯诺格拉斯先生吗？”匹克威克先生问道。

“没有。”

“叫温克尔的呢？”

“没有。”

“我的朋友们今天还没有到，先生，”匹克威克先生说，“那么我们两人一块儿吃饭吧。给我们开一个私人包房吧，招待。”

这一请求被提出来之后，那个胖子屈尊叫擦靴子的去搬绅士们的行李，他本人则带着他们走过一条又长又黑的过道，把他们领进一个宽大却陈设糟糕的房间，里面有一个脏兮兮的火炉，炉子里的一小堆火可怜巴巴地企图欢腾起来，但很快就被这里的沮丧气氛压倒了。过了一个小时之后，一点鱼和一块牛排给旅客们端了上来，在晚餐被一扫而光之后，匹克威克先生和彼得·麦格纳斯先生把椅子拉近火炉，在为旅馆的利益叫了一瓶价钱被抬得最高的、口味再糟不过的红葡萄酒之后，他们又为自身的利益喝起对水白兰地来。

彼得·麦格纳斯先生天生是一个非常健谈的人，而对水白兰地更是起到了神奇的作用，使他隐藏在心底最深层的秘密都活跃起来了。他谈了他自己，谈了他的家庭、亲戚、朋友、笑料、生意和兄弟(大多数饶舌的人是有很多话讲他们的兄弟的),唠唠叨叨说了一大堆,忧郁地通过他的有色眼镜端详匹克威克先生几秒钟,然后有点儿羞怯地说:

“你觉得——你**觉得**,匹克威克先生——我来这里是干什么呢?”

“说实话,”匹克威克先生说,“我还真是没法猜着;也许是生意上的事吧。”

“一部分说对了,先生,”彼得·麦格纳斯说,“但是同时,有一部分错了;再猜一次,匹克威克先生。”

“真的,”匹克威克先生说,“我真是向你求饶了,告诉我或不告诉,悉听尊便,觉得怎么好就怎么办吧;因为我就是伤一个晚上的脑筋,也决不会猜中的。”

“嘿,那么,嘻——嘻——嘻!”彼得·麦格纳斯说,羞涩地哧哧一笑,“你会觉得怎么样呢,匹克威克先生,假如我是来求婚的,你怎么看呢,先生,呃?嘻——嘻——嘻!”

“觉得怎么样!你成功的把握非常大。”匹克威克先生答道,露出他最和蔼可人的一种微笑。

“啊!”麦格纳斯先生说,“可你真是这么看吗,匹克威克先生?当真的,是吗?”

“当然是。”匹克威克先生说。

“不会吧,你只是开玩笑吧。”

“不是开玩笑,真的。”

“哎,那么,”麦格纳斯先生说,“跟你说句心里话吧,我也是这么看的。尽管我生来就非常爱嫉妒——嫉妒得要命——但我不妨告诉你,那位女士就在这个旅馆里。”说到这里,麦格纳斯先生摘下眼镜,旨在眨巴一下眼睛,然后他又把眼镜戴上了。

“原来,你在吃饭前老是跑出房去,跑得那么勤快,为的就是这个呀。”匹克威克先生说，露出狡猾的神情。

“嘘！没错，你说对了，正是那么回事；不过我还没有傻到冒冒失失去找她的地步。”

“哪有的事！”

“是没有；那是不行的，你知道，刚刚经过旅途奔波嘛。等到了明天再说，先生；那时会有双倍的把握。匹克威克先生，那个提包里有一套衣服，盒子里有一顶帽子，我希望它们能产生良好的效果，给我提供不可估量的帮助，先生。”

“肯定会！”匹克威克先生说。

“是的；你一定注意到我今天对它们表现出的焦虑了吧。我相信，即使有钱，那么好的衣服和那么好的帽子，也没法再买到呀，匹克威克先生。”

匹克威克先生对那套魅力不可抗拒的衣服的幸运主人表示庆贺，恭喜他有如此的福分；彼得·麦格纳斯先生显然有一会儿沉浸在甜蜜的沉思之中。

“她是一个可爱的人儿。”麦格纳斯说。

“是吗？”匹克威克先生说。

“非常可爱，”麦格纳斯先生说，“非常。她住在离这儿二十英里的地方，匹克威克先生。我听说她今天晚上和明天整个上午都会待在这儿，于是就跑来抓住机遇。我觉得旅馆是非常适合于向一个独身女人求婚的，匹克威克先生。在旅途中，也许她更可能感觉到自己处境的孤单。你觉得呢，匹克威克先生？”

“我认为这是非常可能的。”那位绅士答道。

“对不起，匹克威克先生，”彼得·麦格纳斯先生说，“不过我出于天性感到非常好奇，你来这儿是干什么呢？”

“为一桩远没有那么快乐的事，先生。”匹克威克先生答道，他的脸色因回忆往事而涨红了，“我来这里的目的，先生，是要揭穿一个人的背信弃义和虚假欺诈,而我曾经对他的诚实与声誉给予了绝对的信赖。"

"天哪,"彼得·麦格纳斯说,"那是一件很不快的事。是一位女士吧,我想?呃?滑头,匹克威克先生,滑头。好了,匹克威克先生,我不会刺探你的感情生活。这可是个痛苦的话题,先生,非常痛苦。别在意我,匹克威克先生,假如你想发泄自己的感情的话。我知道被遗弃是什么滋味,先生:那类事情我已经遭受过三四次了。"

"你设想出我的悲哀处境并对我进行安慰,我对此非常感激,"匹克威克先生说,同时给手表上了发条并把它放在桌上,"但是——"

"不,不,"彼得·麦格纳斯先生说,"一句也别再说了:那是一个痛苦的话题。我明白,我明白。现在几点了,匹克威克先生?"

"过了十二点了。"

"哎呀,睡觉的时间到了。这样坐着绝不行的。我明天会脸色苍白的,匹克威克先生。"

一想到这样的灾难,彼得·麦格纳斯先生便马上打铃传唤侍寝女仆;条纹包、红包、皮帽盒以及那个棕色纸包被拿进了他的卧室,于是他伴着一支烛台上了漆的蜡烛到旅馆的一头歇息去了,同时匹克威克先生带着另一个上了漆的烛台,穿过一条不知拐了多少次弯的过道,被领到了旅馆的另一头。

"这是您的房间,先生。"侍寝女仆说。

"很好。"匹克威克先生答道,一边环顾四周。这是一个相当宽敞的铺有两张床的房间,生了一个火炉;总体来说它看上去够舒适的了,比匹克威克先生根据大白马旅馆设置短缺的情况所期望的要强多了。

"另一张床没人睡吧,当然是的。"匹克威克先生说。

“噢，是没有，先生。”

“很好。告诉我的仆人明早八点半给我打一些热水来，另外，告诉他今晚我不用他做什么了。”

“好的，先生。”在向匹克威克先生道了晚安之后，侍寝女仆就走了，留下他自个儿待着。

匹克威克先生在火炉前的一张椅子里坐了下来，陷入了漫无边际的遐想之中。他先是想到他的朋友们，不知道他们什么时候来和他会合；然后他的思绪转到了玛莎·巴德尔太太身上；而从那位太太身上它又自然而然地游离到了道森和福格阴暗的办公室。从道森和福格那里它离题了，直插入那个古怪的诉讼当事人的故事的核心部分；然后它又回到了伊普斯威奇的大白马旅馆，清清楚楚地使匹克威克先生相信他就要睡着了。于是他打起精神，开始脱衣服，但就在这时他突然想起他把表忘在了楼下的桌子上。

这只表是匹克威克先生特别钟爱之物，他把它揣在背心下面走南闯北，其年岁之久我们简直说不清。除非它在枕头下面滴答作响，或是安然躺在他脑袋上方的表袋里，否则他是绝对不可能入睡的——匹克威克先生从来没想过会有入睡的可能性。由于时间已经很晚，他不愿三更半夜地打铃唤人，于是他把刚刚才脱下的外衣穿上，端起那个上了漆的烛台轻手轻脚地朝楼下走去。

匹克威克先生走下的楼梯越多，好像楼梯就越走不完，而且一次又一次，在他进入一条什么狭窄的过道，正要庆幸自己走到了底层时，另一段楼梯又在他惊讶的眼睛前面出现了。最后他到达一个石头大厅，他记得那是他踏进旅馆时见过的。他一条过道接一条过道地摸索，一个房间接一个房间地窥探，当他因绝望而正准备放弃寻找时，他终于推开了他在其中泡了一晚上的那个房间的门，并看见他那遗失的财产就在桌上。

匹克威克先生得意地抓起了那块表，然后开始摸索着回他的卧房。假如说他下楼的历程是困难重重、毫无把握的，那么返回的路就更是令人茫然不知所措的了。一排又一排的房门向四面八方岔开，门口装饰着各种形状、质地和型号的靴子。有十一二次他轻轻转动像他的卧房的房间的门把手，里面有人粗鲁地发问：“见鬼，谁呀？”或者，“干什么？”使得他赶紧踮着脚偷偷溜开，敏捷得极其惊人。正当他濒于绝望的时候，一扇敞开的房门引起了他的注意。他朝里面窥视。总算找到了！那两张床就在那儿，他对它们的位置是记得一清二楚的，而且那个火炉还在燃着哩。他那支最初拿到时就不长的蜡烛已经消耗得差不多了，在他穿过带起的一阵阵风中摇摇欲熄，而当他把房门关上的时候，它真的在烛孔里熄掉了。“没关系，”匹克威克先生说，“借助于炉火我一样能脱衣服。”

两张床分别摆放在门的两边；每张床靠里的一边都有一条小过道，过道尽头各有一张带灯芯草垫子的刚好可容纳一个人的椅子，那是为了方便他或她高兴从那一边下床用的。在小心地扎好了靠外面那一边的床幔之后，匹克威克先生在那张灯芯草垫的椅子上坐下，悠然地解开鞋子和绑腿，脱下并且叠好外衣、背心和领巾，慢慢戴上他那顶有流苏的睡帽，并且把总是缀在他这件衣物下面的带子在下巴下面扎好，这样就把帽子牢牢地戴在了脑袋上。正是在这一时刻，他想到了他刚才迷路的情景是多么荒唐可笑。他在灯芯草垫椅子里往后一仰，开心地自己暗笑起来，他的笑是那么惬意，任何心智健全的人，假如看到那些在睡帽下闪耀的使他和蔼的脸庞变得宽阔的微笑，都一定会感到无比欢快的。

“真是有意思透了，”匹克威克先生自言自语，他的睡帽的带子简直要因笑而绷断了，“真是有意思透了，我居然在这样一个地方迷了路，在那些楼梯摸来摸去，真是从没听说的稀罕事啊。滑稽，滑稽，太滑稽了。”想到这里，匹克威克先生再次暗笑起来——

比先前更加厉害了,而且他正准备趁着兴致最高的时候继续脱衣服,但就在这时候,一件极其出乎意料的事打断了他;那就是,有一个什么人端着蜡烛走进房间,关上门后就走到了梳妆桌边,并把蜡烛放到了桌上。

洋溢在匹克威克先生脸上的微笑,立即在无限惊讶的神情中消失了。无论那是谁,那个人进来得那么突然,那么无声无息,使得匹克威克先生根本就来不及喊一声或表示反对。那是谁呢?一个强盗吗?也许是某个心术不正的人看见他拿着一块漂亮的表走上楼来吧。他该怎么办呢?

惟一能让匹克威克先生看一眼那个神秘的来访者而自己又最没有被对方发现的危险的办法,是爬进床上去,从床幔之间窥视一下对面的情况。于是他采取了这种策略。他用手小心地把两扇床幔掩在一起,只留下让他的脸和帽子可以露出来的空隙,然后戴上眼镜,鼓足勇气,探头朝外面窥视过去。

匹克威克先生差点因恐慌和惊骇晕过去。站在梳妆镜前面的是一位中年女士,头上戴着黄色卷发纸,正在忙着梳理女士们称之为“后发”的脑后的头发。不管这位没有意识到出了问题的中年女士是怎么进来的,非常明显的一点是,她是打算要在这里过夜了;因为她带来了一盏有罩子的灯草灯,并且出于可嘉的预防火灾的谨慎,把灯放进了地板上的一个盆子里,灯在盆子里发着微弱的亮光,像是一片特别小的水域里的一座特别大的灯塔。

“我的天啦,”匹克威克先生心想,“多么可怕的事呀!”

“哼!”那位女士发出这样的声音;匹克威克先生的脑袋像自动装置一般快速地缩了回去。

“再没遇到过比这更可怕的事了,”可怜的匹克威克先生心想,冷汗开始一滴接一滴地沾湿了他的睡帽,“从没遇过。太可怕了。”

要抵抗那种想看看接着会发生什么的迫切欲望是不可能的。于是匹克威克先生的脑袋再次探了出去。眼前的情景更糟了。那位中年妇女已梳完头发,用一顶有小褶边的薄纱睡帽把它小心地包扎好了;此刻她正盯着炉火在出神哩。

“事态正越来越严重,”匹克威克先生在心里琢磨着,“我不能让事态就这么发展下去。从那位女士泰然自若的样子来看,显然我一定是走错了房间。假如我出声,她会受惊而惊动全旅馆的人;但假如我留在这里,后果会更加可怕。”

完全不用说的是,匹克威克先生是所有凡人中最谦和、最感情细腻的人之一。一想到要让一位女士看到他的睡帽就让他受不了,可是他已把那两根该死的带子打了结,无论怎么他都没法把帽子摘下来。可是他不得不摆脱困境。另外的办法只有一个。他缩回到床幔后面,用很大的声音叫道:

“哈——哼!”

显然,那位女士被这一意外的声音吓了一大跳,因为她跌倒时撞了一下灯草灯的罩子;而同样明显的是,她让自己相信那声音只是幻想所致,因为匹克威克先生满以为她被吓得彻底晕死过去了,而当他冒险探出头去偷看时,她又像先前一样了,正在沉思地凝视炉火。

“这个女人太不同寻常了,”匹克威克先生心想,再次把头缩了回去,“哈——哼!”

这最后的一声,就像民间传说中凶猛的巨人布兰德伯尔①表示开饭的时间到了时惯用的吼声,让人听得太清楚了,绝不会再一次被误解为幻想的结果。

---

① 布兰德伯尔,英国民间故事里的一个愚蠢的巨人,被“巨人克星”杰克以智谋战胜,自杀而亡。

“天哪!”那位中年女士叫道,“是什么?”

“是——是——只是一位绅士,夫人。”匹克威克先生在床幔里答道。

“一位绅士!”女士说,发出一声可怕的尖叫。

“全完了!”匹克威克先生心想。

“一个陌生男人!”女士尖叫道。再过一会儿,整个旅馆就要被惊动了。随着一阵衣服的沙沙声,她向门口冲去。

“夫人,”匹克威克先生说,极其绝望地把头伸了出去,“夫人!”

虽然匹克威克先生把头伸出去并无任何确定的目的,但是它立即产生了良好效果。我们已经说过,那位女士已经到了门的附近。她必须出门,那样才能到达楼梯,假如不是匹克威克先生的睡帽突然如鬼影一般显现,把她吓得退进了房间里最远的角落的话,她此刻毫无疑问早已冲到楼梯间去了,但是她被吓坏了,站在角落里狂乱地盯着匹克威克先生,而匹克威克先生也在狂乱地盯着她。

“混蛋!”那位女士说,同时用双手捂住眼睛,“你在这里干什么?”

“没干什么,夫人;没什么,什么也不干,夫人。”匹克威克先生诚挚地说。

“没什么!”那位女士说,抬起头来往上看。

“是没什么呀,夫人,以我的荣誉起誓。”匹克威克先生说,一边使劲地点头,致使他睡帽上的流苏再次跳起舞来,“我真是狼狈得要死了,夫人,戴着睡帽和一位女士说话真是丢尽脸了(这时那位女士匆忙地扯掉了自己的睡帽),可是我脱不下来啊,夫人(说到这里匹克威克先生狠狠地扯了一下睡帽,以证明他的话属实)。现在我明白了,夫人,是我弄错了房间,以为这间是我的。我到这里来还不到五分钟,夫人,您就突然进来了。”

“假如这种令人难以相信的事儿是真的，”那位女士说，同时猛烈地哭泣起来，“那你就马上出去吧。”

“我这就出去，夫人，再乐意不过了。”匹克威克先生答道。

“立刻出去，先生。”女士说。

“当然，夫人，”匹克威克先生很快地接上话说，“当然，夫人。我——我——非常抱歉，夫人，”匹克威克先生说，从床的最里头走了出来，“我无意中引起了这场惊扰与激动；深感抱歉，夫人。”

那位女士用手指着门。在这极其窘迫的处境之下，匹克威克先生性格中的一种优秀品质得到了非常完美的表现。虽然他像个老更夫一样，把礼帽匆匆扣在睡帽之上，虽然他用手拿着鞋子和绑腿，而且手臂上还搭着上衣和背心，但是他那天生的彬彬有礼却没有减损半分。

“我真是极其抱歉，夫人。”匹克威克先生说着，深深地鞠躬。

“假如你感到抱歉，先生，那就马上离开这儿。”女士答道。

“马上走，夫人；立即走，夫人。”匹克威克先生说，一边打开房门，开门时两只鞋子掉到了地上，发出很大的响声。

“我相信，夫人，”匹克威克先生一边说，一边捡起鞋子，转过身来再次鞠躬，“我相信，夫人，我的清白人格，以及我对你们女性所抱的忠诚的敬意，能为这事儿稍微提供一点托词——”但是匹克威克先生还没有把这句话说完，那位女士已经把他推进过道里，锁上门并闩上了门闩。

匹克威克先生如此安然无恙地逃离了刚才的尴尬处境，但是无论他有多少理由庆幸自己侥幸脱险，他眼下的情况却绝不是值得羡慕的。他是孤零零一个人，在一条空空洞洞的过道里，在一幢陌生的房子里，又是三更半夜的，而且还衣冠不整；完全不用去设想他能在一片漆黑中找到他拿着灯都根本不能找到的房间，而且假如你在徒劳无功地实施这一企图的时候发出一丁点儿响声，他很可能被某个警觉的旅客开枪打伤，也许被打死都很难说。除了站在那里等待天亮他没有别的办法。因此，他沿过道摸索前进了几步，碰倒了几双靴子并被吓得要死，然后就爬到墙壁的一个小凹处蹲了下来，尽可能以达天知命的心态等着天亮。

但是他并不是注定要承受这磨炼耐性的额外考验，因为他在藏身之处没蹲多久，就有一个人拿着灯在过道那一头出现了，这使他感到说不出的恐惧。不过，他的惊恐突然变成了欣喜，因为他突然认出来人正是他忠实的仆人。的确是塞缪尔·威勒先生，他与那位守夜等待邮件的擦靴子的仆人长谈到了深夜，这会儿正准备去睡了。

“山姆，”匹克威克先生突然出现在他面前，说道，“我的卧房在哪儿？”

威勒先生惊讶万分地盯着他的主人；一直到这一问题被重复了三次之后，他才转过身子，领着主人朝那个已找了很久的房间走去。

“山姆，”匹克威克先生在上床的时候说，“我今晚犯了一个最不同寻常的错误，真是闻所未闻啊。”

“很可能，先生。”威勒先生干巴巴地回答说。

“关于这事儿我已铁定了心，”匹克威克先生说，“那就是，假如我要在这个旅馆里住六个月，我决不会再次独自一人出去。”

“你能做出这种最谨慎的决定，那是再好不过的了，先生，”威勒先生答道，“当你的判断力外出做客的时候，你可真是需要有人照顾呀，先生。”

“你这是什么意思，山姆？”匹克威克先生说。他在床上支起身子，伸出一只手，好像还准备再说点什么；但他突然克制住了自己，转过身去，对他的仆人说了一声“晚安”。

“晚安，先生。”威勒先生答道。走到门外后他停住了脚步——摇了摇头——继续走——又停下来——调了一下灯芯——再一次摇头——然后终于慢慢吞吞地向他的卧房走去了，显然沉浸在最深沉的思索之中。

第二十三章　塞缪尔·威勒先生开始专心致力于他本人和特洛特尔先生之间的复仇斗争

在匹克威克先生与那位戴黄卷发纸的中年女士遭遇之后，随之而来的那个大清早，老威勒先生坐在马厩附近的一个小房间里，正在为他的伦敦之行做准备。他坐的姿势可不一般，那是让人画像时所摆的那种了不得的架势呀。

很可能在早年的时候，威勒先生的侧面轮廓看上去是充满英武和果敢的。不过如今，由于安逸的生活和听天由命的脾性的影响，他的脸已经变宽了；它多肉的轮廓分明的曲线已远远地超越原先为它们划定的界线，所以除非你从正面整个儿端详他的脸庞，不然至多只能看到一个通红的鼻子尖。他的下巴呢，由于同样的原因，已变成一副威严而堂皇的模样，一般是需要加上一个“双”字来形容这一富于表现力的相貌特征的；他的脸则集色彩之大成，斑驳得十分别致，那是只有像他这种职业的绅士和半生半熟的生牛肉才有的。他的脖子上围着一条深红色的旅行披巾，它消失在他的下巴里，看不出有什么层次，让人很难分清哪儿是下巴的皱褶，哪儿是围巾的皱褶。裹住这条披巾的是一件有粉红色宽条纹的长背心，背心上面则裹着一件带宽边的绿色上衣，上面装饰着大大的铜纽扣，其中钉在腰间的那两颗离得那么远，从来没有人曾经能一眼同时看到它们。他的头发是黑色的，又短又光滑，刚好可以从那顶棕色帽子的宽边下面看得见。他穿着齐膝高的马裤，下面是漆皮高统靴;还有一条铜表链,上面系着一枚同样是铜质的图章和一把钥匙,它们在他宽大的腰带下面无拘无束地晃荡着。

我们已说过威勒先生正在为伦敦之行做准备——其实也就是,他正在吃东西。在他面前的桌子上,放着一壶啤酒、一块牛腱子和一块非常可观的面包,他以不折不扣的公正态度轮流对它们表示着他的欢心。他刚刚从面包上切下大大的一块,突然听到有人进房的脚步声,于是他抬头一看,发现原来是他儿子。

"早呀,山米!"父亲说。

儿子走到啤酒前,对父亲意味深长地点了点头,以大大地喝一口啤酒作答。

"吸劲儿够大的嘛,山米,"老威勒先生说,他朝壶里看了看,他的头生儿子已把它喝下去一半了,"你要是投胎做了牡蛎①的话,山米,准是相当棒的一只啊。"

"是呀,我敢说那样我可就过上体面日子了。"山米答道,同时风风火火地吃起冷牛肉来。

"我非常难过,山米,"老威勒先生说,一边用酒壶划着圆圈晃动里面的酒,准备喝酒,"山米,听见你亲口说你上了那个穿桑葚色衣服的家伙的当,我真是非常难过。在两三天之前,我总觉得'威勒'这个姓是绝不会和'上当'这个词沾边的,山米,前所未有啊。"

"当然不沾边,除了在寡妇那件事上。"山姆说。

"寡妇们呀,山米,"威勒先生答道,脸上的颜色产生了轻微的变化,"寡妇对于所有的规律都是例外。我听说过,以骗人上当而论,一个寡妇抵得上不知多少个普通女人。我想大概是二十五个

---

① 牡蛎喻指缄口不言之人,与前面的"吸劲儿够大"配合,语带调侃,一方面说儿子不回答招呼,另一方面讥笑儿子喝酒很狠,毫不客气。

吧,我记不起是不是还要多一些。”

“可不,这话可真是太对了。”山姆说。

“另外呀,”威勒先生继续说,不理会对方的插话,“那完全是极其不同的一码事。你知道那位法律顾问是怎么说的吧,山米,他为那个一高兴就用拨火棍打老婆的绅士辩护的时候说:‘总而言之,法官大人,’他说,‘这是一个可爱的弱点。’关于寡妇我也是这么说的,山米,等你到我这把年纪的时候,你也会这么说的。”

“我应该更懂事、更老练一些,我知道。”山姆说。

“更懂事、更老练一些!”威勒先生重复道,一边用拳头捶着桌子,“更懂事、更老练一些!我认识一个年轻人,受的教育抵不上你的一半,甚至抵不上你的四分之一——在街市上连六个月都没有睡过——就连他都不会去上那个当啊;不屑于上那个当,山米。”在这痛苦的反思所导致的感情冲动之下,威勒先生拉铃传唤招待,又要了一品脱啤酒。

“唉,现在说它也没有用了,”山姆答道,“都过去了,没办法的事儿,这么说也是一种自我安慰——土耳其人在杀错了人的时候总是这么说的。现在轮到我显身手了,老爷子,我只要一抓住那个特洛特尔,我要给他点颜色看看。”

“我希望你能做到,山米。我希望你能做到,”威勒先生答道,“祝你健康,山米,祝你很快抹掉你使我们的姓氏蒙上的耻辱。”为了表示祝贺的隆重,威勒先生大大地喝了一口,把新拿来的那壶酒喝掉了至少三分之二,然后把剩下的递给儿子去解决,而且儿子立即就照办了。

“好了,山米,”威勒先生说,看了看他那只挂在铜链子上的双层盖的大银表,“现在是我上办公室去取运单的时候了,还要看看车装得怎么样了;因为马车呀,山米,就像枪一样——要小心地装得好好的才能出发的。”

听了父亲兼赶车行家的玩笑话,小威勒先生露出孝顺的微笑。他尊敬的父亲用庄严的语调继续说:

“我就要离开你了,塞缪尔,我的儿子,还不知道什么时候能再次见你哩。等到你下一次听到贝尔-塞维奇赫赫有名的威勒先生的消息的时候,你的后娘也许已经让我受够了,也许成百上千的事已经发生在我身上了。家族的名誉主要是靠你了,塞缪尔,我希望你好好干。虽说受的教育不是太多,我知道我还是可以对你放心的,就像我对自己放心一样。因此我只给你一点小小的忠告:假如你活到五十岁时,想讨某个人做老婆——不管是什么人——你最好把自己关在自己的房间里——假如你有自己的房间的话——然后马上把自己毒死。上吊太俗气了,所以你提都不用提。把自己毒死,塞缪尔,我的儿子,把自己毒死,那样以后就快活了。”说着这些感人的话,威勒先生对儿子紧紧地盯了一会儿,然后慢慢地转过身子,消失在儿子的视线之外。

父亲离开之后,塞缪尔·威勒先生在这些话唤起的思绪万千的心境之下走出了大白马旅馆;他拐弯向圣克莱门泰教堂走去,希望能在它那古老的环境里溜达一下,舒缓一下心中的郁闷。他逛荡了一会儿,突然发现自己到了一个僻静的地方——一个样子森严的庭院——而且他发现这里除了他岔进来的那条通道没有别的出口。他正打算退回去,突然出现一个人,使他在原地惊讶地站住了;关于那个人的模样和神情,我们下面会说到的。

塞缪尔·威勒先生在深深的心不在焉的状态下,时不时地抬起头来张望那些古旧的砖房子,对某个拉开窗帘或推开卧室窗户的模样健美的女仆使眼色,这时院子尽头的一个园子的绿色的门突然打开了,一个男人从园子里走了出来,他小心翼翼地关上绿门,匆匆忙忙地朝威勒先生站立的地方走了过来。

假如没有任何附带情况，只是把这当做一个孤立的事实来看，那它没有什么特别不同寻常的地方；因为在世界上的很多地方，都有男人走出园子，关上门，甚至还匆匆离去，却丝毫不会引起人们的特别关注。因此，很显然，一定是那个人本身，或他的举止，或两者，都有某种东西引起了威勒先生的特别注意。不管有还是没有，在我们忠实地记录了所说的那个人的行为之后，我们得由读者自己去判断了。

那个人在关上绿门之后，正如我们已说过两次的那样，就脚步急促地从院子那边走了过来；但是他一看见威勒先生，便迟疑起来，停住了脚步，一时间好像不知所措。由于绿门已经在后面关上，而前面只有那一个出口，因此不久他就意识到非得从威勒先生身边溜过去不可。因此他恢复了急促的脚步，眼睛盯着前方直往前闯。这个人的最不同寻常之处是，他一边走一边把脸竭力扭曲，露出一副从没有见过的极其骇人的鬼脸。那个人在此刻装出的嘴脸实在太特别了，还从来没有谁以如此做作的扭曲伪装过大自然的作品哩。

"怎么！"当那人走过来的时候，威勒先生在心里说，"太古怪了。我敢发誓就是他。"

那人走过来，他走得越近，他的脸就越扭曲得比先前更可怕。

"我可以发誓就是那头黑头发和那套桑葚色衣服，"威勒先生说，"只是这样一副嘴脸我以前从没见过。"

在威勒先生说这话的当儿，那人的脸上显出一副极其痛苦的样子，可怕极了。然而他不得不从离山姆很近的地方经过，因此，尽管那副嘴脸扭曲成了如此可怕的模样，那位绅士还是凭仔细审视的目光发现那对小眼睛与约伯·特拉特尔的太相像了，决不至于弄错的。

"哈啰，先生！"山姆凶狠地叫道。

那个陌生人站住了。

“哈啰!”山姆又叫了一声,比先前更粗暴了。

那个嘴脸可怕的人带着大吃一惊的神情看看院子那头,又看看院子这头,还看了看那些屋子的窗户——惟独没有看山姆·威勒——然后又往前迈了一步,但是另外一声叫喊使他停住了。

“哈啰,先生!”山姆第三次说道。

从此以后,再也没法假装弄不清喊声来自何处了,由于别无他法,陌生人最后只好和山姆·威勒正眼相看。

“那是没有用的,约伯·特洛特尔,”山姆说,“过来! 别再耍花招。你长得可不怎么英俊,没有多少本钱这样做鬼脸的。让你那双眼睛回到原来的位置吧,否则我就把它们从你脑袋里打出来。听见没有?”

由于威勒先生看上去大有言出必行之势,特洛特尔先生渐渐使他的脸恢复了自然状态,然后他装出喜出望外的一震,叫道:“我见着谁了? 沃克尔先生!”

“啊,”山姆答道,“你见到我很高兴,是不是呀?”

“高兴!”约伯·特洛特尔叫道,“噢,沃克尔先生! 要是你知道我多么盼望这次见面多好啊! 太好了,沃克尔先生;我高兴得简直受不了,我真的是喜不自禁。”说着,特洛特尔先生泪水涟涟地哭了起来,一边用双臂抱住威勒先生的双臂,紧紧地拥抱着他,显得欣喜若狂。

“滚开!”山姆喊道,对这一做法颇感愤慨,同时徒劳地想从他那位热情的旧交的控制中挣脱出来,“滚开,我告诉你。你冲着我哭什么,你这轻便水泵?”

“因为我见到你太高兴了,”约伯·特洛特尔答道,逐渐放开了威勒先生,因为他那好斗的最初迹象消失了,“噢,沃克尔先生,这太好了。”

“太好了!”山姆学舌说,“我想是太好了——好极了! 现在你还有什么话可说,呃?”

特洛特尔先生没有回答;因为他那块粉红色的小手绢正在大忙特忙哩。

“在我打碎你的脑袋之前,你还有什么话可说?”威勒先生又说了一遍,摆着威胁的架势。

“呃!”特洛特尔先生说,露出摸不着头脑的惊讶表情。

“你还有什么话可说?”

“我,沃克尔先生!”

“不要叫我沃克尔;我姓威勒;这你很清楚。你有什么话可说?”

“哎呀,沃克尔先生——我是说威勒先生——发生了很多事,假如你愿去个什么地方,我们可以舒舒服服地谈一谈。要是你知道多好,我找你找得好苦啊,威勒先生——”

“好苦,我想一定是。”山姆干巴巴地说。

“很苦,很苦啊,先生。”特洛特尔先生答道,脸上的肌肉纹丝不动,“还是握握手吧,威勒先生。”

山姆打量了他的伙伴几秒钟,然后,仿佛是受一种突然袭来的冲动驱使,同意了对方的要求。

“怎么样,”在他们一道离开院子的时候,约伯·特洛特尔说,“你那位亲爱的好主人怎么样? 噢,他是一位可敬的绅士,威勒先生! 但愿在那个可怕的夜晚他没有受凉,先生。”

在说这话的时候,约伯·特洛特尔的眼中掠过一丝瞬间即逝的深藏的奸诈,使得威勒先生紧握的拳头颤抖了一下,他恨不得朝那家伙的肋骨猛击一拳。但是山姆克制住了自己,回答说他的主人好极了。

“噢,我太高兴了,”特洛特尔先生答道,“他在这儿吗?”

"你的呢?"山姆反问道,以此作答。

"噢,在的,他在这儿,而且,说起来叫人痛心,威勒先生,他还在干那勾当,比上次更坏。"

"啊,啊?"山姆说。

"噢,惊人呀——可怕!"

"又是在寄宿学校吗?"山姆说。

"不,不是在寄宿学校,"约伯·特洛特尔答道,又带着山姆先前已注意到的那种奸诈,"不是在寄宿学校。"

"是在有绿门的那座屋子吗?"山姆问道,紧盯着他的伙伴。

"不,不——噢,不是在那里,"约伯以对他来说很不寻常的迅速答道,"不是在那里。"

"你在那儿干什么呢?"山姆问道,目光锐利地盯着对方,"该不是偶然走进大门的吧?"

"哎,威勒先生,"约伯答道,"我不在意把我的小秘密告诉你,因为,你知道,我们自打第一次见面就很投缘。你还记得那天早上我们是多么快活吗?"

"噢,是的,"山姆不耐烦地说,"我记得。怎么着?"

"唔,"约伯以泄露重要秘密的人所采用的那种低低的语调一清二楚地回答说,"在那座有绿门的屋子里,威勒先生,他们雇了很多仆人。"

"我想也是的,一看屋子就知道了。"山姆插话说。

"是的,"特洛特尔先生继续说,"其中有一个厨娘,她攒了一些钱,威勒先生,很想自立门户,开一个小杂货店什么的,你知道吧。"

"是嘛!"

"是呀,威勒先生。噢,先生,我在我常去的一个教堂碰到了她——那是本镇非常好的一个小教堂,威勒先生,他们在里面唱赞美诗第四集,那本小书就是我经常带在身边的,你也许曾见过我拿在手里哩——我在那里和她相识了,威勒先生,威勒先生,从那以后,我们俩就由相识到相知发展了关系,我敢说呀,威勒先生,我就要成为那个杂货店的老板了。”

“啊,你会成为一个人人喜欢的杂货店老板的。”山姆答道,极其厌恶地斜眼瞟了瞟他。

“这事儿的最大好处,威勒先生,”约伯继续说,同时眼中盛满了泪水,“最大好处就是可以摆脱目前这丢脸的行当,不用再为那个坏人当仆人了,那就可以过上更好更正经的日子了——那样才配得上我小时候所受的教养啊,威勒先生。”

“你小时候所受的教养一定很好吧。”山姆说。

“噢,好极了,威勒先生,好极了。”约伯答道。回想起他年轻岁月的那种纯洁,特洛特尔先生掏出了那块粉红色的手绢,又泪如雨下地哭了起来。

“你那时准是一个好得不得了的孩子,上学的好伙伴。”山姆说。

“是的,先生,”约伯说,深深地叹了一口气,“那时我是当地的偶像。”

“啊,”山姆说,“我一点儿也不感到奇怪。你一定是你那位有福气的母亲的莫大安慰吧。”

听了这些话,约伯·特洛特尔先生又用那块粉红色的手绢擦起眼角来,擦了这边擦那边,并且又开始大哭起来。

“这家伙是怎么回事呀?”山姆说,又气愤起来了,“切尔西自来水厂和你相比也算不了什么。你这么伤心干吗?为坏事做多了难受?”

“我没法克制自己的感情,威勒先生,”约伯稍微停了一会儿之后说,“我的主人准是对我上次和你谈话产生了怀疑,他硬拉我上了马车溜走了,他说服那位可爱的小姐说根本就不认识他,还贿赂那位女校长也这么干,然后他就这么遗弃了她,另干更好的投机勾当去了!噢!威勒先生,一想到这个我就发抖啊。”

“噢,事情是这样,是不是呀?”威勒先生说。

“的确是这样的。”约伯答道。

“那么,”在他们走近旅馆的时候山姆说,“我想和你谈一谈,约伯;假如你没有什么要紧事的话,请你今晚到大白马旅馆来找我,大概八点钟左右。”

“我一定来。”约伯说。

“是的,你最好是来,”山姆说,带着意味深长的神情,“不然的话,恐怕我就要到绿门背后去找你了,到那时我把你取代了也说不定,你知道的。”

“我一定会来看你,先生。”特洛特尔先生说;他极其热情地握了握山姆的手,然后就走了。

“当心,约伯,当心,”山姆说,看着他的背影,“不然的话,我会叫你吃不消兜着走。我会的,说到做到。”他一边这样自言自语,一边看着约伯走出视野,然后威勒先生赶紧向他主人的卧室走去。

“全部妥当了,先生。”山姆说。

“什么妥当了,山姆?”匹克威克先生问道。

“我找到他们了,先生。”山姆说。

“找到谁啦?”

“那个古怪的顾客,那个黑头发的爱伤心的家伙。”

“不可能,山姆!”匹克威克先生说,使出了最大的力气,“他们在哪儿,山姆,他们在哪儿?”

“嘘,小声点儿,小声点儿!”威勒先生说;他一边帮助匹克威克先生穿衣服,一边详细说了他建议实施的计划。

“但什么时候能实施呢，山姆？”匹克威克先生问道。

“只等时机成熟，先生。”山姆答道。

至于时机是否成熟，是否能依计划行事，且听下回分解。

第二十四章　彼得·麦格纳斯先生妒火中烧,中年女士忧心忡忡,致使匹克威克分子们落入法网

匹克威克先生走下楼,来到他和彼得·麦格纳斯先生昨晚一起消磨时光的那个房间时,发现那位绅士已穿戴好那两个提包、皮帽盒和那个黄纸包里的大部分内容,浑身上下都体面极了,并且正在房间里走过来走过去,显得极其激动和狂躁。

“早上好,先生,”彼得·麦格纳斯先生说,“你觉得这怎么样,先生?”

“很有效果,真的。”匹克威克先生答道,一边带着和蔼的微笑打量彼得·麦格纳斯的服饰。

“是的,我想效果会不错,”麦格纳斯先生说,“匹克威克先生,我已送名片过去了。”

“真的吗?”匹克威克先生说。

“招待捎话回来说,她要在十一点和我会面——十一点,先生,离现在只有一刻钟了。”

“就快到点了。”匹克威克先生说。

“是的,很快就到了,”麦格纳斯先生答道,“快得叫人感到不安——哎!匹克威克先生,不是吗?”

“在这种事情上,安心是很重要的。”匹克威克先生发表看法说。

“我相信是的,先生。”彼得·麦格纳斯先生说,“我很安心自信,先生。真的,匹克威克先生,我真不明白一个男人在这种事情

上为什么要缩头缩脑的,先生。那算怎么回事嘛,先生? 没有什么可害臊的;互利互惠的事嘛,如此而已。一方面是丈夫,另一方面是妻子。对这事儿我就是这么看的,匹克威克先生。”

“这是非常明哲达理的看法,”匹克威克先生答道,“但是早饭在等着哩,麦格纳斯先生。来吧。”

于是他们坐下来吃早饭,但显而易见的是,尽管彼得·麦格纳斯先生吹牛说自己如何安心自信,他其实却是处在极其紧张的状态之下,其主要迹象是:他没有了胃口,颇有打翻茶具之势,总想勉为其难地来些轻松幽默言行,并且每过一两秒钟就要情不自禁地看看钟。

“嘿——嘿——嘿,”麦格纳斯先生这样笑着,强做出欢颜,并且激动得呼吸急促起来,“只差两分钟了,匹克威克先生。我脸色苍白吗,先生?”

“不怎么白。”匹克威克先生答道。

接着是短暂的停顿。

“对不起,匹克威克先生,你有生以来做过这种事吗?”麦格纳斯先生说。

“你是说求婚吗?”匹克威克先生说。

“是的。”

“从来没有,”匹克威克先生使劲地说,“从来没有。”

“那么,你也不知道该怎么开口才好喽?”麦格纳斯先生说。

“嗨,”匹克威克先生说,“关于这个我倒是有一些想法,可是,由于我从来没有实际应用过,假如你听了我的话后以它们来指导你的行动,那我会很抱歉的。”

“对你提的任何忠告,我都会万分感激的,先生。”麦格纳斯先生说,又看了看钟;钟上的分针已指向十一点过五分了。

“那么,先生,”匹克威克先生说,显出一种他在兴头上时所能表现的足以使他的话深入人心的深沉的肃穆神情,"要是我的话,先生,我首先要赞美那位女士的美貌和优秀品质;然后嘛,先生,我会转移话题,谈一谈我自己是如何配不上她。"

"对极了。"麦格纳斯先生说。

"只是配不上她而已,记住这一点,先生。"匹克威克先生继续说,"为了表明我并不是一无是处,完全配不上她,先生,我要简要地回顾一下我过去的生活,并说说现在的境况。我还要通过类推来证明,对别的任何人来说我都是一个极其理想的对象。然后我会再三倾诉我的爱是多么温馨,我的忠诚是多么深切。然后我或许会情不自禁地握住她的手。"

"对的,我明白了,"麦格纳斯先生说,"这一点很重要。"

"然后呀,先生,"匹克威克先生继续说,由于这一话题越来越显得魅力十足,他的兴致越来越高了,"然后呀,先生,我会提出那个坦白而简单的问题:'你愿意要我吗?'我认为我有理由相信,她会把头扭过去。"

"你认为她理所当然会那样吗?"麦格纳斯先生说;"因为假如她不是恰好在这个时候扭过头去,那可就怪难为情的了。"

"我想她会的,"匹克威克先生说,"在这种情况下,先生,我会抓紧她的手,而且我觉得——我觉得,麦格纳斯先生——在我那样做了之后,假如没有遭到拒绝的话,我会轻轻地拉开那条手绢——根据我对人性的一丁点儿了解,我想她会在这种时候用它来擦眼睛的——拉开手绢的同时,我会恭恭敬敬地偷吻她一下。我想我应该吻她,麦格纳斯先生;而且在这样的节骨眼上,我敢肯定,假如那位女士要我的话,她会害羞地凑在我的耳边喃喃地表示答应。"

麦格纳斯先生跳了起来,默不作声地对匹克威克先生那张睿智的脸注视了一会儿;然后(时钟的指针已指向十一点过十分的地方),热情澎湃地握了握他的手,拼命似的冲出房去。

匹克威克先生来来回回地踱了一会儿步;钟的指针也在踱步,但进不退,不久便走到了半点钟的地方,这时候门突然开了。他转过身来迎接彼得·麦格纳斯先生,不料看到的却是图普曼先生欢快的笑脸、温克尔先生文静的脸容和斯诺格拉斯先生机智的容颜。在匹克威克先生欢迎他们的时候,彼得·麦格纳斯先生又走进了房间。

"我的朋友们,这位就是我刚才说到的——麦格纳斯先生。"匹克威克先生说。

"正是在下,先生们,"麦克纳斯先生说,显然处于高度亢奋的状态,"匹克威克先生,请允许我和您说几句话,就一会儿,先生。"

麦格纳斯先生一边说,一边用食指钩住匹克威克先生的纽扣眼,把他拉到一个有窗户的凹处,说:

"祝贺我吧,匹克威克先生;我不折不扣地按您的说法做了。"

"很管用,是吗?"匹克威克先生问道。

"管用,先生。再好也没有了。"麦格纳斯先生答道,"匹克威克先生,她是我的了。"

"我全心全意祝贺你。"匹克威克先生答道,和他的新朋友热情地握手。

"您应该见见她,先生,"麦格纳斯先生说,"这边来,请。对不起,先生们,失陪一会儿。"彼得·麦格纳斯先生就这样匆匆忙忙地,把匹克威克先生拉出了房间,他在过道的第二个门口停了下来,轻轻地在门上敲了敲。

"进来。"一个女性的声音说道。于是他们就进去了。

"威泽费尔德小姐,"麦格纳斯先生说,"请允许我介绍我特别好的朋友,匹克威克先生。匹克威克先生,请允许我把您介绍给威泽费尔德小姐。"

那位小姐是在房间靠里面的那一头。匹克威克先生鞠完躬之后，就从背心口袋里掏出眼镜来戴上；他刚刚这样做完，便发出一声惊叫，还后退了好几步，而与此同时，那位小姐也发出一声被压抑住一半的喊叫，用手捂住脸，扑通一下坐进了一张椅子里；因此，彼得·麦格纳斯先生被惊得在原地僵住了，他脸上充满无限恐怖和惊讶的神情，盯一眼这个又盯一眼那个。

这种事情，无论从哪个方面看，都是非常莫名其妙的；但事实是，匹克威克先生一戴上眼镜，就立即发现那位未来的麦格纳斯夫人，正是他昨夜冒冒失失误闯进其房间的那位女士；而眼镜一架上匹克威克先生的鼻梁，那位女士便立即认出眼前的脸庞正是她见过的那张被那可怕的睡帽围住的脸。因此那位女士发出了尖叫，匹克威克先生也惊恐失态。

“匹克威克先生，”麦格纳斯先生叫道，他在惊讶中已不知所措，“这是怎么回事，先生？这是怎么回事，先生？”麦格纳斯先生说，语调中含着威胁，而且比先前更高了。

“先生，”匹克威克先生说，由于彼得·麦格纳斯先生突然改变了态度，以命令的口气和他说话，因此他有点儿气愤，“我拒绝回答这一问题。”

“你拒绝吗，先生？”麦格纳斯先生说。

“是的，先生，”匹克威克先生答道；“假如没有这位女士的同意和许可，我反对说任何有可能危及她或者在她心中唤起不快记忆的话。”

“威泽费尔德小姐，”彼得·麦格纳斯先生说，“你认识这个人吗？”

“认识他吗！”中年女士重复他的话说，有点犹豫不决。

“是的，认识他吗，小姐？我是说认识他吗。”麦格纳斯先生说，气势很凶。

“我见过他。”中年女士答道。

“在哪儿?”麦格纳斯先生问道,“在哪儿?”

“这,”中年女士说,她从椅子上站了起来,把头扭到了一边,“这我是无论如何都不会说出来的。”

“我理解你,小姐,”匹克威克先生说,“并且尊重你的审慎;我也绝不会说的,请相信我。”

“天啦,小姐,”麦格纳斯先生说,“想想看,我为了你陷入了何等的处境,而你居然还如此漠然无睹——漠然无睹,小姐!”

“你好残酷,麦格纳斯先生!”中年女士说;这时她泪水涟涟地哭了起来。

“有什么话跟我说好了,先生,”匹克威克先生插话说,“要怪的话,也只能怪我。”

“噢,只能怪你,是吗,先生?”麦格纳斯先生说,“我——我——我明白了,先生。你现在后悔自己下的决心了,是吗?”

“我的决心!”匹克威克先生说。

“你的决心,先生。噢!不要盯着我,先生,”麦格纳斯先生说,“我记得你昨晚说过的话,先生。你上这儿来,先生,是为了揭露一个人的欺骗和虚伪,而你对这个人的忠实和人格曾经是绝对信任的——呃?”说到这里,麦格纳斯先生发出一声拉得很长的嘲弄的笑;并且摘下了他的绿色眼镜——也许他觉得在妒火喷发的时候它是多余的吧——一对小眼睛转来转去,那样子看上去怪可怕的。

“呃?”麦格纳斯先生说,然后他又加强效果发出一声嘲笑,“但你必须负责任,先生。”

“负什么责任?”匹克威克先生说。

“没关系,先生,”麦格纳斯先生答道,在房间里大步走来走去,“没关系。”

“没关系。”这句话语一定包括了极其广博的含义,因为我们无论是在戏院，还是酒馆，或是别的什么地方，看到别人吵架，这句话都无一例外地是对挑衅性的质问的标准答复。“你自以为是个绅士吗，先生？”——“没关系，先生。”“是我要和那个年轻女士说话吗，先生？”——“没关系，先生。”“你想让你的头往墙上撞撞吗，先生？”——“没关系，先生。”而且还有一点是值得注意的，那就是，这句广泛适用的“没关系”中有一种隐藏的侮辱，它比任何最放肆的谩骂都更能在对方心中激起愤慨。

我们并不想说这句短语用在匹克威克先生身上之后，能在他心中激起那种必定会在俗人心中激起的气愤。我们只是记录下如下事实：匹克威克先生打开房门，突兀地喊了一声：“图普曼，到这儿来！”

图普曼先生马上就来了，脸上带着极其惊讶的神情。

“图普曼，”匹克威克先生说，“一个与这位女士有关的有点微妙的秘密，造成了我与这位绅士刚才的争执。当着你的面，我要向他保证，那个秘密与他本人无关，也与他的事毫不相干。我不用请求你留意，假如这样他还要继续争执的话，那他就是对我的诚实表示怀疑，我认为那是对我的莫大侮辱。”匹克威克先生一边说，一边意味深长地看着彼得·麦格纳斯先生。

匹克威克先生正直可敬的风度，以及那使他显得那么不同凡俗的强有力的言语，本来是可以使任何有理性的人心悦诚服的；但不幸的是，在那个特定的时刻，彼得·麦格纳斯先生的心灵偏偏失去了理性。结果，他不但没有接受匹克威克先生的解释——照理他是应该接受的——相反却使自己陷进了炽烈、灼人、有伤身体的火冒三丈状态，他纵情无忌地大说特说，还通过冲来撞去和揪自己的头发来加强语气——偶尔还会改变做法，朝匹克威克先生那张仁慈的脸摇晃拳头，使整个场面变得更为好笑。而匹克威克先生呢，他一方面清楚自己是清白、诚实的，另一方面为自己使那位中年女士卷进了如此不快的事件而大为恼火，因此他也没法像往常那样心平气和。结果是你一言我一语，声音越来越高；结果麦格纳斯先生告诉匹克威克先生走着瞧；对此匹克威克先生以可嘉的礼貌说他巴不得，越快越好；这样一来，那位中年女士便在恐惧中冲出房去，图普曼先生也把匹克威克先生拉出了房，留下彼得·麦格纳斯先生独自一人在房间里想心事。

假如那位中年女士曾经在这个多事的世界中摸爬滚打过，或者领教过那些确立法律与风尚的人们的言谈举止，那么她就会明白其实这种气势汹汹的纷争根本就是毫无害处的；但是她的大部分时光是在乡下度过的，而且从没读过议会的争论记录，因此她对文明生活的这些特别的文雅之举一窍不通。因此，当她回到自己的房间，闩好门闩，开始思考刚才目睹的场面时，最恐怖的屠杀与毁灭的画面便一幅接一幅在她的想象中出现了；其中最后的画面之一是，彼得·麦格拉斯先生直挺挺地被四个人抬回家去，身体左边挂了彩，中了足以装满一枪管的子弹。中年女士越往下想，就越感到可怕；最后她决定去找本市的行政长官，请求他立即拘捕匹克威克先生和图普曼先生。

中年女士做出这一决定是迫于多种考虑，其中最主要的考虑是，这能够毋庸置疑地证明她对彼得·麦格纳斯先生的忠诚以及对他的安危的关切。她太了解他那嫉妒的性情了，因此一点儿也不敢暗示她一看见匹克威克先生就激动起来的真正原因；她相信自己对那个小个子男人有足够的影响力和说服力，能够平息他那暴烈的炉火，假如能把匹克威克先生带走，不引发新的争执的话。中年女子满脑子都是这些想法，于是就戴上软帽，披上围巾，径直去了市长官邸。

市长乔治·纳普金斯老爷可是一个难找的大人物，即使是腿脚最快的人，在六月二十一日这一天从日出找到日落，恐怕也不容易找到他——根据日历这一天是一年之中最长的，自然也就有最长的时间可以用来找他。在中年女士去找他的那个早上，纳普金斯先生处在极其激动和心烦的状态中，因为市里发生了叛乱；最大的那所走读学校的全体走读生合谋砸了一个讨厌的苹果商的窗子，还骂走了教区差役，投东西打了警察——一位穿高统靴的上了年纪的绅士，他是奉命去平息暴乱的，他从小到大已当了至少半个世纪的治安警察。纳普金斯正坐在安乐椅里，庄严地皱着眉头，怒火中烧，这时突然有通报说，有一位女士为一件紧急、机密而又特别的事情求见。纳普金斯先生显出冷静得可怕的神情，下令把那位女士带进来，这一命令就像皇帝、执政官和世上其他伟大的权势人的命令一样被服从了；于是兴奋得有趣的威泽费尔德小姐被带了进来。

“马佐尔！”市长说。

马佐尔是一个矮小的跟班，上身长，下身短。

“马佐尔！”

“有，大人。”

“拿张椅子来，然后出去。”

“是，大人。”

“好了，女士，请你说吧。”市长说。

“是一件非常痛苦的事情，先生。”威泽费尔德小姐说。

“很可能，女士，”市长说，“镇静一点儿，女士。”这时纳普金斯显得和蔼可亲起来。“然后告诉我是什么官司使你来找我的，女士。”这时市长的角色又盖过了男人的角色，他又威严起来了。

“来报告这一消息，长官，我是很难为情的，”威泽费尔德小姐说，“但是我恐怕这里马上要发生一场决斗。”

“这里吗，女士？”市长说，“哪里呀，女士？”

“伊普斯威奇。”

“伊普斯威奇,女士！伊普斯威奇要发生一场决斗！”市长说,完全被这一念头震住了。“不可能的,女士;在本镇绝对不要想会有这种事情发生,我坚信这一点。哎呀,女士,你没注意到本市的治安措施吗？你有没有听说过,女士,去年五月四日我曾冲进一个竞技场,只带了六十名警察,冒着成为狂暴群氓的怒火的牺牲品的危险,禁止了‘米德塞克斯肉墩’和‘萨福克矮脚鸡’之间的斗拳比赛？在伊普斯威奇有决斗,女士！我不相信——我不相信,”市长和自己论辩道,“我不相信会有哪两个家伙胆大妄为到如此地步,竟敢在本市扰乱治安。”

“不幸的是我的报告太正确了,”中年女士说,“争吵时我是在场的。”

“这太出乎意外了,”惊讶的市长说,“马佐尔！”

“有,大人。”

“叫金克斯先生来这儿,马上来！立即来。”

“是,大人。”

马佐尔退下了;一个脸色苍白、鼻子尖挺、半饥半饱、衣衫褴褛的中年办事员走了进来。

“金克斯先生,”市长说,“金克斯先生。”

“有。”金克斯先生说。

“金克斯先生,这位女士,来报告有人企图在本市搞决斗。”

金克斯先生由于不知道到底该怎么做才好,就像一个下属常做的那样笑了一下。

“你笑什么,金克斯先生？”市长说。

金克斯先生马上严肃起来。

“金克斯先生,”市长说,“你是一个傻瓜。”

金克斯先生谦卑地看着那位伟人,咬了咬他的钢笔头。

“你也许觉得这一报告里有什么东西挺滑稽的吧,先生;但是我告诉你,金克斯先生,你没有什么可笑可乐的。”市长说。

一脸饿相的金克斯叹了一口气,仿佛他完全明白他确实没有什么可乐似的;于是,由于奉命要把女士的报告记录在案,他踉踉跄跄地坐到一张椅子上,开始把情况写下来。

“这个人,匹克威克先生,是主谋吧,我明白了。”在陈述完毕后市长说。

“是他。”中年女士说。

“还有另一个暴徒——他叫什么来着,金克斯先生?”

“图普曼,先生。”

“图普曼是助手?”

“是的。”

“你说另一方的主谋潜逃了,是吗,女士?”

“是的。”威泽费尔德小姐说,短促地咳嗽了一下。

“很好,”市长说,“这两位是从伦敦来的凶手,他们来这里谋害国王陛下的子民,以为天高皇帝远,法律的手臂在这里是麻木无力的。得惩罚他们以儆效尤。写逮捕令,金克斯先生。马佐尔!”

“有,大人。”

“格拉默在楼下吗?”

“在的,大人。”

“叫他上来。”

阿谀奉承的马佐尔退下去,很快又回来了,带来了那位穿高统靴的上了年纪的绅士,他的引人注目之处主要是大鼻子、粗嗓门、黄褐色紧身外套和溜来溜去的目光。

“格拉默。”市长说。

“大银(人)。”

“市里平静了吗?”

“很平静,大银,”格拉默答道。“民众的情绪已消退很多,孩子们的心思已转到板球上去了。”

“在这种时候非有强硬手段不可，格拉默，”市长说，一副断然的样子，“假如国王的官员的权威被忽视的话，我们就得宣读暴乱惩治法令了。假如国法的威力不足以保护这些窗户的话，那就必须动用军事力量来捍卫国法和那些窗户了。我相信这是宪法中的一条金科玉律，是吗，金克斯先生？”

“当然是，大人。”金克斯说。

“很好，”市长说，一边签署了逮捕令，“格拉默，今天下午，你把这些人带来见我。你可以在大白马旅馆抓到他们。你还记得‘米德塞克斯肉墩’和‘萨福克矮脚鸡’那个案子吗，格拉默？”

格拉默先生怀旧似的点了点头，表示他永远不会忘记——的确他是不会忘记的，只要每天都继续引证它的话。

“这件事更加违反宪法，”市长说，“对治安的扰乱更加严重，而且是更加侵害国王陛下的特权。我相信决斗是国王陛下最毋庸置疑的特权之一，是吗，金克斯先生？”

“大宪章①里有明文规定的，大人。”金克斯先生说。

“我相信，这是王公们从不列颠王冠上摘下的最光彩夺目的明珠，你说是吗，金克斯？”

“正是这样，大人。”金克斯先生答道。

“很好，”市长说道，颇为得意地站了起来，“不能让它在国王陛下的这部分领土上受到践踏。格拉默，带人去执行拘捕令，一刻也不要延误。马佐尔！”

“有，大人。”

“送这位女士出去。”

---

① 大宪章，英国约于1215年被迫颁布的法令，其主旨是限制王权，保障公民权利。此处引证大宪章，颇有嘲弄意味。

威泽费尔德小姐退下了，对市长的学识和造诣深感钦佩；纳普金斯先生离开房间吃中饭去了；金克斯先生退隐进了他的内心世界——这是他惟一可去的地方，因为小客厅那张他可以用来睡的沙发在白天是由女主人的家人占据着的；格拉默也退了出去，履行他目前的职责去了，为的是抹去早上所蒙受的侮辱，这也是为了替国王陛下的另一位代表——那位差役——除冤雪恨。

这些为维护国王陛下的安宁而做的毅然决然的准备工作正在进行之中的时候，匹克威克先生和他的朋友们对正在进行之中的这些重大事情毫无所知，他们正心平气和地坐在那儿吃午饭，大家都既健谈又和睦。匹克威克先生正在讲述他头天晚上的奇遇，他的追随者们听得津津有味，图普曼先生尤其如此，这时候房门突然开了，一张表情有点儿冷峻的脸往里面窥探。那对冷脸上的眼睛很仔细地打量了匹克威克先生一会儿，看上去对打量结果颇感满意，因为冷脸所属的那个身体慢慢地进了房间，一个穿高统靴的上了年纪的人物站到了大伙面前——犯不着用悬念来烦读者诸君了，简要地说白了吧，那双眼睛正是格拉默先生那双溜溜转转的眼睛，那个身体也是这位绅士的。

格拉默先生的办事方式是职业化的，但颇有特色。他的第一个举动是把门从里面闩上；第二个是，拿出一块棉手绢来十分小心地擦了擦脑袋和脸庞；第三个是，把手绢放进帽子后把帽子放在最近的一张椅子上；第四个是，从他的上衣胸袋里掏出一根带铜包头的警棍，并且带着威严而有点鬼气的神情把它对着匹克威克先生晃了晃。

斯诺格拉斯先生是第一个打破那惊讶状态下的沉寂的。他盯着格拉默先生看了一会儿，然后用强调的语气说："这是私人房间，先生。私人房间。"

格拉默先生摇了摇头，答道："一旦进了大门，对国王陛下就无所谓私人房间了。这是法律。有人说一个英国人的屋子是他的堡垒。那是胡说。”

匹克威克同仁们以惊讶的目光面面相觑。

“哪一位叫图普曼先生？”格拉默先生问道。他对匹克威克先生有一种直觉似的感觉；他当即认出了他。

“我叫图普曼。”那位绅士答道。

“我叫法律。”格拉默先生说。

“什么？”图普曼先生说。

“法律，”格拉默先生答道，“法律、政权和行政人员；它们是我的名号；是我的权威所在。某某图普曼，某某匹克威克——妨害我们含辛茹苦的国王陛下的治安——这是有案可查的——公事公办。我逮捕你，匹克威克！还有那个图普曼。”

“你如此无理取闹的用意何在？”图普曼先生说，跳了起来，“出去！”

“喂，”格拉默先生说，迅速退到门边。把门打开一两英寸，“杜布莱。”

“有。”一个深沉的声音从过道里传来。

“过来，杜布莱。”格拉默先生说。

听到这一命令，一个脏脸男子从半开的门挤了过来，他六尺多高，相当胖，在挤进门的过程把脸都涨红了。

“别的特警在外面吗，杜布莱？”格拉默先生问道。

杜布莱先生点头表示在外面，他是一个寡言少语的人。

“命令你带的那队人进来，杜布莱。”格拉默先生说。

杜布莱先生按要求办了；于是半打警察拥进了房间，每人都拿着一根有铜包头的短短的警棍。格拉默把他的警棍装进口袋，对杜布莱先生看了看；杜布莱先生把他的警棍装进口袋，对警察们看了看；警察们把他们的警棍装进口袋，对图普曼和匹克威克两位先生看了看。

匹克威克先生和他的信徒们不约而同地站了起来。

“如此粗暴地闯入我的私房是什么意思?”匹克威克先生说。

“谁敢逮捕我?”图普曼先生说。

“你们来这里干什么,恶棍们?”斯诺格拉斯先生说。

温克尔先生一言不发,只是盯着格拉默,那目光锐利得足以刺穿后者的脑袋,假如他有任何感觉的话。然而,事实却是,这对格拉默好像丝毫不起作用。

这些执法人员发觉匹克威克先生和他的朋友们想抗拒法律的权威,便非常意味深长地挽起了衣袖,好像先把他们打翻在地,然后再把他们逮走,那纯粹是非做不可的职业行为而已,无论想到还是做到都是理所当然的。这一示威之举对匹克威克先生起了作用。他和图普曼先生在一旁商量了一会儿,然后表示他已准备去市长官邸,不过他请在场的人们注意:他有一个坚定的心愿,那就是,一旦他获得自由,他要对他作为一个英国人的权利受到如此野蛮的践踏表示愤慨;听了这话,在场的警察们开心大笑起来,只有格拉默先生例外,因为他好像觉得对市长的神圣权力的任何轻微的攻击都是一种亵渎,是不能容忍的。

匹克威克先生已经表示他准备向他的国家的法律低头;那些原以为他在胁迫下会固执反抗从而会引发一场开心的好戏的侍者们、马夫们、侍寝女仆们以及守门的差役们,也由于失望和厌倦开始散去了;就在这时候,一件事先没有预想到的麻烦事出现了。尽管对当局官员们充满尊敬之情,匹克威克先生坚决反对由执法人员们簇拥和守护着他,让他像个普通犯人似的在大街上抛头露面。格拉默先生呢,考虑到当时群众的情绪并不稳定(因为那一天是半假日,学生们还没有回家),同样坚决地反对让警察们在马路对面监视的做法,决不肯接受匹克威克先生保证自己径直走去市长邸宅的誓言；惟一体面的办法是雇一辆马车去，但是匹克威克先生和图普曼先生两人都死活不愿付车费。争执得很厉害，双方僵持了很久；那位执法官正准备强行压制匹克威克先生的反对意见，按老规矩把他硬拖到市长官邸，这时候有人想到旅馆的院子里放着一顶老轿子，那原本是为一位害痛风病的有钱的绅士做的，它容得下匹克威克先生和图普曼先生，至少像现代的小马车一样方便好用。轿子被租了下来，抬到了大厅里；匹克威克先生和图普曼先生挤了进去，放下了帘子；很快就找来两个轿夫；于是队伍就堂堂皇皇地出发了。特警们围绕在轿子周围；格拉默先生和杜布莱先生凯旋似的走在前面；斯诺格拉斯先生和温克尔先生手挽着手走在后面；伊普斯威奇的用不起肥皂之辈则在最后压队。

市里的店主们虽然对这桩罪案的性质丝毫不明白，但却从这一场热闹中大受教益并颇感满意。瞧，法律强有力的臂膀，以二十个金箔匠的力量，打击在来自首都的两个犯人身上；那强有力的法律机器，是由他们自己的市长指挥，由他们自己的警官操作的；在他们的通力合作下，那两个罪犯被牢牢实实地关了起来，挤在一顶轿子的狭窄空间里。格拉默先生手拿警棍走在队伍前头，向他表示赞扬和钦佩的问候不知道有多少；围观的平头百姓们发出的叫唤响亮而持久；在芸芸大众异口同声的赞许声中，押解队伍缓慢又威风凛凛地前进。

威勒先生穿着他那件带白斑点的黑色晨衣，一大早便对那座有绿门的神秘屋子进行了考察，由于一无所获，他感到有点沮丧；在往回走的路上，他抬眼看见一群人从街那头涌了过来，他们把一个像是轿子的东西团团围在中间。他巴不得能让自己的心思摆脱计划落空的挫折感，便走到街边看着那群人经过；看到他们在尽情欢呼，非常自得其乐，于是他也拼命地跟着欢呼起来，以便给自己提提神。

格拉默先生走了过去，杜布莱先生走了过去，轿子走了过去，守卫的特警们走了过去，而山姆还在响应群氓们情绪高涨的欢呼，把帽子挥来舞去的，仿佛他处在极度的狂喜之中（不过当然了，他对眼前到底是怎么回事是一无所知的），但是突然之间他停住了，因为温克尔先生和斯诺格拉斯先生意外地出现在他眼前。

"怎么回事呀，绅士们，"山姆叫道，"他们弄了什么人在那个棺材盒子里呀？"

两位绅士同时回答，但他们的声音被喧嚣淹没了。

"谁呀？"山姆再次叫道。

又是那两位绅士的一致回答；虽然听不清字眼，但山姆从那两对嘴唇的动作可以看出说的是那几个有魔力的字眼——"匹克威克"。

这就够了，眨眼之间威勒先生已钻过人群，阻止住轿夫，与仪表堂堂的格拉默先生怒目相向了。

"喂，老先生，"山姆说，"你弄在这轿子里的是谁呀？"

"走开。"格拉默先生说，他的威风像很多其他人的威风一样，稍受欢迎就出奇地倍增了。

"打翻他，假如他不走开。"杜布莱先生说。

"多谢你了，老先生，"山姆答道，"竟为我的方便着想，还有另一位先生，他好像刚从巨人兽车里出来，我要更感谢他提了这么漂亮的建议；但是我还是情愿你们给我的提问一个回答，假如那对你们没什么妨碍的话。——你好吗，先生？"这最后一句是以救助者的神气对匹克威克先生说的，后者正从前面的窗户往外窥望。

格拉默先生因气愤说不出话来，他把带铜包头的警棍从特制的套子里掏了出来，在山姆眼前晃动着。

"啊，"山姆说，"漂亮极了，尤其是那个包头，简直就像是真的。"

"走开!"大怒的格拉默先生说。为了加强这一命令的威力,他用一只手把那个铜质的忠诚标志戳进了山姆的领巾,用另一只手揪住了山姆的衣领;山姆礼尚往来的回敬是,一拳把他打翻在地,而且事先还极其周到地打倒一个轿夫给他垫底。

至于温克尔先生,到底是被那种由于感到受到伤害而产生的疯狂的一时驱使,还是受到了威勒先生的勇敢表现的激励,那已无法确定;但确定无疑的是,他看到格拉默先生倒地,就马上对站在他旁边的一个小男孩发起了可怕的猛攻;至此,斯诺格拉斯先生出于真正的基督徒精神,也为了不暗算他人,以很大的声音宣布说他也要动手了,并且极其从容地开始脱外衣。他马上被包围并抓住了;说句公道话,他和温克尔先生两个都丝毫没有企图自救或去救威勒先生——后者经过一番极其英勇的抵抗,终因寡不敌众而被俘虏了。队伍重新排好;轿夫们重新就位;游行重新开始了。

匹克威克先生在整个行进过程中都怒不可遏。他只能看见山姆打翻警察们,朝四面八方冲来撞去;这就是他能看到的一切,因为轿子的门都打不开,帘子也拉不开。最后,在图普曼先生的帮助下,他总算掀开了轿子的顶篷;于是他抓住那位绅士的肩膀,尽可能稳当地在轿子的顶上坐好,然后开始向群众发表演说;匹克威克先生先是详述了他所受到的不公正的待遇,请大家注意是他的仆人先受到殴打。他们就这样前往市长官邸;轿夫们快跑着,俘虏们紧跟着,匹克威克先生演说着,围观的群众叫唤着。

第二十五章　乐事众多，显示纳普金斯先生是多么威严而公正；说明威勒先生如何同样有力地和约伯·特洛特尔先生扯平了。还有一件事，读下去自见分晓

威勒先生在被押走的路上真是怒不可遏；他针对格拉默先生和他的伙伴们的长相和举止的影射数不胜数；他对这些绅士们的违抗则勇敢无比——他正是通过这些来发泄不满的。斯诺格拉斯先生和温克尔先生怀着阴郁的敬意听着他们的领袖从轿子顶上发出的滔滔不绝的雄辩——图普曼先生主张把轿子顶关上的所有恳求都无法使这一急流稍停片刻。但是，当队伍拐进威勒先生与亡命之徒约伯·特洛特尔狭路相逢的院子时，威勒先生的愤怒马上让位给了好奇心；紧接着好奇心又被一种极其愉快的惊讶之情取代了，因为他看见不可一世的格拉默先生一边命令轿子停下，一边迈着威严而自负的步伐走向约伯·特洛特尔曾经从里面走出来的同一扇绿门，并且使劲地拉了一下垂在门边的门铃把手。应门的是一位穿戴很整齐、脸蛋很漂亮的女仆，她看见犯人们反叛的外貌，又听到匹克威克先生那慷慨激昂的演说，吓得举起了双手，并叫来了马佐尔先生。马佐尔先生打开车道门的半扇，放进了轿子、被捕者和警察们；随即他砰的一声对群众迎面把门关上；群众因被关在门外并且急于知道后事如何，就以踢门和拉铃来发泄感情，就

这样折腾了一两个小时。他们全都轮流参与这种娱乐，只有三四个幸运的人例外——他们在门上发现一个小格孔，虽然从那里什么也看不到，但他们仍然不折不挠地坚持通过它往里面张望，就像一个醉汉在街上被小马车撞伤，在手术室里接受外科检查时，人们贴在药店前窗的玻璃上观看，把鼻子压扁了都毫不懈怠一样。

轿子在通往正屋大门的一段台阶下面停了下来，门的两边各摆着一盆装在绿花盆里的美国龙舌兰。匹克威克先生和他的朋友们被引进了大厅，在马佐尔通报完毕后，纳普金斯先生命令他们进去，于是他们又从大厅被带到了那个克己奉公的官员的驾前。

那场面撼人心魄，是经过精心布置的，足以使犯人们从心底里产生恐惧并对法律的威严有一个恰如其分的认识。在一个大书柜前面、一张大桌子后面的一张大椅子里——椅子后面还摆着一本大大的书——坐着纳普金斯先生，他比这些东西中的任何一件都要大，尽管它们已经够大的了。桌子上陈列着大堆大堆的文件，金克斯先生的脑袋和肩膀从文件堆那一头的上方露了出来，他正在尽可能地显出一副忙碌的样子。在大伙儿全部进屋之后，马佐尔小心地关上门，站到他主人的椅子后面待命。纳普金斯先生往椅子后面一仰，显出令人胆寒的威严，仔细审视着那些不情愿来的客人的脸。

“喂，格拉默，这位是谁？”纳普金斯先生说，指着匹克威克先生——匹克威克先生作为朋友们的代言人，手里拿着帽子，正以极度的礼貌和敬意在鞠躬。

“这位是匹克威克，大银（人）。”格拉默说。

“喂，你算了吧，老打火机，”威勒先生插话说，挤到了前排，“对不起，先生，可你的这位穿黄色高统靴的属下实在是够呛，无论在哪里都吃不了当司仪这碗饭的。这位是，先生，”威勒先生把格拉默先生推到旁边，一边以故人重逢似的欢快态度继续对市长说，“这位是匹克威克老爷；这位是图普曼先生；那位是斯诺格拉斯先生；再过去，站在他旁边的那位，是温克尔先生——全都是很好的绅士，先生，你会很乐意和他们结识的；你越是快些罚你这些手下去牢里踏水车一两个月，我们就越能早些达成欢快的理解。先办正事，然后娱乐，就像查理三世国王在伦敦塔里暗杀另一个国王但还没有闷死小王子们时说的。”

这一席话结束的时候，威勒先生用右手肘擦了擦他的帽子，并且对始终带着无法形容的敬畏听他从头说到尾的金克斯先生和蔼地点了点头。

“这个人是谁，格拉默？”市长问道。

“一个无法无天的家伙，大银，”格拉默先生答道，“他企图劫走人犯，还殴打了警察；因此我们拘捕了他，把他押来了这里。”

“你做得很对，”市长答道，“他显然是一个无法无天的恶棍。”

“他是我的仆人，先生。”匹克威克先生气愤地说。

“噢，他是你的仆人，是吗？”纳普金斯先生说，“一个破坏司法和谋杀警察的同谋犯。匹克威克的仆人。把这点记下来，金克斯先生。”

金克斯先生照办了。

“叫什么，你这家伙？”纳普金斯先生以雷霆般的声音说。

“威勒。”山姆答道。

“用在新门监狱的日程表上倒是个很好的名字。”纳普金斯先生说。

这是一句玩笑话；因此，金克斯、格拉默、杜布莱、所有特警和马佐尔都大笑了五分钟之久。

“把他的名字记录下来，金克斯先生。”市长说。

“名字里有两个‘L’，朋友。”山姆说。

听了这话，一个倒霉的警察又笑了起来，市长当即威胁说要把他抓起来。在这种情况下,笑错对象是很危险的啊。

“你住在哪儿?”市长说。

“哪里能住就住哪里。”山姆答道。

“记下来,金克斯先生。”市长说,他开始大大冒火了。

“在下面画一条线。”山姆说。

“他是一个流浪汉,金克斯先生,”市长说,“他自己说他是一个流浪汉;不是吗,金克斯先生?”

“当然是的,先生。”

“那么我就要把他关起来。既然如此我就要关他。”纳普金斯先生说。

“这是一个司法非常公正的国家,”山姆说,“还没有哪位司法长官不是关别人一次,则会关自己两次的哩。”

听了这句俏皮话,另一个特警又笑了,紧接着他又极力装出严肃得出奇的样子,因此市长马上就看出是他。

“格拉默,”纳普金斯先生说,气得脸都涨红了,“你怎么敢选这么不中用、这么丢脸的一个人来当特警呢?你怎么敢这样呢,先生?”

“很抱歉,大银。”格拉默结结巴巴地说。

“很抱歉!”狂怒的市长说,“你会为这种玩忽职守后悔的,格拉默先生;得把你当个典型才行。把那家伙的警棍缴掉。他喝醉了。你喝醉了,你这家伙。”

“我没有喝醉,大人。”那人说道。

“你是醉了,”市长反驳说,“我说你醉了,你怎么敢说你没醉呢,先生?他身上有酒味吗,格拉默?”

“酒气熏天,大银。”格拉默答道,他模模糊糊地感到某个地方是有酒味。

“我知道他喝醉了,”纳普金斯先生说,“他一进屋,我就从他兴奋的眼神看出他醉了。你注意到他那兴奋的眼光了吗,金克斯先生?”

“当然,大人。”

“我今天早上滴酒没沾啊。”那人说,他是要多清醒有多清醒。

“你怎么敢对我说假话?”纳普金斯先生说,“他这会儿不是醉醺醺的吗,金克斯先生?”

“当然,大人。”金克斯答道。

“金克斯先生,”市长说,“我要关那家伙的禁闭,他蔑视法纪。写一张禁闭令,金克斯先生。”

那个特警原本是要被关押起来的,但是金克斯先生作为市长的顾问(他曾经在一家乡村律师事务所受过三年的法律教育),凑在市长的耳朵边低声说他认为那样做不妥;于是市长就发表了一番演说,说是考虑到那位特警的家族声誉,他打算只把他斥责一番并且革职就算了。于是那位特警相应地被痛骂了一刻钟之久,然后就被打发走了;格拉默、杜布莱、马佐尔和其他特警纷纷喃喃细语,表达他们对市长的宽宏大量的钦佩。

“现在,金克斯先生,”市长说,“让格拉默宣誓作证吧。”

格拉默当即宣了誓;但由于格拉默处在意乱神迷的状态,加之纳普金斯先生的中饭差不多准备好了,因此纳普金斯先生决定简捷行事,他提了一些诱导性的问题,格拉默尽可能地一一做了肯定的回答。所以,审讯非常顺利而且非常惬意地结束了,其结果是,证实了威勒先生犯有两项殴打罪,温克尔先生犯有一项威胁罪,斯诺格拉斯先生犯有一项撞人罪。当这一切做得令市长心满意足之后,市长和金克斯先生低声商量起来。

商量持续了大约十分钟之久,金克斯先生退回桌子那一头属于他的地方;而市长呢,做准备似的咳嗽了一声,从他的椅子里站了起来,正准备开始说话,这时候匹克威克先生插嘴说话了。

“对不起,先生,我打断了您的话,”匹克威克先生说,“在您开始说话,并且实施按照刚才做的陈述形成的任何意见之前,我必须要求针对与我个人有关的事做出申辩的权利。”

“闭嘴,先生。”市长横蛮地说。

“我只好服从你了,市长。”匹克威克先生说。

“闭嘴,先生,”市长打断他的话说,“否则我就叫人把你拉出去。”

“你高兴叫你手下的人怎么做,就怎么做好了,市长。”匹克威克先生说;“从他们那种我已领教过的惟命是从的样子看,我丝毫不怀疑,无论你下什么命令,他们都会执行的,先生;但是,先生,我还是要坚持要求我说话的权利,直到我被用武力拖出去。”

“坚持匹克威克原则!”威勒先生以非常清晰可闻的声音说道。

“山姆,别说话。”匹克威克先生说。

“像一只破鼓一样不出声,先生。”山姆说。

纳普金斯先生盯着匹克威克先生,为他表现出如此不同寻常的莽撞大感惊讶;他正准备暴跳如雷地作答,这时金克斯先生扯了一下他的衣袖,凑在他的耳朵边低声说了点儿什么。对此,市长半清不清地回答了一句,然后悄悄话又开始了。金克斯显然是在规劝市长。

最后,市长一脸阴沉,总算强压住了什么也不想再听的念头,转向匹克威克先生,恶声恶气地说:“你想说什么?”

“首先,”匹克威克先生说,透过眼镜片盯着市长,那目光甚至使市长都有点畏缩了,“首先,我想知道,我和我的朋友为什么被带到这里来?”

“我必须告诉他吗?”市长对金克斯耳语道。

“我想最好是告诉他,大人。”金克斯用耳语告诉市长。

“有人正式向我告发，”市长说，“说据了解你准备搞一场决斗，另外那一位，图普曼，是帮助和怂恿你决斗的人。因此呢——呃，金克斯先生？”

“当然是这样，大人。”

“因此，我找你们两个人来，来——我想是这样的，金克斯先生？”

“当然是，先生。”

“来——来——什么，金克斯先生？”市长说，性子又要冒火了。

“来找人保释，先生。”

“是的。因此，我找你们两个来——我刚好要说，我的秘书就打断了——来找个保人。”

“可靠的保人。”金克斯先生耳语道。

“我要求找的是可靠的保人。”市长说。

“本地人。”金克斯先生说。

“他们必须是本地人。”市长说。

“每人五十镑，”金克斯耳语道，“而且当然要是一家之长。”

“我要两个保人各交五十镑保释金，”市长大声地说，一副非常威严的样子，“当然啰，他们一定要是一家之长。”

“可是，哎呀，先生，”匹克威克先生说，他和图普曼先生一样，既惊讶又气愤，“我们在这里完全是人生地不熟。正如我对与什么人决斗一无所知一样，我和这里的任何家长都素不相识啊。”

“也许吧，”市长答道，“也许吧——你觉得呢，金克斯先生？”

“当然，先生。”

“你还有别的话要说吗？”市长问道。

匹克威克先生还有很多话要说，他毫无疑问会说出来的——说出来对他不会有什么好处，也不会让市长感到中意；但是他先前的话刚刚说完，威勒先生就拉了拉他的衣袖，于是他们俩便立即专心地密谈起来，以至于对市长刚才的发问根本就没有注意到。纳普金斯先生可不是那种就同一个问题问两遍的人；因此，他又事先咳嗽了一声，在警察们恭敬而佩服的肃静之中，开始宣布他的判决了。

他为第一次殴打罪罚威勒两镑，为第二次罚三镑。他罚温克尔两镑，罚斯诺格拉斯一镑，另外还要求他们具结保证不骚扰国王陛下的所有子民，尤其是他的忠诚奴仆但尼尔·格拉默。至于匹克威克和图普曼，他已给他们以取保的判决。

市长的话刚刚说完，匹克威克先生那重新开朗起来的脸庞堆满了笑容，他走上前去，说："请市长大人原谅，我想和您私下交谈几分钟，有关一件与您本人关系重大的事情，可以吗？"

"什么？"市长说。

匹克威克先生重复了一遍他的请求。

"这个请求太不寻常了，"市长说，"私下交谈？"

"私下交谈，"匹克威克先生坚定地说，"只是有一点，由于我要说的事情有一部分是我的仆人说的，因此我希望他也在场。"

市长看了看金克斯先生；金克斯先生看了看市长；警察们彼此面面相觑。纳普金斯先生突然脸色变白了。是不是威勒这个人，出于一时的悔罪之心，揭发出了某个要谋害他的阴谋呢？这是一个可怕的念头。他是一个人人皆知的公众人物啊；一想到裘力斯·恺撒和伯西瓦尔先生被谋杀的事，他的脸变得更白了。

市长再次看了看匹克威克先生，招呼金克斯先生到他身边。

"你觉得这一请求如何，金克斯先生？"纳普金斯先生喃喃地说。

金克斯先生也不知道如何是好，而他又不想得罪上司，因此怯懦地露出态度暧昧的微笑，抿紧两边的嘴角，把头慢慢地左右摇晃了一下。

“金克斯先生，”市长严厉地说，“你是一头驴。”

听了这点小小的看法，金克斯先生又微笑了一下——比先前更怯弱了一些——然后渐渐后退，缩回到他原来的角落。

纳普金斯先生自己在心里琢磨了一下这件事，然后从椅子上站了起来，叫匹克威克先生和山姆跟着他，领着他们进了和法庭连在一起的一个小房间。他叫匹克威克先生走到小房间的最里头，自己把住半掩的房门站在那里，旨在万一对方有一丁点敌意的表示，他可以马上逃走；随后纳普金斯先生表示准备听有关情况，不论那是什么。

“那我就开门见山地直奔主题吧，先生，”匹克威克先生说，“这事儿对您本人，对您的信誉有重大影响。我完全有理由相信，先生，您在您家里窝藏了一个不折不扣的大骗子！”

“是两个，”山姆插话说，“穿桑葚色衣服的那个，当然也在哭哭啼啼干他的下流勾当。”

“山姆，”匹克威克先生说，“为了让这位绅士明白我要说的话，我必须请你克制住自己的感情。”

“非常抱歉，先生，”威勒先生回答说，“但是我一想到那个约伯，我就禁不住要把活塞拉开一两英寸。”

“一言以蔽之，先生，”匹克威克先生说，“我的仆人怀疑有那么一个菲兹-马歇尔上尉经常来这里，对吗？因为，”匹克威克先生看出纳普金斯先生正准备气愤地打断他的话，因此又补充了一句，“因为，假如是他，那么我知道这个人是一个——”

“嘘，小声点，”纳普金斯先生说，一边把门关上，“知道他是一个什么，先生？”

“一个胡作非为的冒险家——一个不要脸的家伙——专干坑害社会，使易受骗的人上当的勾当，先生；让人成为他的荒唐、愚蠢、可怜的牺牲品，先生。”情绪激昂的匹克威克先生说。

“天哪，”纳普金斯先生说，顿时脸变红了，并且立即改变了态度，“天哪，匹——”

“匹克威克。”山姆说。

“匹克威克，”市长说，“天哪，匹克威克先生——请坐——你的话当真吗？菲兹-马歇尔上尉是这样？”

“不要称他上尉，”山姆说，“也别称他菲兹-马歇尔；两个叫法都不对。他是一个四处晃荡的戏子，是的，他名叫金格尔；假如还有一条穿桑葚色衣服的狼跟着他的话，那就是约伯·特洛特尔。”

“的确如此，先生，”匹克威克先生说，作为对市长的惊讶神情的回答，“我到此地来的惟一目的，就是要揭露我们现在说的这个人的真相。”

于是，匹克威克先生把金格尔先生的种种劣迹加以概括，然后把它们灌进吓坏了的纳普金斯先生的耳朵。他叙述了最初是怎样认得他的；他怎么与华德尔小姐私奔；又怎么为了钱的缘故乐呵呵地抛开了她；怎么骗自己三更半夜进了女子寄宿学校；以及他（匹克威克先生）怎么觉得揭穿他假冒的名字和官职是自己的职责。

随着叙述往下，纳普金斯先生身上的所有滚热的血液全都涌到了他的耳朵尖上。他是在附近的一家跑马场结识这位上尉的。上尉的那一长串显贵相识的名单、他的广泛旅行以及他那时髦的举止，使纳普金斯夫人和纳普金斯小姐大为着迷，她们让菲兹-马歇尔上尉四处露面，引用菲兹-马歇尔上尉的话，还把菲兹-马歇尔上尉引为她们最要好的朋友里的上宾，致使她们的密友，如波肯汉姆夫人、波肯汉姆小姐和悉尼·波肯汉姆先生嫉妒和失望得简直要爆炸了。而现在，竟听说他是一个寒酸的冒险家，一个浪游的戏子，即使不是一个骗子，也够像一个骗子的，像得简直没法看出有什么区别！天哪！波肯汉姆一家会怎么说呀！假如波肯汉姆得知他那些殷勤是由于这样一位敌手而遭到了轻视,那他会多么得意啊!而他,纳普金斯,在下个季度的审判会上怎么有脸见老波肯汉姆呢!假如这种事情传扬出去,岂不是要给官场敌手一个大大的把柄吗?

"但是毕竟,"纳普金斯先生停顿了好一会儿之后,暂时振作了起来,"毕竟,这只是你们的说法而已。菲兹-马歇尔上尉是一个风度很迷人的人,而且,我相信他是有不少敌手的。你们有什么证据证明刚才所说属实呢?"

"让我和他当面对质好了,"匹克威克先生说,"我所要求、所需要的仅此而已。让他和我以及我这里的几位朋友当面对质就是了;那时候您就不需要进一步的证明了。"

"嗨,"纳普金斯先生说,"这很容易办嘛,因为今晚他会来这儿,那么这事儿也就不至于很张扬了,仅仅——仅仅是——为了那个年轻人好,你知道吧。不过嘛——我——我——事先得请教一下纳普金斯夫人,看这样做是否妥当。总之,匹克威克先生,我们先得把眼下这点法律事务了掉,然后才能谈别的。请回隔壁房间吧。"

他们进了隔壁的房间。

"格拉默。"市长说,声音凛然骇人。

"大银。"格拉默答道,脸带心腹宠儿的微笑。

"喂,喂,先生,"市长严厉地说,"别让我在这里看到一副嬉皮笑脸的样子。那非常不合适,而且我实话告诉你,你没有什么可开心的。你刚才向我做的陈述是完全真实的吗?说话可要当心点儿,先生。"

"大——银,"格拉默结结巴巴地说,"我——"

"噢,你糊涂了,是吗?"市长说,"金克斯先生,你注意到这种糊涂了吗?"

“当然，大人。”金克斯答道。

“那么，”市长说，“把你的陈述重复一遍，格拉默，我再次提醒你说话当心点儿。金克斯先生，把他的话记录下来。”

不幸的格拉默开始复述他的控诉词，但是，在金克斯先生和市长一个记录一个挑剔的条件下，由于他生来就说话条理不清，加之又处于极端的无所适从的无奈状态，因此不出三分钟，他就陷入纠缠不清、矛盾百出、让人听了不知所云的困境，致使纳普金斯先生马上就宣布不相信他的话了。所以罚款被取消了，而且金克斯先生马上就找到了两个保人。在所有这些庄严的手续令人满意地履行完毕之后，格拉默很屈辱地被打发出去了——这是一个可怕的例证，说明人类的伟大是多么不稳定，伟人的宠爱是多么不可靠啊。

纳普金斯夫人是一位威严的女性，戴着粉红色的薄纱无边帽和淡褐色的假发。纳普金斯小姐呢，除了无边帽之外，她具有她妈妈所有的傲慢，除了假发之外，她妈妈的坏脾气她也是应有尽有；无论什么时候这两种可爱的德性使母女俩陷入什么不快的困境——这种情况对她们并不少见——她们都会一致地把罪责一股脑儿推到纳普金斯先生肩上。因此，当纳普金斯先生找着纳普金斯夫人，对她详细说明了匹克威克先生反映的情况时，纳普金斯夫人突然想起她向来都是担心出现这种事的；她说她历来就说会是这么回事；说她的忠告从来没被他采纳过；说她真不知道纳普金斯先生把她当成了什么人；等等。

“什么！”纳普金斯小姐说，往两边的眼角各挤了很小的一滴眼泪，“一想到被这样愚弄了，谁受得了！”

“啊！你可得感谢你爸呀，我的宝贝儿，”纳普金斯夫人说，“我曾经是怎样一而再、再而三地恳求他去查一查上尉的家世啊；我曾经是怎样力劝和哀求他采取一些果断措施啊！我非常清楚没有谁会相信我的话的——非常清楚的嘛。”

“可是，我的宝贝。”纳普金斯先生说。

“别跟我说话，你这可恼的家伙，别说！”纳普金斯夫人说。

“我亲爱的，”纳普金斯先生说，“你自己就说过你很喜欢菲兹-马歇尔上尉呀。你曾经不断地请他上家里来，我亲爱的，你还到处把他介绍给别人，从不放过任何机会。”

“我不是这样说过吗，亨利艾塔？”纳普金斯夫人叫道，以一个深受伤害的女性的神情求助于女儿，“我不是说过你爸会转过身去，把什么都推到我身上吗？我不是这样说过吗？”说到这里，纳普金斯夫人抽泣起来。

“噢，爸！”纳普金斯小姐对父亲表示抗议。这时她也抽泣起来。

“他让我们蒙受了所有这一切耻辱和戏弄，却把我当罪魁祸首来责骂，这不是太过分了吗？”纳普金斯夫人哭喊道。

“我们在社交场上以后怎么有脸见人嘛！”纳普金斯小姐说。

“我们怎么有脸见波肯汉姆一家嘛！”纳普金斯夫人哭叫道。

“还有格里格斯一家！”纳普金斯小姐哭道。

“还有斯拉明托肯一家！”纳普金斯夫人哭着叫道，“但是你爸爸有什么可在乎的！这对他算什么！”想到那种可怕的后果，纳普金斯夫人痛苦万分地哭了起来，纳普金斯小姐也以哭声相和。

纳普金斯夫人的泪水继续汹涌而流，直到她有了一点儿时间把事情仔细想了想——她在内心里认定，最好的做法是请匹克威克先生和他的朋友们留下来等那位上尉来访，让匹克威克先生得到他所要求的对质的机会。假如他的话属实，那就可以把上尉赶出去而不至于让事情张扬开来，而且她们很容易对波肯汉姆一家解释他的销声匿迹，就说他通过他的家族在宫廷的关系，到塞拉利昂或索格波因特或别的什么气候宜人的地方任总督去了，那些地方对欧洲人是如此有吸引力,他们只要一去了那里,恐怕就再也不会下决心回来了。

纳普金斯夫人擦干了她的泪水,纳普金斯小姐也擦干了她的,纳普金斯先生很高兴地按夫人的提议把事情定了下来。于是匹克威克先生和他的朋友们,在把先前的遭遇留下的所有印记洗干净之后,就被介绍给了女士们,不久之后又被款待了午饭;而威勒先生呢——市长大人以其特有的贤明发现他是世界上最好的人之一——就被托付给了马佐尔先生去照料,后者遵照特别吩咐把他带到楼下好好款待去了。

“您好吧,先生?”带威勒先生去通往厨房的楼梯时马佐尔先生说。

“嗨,还凑合,从不久前我看见你在法庭上神气十足地站在主人的椅子后面到现在,我没有发生多大变化。”

“请原谅我当时没怎么注意您,”马佐尔先生说,“您知道,那时候主人还没介绍我们认识哩。他多喜欢你呀,威勒先生,真的!”

“啊,”山姆说,“他这个人多好相处呀!”

“是吗?”马佐尔先生说。

“幽默极了。”山姆说。

“而且他多会讲话啊。”马佐尔先生说,“他的想法简直是滔滔不绝,不是吗?”

“妙极了,”山姆说,“它们一股脑地涌出来,速度是那么快,你撞我的头我撞你的头,彼此好像都相互把头撞晕了似的;你简直不知道他要什么,不是吗?”

“那正是他的说话风格的妙处所在呀。”马佐尔先生接过话头,“小心最后一级台阶,威勒先生。在与女士们见面之前,您想不想把手洗一洗呢?这儿是洗手池,上面有水龙头,门背后有一块干干净净的回旋式长毛巾。”

“啊！也许我干脆擦一把脸吧，”威勒先生答道，在那块毛巾上涂了很多黄色肥皂，然后用它大擦其脸，直到脸庞重新亮堂起来。“那儿有多少女士呀？”

“我们厨房里只有两个，”马佐尔先生说，“厨娘和女仆。我们雇了个男孩干脏活，另外还有一个女孩，但他们是在洗衣间吃饭。”

“噢，他们在洗衣间吃饭，是吗？”威勒先生说。

“是的，”马佐尔先生答道，“刚来时我们叫他们和我们同桌吃饭，但我们受不了他们。那个女孩的举止粗俗得吓死人；那个男孩吃饭时的喘气声实在是大得够呛，使我们发现没法和他同桌。”

“小鲸鱼呀！”威勒先生说。

“噢，真可怕。”马佐尔先生再次开腔，“这就是乡下佣人最糟的地方，威勒先生；年轻人总是那么粗野。这边来，先生，请；这边请。”

马佐尔先生毕恭毕敬地走在前面带路，把威勒先生引进了厨房。

“玛丽，”马佐尔先生对那位漂亮的女仆说，“这位是威勒先生；东家关照把这位绅士带下来，让我们款待得舒舒服服的。”

“你们的东家真是善解人意呀，可把我送对地方了，”威勒先生说，向玛丽投去倾慕的一瞥，“我要是这家的主人呀，我永远会发现，凡是玛丽在的地方，就准能找到让人舒服的东西。”

“哎呀，威勒先生。”玛丽说，羞红了脸。

“哼，我可从没有！”厨娘脱口说道。

“哎哟哟，厨娘，我把你给忘了，”马佐尔先生说，“威勒先生，让我给你们介绍一下。”

“你好吗，太太？”威勒先生说，“很高兴见到你，真的，而且希望我们的交情天长地久，就像那位绅士对五镑一张的钞票说的那样。”

在这一介绍仪式完毕之后，厨娘和玛丽退到厨房后面，哧哧窃笑了十分钟左右；然后她们笑呵呵、羞答答地走了回来，大家便坐下来吃饭了。

威勒先生为人随和的举止和侃侃而谈的能力，对他的新朋友们来说具有难以抗拒的魅力，因此，饭还没吃完一半，他们的关系已经十分亲密，而且他们还掌握了约伯·特洛特尔的罪行的详细情况。

“我向来受不了那个约伯。”玛丽说。

“本来就不应该和那种人打交道，我亲爱的。”威勒先生答道。

“为什么不应该呢？”玛丽问道。

“因为丑恶与欺骗是永远不应该跟高雅与善良搭伙的。”威勒先生答道，“是不是呀，马佐尔先生？”

“绝不应该。”那位绅士答道。

这时候玛丽笑了起来，说是厨娘逗她笑的；厨娘也笑了起来，说她没有。

“我没有杯子。”玛丽说。

“和我共杯喝吧，我亲爱的，”威勒先生答道，“你的嘴唇沾了这只大杯子，那我就可以间接吻你了。”

“不害臊，威勒先生！”玛丽说。

“干吗要害臊，我亲爱的？”

“说那种话。”

“瞎说；没有什么妨害嘛。自然而然的事儿；不是吗，厨娘？”

“别问我呀，厚脸皮，”厨娘答道，高兴极了。于是厨娘和玛丽再次大笑起来，直到啤酒、冷牛肉和大笑产生交互作用，使后一位年轻女士差点儿给噎住了——幸亏有威勒先生极其体恤地为她一次又一次地拍背，并献上其他必要的殷勤，才使她得以从可怕的危难之中获救。

所有这一切寻欢作乐正在进行之中，这时园子的门那儿传来响亮的门铃声，那位在洗衣间吃饭的年轻绅士应门去了。威勒先生正在向那位漂亮的女仆大献特献其殷勤；马佐尔先生正在忙着尽地主之谊；厨娘把一大块食物举到嘴边，停下来刚好准备开口大笑；这时候厨房门开了，约伯·特洛特尔先生进来了。

我们说约伯·特洛特尔先生进来了，但以我们惯常的忠于事实的审慎态度来看，这一说法并不准确。门开了，约伯·特洛特尔先生出现了。他本来是会进门的，而且的确正在这么做哩，但是他突然看见了威勒先生，于是不自由地退缩了一两步，站在那里瞪着眼睛看着眼前的情景，因惊讶和恐慌一动不动地僵住了。

"他来了！"山姆说，极其高兴地站了起来，"嗨，我们刚才还在说你哩。你好吗？你上哪儿去了？进来吧。"

威勒先生伸手抓住毫不抵抗的约伯的桑葚色衣服的领子，把他拖进了厨房；然后把门锁上，把钥匙交给马佐尔先生，后者冷冷地把它塞进旁边的口袋扣好。

"哈，有好戏啰！"山姆叫道，"想想看，我的主人就要在楼上会你的主人了，而我则在这里会你，可好玩啦。你过得怎么样，杂货店的生意还好吗？你看上去多快乐啊。见到你真高兴；不是吗，马佐尔先生？"

"高兴极了。"马佐尔先生答道。

"他多快乐呀！"山姆说。

"兴致多高呀！"马佐尔说。

"这么高兴见到我们——这就更叫人开心了，"山姆说，"坐；坐。"

特洛特尔先生让自己被迫坐进了火炉边的一张椅子里。他用小眼睛先看看威勒先生，然后看看马佐尔先生，但什么也没有说。

“好了，现在，”山姆说，“当着这些女士的面，我只想问一问你这个活宝，你现在是不是还觉得你是一个用粉红色格子布手绢而且总揣着赞美诗第四集的品行良好、行为规矩的年轻绅士呢？”

“还准备和一个厨娘结婚哩，”厨娘气愤地说，“混账！”

“还准备改邪归正，以后要靠杂货店维生哩。”女仆说。

“喂，我跟你说白了，年轻人，”马佐尔严肃地说，他被厨娘和玛丽的话引出了火气，“这位女士（指着厨娘）是我的搭档；你胆敢说要与她合开杂货店，那你就是在伤害我，这是一个男人叫另一个男人最伤脑筋的事情之一。你明白我的意思吗，先生？”

马佐尔先生停顿下来等待答复；他模仿他的主人的雄辩做派，自我感觉好极了。

但特洛特尔先生没有回答。于是马佐尔先生又严肃地继续往下说：

“也许一时半会儿还用不着你上楼去，先生，因为**我的**主人这时候正在跟**你的**主人算账，先生；因此你还有工夫和我私下交谈几句，先生。你明白我的意思吗，先生？”

马佐尔先生再次停下来等待答复；而特洛特尔先生又让他失望了。

“那好，得了，”马佐尔先生说，“我真抱歉不得不当着女士们的面表白自己，但这也是为形势所迫，情有可原。厨房后面是空着的，先生。假如你愿意进里面去的话，先生，威勒先生做个公证人，我们俩彼此都可以满足对方，直到打铃宣告结束。跟我来吧，先生！”

马佐尔先生说着这些话，就朝门那边走了两步；为了节省时间，他一边走一边开始脱起外衣来。

刚刚听完舍命挑战的最后几句话，又见马佐尔先生马上就要付诸行动，厨娘便突然发出一声响亮而尖利的叫喊，猛地向约伯·特洛特尔先生扑了过去——后者当即站了起来——她以激怒的女性特有的狠劲对他那张平板的宽脸又抓又打，还用手指绞住他那长长的黑发狠扯，扯下的头发简直可以做五六个最大的葬礼发圈。在对马佐尔先生的忠诚的爱情的激励下，她风风火火地完成了这一英勇举动，然后踉踉跄跄地退了回去；作为一个非常容易激动并且感情脆弱的女士，她马上跌倒在厨桌下面，昏迷过去了。

这时候铃响了起来。

“叫你啦，约伯·特洛特尔。”山姆说；特洛特尔先生还来不及提出抗议或回答——甚至还来不及摸一摸由那个已失去知觉的女士留给他的伤痕——山姆和马佐尔先生已经分别抓住了他的一条胳膊；他们一个在前面拉，另一个在后面推，就这样把他硬弄上了楼，进了客厅。

那可真是一个让人难忘的精彩场面啊。艾尔弗雷德·金格尔老爷，别名菲兹-马歇尔上尉，正手拿帽子站在门附近，他脸带微笑，丝毫不为眼前极其不快的处境所动。与他面对面站着的是匹克威克先生——他显然刚刚谆谆教诲完一番高尚的大道理，因为他的左手背在他的衣服的燕尾后面，他的右手则伸在空中，这是他在发表精彩演说时常用的架势。稍稍离开一点的地方，站着图普曼先生，他怒容满面，正被他那两位年轻些的朋友小心地往后拉着；在房间最靠里的那一头是纳普金斯先生、纳普金斯夫人和纳普金斯小姐，他们阴沉地故作威严，恼羞成怒至极。

“是什么阻止我，”当约伯被带进来的时候，纳普金斯先生带着官老爷的威严说，“是什么阻止我把这些人当流氓和骗子扣押起来呢？是愚蠢的慈悲之心。是什么阻止我呢？”

“自尊心，老兄，是自尊心，”金格尔答道，非常泰然自若，“不妥的——行不通的——拘捕一个上尉，呃？——哈！哈！太好了——给女儿做丈夫——自找的——张扬出去——万万不可啊——蠢呀——太蠢啦!"

"混蛋,"纳普金斯夫人说,"我们看不起你这种卑鄙的曲意奉承。"

"我一向恨他。"亨利艾塔说。

"噢,当然,"金格尔说,"高高的年轻人——老情人——悉尼·波肯汉姆——有钱——挺棒的家伙——可还是没有上尉有钱吧,呃?——赶走他——踹开他——全都是为上尉啊——哪儿都找不到像上尉这样儿的——所有的女孩——如痴如狂——呃,约伯。"

说到这里金格尔先生开怀大笑起来,约伯呢,一边高兴地搓手,一边发出他进屋后发出的第一个声音——那是一声低沉的格格窃笑,好像表明他要尽情享受他的笑,舍不得让一点儿声音泄露出去。

"纳普金斯先生,"年长的那位女士说,"这种谈话不合适仆人们听。让这两个混蛋滚到别的地方去吧。"

"当然,我亲爱的,"纳普金斯先生说,"马佐尔!"

"大人。"

"打开前门。"

"是,大人。"

"滚出去!"纳普金斯先生说,一边使劲地挥手。

金格尔微笑着,向门走去。

"慢着!"匹克威克先生说。

金格尔停住了。

"我本来,"匹克威克先生说,"我本来是可以好好报复一下你和你那个虚伪的朋友带给我的遭遇的。"

约伯·特洛特尔把手按在心口上,极其有礼貌地鞠了一躬。

“喂，”匹克威克先生说，火气渐渐地上升了，“我本来是可以变本加厉地报复一下的，但能揭穿你们的真面目我也就心满意足了，也算是对社会尽尽我的责任吧。这是宽大为怀，先生，我希望你记住这点。”

在匹克威克先生说到这点的时候，约伯·特洛特尔，带着滑稽的庄重把手放在耳朵边，仿佛不想漏掉他所说的任何一个音节似的。

“我只有一句话要补充，先生，”匹克威克先生说，现在他完全火了，“我认为你是一个流氓，一个——恶棍——坏透了，比我见过或听说过的任何男人都要坏，除了那个穿桑葚色制服的装虔诚、假正经的无赖。”

“哈！哈！”金格尔说，“好家伙，匹克威克——好心肠呀——老胖子——可是千万别冒火——坏事儿，非常坏——失陪了，失陪失——改日再见——保养精神啊——喂，约伯——快走！”

说完这些话，金格尔先生把帽子照老习惯扣在头上，大踏步走出了房间。约伯·特洛特尔暂停下来，朝四周看看，微微一笑，以假装的庄重朝匹克威克先生鞠了一个躬，还朝威勒先生使了个眼色，厚颜无耻的狡黠之态无法形容，然后他跟着他那前途无量的主人走了。

“山姆。”见威勒先生跟了上去，匹克威克先生说道。

“先生。”

“待着别动。”

威勒先生好像拿不定主意。

“待着。”匹克威克先生重复道。

“我可以在前面的园子里治一治那个约伯吗？”威勒先生说。

“当然不可以。”匹克威克先生说。

“我可以把他踢出门去吗，先生？”威勒先生说。

“绝不可以。”他的主人答道。

片刻之间，威勒先生显得既不满意又不高兴，这从他受雇以来还是第一次。但是他的脸色马上又开朗起来了，因为预先躲在大门后面的狡猾的马佐尔先生及时地猛冲出来，以极其敏捷的身手把金格尔先生和他的跟班打得滚下了台阶，栽进了台阶下面的两个龙舌兰盆子里。

“既然已尽到了我的责任，先生，”匹克威克先生对纳普金斯先生说，“我，还有我的朋友们，就要告辞了。受到如此热情的款待，我们深表感谢，同时，请允许我以我们大伙儿的名义说一句，假如不是受强烈的责任感的驱使的话，我们是不会接受这种款待的，也不会同意用这种方式摆脱我们先前的尴尬。我们明天回伦敦。我们会为你保守秘密的。”

在用这种方式对早上的待遇提出抗议之后，匹克威克先生向那对母女深深地鞠了一躬；尽管那一家子极力挽留，他和朋友们还是走出了房间。

“戴上帽子，山姆。”匹克威克先生说。

“在楼下哩，先生。”山姆说，然后就到楼下找帽子去了。

除了那个漂亮女仆，厨房里没有别人；由于帽子不知放到哪里去了，山姆不得不找一找；于是那个漂亮女仆就为他点了灯照明。他们不得不在厨房里到处寻找帽子。由于急于找到帽子，漂亮女仆跪到了地上，并且把堆在门边的一个角落里的所有东西都弄了个底朝天。那是一个难以转身的角落。你要到那里找东西就不得不把门关上。

“找到了，”漂亮女仆说，“是这个吧，是不是？”

“让我看看。”山姆说。

漂亮女仆已经把蜡烛放在地板上；由于烛光非常昏暗，山姆不得不也跪到地上，以便看清帽子是不是真是他的。那个角落实在是太小了——这除了怪那个造房子的人,不能怪任何人——所以山姆和漂亮女仆不得不靠得很紧。

“是的,正是这顶帽子,”山姆说,“再会啦!”

“再会!”漂亮女仆说。

“再会!”山姆说;他这样说的时候,把那顶费了千辛万苦才找到的帽子掉到了地上。

“你好笨哟,”漂亮女仆说,“你要是不小心,还会再弄丢的。”

于是,为了防止他再次把它弄丢,她为他把帽子戴到了头上。

漂亮女仆的脸抬起来对着山姆的脸时是不是显得更漂亮了,那是不是由于两人离得太近而产生的偶然结果,这事儿迄今仍不得而知;但是他吻了她。

“你不想说你是有意的吧?”女仆红着脸说。

“不,刚才不是,”山姆说,“但现在要有意了。”

于是他再一次吻她。

“山姆。”匹克威克先生在上面的楼梯栏杆那儿叫唤了。

“来啦,先生。”山姆答道,跑着上楼。

“你去得也够久的!”匹克威克先生说。

“门背后顶着个什么东西,先生,它耗了我们老半天才把门打开,是够久的,先生。”山姆答道。

这便是威勒先生初恋的第一历程。

第二十六章　关于巴德尔诉匹克威克案的进展的简要描述

揭露了金格尔,达到了旅行的主要目的之后,匹克威克先生决定立即返回伦敦,以便了解这期间道森和福格两位先生对他提起的诉讼。在前面两章所详述的那些值得记住的事情发生之后的第二天早上,匹克威克先生便以他性格中特有的全部劲头和决心按计划行事了,坐上了那一天从伊普斯威奇出发的头班驿车的后座;在他的三位朋友以及威勒先生的陪同下,他在当天黄昏时分到达伦敦,一路平安无恙。

到达这里后,朋友们暂时分了手。图普曼先生、温克尔先生和斯诺格拉斯先生各自回府,为即将对丁格莱谷的访问做必要的准备;匹克威克先生和山姆则歇宿在一些非常好的、老古式的舒适处所,即"乔治与兀鹰大酒店"和"伦巴街乔治场"。

匹克威克先生吃完饭,喝完第二品脱特酿红葡萄酒,用丝手绢罩住头,把脚搁在火炉护栏上,身子往后仰着躺进了安乐椅,这时候,威勒先生拎着毡制行李包走了进来,把他从静思默想中惊醒过来。

"山姆。"匹克威克先生说。

"先生。"威勒先生说。

"我刚才还在想哩,山姆,"匹克威克先生说,"我有好些东西留在巴德尔太太家里,高斯维尔街,在再次离开伦敦之前,我应该安排一下把它们拿出来。"

"很好呀,先生。"山姆答道。

"目前我还不能把它们送到图普曼先生府上,山姆,"匹克威克先生继续说,"但是在我们拿走之前,有必要去看一看,把它们收拾到一块儿。我想请你去高斯维尔街跑一趟,山姆,去料理一下。"

"马上去吗,先生?"威勒先生问道。

"马上。"匹克威克先生答道,"慢点,山姆,"匹克威克先生补充说,一边掏出了钱包,"有点房租要付。本来要到圣诞节才到期,不过可以付掉,了却一件事。提前一个月通知便可终止租借。通知在这儿,早已写好了。把它交给巴德尔太太,告诉她只要她乐意,她现在就可以贴招租启事。"

"太好了,先生。"威勒先生答道,"还有别的事儿吗,先生?"

"没有啦,山姆。"

威勒先生慢慢地朝门走去,仿佛他希望还有别的事儿似的;他慢吞吞地打开门,慢吞吞地走出去,慢吞吞地关门,就在门只差两英寸要关上的时候,匹克威克先生突然叫道:

"山姆。"

"先生。"威勒先生说,迅速走了回来,随手把门关上。

"我不反对,山姆,不反对你去打探一下巴德尔太太本人对我的态度如何,看那毫无根据的下流的起诉是不是真的要进行到底。我是说我不反对你这样做,假如你乐意的话,山姆。"匹克威克先生说。

山姆轻轻点头表示明白了,然后离开了房间。匹克威克先生再次用那块丝手绢蒙住头,静下心来准备小睡一会儿。威勒先生急急忙忙执行他的任务去了。

他到达高斯维尔街的时候差不多已是九点钟了。小小的前客厅里点着一对蜡烛,有两顶帽子的影子投映在窗帘上。巴德尔太太有客人。

威勒先生在门上敲了敲，隔了很长时间——这期间外面的人以吹小曲打发时间，里面的人则在磨磨蹭蹭点一支难以熔化的扁蜡烛——然后一双小皮靴嘎嗒嘎嗒从地毯上快步走过来，巴德尔少爷露面了。

“喂，小家伙，”山姆说，“妈妈好吗?”

“她好极了，”巴德尔少爷说，“我也是。”

“噢，真是幸运，”山姆说，“去告诉她我想跟她说几句话，好吗，我的小神童?”

应这一恳求，巴德尔少爷把那支难以熔化的扁蜡烛放在最底层的那级台阶上，带着口信消失在了前厅里。

映在窗帘上的两顶帽子属于巴德尔太太的两个特别好的朋友，她们刚刚进屋，为的是来静静地喝一杯茶，吃一小顿热乎乎的晚餐——各人一份猪蹄和一些烤奶酪。奶酪是用火炉前的一个荷兰烤箱慢慢烤好的，黄澄澄的煞是可爱；猪蹄放在火炉边架子上的一个马口铁小平底锅里，煮成了美滋滋的；巴德尔太太和她的两位朋友也美滋滋的，正在平静地聊着有关她们的好友和熟人的事情；巴德尔少爷应门回来之后，转达了塞缪尔·威勒先生托付的口信。

“匹克威克先生的仆人！”巴德尔太太说，当即脸色变白了。

“天哪！”克拉平斯太太说。

“唔，我要不是碰巧来到这里的话，我真的没法相信有这种事。”桑德斯太太说。

克拉平斯太太是一个精力旺盛、看上去忙忙碌碌的小个子女人；桑德斯太太则是一个高大肥胖、脸庞阴沉的人；巴德尔太太的伙伴正是她们俩。

巴德尔太太觉得激动是自然而然的；由于三个人都拿不准在目前的情况之下，是不是不通过道森和福格就不能和匹克威克先生的仆人进行任何沟通，因此她们大感惊慌，不知如何是好。在这种拿不定主意的情况下，显然首先该做的是教训一下那个男孩，就怪他去门口发现了威勒先生。于是他的母亲就打了他，他动听地哭了起来。

“不许哭——别哭——你这淘气包！”巴德尔太太说。

“对呀；不要叫你可怜的妈妈烦心。”桑德斯太太说。

“就算没有你，她自己就够烦心的了，汤米。”克拉平斯太太带着深表同情的温婉说道。

“啊！运道越来越不好，可怜的羔羊！”桑德斯太太说。

听了这些表示责难的话，巴德尔少爷的哭号声更大了。

“哎，我该怎么办呀？”巴德尔太太对克拉平斯太太说。

“我认为你应该见他，”克拉平斯太太说，“但无论如何都不能没有证人在场。”

“我认为两个证人在场更加合法。”桑德斯太太说，像另一位朋友一样好奇心大增起来。

“也许他最好是进屋里来。”巴德尔太太说。

“没错，”克拉平斯太太答道，迫不及待地顺水推舟，“进来吧，年轻人；请先把大门关上。”

威勒先生马上明白了，他进了客厅，对巴德尔太太这样解释他的任务：

“很抱歉，给您造成个人的不便，夫人，那个强盗把老太太往火上推时就是这么说的；但是由于我和我的主人刚刚到达伦敦，而且马上又要离开，来打扰您是没办法的事儿，这您是知道的。”

“当然，当差的对主人的过错是没办法的。”克拉平斯太太说，威勒先生的外貌和谈吐给她留下了深刻印象。

“当然没办法。”桑德斯太太附和道，从她瞟那个小平底锅的渴盼的眼神来看，她好像正在心里琢磨，假如山姆被留下来共进晚餐的话，那么被分掉的猪蹄大概会有多大分量。

“所以我来这里，为的是这些事，”山姆说道，并不理会她们的打岔，“第一，送我主人的条子来——在这儿。第二，是付房租——在这儿。第三，来告诉您要把他所有的东西收拾到一块儿，把它们交给我们派来取的人。第四，告诉您随时可以把房子租出去，随您的便——就这些。”

“不管发生了什么事，”巴德尔太太说，“我历来都说，而且将来还会说，除了一点以外，匹克威克先生无论在哪个方面，行为举止都算得上一个真正的绅士。他的钱总是像银行的一样靠得住——历来如此。”

说这些话时，巴德尔太太掏出手绢来擦眼睛，然后走出房间打收条去了。

山姆很清楚他只需保持沉默，那些女人肯定会说话的；因此他轮流地打量铁皮锅、烤奶酪、墙壁和天花板，硬是一声不吭。

“可怜的宝贝！”克拉平斯太太说。

“啊，可怜的人儿！”桑德斯太太说。

山姆什么也不说。他看出她们要直奔主题了。

“一想到这种言而无信的事儿，”克拉平斯太太说，“我真是受不了。我并不想说什么话让你不舒服，年轻人，可是你的主人确实是一个老畜生，我愿意在这里当着他的面这样说。”

“但愿你能这样。”山姆说。

“瞧巴德尔太太多伤心啊，整天郁闷不乐的，做什么事都觉得没有乐趣，除非她的朋友们出于慈悲之心来陪她坐坐，她才觉得舒服一些。”克拉平斯太太继续说，同时瞟了一眼铁皮锅和烤箱，“真是可怕！”

“野蛮。”桑德斯太太说。

“你的主人，年轻人啊！他是一个有钱的绅士，绝不会在乎养一个老婆的开销的，那根本不算个什么，"克拉平斯太太滔滔不绝地说，"他这样做一丁点儿借口都没有！他为什么不娶她呢？"

"啊，"山姆说，"确实是，问题就在这里。"

"问题，没错，"克拉平斯太太反驳说，"她要是有我这份胆气，早就去质问他了。不过嘛，我们女人虽然可怜兮兮的老受欺负，但毕竟还有法律保护我们；年轻人啊，不出一年半载，你的主人尝到了苦头，就知道厉害了。"

在发了这一番颇具抚慰作用的评论之后，克拉平斯太太昂起头来，对桑德斯太太微微一笑，后者也报以微笑。

"官司正在打着，没错的。"山姆心想，这时巴德尔太太拿着收条回来了。

"这是收条，威勒先生，"巴德尔太太说，"这是找的零钱，我希望你能喝点什么驱驱寒气，就算是看在老相识分上吧，威勒先生。"

山姆明白有好处可享，就马上默许了；于是巴德尔太太从一个小壁橱拿出一个黑瓶子和一个酒杯；由于她内心痛苦不堪，处在极度的心智恍惚状态，因此在为威勒先生斟满酒之后，她又拿出三个杯子，并且把它们也斟满了。

"喂，巴德尔太太，"克拉平斯太太说，"瞧你干了什么！"

"哇，不错呀！"桑德斯太太脱口说道。

"啊，脑袋不管用了！"巴德尔太太说，没精打采地微微一笑。

山姆当然明白这一切，因此他马上就说，他在晚餐之前历来喝不了酒，除非有一位女士作陪。这话引起一阵大笑，桑德斯太太自告奋勇地小啜了一口，表示迁就他。接着，山姆就说应该大家一起喝才对，于是她们都喝了一小口。然后，小个子的克拉平斯太太提议干一杯："祝巴德尔诉匹克威克成功！"于是，女士们都为预祝胜利干了杯，并且马上就变得话多起来。

“我想你已听说过正在进行的事了吧，威勒先生？”巴德尔太太说。

“听说过一丁点儿。”山姆答道。

“以那种方式在公堂上抛头露面，真是件可怕的事情，威勒先生，”巴德尔太太说，“但现在我看得出来，那是我惟一应该做的事情，而且我的律师们，道森先生和福格先生，告诉我说，由于我们的证据确凿，我们肯定会胜诉。假如我没有胜诉的话，威勒先生，我真不知道我该怎么办呀！”

一想到巴德尔太太会败诉，桑德斯太太便受到了莫大的触动，不得不立即把酒杯再次斟满并且再次喝干；因为她感到——这是她后来说的——假如她当时不毅然决然这么做的话，她准会昏倒在地。

“预计什么时候开庭呢？”山姆问道。

“不是二月就是三月。”巴德尔太太答道。

“会有很多证人出庭，是吗？”克拉平斯太太说。

“啊，可不是嘛！”桑德斯太太说。

“假如原告不能胜诉，道森先生和福格先生不会恼火得跳起来吗？”克拉平斯太太说，“他们可是把这事儿当投机生意做的呀！”

“啊！可不是嘛！”桑德斯太太说。

“但原告是准能打赢的。”克拉平斯太太说。

“但愿吧。”巴德尔太太说。

“噢，那是毫无疑问的。”桑德斯太太再次答话。

“唔，”山姆说，一边站起来并放下酒杯，“我所能说的是，我希望您能够胜诉。”

“谢谢你，威勒先生。”巴德尔太太热情地说。

“至于说道森和福格这两位从事这种投机买卖的人嘛，”威勒先生继续说,“就像同一行当的其他慷慨善良之辈一样,他们专门挑起争端——反正挑拨离间不用上税,他们派手下四处打探邻居和熟人之间鸡毛蒜皮的争端,怂恿他们通过打官司解决——对于他们,我所能说的只是,我希望他们能得到我要给他们的回报。”

“啊,我希望他们能得到每一个慷慨善良的人乐意给他们的回报!”大为感激的巴德尔太太说。

“但愿如此,”山姆说,“他们靠这个保准过上脑满肠肥的好日子! 祝你们晚安,太太们。”

桑德斯太太大大地松了一口气,因为女主人丝毫没有提猪蹄和烤奶酪就准许山姆走了;随后不久,借助于巴德尔少爷所能提供的那么一点儿帮助,女士们果真是没有辜负猪蹄和奶酪——在她们的狂咬大嚼之下,它们真的很快就彻底消失了。

威勒先生走回乔治与兀鹰旅馆,把他在巴德尔太太家设法打探到的有关道森和福格的毒辣手段的情况如实告诉了主人。第二天与佩克尔先生的会晤更是证实了威勒先生的说法;匹克威克先生迫不得已,只好欣然为圣诞节赴丁格莱谷的旅行做准备,同时欣然预料:过不了两三个月,一桩指控他毁弃婚约的索赔案就要在“民事法庭”公开审理了;原告方面拥有各种有利条件,这不仅是由于当初的事态,也是道森和福格的心狠手毒使然。

第二十七章　塞缪尔·威勒赴多尔金朝觐，见到了他的继母

离匹克威克信徒们约定的赴丁格莱谷的日期还有两天时间，威勒先生提早吃完中饭之后，坐在乔治与兀鹰旅馆的一间后房里，在苦思冥想怎样打发剩下的时间最好。这一天的天气非常好；他在心里琢磨了还不到十分钟，就突然勃发出了孝心和亲情；他是那么强烈地感觉到应该马上去看望他的老爹并对继母表示敬意，一想到自己以前竟从没想到过要尽这种道德义务，他就对自己的疏忽大意惊讶不已。为了弥补过去的疏忽，他一个钟头也不耽误，径直上楼去找到匹克威克先生，要求为这一可嘉的目的请假。

"当然可以，山姆，当然，"匹克威克先生说，看到自己的仆人表现出如此孝心，他的双眼闪烁着快乐的光辉，"当然可以，山姆。"

威勒先生感激地鞠了一躬。

"我非常高兴，看到你有如此强烈的做儿子的孝心，山姆。"匹克威克先生说。

"我向来就有的，先生。"威勒先生答道。

"这层心意非常令人满意，山姆。"匹克威克先生赞许地说。

"当然啰，先生，"威勒先生说，"无论我想从老爹那里要什么东西，我总是以恭恭敬敬的感恩的态度问他要的。假如他不给我，我就自己拿走，生怕没有它我会做出什么错事来。这样一来我替他省去了数不清的麻烦哩，先生。"

"我说的倒不是这个意思,山姆。"匹克威克先生说,摇了摇头,微微一笑。

"总之是出于好意,先生——出于最好的动机,就像那个绅士离妻而去时说的,因为妻子和他在一起好像不快活。"威勒先生答道。

"你可以去,山姆。"匹克威克先生说。

"多谢了,先生。"威勒先生答道;鞠了最恭敬的一躬,穿上了最好的衣服之后,他便坐上了赴阿伦德尔的马车,踏上了多尔金之旅。

在威勒太太那个时代,格兰比侯爵酒店可以说是上等的路边酒店的典范——既大得恰到好处,便于使用,又小得合情合理,舒适宜人。马路的对面是一块挂在一根高柱子上的大招牌,上面画着一个脸像患了中风似的绅士的头和双肩,他穿着一件带深蓝色滚边的红上衣;他的三角帽上方涂着一片同样的深蓝色,代表天空;蓝色上方是两面旗帜;他的上衣的最后一颗纽扣下面是两门大炮;所有这一切组成了那位留下光荣记忆的格兰比侯爵的富于表情、生动逼真的画像。

酒吧的窗台上摆着一些经过精心挑选的天竺葵类植物,还有一排积满灰尘的小酒瓶。放开的百叶窗上写着各种金色题词,全是对好床铺和好酒的赞美之辞;那些在马房门口和马槽边闲荡的成群的农民和马夫,足以为酒吧里卖的啤酒和烧酒的优良品质提供旁证。从马车上下来之后,威勒先生没有马上进店,而是停下来以一个有经验的旅行者的目光看了看这些表示生意兴隆的迹象;这样做过之后,他马上走了进去,对他观察到的一切深感满意。

"喂,来吧!"山姆的头刚刚伸进门,马上就有一个尖尖的女声说道,"你要喝点什么,年轻人?"

山姆朝声音传来的那个方向张望了一下。声音是由一个有点胖却长相宜人的女人发出的,她坐在酒吧里的壁炉旁边,正在为火炉鼓风烧冲茶的开水。她不是独自一人;因为在火炉的另一边,有一个穿着褴褛的黑衣服的男人笔挺地坐在一张高靠背椅子里,他的背部简直和椅子的靠背一样硬一样长——他马上引起了山姆的特别注意。

他是一个脸部表情一本正经的红鼻子男人,长着一张又长又瘦的脸,还有一双类似响尾蛇的眼睛——锐利极了,但肯定不怀好意。他穿着一条很短的裤子,还有一双黑色的棉袜子,它们像他的其他衣物一样肮脏不堪。他的表情呆板得像浆过似的,但他的白围巾可没有浆过,又皱又长的两端散漫地缠绕在紧扣的背心上面,样子非常古怪而不雅观。在他旁边的一张椅子上,放着一双又旧又破的海狸皮手套、一顶宽边帽子和一把褪了色的绿伞,伞的顶部有很多用鲸骨做的骨架刺穿顶部露了出来,仿佛要为顶部没有把手找到平衡似的;这些东西非常整齐而小心地放在那里,好像是在暗示那个红鼻子男人——不管他是谁——根本没有急着要走的意思。

设身处地为红鼻子想一想,假如他真有急着要走的想法,那是极不明智的;因为从各种迹象来看,除非他真有一伙最令人羡慕的知心朋友在等他,否则任何别的地方都没有理由比这里更令人舒服。炉火正在风箱的作用下熊熊燃烧着,水壶在这两者的作用下欢快地歌唱。桌子上放着一个装有茶杯的小托盘;一盘涂了黄油的滚烫的烤面包正在火炉前轻柔地吱吱冒油;红鼻子本人正在用一个长长的铜烤叉把一大块面包变成那种可爱的美味。他的旁边放着一杯热气腾腾的对水菠萝酒,里面还加了一片柠檬;每一次他把那片面包举到眼前看烤得怎么样,他接着都会吸上那么一点儿热乎乎的对水菠萝酒,并且对那位在拉着风箱的胖女士微微一笑。

山姆对这一令人惬意的景象看得那么出神,以至于根本没有注意到胖女士的招呼。直到胖女士一声尖过一声地再招呼了两次之后，他才意识到自己的行为不得体。

“老板在吗？”山姆问道，算是对她的回答。

“不，不在。”威勒太太说；那个胖女士不是别人，正是威勒太太，以前是已故的克拉克先生的遗孀和惟一的遗嘱执行人，“不在，他不在，而且我也不希望他在。”

“我想他今天出车了吧？”山姆说。

“可能是，也可能不是，”威勒太太说，一边为红鼻子男人刚刚烤好的那块面包涂上黄油，“我不知道，再说嘛，我也不在乎。做饭前祷告吧，斯狄金斯先生。”

红鼻子照吩咐做了祷告，然后就马上开始凶猛地嚼食起烤面包来。

第一眼看到红鼻子的长相，山姆就有点儿怀疑他八成就是可敬的老爹说起过的那位助理牧师。在看着红鼻子吃东西的时候，他所有的疑问都打消了，而且他感觉到假如他想在这里暂时歇宿的话，他必须马上打好基础，一刻也不能耽搁。于是他马上行动起来，先把手臂从柜台的半截子门上伸过去，冷静地拨开门闩，然后悠然自得地走了进去。

“后妈，”山姆说，“你好吗？”

“哟，我真不敢相信他是威勒家的人！”威勒太太说，抬起眼睛看了看山姆的脸，并没有露出高兴的表情。

“我倒认为他是的，”镇定的山姆说，“希望这位牧师般可敬的绅士能原谅我冒昧地说一句，我巴不得自己就是你所属的那个威勒哩，后妈。”

这是一句双管齐下的恭维话。它一方面表示威勒太太是一个非常可爱的女性，另一方面表示斯狄金斯先生具有牧师的外表。这句话马上产生了显著的作用；山姆于是趁热打铁，吻起他的后妈来。

“走开！”威勒太太说，一边把他推开。

“不害臊呀，年轻人！”红鼻子绅士说。

“没有恶意，先生，没有恶意，”山姆答道，“不过你说得也很对；后妈既年轻又漂亮，那样做是不太妥当，不是吗，先生？”

“根本就是妄自尊大。”斯狄金斯先生说。

“啊，就是这样。”威勒太太说，一边把帽子扶正。

山姆觉得是这样，但他什么也没说。

助理牧师好像无论如何也不会为山姆的到来感到高兴；而当那番恭维话导致的最初的兴奋消退之后，就连威勒太太都好像觉得把山姆抛开没有丝毫不便。不过呢，他已经在那里了；由于没法名正言顺地把他赶出去，他们只好三个人一起坐下来喝茶。

“老爹怎么样啦？”山姆说。

听了这句问话，威勒太太抬起双手，翻了翻眼睛，好像一提到这个话题就痛苦不堪似的。

斯狄金斯先生叹息了一声。

“这位绅士怎么啦？”山姆问道。

“他一想到你爸的那种态度就胆战心惊的。”威勒太太答道。

“噢，是这样，是吗？”山姆说。

“完全是合情合理的。”威勒太太严肃地补充说。

斯狄金斯先生重新拿起一块烤面包，又沉重地叹息了一声。

“那是一个可怕的无赖。”威勒太太说。

“该受天谴的人！”斯狄金斯先生大叫道。他在烤面包上咬出一个大大的半圆形，再一次叹息。

山姆非常想给那位可敬的斯狄金斯先生来点什么，让他好好地呻吟叹息一番，但是他克制住了自己，只是问了一声：“老头子都在干些什么呀？”

“干什么！”威勒太太说，“哼，他是个铁石心肠。每天晚上，这个好极了的人——不要皱眉头，斯狄金斯先生，我要说你是一个好极了的人——都跑来这里坐坐,一坐就是好几个小时,可是这对他却一点儿都不管用。"

"唔,这就怪了,"山姆说,"假如我是他的话,那一定会非常非常管用;我是个明白人。"

"事情是这样的,我年轻的朋友,"斯狄金斯先生庄严地说,"他真是执迷不悟啊。唉,我年轻的朋友,除了他这种人,还有谁能拒绝我们的十六位最美丽的姐妹的请求呢?她们劝他给我们高尚的协会捐一笔款子,以便向西印度群岛的黑人婴儿赠送一些法兰绒背心和道德手绢,可他就是无动于衷。"

"什么是道德手绢呀?"山姆说,"我可从来没见过这种东西。"

"那是一种寓教于乐的东西,"斯狄金斯先生答道,"把精美故事与木刻画融合在一起。"

"噢,我明白了,"山姆说,"就是挂在亚麻布商店里的那种上面写着乞丐的恳求之类的话的东西吧?"

斯狄金斯先生开始吃第三块烤面包,并且点头表示是的。

"他不愿听女士们的开导,是吗?"山姆说。

"只是坐在那里抽他的烟斗,还说那些黑人婴儿是——他说黑人婴儿是什么来着?"威勒太太说。

"小骗子。"斯狄金斯先生答道,一副感慨万分的样子。

"说黑人婴儿是些小骗子。"威勒太太重复道。他们俩为那位老绅士的残忍行为叹起气来。

本来还有很多类似的不仁不义的劣迹会被揭露出来的,只是这时候烤面包已经吃完,茶已冲得很淡,而山姆丝毫还没有要走的表示,因此斯狄金斯先生突然想起他和牧师还有一个非常紧急的约会,于是他就告辞了。

茶盘几乎还没有清理好,壁炉间几乎还没有打扫干净,恰好在这时候,伦敦的马车已把老威勒先生送到了门口;他的双腿又把他送进了酒吧;他的眼睛则让他看到了他儿子。

“哇,山米!”父亲大叫道。

“哇,老爷子!”儿子脱口而出,他们俩热情地握手。

“见到你真高兴,”老威勒先生说,“不过你是怎么过了后妈这一关的,这我倒是猜不透。我只希望你把秘诀告诉我,别无所求。”

“嘘,”山姆说,“她在家呀,老爷子。”

“她听不见的,”老威勒先生答道,“每次喝完茶,她都会下楼去发一通脾气的;因此呀,我们不如自己在这里借酒浇浇愁,山米。”

说着,威勒先生调了两杯对水烈酒,还拿出了两个烟斗。父子俩面对面坐了下来,山姆坐在壁炉这边的一张高背椅里,老威勒先生坐在那边的一张安乐椅里,他们就这样带着应有的庄严自得其乐起来。

“有谁来过这儿吧,山米?”经过长时间的沉默之后,老威勒先生冷淡地问道。

山姆点头表示有人来过。

“红鼻子的家伙吗?”威勒先生问道。

山姆再次点头。

“一个和蔼可亲的人,山米。”威勒先生说,同时猛烈地抽烟。

“好像是的。”山姆说。

“他可是铁算盘啊。”威勒先生说。

“是吗?”山姆说。

“星期一来借十八个便士,星期二又会来借一个先令,好凑成半个克朗;星期三会来再借半个克朗,好凑成五个先令;就这样借下去,翻几次倍,用不了多久一张五镑的钞票就到手了,山米,就像算术书里计算马掌上的钉子的题目。”

山姆点了点头,表示他想起了父亲涉及的问题。

"这么说你是不打算捐款送法兰绒背心啰?"抽了一会儿烟之后,山姆说。

"当然不捐,"威勒先生说,"法兰绒背心对外国的小黑鬼有什么用呢?不过我跟你说,山米,"威勒先生说道,他放低了声音,并且把身子探了过来;"假如是给家里的什么人添置紧箍背心①,那我准会出手很大方的。"

威勒先生说了这些话,然后慢慢地恢复了先前的姿势,并且意味深长地向他的头生子眨了眨眼睛。

"把手绢送给不知道它们的用途的人,这可真是稀奇古怪呀。"山姆说。

"他们向来爱干这种蒙人的事儿,山米,"他父亲说,"上个星期天,我在路上走着,看见一个女人站在小教堂门口,手里拿着一个蓝色的汤钵,你猜是谁呀?是你的后妈!我完全相信那里面的钱足足有两个金镑那么多,山米,全是半便士的;人们从小教堂里出来的时候,都往那里面噼里啪啦丢钱,瞧那拼命劲呀,真让人担心世界上烧得再好的钵子都挨不起那种折腾。你知道那钱是用来干什么的吗?"

"也许是再开一次茶话会吧。"山姆说。

"一点儿也不对,"那位父亲答道,"是给牧师交水费的,山米。"

"牧师的水费!"山姆说。

"哎,"威勒先生答道,"已经拖欠三个季度了,牧师一个子儿都没有付,一个子儿都没付呀——也许是他家里的水对他毫无用

① 紧箍背心,是一种用来约束疯子或狂暴的囚犯的特制衣服。老威勒先生的话旨在影射威勒太太,说有必要让她穿上紧箍背心。

处吧，因为他是难得在家里喝一口水的，山米，非常难得；他会玩的花招比这个高明多了，是的。总而言之，水费没付，人家就断了水。于是牧师就跑到教堂去，宣称他是一个受迫害的圣徒，还说他希望那个断他的水的水龙头主管能够把心肠变善良一点，改邪归正，但同时他相信那人的缺德事八成已被记上了功罪簿。为此，女人们开了一个会，唱了圣歌，选你后妈当了主席，决定在下一个礼拜天搞一次募捐，把弄到的钱全部送给牧师。”威勒先生最后下结论说，“假如他从她们手里得到的钱不够他一辈子付自来水公司的账的话，山米，那我就是一个杂种，你也是，没说的。”

威勒先生一声不吭地抽了几分钟的烟，然后又说：

“这些牧师最坏的地方，我的孩子，就是他们总是能够把这里的所有女人们弄得神魂颠倒。上帝保佑这些女人的心吧，她们自以为是对的，其实她们一窍不通；她们是上了胡说八道的当啊，塞缪尔，她们是胡说八道的牺牲品。”

“我想是的。”山姆答道。

“毫无疑问的。”威勒先生说，严肃地摇了摇头，“让我大感恼火的是，塞缪尔，她们浪费所有的时间和精力去为那些并不需要衣服的、青铜肤色的人做衣服，却对需要衣服的白种基督徒不闻不问。要是依我的做法，塞缪尔，我恨不得把这些懒鬼牧师塞几个到独轮车斗里，拉着他们整天在一块十四英寸宽的板子上跑过来推过去。那样也许会把他们那些鬼话全部抖掉，假如还有什么办法能达到这种目的的话。”

在以强调的语气摇头晃脑、挤眉弄眼地说出了他的高招之后，威勒先生一口干掉了杯中的酒，带着他天然的威严把烟斗里的烟灰敲了出来。

在他这样做的时候，过道里传来一个尖锐的声音。

“你那亲爱的亲戚来了，山米。”威勒先生说；接着威勒太太匆匆走了进来。

“噢,你回来了,你!”威勒太太说。

“是的,亲爱的。”威勒先生答道,同时又重新装烟斗。

“斯狄金斯先生回来了吗?”威勒太太说。

“没有,我亲爱的,他没有。”威勒先生说,同时以巧妙的办法点上了烟斗——用火钳从旁边的火里夹了一块烧得通红的煤,把它凑到烟上点着了烟,“要再说呀,我亲爱的,即使他根本不回来,我也要想方设法活下去。”

“呸,你这个坏蛋!”威勒太太说。

“谢谢你,我亲爱的。”威勒先生说。

“好啦,好啦,老爹,”山姆说,“别当着生人说这些肉麻的话吧。那位可敬的绅士进来了。”

听到这一通报,威勒太太赶紧擦掉了她刚刚挤出来的泪水;威勒先生愠怒地把椅子拉到了壁炉的角落里。

斯狄金斯先生很容易就被说服了,在喝了一杯热乎乎的对水菠萝甜酒之后他又喝了一杯,然后又在盛情之下喝下了第三杯、第四杯,并且吃了一点晚饭来提神,以便下面接着再喝。他和老威勒先生坐在同一边;每一次有机会,只要不被妻子看见,那位老绅士就在助理牧师的脑袋上方晃动拳头,借以向儿子表明心中隐秘的情感——这使他的儿子感到莫大的快乐和满足,尤其是因为斯狄金斯先生只管静静地喝那热乎乎的菠萝甜酒,对正在发生的一切毫无所觉。

谈话大部分由威勒太太和可敬的斯狄金斯先生包揽;谈论的主要是牧师的德行、他的羊羔的价值以及其他人的罪大恶极;其间老威勒先生偶尔会吞吞吐吐地提到一个叫沃克尔的绅士,或者匆匆加上一两句类似的评论,算是打岔说上几句话。

最后,斯狄金斯先生所显示的众多不容置疑的迹象表明,他的确已经心满意足地喝够了菠萝甜酒，于是他拿起帽子告辞了；紧接着，山姆马上被他父亲带到了睡觉的地方。那位可敬的绅士剧烈地绞着自己的手指，好像有什么话要对儿子说似的；但是看见威勒太太朝他走来，他好像又放弃了那一想法，于是突兀地对儿子道了晚安。

第二天一大早山姆就起床了，匆匆地吃完早饭之后，他准备返回伦敦。他刚刚跨出屋子，他父亲就站到了他面前。

“要走啦，山米？”威勒先生问道。

“这就走。”山姆答道。

“我希望你能把那个斯狄金斯打进包里带走。”威勒先生说。

“我真为你难为情啊！”山姆责备地说，“你为什么要让他把红鼻子伸进格兰比侯爵酒店呢？”

老威勒先生以诚恳的目光盯着儿子，回答说：“因为我是结了婚的人，塞缪尔，因为我是结了婚的人啊。在你结了婚之后，塞缪尔，你就会明白很多你现在不懂的事儿了；至于吃那么多苦头学到那么少的东西是不是值得——就像济贫学校的孩子在学完字母表的时候所问的那样——那是个人志趣的问题。我倒是觉得不值得。”

“那么，”山姆说，“再见吧。”

“呔，呔，山米。”他父亲答道。

“我只想说一句话，”山姆突然停住了脚步，说，“假如我是格兰比侯爵酒店的老板，而那个斯狄金斯跑来我的店里蹭吃蹭喝，那我就——”

“就干什么？”威勒先生十分焦急地插话说，“就干什么？”

“就往他的甜酒里下毒。”山姆说。

“不！”威勒先生说，一边热烈地摇动儿子的手，“你真会这样做吗，山米；你真会吗？”

“会的，”山姆说，“开头的时候我不会对他太狠心。我会把他丢进水缸里，并且把盖子盖上；假如我发现他对好心好意不领情，那我就会用那一招来教训他。”

老威勒先生朝儿子投去充满深切而难以言传的佩服的目光，再一次握了握儿子的手，然后慢慢地走开了，心里在琢磨着由他的建议所引发出的无数念头。

山姆目送父亲离去，直到他拐了弯，然后自己踏上了回伦敦的路。开始的时候，他在想自己的建议可能导致的后果，以及他的父亲会不会采纳他的劝告。不过后来，他把这一问题从心头抹掉了，因为他想到时间会使一切自见分晓，这一想法足以让他聊以自慰了；这一想法也正是我们希望读者记住的。

第二十八章　有关愉快的圣诞节的一章，记叙了一场婚礼和其他的娱乐；那些娱乐本身是一些甚至像结婚一样好的习俗，但在这堕落年代，它们却没有被同样虔诚地保存下来

在蒙主圣恩的那一年，也就是这些如实记录在案的历险被实践和完成的那一年，十二月二十二日那一天早晨，四位匹克威克同仁一大早就集合了，即使不像小精灵那么轻盈，至少也像蜜蜂那么活泼。圣诞节在即，基督的诚挚之心感动世界；这是一个好客、欢乐和开怀的季节；旧岁有如一位古代哲人，正在准备把朋友们召唤到身边，以便在他们的欢宴声中平静而安详地逝去。这是一个欢乐开怀的时节，在无数颗为它的来临而高兴的心之中，至少有四颗心是欢欣鼓舞的。

圣诞节的确给无数颗心带来了短暂的幸福与欢乐。有多少家庭，在动荡不安的人生斗争中，其成员各奔东西，天各一方，而这时候，大家却又团圆了，再一次欢聚一堂，浸润在相互间友善、亲密的欢情之中，而这种亲情欢情，正是那么纯粹、那么无瑕的幸福的源泉，与世俗的忧虑和悲伤是那么水火不相容，无论是最开化的民族的宗教信仰，还是最鲁莽的野蛮人的粗陋传统，都一致把它视为给受到神灵保佑的幸运者提供的天国里的头等欢乐！有多少往日的

回忆,多少休眠状态的情感,被圣诞节唤醒了呀!

我们现在写下这些文字时,已经远离了当年我们一年复一年地在那一天欢聚一堂的地点。当年那么欢快地跳动的心脏,如今有很多已停止跳动;当年那么容光焕发的脸,如今有很多已光辉不再;我们握过的那些手,如今已经变冷;我们曾寻觅过的目光,如今已在坟墓中隐去光芒;然而,那座老屋、那个房间、那些欢快的声音和微笑的脸、那些玩笑、那些哄堂大笑以及与那些幸福的聚会有关的各种细枝末节,每逢这个时节却会涌上我们心头,仿佛最后一次欢聚就发生在昨天!欢快又欢快的圣诞节啊,它能把我们带回到儿时的梦幻之中;能为老人召回青年时代的欢乐;能把远在千里之外的水手和旅人送回他宁静的家园和家中的火炉边!

瞧,我们太专注于赞美神圣的圣诞节的美好,以至于忽略了匹克威克先生和他的朋友们,他们刚刚坐上玛格尔顿的马车的外座,正裹着大衣、围巾和其他御寒物在寒风中等候哩。旅行皮箱和毛毯包已经安放好了,威勒先生和管车人正在缓慢而小心地把一条硕大的鳕鱼往车子前部的行李箱里塞——它整整齐齐地装在一个长长的褐色篮子里,上面还盖着一层草,要放进行李箱实在是太大了点;它被留到最后才放,为的是避免它被压坏,放在下面垫底的是五六桶真正的土产牡蛎;这些牡蛎和鳕鱼都是匹克威克先生的财产。匹克威克先生脸上流露出盎然兴趣,看着威勒先生和管车人想方设法把鳕鱼往行李箱里塞;他们先把它头朝下往里塞,接着是尾巴朝下,然后是肚子朝下,再往后是背部朝下,再往后是横着塞,再往后是竖着塞,所有的办法都用尽了,那条不听使唤的鳕雪就是拒不从命,直到后来管车人在它的中部猛地按了一下,它才消失在行李箱里,并且把管车人的脑袋和肩膀也带了进去——他没想到鳕鱼的消极反抗会突然停止,因此就意外受到惊骇,引得所有的脚夫和旁观者乐不可支地哄然大笑。看到这一情景,匹克威克先生非常开心地微笑起来，他从背心口袋里掏出一个先令，把它递给从行李箱里挣脱出来的管车人，请他去喝一杯热的对水白兰地酒祝自己健康；管车人对此报以微笑，斯诺格拉斯、温克尔和图普曼三位先生也全都微笑起来。管车人和威勒先生失踪了五分钟，很可能是找对水白兰地去了，因为他们回来的时候带有强烈的酒味。然后车夫爬上驾驶座，威勒先生跳上车尾，匹克威克同仁们用大衣裹住腿，用围巾捂住鼻子，助手们解除马衣，车夫喊出一声欢快的“好啦”，于是他们就出发了。

他们轰隆轰隆穿过大街，从石头路面颠簸过去，最后来到了辽阔的乡间。车轮在坚硬、结霜的地面掠过；马匹随着皮鞭的猛烈抽打快步小跑起来，仿佛它们身后的负载——马车、乘客、鳕鱼、牡蛎桶及所有的一切，不过是蹄子边的轻轻羽毛而已。他们下了一道平缓的坡，走上一段平路，这段路有两英里长，地面结实、干燥如大理石。又是一声鞭响，他们在马的奔驰下快速前进，那些马摇晃着脑袋，把马具摇得丁当响，仿佛因疾速奔驰而欢欣鼓舞似的；而车夫呢，他用一只手抓着皮鞭和缰绳，用另一只手摘下帽子放在膝盖上，掏出手绢来擦了擦前额——这一方面是出于他的习惯，另一方面是因为他要让乘客们看看他是多么冷静，让他们看看，对他那么有经验的车夫来说，驾驭四匹马是多么容易。在非常悠闲地这样做完之后（不悠闲效果就会大受损害），他收好手绢，戴好帽子，整了整手套，舒展了一下手肘，然后啪啦一声挥鞭催马，于是他们前进的速度比先前更快了。

路的两边稀疏地散布着一些小房屋，表明快到一个镇子或村庄了。管车人吹起了带键的小号，号声在清澈凛冽的空气中震荡，唤醒了车里那位老绅士，他小心地把车窗放下一半，探头向外面瞭望，然后又小心地把窗子拉上，告诉车里的另一个人说马上就要换马了。听这么一说，车里那个人醒了过来，决定延迟到停完车后再睡第二觉。号角声再一次嘹亮地响起,把农舍主人的妻子和孩子们惊动了,他们从窗户往外张望,目送马车飞驰而过,直到它拐了弯,他们才返回熊熊的炉火边围坐起来,往火里再添一块木柴,准备等当爹的回家;而那位父亲哩,他正在一英里以外,刚刚和车夫友善地相互点了点头,然后转过身去朝那辆飞驰而去的马车凝视良久。

现在,马车在一个乡村小镇的凹凸不平的街道上吱吱嘎嘎地运行,号角声又欢快地响了起来;车夫解开把缰绳拢到一起的环扣,准备一停车就把它们扔到一边。匹克威克先生从大衣领子里探出头来,非常好奇地朝四周望了望;车夫见状,把镇子的名字告诉了他,并说昨天是这里赶集的日子。匹克威克先生把这两个情况都转告给了他的旅伴们;于是他们也从大衣领子里探出头来,朝四周张望。温克尔先生坐在最靠边的地方,一条腿垂在空中,当马车在奶酪店那儿急拐弯,转进集市的时候,他差点儿被抛到了大街上;坐在他旁边的斯诺格拉斯先生尚处在惊魂甫定状态,他们已经在旅馆的院子里停下,穿着马衣的新马已经在那儿等候了。车夫扔开缰绳,自己跳下了马车,坐在外座的乘客也下了车;只有那些对自己重新爬上车的能力没有足够自信的人留在车上,在车上跺着脚取暖——鼻子通红通红的,用渴望的眼神看着旅馆酒吧里熊熊的炉火和那些装饰窗户的带红果子的冬青树枝。

管车人从用皮带挂在肩上的小邮袋里掏出一个褐色纸包交到粮店;看着新马被好好套上;把从伦敦带来的放在车顶的马鞍搬下来丢到路边;加入车夫和马夫之间关于星期二伤了右前腿的那匹灰色母马的谈话;然后他和威勒先生上了车尾,车夫则上了前面的驾驶座;而车里那位老绅士呢,把一直放下了足足两英寸的窗户又重新拉上去了;马衣脱掉了;大家做好了出发的准备,只有两位“胖绅士”除外,害得车夫不耐烦地问大家是怎么回事;于是,车夫、管车人、山姆·威勒、温克尔先生、斯诺格拉斯先生、所有的马夫，以及比他们加起来数量多得多的闲人们，全都扯着嗓门喊那两位失踪的绅士。从院子那头远远传来答应的声音，匹克威克先生和图普曼先生气喘吁吁地跑了过来，因为他们俩跑去各喝了一杯啤酒，而匹克威克先生的手冻得那么僵，足足花了五分钟才摸出六便士付了酒账。车夫以责备的口气喊道："来呀，绅士们！"管车人也重复了一句；车里面那位老绅士感到实在是离谱，居然有人*如此*不识时务地在明知不该下车的时候下车；匹克威克先生挣扎着从一边上了车，图普曼先生从另一边；温克尔先生叫了一声"行啦"，然后大家又动身了。围巾重新围好，大衣领子又翻了起来，石子路走完后房屋消失了，他们再一次在旷野的大路上奔驰起来，清新的空气拂面吹来，吹得他们心花怒放。

这些便是匹克威克先生和他的朋友们乘玛格尔顿的马车前往丁格莱谷的情形；那天下午三点钟时分，他们所有的人都站到了蓝狮旅馆的台阶上，一个个身体健康，精力旺盛，神采飞扬；虽然严寒用其镣铐锁住了大地，并且在树木和篱笆上织出了美丽的冰霜之网，但一路上喝足的啤酒和白兰地，已足以让他们御寒。匹克威克先生正在忙着数牡蛎的桶数并监督把鳕鱼发掘出来，这时他感到有人轻轻拉了拉他的大衣裾边。他环顾四周，发现以这种方式引他注意的不是别人，正是华德尔先生最喜爱的那个跟班，也就是这本朴实无华的传记的读者很熟悉的那个出色的胖孩子。

"啊哈！"匹克威克先生说。

"啊哈！"那个胖孩子说。

他一边说，一边对牡蛎和鳕鱼打量了一番，并且发出格格的欢笑。他比以前更加胖了。

"喂，你的脸色够红的嘛，我年轻的朋友。"匹克威克先生说。

"我刚才在睡觉，正好对着酒吧的火炉，"胖孩子答道，他在一个小时的小睡中已把自己烘成了新安装的烟囱帽似的颜色，"东家叫我坐小马车来,把你们的行李拉回家去。他本来想派几匹马来接你们的,但他觉得你们还是走路去好些,因为是冷天。”

“是呀,是呀,”匹克威克先生连忙说,因为他还记得上一次他们骑马走同一条路的尴尬场面,“是呀,我们宁愿走路去。来呀,山姆!”

“先生。”山姆答道。

“帮助华德尔先生的仆人把行李搬到马车上,然后和他一起坐车走。我们马上走路过去。”

发完这一指令,打点好车夫之后,匹克威克先生和他的三位朋友踏上了穿越田野的小径,让威勒先生和胖孩子第一次萍水相逢。山姆看着胖孩子,备感惊讶,但什么也没说;他开始迅速地把行李装进马车,而胖孩子则站在那里静静地袖手旁观,仿佛他觉得看着威勒先生独自干活非常有趣似的。

“好啦,”把最后那个行李包扔进马车时,山姆说,“全搬完了!”

“没错,”胖孩子以满意的语调说,“全搬完了。”

“嘿,小宝贝,”山姆说,“你可真是一个该奖励的好乖乖呀,是的!”

“多谢夸奖。”胖孩子说。

“你心里从来没有什么让你烦心的事情吧,是吗?”山姆问道。

“就我所知是没有的。”胖孩子答道。

“瞧你这模样,我忍不住要猜想,你大概在受着对某个小娘儿们的单相思的折磨吧。”

胖孩子摇了摇头。

“好,”山姆说,“听这么说我很高兴。你是不是也喝点儿什么呢?”

“我倒更喜欢吃。”胖孩子答道。

“啊，”山姆说，“我本该想到这一点；不过我的意思是，你是不是也喜欢喝点儿什么暖身子的东西呢？但我想你是永远不会感到冷的，多亏有你这一身有弹性的装置啊，不是吗？”

“有时候，”胖孩子答，“我也喜欢喝点儿什么，假如好的话。”

“噢，你也喝一点儿，是吗？”山姆说，“那好，跟我来。”

马上就到了蓝狮旅馆的酒吧，胖孩子眼睛都没眨一下就喝下了一杯酒；这一壮举使他颇获威勒先生的好感。在威勒先生本人也露了类似的一手之后，他们就上了马车。

“你会赶车吗？”胖孩子问道。

“我想会吧。”山姆答道。

“那就赶吧，”胖孩子说着把缰绳塞进他手里，指着一条小路，“沿路一直赶；不会错的。”

说完这些话，胖孩子便亲热地在鳕鱼旁边躺了下来，还把一个牡蛎桶放在脑袋下面做枕头，然后马上就睡过去了。

“唉，”山姆说，“在我见过的所有对什么都不关心的孩子中，这位小绅士可真是冷漠到顶了。喂，醒一醒，水肿病小子！”

但那个水肿病小子丝毫没有表露醒来的迹象，因此山姆·威勒只好在马车前部坐下，抖了一下马缰喝令那匹老马启程，于是马车缓慢前行，径直向迈诺庄园驶去。

与此同时，匹克威克先生和他的朋友们已走得热血沸腾，正在兴致勃勃地赶路。小路冻得很硬；草上布满严霜，脆脆的蜷缩着；空气里有一种清爽、干燥、令人振作的寒意；灰色的黄昏之光（在霜冻天用“石板色”这一字眼更贴切）迅速降临，使他们开始怀着欢快的期待盼望起正在好客的主人家里等着他们的舒适享受来。这是一个令人神清气爽的下午，足以引诱两位上了年纪的绅士脱掉大衣，怀着纯粹的轻松与欢快的心情到那无人的旷野上大玩跳背游戏；我们坚信，假如这时候图普曼先生自告奋勇充当“背”的话，匹克威克先生准会迫不及待地接受他的盛情。

不过，图普曼先生没有自告奋勇提供这种便利，因此朋友们只是继续前行，一路相谈甚欢。当他们转进一条必经的小路时，一阵由很多声音混成的喧闹传入他们的耳朵；甚至还来不及猜测那是谁的声音，他们已经走进那群在盼着他们光临的人中间——他们一进入那些人的视野，老华德尔先生便以一声洪亮的“欢迎”跟他们打招呼了，匹克威克一行这才第一次注意到早已有人在恭候他们的事实。

首先是华德尔本人，他看上去比以前更欢快了，假如这还有可能的话；接下来是贝拉和她忠实的特伦德尔；最后是艾米莉和大约八到十位年轻女士，他们都是来参加第二天即将举行的婚礼的，而且她们全都显出一派快乐而神气的样子，正如年轻女士们在这样的重大场合惯于表现的那样；她们可以说是齐心协力，以她们的嬉戏和欢笑使田野和小路全都闹腾起来了，欢声笑语在远远近近四处回荡。

在这种情形之下，介绍的仪式很快就履行完毕了，或者，我们不如说，介绍很快就结束了，根本没有什么仪式。过了两分钟以后，匹克威克先生已经在和那些女士开玩笑了。她们有的不愿在他的双目睽睽之下从跨越篱笆的台阶上走过去，有的则由于脚长得很漂亮，脚踝完美无瑕，宁愿在最高那一级站上那么五分钟，声称太害怕而不敢过去——匹克威克先生和她们开着玩笑，大大方方的，毫不拘束，仿佛她们已经和他做了一辈子朋友。同样值得注意的是斯诺格拉斯先生给艾米莉提供的帮助，好像远远超过了台阶的恐怖所需的限度（尽管台阶高达三英尺，而且只有两级台阶）；另外，有一位穿着一双小巧玲珑、鞋口镶毛的高统靴的黑眼睛的年轻女士，在温克尔先生帮助她过去的时候，发出了尖声大叫。

所有这一切都舒畅而欢快。在台阶的困难最终被克服之后，他们再次进入一片开阔地；老华德尔告诉匹克威克先生，说他们全体去看了一处房子的装修和家具摆设，那对新人在过完圣诞节后就要去把它租下来做新房。听了这席话，贝拉和特伦德尔都羞红了脸，红得像胖孩子在酒吧间的火炉边打完瞌睡之后那样；那位穿靴口镶毛的高统靴的黑眼睛女士凑在艾米莉耳边低声嘀咕了几句，然后狡猾地瞟了斯诺格拉斯一眼：对此，艾米莉回答说她是一位傻姑娘，但自己却还是脸红了；而斯诺格拉斯先生呢，他像所有的伟大天才一样，通常也是谦恭有礼的，他感觉到自己一直红到了头顶，从内心最深处热切地希望前面所说的那位女士，连同她的黑眼睛、她的狡猾和她的靴口镶毛的高统靴，统统能够被稳稳妥妥地挪到邻近的郡里去。①

而既然他们在户外已如此和睦快乐，那么他们到达庄园之后将受到的款待该是何等热情和诚挚啊！仆人们一看到匹克威克先生便龇牙咧嘴地笑了起来；爱玛呢，朝图普曼先生抛去一个招呼的眼神，其中庄重和轻率各占一半，但是绝对可爱，足以使过道里的那尊拿破仑雕像心动，要张开双臂把她抱进怀里。

老太太以其惯常的派头坐在前客厅里，但她颇有点乖戾，因此也就特别耳背了。她本人绝不外出，而且像很多同类型的老太太一样，假如家里有人擅自做了她做不到的事情，她往往会视之为家庭里的叛逆行为。因此——愿上帝保佑她老迈的灵魂——她尽可能笔挺地坐在她的大椅子里，尽可能地显出凶狠的样子——但无论如何还是仁慈的。

“母亲，”华德尔说，“匹克威克先生来了。您还记得他吧？”

---

① 这一说法与粗话“滚到地狱里去”意义相近。狄更斯以这一温婉幽默的委婉说法代替粗话，旨在显示斯诺格拉斯先生的绅士涵养与风度。

“没关系，”老太太极具威严地答道，“别让匹克威克先生为我这样的老家伙烦心了。现在谁也不在乎我，这本来也是很自然的。”说到这里，老太太昂了昂头，用颤抖的双手把她的淡紫色丝质衣服抚平。

“好啦，好啦，老夫人，”匹克威克先生说，“我可不能让您这样不理一个老朋友。我这次专诚来是想和您做一次长谈的，还要和您玩玩牌；我们还要让这些男孩和女孩看看米纽艾小步舞是怎么跳的哩——在他们还没有再年长四十八个小时之前就让他们领教一下。”

老太太很快就让步了，但她不喜欢马上表露出来；因此她只是说，“啊！我听不清他的话！”

“别闹了，母亲，”华德尔说，“得啦，得啦，别生气啦，那才是好样儿的。别忘了贝拉；你可得让她振奋起来啊，可怜的女孩儿。”

那位好样儿的老太太听见了这些话，因为在儿子说话时她的嘴唇在打抖。但是，年岁本来就使人不免有几分性情乖张，因此她还没有完全拐过弯来哩。她再次抚弄了一下淡紫色衣服，转向匹克威克先生，说道：“啊，匹克威克先生，在我做闺女的那会儿，年轻人跟现在可大不一样呀。”

“那是毫无疑问的，老夫人，”匹克威克先生说，“正是由于这一点，我才对为数已不多的秉承世家遗风的人倍加敬重。”——说着，匹克威克先生温情地把贝拉拉到身边，在她前额上吻了一下，叫她在她祖母脚边的一张小凳子上坐下来。不知是她抬头面对老太太时的表情引发了对往日时光的回想，还是老太太被匹克威克先生真挚的和蔼性情感动了，反正不管是由于什么原因，她彻底心慈起来；因此她抱住孙女的脖子，所有的那点儿小脾气都在一阵沉默的流泪中挥发掉了。

那天晚上他们过得很愉快。匹克威克先生和老太太一起打了一局又一局牌，既安详又庄严；而圆桌那边则笑声鼎沸。在女士们退席很久之后，热乎乎的接骨木酒——用白兰地和香料对好的——仍然在一轮接一轮地喝着；接下来的睡眠是酣畅的，梦是欢快的。值得注意的是，斯诺格拉斯先生的梦总是与艾米莉·华德尔有关；而温克尔先生梦中的主要形象，则是一位具有黑眼睛和狡黠的微笑、穿着一双统口镶有一圈毛的极其漂亮的高统靴的年轻女士。

匹克威克先生一大早就被闹哄哄的说话声和脚步声吵醒了，那种喧闹甚至足以把那个胖孩子惊醒过来。他坐在床上听着女仆们和女宾们在不断地跑来跑去；要热水的喊声此起彼伏，拿针线的叫唤不绝于耳，还有那么多被压低一半的声音在恳求："噢，来吧，帮我扎起来，宝贝！"这一切使得单纯的匹克威克先生以为发生了什么可怕的事——到了更清醒的时候，他才记起了婚礼。由于场合重大，他特别细心地打扮了一番，下楼去了早餐室。

所有的女仆都穿上了崭新的淡红色的长袍制服，戴着缀有白蝴蝶结的帽子，在屋子里跑来跑去的，那种高兴与激动劲儿无法名状。老太太穿了一身织锦长袍，它已有二十年没见阳光了——除了其间在放衣服时从箱子的缝隙偷偷溜进去的那些游荡的光线。特伦德尔先生兴高采烈，但又有点儿神经过敏。那位强有力的老地主极力表现出悠然自得与毫不在乎的样子，但他的企图显然失败了。所有女孩都穿上了用白棉布做的衣服，并且还在流热泪，只有特选的几个除外，她们获得了上楼与新娘和女傧相私下见面的殊荣。所有的匹克威克同仁全都打扮得焕然一新；屋子前面的草地上传来一阵惊人的吼声，那是隶属庄园的男人们、小伙子们以及小顽童们发出来的，他们每个人的衣襟的纽扣孔上都缀着一个白蝴蝶结，全都在拼命欢呼——他们被塞缪尔·威勒先生的言传身教吸引到那里，并在那里受到了鼓舞；威勒先生已经与大家打成一片，深受欢迎，俨然他从小在那里土生土长一般。

虽说婚礼原本是开玩笑的合法对象，但这事儿的确没有什么可笑可乐的——我们只是就婚礼的仪式而言，而且万望诸君能准确理解，我们绝对无意对婚姻生活含沙射影。与婚礼的欢乐与喜悦混合在一起的，是离家的无限怅惘、父母与孩子分离的泪水以及在人生最快乐的时光离开最亲密、最友好的朋友去面对尚未尝试且所知甚少的人生操劳与忧患的意识——对诸如此类的自然情感，我们不忍心去描写，以免为这一章蒙上忧伤的色彩，我们更不愿让人误以为我们在嘲弄它们。

既然如此，我们还是简简单单地说吧，仪式是在丁格莱谷教区的教堂举行的，由老牧师主持；匹克威克先生的大名上了登记簿，至今仍保存在法衣室里；那位黑眼睛的年轻女士的芳名非常潦草，是在颤抖的状态下签下的；艾米莉的签名呢，像那位新娘的签名一样，几乎无法辨认；一切程序都以非常令人欣羡的方式履行完毕了；年轻女士们普遍觉得事情远不如她们所预想的那么惊心动魄；另外，尽管黑眼睛和狡猾微笑的拥有者告诉温克尔先生，说她相信她决不会陷进到如此可怕的事之中，但我们仍然有最充分的理由认为她说错了。除了这一切，我们还得补充一点，那就是，匹克威克先生是第一个向新娘祝愿的人；他一边为她祝福，一边把一只贵重的带金链的金表挂到她的脖子上，这么珍贵的金表，除了珠宝商人，以前还从没有人见识过哩。后来，古老教堂的钟声欢快地敲了起来，于是大家都回府准备享用早餐。

"肉末馅饼该放在哪儿，小鸦片鬼？"威勒先生对那个胖孩子说，一边帮着把昨天晚上没有及时摆好的食物陈列出来。

胖孩子指了一下馅饼该放的位置。

"很好，"山姆说，"放块圣诞饼在里头。放在对面那个碟子里。瞧，这下就整整齐齐、舒舒服服了，就像那位父亲为了治斜眼把他儿子的头割下来时说的。”

威勒先生一边打比方，一边后退一两步，以加强打比方的效果，并且带着极其满意的神情审视他们的布置。

“华德尔，”几乎是刚一落座，匹克威克先生就说，“来喝一杯，庆贺这桩大喜事！”

“欣然从命，老兄。”华德尔先生说，“乔——该死的小子，他睡着了。”

“不，我没有，先生。”胖孩子答道，从老远的一个角落站了起来，他看上去像所有胖孩子的保护神——那不朽的号角神——正在那儿大嚼一块圣诞馅饼，虽然吃的时候并不带有他的做派中独具一格的漠然与悠然的神情。

“替匹克威克先生把杯子倒满。”

“好的，先生。”

胖孩子替匹克威克先生斟满酒，然后退到他主人的椅子后面，带着一种极其令人难忘的阴郁的快感站在那里，眼巴巴地看着刀叉的运动以及精美食物从盘子转移到食客们嘴中的进程。

“上帝保佑你，老兄！”匹克威克先生说。

“也保佑你，老兄。”华德尔答道；他们开心地彼此干杯祝愿。

“华德尔老夫人，”匹克威克先生说，“我们这些老年人应该一块儿干一杯，庆祝庆祝这件大喜事儿。”

老太太的仪态此刻可谓庄严非凡，因为她穿着锦袍坐在桌子的首席，一边是她那个新婚的孙女，另一边是匹克威克先生，他在替她切东西。匹克威克先生说话的音调不高，但她马上明白了他的意思，为他的长寿与健康干了满满的一杯葡萄酒；然后，这位可敬的老人一五一十地讲起了她自己的婚礼的情况，顺便对穿高跟鞋的时尚发了一番高论，还说了说已故的美丽的托林格洛尔女士的生活轶事与奇遇——对所有这一切，老太太本人笑得的确是很开心，而那些年轻女人也同样如此，因为她们在心里纳闷老祖母到底在说些什么。她们一笑起来，老太太就笑得更欢了，比先前开心十倍，并说它们向来被视为绝妙的故事——这话使大伙儿全都再次大笑起来，使老太太的心情好到了无比复加的地步。然后，蛋糕切开了，按顺序做了分配；年轻女士们把蛋糕留下了几小片，准备放在枕头下面以便梦见未来的丈夫；于是又引起了好一阵子羞赧与欢快。

"米勒先生，"匹克威克先生对他的老相识——那位精明的绅士说，"来杯葡萄酒吗？"

"很乐意奉陪，匹克威克先生。"那个精明的绅士庄严地说。

"你愿我也加入吗？"仁慈的老牧师说。

"还有我哩。"他妻子插话说。

"还有我，还有我。"坐在桌子最下首的两位穷亲戚说，他们已经很开心地吃饱喝足，听到什么都开怀大笑。

匹克威克先生对每个人附加的提议都表示了真心实意的高兴；他的眼睛里闪烁着欢快惬意的光芒。

"女士们，先生们。"匹克威克先生说着，突然站了起来。

"听，听！听，听！听，听！"威勒先生激动不已地叫着。

"叫所有的佣人进来，"老华德尔说，他插这句话旨在为威勒先生消灾，不然威勒先生会遭到主人的当众斥责，"给他们每人一杯酒，一起庆祝庆祝。好了，说吧，匹克威克。"

在大伙儿的沉默中，在众女仆的窃窃私语中，在男仆们的尴尬惶惑中，匹克威克先生开始演说了。

"女士们和先生们——不，我不想说女士们和先生们，我要把你们称做我的朋友们，我亲爱的朋友们，假如女士们容许我如此冒昧的话——"

说到这里，匹克威克先生的话被众女士发出并得到绅士们响应的巨大喝彩声打断了;在这一过程中,清楚地听见黑眼睛女士说她简直想去吻那位亲爱的匹克威克先生。听了这话儿,温克尔先生殷勤地问是否可以由他代为接受,对此黑眼睛女士说了一句"去你的",同时对他使了一个眼色,其含义再明白不过——"只要你有能耐。"

"我亲爱的朋友们,"匹克威克先生继续说,"我准备提议为新娘、新郎的健康干杯——上帝保佑他们(欢呼与热泪)。我的年轻朋友,特伦德尔,我相信他是一个极其出色的有男子汉气概的小伙子;而他的妻子,我知道她是一个可亲又可爱的女子,在娘家的二十年里,她把幸福散布给了她周围的人,现在要把幸福传播到另一个行动领域,她是完全胜任的。(这时候,胖孩子放声哭了起来,被威勒先生抓住衣领拖了出去。)我真希望,"匹克威克先生补充说,"我真希望自己够年轻,能够成为她妹妹的丈夫(欢呼),但是,既然不能那样,那么我很高兴自己够老了,可以做她的父亲;因为这样一来,当我说我倾慕、敬重和爱她们俩,就不会有任何人怀疑我有什么不可告人的企图了(欢笑与呜咽)。新娘的父亲,我们的这位好朋友,是一个高贵的人,我为结识了他而自豪(欢呼声鼎沸)。他是一个仁慈、优秀、有独立精神、心地高尚、热情好客并且宽厚大度的人(穷亲戚们听见所有的形容词都热情欢呼,尤其是听到最后两个)。他的女儿能够享受凡是他所愿的所有的幸福;而他呢,一想到女儿的美好前程便能获得他理应得到的由衷的满足和心灵的宁静,我相信,这便是我们大家一致的心愿。因此让我们一起举杯祝贺吧,祝他们身体健康、长命百岁、万事如意。"

匹克威克先生在一阵旋风般的赞美声中结束了祝词。在威勒先生的指挥之下,那些临时演员的肺部再一次活跃而有效地行动起来。华德尔先生邀匹克威克先生干杯;匹克威克先生又邀老太太干杯。斯诺格拉斯先生邀华德尔先生;华德尔先生又邀斯诺格拉斯先生。二位穷亲戚之一邀了图普曼先生，另一位则邀了温克尔先生；欢快与畅饮遍布全场，直到两位穷亲戚神秘地消失在餐桌下面，大家这才意识到欢宴到此该结束了。

吃晚饭的时候他们再次聚到了一起，在此之前，根据华德尔的倡议，男人们散了二十五英里的步，以便祛除早餐的葡萄酒的酒力。那两位穷亲戚在床上躺了一整天，一心想重获畅饮之乐，但是他们没能如愿，于是就在床上一直待着了。威勒先生使仆人们保持着持续不断的欢快状态；胖孩子则把他的时间分成一个个小小的片段，轮流用来吃东西和睡觉。

晚餐和早餐一样开心，也是一样地吵闹，只是没有眼泪而已。随后是上了点心，于是又有了一次次的祝愿干杯。再往后是茶和咖啡；然后是舞会。

迈诺庄园最好的起居室是一个又好又长、镶有黑色壁板的房间，有一座高高的壁炉和一个宽大的烟囱，宽大得可以让你在上面赶一辆新式驿马车，连轮带车绰绰有余。在房间靠里面的一端，在用冬青和常绿植物搭成的一个荫庇处，坐着两位最好的提琴手，还有一台在玛格尔顿独一无二的竖琴。在墙壁的所有凹处和所有的灯架上，都装着插有四根蜡烛的硕大的老式银烛台。地毯揭开了，烛光明亮地照耀着，炉火在炉膛里熊熊地燃烧着爆裂着，欢快的说话声和开怀的大笑声响彻整个房间。假如旧时代的英国自由民死后成了仙，那么这里恰好是他们宴饮作乐的好地方。

假如还有什么能为这一可爱场面增添情趣的话，那就是匹克威克先生没有打绑腿的引人注目的事实，在他最老的朋友们的记忆中这是破天荒第一次。

“你想跳舞吧？”华德尔说。

“当然想，”匹克威克先生答道，“你没见我为这个目的打扮好了吗？”匹克威克先生让人注意到了他的带斑点的丝袜和系得很好的轻便舞鞋。

“你居然穿上了丝袜!”图普曼先生打趣地叫道。

“为什么不能呢,先生——为什么不呢?”匹克威克先生说,热情洋溢地转向他。

“噢,当然没有任何理由说你不能穿。”图普曼先生答道。

“我想是没有,先生,我想是没有的。”匹克威克先生以不容分说的语调说。

图普曼先生本来想笑,但他发现那是一件严重的事情;因此他露出严肃的神情,说袜子的式样很漂亮。

“但愿如此,”匹克威克先生说,眼睛盯着他的朋友,“作为袜子来说,我相信,你没有发现这双袜子有什么怪异之处吗,先生?”

“当然没有。噢,当然没有。”图普曼先生答道。他走开了;匹克威克先生脸上又露出了常见的和蔼表情。

“我想我们全准备好了吧。”匹克威克先生说,他与老太太处在跳舞的领队位置,由于太急于开始,他已经有四次起错了步。

“那就马上开始吧,”华德尔说,“开始!”

两把小提琴和一台竖琴演奏起来,匹克威克先生摆着双手交叉的舞姿进了舞池;这时突然传来一阵掌声和“停,停!”的叫喊。

“怎么回事?”匹克威克先生说,他的兴头已经上来了,除了小提琴和竖琴之外,没有任何别的人间力量足以使他停下来,哪怕房子着火了。

“艾拉贝拉·艾伦上哪儿去了?”十来个人叫道。

“还有温克尔呢?”图普曼先生补充道。

“我们在这儿!”那位绅士叫道,和他那位漂亮的同伴从角落里站了出来;这时候,很难说他和那位黑眼睛年轻女郎谁的脸更红。

“真是奇了怪啦,温克尔,”匹克威克先生很恼火地说,“你居然没有早一点就位。”

“没什么奇怪的呀。”温克尔先生说。

“唔,”匹克威克先生说,露出意味深长的微笑,目光落到了艾拉贝拉身上,“唔,我不知道到底是不是奇怪呀。”

不过,没有时间对这事儿想更多了,因为小提琴和竖琴已经情真意切地开始演奏。匹克威克先生登场了——交叉着手——从房间正中到房间尽头,跳到离烟囱一半的地方,再跳回到门口——和老太太拉着手到处欢跳——脚在地上跺得重重的——第二对做好了准备——又登场了——到处跳了一圈——又是跺脚打拍子——下一对,再下一对,再下一对——从来没有哪场舞有如此欢畅!最后,跳舞快结束的时候,老太太已筋疲力尽地退下并由牧师太太接替,一直跳到另外十四对舞伴都已累得不行了,而那位老绅士却仍然在不断地跳——尽管他已没有必要再如此卖力——他紧跟着音乐的节拍不知疲倦地跳着,而且自始至终都在朝他的舞伴微笑,殷勤之态难以形容。

在匹克威克先生远远还没有跳厌之前,那对新婚夫妇早已经退场。不过楼下的晚餐照样还是热火朝天,饭后大家又坐了好长时间;当匹克威克先生第二天早上很晚的时候醒来时,他迷迷糊糊地记起刚到伦敦之际,他个别地、秘密地邀了大约四五十个人在乔治与兀鹰旅馆和他共进晚餐;匹克威克先生顺理成章地认定,这无疑表明他头天晚上除了运动之外还享用了别的东西。

“这么说今晚你们家的厨房里有野味啰,我亲爱的,是吗?”山姆问爱玛说。

“是的,威勒先生,”爱玛答道,“圣诞前夕我们总是有的。主人无论如何都不会忘记这一点。”

“你的主人真棒,办什么事都有好主意,”威勒先生说,“亲爱的,我还从没见过这么通情达理的人或这么正儿八百的绅士哩。”

“噢，他是没说的！”胖孩子也加入了他们的谈话，“他养的猪可好啦！”胖孩子向威勒先生投去有点像食人生番一般的馋嘴的一瞥，因为他想到了烤猪腿和肉汤。

“噢，你总算醒来了呀，是吗？”山姆说。

胖孩子点了点头。

“我跟你说实话吧，大蟒蛇，”威勒先生以令人难忘的神气说，“假如你不少睡一点，不多动一点，等你长大的时候，你不像那个梳着辫子的老绅士那样活受罪才怪哩。”

“他受什么罪啦？”胖孩子问道，声音有点打颤。

“我就要告诉你呀，”威勒先生说，“要说世界上块头最大的人嘛，他就算一个——真是胖到份上了，他活了四五十年还没有看到过自己的鞋子一眼哩！”

“天哪！”爱玛叫道。

“是呀，他是没有啊，我亲爱的，”威勒先生说，“你要是根据他自己的腿做一对一模一样的模子，把它们放在他的餐桌上，他保准认不出来。喔，常常步行去办公室，身上挂着一条非常漂亮的金表链，大约有一又四分之一尺长，金表则装在表袋里，那可是很值钱的——我不敢说值多少，反正是要多贵有多贵——是一只又大又重又圆的表，作为表来说真是够大的了，就像难得有他那么胖的人一样，表的表面按比例说也真够大的。‘你最好是不要带这个表，’老绅士的朋友们说，‘你会挨抢的。’他们说。‘我吗？’他说。‘是的，你会挨抢的。’他们说。‘那好，’他说，‘我倒要看看哪个小偷有能耐把这块表拿出来，连我自己都拿不出来，何况别人，它装得太紧了，’他说，‘每次我想知道时间，我都不得不去看面包铺里的钟。’他说。说完他便开怀大笑起来，笑得好像要裂成很多块似的，然后他昂着扑了粉的脑袋、摇着辫子出了办公室，踉踉跄跄地上了斯特兰德大街，表链在外面拖得比先前更长了，那只肥头肥脑的表绷在他的灰色斜纹布短裤的口袋里，简直要把裤子绷裂了。全伦敦没有哪个小偷没有去拉过那条表链，可表链就是不断，金表就是不出来，因此他们不久就厌倦了在人行道上和那么重的一个老绅士拉拉扯扯；而他呢，一点事儿也没有就到家了，笑得要死，辫子像荷兰钟的钟摆一样摆来摆去。最后，有一天老绅士摇摇摆摆地走在路上，看见一个他认得的小偷和一个脑袋很大的孩子手挽着手走了过来。'又有好戏了，'老绅士在心里说，'他们还会来扯的，但那是白费劲！'因此他开心地格格直笑，可是突然间，那个孩子放开小偷的手，头朝前面猛冲过来，一头撞在老绅士的肚子上，痛得他老半天都直不起腰来。'杀人啦！'老绅士叫道。'没事儿的，先生。'小偷凑在他耳边低声说。当他再次直起腰来的时候，金表和金链都不见了，而更糟的是，打那以后老绅士的消化功能就出了大问题，一直到老死都没有好过来；所以你可当心自己呀，小家伙，当心不要太胖了。"

在威勒先生讲完这个使胖孩子看上去大受触动的富于教益的故事之后，他们三人都去了大厨房，这时全家人都到这里集中来了，这是年年如此的圣诞前夕的惯例，是老华德尔的祖宗在远古的时候就立下的规矩。

在厨房的天花板中央，老华德尔刚刚亲手挂好了一枝大大的槲寄生树枝，这枝槲寄生立即引发了一场普遍而又欢快的挣扎和混乱①；在这场挣扎与混乱中，匹克威克先生以足以为托林格洛尔夫人的后裔脸上增光的殷勤握住老太太的手，把她领到那神秘的树枝下面，万分礼貌地吻了她以表示敬意。老太太以适合于如此重大而严肃的场面的全部庄严领受了这一实惠的礼仪；但那些年

---

① 按英国习俗，槲寄生常用做圣诞饰物，凡是处在槲寄生下面的女子，任何男子都可以吻她，称为"槲寄生树下之吻"。

轻女士呢，由于对这一习俗并没有抱着一种全心全意的迷信式的敬意，或者觉得费点周折才能如愿以偿会大大地增加这种致敬之吻的价值，因此她们又尖叫又挣扎，往角落里躲避，既有狠话威胁，又有好言相劝，想方设法逃避，却始终不愿离开房间，直到一些不那么具备冒险精神的绅士差点要打退堂鼓时，她们才马上全体意识到继续抵抗是无济于事的，于是斯斯文文地接受了亲吻。温克尔先生吻了黑眼睛女郎，斯诺格拉斯先生吻了艾米莉，而威勒先生呢，他不拘泥于处在槲寄生树枝下的形式，吻了爱玛和其他的女仆，逮着谁就吻谁。至于那两个穷亲戚，他们吻了每一个人，就连女宾中其貌不扬者也不例外。而这些个其貌不扬的女客，由于极度的惶惑，在槲寄生刚刚挂上去的时候，她们就恰好跑到了槲寄生树枝下，自己却对此不知不觉！华德尔背对火炉，站在那里观看整个场面，感到相当满意；胖孩子则逮住这个机会大加利用，迅速地吞下了一块特别好的肉末饼，那本来是特意为某个人留着的。

现在，尖叫声消退了，脸孔红红的，鬈发乱乱的，而匹克威克先生呢，如前面所说吻了老太太之后，站在槲寄生树枝下，非常高兴地看着他周围正在发生的一切。这时候，那位黑眼睛女士和其他年轻女士嘀咕了几句，然后突然冲了过来，搂住匹克威克先生的脖子，热烈地在他的左脸颊上吻了一下；匹克威克先生还没有完全弄清是怎么一回事，便已经被她们全体围住了，她们每一个人都吻了他。

匹克威克先生被女士们拥在中央的情景，看上去多么有趣啊！他一会儿被拉到这边，一会儿被拉到那边，先是被吻了下巴，接着被吻了鼻子，后来被吻在眼镜上，引得四周的人都哄然大笑；不过看上去更有趣的是，过了不久匹克威克先生被人用一块丝手绢蒙住了眼睛，玩起了盲人游戏来，他一会儿撞在墙上，一会儿跌在角落里，使出了盲人瞎抓的所有神秘招数，真是妙趣横生；最后他抓住穷亲戚之一，于是轮到他自己来躲盲人了，他干得那么轻捷，博得了全场观众的钦佩与喝彩。穷亲戚们抓住了他们认为乐于此道的人，而等到这一游戏变得趣味索然时，他们自己又被抓住了。大伙都厌倦了盲人游戏之后，接着是一场盛大的火中取葡萄干游戏①，等到有不少的手指烧痛了，所有的葡萄干都消失了，他们就在用大块木柴烧成的熊熊大火边围坐下来，吃丰盛的晚餐并开怀痛饮，酒装在一个比平常的洗衣铜盆稍小的大缸里，里面有一些滚热的苹果在嘶嘶作响，既颜色好看，又声音动听，令人实在难以抗拒其诱惑。

“这，”匹克威克先生说，同时环顾四周，“这真是舒服啊。”

“这是我们的老规矩，”华德尔先生答道，“圣诞前夕，所有的人都和我们一起坐在这里，正如你所看见的——包括仆人们在内；我们坐在这里，一直坐到十二点钟敲响，等待圣诞的降临，一边以行酒令和讲古老的故事打发时间。特伦德尔，我的孩子，把火拨旺一点。”

在柴火被拨动的时候，无数的火星往上飞扬。深红的火焰发出强烈的亮光，一直照到了房间最远的角落，也使每一张脸映上了欢快的色彩。

“来，”华德尔说，“唱支歌吧——一支圣诞颂歌！我先给大伙唱一支，算是抛砖引玉吧。”

“太棒了。”匹克威克先生说。

“把酒倒满，”华德尔叫道，“要透过酒浓浓的颜色看到缸底，还得足足喝上两个钟头哩；大家都倒满，听我唱歌吧。”

说完，这位欢快的老绅士便以圆润而洪亮的声音驾轻就熟地唱了起来：

---

① 一种从燃烧着的白兰地酒中取葡萄干吃的圣诞游戏。

圣诞颂歌

我不喜欢春季;在他轻浮的羽翼上
他让花朵与蓓蕾生长,
他用欺诈的雨水对她们肆意调戏,
却又在黎明之前让她们落地枯萎。
这个用情不专的刻薄鬼呀,不了解自己,
自己都不知道转眼又有什么鬼主意,
他冲着你微笑,可转眼却露出凶相,
把你最年轻的花朵一扫而光。

让夏季的太阳奔回他光明的家吧,
但是我永远不会去寻找他;
乌云把他遮住时我可要放声大笑,
我才不管他是不是气得直跳!
因为他的宝贝儿子正是那野蛮的疯狂,
专门在狂热中干暴戾的勾当;
爱情若过于强烈,就不会持之久远,
很多人对此已有过痛心的体验。

和煦的收获之夜多么安详,
有温柔的月亮洒布宁静的清光,
与不知羞涩的朗朗正午相比,
我觉得它更加辉煌而甜蜜。
但是那躺在树下面的落叶,
却每一片都唤起我的忧伤与呜咽。
愿秋日的天空永远不要那么明媚,

它无论如何没法与我的心境匹配。

但是我要歌唱，为健壮的圣诞欢唱，
为热忱、实在和勇敢引吭，
我要把满满的一大杯喝干，
全力三呼庆祝这古老的圣诞！
我们要用欢快的喧闹欢迎他的光临，
那喧闹会让他欢乐的心更加开心，
我们要让他通宵不睡，趁着有酒有菜，
和他同乐同庆，然后再分开。

出于诚实的高傲，他呀
不屑于掩藏一丁点儿坏天气的伤疤；
那不是污点，因为我们最勇敢的水手脸上，
也有很多完全一样的创伤。
那么我要再次唱歌，要震得屋顶直响。
让歌声从这堵墙到那堵墙不断地回荡——
欢迎这个强健的老伙计，就在今天晚上，
因为他是四季之王！四季之王！

这支歌博得了热烈的喝彩——因为朋友们和下属们都是棒极了的听众——尤其是穷亲戚们，简直喜欢得如痴如狂。火炉再一次烧旺，酒再一次满上。

“雪下得多大呀！”男人中的一位低声说。

“下雪了，是吗？”华德尔说。

“雪好大，真是个寒夜，先生，”那人答道，“起风了，风刮着雪，多么像浓厚的白云席卷大地。”

“杰姆说什么呀？”老太太问道，“没有发生什么事吧，是吗？”

“不，没有，母亲，”华德尔答道，“他说外面大雪飞扬，寒风刺骨。从烟囱里轰隆轰隆的响声判断，我想是那么回事儿。”

“啊！”老太太说，“很多年以前，也有过这样的风暴，也有过这样一场雪，我记得呀——刚好是在你可怜的父亲去世之前五年。那次也是圣诞前夕；我记得正是在那天晚上他给我们讲了妖怪带走盖布列尔·格拉布的故事。”

“什么故事呀？”匹克威克先生说。

“噢，没什么，没什么，”华德尔说，“不过是关于一个教堂老司事的故事，我们这里的好心人都推断他是被妖怪带走的。”

“推断！”老太太脱口说道，“难道有人居然顽固到不相信这件事的地步吗？推断！你不是从小就听说过他是被妖怪带走的吗？你不知道他是被妖怪带走的吗？”

“好了，母亲，他是的，只要你高兴这样。”华德尔笑着说，“他是被妖怪带走的，匹克威克；这件事儿到此为止。”

“不，不，”匹克威克先生说，“不能到此为止，我老实跟你说；因为我一定要听听是怎么回事，是为什么，以及所有的情况。”

华德尔见每个人都伸长脖子准备听故事，便微笑起来；于是他毫无保留地倒满了酒，对匹克威克先生点头致意，然后开始讲起下面的故事来——

但是，上帝保佑做编辑者的心吧，我们已经把这一章拖得很长了啊！我们郑重地承认，我们把章节的各种规矩忘得一干二净了。因此我们还是给妖怪另辟新章从头说起吧！这样做是为了醒目，绝无偏爱妖怪之意，女士们和先生们，请听下章分解吧！